Karibu heißt willkommen
Im Hochland Kenias wachsen die englische Farmerstochter Stella und das Kikuyumädchen Lilly wie Schwestern auf. Die beiden sind unzertrennlich, bis Kenias Streben nach Unabhängigkeit immer mehr Opfer fordert und der Mau-Mau-Aufstand auch die Farm *Karibu* erreicht. Stella wird zu ihrem Großvater nach England geschickt. Sie versucht, ihre Freundin Lilly und Kenia zu vergessen. Dies gelingt ihr bis zu dem schicksalhaften Tag, als sie in einer Galerie ein Bild sieht, das alle Sehnsüchte wieder lebendig werden lässt …

Der Traum vom Paradies
Der jüdische Kinderarzt Alfred verliebt sich in die schöne und kluge Studentin Andrea. Beide sind jung, mutig, verliebt – und sie heiraten. Als Andrea schwanger wird, will sie zum Judentum übertreten, damit auch ihr Kind jüdisch ist. Einen geduldigen Lehrer findet Andrea in Moische Teitelbaum – und in dessen Frau Sara eine weise Freundin. Andrea hofft, dass Tradition erlernbar ist. Sie ahnt nichts von den Forderungen, die der neue Glauben an sie stellen wird. Kann sich Andrea für ihre große Liebe in dieser fremden Welt einrichten?

Stefanie Zweig wurde 1932 in Oberschlesien geboren und wanderte im Zuge der nationalsozialistischen Verfolgung 1938 mit ihren Eltern nach Kenia aus. Dort verlebte sie ihre Kindheit auf einer Farm. 1947 kehrte die Familie nach Deutschland zurück. Die Autorin hat dreißig Jahre lang das Feuilleton einer Frankfurter Tageszeitung geleitet. Für ihre Jugendbücher erhielt sie zahlreiche Auszeichnungen, und ihre Romane ›Nirgendwo in Afrika‹, ›… doch die Träume blieben in Afrika‹ und ›Irgendwo in Deutschland‹ standen wochenlang auf den Bestsellerlisten. Im Fischer Taschenbuch Verlag ist der Titel ›Die Spur des Löwen‹ (Bd. 15231) lieferbar.

Unsere Adresse im Internet: www.fischerverlage.de

Stefanie Zweig

Karibu heißt willkommen
Der Traum vom Paradies

2 Romane aus Afrika

Fischer Taschenbuch Verlag

Limitierte Sonderausgabe
Veröffentlicht im Fischer Taschenbuch Verlag,
einem Unternehmen der S. Fischer Verlag GmbH,
Frankfurt am Main, Januar 2005

Druck und Bindung: Clausen & Bosse, Leck
Printed in Germany
ISBN 3-596-50828-2

Band 1

Karibu heißt Willkommen

Meinem geliebten Neffen Walter

Auf Karibu war nur das freundliche Wort der Bitte und nie das anmaßende des Befehls erlaubt. Keiner durfte den anderen kränken und ihm die Würde nehmen.

1

Auf der Karibu Farm in Thomson's Falls am Fuße des Mount Kenya konnten die Worte von Freunden und Nachbarn und die wirklich wichtigen Neuigkeiten, also die Shauris, so schnell hetzen wie ein hungriger Gepard. Der kalten Welt mit dem Donner vom Krieg der weißen Männer, dem nie ein Blitz vorausging, lieh das Radio seine Stimme. Es brachte jeden Dienstag Nachrichten in Suaheli. Das Gerät wurde für die Arbeiter auf der Farm, ihre Frauen und Kinder und auch für ihre Hunde und die Ziegen von Kamau auf den Rasen getragen und zur immer währenden Freude der klatschenden Anwesenden in das Beet mit den gelben Rosen gestellt.

Kamau, der den Männern die Arbeit, das Salz und Jagdbeute zuteilte und auch die Gehälter auszahlte, trug nicht nur den kleinen braunen Radioapparat aus dem Haus. Er durfte, wann immer er wollte, an dessen runden schwarzen Knöpfen drehen und aus den Worten wunderbare Musik machen, aus Geschrei das große Schweigen, denn Kamau war kein Kikuyu wie jeder andere. Er war der Klügste auf der Farm und der Freund des blonden, immer geduldigen Bwanas, dem Karibu gehörte.

Die Kolonialbehörde in Nairobi hatte vor drei Jahren die britischen Farmer sehr eindringlich auf ihre patriotische

Pflicht hingewiesen, ihr Personal möglichst umfassend über den Kriegsverlauf zu unterrichten. Der vierzigjährige Brian Hood wurde Bwana Mbuzi genannt, weil er so schöne Bilder von Ziegen malte und sie selbst den Frauen und Kindern zeigte. Er kam zwar jede Woche der amtlichen Empfehlung aus Nairobi nach, allerdings ohne den Elan seiner Landsleute. In Erinnerung an die Kränkungen seiner Jugend widerstrebte es ihm sehr, Menschen eine Wissenslast aufzuzwingen, die sie davon abhielt, sich mit den Prioritäten des eigenen Lebens zu beschäftigen. Als Brian sich im Juni 1942 dabei ertappte, dass ihn ein im Wetterbericht erwähntes Buschfeuer im benachbarten Gilgil stärker beschäftigte als der in der gleichen Sendung publik gemachte Fall von Tobruk im Norden des Kontinents, klopfte er Kamau zustimmend auf die Schulter. Der Vertraute hatte mit einem einzigen Schütteln seines Kopfes Brians Empfindungen ausgedrückt.

»In Karibu«, sagte Kamau, »erzählt das Radio immer die falschen Shauris. Richtige Shauris kann man sehen und hören.«

»Und Fragen stellen und Antworten finden«, begriff Brian. Als eine richtige Shauri galt auf Karibu Mary Hoods Bauch. Weshalb hatte die Frau vom Bwana Mbuzi ihren Leib in einem Alter füllen lassen, in dem die Kikuyufrauen schon ihre vorderen Zähne vor dem zähen Fleisch der Gnus schützen mussten und sich bereit machten, den Kindern ihrer Kinder ins Leben zu helfen? Die noch weniger begreifliche Shauri wurde an einem Dienstag bekannt, als das Radio im Rosenbeet meldete, es seien mehr Bomben denn je zuvor von alliierten Flugzeugen auf eine deutsche Stadt abgeworfen worden. Am Montagabend waren Brian und

Mary von einer kurzen Reise aus Nakuru zurückgekehrt. Schon bei Sonnenaufgang des nächsten Tages wussten es alle – dieses späte Kind einer zu alten Mutter sollte nicht auf der Farm zur Welt kommen, wie es auf Karibu Brauch war, sondern im Hospital in Nakuru.

Selbst Kinder, die noch nicht klüger waren als junge Esel, fürchteten das Krankenhaus in Nakuru. Im Verlauf einer einzigen Regenzeit waren dort drei junge und bis kurz vor ihrem Abtransport in einem Polizeiauto immer gesunde Viehhirten aus Thomson's Falls gestorben. Wenn die Ärzte in Nakuru noch nicht einmal genug wussten, um das Fieber von kräftigen jungen Männern zu besiegen, wie sollten sie für eine Frau mit verwelkendem Fleisch die richtige Schere auswählen, um bei der Geburt ihres ersten Kindes die Nabelschnur zu durchtrennen?

»Die Memsahib Chai wird nicht mehr zurückkommen«, erzählten sich die erfahrensten Frauen, »sie geht mit zu vollem Bauch auf Safari.« Die Männer ließen die Worte der Frauen ins Ohr, ohne dass ein Einziger von ihnen widersprach.

Brians sanftmütige, zierliche Frau Mary wurde »Memsahib Chai« genannt, denn sie verlangte selbst in der Nacht noch nach Tee. Sie war, weil sie nur ihre Messer schärfte und nie ihre Zunge und Suaheli mit dem singenden Ton der Afrikaner sprach, sehr beliebt auf Karibu. In den Nächten, da die Sterne so hell glänzten, dass die Menschen schon die bunten Bilder sahen, ehe sie ihre Augen schlossen, erzählten sie den Kindern, die Memsahib Chai bade ihre Zunge in Honig und ließe Wind in ihre Ohren, damit sie sich für die Worte von Fremden öffneten. Mary wusste über jede Shauri auf der Farm Bescheid, nahm immer Anteil an Freude und Sorgen und schenkte nur denen ihren Rat, die danach fragten. Sie teilte mit den Männern die lauten Worte und lachte über deren Scherze; sie besuchte die Frauen in den Hütten, bewunderte ihre mit Asche blank gescheuerten Töpfe, die in der Sonne wie Gold leuchteten, und die fröhlichen Lieder, die die Frauen bei der Arbeit sangen.

Mary ging an keinem kleinen Kind vorbei, ohne seinen Kopf zu streicheln. Weil sie ihre Medizin den Kranken einflößte und deren Wunden behandelte, war im Laufe der Jahre der Spott verstummt, dass ihre Stimme so schwach sei wie ihre Arme, ihre Hüften schmäler und das Becken enger als bei den dreizehnjährigen Kikuyumädchen, um deren Brautpreis gehandelt werden konnte. Nun, da die Memsahib auf ihr Kind wartete, machte der Spott jedoch wieder Ernte. Marys Brüste waren zu klein. Bestimmt wollte sie nur deshalb ihr Kind in Nakuru gebären, damit sie ihm nicht auf der Farm ein Loch würde graben müssen, wenn es nicht leben wollte.

Mary, unmittelbar vor dem Einsetzen des großen Regens im achten Monat ihrer Schwangerschaft, hatten indes zunächst nur skurrile Gründe bewogen, sich für Nakuru zu entscheiden. Sie und Brian waren abergläubisch und wollten die Wiederholung einer beide belastenden Familientradition vermeiden. Mary war nämlich in der Garderobe vom Drury Lane Theatre in London zur Welt gekommen, ihre Mutter noch im Kostüm der Ophelia. Auch Brian hatte bei seiner Geburt unziemliche Umstände gemacht. Er wurde eine Stunde und dreiundzwanzig Minuten vor Konstantinopel im Orientexpress geboren; seine Mutter war auf verspäteter Hochzeitsreise gewesen und hatte ihre

Schwangerschaft falsch berechnet. Beide Mütter pflegten sehr erbittert und in unpassenden Momenten ihren erschrockenen Kindern einen früh entwickelten Hang zur Taktlosigkeit vorzuwerfen.

Seit zwei Wochen stand Marys gepackter Koffer hinter der Tür des Wohnzimmers. Die kurze Trennung von Brian und der Farm ängstigte sie nicht – sie sehnte sich nach einem Ortswechsel und freute sich auf die Zeit in dem luxuriösen Stag's Head Hotel in Nakuru. Dort würde sie entspannt und ohne die täglichen häuslichen Pflichten auf das Einsetzen der Wehen in der beruhigenden Nähe von Doktor Thorndike warten können.

Dies hatte der Arzt bei der ersten Konsultation vorgeschlagen. Bei der zweiten Untersuchung hatte er dann mit leicht erhobenen Augenbrauen geraten, die Wartezeit in Nakuru großzügig zu bemessen. Trotzdem verzögerte sich die Abfahrt von Karibu. Mary, deren gute Hand mit Hunden in der ganzen Kolonie gerühmt wurde, sorgte sich um ihre Lieblingshündin Beauty. Die war hochträchtig und hatte schon zweimal ihre Welpen nicht angenommen. Weil es galt, für die bei den Farmern im gesamten Rift Valley sehr beliebten und bereits vorbestellten kleinen Cockerspaniels im Bedarfsfall eine geeignete Ziehmutter zu finden, verdrängte Mary sowohl Doktor Thorndikes erhobenen Augenbrauen als auch die Umstände ihrer eigenen Geburt.

»Beauty und ich haben einen Pakt geschlossen«, beruhigte ihn Mary, wenn Brian zum Aufbruch mahnte, »erst sie, dann ich. Hauptsache, du drängst uns nicht. Ich weiß genau, dass wir mit der verflixten Familientradition brechen werden.«

Gerade dies war ihrem Kind nicht vergönnt. Allerdings lieferte ausgerechnet der Umstand, dass es im Bett seiner Mutter geboren werden sollte, den ironischen Hinweis auf die Unberechenbarkeit des Schicksals. Das starke Gewitter nach einem besonders schwülen Tag im ersten Akt des Dramas war noch nicht einmal ungewöhnlich zum Ende der Trockenzeit, doch schon ein einziger Blitz reichte aus, um der Nacht ihre Ruhe zu rauben. Er fuhr mit einer so entfesselten Wut in den Affenbrotbaum auf dem Hügel an der Wasserstelle für das Vieh, dass er den kräftigsten Ast spaltete. Unmittelbar nach dieser einen taghellen Sekunde des Schreckens setzte der lang anhaltende Donner ein – er brüllte wie Felsen, die ein rasender Riese von einem hohen Berg in eine Steinschlucht wirft. Bis zu dem todbringenden Brand, der Jahre später alle Tage und Bilder, die je auf Karibu gewesen waren, mit Asche überziehen sollte, wurde danach jede Donnerstimme an der Macht der einen gemessen, die in jener Nacht des Bösen Mensch und Tier die Kraft zum Atmen genommen hatte. An den Regen, der diesem Donner Antwort gab, erinnerten sich die Menschen noch, als Karibu nichts mehr war als ein Wort aus gestorbenen Tagen.

Erst der blaue Morgenhimmel deckte auf, was der Farm widerfahren war. Das solide Wellblechdach vom Küchengebäude war abgerissen worden, der Raum verschlammt. Das Brot auf dem Tisch war weich wie das Moos im Wald, das nie von der Sonne berührt wird, der Sack mit Mehl war aufgeplatzt, die ausgelaufene Milch aus dem umgestürzten Eimer so schwarz wie zu scharf gebrannter Kaffee.

Der Brunnen zwischen Küche und Wohnhaus war übergelaufen, der neue Wassertank hatte ein Leck, der Schornstein des Kamins und alle Regenrinnen waren von Zweigen und aufgeweichtem Blattwerk verstopft. Das Schild mit dem sorgsam aufgemalten Zebramuster und der Aufschrift »Karibu« in rot strahlenden Lettern lag zerbrochen im schwarz gefärbten Gras. Im Garten waren die kräftigen gelben Rosen von der schwarzen Pest ermordet worden. Der leuchtende Flamboyant, in dessen Schatten die Memsahib Chai zu sitzen pflegte, um im Angesicht von augentröstenden Farben das neue Leben in ihrem Bauch wachsen zu fühlen, hatte seine scharlachroten Blumen mit den gelb gestreiften Blüten von sich geworfen. Männer, Frauen und Kinder starrten mit Augen, groß wie die der Kühe, in die Welt der Vernichtung. Chepoi, der alte, stotternde Melker aus dem Stamm der Lumbwa, berichtete mit noch größerer Langsamkeit der Zunge als an den gesunden Tagen, dass Mais, Weizen und Flachs auf den Feldern überflutet seien.

»Die Hühner sind ertrunken. Und die Enten schwimmen auf den Shambas«, stammelte er.

»Jetzt könnt ihr alle mitkommen und sehen«, seufzte Brian, »dass meine Bilder nur Hühner sind. Sie können nicht schwimmen.«

Der hellste Raum des Hauses mit der himmelblauen Decke, den weißen Wänden, vielen bunten Farbtöpfen und der Leinwand, auf der der Bwana Mbuzi mit den feinen Pinseln zaubern konnte, die alle auf der Farm bewunderten, hatte kaum Schaden genommen. Brians Atelier wurde von einer mächtigen Zeder bewacht, die es vor dem Regen geschützt hatte. Nur das Fenster war aufgesprungen und hatte den Sturm hereingelassen. Die blaue Vase mit den gelben Nelken war von dem breiten Sims gestürzt, der Aschenbecher zerbrochen, die beiden Pfeifen aber unversehrt. Rote Farbe tropfte auf den Fußboden aus hellem Holz und leuchtete wie das Blut eines frisch geschlachteten Tieres. Das noch nicht fertig gemalte Bild von dem Kikuyujungen Manjala mit einer jungen Ziege im spärlichen Schatten einer Dornakazie war von der Staffelei unter den großen Holztisch geweht worden. Auf dem Kopf der Ziege lag schwanzwedelnd die Cockerhündin Beauty und säugte fünf kräftige Welpen. Deren Fell war schon trocken. Mary umarmte lachend Kamau und fing an zu weinen, als sie Brian küsste.

»Gott sei Dank, sie hat es geschafft«, sagte sie und bückte sich, um den ermatteten Hund zu streicheln. Beauty drückte ihr winselnd die trockene Schnauze in die Hand. »Mein Sohn bekommt dein allerschönstes Kind. Weißt du noch, dass du mir das versprochen hast?«

»Unsere Tochter«, widersprach Brian. »Die hast du mir versprochen. Söhne müssen immer Dinge tun, die sie nicht wollen, und machen aus Vätern widerwärtige Tyrannen.«

»Du kannst ja gar kein Tyrann werden. Du weißt nicht, wie das geht. Du hast dich ja immer geweigert, etwas von deinem Vater zu lernen.«

Beim Aufstehen stolperte Mary über den zerbrochenen Aschenbecher. Sie griff erschrocken nach Brians Arm. Einen Moment stand sie reglos da, als fürchte sie den nächsten Schritt. Dann ging sie schwerfällig ans offene Fenster, zog einen Stuhl zu sich heran, wollte sich setzen, klammerte sich jedoch nur an die Lehne, ließ sie stöhnend wieder los, presste die Hände an den Leib und schrie: »Nein.«

»Reg dich nicht auf«, beruhigte Brian. »Die ersten Wehen haben noch nichts zu bedeuten. Wir haben genug Zeit, um nach Nakuru zu kommen. Ausnahmsweise fahren wir nicht über Konstantinopel.«

»Ich ziehe mich nur um«, flüsterte Mary. Sie war sehr bleich und atmete hastig.

»Das ist klug, Ophelia. Du gehst nicht ins Kloster.«

»Bitte sag jetzt nicht Sein oder Nichtsein.«

»Keine Sorge, ich bin viel schlauer als Hamlet und längst nicht so feige. Du kannst dich in aller Ruhe hinlegen, bis ich die Pferde gesattelt habe.«

Erst auf dem Weg zum Auto, das hinter dem Schuppen für den Flachs stand, entdeckte Brian, dass der im Jahr zuvor angelegte schmale Weg, der auf die breite Straße nach Nakuru führte, im schwarzen Lehm versunken war. Selbst mit Ketten würde die kurze Strecke nicht mehr befahrbar sein. Noch konnte Brian seine Erregung zügeln. Die Jahre in Afrika hatten ihn gelehrt, die Hürden nicht schon vor dem Sprung zu fürchten. Er bat Kamau, der ihn schon auf dem Weg ins Atelier mehrmals gedrängt hatte, endlich die Schäden auf den Feldern und in den Ställen zu inspizieren, die zwölf kräftigsten Ochsen einzuspannen.

»Sie warten schon auf dich«, erwiderte Kamau, »aber sie haben keine Zähne mehr.«

»Was soll das heißen?«

»Die Zähne sind ihnen beim Lachen aus dem Mund gefallen, als ich ihnen das Joch zeigte.«

»Es ist gut, wenn einer bei der Arbeit lacht, Kamau.«

Brian vertraute auf eine Praxis, die in vielen Regenzeiten gut funktioniert hatte. Energisch schlang er die am Joch befestigte Kette um die Stoßstange des Fords, setzte sich aufatmend ans Steuer, kurbelte das Fenster herunter und löste die Handbremse. Den Tieren reichte der Schlamm bis zum ersten Gelenkknochen ihrer Beine. Sie schoben willig den Körper nach vorn, als Brian den Motor anließ, konnten den Wagen jedoch keinen Meter nach vorn ziehen. An der Spitze des Zugs klopfte Kamau den ersten zwei Ochsen sanft auf den Rücken und kam, die Hände in den Taschen, zum Wagen zurück. »Hat dein Kopf jetzt seine Arbeit getan?«, fragte er.

»Tut mir Leid, Kamau. Ich habe am Tag den Mond gerufen«, sagte Brian. Er begriff, wie unrealistisch die Hoffnung gewesen war, die Ochsen würden die kleine Steigung vom Schuppen zur Straße nach Nakuru schaffen. Trotzdem erwog er einen Moment, die Männer von den Shambas zu holen und sie den Wagen anschieben zu lassen. Dann stieg er entmutigt aus.

»Geh und hol Chebeti«, bat er, »mein Kind wird auf Karibu geboren werden.« Seine Stimme war nicht mehr fest. Er musste seine Hände warm reiben.

»Das ist gut, Bwana«, nickte Kamau, »der Regen hat dir gesagt, was Karibu heißt. Du hast das Wort zu tief in die Erde gesteckt, als du mit der Memsahib zum Arzt nach Nakuru gefahren bist.«

»Ich habe das Wort nicht vergessen, mein Freund. Ich sehe noch den Tag, an dem du meiner Farm ihren Namen gegeben hast.«

»Ich sehe diesen Tag auch.«

Sie schickten ihre Augen zu den regenschweren Bäumen. Als sich ihre Blicke begegneten, lächelten sie. Obwohl sie beide wussten, dass die Zeit dabei war, mit scharfer Axt gegen sie in den Krieg zu ziehen, sträubten sie sich nur kurz, die verwehten Spuren vom Unkraut der Jahre zu befreien, und ließen die Flut der Bilder zu.

Kamau erinnerte sich der Tage vor Brians Ankunft, als nur Gras auf der roten Erde von Karibu gewachsen war und die Männer, die nun alle satt wurden und ihre Kinder nicht mehr an einer Hand zu zählen brauchten, ohne Arbeit und Kleidung gewesen waren. Er dachte, als sich ihm die Gesichter seiner Kinder aufdrängten, an die Brust seiner Frau, die nie vor der Zeit versiegte. Kamau war stolz auf Chebeti. Sie hatte ihm nur Töchter geboren. Er würde ein reicher Mann sein, wenn die ins heiratsfähige Alter kamen. Die Brautpreise waren hoch für die Mädchen aus Karibu. Die Nächte des Vollmonds fielen ihm ein, an denen er in den Himmel schaute und den Freunden von dem Stück Land erzählte, das ihm einmal gehören würde. Der Bwana hatte es ihm versprochen.

»Mungu wird auch dir eine Tochter schicken«, sagte er, »du bist nicht wie die anderen weißen Männer. Du hast immer gewusst, dass Menschen mit schwarzer Haut nicht dumm sind.«

»Deine Zunge war immer der Freund meiner Ohren.«

»Ich hole jetzt Chebeti.«

Obwohl Brians Stimme Kamaus Füße nicht belästigt hatte, fing er an zu rennen, als er den Wassertank am Haus erreichte.

Bei Brian war die Reise in die Vergangenheit beschwerlicher und dauerte sehr viel länger. Er war der Älteste von vier Brüdern und der von allen ungeliebte Außenseiter einer sehr wohlhabenden Adelsfamilie, die Intellektualismus verachtete, Pferde und Hunde liebte, für derbe Späße schwärmte, in der Öffentlichkeit gezeigte Emotionen für morbide hielt und die allzeit die britische Tugend ehrte, den gesunden Sinn für Proportionen zu wahren. Brian

hatte die Hoods von Anfang an enttäuscht. Er war ein schwächliches Baby gewesen, hatte als Junge Angst vor Hunden und nie ordentlich reiten gelernt. Wenn ihn seine jüngeren Brüder neckten, hielt er sich die Ohren zu und lief aus dem Zimmer; er fürchtete sich vor Fremden und noch mehr vor seinem Vater, war im Internat unbeliebt und unglücklich, immer der Letzte in seiner Klasse und auf dem Cricketfeld ein Versager. Brian der Träumer, wie ihn die Mutter seufzend nannte, ließ sich von Gleichaltrigen verprügeln, ohne sich zu wehren, und war, was bereits der Lehrer missbilligend im Zeugnis der ersten Klasse bemerkte, sich stets selbst genug. Als Zwölfjähriger lief er von zu Hause fort und wurde in der National Gallery aufgespürt. »Ausgerechnet«, wie ihm der tobende Vater vorwarf. »Du tust alles, um die Familie lächerlich zu machen.«
Brian las in den Ferien dickleibige Bücher, die ihm seine Brüder aus der Hand rissen und in der Brombeerhecke versteckten, er malte Bilder, die den Vater erzürnten, weil er die Phantasie seines grüblerischen Sohns als Beweis für dessen kränkliche Disposition wertete. Selbst bei Berücksichtigung der aus Prinzip großzügig bemessenen familiären Toleranzgrenze für mangelnde intellektuelle Fähigkeiten beendete Brian die Schule peinlich spät und hatte noch nicht einmal den Anstand, sich unbemerkt aus London zurückzuziehen. Er lehnte die in solchen Fällen seit jeher bewährte Tradition der Hoods ab, auf eine der väterlichen Besitzungen zu verschwinden. Sir William Robert Hood, der im Ersten Weltkrieg in der kürzestmöglichen Zeit zum Major ernannt und 1917 mit dem Victoria Cross ausgezeichnet worden war, schlug seinem Sohn vor, es bei der Marine oder wenigstens beim Militär zu versuchen.

Brian starrte auf das Bildnis seines Großvaters in königlicher Uniform und sprach zum Erstaunen seines Vaters erstmals in seinem Leben laut und deutlich. Er teilte ihm mit, er würde entweder Maler werden oder mit der großväterlichen Pistole (eine Erinnerung an den Burenkrieg) russisches Roulette spielen. Dann verließ er, ohne zu erröten, wie der Hausherr im intimen Kreis nie zu erwähnen vergaß, dessen Arbeitszimmer.
Zwei Jahre später verliebte sich Brian in ein vaterloses, vermögenloses Mädchen, das Sir William noch nicht einmal auf seinem kleinsten Landsitz in Kent, geschweige denn in seinem Haus im noblen Londoner Stadtteil Mayfair empfangen hätte; an seinem letzten Morgen unter dem väterlichen Dach verkündete Brian seine Absicht, Mary Campbell zu heiraten. Sir William köpfte schweigend sein Frühstücksei und drückte im September darauf dem Sohn zu dessen dreiundzwanzigstem Geburtstag eine Schiffskarte nach Mombasa und eine ansehnliche Geldsumme in die Hand. Ohne laut zu werden, sagte er: »Kauf dir ein verdammtes Stück Land und schlag dir endlich deine Flausen aus dem Kopf. Vielleicht machen die Kolonien aus dir einen Mann. Das passiert neuerdings oft, habe ich mir sagen lassen.« Zu diesem Besuch hatte sich der ehemalige Major bewährt couragiert in den in seinen Kreisen missgeschätzten Stadtteil Golders Green begeben. Dort logierte sein Sohn – typischerweise, wie er befand – bei einer Frau, von der er zu Recht vermutete, sie sei keine Engländerin.
Vater und Sohn sahen sich nie wieder.
Nur weil Brian endlich Mary heiraten wollte und die erst zustimmte, als er ihr glaubhaft versichern konnte, sie würde diesen Tag nicht mit seiner Familie teilen müssen,

und weil zudem der Gedanke einer Hochzeit auf einem Schiff ihrem ausgeprägten Sinn für Romantik entsprach, verkaufte er nicht umgehend die Schiffskarte. Nach zwei Wochen bestellte er ein zweites Ticket. Das junge Paar plante, nach der ungewöhnlichen Hochzeitsreise mit dem nächsten Dampfer nach England zurückzufahren und in ländlicher Zurückgezogenheit zu leben. Die scheue Mary, die im Glauben erzogen worden war, dass Wünsche und eine eigene Meinung nur der Elite zukämen, verwandelte sich schon beim Kauf des ersten Koffers vom bescheiden blühenden Veilchen zur strahlenden Rose. Sie träumte von einem kleinen Haus in Cornwall, wo sie als Fünfzehnjährige im Krankenhaus von einer Tuberkulose genesen war, von sechs immer vergnügten Kindern, zwei Hunden und einer rot getigerten Katze. Brian war ungewohnt realistisch. Er wollte in Marys Liebesnest die überraschende väterliche Zuwendung durch Gemüse- und Blumenanbau vermehren, später ein paar Schafe halten, im Frühling unter einem blühenden Apfelbaum Bücher lesen, die nicht in Brombeerhecken verschwanden, und erst nach getaner Pflicht malen – er hatte sowohl seine Verantwortung für Mary als auch seine künstlerischen Grenzen erkannt.

»Mary, wir leben«, jubelte Brian am Abend seiner Hochzeit beim Einlaufen in Port Sudan, »wir sind unsere Ketten los.«

Ab dem Schicksalsmoment aber, da er in Mombasa vom Schiff ging, den weißen Sand am türkisblauen Meer sah und die Palmen im Wind hörte, begab er sich in neue Knechtschaft. Diesmal freiwillig und im vollen Bewusstsein der Konsequenzen. Kenias Farben auf der Bahnfahrt von Mombasa nach Nairobi und die Unendlichkeit der Landschaft berauschten ihn. Er sah von seinem Abteil aus den narkotisierenden Sonnenaufgang, die Dornakazien im gelb versengten Gras, die Giraffen, Zebras und Gazellen. Mit einem einzigen Pupillenschlag malte er die Bilder, die ihm der Vater verboten hatte. Die Menschen in Nairobi, deren vokalreiche Sprache für ihn Musik war, verzauberten ihn. Ihre liebenswerte Natürlichkeit und ihre Augen, wenn sie lachten, befreiten ihn auf einen Schlag von den Gespenstern seiner Kindheit.

Er fragte den Englisch sprechenden Kellner im Norfolk Hotel nach dem Suaheliwort für Bruder.

»Dugu«, lachte der Mann im langen weißen Hemd mit violetter Schärpe um den Bauch. »Hast du einen Bruder?«

»Drei alte und viele neue«, ahnte Brian.

»Das ist noch gar nichts. Gehen Sie auf Safari ins Hochland«, sagte ihm ein weißhaariger Farmer aus Naivasha an der Bar, »dann kann Ihnen das verdammte alte England nichts mehr anhaben. Ich wurde von meiner Firma drei Monate hierher geschickt und habe sogar vergessen, ihr zu kündigen. Afrika ist Opium.«

Brian und Mary brauchten keine drei Monate, um sich dem Land auszuliefern. Sie kauften eine Landkarte, ein Wörterbuch für Suaheli, mieteten ein Auto und fuhren los. Schon bei der Tour durch das grün lockende, Glück verheißende Rift Valley, am Ufer des silbern gleißenden Nakuru-Sees, umgeben von Flamingos und Sekretärvögeln, die Brian alle an den väterlichen Butler erinnerten, beschlossen er und seine Frau, nie mehr nach England zurückzukehren. Sie fuhren zukunftsbesessen zurück nach Nairobi und erfuhren vom Hotelmanager im Norfolk von der angebotenen

Farm in Thomson's Falls im Zentrum der White Highlands. Sie lag in einem der schönsten Flecken des Landes im weißen Schleier eines donnernden Wasserfalls, wurde von Baumgiganten bewacht und war mit einem Meer aus türkisfarbenen Blüten und einem Heer von feurigen Aloen gesegnet. Der Boden dieser ungezähmten Wilden war seit Jahren nicht mehr kultiviert worden, die hölzernen Wände des Farmhauses verrottet, die Pfade vom hohen Gras überwuchert. Trotzdem kauften Brian und Mary die Farm am Tag der Besichtigung, trunken von den Ausblicken in das steil abfallende Tal, betäubt von der Bergluft, dem Duft der Blumen und der Leichtigkeit ihrer Sinne. Das Land war billig und sie sich einig, dass sie durch die größte Gnade, die das Schicksal den Liebenden gewährt, die Harmonie der Wünsche, das Schloss ihrer Träume errichten würden. Auf der Farm in Thomson's Falls war nur das freundliche Wort der Bitte und nie das anmaßende des Befehls erlaubt. Keiner durfte den anderen kränken und ihm die Würde nehmen.

Ein nie ermüdender, einfallsreicher indischer Handwerker aus Gilgil, der Schreiner, Schlosser und Klempner in einem war und in der letzten hellen Stunde des Tages unter einem Eukalyptusbaum meditierte, baute mit einer Mannschaft fröhlicher Arbeiter aus dem Stamm der lernbesessenen Kikuyu ein solides Haus aus grauem Stein. Es hatte einen Kamin im größten Wohnraum, ein lichtvolles Atelier für Brian und für jedes der sechs Kinder, auf die Mary hoffte, eine eigene kleine Stube. Hinzu kamen das Küchengebäude, das Mary entwarf, und am Ende des Gartens die Toilette, zu der sich der schweigsame indische Meister allerdings nur schwer überreden ließ; er vermochte sich nicht vorzustellen, dass so sympathische und reinliche Menschen wie die Hoods vorhatten, ihren Körper immer an derselben Stelle zu entleeren.

Dass Brian als Farmer Erfolg hatte, verwunderte ihn selbst am meisten. Er entwickelte nie vermutete Fähigkeiten und Talente, und weil das Wohl der Menschen auf der Farm von ihm abhing, reifte er rasch an seinem Gefühl für Verantwortung. Umstände und Klima waren ihm gewogen. Es gab in den ersten fünf Jahren keine Missernte. Brian konnte den Viehbestand vergrößern. Die Bullen, Ochsen und Kälber aus Karibu, der Flachs und der Mais erzielten Höchstpreise. Marys Hunde wurden im gesamten Hochland berühmt. Ein Foto ihres Gartens erschien in der »Sunday Post«. Sie war nicht mehr schüchtern und melancholisch und wurde jedes Jahr jünger.

Brian dankte bei jedem Sonnenaufgang für das Wunder, das ihm zuteil geworden war; er vergaß indes nie, dass er es einem einzigen Mann verdankte. Kamau, der auf der Farm geboren worden war, sagte seinem Schüler, wann es Zeit war zu säen und wann zu ernten, was er anpflanzen und welche Arbeiter er anstellen sollte. Er kannte sich aus mit dem Vieh und den Hühnern. Und mit der Psyche eines Mannes, der aus der Einsamkeit zur Zufriedenheit gefunden hatte. Als Brian und Mary ein Jahr auf der Farm lebten, schlug Kamau vor, sie Karibu zu nennen. Karibu heißt willkommen. Der Bwana Mbuzi, der die Kraft seiner Kehle schonte, und die Memsahib Chai, die sein Bett und mit allen Menschen ihre Güte teilte, waren es.

An diesem Tag erfuhr Brian, dass Chebeti Kamaus Frau war. »Warum sagst du mir das erst heute?«

»Ein Mann redet nur mit einem Freund über seine Frau«,

erklärte Kamau. »Als du nach Karibu gekommen bist, warst du ein Fremder.«
»Und jetzt?«
»Du redest zu viel.«
Chebeti hatte bis zur Geburt ihres jüngsten Kindes die Mädchen, die das erste Mal auf die Shambas durften, bei der Ernte angeleitet. Sie war nur deshalb noch nicht auf die Felder zurückgekehrt, weil sie um die Zeit, als der Weizen hoch stand und die Flachsblüten blau wurden, ihren Fuß gebrochen hatte. Brian bewunderte Chebeti. Er schätzte ihre manuelle Geschicklichkeit, noch mehr ihre Klugheit, ihre Zungenfertigkeit und ihren ausgeprägten Sinn für Gerechtigkeit. Wann immer Frauen stritten oder Männer sich bedrohten, verließ Brian sich auf Chebetis Rat. Sie war eine von jedermann akzeptierte Schlichterin, denn sie verband einen männlich derben Humor mit listiger Weiblichkeit und lachte auch dann, wenn sie einmal selbst in die Falle der Schadenfreudigen stolperte. Brian nannte sie »Hukumu«. Mit dem ehrenvollen Wort streichelte er Chebetis Ohren. Ein Hukumu war ein Richter.
Mary, der Chebeti häufig und immer vergnügt im Haushalt half, fühlte sich dieser starken, großäugigen, zehn Jahre jüngeren Frau tief verbunden. Chebetis geduldiges und genügsames Naturell entsprach ihrem eigenen und Mary imponierten Chebetis Courage, Witz und Intelligenz. Chebeti konnte mit den Augen der anderen sehen. Anfangs hatten die der Kikuyu Spott getrunken, wenn Mary Mund und Nase im Fell eines ihrer Hunde vergrub, doch Chebeti hatte noch nicht einmal die Zeit zwischen zwei Regenzeiten gebraucht, um Marys Verlangen nach jungem Leben und Zärtlichkeit zu erahnen. Schon lange berührte sie nun

auch die Hunde und dies mit weichen Händen. Sie sprach zu ihnen mit sanfter Stimme, scheuerte deren Blechnäpfe so sorgsam und lange, als wären es die eigenen kostbaren Töpfe in der Hütte, und schickte ihr Gelächter mit dem der Memsahib auf Safari zum Wasserfall, wenn die Welpen kräftig genug waren, um mit dicken Pfoten das erste Loch im Garten zu graben. Chebeti hatte Beautys schönstem Kind – Toto – seinen Namen gegeben. Toto hieß Kind.
Es war eine ungewöhnliche Beziehung in einem Land, in dem sonst die Hautfarbe über Besitz, Ansehen, Emotionen und Zuwendung entschied. Das wussten beide Frauen. Sie nahmen mit Freude und Achtung entgegen, was die andere zu geben hatte. Chebeti erzählte wundersame Geschichten, die von der Phantasie der Kikuyu zeugten. Sie war auf eine liebenswert erheiternde Art neugierig und suchte mit einem Eifer, der Mary immer wieder bewegte, die Tür zu einem Leben, das ihr ohne Mary verschlossen geblieben wäre. Chebeti liebte es, nach getaner Arbeit einige Minuten auf einem niedrigen Hocker vor Brians Bildern zu sitzen. Beim Aufstehen streichelte sie die Pinsel und verglich mit kreisenden Bewegungen ihres Kopfes die Farbe in den Töpfen mit denen auf der Leinwand. An guten Tagen, wenn sie gerade ein Kind geboren hatte und noch kein neues trug, bat sie Mary, ihr vorzulesen. Sie konnte kein Englisch, doch jedes Mal, wenn Mary ein Buch aus dem Regal holte, sagte sie: »Deine Worte singen. Die Ohren einer Mutter freuen sich, wenn sie nicht immer die eigene Zunge hören.« Ihr jeweils jüngstes Kind brachte sie auf dem Rücken zur Arbeit mit und nährte es, wenn es weinte, in Marys Küche. Um Chebetis Stolz zu nähren, hatte Mary einige Kikuyu-Ausdrücke gelernt und begrüßte die Ver-

traute, sobald sie ihr Kommen durch ein leises Klopfen auf das Wellblech des Wassertanks anzeigte, in deren Sprache. An dem Morgen nach dem Gewitter, das ein neues Auto so lahm gemacht hatte wie den Esel Kubua, der vor Monaten von einer Schlange gebissen worden war und noch immer hinkte, gab es keine Worte ohne Dornen. Die beiden Frauen redeten nur in den kurzen Momenten miteinander, in denen der Schmerz dem Körper der einen die kurze Ruhe gab und die andere ihren Augen die Lüge befehlen musste. Chebeti hatte zu schnell an die Tage gedacht, die nicht mehr waren. Sie kannte auch den Grund. Von ihren sieben Kindern bewegten nur fünf ihre Arme und Beine. Die zwei, die ihren Leib nicht hatten verlassen wollen, waren am Tag ihrer Geburt gestorben. Nun drückte Chebeti einen Seufzer zurück in die Kehle, als sie die Knoten des Tuchs auf ihren Schultern löste. Sie legte ihr jüngstes Kind, ein elf Monate altes Mädchen, dessen Haar schon so dicht war wie die Wolle eines zweijährigen Schafs, auf den Lehnstuhl mit dem gelb geblümten Stoff und deckte es mit einem Kissen zu, auf dem ein Löwe sein Maul aufriss. Die Kleine wachte auf, gurgelte Behagen und schlief sofort weiter.

Mary lag zitternd und gekrümmt auf ihrem Bett. Chebeti erschien sie noch kleiner als am Tag zuvor. Ihr fiel auf, dass sie nicht, wie sonst immer, wenn sie sich bei Tag ausruhte, die schwarze Seidendecke mit den roten Rosen auf den Stuhl gelegt hatte. Sie war sehr bleich und hielt sich ein Taschentuch an den Mund, das seine rosa Farbe verloren und Flecken hatte. Ihr feines blondes Haar war so nass wie der vom Sturm gemordete Weizen. Die Knöchel von Marys schlanken Händen leuchteten weiß unter der Haut und die

Trockenheit hatte vor der Zeit ihre Lippen zerrissen. Sie waren nicht mehr rot, die Nase zu groß geworden. Chebeti füllte abgekochtes Wasser aus der Flasche auf dem kleinen Tisch in ein Glas und löschte das Feuer. Ihr fiel Wanjari ein. Die wohnte in der Nachbarhütte und hatte auch einen zu spät gefüllten Leib und nicht mehr die Kraft einer jungen, gesunden Gebärenden gehabt. Trotzdem lächelte Chebeti mit allen Zähnen Hoffnung. Sie zog die beiden Decken von Brians Bett und faltete sie so oft zusammen, dass sie hart wie ein Brett wurden. Mary schenkte ihr das Lächeln zurück, als sie ihr das Polster unter den Rücken legte.

»Dein Kind wird dich nicht lange warten lassen«, sagte Chebeti und verschluckte den Betrug, als hätte sie den Biss der eigenen Zunge nicht gespürt, »ich höre es schon in deinem Bauch schreien. Jetzt musst du ihm deine Stimme schicken.«

»Kommst du zu meinem Kind als Aja ins Haus?«, fragte Mary, »seine Mutter wird sehr müde sein, wenn es da ist.«

»Du sprichst von den Tagen, die noch nicht gekommen sind. Das darf eine Frau nicht, die auf ihr Kind wartet. Ich gehe in die Küche und hole Wasser.«

»Kamau kann es dir doch bringen. Ich will nicht, dass du von mir fortgehst.«

»Kamau sitzt mit dem Bwana in dem Zimmer mit den Bildern. Männer können nur Kinder pflanzen. Sie haben die falschen Hände, um sie aus dem Loch zu ziehen, in das sie den Samen vergraben haben.«

»Ich lach so gern mit dir, Chebeti. Ich konnte gar nicht lachen, bis ich nach Karibu gekommen bin.«

»Als du nach Karibu gekommen bist, haben wir gesagt,

deine Mutter hat bei deiner Geburt ein falsches Kleid angehabt.«
»Du weißt immer alles.«
Im Dornengestrüpp jenseits des Gartens und auf den Ameisenhügeln am Waldrand verschluckte die Mittagssonne ihren Schatten. Auf den Feldern verstummte der Gesang. Die Hunde krochen in den Schatten des Hauses und fraßen nur noch die Zeit. Obwohl die Vorhänge zugezogen waren, war die Luft im Zimmer so schwer wie die in dem Ofen aus Ziegeln, in dem Brot gebacken wurde. Mary schlief stöhnend ein. Chebeti hüllte die Erschöpfte, die selbst im Schlaf noch zitterte, in ein Wolltuch und knöpfte die eigene Bluse auf, um ihr Kind zu stillen.
Das Mädchen hatte so schnell ins Leben gedrängt, dass seine Mutter nicht mehr das Essen von der Feuerstelle hatte nehmen können. Gutes Gemüse war damals verbrannt, der Mais für das Ugali schwarz geworden und das Fell der bettelnden Hunde hatte nach Rauch gestunken. Während diese ungeduldige Tochter nun ihren ersten Zahn fest in die Brust der Mutter grub, überlegte Chebeti, ob sie nicht doch schon Brian holen und ihm sagen müsste, dass sein Kind sterben wollte. Selbst für Menschen, die nicht wussten, dass sie dem Tod die Beute unter den Bäumen und nicht im eigenen Haus bereitzustellen hatten, würde es nicht gut sein, wenn ein Kind im Bett seiner Eltern starb. Mary wachte auf. Sie stöhnte nur noch mit den Augen. Der kurze Schlaf hatte ihrer Haut die letzte Farbe gestohlen, ihrem Kind seine Kraft. Chebeti sah die Tage auf sich zuspringen, an denen der Bwana allen erzählte, sie hätte auf ihren Augen geschlafen, während sein Kind starb. Seufzend legte sie ihre Tochter zurück in den Sessel. Die Kleine

war noch hungrig und brüllte so ungewohnt zornig, dass Chebeti sich nach ihr umdrehte und so den Moment verpasste, als Marys Kind den Tod von sich stieß.

»Wo bist du?«, schrie Mary, »mein Körper zerreißt.«

»Das ist gut, Mary. Das ist der Schmerz des Lebens.« Erst viel später, als die Worte das Salz in ihre Kehle trieben, erinnerte sich Chebeti, dass sie einmal in ihrem Leben Mary mit ihrem Namen angesprochen hatte.

Es war eine Nacht ohne Mond, doch mit einem Stern, der hell wie die Sonne leuchtete, als Marys Tochter geboren wurde. Sie hatte eine Stimme, die da bereits auf Safari ging, große Hände und Füße, denen kein Gras zu hoch sein würde, neue Pfade zu stampfen. Ihre Augen waren blau wie die Blüten vom Flachs am Tag vor der Ernte, die Haut hell wie die Perlen um den Hals ihrer Mutter. Ihr Haarflaum war noch schwarz – wie bei allen Kindern auf Karibu.

Freude versengte den Schweiß auf Chebetis Stirn. Sie trennte die Nabelschnur mit einer silbernen Schere, zählte die Finger und Zehen des Mädchens und badete es in einer weißen Schüssel mit goldenem Rand. Es sei, sagte sie dem Bwana und Kamau, das klügste Kind, das je in Karibu geboren worden war, denn es hätte schon vor der Geburt die Klugheit gehabt, alle Menschen zu täuschen.

Die Mutter dieses listigen Kindes war zu schwach, um mitzulachen, aber sie sah das helle Licht am Himmel. »Wir werden sie Stella Chebeti nennen«, flüsterte sie. »Stella heißt Stern. Chebeti verdankt sie ihr Leben.«

Chebeti legte ihr die Hand auf den Mund; es erzürnte den Gott Mungu, wenn Neugeborene einen Namen erhielten. Viele brauchten keinen, denn sie starben vor der dritten Regenzeit ihres Lebens. Wäre Chebeti nicht so erschöpft gewesen, hätten ihre Augen die richtige Spur aufgenommen. Mungu war nicht gekränkt, dass Stella einen Namen hatte, ehe ihre Zunge die Süße der Milch schmeckte. Es war ihre Mutter, die in der Nacht starb.

2

Wenn es Nacht auf Karibu wurde, erinnerten sich die Menschen an die Bedeutung des Wortes. Sie hießen den Nachbarn am Feuer vor der eigenen Hütte willkommen und teilten mit ihm das selbst gebrannte Tembo, das Essen und das Wort. Die Satten und Fröhlichen redeten nicht nur, wie es bis zu Marys Tod geschehen war, von der großen Trockenheit, den Regenfluten und Buschfeuerbränden, von ihrer Habe, von den vielen Autos und Bussen in Nairobi und dem Boden, der einst den Kikuyu allein gehört hatte. Unter dem Sternenhimmel und in der kühlen Luft des Hochlands wurden auf Karibu die Köpfe auch von den Gesprächen über Chebetis Tochter heiß. Über die wussten die zahnlosen Mzee mit gebeugtem Rücken ebenso Bescheid wie die Männer, die auf den Shambas, in den Ställen und in dem steinernen Haus mit dem hohen Kaminschornstein arbeiteten. Auch jene Frauen, die ihre Füße nur bis zum Rand des eigenen Gemüsebeets, zum Brunnen und zu der Wasserstelle am kleinen Fluss bewegten, und selbst die Kinder, die noch so jung waren, dass sie die Saat vom Mais mit der vom Weizen verwechselten und einen Bullen mit einem Ochsen, wussten klug über Chebetis besondere Tochter zu reden.

Obwohl die auch in einer Hütte aus Lehm, Dung und Gras

wohnte und dort eine Decke mit zwei Schwestern teilen musste, war sie reicher als alle anderen Kinder auf der Farm. Auch war sie größer, kräftiger, mit den Händen geschickter und mit dem Kopf klüger als Gleichaltrige. Ihre Sonderstellung hatte Chebetis Tochter auch schön gemacht. Sie hatte so lange und schnelle Beine wie eine Gazelle und eine auffallend helle Haut, die in der Sonne wie das Fell der Impala leuchtete, wenn sie aus dem Gebüsch ins Licht gleiten; ihr Haar glänzte nicht nur in der Regenzeit. Wenn sie rannte oder eine schwere Last auf ihrem Kopf trug, wurden aus den winzigen Schweißtropfen auf ihrer Stirn bunte Glasperlen. Keiner ihrer Zähne war schwarz. Man erzählte sich, sie reinigte die nicht mit einer Wurzel, sondern mit einer kleinen Bürste und weißen Paste. Als Siebenjährige sprach das Mädchen das allen vertraute Kikuyu und bereits das fremde Suaheli, das jeder Erwachsene lernen musste, wollte er mit den Farmern und mit den Leuten von einem anderen Stamm reden. Auch vermochte die Kleine zwei Zahlen miteinander zu verheiraten, um aus der Ehe der beiden eine neue zu machen. Nicht nur dies. Seit der dritten Regenzeit ihres Lebens hatte Chebetis Tochter zwei Namen. Den ersten hatte sie von ihren Eltern erhalten, den anderen, wie sie mit Stolz erzählte, wenn sie nach ihm gefragt wurde, selbst gefunden – im Haus vom Bwana Mbuzi.
Kam die Rede auf das Mädchen mit den zwei Namen von sehr unterschiedlichem Klang, wurde sie sofort zu einer Geschichte von Tod und Leben. Keiner wurde sie je leid, denn sie war wahr und allzeit allein durch ein gutes Gedächtnis beweisbar.
»Chebetis Tochter hat«, berichteten die Leute, die immer

auf Karibu gewohnt hatten, den Fremden, die dort nach Arbeit fragten, »nicht nur zwei Namen. Sie hat auch zwei Köpfe, zwei Zungen und vier Ohren. Sie hat ein Kleid, das eine eigene Schüssel braucht, wenn es schmutzig ist.«
Saß diese zweiköpfige Kluge nachts mit ihrer Mutter und den Geschwistern am Feuer und steckte mit ihnen die rechte Hand in den großen Topf mit frisch gekochtem Maisbrei, hieß sie, wie viele Kikuyumädchen ihres Jahrgangs, Wangari. Lief sie jedoch in der Stunde, in der sich morgens der Himmel rosa färbte, den kleinen Pfad am Rande des Pyrethrumfeldes entlang, um mit Stella, dem einzigen Kind vom Bwana Mbuzi, das weiche weiße Brot zu essen und Milch aus einem Glas zu trinken, das höher war als ein aufrecht gestelltes Messer, warf Wangari ihren Namen in den Dornenbusch vor dem Brunnen. Bis dann die Sonne bei Anbruch der Nacht hinter den Berg am Wasserfall stürzte, war ihr Name Lilly.
Am Tag trug Lilly das rote Kleid, das ihre Mutter jeden Abend und nie in derselben Schüssel wie die Wäsche ihrer anderen Kinder wusch. Da wärmte der Neid der Geschwister Lillys Hals und ihre Stirn. Der Bwana Mbuzi, der mit Farben und Pinsel zaubernde Vater ihrer einzigen Freundin, hatte Lilly das herrliche Kleid, das selbst in der Dämmerung noch die gleiche Farbe wie ein gut genährtes Feuer hatte, in Nakuru gekauft. Seiner Tochter hatte er ein blaues mitgebracht und erzählt, der indische Schneider mit der Nähmaschine unter dem Baum am Markt hätte den Stoff für Lillys Kleid aus der Sonne des Abends und den für Stella aus einem Stück Mittagshimmel geschnitten.
»Darf ich das in deiner Hütte tragen?«, fragte Lilly.
»Nein«, befahl Chebeti. »Es ist auch deine Hütte.«

Mit ihren vier älteren Schwestern und den zwei nach ihr geborenen Brüdern redete Lilly Kikuyu, die Sprache mit den hohen, schnell reisenden Lauten, mit Stella und deren Vater sprach sie das vokalgetränkte Suaheli. Seit einiger Zeit war sie dabei, was nur ihre Mutter wusste, Englisch zu lernen. Der Bwana hatte Lilly und Stella vorgeschlagen, sich nach jeder Mahlzeit zehn Minuten in seiner Sprache zu unterhalten, obwohl ein Kind für sie die Zunge einer Schlange brauchte. Brian hatte den Mädchen versprochen, er würde jeder von ihnen an dem Tag ein Bild malen, da Lilly gut genug reden könnte, um ihn in Englisch darum zu bitten. Sie hatte gemerkt, wie ihre Augen zu groß für die Höhlen wurden, als sie sich das neue Zicklein ihres Vaters auf der Staffelei im Atelier vorgestellt hatte, und sofort die Töpfe mit schwarzer und weißer Farbe geholt. Stella hatte sich ein Bild von den elf kleinen Welpen gewünscht, die die Wolfshündin Asaki soeben geworfen hatte. Ihr Name bedeutete Honig, ihr Fell war weich und langhaarig. Kichernd hatte Stella die goldgelbe Farbe und die hellblaue für die Augen der Welpen auf den Tisch gestellt.
»Für jeden jungen Hund«, hatte sie gehandelt, »ein Bild. Und eins für Asaki. Ich werde zwölf Bilder bekommen.«
»Wenn du deinen Kopf mit zu vielen Zahlen fütterst, wird dein Herz krank. Ihr müsst euch beeilen mit dem Lernen«, hatte Brian gesagt und die Farbtöpfe wieder im Regal eingeordnet und dabei sein rechtes Auge geschlossen und sofort wieder aufgemacht. »Sonst wird aus der jungen Ziege eine alte Mutter und Asakis Welpen gehen auf die Jagd.«
Lilly hatte das Licht der Freude aus ihrem linken Auge geholt, ihre Arme über der Brust verschränkt und geantwortet: »Wir haben eine schnelle Zunge.«

»Schnelle Zungen wissen oft nicht, was sie reden«, hatte der Bwana gelacht.
Es stellte sich bald heraus, dass sein Gelächter gut Bescheid gewusst hatte über die mangelnde Ausdauer kleiner Mädchen, die sich auf einen zu komplizierten Vertrag eingelassen hatten. Ihnen erschien die Zeit, in der sie der versprochenen Bilder wegen Englisch reden mussten, wie der frische Lehm, in dem die Füße versanken. Obwohl sie beide schon die Botschaften der Zeiger von der Uhr über dem Kamin empfangen konnten, zählten sie die zehn Minuten, die Lillys Kehle austrockneten und Stellas Geduld verbrannten, an ihren Fingern ab.
»Schlechte Zeit stirbt schneller, wenn man sie in der Hand zerdrückt«, wusste Lilly.
Stella versuchte, die zehn Minuten nach der Mittagsmahlzeit mit einem scharfen Messer zu zerschneiden. In der heißesten Stunde des Tages verlangte es ihr am meisten, in den Schatten des Affenbrotbaums zu kriechen und jeden Laut, der ihr lästig war, in den Wald zu schleudern. Sehr oft sprachen die Freundinnen von dem Tag, als Lilly ihren Namen gefunden hatte. Beide liebten dieses Gespräch mehr als jedes andere. Es kam ihrem Sinn für Wiederholungen entgegen, Frage und Antwort waren genau festgelegt und auch die Pausen. Nur wenn die Worte, der Spott und das Lachen verstummten, streichelte der Wind die Ohren und fütterte die Nase mit dem Duft von Blumen und dem Rauch, der mittags von den Hütten aufstieg. Da zerschmolzen die Farben auf Karibu zu einem dünnen Streifen silbernen Lichts. Aus ihm flogen winzige Punkte aus Gold zu den weißen Wolken.
Wenn die Augen vom Licht mit den wirbelnden Punkten

geblendet wurden, konnten sie noch nicht einmal mehr ausmachen, dass Stellas Haut weiß war und die ihrer Freundin die Farbe vom Fell der Impala hatte. Als Lilly dies bemerkte, hatte sie keine Antworten gefordert, obwohl sie damals schon Kikuyu und Suaheli sprach. Stella hatte sich im Moment ihrer ersten Wahrnehmung jedoch vor den Spiegel gestellt und dann mit einer einzigen Frage Tränen auf das Gesicht ihres Vaters gezaubert; als er wieder stark genug geworden war, um seine Tochter hochzuheben, hatte er sie auf den Schultern in sein Atelier getragen, sie dort jedes Töpfchen öffnen lassen und ihr die Namen der Farben gesagt. Trotzdem hatte sie lange nicht begreifen wollen, dass sie keine Schwester hatte. Manchmal, wenn sie mit einem plötzlichen, scharfen Stich das Salz der Einsamkeit schmeckte, das in Afrika weder die klugen Mzee noch die unerfahrenen Jungen verschont, gebrauchte sie trotzdem noch das Wort für Schwester. Da nannte sie Lilly flüsternd »nduge muke« und die schaute auf die weißen Innenflächen ihrer Hände und gab ihr das Wort scheu zurück.

An dem Tag, der wie jeder gute begann und dann vor der Zeit einen vergifteten Schatten ausspie, kitzelten die vertrauten Scherze die Kehle und belebten Kopf und Körper wie die erste Nacht des Regens nach der Trockenzeit. Stella und Lilly hetzten einander über die kurzen, harten Grasbüschel wie jene sehr jungen Paviane, die noch kreischend nach dem Schwanz ihrer Geschwister greifen, ehe sie auf den Rücken ihrer Mutter springen. Sie tauschten kichernd ihre Kleider, die Ketten aus Sicherheitsnadeln um den Hals und ihre Namen. Lilly zog auch Stellas Schuhe an, humpelte, weil sie den Druck von Leder nicht gewohnt war, wie eine alte Frau und musste schon nach nur wenigen Schritten den dicken Stamm des Affenbrotbaumes umschlingen, um nicht zu stürzen. Stella rannte schnell wie ein Gepard zu einem kleinen Wasserloch und schmierte dort so viel Lehm auf ihre nackten Füße und Beine, bis die nicht mehr von Lillys zu unterscheiden waren.

Unter einem Pfefferbaum mit roten Beeren, deren Schale so süß schmeckte wie der Saft vom Zuckerrohr, beschimpften sie sich mit den derben Flüchen der Männer und verschluckten, prustend wie Flusspferde, ihre Scham. Sie gruben mit einem Messer, dessen Schneide selbst im Schatten silbern funkelte, die harte Erde zwischen den versengten Grashalmen aus, benetzten sie mit dem Wasser aus dem Loch und pressten sie zu einer festen kleinen Kugel. Die warfen sie mit der rechten Hand hoch, fingen sie mit der linken und schrien mit nur einem Mund, sie hätten die Sonne gefangen.

»Ich war noch ein Toto mit nur einem Zahn im Mund«, erinnerte sich Lilly, als der Atem in ihre Brust zurückkehrte und die Freude die schnellen Schläge ihres Herzens laut machte, »und ich hatte noch keinen Namen.« Als die Ältere hatte sie sich für alle Zeiten das Recht gesichert, die beste aller guten Geschichten mit diesem Satz zu beginnen.

Stella bohrte ihre Hände in die Taschen von Lillys rotem Kleid. Sie leckte ihre Lippen und machte den Mund auf und dann wieder zu, um anzuzeigen, dass sie die Antwort vergessen hatte und dabei war, die geflüchteten Bilder aufzuspüren. »Du hast noch keinen Namen gehabt«, wiederholte sie schließlich und jagte vorsichtig und lautlos die Zahlen von eins bis fünfzig in die Wolken. »Aber«, wusste sie, »ich habe schon aus der Brust deiner Mutter getrunken.«

Lilly machte erst die Augen auf, als Stella zu triumphierend »Lakini« sagte und damit das Wort für »aber« vorschnell mit der Schärfe des Widerspruchs würzte. Geduldig wartete sie auf den Moment, da das Schweigen schwer genug geworden war, um den Genuss der Rede nicht nur zwischen den Zähnen zu spüren. Mit ihrem Zeigefinger schnitt sie einen Kreis in die Luft. Aus ihren Augen wurden zwei funkelnde Spiegel. Ehe sie fragte: »Warum hast du nicht deine Mutter gerufen, wenn dein Bauch leer war?«, machte sie ihre Lippen voll mit dem Spott der Wissenden.
Nur zögernd ließ sich Stella aus der Geborgenheit des Schweigens locken. Sehr viel sanfter als bei einem Gespräch ohne genau festgelegte Regeln setzte sie die dickleibige rote Ameise, die soeben zu einer Safari von ihrem Ellbogen zur Schulter gestartet war, zurück ins Gras. Dann zerteilte sie den großen Ballen Erde in zwei kleine von gleicher Größe; dreimal spuckte sie auf beide. Die Sonne färbte die Tropfen erst grün, dann blau. »Ich habe keine Mutter«, erzählte sie, wobei sie den Satz gut zerkaute, um ihn länger zu machen, als er war.
»Ist sie zu dem klugen Doktor nach Nakuru gefahren?«
»Nein. Meine Mutter fährt nicht nach Nakuru.«
»Aber ich habe sie heute nicht in Karibu gesehen.«
»Meine Mutter wollte sterben. In der Nacht, als ich geboren wurde, wollte sie sterben.«
»Dann«, entschied Lilly, »hast du aus der Brust von deinem Vater getrunken.«
Das hatte Lilly noch nie gesagt. Stella spürte die Gewalt des Zorns, als sie die glühende Asche auf ihren Wangen nicht mit einem Scherz löschen konnte. Die Knöchel ihrer zur Faust geballten Hände wurden weiß wie der Schädel einer

Gazelle, der monatelang in der Sonne gelegen hat. »Das hast du noch nie gesagt, du hast deine Zunge mit einer Lüge zerschnitten«, schrie sie und trommelte mit ihren Fäusten auf das Gras. »Du bist eine Hyäne. Du hast ohne Hunger Beute gemacht. Du hast meine Worte gestohlen. Ich war Chebetis Kind. Das weißt du. Chebeti hat mir ihre rechte Brust gegeben.«
»Die linke«, brüllte Lilly, »jetzt lügst du. Deine Zunge wird aus deinem Mund fallen. Nein. Sie brennt schon im Dornbusch. Wie der Mann aus dem Fluss, von dem du mir erzählt hast.«
»Moses«, hisste Stella und spie wie die Schlange, die Kimani in der vorigen Regenzeit vor dem Küchengebäude erschlagen hatte. »Du hast den Namen von Moses vergessen, als du meine Worte gestohlen hast. Du hast ein großes Loch im Kopf. Moses hat nicht gebrannt. Der Busch hat gebrannt.«
Eine Weile stritten sie noch mit den hohen, rasch zuschlagenden Stimmen keifender Frauen, sehr bald jedoch wieder ohne das Gift der Eifersucht und immer mehr auf jene träge, wohltuende Art, die noch nicht einmal die Mundhöhle heiß macht. Das Gezänk stolperte häufig über Scherze und einmal verirrte es sich in einem dünnen Nebel, weil die Streitenden zu nahe aneinander rückten und sich ihre Arme berührten. Im bedächtigen Tempo der Männer, die nachts vor dem Feuer ihrer Hütten saßen und vom Land der Kikuyu sprachen, unterhielten sie sich über gesunde Mütter mit gefüllter Brust und über alte kranke Frauen mit geblähtem Bauch und Elefantenbeinen, die von den Fliegen mit Baumstämmen verwechselt wurden.

Sie redeten von Lillys klugem Vater – Kamau war bei Sonnenaufgang mit viel Geld in einem ledernen Beutel unter dem Hemd und einem Brief vom Bwana Mbuzi in der Tasche zu einer großen Farm in Ol' Kalau gelaufen und wollte noch vor der Dunkelheit mit einem neuen Bullen zurückkehren. Der würde mehr Kälber auf Karibu machen als der alte, müde Mafuta, der nur noch für die Füllung seines dicken Bauchs und zu selten für die Kühe sorgte. Sehr lange sprachen sie von Stellas Vater und dass er Kinder noch mehr liebte als die Ziegen, die er malte. »Er verliert seine weißen Hände im Haar der schwarzen Totos«, sagte Lilly.

Obwohl dieser Satz neu und keine stabile Brücke zum nächsten war, gefiel er beiden so gut, dass sie ihn sich gegenseitig zuwarfen wie zuvor den Ballen aus Erde. Sie fingen die Worte immer mit beiden Händen auf, legten sie in den Schoß, lachten dabei alle vier Augen feucht und mussten sie zum Trocknen auf Safari schicken. Ein feines Gitter aus schwarzweißem Licht und später eine rote Staubwolke zeigten am Horizont eine Herde galoppierender Zebras an. Als die Blätter eines lilafarbenen Jacarandabaums beim Tanzen im heißen Wind zu flüstern begannen, sprach Stella von den falschen und Lilly von den richtigen Töchtern. Und doch belauerten sie einander die ganze Zeit mit der Aufmerksamkeit von Schakalen, die lange kein Jagdglück mehr gehabt hatten. Endlich gab Stella nach. Sie setzte an, die schöne Shauri, um derentwillen sie unter dem Baum saßen und sich gestritten hatten, aus ihrem Schlaf zu schütteln.

»Ich habe immer Lilly gesagt, wenn Chebeti mich ins Bett gelegt hat. Weißt du das noch. Lilly, Lilly, Lilly«, ahmte sie

die weinerliche Beharrlichkeit eines hungrigen Kindes nach.
»Hast du denn nicht gewusst, dass lala schlafen heißt? Lala, lala, lala«, trompetete Lilly. »Du warst dumm. Du hast nicht gewusst, dass lala schlafen heißt.«
»Ich war noch ein Kind und wusste nur, wo die Brust deiner Mutter war. Heute ist das nicht mehr so. Heute weiß ich, warum du Lilly heißt. Deine Ohren haben meine Stimme gestohlen.«
Sie konnten nun mit Augen, die der Spott nicht zu Schlitzen verengte, und Händen, denen nicht mehr die Krallen von futterneidischen Servalkatzen wuchsen, über die Beute von Wortjägern reden und über Kinder an der Brust der Mutter, die einander bestahlen und doch keine Diebe waren. Einmal verstummten sie ganz, denn sie glaubten, die festen Tritte von Füßen in Schuhen aus Gummireifen auszumachen, wie sie Kamau trug, wenn er einen langen Weg vor sich hatte. Sie warfen sich zu Boden, legten sich auf die rechte Seite und pressten ihr Ohr fest an die Erde, aber es war ein kräftiger Windstoß, der sie auf die falsche Spur gelockt hatte, und sie mussten Enttäuschung kauen – nur die kleine, die nicht länger währte als der Stich eines zu weit aus dem Gestrüpp herausragenden Dorns. Beim Aufstehen stießen ihre Köpfe zusammen, doch damit das Lachen sie nicht wieder zu Kindern machte, die wie die noch blinden jungen Hunde übereinander herfallen, hielt Lilly beiden die Nase so lange zu, bis sie kaum noch atmen konnten. Dann sagte sie sehr energisch: »Ich werde immer älter sein als du.«
»Du wirst immer älter sein als ich«, schniefte Stella. »Meine Tage haben kürzere Beine als deine.« Sie schluckte mehr

Luft als vorgeschrieben bei diesem letzten Seufzer, schloss die Augen und legte zwei Finger auf ihre Lippen. Dies war das in einer Vollmondnacht verabredete Zeichen, dass sie für alle Zeiten Lillys Gebot achten würde, als die Jüngere das Gespräch zu beenden. Weil beide oft erlebt hatten, dass Traurigkeit die Kehle von Menschen so verengt wie den Schlund eines zornigen Truthahns, nahmen sie schweigend Abschied von dem guten kurzen Kampf, der schönen langen Versöhnung und von den umdunkelten Bildern aus der Zeit von Mary Hoods frühem Tod. Noch witterten sie nicht, dass Stellas weitsichtiger Vater sie für zwei Kinder hell gemacht hatte, damit seine mutterlose Tochter sich mit der gleichen Genügsamkeit am Rhythmus des afrikanischen Lebens nährte wie seine weisen Menschen. Auch er hatte von ihnen gelernt, das Gleichmaß als den einzigen Balsam zu empfinden, der dem Schmerz seinen Stachel nimmt.

Es war, wie die früh Gereiften feststellten, dennoch sehr viel Gelächter im Körper geblieben. Sie schleuderten abwechselnd die hellen Silben »Lilly« und die melodischen Laute »lala« zur Spitze des Bergs aus grauem Stein am Wasserfall. Mal für Mal streichelte ein klangschweres Echo ihre Ohren. Kichernd tauschten sie ihre Kleider zurück und streckten – ein wenig zaudernd, denn dies war stets ein Moment der Reue – die Arme nach dem eigenen Namen aus. Zwanzig Finger berührten einander mit sanftem Druck. Erleichtert zerrte Lilly die zu kleinen Schuhe von ihren anschwellenden Füßen und hielt sie Stella hin, doch die schüttelte den Kopf so lange, bis die Haare wie eine im starken Wind flatternde Decke um sie wirbelten, verknotete die Schnürsenkel und hängte die Schuhe um ihren Hals.

Um zum Wohnhaus zurückzukehren, wollte Lilly den Weg mit den winzigen weißen Steinen nehmen, von denen jeder Einzelne in der Sonne wie die bunten Perlen in den Ketten, Armreifen und dem Kopfputz der Massai funkelte. Dieser nach der letzten Regenzeit angelegte Weg führte am Stall, an der Salzlecke für das Vieh und an den schwarzgesichtigen weißen Hühnern mit den feinen Federn vorbei, die der Bwana Mbuzi von einer Farm in Eldoret hatte kommen lassen und die ihre Eier nur in hohes Gras legten. Er hatte Lilly einen Cent für jedes Ei versprochen, das sie ihm von den eigenwilligen Hühnern brachte. Stella schlug den Pfad zu Chebetis Hütte vor. Nachts kreuzten ihn die Pongos, die scheuen Schirrantilopen mit den weißen Streifen und Stummelschwänzen, und sie hatte mit ihrem Vater gewettet, sie würde noch vor dem nächsten Neumond drei Pongos bei Tag sehen und sie malen. Da die Schatten der Nachmittagssonne jedoch schon zu lang und sehr schwarz geworden waren und die Zeit nicht mehr reichen würde, um einen neuen Streit zu einem so guten Ende wie den vorigen zu führen, einigten sie sich auf den Umweg über das Pyrethrumfeld mit den größten Blumen. Es waren nur Blicke und Gesten erlaubt, damit keiner von beiden das den anderen kränkende Wort der Entscheidung sprechen musste.

Trotz der noch nicht erloschenen Tagesglut und der dampfend schweren Luft waren die Stiele der Pflanzen voller Saft und grün wie das wuchernde Moos im Wald. Jeder Blumenkopf war kleiner als ein Daumennagel und hatte ein leuchtend gelbes, von weißen Blütenblättern umrandetes Gesicht. Diese freundlichen Gesichter würden auch nach der Ernte noch fest und schön sein, wenn die Blumen in den großen Kikapus der Pflückerinnen lagen, um auf ihren Tod zu warten. Obwohl Stella entschlossen war, Farmerin zu werden, tat es ihr manchmal noch Leid, dass aus so hoffnungsvoll lächelnden Blumen nur ein scharf riechendes, todbringendes Insektenpulver hergestellt wurde. Kräftige Jungen mit nacktem Oberkörper und Fliegen auf dem kahlen Schädel standen im bewundernden Verlangen um den zehnjährigen Kania herum. Dessen Augen waren groß vom Stolz des Auserwählten. Obwohl er nur sieben Finger hatte und sein rechtes Bein kürzer war als das linke, hatte der Bwana Mbuzi bestimmt, dass ausgerechnet er dem Wasser am Shamba befehlen durfte. Kania hatte den roten Schlauch, der dicker als eine Schlange war, die sich viel Zeit genommen hat, die Beute zu verdauen, um seinen mageren Körper gewickelt. Noch tränkten die letzten Perlen des Wassers die Luft. Der kranke Jakarandabaum, der sich im Alter mit zu wenig Stärke gegen die gefräßigen Tischgenossen gewehrt hatte, die Bäumen ihren Lebenswillen rauben, war gefällt worden. Es roch süß nach Harz und stechend nach dem Holz, das bald in den kalten Nächten die Flammen im Kamin nähren würde. Aufgeschreckte Käfer mit fettem Leib und grünen Flügeln krochen aus dem bereits welkenden Laub. Die Webervögel hatten gefüllte Schnäbel. Sie waren schon dabei, sich neue Nester zu bauen.

Da Stella den tröstlich vertrauten Geruch von feuchtem Hundefell vor jeder anderen guten Botschaft ausmachen konnte, nach der ihre Nase gierte, erschnüffelte sie bereits an dem Haufen aus Kartoffelschalen, gärenden Mangokernen und faulenden Maiskolben, dass Asaki durch den Wasserstrahl für das Pyrethrum gelaufen war. Sie klatschte leise, schlug im Laufen ihre Schuhe aneinander, brüllte »Jambo« und lockte den Hund mit zärtlich schnalzenden Lauten zu sich. Asaki hielt ihren massigen Kopf schief, bewegte das linke Ohr und schob langsam ihre Schnauze in die Sonne. Erst in diesem Moment sah Stella ihren Vater.

Brian stand inmitten von kreischenden Kindern. Er war mit sechsunddreißig noch so schlank wie zu der Zeit, als er im väterlichen Arbeitszimmer erstmals den Aufstand gegen Tradition und Disziplin geprobt hatte. Nun hatte er jedoch die hager energischen Züge, mit denen das Leben in Afrika die Farmer noch mehr zeichnet als Sonne und Wind. Auf seiner Stirn zeigten sich die ersten Falten, an den Schläfen graue Strähnen. Bei seinen Bekannten pflegte er beide mit den Anforderungen zu erklären, die das Temperament seiner dominanten Tochter an ihn stellte, wobei er nie den ironischen Hinweis auf ihr großväterliches Erbe vergaß. Wie seine Nachbarn sprach Brian nur in Ausnahmefällen von den beunruhigenden Berichten und ihn noch mehr alarmierenden Gerüchten, die den Überfällen im Hochland galten. Die Kikuyu rebellierten gegen die britischen Kolonialbehörden – in den letzten beiden Monaten waren ein Farmer in Kitale ermordet, ein Farmhaus in Subukia niedergebrannt und die besten zehn Ochsen von Brians gutem Freund Scriver morgens ertrunken im Naivasha-See aufgefunden worden.

Trotzdem hatten seine Augen weder ihre erwärmende Gutmütigkeit noch ihre Lebenslust hergeben müssen. Seine ursprünglich auffallend blasse Haut, die ihm sein Vater als besonders typisch für einen Jungen vorgeworfen hatte, der weder Cricket spielen noch reiten mochte, war stark gebräunt und ledern geworden. In fröhlichen Nächten mit

viel Bier aus Zuckerrohr und Zungen, die zu den Sternen fliegen konnten, weil sie sich nicht nur mit Essen und Trinken labten, verbürgten sich die Menschen auf Karibu dafür, dass der Bwana Mbuzi nach dem Tod seiner Frau diese neue Haut einem indischen Händler abgekauft hätte und dafür den Donner seines Lachens hätte hergeben müssen. An diesem Tag, da er durchaus bereit war, der romantischen Geschichte zu glauben, musste sich Brian, als er Stella und Lilly so unbeschwert und ahnungslos auf sich zukommen sah, sogar um ein Lächeln bemühen.
Brian schalt sich als schwach und kindisch abergläubisch, weil er das Gespräch fürchtete, das jedem Vater auf einer einsam gelegenen Farm bestimmt war. Selbst bei der Auswahl seiner Kleidung an diesem Tag hatte er sich seinen Emotionen und Erinnerungen ausgeliefert und seiner Sentimentalität nachgegeben. Er hatte sich nur deshalb für die mehrfach geflickte, ausgebleichte Khakihose entschieden, die er einst in der Londoner Regent Street in einem noblen Ausstattungsgeschäft für Indienreisende gekauft hatte, weil er sie meistens in Krisensituationen getragen hatte und weil jeder Flicken für ihn den Aufbruch in die Freiheit Afrikas symbolisierte, der ihm nach all den Jahren immer als Zenit seines Lebens erschien. Auch der Gürtel aus weichem, zweifarbigen Leder hatte seine Biografie. Mary hatte ihn unmittelbar nach der Ankunft in Karibu geflochten und errötend erzählt, sie hätte in jede Schlaufe einen berühmten Maler als Brians Schutzengel gebeten. Obwohl er damals schon lange begriffen hatte, dass keiner der prominenten Schutzengel sich für seine künstlerische Inspiration zuständig erklären mochte, wirkte der Zauber noch immer. Sobald Brian die Gürtelschnalle schloss, hörte er

Marys beruhigende Stimme. In guten Stunden sah er auch ihr scheues, ernstes Gesicht und er konnte herzhaft lachen, was er sich damals versagt hatte, weil seine eifernde Mary Gainsborough mit Galsworthy verwechselt und ihn in den Kreis der Maler aufgenommen hatte.

In einer besonders starken Regenzeit, als Brian an einem einzigen Tag vier Hemden gestohlen worden waren und er der verschlammten Straße wegen nicht zum Einkaufen nach Nakuru hatte fahren können, hatte Chebeti unter dem Flamboyantbaum auf Marys alter Maschine das hellblaue Hemd genäht. Es war kragenlos, weil Chebeti vorab mit dem Stoff eine Tischdecke und ein Kissen geflickt hatte, und blähte sich nun im Nachmittagswind wie ein Ballon. Als Brian den beiden Mädchen zuwinkte, kaute er an der gelbstieligen Pfeife mit dem weißen Porzellankopf. Er entzündete sie sonst nur am Kamin und zum Zeichen, dass die Stunden nach dem Abendessen ausschließlich ihm und Stella gehörten.

»Diese Pfeife«, pflegte Brian seiner Tochter zu erzählen, die es nie leid wurde, ihn danach zu fragen und ihn an die nötigen Wiederholungen zu erinnern, »ist meine Königin der Nacht. Sie mag es nicht, wenn ich arbeite. Sie will nur die allerbesten Stunden mit uns beiden teilen.« Als Stella bemerkte, dass ihr Vater seine Pfeifenkönigin missbraucht und ihr noch nicht einmal Feuer gegeben hatte, blieb sie stehen und verdeckte ihre Augen mit beiden Händen. Sie wollte sich Zeit vor dem zweiten Blick und ihrer Frage nehmen, doch ihre Beine juckten von der Ungeduld der Überraschten und hetzten sie zu früh aus der Sicherheit heraus. Stella machte aus ihren Armen Flügel und rannte auf ihren Vater zu, der nun auch seine Schultern breit gemacht hatte und wie ein Adler vor dem Flug aussah; er pfiff den alten Kindervers vom Ei »Humpty Dumpty«, das sich bei einem Sturz von einer Mauer sein Genick bricht. Stella hatte die Melodie an ihrem vierten Geburtstag komponiert, als Brian für sie ein Straußenei bemalt hatte. Sie antwortete beglückt, holte das Ei aus einem blauen Wolkenthron aus ihrem Kopf und hüpfte bei jedem fünften Schritt über einen Grasbüschel. Als sie Brian erreichte, hob er sie hoch, was er nur noch tat, wenn sie beide den gestorbenen Tagen Atem einhauchten, warf sie in die Luft, fing sie auf und drückte mit einer zärtlichen Bewegung, die sie nicht erwartet hatte, ihr Gesicht an seine Schulter. Dort spürte Stella einen Seufzer auf, der in der Brust ihres Vaters erstickte. Sie hörte sein Herz und zählte die Schläge.

Um Mungu wissen zu lassen, dass sie sich nicht vor Schmerzen fürchtete, presste sie ihre Stirn fest gegen einen Metallknopf von Brians Hemd. Es bekümmerte Stella, dass ihr Vater zu wenig nach Tabak und auch nicht nach dem gebratenen Speck vom Mittagessen roch. Seine Haut irritierte ihre Nase mit dem Duft eines verängstigten jungen Hundes, der noch nicht gelernt hat, seine Mutter wieder zu finden, wenn er sich zu weit von ihrer Zitze entfernt hat. Stellas Nacken und Stirn begannen zu brennen, doch sie zerknirschte ihren Argwohn mit ihren beiden neuen Vorderzähnen und schluckte ihn hinunter.

»Chebeti hat die falsche Pfeife in deine Tasche gesteckt«, flüsterte sie in Brians Ohr und lieh sich die Stimme eines Kindes, das noch nicht die Sonne vom Mond unterscheiden kann.

»Nein, ich habe die Königin gebeten, mich heute zu begleiten.«

»Warum? Gehört heute nur uns?«
»Ja. Ich will mit dir reden, aber ich weiß nicht, wie. Die Königin ist klüger als ich. Sie wird meinen Mund richtig füttern. Es ist wichtig, dass du mich verstehst.«
Stella war gerade dabei, sich das schöne, noch nie erschaute Bild vorzustellen, das ihr Vater nur mit Worten und doch in einem sonnenkräftigen Gelb und dem Wolkenweiß der Morgendämmerung gemalt hatte, als sie merkte, dass Mungu ihr geholfen hatte, ohne dass er von ihr um Beistand gebeten worden war. Der schwarze Gott ließ Stella wissen, dass ihr Vater bestimmt nur hatte prüfen wollen, ob seine Tochter schon alt und erfahren genug war, um die Falle eines schlechten Jägers zu erkennen, der nichts von der Klugheit der Tiere weiß.
»Du hast doch gar nicht gewusst«, jubelte sie und sprang, so hoch sie konnte, um ihn ins Ohr zu zwicken, wie er es manchmal tat, wenn er sie bei einer Schwindelei ertappte, »dass ich zum Pyrethrumshamba komme. Lilly wollte zu den verrückten Hühnern aus Eldoret und ich wollte den Weg zu Chebetis Hütte nehmen.«
Stella war so sicher, ihr Vater würde nun endlich die neueste Shauri von seiner Pfeifenkönigin erzählen, dass sie ihn ermahnte, für Lilly Suaheli zu sprechen, doch er schüttelte den Kopf und holte die Freude, die zuvor da gewesen war, aus seinen Augen. Obwohl sein Hemd lange Ärmel hatte, machten seine Finger die Bewegung, die nötig war, um eine Fliege vom Arm zu verjagen. Dann legte er seine Hände auf Stellas Schultern, ohne seine Kehle mit einem Scherz einzuölen. »Heute«, sagte er, »will ich nur mit dir sprechen. Du musst mir dabei helfen. Es gibt Väter, die Angst vor ihren Kindern haben. Du hast so einen.«

»Der Bwana Mbuzi lügt«, gurgelte Stella Erleichterung, »er lügt schon wieder.«
»Chebeti wartet auf dich, Lilly«, sagte Brian und nun war seine Stimme wie ein fest gespannter Draht, »sie hat gesagt, du sollst die Hütte fegen und dann Wasser holen. Komm, Stella, wir setzen uns unter den Baum. Die Pfeifenkönigin hat gesagt, unter einer Dornakazie wird die Zunge glatt und kann gut sprechen.«
»Glatte Zungen lügen. Hat Chebetis Mutter gesagt.«
»Nicht immer, Stella. Nicht immer.«
Das erste Wort steckte lange in der Kehle. Erst verfolgten ihre Augen Lilly auf dem Weg zur Hütte. Dann lauschten sie dem Gesang der Männer auf den Shambas. Später hörten sie Kamau gegen den Wellblechtank schlagen. Sein Stock hatte der Arbeit des Tages den Schlaf befohlen. Sie kauten mit schwerem Kiefer die Luft, schauten einander nicht an und riefen im gleichen Moment den Hund. Asaki, die sanftmütige Trösterin, die dem Honig ihren Namen verdankte, trieb mit einem gespitzten Ohr und einem Schwanz, der Wind machte, die Süße zurück in die Worte, denn sie legte ihren Kopf auf Stellas Schoß und stellte die rechte Vorderpfote auf Brians Stiefel.
»Du musst in die Schule, Stella.«
»Heute?«
»Nein, aber bald. Doch in den Ferien wartet Karibu auf dich. Immer. Das darfst du nie vergessen.«
»Warum sprichst du von den Tagen, die noch nicht hier sind?«
»Wenn du heute schon den Schmerz zähmst wie ein wildes Pferd, kann er dir morgen nicht mehr wehtun.«
Es war, wie sich Stella in späteren Jahren erinnern sollte,

das erste Mal, dass die Zunge ihres Vaters wie eine Katze hinkte, die auf einen Dorn getreten war. Noch konnte sie keines der neuen Worte deuten und doch spürte sie die Bedrohung.
»Lilly auch?«, fragte sie trotzdem. »Geht Lilly auch in die Schule mit dem wilden Pferd?«
»Nein, Stella. Lilly bleibt hier. Wir leben in einem Land, das nichts von Vätern weiß, die ihre Kinder brauchen, und nichts von Freundinnen, die einander lieben«, seufzte Brian. »Du darfst mir nicht böse sein, dass ich dir wehtue.«
»Ich hab dir doch noch nicht erzählt«, wunderte sich Stella, »dass mein Zahn wackelt. Aber er tut nicht weh.«
»Bravo, du bist die Enkeltochter deines Großvaters. Du hörst nur, was du verstehst.«
»Sprichst du schon wieder von den Tagen, die noch nicht da sind?«
»Nein, von denen, die waren.«
Es waren die Erinnerungen an seine Kindheit in Angst und Verzweiflung, die Brian in den Nächten ohne Schlaf melancholisch und mutlos gemacht hatten. Dass er sich von Stella und sie sich der Schule wegen von ihm, Lilly, Chebeti und Karibu trennen musste, erschien ihm als grausame Wiederholung seiner Jugend. Nun war er der Flammenengel, der seine Tochter aus ihrem Paradies von Liebe und Geborgenheit vertreiben musste. Wenn Brian bei Tag erlebte, wie Stella die Gleichmut und Gelassenheit des afrikanischen Lebens geprägt und sie Geduld und Zufriedenheit gelehrt hatten, schämte er sich seines Zauderns. Da erkannte er, dass ihm seine Empfindsamkeit und Weichherzigkeit die Kühle der Überlegung und die Einsicht in die Notwendigkeit raubten.

Trotzdem wurde er wieder der Rebell gegen Tradition und Konvention, der er in der Jugend gewesen war, ein Don Quichotte in einer geflickten Khakihose, der dem Gaul seiner alten Illusionen vom Recht aller Menschen, ihr Leben selbst zu bestimmen, die Sporen gab. Ihm ging es nicht um Sieg, nur um den Kampf. Den wusste er schon verloren, ehe er nach Nairobi fuhr, um die Erlaubnis zu erbitten, seine Tochter selbst zu unterrichten. Der zuständige Beamte hieß Withers und erinnerte Brian unangenehm an seinen Vater; er hatte die gleiche Art, die Augenbrauen hochzuziehen und jedes Wort misszuverstehen. Selbstverständlich, hatte Withers gesagt, müsse Brian sich nicht für eines der Internate in der Kolonie entscheiden. Auch die Privatschulen seien ja alle ein wenig vulgär. Deswegen hätte er seine drei Söhne am Tag ihrer Geburt in Eton angemeldet.

»Verstehen Sie denn nicht«, brummte Brian, »was ich Ihnen soeben gesagt habe? Ich liebe meine Tochter. Sie ist alles, was mir geblieben ist.«

»Sie sehen das viel zu sentimental. Den kleinen Biestern tut es gut«, wusste Whithers, »wenn sie beizeiten lernen, auf eigenen Füßen zu stehen. Sind Sie denn nicht im Internat gewesen?«

»Nein, in der Hölle.«

Brian fügte sich, aber er konnte den Gedanken nicht ertragen, die Schule würde für Stella und Lilly auf immer die Welt in Europas Wissen und Afrikas Weisheit spalten. Ebenso ahnungslos wie besessen begann Brian dann nach einer Schule zu suchen, die schwarze und weiße Kinder aufnahm. Weil Karibu ihm zu lange Schutz vor der Wirklichkeit des Landes gewährt hatte, lieferte er sich seinem

Traum aus, reiste von Mombasa bis Kisumu und stritt mit entsetzten Schuldirektoren, die ihm klarmachten, dass es für die Afrikaner keine Schulpflicht gab, kaum Schulen und strikte Rassentrennung.

»Wollen Sie denn«, herrschte ihn der Schuldirektor in Nakuru an, »dass Ihre Tochter mit Kindern in die Schule geht, deren Väter uns den Schädel einschlagen? Haben Sie noch nie etwas von Mau-Mau gehört?«

»Doch«, sagte Brian, »nur was hat das mit Kindern zu tun?«

Als die Sonne im Feuerball verglühte und er auf die Tränen seines Kindes wartete, weil er sich an die eigenen erinnerte, erklärte er Stella, sie müsse nur dreimal den Vollmond abwarten, ehe sie nach Karibu zurückdürfe. Beschwörend hielt er drei Finger hoch. »Ich hab ein Taschentuch«, flüsterte er, »jetzt machen wir erst mal dein Gesicht trocken.«

»Deine Augen«, lachte Stella, »sind nass. Nicht meine. Du hast vergessen, das wilde Pferd zu zähmen.«

3

Sie hatten in dieser Nacht mit dem trügerisch süßen Geruch des langsamen Sterbens die Ohren lange mit dem einverständlichen Schweigen von Männern verwöhnt, die ungeduldig gestellten Fragen ebenso misstrauen wie den zu rasch gegebenen Antworten. In den Stunden des Wartens hatten sie so nahe beieinander gesessen, dass sich jeder an der Luft aus der Lunge des anderen wärmen konnte, und beide hatten sie die düsteren Farben, die schwarzen Schatten und den grauen Rauch des erlöschenden Feuers gesehen. Die Gnade der kurzen Blindheit hatte ihre Augen geschützt, Afrikas Weisheit von der Schmerzlosigkeit der letzten Safari ihr Herz. Als die Nase ihnen endlich wieder den tauleichten Duft des Lebens gestattete, erblickte jeder von ihnen das gleiche Bild. Der gemeinsam begangene Weg, der schon längst nicht mehr bestimmten Regenzeiten zugeordnet wurde, ließ sie wissen, dass sich die Bilder in ihren Köpfen wie zwei Eier ähnelten. Das Gleichmaß ihrer Schritte bestätigte es ihnen. Kamaus nackte Füße waren lautlos, jeder von Brians festen Tritten auf dem harten Boden klang, auch ohne dass nur ein einziger sein Echo fand, wie ein Ruf von den Bergen. Erst als der ausgetretene Pfad am Waldrand erreicht war, setzte der Barfüßige an, die Stille zu zerschneiden. Er stellte die Laterne auf die Erde, schüttelte seine Schultern aus und befreite seine Kehle von dem Druck zu lange zurückgehaltener Worte.

»Du hast gedacht«, fragte Kamau, »ein Kikuyu hat den Bwana Bibitatu erschossen?« Er lachte erst und dann jedoch ungewöhnlich laut beim letzten Wort, das er auch sehr viel deutlicher als die übrigen betont hatte. Als er sich seufzend auf den Stamm einer am Vortag gefällten Zeder setzte, ohne dass er sich zuvor über den steil ansteigenden Weg beklagt hatte, der Beine vor der Zeit unwillig macht, schlug er dreimal sehr fest mit seinem Stock gegen einen großen Stein und deutete auch mit der Stimme eine Folge von schnell hintereinander abgefeuerten Schüssen an. »Hast du das wirklich gedacht?«

»Ja. Warum fragst du? Und warum fragst du das erst heute? Mein Freund in Naivasha hat es mir erzählt«, erinnerte sich Brian und setzte sich schwer atmend neben Kamau. »Der Mann hat tot in seinem Bett gelegen. Mit einem Loch im Kopf.«

»Du hast die zwei Löcher in der Brust vergessen.«

»Warum reden wir in dieser Nacht von den Löchern in der Brust eines Mannes, den wir beide nie gesehen haben?«

»Weil diese Löcher deinen Kopf krank machen«, erwiderte Kamau. Er sprach nun so leise wie sonst nur mit seiner jüngsten Ziege. Wie alle Menschen auf Karibu wussten, verwöhnte er die meckernde Weißbärtige mit der Stimme der Vögel und den frischesten Blättern von seinem Gemüsebeet.

»Bin ich in dieser Nacht deine Ziege?«

»Chebeti hat es mir gesagt«, beharrte Kamau. »Die Lampe neben deinem Bett braucht jeden Tag neues Petroleum.

Als dein Kopf noch gesund war, hat die Lampe nur am Montag getrunken. Und du nur am Sonntag.«
»Und nicht Petroleum. Du brauchst es nicht zu sagen. Ich weiß es. Chebeti redet zu viel.«
»Alle Frauen reden zu viel. Doch Chebeti hört, was die Augen eines Freundes sprechen.«
»Das hast du wunderbar gesagt«, murmelte Brian.
»Du musst in meiner Sprache mit mir reden, wenn du willst, dass ich dich höre, Bwana Mbuzi. Wann ist dein Freund aus Naivasha nach Kitale gefahren und hat den toten Mann besucht?«
»Er hat von seinem Tod in der Zeitung gelesen. Warum lachst du schon wieder?«
»Weil dir die Angst deine Klugheit gestohlen hat. Hast du vergessen, dass nur weiße Männer Gewehre haben? Die Kikuyu töten mit Messern und Pangas. Hast du auch nicht mehr gewusst, als du mit deinem klugen Freund in Naivasha geredet hast, der seine Augen in die Zeitung stößt, was Bibitatu heißt?«
»Drei Frauen. Ist das ein neues Spiel für Kinder? Stella ist in der Schule. Und Lilly spielt nicht mehr.«
»Der Bwana Bibitatu hat seinen Namen bekommen, weil er drei Frauen in sein Bett holte. Weiße Männer haben aber nicht gelernt, mit drei Frauen zu leben, ohne Krieg zu machen. Weißt du das nicht? Muss dir dein kluger Kamau das sagen?«
»Ich kann den klugen Kamau nicht verstehen. Er füttert meine Ohren immer nur mit Fragen.«
»In Chepois Hütte waren deine Ohren noch sehr gut. Der Mann von einer der zwei Frauen, die den Bwana Bibitatu besuchte, als seine richtige Frau in Nairobi war, hat sein

Gewehr geholt. Er hatte drei Patronen. Sie haben ihm seine Frau zurückgeholt.«

»Danke, Kamau. Du weißt immer, wann ich deine Medizin brauche. Ich frage mich oft, was aus Karibu wird. Man hört sehr viele böse Shauris. Aber morgen wirst du mir dann auch erzählen, weshalb die zehn Ochsen von meinem Freund im Naivasha-See ertrunken sind.«

»Kessu«, bestätigte Kamau vergnügt und schlug mit dem Stock leicht auf den Boden. »Vergiss nicht, mich kessu nach dem Haus in Subukia zu fragen. Ich kann es dir heute schon sagen. Das ist niedergebrannt, weil der Bure, dem die Farm gehört, gar keine Frau hat. Er ging nie ohne Tembo im Bauch und nie ohne eine Zigarette in der Hand ins Bett.«

Es war eine jener kalten Hochlandnächte mit einem Neumond, der wie eine Sichel aus Gold glänzte, und mit besonders hellen Sternen an einem Himmel ohne Wolken. Die Pfützen in einem niedrigen Graben waren gefroren, die Blätter der Bäume erstarrt, die Ratten in ihren Löchern geblieben. Obwohl das Blut einer in der Dämmerung von einem Geparden gerissenen Antilope noch nicht geronnen war und ihr Kopf und die Vorderbeine noch im mannshohen Gras lagen, hockten die Geier bewegungslos in den Bäumen. Ihre Silhouetten wurden nur dann deutlich, wenn Kamau die flackernde Petroleumlaterne nach oben hielt. Er hatte Brian in den ersten Stunden der Nacht gerufen, weil Chepoi sich endlich zum Sterben niedergelegt hatte. Alle Männer auf der Farm hatten sich geweigert, den stöhnenden Kranken zu berühren und ihn, wie es Brauch war, vor seine Hütte zu tragen, während sein Herz noch schlug und sich seine Brust bewegte.

»Du hast gewusst«, erkannte Brian und konnte seine Hand nicht zurückhalten, die Kamaus Knie berühren wollte, »dass ich mitkomme.«
»Ich habe es gewusst. Immer wenn du den Mzee gesehen hast, hast du die Stimme deiner Frau gehört.«
»Und ihre Augen gesehen, Kamau. Es waren gute Augen.«
»Es waren Augen, die nicht dunkel wurden, wenn sie schwarze Haut sahen.«
Der greise Viehhirte Chepoi war ein kleinwüchsiger, dürrer Mann aus dem Stamm der großen, schlanken und schönen Lumbwa. Wie die Massai liebten die stolzen Lumbwa ihre Ungebundenheit wie ihre Viehherden. Sie arbeiteten nicht auf den Feldern und selten auf den Farmen der Weißen, doch selbst die ältesten Mzee auf Karibu konnten sich nicht erinnern, wann Chepoi gekommen war. Er hatte dort weder Verwandte noch Freunde und nie genug Geld gehabt, um sich eine Frau zu kaufen. Also hatte er auch keine Töchter, die er verkaufen konnte, damit er als alter Mann nicht mehr arbeiten und sein Ugali selbst kochen musste.
Schon die Kinder hatten sich gewundert, weshalb Chepoi zeit seines Lebens im ewigen Schatten der allgemeinen Achtung eine Regenzeit nach der anderen als einziger Lumbwa auf Karibu geblieben und nicht zu seinem eigenen Stamm und dem guten Wort von Brüdern zurückgekehrt war. Nur der Frau, der er das späte Wunder seiner Zunge verdankte, hatte Chepoi anvertraut, dass es die Kühe, Kälber und Ochsen, die Schafe und die jungen Ziegen von Karibu waren, die ihm den Aufbruch zu den Seinen verwehrten. Die Kikuyumänner auf der Farm, die sich sträubten, dem unbeliebten Außenseiter mit den astdünnen Armen und knochigen Knien den letzten Dienst des

Lebens zu tun, hatten ihn nicht nur stets gemieden; sie hatten ihn wegen seines Stotterns und seiner Schwerhörigkeit verspottet, sein kindlich freundliches Lächeln mit ihrem Hohn vergiftet. Seit dem Einsetzen von Chepois Fieber und dem Husten, der bereits in der Kehle erstickte, hatten die Kikuyu gefürchtet, der Bwana Mbuzi, der ja den Körper seiner toten Frau nicht den Tieren überlassen und ihn in ein tiefes Loch eingegraben hatte, oder Kamau, der dies zugelassen hatte, würden sie dazu bewegen, Chepoi in seiner Todesstunde zu berühren. Kein Kikuyu zweifelte, dass der Sterbende sich an seinen Feinden rächen und sie mit seiner stolpernden Zunge und der Schwäche seiner Ohren bedenken würde.

Chepoi hatte ebenso viel Zeit zum Sterben gebraucht wie im Leben zum Reden. Seit mehreren Wochen waren die Narben an seinen Beinen aufgesprungen und vereitert und die Haut trocken geworden wie verdorrte Maisblätter; er hatte im Stall vor sich hingedämmert und erst am letzten Tag seines Lebens eingewilligt, dass der kräftige Gartenarbeiter Manjala, dem die Gabe des Widerspruchs nicht gegeben war, ihn auf Drängen vom Bwana Mbuzi in einer Schubkarre in die eigene Hütte schaffte. Der schmerzhaft lange Abschied von einem Mann, der für Brian so zu Karibu gehörte wie die Felder und der Wald, hätte ihn auch dann aufgewühlt, wenn ihn die immer wieder auflebenden Gerüchte über die rebellierenden Kikuyu im Hochland nicht so unmittelbar mit der Grausamkeit des afrikanischen Tods konfrontiert hätten. Er hatte sich, als Chepoi unter einer einsam stehenden Dornakazie lag und bereits ohne Bewusstsein war, trotz Kamaus Unwillen geweigert, den Sterbenden vor seinem letzten Atemzug zu verlassen.

»Du lässt zu schnell das Salz in deine Kehle«, hatte ihm Kamau vorgeworfen.

Für Brian symbolisierte der aus der Gemeinschaft der Menschen ausgestoßene Lumbwa, der so behutsam mit den Kühen umging und so zärtlich mit den Kälbern und Lämmern, jenen Teil des Lebens mit Mary, der ihm in der verfälschenden Melancholie seiner Erinnerungen als eine Folge von nur heiteren Tagen erschien. Solange es Chepoi gegeben hatte und seine sanften, weit aufgerissenen Augen, die seine Hässlichkeit und Gebrechen vergessen machten, war für Brian auch seine Frau nicht tot, denn in Chepoi war die Saat von Marys Liebe und ihrer engelsgleichen Geduld immer wieder aufs Neue gekeimt.

Nur die sensible Mary hatte erkannt, dass es die Verlassenheit und die Erfahrungen seines erbärmlichen Seins gewesen waren, die Chepoi in die Sprachlosigkeit getrieben hatten. Bei ihrer Ankunft in Karibu war er schon ein vergreister, von häufig wiederkehrenden Fieberschüben zerfressener Mann gewesen, aber weder teilnahmslos noch senil, nur ängstlich und demütig. Schweigend und mit schief gehaltenem Kopf war er durch die Ställe gehinkt. Stumm und bewegungslos hatte er auf den Grasbüscheln an den Berghängen gesessen, während das Rind graste und die Fliegen, die er nicht verjagte, seinen kahlen Schädel bedeckten. Wortlos hatte er jeden Freitag seine vernarbte Rechte für den Lohn hingehalten und einmal im Monat ein weißes Säckchen für seine Salzzuteilung, die er sich nicht, wie die übrigen Arbeiter, bei Kamau am Wellblechtank, sondern im Küchengebäude abzuholen pflegte.

An einem Nachmittag im gewitterschweren Juli hatte sich

alles verändert und dies nur, weil die Milch sauer geworden war. Um neue zu holen, war Mary selbst in den Stall gegangen, was sie sonst nur morgens tat. Dort hatte sie den als verrückten Taubstummen gebrandmarkten Chepoi beruhigend auf eine kalbende Kuh im letzten Wehenschmerz einreden hören; ein paar Minuten später hatte die Staunende erlebt wie er mit laut gurgelndem Jubel und einer Flut von gestammelten Worten Sabatias Kalb willkommen hieß. »Du wirst«, stotterte er und das nicht in seiner Sprache, sondern in Suaheli, »der beste Bulle von Karibu sein. Der Bulle aus Ol' Kalau ist ein dreckiger Kikuyu. Wie Kamau, der ihn zu uns geholt hat.«
»Du kannst sprechen, Chepoi«, hatte Mary gesagt. »Warum hast du deine Zunge so lange schlafen lassen?«
Er hatte, ohne den Mund zuzumachen, eine Fliege vom Kopf geschüttelt und die Augen wie ein Dieb geschlossen, der glaubt, er könne nicht aufgespürt werden, wenn es ihm nur gelingt, nicht das Gesicht seiner Häscher zu sehen. Mary hatte den uralten Kinderglauben an den Schutz des abgewandten Blicks nicht verlacht und auch nichts mehr gesagt. Sie hatte erst den Kopf des feuchten Kälbchens gestreichelt und danach Chepois Arm sanft berührt. Am nächsten Morgen hatte sie sich nicht entmutigen lassen, weil Chepoi weder auf ihr leises »Jambo« noch in den darauf folgenden Tagen auf irgendeine Frage Antwort gab. Zu entschlossen war sie gewesen, ihn mit ihrer Beharrlichkeit und Kraft aus der Grube seiner Sprachlosigkeit hervorzulocken, um sich auch nur den Gedanken zu gestatten, ihre Liebe würde kein Echo finden.
Als Erstes setzte sich Mary zu Brians Belustigung und auf eine gutmütige Art von Kamau verspottet dafür ein, dass

Sabatias wohl geratener Sohn Moschi nicht kastriert werden sollte. War Chepoi in der Nähe und wusste sie seine Ohren offen, lobte sie die außergewöhnliche Männlichkeit des Kälbchens, obwohl die sich noch nicht einmal zu runden begonnen hatte. Vor allem holte die einfühlsame Jägerin des Wortes ab dem Tag von Moschis Geburt ihre Milch selbst. Stets ging die Listige um die gleiche Uhrzeit in den Stall – wenn die Schatten lang und schwarz wurden und das durstende Gras sich nach dem Tau der Nacht streckte. Die kluge Fallenstellerin verspätete sich nie auch nur um einen Herzschlag. Sie sagte jeder Kuh »Jambo« und erzählte den Kälbern von den jungen Hunden, die auf die Milch von Chepois Kühen warteten. Mit Moschi redete Mary über dessen guten Hirten, der es ihm an nichts mangeln ließ; der gepriesene Hüter schob sein Ohr zu den Worten hin und saugte jedes einzelne so gierig in seinen Körper wie ein Verdurstender, der den rettenden Fluss gesehen, gehört und gerochen und nicht mehr die Kraft hat, ihn mit den Füßen zu erreichen.

Bald zweifelte auch Brian nicht mehr, dass Chepoi auf Mary lauerte. Obwohl ihre Schritte im Gras leicht waren wie der Flügelschlag eines Schmetterlings und auch gesunde Ohren sie nicht vor der Zeit ausmachen konnten, stand er bei ihrem Eintreffen immer hinter der Tür. Ab dem Tag, da Moschi erfuhr, dass ihm die Demütigung des Messers erspart bleiben würde, war es Chepoi, der das Ritual der Begegnung bestimmte. Er nahm der Memsahib Chai die Kanne aus der Hand, setzte sich mit einem Seufzer, der von keinem einzigen Laut des Stöhnens beschwert war, auf den dreibeinigen Schemel und fing an, seine Lieblingskuh zu melken.

Sie hieß Maziwa mingi, was »viel Milch« bedeutet, und sie war die einzige schwarze Kuh inmitten einer braunen Herde, ein auffallend sanftes Tier mit besonders großen Augen und der Neigung, fernab von der Herde zu grasen. Noch während die letzten Tropfen des kräftigen weißen Strahls in den Eimer rannen, trocknete Chepoi sein Gesicht mit dem Schwanz der schönen Großäugigen ab, rieb die Metallkanne mit dem Zipfel der um seine Schultern hängenden, zerlöcherten grauen Decke so blank, dass er sein Gesicht sehen konnte, und überreichte Mary die warme Milch.

»Er melkt doch alle anderen Kühe bei Sonnenaufgang«, sagte Mary, als sie die Zeit für die Beute gekommen wusste, und sie klopfte beim Sprechen der Kuh so zart auf den Rücken, dass sie nicht den Schlaf einer einzigen Fliege störte. »Warum muss Maziwa mingi so lange warten, bis ihre Milch geholt wird?«

»Maziwa mingi kann nicht sprechen«, keuchte Chepoi und verschluckte sich an der Luft in seiner Brust, »sie ist eine Kuh.«

»Du sprichst auch nicht. Also bist du eine Kuh.«

Nur Chepoi wusste, dass er zwei Zähne hatte. Die waren nämlich miteinander so verfeindet wie die Lumbwa mit den Kikuyu und vermieden es, sich zu gleicher Zeit zu zeigen. Der gelbe Schneidezahn steckte im Oberkiefer, der schwarze Stummel vom letzten Backenzahn im Unterkiefer. An diesem Tag aber öffnete der Mann, den die Memsahib Chai für eine Kuh gehalten hatte, den Mund so weit, dass sie beide Zähne sah. Chepoi war der Klang des eigenen Gelächters nicht vertraut; einen Moment hielt er sich erschrocken die Ohren zu. Nur weil er Mary lachen sah und dies auch hören wollte, befahl er seine Hände jedoch zurück. Mary, deren Lachen Chepoi an den Jubel der Vögel am ersten Morgen nach dem Einsetzen des großen Regens erinnert hatte, trank die Milch von der schönen Maziwa mingi aus der Kanne. Dann drückte sie die Kanne an seinen Mund – obwohl er ein Lumbwa war und ihm vor Milch ekelte, schluckte er sie hinunter. Er vergaß ihren Geschmack nie und hielt ihn für süß und wärmend und verzaubernd. Hatte er auch nie von einem Liebestrank reden hören, so wusste er fortan um seine Wirkung.

Chepoi mochte auch in späteren Jahren nicht auf den Schutz einer stolpernden Zunge verzichten, denn die langsame Rede und die taumelnde Antwort machten es ihm möglich, Menschen von sich fern zu halten, die zu schnell lachten. War er mit Mary allein, stotterte er nur bei Worten mit zu vielen kehlenreibenden Stacheln. Er hatte den Sinn von Afrikas klugen Menschen für Komik, den später auch Brian erleben durfte, und Ohren, die nach der vertrauten Melodie bekannter Scherze verlangten. Nach dem Gewitter des Gelächters, das ihn von seiner Qual erlöst hatte, durfte die Memsahib Chai noch oft seine beiden Zähne sehen, denn dem beglückten guten Hirten mangelte es fortan an nichts. Seine Beschützerin sorgte für eine graue Decke ohne Löcher, einen guten Topf mit einem festen Boden, eine monatliche Zuteilung von trockenem Holz und für die Einführung der Regel, dass nur er den neugeborenen Kälbern ihre Namen geben durfte. Wenn die Memsahib mit dem Gebieter der Herde die Heiterkeit teilte, waren ihre Augen frei vom Hohn der Jugend, die einen alten Mann an die Schwäche der Lenden und an das Nachlassen der Sinne erinnert. Zudem lachte Mary immer als Erste, Chepoi übernahm es, für das Echo zu sorgen. Die Geduldige in Kleidern, die nach der Sonne von freundlichen Worten dufteten, war so klug, den Tag abzuwarten, an dem Maziwa mingi ihr erstes Kalb gebar, ehe sie Chepoi fragte: »Warum hast du so lange nicht mit den Menschen gesprochen?«

»Warum sollte ich sprechen? Alle auf Karibu haben gewusst, dass ein alter Lumbwa keine Kuh ist. Nur du hast es nicht gewusst.«

Diese beiden Sätzen, so oft am Kamin wiederholt, wenn die brennenden Zedernscheite die Flamme des Lebens immer wieder aufs Neue entzündeten, wurden im Laufe der Jahre zu einem der Fixsterne am strahlenden Firmament von Karibu. Chepois Schweigen und Reden hatte Marys letztem Lachen gegolten. Am Abend vor der Geburt ihrer Tochter hatte sie, in ein Wolltuch von der Farbe der Flamboyantblüten gehüllt, sehr lange schweigend ins Feuer gestarrt. Sie hatte erst die hochträchtige Hündin Beauty und dann den Leib gestreichelt, aus dessen Wärme Stella drängte, plötzlich mit einer für sie atypischen energischen Bewegung den Kopf gehoben und ihre Augen auf Safari in der Richtung von Chepois Hütte geschickt. Ihre Schultern hatten gebebt und ihre Brust das Lachen nicht mehr halten können. »Warum«, hatte sie gekichert, »sollte ich sprechen? Alle Menschen auf Karibu wissen, dass ich keine Kuh bin.«

Brian saß mit Kamau auf dem Baumstamm und hieß jede Facette der Erinnerungen willkommen. Es war Marys letztes Geschenk, ihm so scheu, schon im Aufbruch des Abschieds überreicht, dass seine Wehmut weder Bitterkeit noch Aufbegehren kannte. Er merkte, weil er seinen Atem nicht mehr sah, dass sich die Kälte der Nacht zu lösen begann. Der Tank der Petroleumlaterne war leer, die Flamme erloschen. Kamau drehte den Docht herunter und wärmte seine Hände mit einem Seufzer. Sie hörten eine Hyäne heulen und die Geier ihre Flügel spreizen. Weil es nicht mehr die Stunde für die Tiere und Vögel war, die auf das Jagdglück der Geparden und Leoparden warten mussten, ehe sie den eigenen Hunger stillen konnten, dachten beide Männer im selben Augenblick an den Schnitt vom Leben. Der eine begriff mit der Unruhe des Schauderns, der andere mit der Gleichmut, die den Sturm nicht fürchten gelernt hat, dass Chepois Körper nicht mehr lange unter dem Baum des Todes liegen würde.

»Hast du gewusst, dass der alte Lumbwa, wenn er vom Stall zu seiner Hütte ging, immer auf dem Weg lief, der zum Loch geht? Das Loch, in das du deine Frau gelegt hast.«

»Ja«, sagte Brian, »das habe ich gewusst. Ich laufe auch immer diesen Weg, wenn ich zu meiner Hütte gehe.«

Während er für den letzten Teil der Strecke zum Haus auf die ersten Streifen des grauen Tageslichts wartete und mit gleichmäßigen Atemzügen Kamau weiszumachen versuchte, er würde schlafen, sah Brian Marys Gesicht. Es war in der langen Nacht von Chepois Tod ohne die Brauntöne, die die Zeit den Bildern aufzwingt. In den sieben Jahren seit Stellas Geburt hatten Marys Wangen nicht ihre Glut verloren, ihre Augen nicht den sanften Schein, die hellen Sommersprossen auf der Stirn nicht ihre animierende Fröhlichkeit. Die Liebe, die Mary gab, hatte ihr Gesicht auf immer für diejenigen porträtiert, denen diese Liebe galt. Brian hörte ihre Stimme. Es war noch die der jungen Frau, die von sechs vergnügten Kindern, zwei Hunden und

einer rot getigerten Katze in einem kleinen Haus in Cornwall geträumt hatte.
»Wenn meine Tochter wieder da ist«, sagte Brian, »holen wir eine zahme Katze ins Haus.«
»Es gibt keine zahmen Katzen«, antwortete Kamau.
»Die roten sind zahm.«
»Ich kenne keine roten Katzen.«
»Die Memsahib Chai hat eine gekannt.«
»Du hast zu lange am Loch gestanden. Weißt du immer noch nicht, weshalb wir unsere Toten vor die Hütte tragen?«
Als es nicht mehr Marys Haut war, die glühte, sondern die Sonne, die durch die flockigen, silbern getünchten Wolken stieß, begehrte endlich die Gegenwart Einlass in das Geflecht der Phantasie. Brian dachte an Stella. Er malte mit den vergessenen Pastellfarben seiner Kindheit und stellte sich seine starke afrikanische Tochter in einem englischen Garten mit einem sehr kurz geschorenen Rasen vor, mit zartblauem Vergissmeinnicht und hellgelben Narzissen. Deren Köpfe wippten im kalten englischen Aprilwind. Dem Wanderer durch Raum und Zeit fielen die ersten zwei Zeilen eines Gedichts von Wordsworth ein; eine Zeit lang suchte er vergeblich nach dessen Vornamen. Stella saß in einem schwarzweiß geblümten Schürzenkleid, ein aufgeschlagenes Buch im Schoß, strickend auf einer grünen Bank, neben ihr eine Puppe mit blonden Zöpfen und starrenden blauen Augen. Das Bild dieser skurrilen Idylle verblasste in der Tropenglut. Stella und Lilly rannten barfüßig durch die Felsen, sprangen über moosbewachsene Steine. Weil Stella so laut »Jambo« brüllte, dass das Wort als Fels von den Bergen stürzte, breitete ihr Vater schüt-

zend seine Arme aus. Er schüttelte seufzend den Kopf und befreite verlegen die Kehle, als er begriff, was ihm widerfahren war.

»Du hast schon wieder auf deinen Augen geschlafen«, grämte sich Kamau, »eine Safari zu den Tagen, die tot sind, ist nicht gut in so einer Nacht. Ich habe dir gesagt, dass der alte Lumbwa deinem Kopf die Ruhe stehlen wird, wenn du ihm beim Sterben zuschaust. Du bist wie ein Kind, das zu dumm ist, jeden Tag klüger zu werden. Wer wird dein Freund sein, Bwana Mbuzi, wenn ich auf meine Safari gehe?«

»Kamau, du bist noch nicht alt. Warum sprichst du von den Tagen, die noch so weit weg sind.«

»Ich habe nicht von mir gesprochen und auch nicht von den Tagen, die weit weg sind«, brummte Kamau.

Der Wind vom Wasserfall war stark und kalt, die Stimme einer Hyäne zu nah für die, die an den Tod dachten. Sie tranken beide einen großen Schluck aus der flachen silbernen Flasche mit der Aufschrift »Orient Express«, doch es war nicht der Brandy, der sie wärmte, sondern die Verbundenheit der Jahre. Eine Zeit lang grübelte Brians Tröster über den Umstand, dass immer der Mensch den Geschmack der Lüge bestimmte, der angelogen wurde. Kamaus Lüge aus Barmherzigkeit hatte nur Süße auf seine Zunge getrieben, denn sie hatte Brians Angst vor dem niedergebrannten Haus in Subukia zu einem kleinen Haufen Asche gemacht. Es stimmte nicht, dass der Bure betrunken und mit einer Zigarette ins Bett gegangen war. Das war jeden Tag so gewesen, nur nicht in der Nacht der Rache. Der verhasste Bure schlief in Nairobi, als seine Leute das Feuer auf der Farm legten. Seit Jahren hatte er die Männer schlecht bezahlt und die Frauen wie Kühe behandelt, die keine Milch geben.

»Stella kommt bald zurück«, sagte Brian und holte die Pfeife aus seiner Tasche.

Es war an diesem Morgen der zu schnell schlagenden Herzen und der Fragen ohne Antwort genau zwei Monate her, dass er seine Tochter in die Privatschule auf einem Hügel oberhalb der Teeplantagen von Limuru gebracht hatte. Sein Gedächtnis weigerte sich, auch nur einen Pinselstrich des bizarren Bilds freizugeben. Stella hatte unter einem Pfefferbaum mit tief herabhängenden Zweigen und ungewöhnlich großen roten Beeren gestanden. Sie hatte zum ersten Mal die in Nairobi bestellte, von der Schuldirektion minutiös vorgeschriebene Uniform getragen. Seine Tochter war Brian viel kleiner als auf Karibu erschienen und so, als wäre sie dressiert worden, nur auf Befehl zu lachen. Der zu lange Rock aus dickem grauen Flanell hatte ihn spontan an seine eigene Schulzeit erinnert. Die weiße Bluse und die grauweiß gestreifte Krawatte, die er Stella nur mit viel Mühe hatte binden können, die für ein Tropenklima lächerlich warmen Kniestrümpfe, der altmodisch breitrandige graue Hut mit dem Band der Schule und die für siebenjährige Füße viel zu derben schwarzen Schuhe hatten Brian zu einem Familienalbum mit einem grünen Lederrücken zurück getrieben. Das hatte zwischen zwei Pistolen auf dem Kaminsims der väterlichen Bibliothek gelegen und war zum Andenken an den großväterlichen Einsatz für das Empire von seinen beeindruckten Nachkommen mit dessen Orden und Tropenhelm dekoriert worden. In Stellas Alter hatte sich Brian ausgemalt, die britischen Soldaten aus dem Burenkrieg, die auf den

vergilbten Fotos Siegerstolz grinsten, könnten nachts lebendig werden und ihn bestrafen, weil er ihre Zähne geschwärzt und ihnen Kreuze auf die Stirn gezeichnet hatte. Trotzdem war seine Tochter ihm in der anachronistischen Uniform nicht fremd gewesen. Zu vertraut war ihm die Sprache ihres Körpers. Sie schob das Kinn vor, um ihre Angst zu verbergen, verdrängte das Verlangen nach Tränen, indem sie sich mit kleinen, hastigen Gesten die Augen rieb, und presste die Füße dicht aneinander. Ihre Hände hatten nicht gezittert, ihre Stimme war fest gewesen. Es hatte Brian sehr bewegt, dass die als Schülerin verkleidete kindliche Kriegerin ihn im Moment des Abschieds hatte trösten wollen. Stella hatte ihm erklärt, er müsse sich nicht um sie sorgen, sie würde sein wildes Pferd, das am Schmerz von Menschen so leicht trug wie ein Esel an einem leeren Korb, nie von der Longe lassen. Der Vergleich mit dem Esel hatte Brian am meisten gerührt. Mit erhobener rechter Hand und dann auch noch viel zu feierlich, wie er geniert an Stellas erstauntem Blick und aufgerissenem Mund bemerkte, hatte er versprochen, ihre Pflichten zu übernehmen und täglich nach dem Mittagessen mit Lilly Englisch zu lernen. »Damit ich ihr endlich das Bild von der Ziege malen kann«, hatte er geschworen.
»Das musst du, Bwana Mbuzi. Lilly hat gesagt, sie wirft jedes englische Wort aus ihrem Kopf, weil ich in die Schule muss.«
Brian hielt sein Versprechen nicht. Seit Stella nicht mehr auf Karibu war, hatte er Lilly zwar jeden Tag gesehen, allerdings immer nur einige Minuten, doch es war nicht Lilly, die den Graben ausgehoben hatte. Sie hatte eine frühe Ahnung von Vergänglichkeit und umklammerte ihre Erinne-

rungen wie die Halskette aus Sicherheitsnadeln, die sie seit der Trennung von Stella nicht mehr um den Hals trug, sondern in der Tasche ihres Kleids. Sie hatte herausgefunden, dass sie die Kette nur fest zu drücken brauchte, um Stellas Stimme zu hören.

Lilly ging jeden Tag zur gewohnten Zeit zum Bwana Mbuzi – bei Sonnenaufgang und ehe der erste Webervogel die Gräser und Zweige für sein Kugelnest am Baum hinter dem Wassertank holte. Sie trug auch noch ihr rotes Kleid, das zu eng und zu kurz zu werden begann, und wartete, weil sie es immer so getan hatte, geduldig in der Küche, bis das Feuer kräftig genug war, um sich ohne Sägespäne und ohne den Tropfen aus der Petroleumflasche zu ernähren. Erst dann übergab die um ihr Leben jenseits der eigenen Hütte Beraubte ihrer Mutter zwei braune Eier von den verrückten Hühnern. Seitdem die Hühner aus Eldoret nach Karibu gekommen waren, hatte Lilly immer auf dem Weg zu Stella die Eier noch vor den graugrünen Meerkatzen, die am Affenbrotbaum lebten, im Gebüsch gefunden. Chebeti legte die Eier in das im blank gescheuerten Topf kochende Wasser und ließ ihre Tochter mit einem Besen, der so feines Haar hatte wie eine Frau mit heller Haut, die Küche ausfegen und das Brennholz schichten. Fünf Minuten später begleitete Lilly ihre Mutter, das Tablett mit dem Bild eines kaffeebraunen Pferdes, die in der Morgensonne funkelnde silberne Teekanne, drei Scheiben Brot und die zwei gekochten Eier in einem Korb mit einem weißen Tuch vom Küchengebäude zum Haus, wobei die Fröhliche die Hälfte des Wegs auf dem rechten und den Rest auf dem linken Bein hüpfte.

Der Bwana Mbuzi saß, wenn die keuchende Einbeinige im

Esszimmer eintraf, an dem Tisch, an dem Lilly und Stella in den guten Tagen gesessen hatten, um von den Gestorbenen zu reden. Lilly sagte, genau wie früher, mit singender Stimme: »Jambo.« Sie teilte die erste von der zweiten Silbe mit einem leisen Klatschen der Hände und hielt ihren Kopf ein wenig schief. Stellas Vater wiederholte zwar den Gruß so schnell wie ein Papagei das Krächzen seiner Artgenossen, doch er zerquetschte das schöne Wort so zwischen den Zähnen, dass es seine Heiterkeit verlor; er lächelte Lilly an, aber nicht mit seinen Augen. Die waren auf großer Safari und sahen Lilly nur als einen Schatten. Weil ihre Lippen in diesem Moment nicht dem Kopf gehorchten, lächelte sie ebenfalls. Sie bohrte dabei ihre Hände tief in die Taschen des Kleids und dachte an den Schneider aus Nakuru, der auf Befehl vom Bwana Mbuzi den Stoff aus einem Strahl der Sonne geschnitten hatte. Noch während die enttäuschte Zornige mit dem Schneider haderte und ihm sagte, er würde bald den Stoff zurückbekommen, lief sie, nun ohne zu hüpfen und ohne sich ein einziges Mal umzudrehen, aus dem Raum. Eines Tages sagte Lilly zu ihrer Mutter, Stellas Vater würde wie ein trauriger Hund riechen und hätte Steine im Mund.

»Warum kann er mich nicht mehr sehen?«

»Sie haben dem Bwana Mbuzi das Kind gestohlen«, erwiderte Chebeti. »Wenn man nur eins hat, werden die Augen blind für die Freunde dieses Kindes.«

Auch ihre Augen erzählten ihr böse Shauris. Die Teller, die sie in der Küche auffüllte, mussten nach den Mahlzeiten vom Esszimmer in die Küche zurückgetragen werden, ohne dass Messer und Gabel das Essen berührt hatten. Die Ruhe der Zeitungen, die mit der Eisenbahn von Nairobi anreisten, wurde in Thomson's Falls nicht gestört. Von ihrem Mann hatte Chebeti erfahren, dass der Bwana Mbuzi seit Stellas Abfahrt nun täglich zu dem Loch ging, in dem seine Frau schlief. Er trug auch nicht mehr die geflickte Khakihose mit dem Gürtel aus zweifarbigem Leder. Die gelbstielige Pfeife mit dem weißen Porzellankopf kannte nicht mehr den Duft vom Tabak.

An dem Tag, als sie zweimal den Whisky in die kleine silberne Flasche gießen musste, erzählte Chebeti Brian von dem Gespräch mit Lilly. Er nannte sie eine kluge Frau und ihre Tochter ein kluges Kind, doch das Lob und sein Gelächter wärmten die Haut auf Chebetis Stirn nur so lange, bis sie am nächsten Morgen im Atelier den Rosen frisches Wasser zu trinken gab und auf der Staffelei das neue Bild entdeckte. Der Bwana Mbuzi hatte es in der Nacht gemalt. Es zeigte keinen Baum, kein Gras und keine Blume, weder Ziege noch Mensch – nur eine Sonne, die in Lehm gebadet hatte, und Wolken so schwarz und glänzend wie das Fell der scheuen Colobusaffen in den Bergwäldern.

Brian fielen seine schwarzen Wolken ein, als sich der Himmel aufhellte. Noch nie hatte er versucht, mit Kamau über eine Saat zu sprechen, die im Herzen verdorrte, ehe sie keimte. Er zweifelte auch, ob das erdverbundene Suaheli mit dem ironischen Witz der realistischen Weisen die geeignete Sprache für die Irrwege der Psyche jener war, die nach hinten schauten und einsam wurden. Mit einem Mal aber trieb ihn der Gedanke an Chepois Tod und die Sprachlosigkeit von dessen Leben so sehr zum Wort, dass ihn bereits der Drang nach Rede befreite. Der schneidende Wind auf der Haut belebte seine Sinne zu der Leichtigkeit des Seins der verwehten Tage und er nahm sich vor,

ehe sich der Schornstein vom Haus zeigte, Kamau von dem Gespräch mit Chebeti zu erzählen.
»Du läufst zu schnell«, beklagte er sich, doch er lachte, als seine Stimme die Stille zerriss, denn zum ersten Mal seit langem lastete nicht mehr der Druck des Zweifels auf Schultern, die müde geworden waren und schwach, »meine Füße sind heute schon zu viel gelaufen.«
»Nicht deine Füße«, wusste Kamau, »es war dein Kopf.«
Es hatte Brian beschämt und bedrückt, dass ihn die Trennung von Stella so sehr beschwerte und er um sie trauerte, als hätte er sie für alle Zeiten hergeben müssen; er vermisste seine Tochter mit der Sehnsucht des Vaters und der Eifersucht eines verlassenen Ehemanns. Ihm fehlten ihre Lebenslust und der frühreife Ernst, ihre rasche Auffassungsgabe, die ihn immer wieder frappierte und vaterstolz machte, der Charme des Kindes und die Koketterie der Frau. Stella, deren stürmisches Selbstbewusstsein sich noch als Eigensinn tarnte, war ungewöhnlich verständig für ein siebenjähriges Mädchen. Sie war Brians Tochter, weil sie, wie er, phantasievoll und sehr empfindsam für Schönheit war, doch sie war Afrikas Kind in ihrem Witz, ihrer intelligenten Flexibilität und dem Talent zur Demut. Erst als Stella nicht mehr bei ihm war, hatte Brian erkannt, dass sie ihm immer mehr als nur Tochter sein würde. Die dominante, temperamentvolle, resolute, gutherzige Kämpferin war die Gefährtin seines Lebens.
Und doch waren es Lillys Augen gewesen, die ihn sehend gemacht hatten. Die Besessenheit der schönen Gazelle, sich nicht ihre Erinnerungen, die Freude am Ritual und ihre außergewöhnliche Stellung auf der Farm nehmen zu lassen, hatten Brian in die Fangarme eines Schmerzes ge-

trieben, der ihm die Scham seiner Kindheit zurückbrachte. Nur wenn er sich mit Alkohol betäubt hatte, war es ihm gelungen, sich als einen liebenden Vater zu sehen, der zu sentimental und zu weich für Afrika war und der sich von einem gebrochenen Versprechen quälen ließ, an das Stella wahrscheinlich schon längst nicht mehr dachte. War er nüchtern gewesen und selbstkritisch genug, um sein eigener unbarmherziger Richter zu sein, hatte er seine Melancholie als das Sterben seiner Illusionen durchschaut. Die hatten ihm verheißen, auf Karibu würden alle Menschen gleich sein, keiner Herr und niemand Knecht.
Vor Lillys erwartungsvoll bittendem Blick hatte sich Brian nicht von der Vorstellung befreien können, er hätte nicht alles getan, um den beiden Kindern eine Welt ohne Kränkungen zu erhalten. Der Gerechte sah sich von der Arroganz seiner Landsleute an den Pranger gestellt. Er fühlte sich schuldig und in die Reihe derer befohlen, die den Menschen mit schwarzer Haut nur deshalb ihre Würde nahmen, weil sie sich nicht vorstellen konnten, dass diese leben, lieben und leiden konnten wie sie selbst. Für Brian würde jedoch die für Afrika einmalige Freundschaft zwischen Stella und Lilly immer ein Teil von jenem Paradies bleiben, das er als junger Mann mit seiner Frau geschaffen hatte.
Er wurde, während er mit Kamau Schritt zu halten suchte und ihm dieses Paradies in der Morgensonne so berauschend und begehrenswert erschien wie an jenem Tag des Taumels, da er es mit Mary gefunden hatte, Träumer und Vollstrecker zugleich. Er öffnete den flimmernden weißen Vorhang des Wasserfalls und die feuerroten Aloen seine Arme und sein Herz.

»Karibu«, rief er so laut in den beginnenden Tag, dass Asaki unter dem Affenbrotbaum ihn hörte und erregt bellte, »wird anders sein als jede andere Farm in diesem verfluchten Land.«

»Karibu ist anders als jede andere Farm«, sagte Kamau. Obwohl er sonst nie mit einem anderen Teil seines Körpers als mit dem Mund sprach, klopfte er Brian auf die Schulter. An diesem Morgen, an dem der Tau die gelben Rosen im Garten und die blauen Blüten der Jacarandabäume mit Perlen, groß wie Regentropfen, tränkte, hatte Lilly sehr lange auf den Bwana Mbuzi gewartet. Sie hatte den Boden gefegt und die Eier der verrückten Hühner auf den Tisch gelegt; nun stand sie am Wassertank, die nackten Füße von der roten Erde bedeckt, das Haar mit der weißen Serviette, in dem die Eier vom Küchengebäude zum Haus reisten. Im Knoten vom Tuch steckten die weißen Pyrethrumblumen mit den gelben Gesichtern der Hoffnung. Lilly hatte mit Erwartung gefüllte Lippen und Augen, die hungerten und die Brian noch nie so bezwungen hatten wie in diesem Moment, da er zu sich selbst zurückkehrte. Er wollte dem Kind, das er als Teil seines Kindes empfand, die Hand reichen, doch er presste Lilly an seinen Körper – mit der Hitze des biblischen Vaters, der den verlorenen Sohn empfängt.

»Ich habe ein Bild für dich, Bwana Mbuzi. Meine Ziege wollte nicht mehr warten.«

Springend führte sie ihn in sein Atelier und er sprang mit. Sie ließ seine Hand nur los, um den roten Sisalteppich vom Boden zu heben. Lillys Ziege war gestreift wie ein Zebra. Sie hatte die Hörner eines Impalabocks und einen Bart aus einer Löwenmähne. In diesem Bart leuchtete ein Kranz von blauen Sternen, auf einem Horn die Sonne, auf dem anderen ein Mond aus Silber. Brian küsste sie auf die Stirn. Es war der erste Kuss ihres Lebens.

»Bis Stella nach Hause kommt, kannst du lesen und schreiben, Lilly. Sie wird nicht klüger sein als du. Wir haben nicht mehr viel Zeit.«

»Ich werde die Zeit in meine Tasche stecken«, flüsterte Lilly.

4

Wenn fünfundzwanzig Mädchen, alle im gleichen blau weiß gestreiften Schlafanzug vor dem Bett kniend, das Abendgebet gesprochen hatten, das Licht im Schlafsaal erlosch und endlich die Stille einkehrte, die in der Fremde nicht anders war als zu Hause, dankte Stella dem schwarzen Gott Mungu, dass die Sonne wieder einen bösen Tag gefressen hatte. Dann band sie das wilde Pferd, das auf seinem breiten Rücken den Schmerz von Menschen trug und das kein Kind auf der Welt außer der auserwählten Prinzessin aus Thomson's Falls besaß, an ihr Bett. Durch die kleinen Fenster ohne Gardinen sah die unerschrockene Reiterin, die auch nachts nicht von ihrem tröstlichen Zaubertier abstieg, die silberne Kette der Sterne, die auf Safari gehen durften, ohne um die Erlaubnis von weißhäutigen Herrschern zu bitten. Den strahlenden Freien des Himmels erzählte die Gefangene in der vertrauten Sprache der Kikuyu von Karibu von ihrem sanften Vater mit der klugen Pfeifenkönigin und von Kamaus lautem Gelächter, von Chebetis warmem Atem und kühlenden Händen und von Lilly, die immer ihre einzige Freundin bleiben würde. Weil Stella beizeiten gelernt hatte, ihren Kopf mit Bildern zu füttern und das Salz in der Kehle hinunterzuschlucken, ehe es die Augen verbrannte, ertrug sie, sehr viel besser als es einst ihr Vater getan hatte, die Unbarmherzigkeit des englischen Internatslebens. Ihre Feindin, das wusste sie genau, würde den Kampf verlieren. Stellas Lehrerin, eine früh gealterte, ungerechte Frau ohne Phantasie und Mitgefühl für zu früh entwurzelte Kinder, wollte zwar das Mädchen mit dem Zauberpferd töten, das mit Mungu sprach, ohne dass sie es hörte, doch es gelang ihr noch nicht einmal, Stella einen Tropfen Blut auszusaugen.

Prudence Charlotte Scriver, die jede von ihr zensierte Klassenarbeit mit ihren beiden altmodischen Vornamen unterschrieb, war so dürr wie die verdorrten Stämme der Palmen von der Insel Lamu, die seit den Weihnachtsferien das Hockeyfeld am Fuß eines kahlen Hügels umsäumten und die die kalten Nächte und starken Regenfälle des Hochlands ebenso wenig vertrugen wie sie selbst. Wegen ihres wächsernen Teints und ihrer spitzen Nase wurde sie von ihren Schülerinnen »Miss Biltong« genannt. Der hässliche Spitzname verdross die unbeliebte Lehrerin, die seit dem schmerzhaften Wendepunkt ihres ereignislosen Lebens überzeugte Vegetarierin war, am meisten, wenn sie in den Spiegel blickte. Dann erkannte sie mit der Wahrheitsliebe, auf der sie bei ihren Schülerinnen kompromisslos bestand, dass ihre von der Tropenhitze ausgedörrte Haut tatsächlich wie die in der Sonne getrockneten, dünn geschnittenen Fleischscheiben aussah. Die wurden als Biltong bezeichnet und waren, was Miss Scriver als zusätzlich kränkende Pointe wertete, ausgerechnet die Leibspeise der von den Engländern verachteten Buren.

Prudence Charlotte Scriver war in ihrer Jugend ein schlankes, optimistisches, umgängliches und nicht unbeliebtes

Mädchen gewesen. Nun gehörte sie seit zwanzig Jahren zum Lehrerkollegium der Limuru Private School, einer von den wohlhabenden Farmern des Hochlands geschätzten Mädchenschule. Sie hatte die in einer englischen Sportzeitung ausgeschriebene Stelle auf Rat ihrer bestürzten Mutter angenommen, weil deren Bruder ein prosperierendes Geschäft für Jagdausrüstung in Nairobi gehörte – allerdings hatte der Onkel beim ersten Treffen mit seiner Nichte so wenig Hehl aus seinem Desinteresse an Prudence Charlotte gemacht, dass sie ihn danach nie wieder gesehen hatte. Vorausgegangen waren ein überhasteter Aufbruch aus dem heimatlichen Manchester und eine noch hastigere Entlobung mit einem sehr gut aussehenden Kunststudenten.

Die bis dahin durchaus lebensbejahende und noch rotwangige junge Frau mit einer Andeutung von Grübchen am Kinn und passioniert vorgetragenen pädagogischen Idealen hatte den charmanten jungen Mann, den sie trotz des besorgten mütterlichen Hinweises auf dessen italienische Vorfahren und irritierend unbritischen Temperaments heiraten wollte, zwei Wochen vor der Hochzeit eng umschlungen mit ihrer besten Freundin bei einem Picknick – mit Schinken- und Roastbeefsandwiches und zwei abgenagten Hühnerkeulen – unter einer blühenden Kastanie aufgescheucht. Seit dieser unangenehmen Konfrontation mit der männlichen Sucht nach Abwechslung und dem Beweis von weiblicher Illoyalität hatte Miss Scriver sowohl eine unüberwindbare Abneigung gegen Fleischesser als auch gegen charmante und temperamentvolle Menschen entwickelt. Fortan lehnte sie Spaziergänge ohne Ziel als unmoralisch ab und erst recht jene Lebensunblessierten,

die solche nur deshalb unternahmen, weil sie nicht imstande waren, ihren Sinn nach Kurzweil zu zügeln.
Solche allergischen Vorbehalte bewirkten, dass Miss Scriver, die Klassenlehrerin für die Schulanfänger, für deren Wohl sie auch im Schlafsaal und in der Freizeit verantwortlich war, die neue Schülerin aus Thomson's Falls nicht mochte. Außerhalb des Klassenraums redete sie Stella nie mit ihrem Namen an und im Unterricht nur dann, wenn die Umstände ihr keine andere Wahl ließen. Das war, wie Miss Scriver feststellen musste, belästigend oft der Fall. Stella war in dem Kreis von wohlhabenden Kindern, die dazu erzogen wurden, sich körperlich zu bewähren und geistige Fähigkeiten als Snobismus einzustufen, sehr bald die beste Schülerin. Ihr Wissensdurst erschien der verbitterten Lehrerin unanständig gierig, als Provokation einer Hinterhältigen und im Übrigen absolut typisch für eine verwöhnte Außenseiterin, die sich noch nicht einmal bemühte, ihr Heimweh zu verbergen.
Vielleicht hätte Miss Scriver nach gegebener Zeit Stella sogar verziehen, dass sie ihr an ihrem ersten Schultag – von den älteren Schülerinnen dazu angestiftet – mit unangenehm klarer Stimme und von ordinär lauter Zustimmung begleitet »Guten Morgen, Miss Biltong« zugerufen hatte. Sehr viel entscheidender für die Animosität der in der Öffentlichkeit Gedemütigten war indes der Umstand, dass die stupsnasige Stella mit dem kräftigen maisfarbenen Haar, den klaren blauen Augen und der sonnengebräunten Haut ein sehr hübsches Kind war, das zweifellos eine sehr schöne Frau werden würde. Noch mehr verübelte die Herrscherin ihrer aufreizend gelassen wirkenden Untertanin den für eine knapp Siebenjährige unkindlichen Charme, einen ste-

ten Hauch von Skepsis im Blick und am allermeisten, dass sie ausgerechnet jener tückischen Freundin aus Manchester ähnlich sah, die die um ihr Lebensglück betrogene Prudence Charlotte mit dem Roastbeefsandwich unter den himmelstürmenden Kastanienkerzen im Stadtpark als vulgäre Herzensdiebin dekouvriert hatte.

»Sie ist egoistisch und individualistisch und glaubt, die Schulordnung wäre nur für die anderen da«, beklagte sich Miss Scriver beim Direktor.

»Soweit ich den kuriosen Ausführungen ihres Vaters entnehmen konnte, der auf mich auch reichlich individualistisch wirkte, wird sie von einer einheimischen Frau erzogen, die die Mutterstelle eingenommen hat.«

Zur Stärkung des Gemeinschaftsgefühls, auf das das gesamte Lehrerkollegium und erst recht der Direktor mit den viktorianischen Idealen von klassenbewussten Kindern ohne den plebejischen Drang zur eigenen Meinung der Mittelklasse allergrößten Wert legten, ließen die rigiden Schulregeln mit Bedacht und Konsequenz keinen Raum für die persönlichen Wünsche und Bedürfnisse der Schülerinnen. Es war ihnen bei strenger Strafe verboten, sich aus der Gemeinschaft zu absentieren und sich ohne die schriftliche Erlaubnis einer Lehrkraft außerhalb des Schulgeländes aufzuhalten. Bereits zwei Wochen nach Semesterbeginn hatte Miss Scriver Stella – ausgerechnet zur Zeit der feierlichen Abendandacht in der Schulaula – bei den Pferdeställen gesichtet; drei Wochen später hatte sie zusammen mit dem Gärtner Stella, die sie im Kollegium nur als das impertinente kleine Biest zu bezeichnen pflegte, eine Stunde lang gesucht, sie schließlich – ohne Krawatte, Strümpfe und Schuhe und mit offener Bluse! – in einer Teeanpflan-

zung jenseits der Schulumzäunung aufgefunden und dann auch noch eine in zwanzig Jahren wahrlich nicht erlebte direkte Konfrontation erdulden müssen.
Obwohl jeglicher Kontakt mit dem Personal untersagt war, hatte Stella mit dem feixenden Gärtnerburschen in einer Miss Scriver vollkommen unbekannten Sprache geplaudert und sich, wie beider dreister Mimik beleidigend offenbarte, auch noch über sie lustig gemacht.
Obgleich seit dieser Begebenheit mehr als zwei Monate vergangen waren, verdross es Miss Scriver immer noch, dass sie die barfüßige Rebellin damals nicht an ihrem aufreizenden blonden Haar aus dem Sumpf solch Ekel erregender Kumpanei gezerrt und sie mit einer ein Exempel statuierenden Strafe bedacht hatte. In ihrer Wut hatte sie Stella, die ohnehin nie eine zweite Portion verlangte und sich zu Hause bestimmt wie die Einheimischen ernährte, ausgerechnet das Abendessen gestrichen und hatte sie, weil sie ja noch keine Aufsätze schreiben und also nicht eine der üblichen Strafarbeiten abliefern konnte, in das Klassenzimmer eingesperrt. »Da kannst du«, hatte sie gebrüllt, als wüsste sie nichts von der demütigenden Wirkung einer vereisten Stimme, »in aller Ruhe über die Sünde des Hochmuts und die Pflicht zum Gehorsam nachdenken.«
Das Ergebnis war pädagogisch niederschmetternd. Die nach ihrer reichlichen Abendmahlzeit immer noch wutbebende Lehrerin hatte das zur Buße unfähige Kind mit einem provozierend abwesenden Lächeln und mit grünen Farbflecken auf ihrer albernen Stupsnase vorgefunden. Stellas Tuschkasten lag auf dem Lehrerpult, daneben ihr Rechenheft, beschmiert und ganz offensichtlich als Kampf-

ansage an der genau richtigen Stelle aufgeschlagen. Die reuelose Sünderin hatte zwei Bilder gemalt und besaß die Unverfrorenheit, sie ihrer Klassenlehrerin stumm entgegenzuhalten. Auf dem einen Bild galoppierte ein kräftiger Schimmel mit einer goldenen Krone in einen azurblauen Himmel. Der dürre schwarze Gaul auf dem zweiten Bild stand bis zum Hals in einem schlammigen Fluss. Zwischen seinen Augen, aus denen Blut tropfte, leuchtete die silberne Brosche mit der Perle, von der sich Miss Scriver keinen Tag trennte.

Eine Woche vor Ferienbeginn erinnerte sie sich beim Schreiben der Zeugnisse für die erste Klasse schon deshalb dieser dreisten Schmähung, weil der Zeichenlehrer, nach Miss Scrivers Dafürhalten ein labiler Schöngeist und noch dazu ein typischer Ire ohne Sinn für Maß und Disziplin, Stella ein früh entwickeltes künstlerisches Talent attestiert und um einen lobenden Vermerk in ihrem Zeugnis gebeten hatte. Miss Scriver tat dies unter Weglassung der schwärmerischen Adjektive ihres missliebigen Kollegen aus Limerick und trug ihrerseits Stellas gute Leistungen mit einer Pflichtergebenheit ein, die ihr den Appetit auf den Nachmittagstee verdarb. Weil sie es indes als unter ihrem beruflichen Niveau empfand, sich von einer respektlosen, verzogenen Halbwaise ohne Manieren in die Niederungen gefühlsbedingter Subjektivität herabziehen zu lassen, schrieb sie mit der roten Tinte, die ihr Symbol für ihre Unbestechlichkeit war, am Ende des Bogens: »Stella hat sehr gute Schulleistungen und Eifer im Sport gezeigt.« Gestärkt von zwei Gurkensandwiches und einem Küchlein mit rosa Zuckerguss, das sie in letzter Sekunde vor dem Zugriff des gierigen irischen Zeichenlehrers errettet hatte, holte Miss

Scriver das an die Karibu Farm in Thomson's Falls adressierte Zeugnis jedoch noch einmal aus dem Kuvert und fügte hinzu: »Sie muss allerdings lernen, ihren Willen unter Kontrolle zu halten und sich in die Gemeinschaft einzufügen!«

Als dieser in der Limuru Private School besonders ehrschädigende und kaum reparable Beweis ihrer Courage dokumentiert wurde, saß Stella im Schatten eines dichten Maulbeerbusches und streckte ihre Hände den Tagen entgegen, die sie schon anfassen konnte, obwohl sie noch im Morgennebel von Karibu schliefen. Sie hörte nichts als die leise Stimme eines heißen Windes, der mit der beruhigenden Stimme ihres Vaters sprach, und die Schläge ihres Herzens. Nur in der kleinen Erdkuhle, die sie mit einer von dem Kinder beschützenden Gott Mungu ihr in einem Moment großer Verzweiflung zugerollten Blechdose ausgehoben hatte, konnte sie, ungestört von der belästigenden Neugierde ihrer Mitschülerinnen, mit ihrem Pferd den brustsprengenden Jubel an der anstehenden Befreiung aus der Welt der grausamen Jäger teilen – und die saftigen Blätter der Kapuzinerkresse. Die stammten aus dem mit Stacheldraht umzäunten Lehrgarten, den die Kinder außerhalb der Unterrichtsstunden nicht betreten durften.

»Noch siebenmal schlafen bis Karibu«, flüsterte Stella in die gespitzten Ohren des wolkenweißen Rosses und flocht winzige Sternenzöpfe in seine Mähne.

»Sechs«, wieherte das himmlische Pferd, »die rechte Hand mit fünf Fingern und den Daumen von der linken.«

»Ich belüge meine Ohren«, schnaubte Stella, »weil du den letzten Tag fressen sollst. Weißt du das nicht?«

»Lügen schmecken wie Salz.«
»Nicht die guten.«
Eine Weile stritt sie noch mit dem Pferd, ohne Zorn, sondern mit der trägen Gutmütigkeit der gestorbenen Tage und mit Augen, die bereits auf Safari waren und die Aloen brennen und den Flamboyantbaum blühen sahen, und Ohren, die dem donnernden Gesang vom Wasserfall lauschten, über den Geschmack der Lüge. Im Verlauf der drei Monate ohne den Geruch der eigenen Erde und den Duft von feuchtem Hundefell und ohne die Zärtlichkeit von Händen, die Haut erwärmten und das Salz der Tränen zerdrückten, hatte das seiner Wurzeln entrissene, vereinsamte, verschreckte Kind nicht nur schneller und besser schreiben und lesen gelernt als seine Altersgenossen. Stella hatte die Buchstaben, jeden Satz, die Geschichten und den Zauber der Zahlen mit einer Stange aus Eisen in den Kopf gestoßen, um ihr Wissen mit Lilly gegen die Musik ihres Gelächters und das Feuer ihres Atems zu tauschen.
Stella, Brians phantasievolle, fluchtbegabte Tochter und Chebetis wirklichkeitsorientiertes, genügsames Ziehkind, hatte in der Not ihrer Verlassenheit ihr Pferd sprechen gelehrt. Dabei hatte sie die Erfahrung gemacht, dass der vierbeinige Magier zwar weiß, aber überaus klug und einfühlsam war und die Gesprächspausen, die wunderbaren Wiederholungen und das Schweigen ebenso liebte wie die freundlichen Menschen mit der dunklen Haut und den hellen Worten. In der grauen Welt der feindseligen Menschen mit der hellen Haut und den dunklen Worten überließ es das sensitive Pferd seiner beherzten Reiterin, für die beiden Gefangenen von Miss Scriver zu sprechen. Stella pflegte den einseitigen Dialog in zwei Sprachen. Mit dem

schönen Schimmel redete sie Suaheli, er gab ihr Antwort auf Kikuyu.

Die auf Tarnung ihrer Lippen Bedachte war ihrer Beute allzeit sicher, denn die Jäger mit den schweren Schuhen und den Augen aus Stein hatten Sägespäne in den Ohren. Sie wussten nichts von der Macht des Wortes; sie waren wie junge, noch unerfahrene Fallensteller, die einen Baum mit dem anderen verwechselten und die Pfade nicht wieder fanden, die ihre eigenen Füße im Gras ausgetreten hatten. Durch ihren Glauben an die Gnade der weißen Haut redeten Stellas elitebewusste Mitschülerinnen in ihren Ferien weder mit dem Hauspersonal noch mit den Arbeitern auf den väterlichen Farmen. Sie gingen nicht wie Stella in die Hütten der heiteren Frauen, begleiteten sie nicht zum Brunnen und sie spielten nicht mit deren Töchtern und Söhnen. Die Erfahrung, dass die Kinder und auch die meisten Lehrer nicht Suaheli und schon gar nicht eine der Stammessprachen beherrschten und also nicht mehr Kraft in ihre Zunge stoßen konnten als die stumm spuckende Schlange, hatte Stella ein drittes Auge verliehen. Mit ihm konnte die vom listigen Mungu verzauberte Dreiäugige aus Karibu jeden Feind blenden und ihn seiner Waffen berauben, ohne dass der Angreifer auch nur einen Lufthauch spürte.

»Du und ich«, machte Stella am letzten Schultag dem Pferd klar, »sind stärker als ein Bulle und klüger als die Elefanten. Wir können schwere Pflüge zum Mond ziehen und so tiefe Löcher in die Erde graben, dass niemand uns in ihnen findet.« Ross und Reiterin blieben aber umsichtig. Beide zeigten sie erst beim Lachen alle Zähne, als die Zweifüßige mit dem Schutz gewährenden Wunderauge kichernd ihren Entschluss verkündete, nach den Ferien Prudence Charlotte Scriver zu töten. Sie würde an diesem schönsten aller schönen Tage ihrem Köcher einen Pfeil entnehmen, den die Herrscherin der roten Tinte nicht fliegen sah, denn dieser Pfeil war so hauchdünn wie ein einziges Haar aus den Wimpern einer Giraffe. In seiner Spitze steckte ein Gift, das am Tag wie der Honig jener Bienen schmeckte, die ihn aus den türkisfarbenen Blumenriesen oberhalb des heimatlichen Wasserfalls sogen, doch nachts brannte der vergiftete Honig wie ein Buschfeuer im Schlund.

»Vor Sonnenaufgang platzt der Bauch auf und die Fliegen trinken das Blut«, wusste die beherzte Amazone.

»Ihren toten Kopf«, trompetete das Pferd, »schlagen wir mit einer silbernen Panga ab und stecken ihn auf die Spitze des Zauns.«

Die Koffer, aus denen der Taumel des Glücks aufstieg wie die eilig reisenden Wolkenfetzen zu einem Berggipfel und aus deren ledernen grauen Riemen grün schillernde Chamäleons wurden, wenn ein Kind sich in der Knechtschaft nicht die Farben der eigenen Hütte hat stehlen lassen, waren am Vortag gepackt, die meisten Schülerinnen vor zwei Stunden mit dem Bus zur Bahn gebracht worden, einige mit den Eltern im Auto abgefahren. Stella, noch in der verhassten Schuluniform, doch schon ohne den Druck des schweren Filzhuts und mit aufgeknöpfter Bluse unter der nur noch lose gebundenen Krawatte, saß mit gekreuzten Beinen unter dem Pfefferbaum mit den zwei großen flachen Steinen. Dort hatte drei Vollmonde zuvor ein wutschreiender Adler ein seiner Sprache beraubtes Kind seinem Vater entrissen und es in ein von Stacheldraht umgebenes Verlies verschleppt. Das Kind hatte sich jedoch aus

den Krallen befreit und zerkaute nun am glückhaften Tag seiner Erlösung die dünne Schale einer kleinen Pfefferbeere zu einem süßen Brei. Der schmeckte wie das Ugali aus fein gemahlenem Mais in den Hütten von Karibu, das nicht nur den Mund mit Zufriedenheit wärmte. Als Stellas Zähne auf den Kern aus Feuer stießen, verbrannte ihre Zunge, doch sie vergaß nicht, was sie von Chebeti gelernt hatte; sie gestattete ihrem Mund keinen Laut. Für die ihre Sinne umklammernde Seligkeit war es entscheidend, dass sich die Ohren von keinem falschen Ton auf eine Safari ohne Ziel treiben ließen. Der Rausch, der aus einem erwartungsvollen Körper drängte, musste allzeit vor den Salzkörnern der Enttäuschung geschützt werden, die die Kehle aufrieben und einen Felsen auf die Brust drückten.
In kurzen Abständen legte sich die geduldige Horcherin auf den Bauch. Sie verbot den Augen den Strahl des Lichts, der Nase den Duft von gemähtem Gras und Rosen und sie badete nur die Spitze ihrer Zunge in der Süße der Tage, die mit der Schnelligkeit eines Geparden auf sie zurannten, der eine Gazelle hetzte. Um den ersten Laut vom Wagen ihres Vaters einzufangen, presste Stella das rechte Ohr fest an die harte, von Hitze und Wind zerrissene Erde. Einmal schmerzte es dabei so heftig, dass die Sehnsucht nach dem Atem des Vaters sich so leicht betrügen ließ wie ein Huhn, das nur die Maiskörner sieht, die ihm vom Koch hingeworfen werden, und nicht dessen geschärftes Beil. Der leere Schulbus war auf dem gekiesten Weg mit zornigen Reifen von der Bahnstation zurückgekehrt. Der Hund, der knurrte, war nicht Asaki und der Mann, der dem falschen Hund zu schweigen befahl, hieß nicht Kamau.
So geschah es, dass Stellas Kopf in dem Schwebezustand

zwischen peitschender Hoffnung und dem Verlangen nach Gewissheit vor der Zeit jene so lange zurückgedrängten Bilder freigab, denen sie sich mit der Energie einer verzweifelten Eingeschlossenen erwehrt hatte. In Karibu trieb der aufgehende Sonnenball die Wolken zur Glut, die Kühe mit ihren jungen Kälbern standen in einem Gras mit Tautropfen aus rosa Perlen, Chepoi kam mit einem Eimer Milch aus dem Stall und lachte. Das Echo vom grauen Berg, die violetten Blüten der lebensvollen Bougainvillea an der weiß getünchten Mauer des steinernen Farmhauses, die dunkelgrünen Silhouetten der wandernden Paviane am Waldrand, das aus dem prallen Leib der Zebras fein geschmiedete Gitter aus Schatten und Licht am irisierenden Horizont umzingelten Stella.
Lillys kräftige Füße stampften das versengte Gras am Wasserloch zu einer gelben Decke nieder. Ihr Sonnenkleid strebte mit Flügeln aus Gold zu einem Himmel aus blauen Flachsblüten. Die nackte Haut der Freundin glänzte wie der rötliche Lehm am ersten Morgen des großen Regens. Lillys Zähne waren noch weißer als die Mähne des sprechenden Schimmels und ihr Hals mit der Kette aus Sicherheitsnadeln lang und schlank wie der einer Giraffe. Sie gab Stella ein Ei, das ein verrücktes Huhn aus Eldoret soeben in einen Dornenbusch gelegt hatte, und zog sie in ein Feuer, das mit purpurnen Sternen auf dem kleinen Pfad vom Pyrethrumfeld zum Haus loderte. Und nur die beiden klugen Mädchen, die zur gleichen Zeit aus Chebetis Brust getrunken hatten, wussten, dass kein Fuß diese Flamme je würde austreten können.
»Selbst am letzten Schultag verstößt Stella Hood noch gegen die Regeln«, schrie Miss Scrivers Stimme aus einer

schwarzen Wolke, »steh sofort auf. Was fällt dir ein? In deiner Schuluniform auf dem Boden zu sitzen und mich frech anzustarren! Willst du dich nicht wenigstens entschuldigen?«
Die Stimme der erbarmungslosen Jägerin hatte ihren Donner verloren. Diese beim Aufwachen und beim Einschlafen gefürchtete, gehasste Stimme konnte Stellas Ohren nicht mehr verwunden, ihrer Brust nicht mehr die vernichtenden Schläge des Entsetzens entreißen. Die fauchende Feindin mit der gezackten Keule vermochte nicht mehr ein Kind, das ohne den Schutz der Liebe war, stumm zu machen wie ein totes Gnukalb. Denn neben Miss Scriver, auf einen Schlag so wunderbar klein und dürr und blass, stand Stellas Vater, so herrlich groß, breitschultrig und gebräunt – in der geflickten Khakihose mit dem Gürtel, den Stellas Mutter aus zweifarbigem Leder geflochten hatte, in Chebetis kragenlosem Hemd und auf der gelbstieligen Pfeifenkönigin kauend, die schöne Shauris an einem Kamin erzählte, in dem jedes Scheit der brennenden Zedern nur vertraute Lieder sang.
Stella hatte Brians Wagen nicht die letzte steile Steigung hinaufkeuchen gehört, das blaue Auto mit den roten Nelken und lila Wicken aus Marys Garten hinter den Scheibenwischern nicht vor dem Schulgebäude anhalten gesehen. Selbst die festen Schritte des Vaters und die vom Schwung seiner Arme flüchtende Luft hatten die hungernden Ohren der Tochter nicht erreicht; ihre Nase hatte nicht die Botschaft von scharfer Seife und süßem Tabak empfangen. Nun spürte sie, dass ihre Haut so fest war wie das über einer Trommel gespannte Fell. Die Augen drängten aus den Höhlen. Sie hatte nicht mehr die Zeit, den ungeduldi-

gen Beinen jene argwöhnische Ruhe der Zweifelnden zu befehlen, die nötig war, um den Rausch der Freude nicht aus den Gliedern zu vertreiben, ehe er den Körper wehrlos gegen das Glück machte. Mit einem Aufschrei, der ihren Kopf in zwei Teile spaltete, sprang sie in Brians weit geöffnete Arme. Wie ein Kind, das noch nicht mehr als einige Schritte laufen kann, ohne zu taumeln und angstvoll nach dem Bein der Mutter zu greifen, wurde sie von weichen, beschützenden Händen gestreichelt, hochgehoben und so fest an eine Brust gedrückt, in der der Klang der Freude pochte, dass sie ihre eigene Luft schlucken musste. Als Stella in die gestorbenen Tage von Geborgenheit und Liebe zurückkehrte, erkannte sie ihre Stimme nicht als den eigenen Jubel und sie merkte auch nicht, dass sie zur gleichen Zeit lachte und schluchzte.

Die Flammen auf ihrem von einer nie zuvor so stark empfundenen Glückseligkeit verbrühten Gesicht wurden von den Tränen ihres Vaters gelöscht; erst nach einer Weile sah Stella, dass die ihrigen die kleinen Falten auf seiner Stirn zu wassergefüllten Gräben gemacht hatten. Der Retter roch nach dem Rauch von Hütten ohne Bedrohung, nach dem Speck aus Chebetis eiserner Pfanne und nach zärtlichen Hunden mit nassem Fell. In seinen Augen aber glänzten die Sterne, die nur über dem Himmel von Karibu erstrahlten. Leise sprach er den singenden Willkommensgruß der Kikuyu, die Gerettete schaute sich nach dem weißen Pferd um, das sie in ihrer wieder gefundenen Sicherheit schon nicht mehr sehen konnte, und antwortete triumphierend auf Suaheli.

Mehr konnten die von dem gütigen Mungu Zusammengeführten nicht miteinander reden. Sie schwiegen noch, als sie im Auto saßen und ein jeder von ihnen das Steuer mit einer Hand hielt und ihre Schultern und die Knie bei jedem Schlagloch enger zusammenwuchsen. Und doch hörten beide jedes Wort, nach dem es ihnen drei Vollmonde lang bei Tag und bei Nacht verlangt hatte. Die Überwältigung des Augenblicks, der seine Stacheln verbarg wie eine Katze die Krallen im Moment ihrer schnurrenden Zustimmung zum Leben, hatte nur ihre Zungen gelähmt. Ihre Herzen trommelten sich aus der Brust. Sie hängten sich an die Flügel der Störche, die aus der Fremde zum Naivasha-See heimkehrten und wie die Menschen vom Segen des Vertrauten wussten. Diese endlich von Fesseln befreiten Herzen flogen über die besonnten Teeplantagen mit den tief über die schwarzgrünen Sträucher herabgebeugten Pflückerinnen und über die staubenden Straßen mit den langsam dahinziehenden Ochsen, Kühen und Kälbern, den Ziegen, dürren Hunden, den barfüßigen, fröhlich »Jambo« brüllenden Kindern und Männern mit langen Stöcken. Die Herzen sprangen über Felder mit gelben Maiskolben, über weiße, von Wind und Regen glatt gepeitschte Felsen und sich im Wind wiegende Baumkronen und sie kratzten an Wolken, ohne sie zu verletzen. Diese himmelstürmenden Herzen würden lange vor den zwei Reisenden in Karibu ankommen, denen aufs Neue eine Nabelschnur gewachsen war. Mit ahnungsvollem Schmerz spürte Brian, was ihm widerfuhr, es sollte jedoch noch Jahre dauern, ehe Stella erkannte, dass eine zu tiefe Verbundenheit zwischen Vätern und Töchtern liebenden Frauen die Last einer Erinnerung aufbürdet, der nie mehr zu entkommen ist.

In der Mittagsglut mit den kurzen Schatten saßen sie unter einem Elefantenbaum, streichelten die harte Schale der gurkenförmigen Früchte und dankten dem Leben, ohne dass sich ihre Lippen bewegten. Sie lachten im gleichen Moment und genossen das johlende Echo, als der orangene Saft einer Mango auf Stellas weiße Schulbluse tropfte. Ihre Zähne gruben sich durch das faserige Fruchtfleisch zum Kern und wussten nichts mehr vom Knirschen der Angst. Ihre Augen sagten der Welt der Zäune und Verbote endgültig Kwaheri und lernten wieder, auf eine Reise ohne Ziel zu gehen, ihre Hände, die Zeit zu zerdrücken. Eine Giraffengazelle stand auf ihren Hinterbeinen. Die Langhalsige pflückte die Blätter einer Zwergakazie. Ihr weißer Bauch leuchtete.

»Auch für ihre Feinde«, sagte Brian.

»Aber sie muss nicht zur Schule gehen«, widersprach Stella, »nie, nie, nie.«

Eine rötliche Wolke, die eine Zebraherde auf der Flucht anzeigte, löste sich auf und wurde wieder ein Stück vom Himmel. Ein schwarzweißer Vogel mit gepunkteter Brust und kräftigem gelben Schnabel saß auf einem Zweig mit rot leuchtenden Beeren und spreizte sein Gefieder. Im ockerfarbenen Schatten eines üppigen Gebüschs standen zwei zierliche graubraune Dik-Diks so dicht beieinander, dass sie zusammen nur einen Körper hatten. »Dik-Diks sterben, wenn sie getrennt werden«, erklärte Brian seiner Tochter. Er setzte eine rote Ameise, die schon bis zu seinem Ellbogen gekrochen war, behutsam zurück auf die Bahn der Fleißigen, doch er dachte, als er Stella auf die Stirn küsste und die Hitze des Tages auf ihrer Haut roch, nicht an Afrikas kleinste Antilopen.

Auf dem letzten Teil der besten aller Safaris, zu denen je ein Vater mit seiner Tochter aufgebrochen war, fuhren sie

den Umweg über den Menengai Crater, dem die Massai nach einer blutigen Schlacht einst den Namen »Ort der Leichen« gegeben hatten. Nun schlief der wilde Riese und wusste nichts von seinem Fluch. Auf der Höhe ließen die aus ihrer Verlassenheit Begnadigten den ungastlichen Bergwind auf die Arme und den Sturm aus dem Kopf. Sie drängten sich grunzend aneinander und verrieten einem Felsen, dass Mungu sie in Dik-Diks verzaubert hatte. Im steil abfallenden Tal waren die Baumgiganten regensatt, die Lianen und bunten Blumenteppiche dicht. Stella erkannte den Wasserfall, obwohl sie ihn noch nicht mit den Augen berührt hatte, und in einer Stille, die von keinem Laut zerrissen wurde, hörte sie Kamau mit seinem Stock an den Wassertank schlagen und Chebeti mit einem Blechlöffel in dem gelben Topf rühren. Sie fragte nach den verrückten Hühnern aus Eldoret und lachte so sehr, als sie von Miss Scrivers Tod durch den vergifteten Pfeil berichtete, dass ihr Vater anhalten und die gurgelnde Fröhlichkeit, an der sie zu ersticken drohte, aus ihrem Rücken klopfen musste. Als der Wagen dann an den grasbedeckten Dächern der Hütten, den Frauen mit farbigen Kopftüchern, die am offenen Feuer in breiten Schüsseln rührten, an den blau blühenden Flachsfeldern und den Ställen von Karibu vorbeifuhr und vor dem Küchengebäude mit dem in den Himmel fliehenden Rauch anhielt, wurde Stella blind, taub und stumm. So kam es, dass sie weder Kamau noch Chebeti sah, die am Wellblechtank standen. Sie entdeckte Lilly erst, nachdem ihr Vater sich über sie gebeugt und ihre Augen mit seinem Pfeifentuch trockengerieben hatte.
Lilly in dem zu kurzen, zu engen roten Kleid, das ihre Mutter immer noch nicht mit den Kleidern ihrer anderen Kin-

der wusch, den Beinen der Gazelle und den Augen der Impala stand mit einem Fuß auf dem mit winzigen Steinen bepflasterten Weg. Der linke wartete auf dem kühlenden Holz im Haus. Den Kopf streckte sie so weit vor, dass die Nase den letzten Sonnenstrahl des Tages anstoßen konnte. Sie machte keine einzige Bewegung. In jeder Hand hielt sie ein in weiße Servietten eingehülltes Päckchen und nur sie wusste, dass unter den Tüchern die beiden Bilder waren, die dem Bwana Mbuzi die Kraft seiner Augen zurückgebracht hatten, sie zu sehen. Als Lilly den Wagen auf dem schmalen Weg hatte stöhnen hören, der um das Pyrethrumshamba führte, hatte sie schon den Mund geöffnet und die Brust mit Luft gefüllt. Es war ihr wichtig, die neuen, schweren Laute, die wie spitze Steine in ihrem Hals steckten, im genau richtigen Moment zu Worten zu machen. In der Zeit des langen Wartens war ihre Kehle trocken geworden wie das Gras in einer ausgebliebenen Regenzeit, doch sie leckte erst die Gier zu sprechen von ihren Lippen, als sie Stella aus dem Auto klettern sah.
Lilly hörte Stella wie einen winselnden Hund schnüffeln, dem mit einem einzigen Griff in das Fell seines Nackens die Wärme seiner Geschwister genommen wird. Sie begriff sofort, dass die Augen der Freundin noch nicht in Karibu angekommen waren. Trotzdem ließ sie Kälte an die Zähne. Noch wagte sie nicht, die Biegsamkeit ihrer Zunge zu fordern. Sie holte nur den schlafenden Fuß aus dem Haus, als hätte sie ihn dort ohne Absicht warten lassen, und stellte ihn neben den rechten, krümmte die Zehen, bog die Knie, und legte die beiden Bilder ins Gras. Beim Aufstehen presste sie die Schultern zusammen und nahm sich zwei Herzschläge Zeit, um sie zur stärkenden Breite zu drücken.

Dann grub sie ihre Nägel in das Fleisch ihrer Arme, damit der Blitz des Schmerzes die letzte Gewissheit aus ihrem Körper herausholte, dass sie nicht schlief und ihren Sinnen und ihrer Klugheit vertrauen konnte. Nur an einem kühlenden Hauch spürte sie, dass sie ihren Kopf geschüttelt hatte. Weil Lilly aber ihren Beinen zu lange den Schlaf befohlen hatte, waren ihnen in der Erde Wurzeln gewachsen. In diesem Moment der schrecklichen Erkenntnis sah sie Stella auf sich zukommen. Weil ihre toten Füße sie mehr ängstigten, als es je eine Schlange getan hatte, schützte sie ihr Gesicht mit den Händen.

»Du musst dich beeilen, Lilly«, drängte der Bwana Mbuzi. Er zog ihren Körper, der zu zittern begonnen hatte, an seinen, der fest und warm wie ein sonnenbestrahlter Fels war, und befreite Lillys Mund von Händen, die feucht waren und heiß wie ein Buschfeuer. »Sonst spricht Stella vor dir.«

»Good evening, my friend«, flüsterte Lilly. Sie wurde zornig, weil ihre Stimme so wenig Kraft hatte, und es machte sie noch wütender, dass die Schweißperlen auf der Stirn sich zu einem Fluss verbanden, der auf ihre Wimpern tropfte. Mit der rechten Hand schlug sich die Jagende, die sich nur deshalb um ihre Beute betrogen wähnte, weil ihr die Scham der Verlegenheit noch nie begegnet war, an den Hals. Vor allem der Bwana Mbuzi, der der Zungenflinken seine Sprache in den Mund gegossen hatte, sollte glauben, eine Biene hätte sie gestochen und ihre Kehle dick wie ein Elefantenbein gemacht. Dann sah Lilly jedoch durch die Salzkörner hindurch, wie sehr das Staunen Stellas Augen geweitet hatte; sie sah, dass diese Augen voller Erwartung waren und nach den Riten der Tage verlangten, die gewesen waren. Dass ihre weiße Schwester noch vom Schweigen wusste und auf die Freude an der Wiederholung und den Scherzen wartete, gab Lilly ihren Mut zurück. Die Ameisen zogen nicht mehr durch ihren Bauch. Sie wurde nicht mehr von Bienen ohne Flügel gestochen, konnte wieder jeden Finger bewegen und den Kopf, ohne dass die Bäume schwarz wurden und um sie kreisten. Ihre Stirn war trocken. Ihre Nase roch nicht mehr den Schweiß der Angst. Der Sieg war dabei, die Steine in der Brust zu Staub zu pressen. Mit der Stimme des Donners und der Kraft des Sturms schickte Lilly jedes der von ihr so mühsam eingefangenen Worte auf eine neue Safari.

»Good evening, my friend«, brüllte Stella zurück.

Als der gemeinsame Jubel am Berg über dem Wasserfall abprallte und sie im gleichen Augenblick mit seinem Echo verwöhnte, hielten sich beide die Ohren zu, als fürchteten sie einen Schmerz. Sie schauten Brian an, teilten mit ihm erst das Lächeln und dann sein Gelächter. Nur einige wenige Schritte gingen sie mit gesenktem Kopf und so bedächtig aufeinander zu, als müssten sie über einen zu hohen Graben springen und hätten die Angst von jungen Eseln, die noch ihre Hufe anschieben müssen, und doch befahlen sie ihren Beinen zu kurz das Zaudern der Erfahrenen. Die Kinder, die zusammen aus Chebetis Brust getrunken hatten und seit drei Vollmonden keine Kinder mehr waren, hetzten keuchend aufeinander zu. Im Rennen schrien sie wie verrückt gewordene Paviane, die nach dem Einsetzen des großen Regens aus den Früchten trinken, die in der Sonne gelegen haben.

Lilly zog Stella tatsächlich in das Feuer, das sie am Morgen in ihrem Tagtraum gesehen hatte – unter dem Pfefferbaum, der Miss Scriver gehörte und nun nur noch ein niedriges Gebüsch aus Asche war. Weil sie vergaßen, dass sie aus zwei Welten stammten, und sie nicht wussten, dass diese beiden Welten ihre Gewehre luden und die Pangas schärften, spürte Lilly den Druck von Stellas Lippen auf ihrem Mund. Sie hatten sich noch nie geküsst, denn Lilly hatte von ihrer Mutter erfahren, dass die Zunge eines Menschen nur Nahrung berühren durfte. Erschrocken sah sie sich nach Chebeti um, doch Stella legte die Hand auf ihr Gesicht und bedeckte auch das eigene. Sie lachten beide, ohne die Lippen zu bewegen, denn nur sie wussten, dass ihre Augen für alle Zeiten vor den Dieben der Bilder geschützt waren.

Brian hatte die Ohren seiner Schülerin mit einer Sprache gefüttert, die nun auf Karibu drei Menschen verstanden, ihre Augen mit den Farben aus seinen Töpfen und ihr Herz, von dem sie dachte, es sei ein Körperteil wie jedes andere, mit der Güte eines Mannes, der vom Nehmen nichts wusste und vom Geben alles. Von Stella, die drei Monate lang nur deshalb so schnell lesen gelernt hatte, um die Saat aus der erkalteten Welt des Internats mit Lilly in der Mittagsglut ihrer Heimat unter dem Affenbrotbaum zu ernten, erfuhr Chebetis auserwählte Tochter von der Verlockung der Buchstaben und Zahlen. Es war nicht mehr wie vor ihrer Trennung, dass Brian seinen Töchtern Bilder versprechen musste, um ihren Eifer anzuspornen. Er hatte seinen Teil an dem Wunder getan. Lillys Ziege, in hellem Holz gerahmt, stand in seinem Atelier und wurde jeden Morgen von den Augen seiner stolzen Besitzerin gestreichelt. Auch Asaki hatte ein eigenes Bild und jeder ihrer elf Welpen. Die jagten nicht mehr die eigenen Schwänze. Sie hatten gelernt, den verkrusteten Lehm aus ihren Pfoten

zu beißen, Knochen zu vergraben und Fremde zu verbellen.
Chebeti erfuhr nicht, wie gut ihre Tochter lesen, schreiben und rechnen konnte – Lilly hatte den Instinkt, ihr Wissen so tief zu vergraben wie ein Dieb die Beute, an der er sich aus Furcht vor Entdeckung nicht im Moment der Tat erfreuen darf. Die drei Sprachen wurden wie bissige Pferde in verschiedenen Ställen gehalten. Englisch war für die Geschichten in den Büchern und die Lieder aus dem Radio, Suaheli für heiteres Palaver, scherzende Schadenfreude und für die kurzen Streitereien und langen Versöhnungen. »Kikuyu«, bestimmte Lilly, »sprechen wir, wenn uns auch der Wind nicht hören soll.« Da zählten Schülerin und Lehrerin, wie sie es getan hatten, als sie noch Kinder wie andere gewesen waren, in der Mittagsglut die reisenden Wolken und die Vögel auf dem Flug in die Berge, zogen ihre Kleider aus, ließen die Sonne auf die Brust und die rote Erde durch ihre Finger rieseln. Von der Unlösbarkeit der Ketten, die sie schmiedeten, ahnten sie nichts.
Nur über ihre Gespräche mit Mungu redete Stella noch nicht einmal mit Lilly. Allnächtlich bat sie den weisen Gott um die Stärke seines Arms und das Wunder seiner Liebe. Es war das älteste Schülergebet der Welt, das sie den Sternen anvertraute. Als es an einem Freitag, zwei Stunden nach Sonnenuntergang, erfüllt wurde, saß die Bittstellerin mit ihrem Vater am Kamin und zählte stumm die Freuden, die ihr blieben. Brian las in der drei Tage alten Zeitung, die Kamau am Morgen von der Bahnstation in Thomson's Falls abgeholt hatte, die Empfehlung an die Farmer im Hochland, nachts ihr Gewehr nicht zu entladen. Beide sahen Kamau erst, als er an der Tür stand.

»Montag bringen wir den Flachs nach Nakuru«, sagte er.
»Hast du vergessen, dass ich am Montag nach Limuru fahre? Stella muss zurück in die Schule.«
»Was macht deine Tochter am Montag in einer Schule, die am Sonntag brennt?«

5

Seit der Nacht von Chepois Tod ging Kamau nicht mehr unmittelbar nach Arbeitsschluss in seine Hütte, und wenn Brian den letzten Gang zu den Ställen hinter sich hatte, rief er nicht schon im Garten nach dem Petroleum für die Lampe im Atelier. Im letzten Licht des Tages saßen die beiden Männer auf der grünen Bank unter Marys Flamboyantbaum und warteten, bis die Vögel ihre Flügel einholten und die Sterne den Himmel erhellten. Sie ließen dabei den kühlenden Wind an die Stirn, kauten Tabak aus einer Blechdose mit einem Pfeife rauchenden Matrosen auf dem Deckel und tranken das Bier, das der Händler in Thomson's Falls neuerdings direkt aus England kommen ließ; jeden Abend gaben sie aufs Neue vor, sie müssten die Shauris auf der Farm für den nächsten Tag regeln, fast immer sprachen sie jedoch von den Dingen, die man nicht sehen, riechen oder anfassen konnte. Ehe die zwei Flaschen leer waren und vier Augen von einer Safari ohne Anfang und Ziel zurückkehrten, war die Rede von den letzten vier Jahren und den Veränderungen, die sie Karibu gebracht hatten. Meistens war es Kamau, der in die Richtung des kleinen Wellblechhauses von Chepois Nachfolger Mboja zeigte. Dort war die Rauchsäule dichter als über den grasbedeckten Hütten. Dann nickte Brian und beide schüttelten sie zu gleicher Zeit den Kopf in der Art der Mzee, die noch vor ihren Zähnen und der Lust der Nase die Fähigkeit verlieren, ohne Seufzer von den gestorbenen Tagen zu sprechen.

»Mboja«, sagte Brian oft, »ist ein Kind der neuen Zeit.«

»Ein Mann ist nur das Kind seiner Mutter«, wusste Kamau immer, »und die Zeit ist nie neu. Es gab auch Männer, die mit der Zunge in den Krieg zogen und nicht mit dem Speer, als du noch nicht in Karibu warst.«

»Jetzt sprichst du von Njerere, mein Freund. Mboja wird nie einen Krieg machen.«

Mboja war eine Woche nach Chepois Tod mit zwei Kühen und drei Ziegen auf der Farm aufgetaucht. Er war ein junger und auffallend großer Mann von sprudelnder Fröhlichkeit, der auch dann lachte, wenn nur Kinder in seiner Nähe standen, um seinem Gelächter ein Echo zu geben. Er hatte Arme wie Baumstämme, Zähne, weiß und stark wie die eines Löwen, und eine Zunge aus Eisen. Obwohl er kein Kikuyu war, sondern wie der, dessen Stellung er übernommen hatte, zum Stamm der Lumbwa gehörte, wurde er von den meisten Kikuyu geachtet und von vielen nach den immer wieder bestaunten Einzelheiten seines Lebens befragt. Mit dem Gedächtnis eines alten Elefanten wusste Mboja viel von der Fremde und den Menschen, denn er hatte sowohl das Meer und die Schiffe in Mombasa gesehen als auch das Wasser und die Fische vom Victoria-See in Kisumu, zuletzt die kleinen Häuser in Nairobi, die die indischen Kaufleute und die englischen Kolonialbeamten und Hotelbesitzer für ihr Personal hatten errichten lassen. Gerade die hatten ihn beim Bau seines Hauses auf Karibu dazu getrieben, sich die Teile des alten Wassertanks zu sichern, ehe irgendein Ki-

kuyu überhaupt auf den Gedanken kam, Brian auch nur um ein kleines Stück Wellblech zu bitten.
So ein weit gereister Mann bedeckte seine Nacktheit nicht mehr, wie es Chepoi getan hatte, mit einer zerlöcherten stinkenden Decke, die dem Körper keine Festigkeit gab. Selbst im Stall trug Mboja schöne Schuhe, deren Sohlen und Riemen er aus einem alten Autoreifen geschnitten hatte, und eine kurze Khakihose. Sie war immer sauber und vom Nachtwind glatt gezogen, seine beiden Hemden ohne Löcher. Mboja hatte gut verdient, ehe er nach Karibu gekommen war, und sich nach den Kühen und Ziegen einen breiten Gürtel aus Büffelleder mit einer silbernen Schnalle gekauft, wie ihn die weißen Farmer trugen, und eine dunkelblaue Wollmütze, die er einem Nachtwächter in Nairobi unter Umständen abgenommen hatte, über die er nur sprach, wenn seine Furchtlosigkeit und Schnelligkeit mehr als sonst bewundert wurden. Jeden Tag aufs Neue wurde er beneidet, weil er seine Ohren in der Mittagsglut vor Sonne und Wind schützen und sie nachts wärmen konnte. Ohne dass er als ein Lügner verspottet wurde, der seine Wünsche auf der Zunge reiten ließ, erzählte Mboja in guter Stimmung von den zwei Frauen, die er im nächsten Jahr in seiner Heimat kaufen und nach Karibu bringen wollte.
»Zwei Frauen«, machte er den Männern klar, wenn sie vor der Hütte saßen und die Kehle mit Tembo und Scherzen feucht hielten, »sind besser als eine. Wenn die sich streiten wollen, brauchen sie nicht zu warten, bis ich mit meiner Arbeit fertig bin. Mit zwei Frauen, die meine Hemden waschen und meine Kinder in ihrem Bauch tragen, kann ich im Stall lesen, ohne dass meine Uhr meine Beine zu ihren Töpfen treibt.«

Mboja hatte keine Uhr und auch nicht lesen und schreiben gelernt, doch nur schweigsame Neider ohne Gelächter zwischen den Rippen hatten das Verlangen, den heiteren Riesen mit den starken Armen darauf hinzuweisen. Zudem hatte in diesem Fall die Lüge zumindest vom Saft der Wahrheit getrunken. Wenn nämlich die Buchstaben und Zahlen zu einem neugeborenen Kalb gehörten, war außer dem Bwana, seiner Tochter und der klugen Lilly mit den zwei Köpfen und drei Zungen Mboja tatsächlich der Einzige, der die Zeichen zu einem Wort zusammenfügen konnte. Es waren nämlich Buchstaben und Zahlen, die Mbojas Stolz nährten und alle auf Karibu wissen ließen, dass er ein Mann von Bedeutung war. Er mehrte das Geld von der Farm und versetzte so den Bwana Mbuzi in die Lage, das Herz aus der Brust zu ziehen und jedem ein Stück Land zu schenken, der ihn danach fragte.

Wann immer ein Kalb geboren wurde, holte Mboja mit einer Stimme, die auch einem schnellen Läufer zu seinen eigenen auf einen Schlag noch zwei Füße wachsen ließ, den Bwana Mbuzi vom Haus oder von den Shambas. Der schrieb dann den Tag der Geburt, später das Gewicht und bald darauf in dicker weißer Kreide den Namen der Kälbchen mit Buchstaben auf die schwarze Tafel, die über den vier Blecheimern im Stall hing. Die Geburten von Ziegen und Schafen wurden nur mit einem dünnen Bleistift in einem kleinen schwarzen Buch vermerkt, was Mboja Leid tat, denn die Tafel in seinem Stall war für seinen Kopf so gut wie in alten Zeiten ein schneller Pfeil für den Bogen eines jungen Mannes. In das Buch schrieb Brian auch, wie viele Eier Kania in den Brutkasten legte, wie oft sie gedreht werden mussten und wann die Küken schlüpften. Asakis

Welpen wurden, was Mboja billigte, von Stella in ein Schulheft eingetragen, auf dessen Umschlag ihr Vater fünf junge blaue Hunde mit gelben Schleifen um den Hals gemalt hatte. Als viel zu große Ehre für ein geschwätziges Kikuyumädchen befand er indes, dass Lilly ausgerechnet die Welpen der Cockerhündin Maji in dasselbe schöne Buch schreiben durfte; schließlich wusste jeder auf Karibu, dass der Bwana Mbuzi glaubte, Maji, die er einmal sogar in seinem Wagen zu einem Arzt nach Nakuru gebracht hatte, wäre sein Kind – sie war die einige Stunden vor Stella geborene Tochter von Marys Lieblingshündin Beauty, die nach deren Tod nie mehr Junge geworfen hatte.
Vor sechs Monaten war Njerere auf die Farm gekommen, um die Pflüge, den Traktor und die Maschinen für die kleine Flachsfabrik zu versorgen. Obwohl er ein Kikuyu war, lehnten ihn seine Stammesbrüder ab und nannten ihn den Sohn einer Hündin. Der pockennarbige Njerere war geizig und galt als hochmütig. Er aß immer allein, trank kein Tembo, hatte keine Frau, ließ sich die monatliche Salzzuteilung geben und schüttete sie sofort ins Gras und er reinigte seine Zähne mit einer kleinen, weichen Bürste statt mit einer harten Wurzel. Vor allem machte der Salz hassende Bürstenfreund keinen Hehl daraus, dass er sich für klüger als die klügsten Mzee hielt, und dies nur, weil er lange in Nairobi gearbeitet und dort einen Tag erlebt hatte, von dem er immer wieder reden wollte. In der Zeitung und von den Kikuyu in der Stadt, die sich nachts trafen, um das Blut zu riechen, mit dem sie den Boden ihrer Feinde tränken wollten, wurde dieser Tag als der des Generalstreiks bezeichnet. Auf den Shambas und in den Hütten der Farm wollten die Menschen jedoch schon deshalb nichts von

dem Streik und dem Kampf um das eigene Land der Kikuyu hören, weil der hässliche Njerere, wenn er seine Geschichten aus Nairobi erzählte, wie eine Hyäne aussah, die ihren eigenen Kindern die Beute wegfrisst. Zudem gebrauchte er immer wieder ein Wort, das noch nicht bis nach Karibu gereist war. Es hieß Uhuru und bedeutete Freiheit.

»Wir haben«, spottete Kamau, »so viel Uhuru wie Essen in unseren Schüsseln. Die sind auf Karibu nie leer gewesen. Wer nicht zu faul ist, sich zu bücken, kann sein eigenes Shamba umgraben und die eigene Ziege melken. Er muss nur den Mund aufmachen und dem Bwana Mbuzi sagen, dass er auch nach der Arbeit seinen Körper riechen will.«

Zu seinem Widerwillen gegen Leute, die mit einer Dornen bespickten Zunge am Frieden von Karibu kratzten, kam für Kamau noch ein sehr persönlicher Grund hinzu, Njerere zu misstrauen. Der pockennarbige Hundesohn war nicht nur ein Mann, der aus Worten fliegende Steine machte. Er war sowohl klug als auch listig. Wann immer sich ihm die Gelegenheit dazu bot, stahl er Kamau Brians Ohr. Eines Tages versuchte der Ohrendieb gar, sich in die Buchführung des Lebens einzumischen. Dazu missbrauchte er auch noch den neuen Traktor als Kampfgenossen. Statt von dessen starkem Motor zu sprechen, wie es einem Mann gebot, der eine so gute Maschine versorgen durfte, ließ er Brian aus dem Haus rufen, um ihm ein Rad zu zeigen, dessen Schrauben vor der Zeit gerostet waren. Noch als der Bwana Mbuzi im Schatten des Jacarandabaums stand, wischte sich Njerere so sorgsam die Hände an einem Tuch sauber, als wäre der Schmutz der Arbeit das Gift einer Schlange.

»In Nairobi«, sagte der listige Sohn einer stinkenden

Mischlingshündin, »wird die Geburt eines Kalbes nicht aufgeschrieben. Aber der Name von neugeborenen Kindern wird mit Tinte auf Papier geschrieben.«
Obwohl Kamau bereits das Gelächter von Hohn in seine Kehle geholt hatte, kam er noch nicht einmal zu der Frage, wie viele kalbende Kühe es in Nairobi gäbe und ob dort die Mütter ihre neugeborenen Kinder mit Tinte fütterten. Er hatte nur noch die Zeit, seine Augen zu einem Schlitz zu verengen und die Spucke im Mund trockenzukauen und schon wurde ihm klar, dass Brian wieder einmal nicht Freund von Feind hatte unterscheiden können und dass er sich von dem falschzüngigen Pockennarbigen in eine Falle hatte locken lassen. Brian wehrte kein einziges von Njereres Worten ab, wie es sich schon aus Achtung für Kamau gehört hätte. Ohne auch nur eine Hand aus der Hosentasche zu nehmen, sagte er und nickte dabei mit dem Kopf, der in diesem Moment der Dummheit wie der Mond in der Nacht seiner größten Fülle aussah: »Du hast Recht, Njerere. Das können wir auch hier machen. Ich glaube, es wird später gut sein, wenn die Menschen den Tag ihrer Geburt kennen.«
»Auf Karibu«, widersprach Kamau und verschluckte keine einzige Flamme vom Feuer seines Zorns, »war es gestern für alle Menschen gut, die Regenzeiten zu zählen. Und das ist auch heute nicht anders. Oder will der Bwana Mbuzi, der vergessen hat, was gestern war, morgen Menschen verkaufen? Dann muss er auch aufschreiben, was sie wiegen und wie viele Eier sie legen.«
»Du hast Recht, Kamau«, lachte Brian.
»Zwei Menschen können nicht Recht haben, wenn sie sich streiten. Hast du zwei Köpfe?«

So blieb es – schon um Kamau nicht zu erzürnen – auf der Farm bei dem Brauch, die Namen der Kälber auf die Tafel im Stall zu schreiben und nicht vom Tag der eigenen Geburt zu sprechen. Stella war die einzige Ausnahme. Einmal im Jahr musste Chebeti nur für sie einen Kuchen backen. Wenn Brian seine Tochter aus dem Internat in Nakuru abholte, kaufte er in Mister Patels neuem Laden mit den schönen Stoffen und der Seife mit dem Duft von Rosen, die in feinem, dünnen Papier aus England anreiste, fingerkleine bunte Kerzen. Die wurden auf Chebetis Kuchen gesteckt. Nur Stella durfte ihnen an dem Tag, der ihr allein gehörte, das Lebenslicht nehmen. Selbst die Kinder, die die im tiefen Loch schlafende Frau vom Bwana Mbuzi nie gesehen und die Chepois Namen nie gehört hatten, kannten die schöne Shauri vom Kuchen und den Kerzen. Immerhin erzählten auch sie, wenn sie sich als klüger und erfahrener beweisen wollten als die anderen Kinder ihres Jahrgangs, von dem Tag vor zehn Regenzeiten, als der Blitz dem Affenbrotbaum einen Ast abgeschlagen hatte und die Straßen verschlammt gewesen waren. Brian erinnerte sich seit Marys Tod meistens nur an seinen Geburtstag, wenn ihm das Datum in der Zeitung auffiel – zu spät, um wehmütig zu werden und über die Last der Jahre nachzudenken. Die Zeitung war immer noch drei Tage alt, wenn sie an der Bahnstation in Thomson's Falls abgeholt wurde.
Lilly dachte nie über die Wehen ihrer Mutter nach. Weil es bei ihrer Geburt weder geregnet noch gebrannt hatte, kein Kalb geboren worden und keine Ziege gestorben war, wusste noch nicht einmal Chebeti, wann sie ihre besondere Tochter zum ersten Mal an die Brust gelegt hatte. Allerdings war es bei dieser Auserwählten keineswegs so, dass

sie dachte, ein Tag wäre wie der andere. Im Haus aus Stein war die Zeit, die ja unter den Bäumen und auf dem Berg am Wasserfall nur an der Länge ihrer Schatten gemessen werden konnte, sogar zu sehen. In der von zwei goldenen Löwen bewachten, gläsernen Uhrenhütte mit dem runden Dach ließen sich die schwarzen Zeiger und Ziffern, die winzigen blauen Rosen und gelben Schmetterlinge mit einem einzigen Finger streicheln. Auch hielt Lilly den Kalender nicht, wie vor ihrer Begegnung mit den Buchstaben und Zahlen, für ein Buch mit Bildern, das zu schwach war, um im Regal mit den anderen zu stehen und deshalb eine Wand und einen Nagel brauchte. Lilly vermochte sogar jeden der zwölf Monate in zwei ihrer drei Sprachen mit seinem Namen anzureden. Selbst wenn Stella Ferien hatte, war es Lilly, Bwana Mbuzis schwarze Tochter, die am Anfang vom Monat dem Kalender ein Stück von seiner Leibesfülle nahm. Auch durfte sie jedes der in allen Farben des Regensbogens glänzenden zwölf Bilder in die eigene Hütte tragen. Dort, mit einem feinen Draht zwischen zwei Stück Pappe gebunden, lagen unter der Matratze, die Lilly mit ihren zwei jüngsten Schwestern teilte, mehr Bilder, als diese Unwissenden je würden zählen können. Trotzdem hatte es der auserwählten Eigentümerin der Jahre, Monate und Tage nie nach dem Stolz in den Augen der Freundin verlangt, wenn Stella die Kerzen ausblies und mit dem größten Messer im Haus ihren Kuchen in acht Stücke zerteilte. Dies alles änderte sich unmittelbar vor Stellas zehntem Geburtstag, und zwar in einem Moment, den Lilly, so sehr sie sich später bemühte, weder ihrem Herzen noch ihrem Gedächtnis entreißen konnte.

In diesem Augenblick, der nie mehr einen neben sich dul-

den sollte, war der Bulle Moschi dabei, der Kuh Rumuruti neues Leben einzupflanzen. Auch die Kinder von den Hütten am eingetrockneten Flussbett, die einen langen Weg über die spitzesten Steine auf Karibu zu der Herde von Bwana Mbuzi laufen mussten, hatten für die Freude ihrer Augen und die Kraft ihrer Hände nicht die Haut unter ihren Füßen geschont. Selbst die noch Kurzbeinigen mit dem Gedächtnis einer Fliege und der Klugheit eines Esels, der an der Zitze der Mutter saugt, wussten nämlich, dass Rumuruti wild und widerspenstig war und sich länger jagen ließ als jede andere Kuh, ehe ein Bulle an ihren Körper durfte. War dies geschehen, gebar die stolze Rumuruti ein Kalb, das von den stärksten Männern auf der Farm aus ihrem Leib gezogen werden musste.
Lilly und Stella waren seit vier Tagen nicht nach dem Mittagessen zu dem Wasserloch gegangen, das trotz der Dürre noch nicht versiegt war. Dort standen seit dem letzten großen Regen in der Zeit des kürzesten Schattens zwei Dik-Diks in einem Gestrüpp unter einer Dornakazie und erzählten einander Shauris, die nur diejenigen verstehen konnten, die die scheuen, unzertrennlichen Tiere liebten. Das spöttische Gelächter der Männer, Frauen und Kinder von Karibu wäre bis zur Tankstelle nach Thomson's Falls gereist, hätten ausgerechnet die Tochter vom Bwana Mbuzi und das kluge Kikuyumädchen in ihrem roten Kleid die von allen mit größter Spannung erwartete Begattung von Rumuruti durch Moschi verpasst.
Die schöne Rumuruti war Moschi, der schon in seiner frühesten Jugend jede andere Kuh mit der Kraft seiner Lenden besiegt hatte, noch nie zu Willen gewesen. Nur Mboja, der Moschi so achtete, wie es einst Chepoi getan

hatte, glaubte noch an dessen Sieg. An diesem vierten Tag ihres geduldigen Ausharrens auf Mbojas Wunder hatten Stella und Lilly kaum die Zeit gehabt, sich durch die Beine der Männer zu drängen und die Kinder wegzuschieben, die auf der kleinen Anhöhe standen, von der aus jeder Körperteil der beiden Tiere zu sehen war. So unvermittelt wie ein farbiger Blitz an einem wolkenlosen Himmel hatte Moschi brüllend den Kopf gesenkt und war wie ein verrückt gewordener Hengst mit Schaum vor dem Maul auf Rumuruti zugaloppiert. Ehe nur einer der Zuschauer seine Augen weit genug aufreißen und den entflammten Bullen mit Rufen anfeuern konnte, hatte er Rumurutis Stolz und Trotz, ihren breiten Rücken und ihre kräftigen Beine bezwungen. Ohne nur einen Tropfen seines Samens in den Boden zu verspritzen, hatte Moschi für das größte Kalb gesorgt, dessen Namen je auf Mbojas schwarze Tafel im Stall geschrieben werden würde. Darüber waren sich alle einig – die johlenden Männer, die klatschenden Frauen und die verstummten Kinder, die klügsten Mzee und auch die Eselsdummen.

»Er hat dreimal gestoßen«, sagte Lilly auf dem Weg zum Wasserloch mit den Dik-Diks und schnalzte mit der Zunge, wie es die Männer getan hatten, denen noch wenig Haar im Gesicht wuchs.

Sie lauerte auf Stellas Kopfschütteln und die erhobenen vier Finger ihrer rechten Hand. Jedes Mal, wenn ein Bulle eine Kuh gedeckt hatte, hatte Stella nämlich mehr Stöße gezählt als Lilly. Der Kampf um die Zahl war noch ein Ritual aus der Zeit des kurzen Streits und der langen Versöhnung. Bis zu dem Brand ihrer Schule in Limuru hatte Stella immer behauptet, sie könnte sehr viel genauer beobachten als Lilly, weil sie die Kleinere von beiden und deshalb mit ihren Augen näher an dem Mannesstolz eines Bullen wäre. Nach Moschis Triumph aber, der wahrlich etwas Besseres als die hinkende Zunge einer Bewunderin verdiente, die im entscheidenden Moment am lautesten gebrüllt und danach Mboja gelobt hatte, als hätte dessen Kraft die stolze Rumuruti in die Knie gedrückt, war Stella auffallend schweigsam.

Sie setzte ein Bein so langsam vor das andere wie eine Frau mit einem seit acht Vollmonden gefüllten Leib und keuchte wie ein alter Mann, den ein ansteigender Weg eher in der Brust schmerzt als in den Beinen. Obwohl es in dem roten Staub, den der heiße Wind über die Bäume und Berge jagte, beide Mädchen nach Schatten verlangte, blieb Stella unvermittelt an dem letzten Ameisenhügel vor dem Ziel stehen. Sie kratzte sich erst am rechten und danach noch länger am linken Ohr und sie pflanzte ihre nackten Füße fest in das weiß blühende Gebüsch zwischen zwei Felsen ein. Eine Zeit lang ließ sie ihre Zunge im Mund Kreise tanzen, ohne dass die auch nur die Oberlippe befeuchtete. Dann lächelte Stella, wiederum zu plötzlich, wie Lilly irritiert bemerkte, wie ein Kind ohne Zähne und schloss mit einem einzigen Schlag der Wimpern beide Augen, womit sie sonst eine Safari des Kopfes anzusagen pflegte, die sie nur mit ihrem Schatten machen wollte.

»Dreimal«, wiederholte Lilly, als eine zu lange Zeit nichts geschehen war. Ihre Ungeduld gab den beiden Worten ein Echo, über dessen Mächtigkeit sie sich wunderte, denn die farbleuchtenden Bilder von Moschis Sieg waren dabei, in winzige Stücke aus hellbraunem Papier zu zerfallen. Als Lilly nach dem Rock ihres Kleides griff, um die Enttäuschung von der Haut zu reiben, fiel ihr auf, dass Stella ihre Füße aus dem Gebüsch geholt hatte und auf sie zulief. Schon sprang sie über hohe Steine und dicke Wurzeln und kam so dicht an Lilly heran, dass die ihren Atem roch. Stella machte aus ihren Armen erst Flügel und dann Schlingen. Diese Schlingen legten sich um Lillys Schultern. Für die Dauer von zwei trommelnden Herzschlägen wuchsen zwei dampfende Körper zusammen wie die Köpfe der Dik-Diks.

Stella drückte ihren Mund an Lillys Ohr und flüsterte: »Ich teile mit dir meinen Geburtstag.«

Sie hatte das letzte Wort in Englisch gesprochen und es dreimal wiederholt – zwischen jeder Folge von kichernden Lauten immer langsamer und lauter. Nach dem letzten Schrei, der vom Berg zurückprallte, brauchte die Lehrerin sehr viele Worte in Suaheli und Kikuyu, um ihrer Schülerin zu erklären, was die zwei fremden Silben bedeuteten. Das Staunen, das den Mund zu einem kreisrunden Loch machte, und die Erregung, die das Sonnenlicht schwarz färbte und Bäume in die Wolken jagte, drückten Lilly einen schweren Stein in die Kehle und trieben feine Salzkörner unter ihre Wimpern. Sie konnte ihre Zunge nicht durch die Mauer ihrer Zähne schieben. Die Verstummte berührte ihre Brust mit dem Kinn. Sie wusste nicht, ob es Verlegenheit war, die ihr die Fähigkeit gestohlen hatte, wie eine zu sprechen, die nicht war wie die anderen, oder ein Stolz, wie sie ihn nie zuvor empfunden hatte. Sie wusste nur, dass sie einen weiten Mantel aus goldenem Feuer trug und dass er Kopf, Brust, Beine, selbst die Füße und die Nägel aller zehn Zehen versengt hatte.

»Hast du«, fragte sie, als endlich ihre Lippen nicht mehr

aufeinander klebten wie das Harz an der vernarbten Rinde eines Baumstamms, »von deinem Kuchen oder von deinen Kerzen geredet?«
»Von meinem Tag. Er soll in den Tagen, die kommen werden, nicht nur mir gehören.«
»Das geht nicht«, wusste Lilly. Ihre Stirn war nun wieder ohne Schweiß, die Augen trocken. »Nur Menschen mit weißer Haut und ihre Kälber haben einen Tag, der ihnen gehört. Das wissen alle auf Karibu. Hast du vergessen, was mein Vater Njerere, dem Sohn einer Hündin, gesagt hat?«
»Jeder hat einen Tag, der ihm gehört«, entschied Stella. »Nur viele kennen ihn nicht. Das hat mein Vater gesagt. Er hat gesagt, ich soll meinen Tag mit dir teilen. Mein Vater ist nicht der Sohn einer Hündin.«
»Wo waren meine Ohren, als der Bwana Mbuzi das gesagt hat? Ich habe ihn nicht gesehen, als er mit seiner klugen Tochter von einem Tag gesprochen hat, der mir gehören soll. Ich habe seine Haut nicht gerochen und nicht die Bilder angefasst, die er gemalt hat. Was meine Ohren nicht gehört haben und meine Augen nicht gesehen haben, weiß mein Kopf nicht.«
Sie malten mit langen Dornen Kreise in die Erde, gruben Löcher und bedeckten sie mit Gras und trockenen Blättern als kühle Höhlen für die Käfer mit grün leuchtenden Flügeln; sie sprachen wieder, doch nun leise und ohne die Begeisterung von den Tagen zuvor und manchmal mit einem Seufzer so leise wie ein sterbender Wind von Moschis Kraft und Rumurutis schönen Kälbern. Mit dem Streit und der Versöhnung warteten sie, bis die Dik-Diks aus dem Schutz des Schattens in das gelbe Licht der Nachmittagssonne schlüpften. Die Affen kamen aus dem Wald. Die kreischen-

den Jungen jagten einander über die Steine und sprangen, wenn sie zu müde waren, um auch nur den eigenen Schwanz zu fangen, zurück auf den Rücken ihrer schweigenden Mütter. Die erste Biene kehrte zurück zur violetten Blüte der Distel, die weder Brüder noch Schwestern hatte. Erst da wagte es Lilly, das neue Wort, das in ihrem Kopf summte wie die Biene an der Distel, durch den Rachen zu treiben. Immer wieder murmelte sie »birthday« vor sich hin und starrte dabei durch das Loch in ihrem Kleid auf ihren Nabel, damit sie Stella nicht anzusehen brauchte. Bald konnte sie, ohne dass sie mit der Qual einer Unwissenden gurgeln musste, die erste Hälfte des Wortes wie eine Schlange mit der Zunge aus dem Mund schießen. Beglückt fütterte sie ihren Stolz mit der Ermunterung und Bewunderung der geduldigen Lehrmeisterin und steckte das Loch im Kleid wieder mit der verborgenen Sicherheitsnadel zu. Und doch war Lilly nicht satt. Ihre Augen und noch sehr viel mehr ihre Ohren verlangten nach dem einzigen Beweis, den es auf Karibu gab, dass Stella sie nicht mit einer Lüge verhöhnt hatte.

»Du musst es tun«, bestimmte sie und stieß einen Finger in die Richtung des Bergs. »Du musst jetzt Erde essen und Mungu sagen, was du mir gesagt hast.«

Stella machte aus der Feuchtigkeit in ihrem Mund schäumende Blasen, die sich in der Sonne alle Farben eines blassen Regenbogens holten. Mit ihren Nägeln kratzte sie die gerissene, harte Erde locker, sammelte die winzigen Brocken ein, hielt sie in beiden Händen und presste sie fest zusammen. Die kleine rote Kugel wurde sorgsam mit Speichel bewässert. Stella legte sie auf die Zunge. »Mungu«, rief sie im Aufstehen und schluckte schon nach dem ersten Wort die Erde der Wahrheit hinunter, ohne auch nur einen kleinen Krümel von sich zu husten, »wird aus mir einen Baum machen, der im Buschfeuer verbrennt und nach dem Regen von den Würmern gefressen wird, wenn ich gelogen habe. Der Bwana Mbuzi hat gesagt: Stella, gib deiner Schwester, die dich nicht von der Brust ihrer Mutter weggestoßen hat, zwölf Stunden von deinem Tag.« Einen kurzen Moment schaute die mutige Beschwörerin erschrocken zum Berg; sie überlegte, ob Mungu sie bestrafen würde, weil sie die Worte ihres Vaters mit der Lüge der Liebe und der Phantasie der Kikuyu gemästet hatte, doch kein Blitz raste zwischen die Wolken, kein Donner einer plötzlich entfesselten Wut zerriss die Stille. Stella wurde nicht von Mungus Flammen umzingelt. Es brannte nur der Geschmack von Erde in ihrer Kehle.

»Misuri«, flüsterte Lilly und goss das Wort, das zugleich schön, gut und richtig bedeutete, in einen See aus kochendem Jubel. Auf dem Rückweg war sie es, die am Ameisenhügel stehen blieb und ihren Füßen den Schlaf befahl. Sie setzte die fünf Finger von Stellas Hand gefangen und sagte: »Mir gehört jetzt ein halber Tag. Keiner kann ihn mir wegnehmen in den Tagen, die kommen werden. Nicht mit einer Panga und nicht mit einem Gewehr. Und auch nicht mit einer Keule.«

»Und nicht mit Worten und nicht mit Papier und Tinte«, wusste Stella.

»Worte, Papier und Tinte haben keine Kraft. Sie können noch nicht einmal eine Fliege töten.«

»Mein Vater sagt, man kann aus Worten, Papier und Tinte einen Krieg machen.«

Chebetis besondere Tochter lag mit ihren zwei jüngeren

Schwestern unter der Decke, die nach kaltem Rauch und warmer Haut roch. Sie dachte verlangend an die Rosenseife in raschelndem Papier, die erst aus England nach Nakuru und dann nach Thomson's Fall gereist war und mit der sie immer ihre Hände und manchmal auch ihr Gesicht wusch, wenn der Bwana Mbuzi auf den Shambas war und ihre Mutter in seinen Töpfen rührte. Aufmerksam belauschte die mit der Zeit Beschenkte den Atem derer, die bis zu der Stunde, da man sie für die Hyänen und Geier aus der Hütte tragen würde, nur die Regenzeiten zählen durften, wenn sie nach ihrem Alter gefragt wurden. Gierig trank sie vom Stolz der Besitzenden. Durch ein kleines Loch im runden Dach aus Gras sah sie die Sterne. Sie zählte viele, bis sie den einen erblickte, der so hell leuchtete wie Stellas blaue Augen im Moment eines Schwures, den Mungu nie wieder von einem Mädchen mit weißer Haut hören würde. Das wusste sie genau. Als der lahme Schakal heulte, der seinen Hunger herunterwürgen musste, bis die Starken und Gesunden ihren Bauch gefüllt hatten, wurden die nebelgrauen Bilder der Nacht in Lillys Kopf bunter als alle Blumen am Wasserfall.

Sie sah den Bwana Mbuzi mit einer Säge so lang wie eine Schlange die Stunden zwischen zwei Sonnenaufgängen zerschneiden. Er legte die Schlangensäge neben die Pfeife mit dem gelben Stiel auf den Tisch aus hellem Holz. Für Stella wickelte er zwölf Stunden in silbernes Papier ein. Lilly aber überreichte er den halben Tag, der für alle Zeiten ihr gehören würde, in einem Tuch aus dem Strahl einer goldenen Sonne. Zu dem Kind aus seinem Samen sagte der gütige Schnitter nichts, seine schwarze Tochter zog er zu sich heran, streichelte ihr Gesicht und ihre Locken und erzählte den Männern von Karibu, Chebeti müsste nun jedes Jahr zwei Kuchen backen.

Bei Sonnenaufgang hüpfte Lilly – auf einem Bein, weil sie erst zum Tanz der Schüsseln ankommen wollte – zum Küchengebäude. Dort beobachtete sie, wie Chebeti die gelbe Butter aus Rumurutis Sahne, den Zucker aus der Dose mit dem Bild von drei Katzen in einem Korb und das feine Mehl, das nur für die reichen Menschen mit weißer Haut gemahlen wurde, in zwei Schüsseln verteilte. Weil Chebeti mit einem verbogenen Löffel aus Blech auf Lillys Schüssel einprügelte, als wäre die runde Silberne ein diebischer Hund, merkte die Tochter, dass ihre Mutter zornig war.

An ihrem ersten eigenen Geburtstag, der, wie alle klugen Menschen wussten, zugleich ihr elfter und Stellas zehnter war, verließ Lilly ihre Geschwister sehr viel früher als in ihrem alten Leben. Die Kälte blies Flügel auf ihre Fersen, der eigene Atem gab den Händen Wärme. Noch hatten die Decke aus rosa Wolken den Himmel nicht erleuchtet und die verrückten Hühner aus Eldoret kein einziges Ei unter die Büsche gelegt. Die Hennen waren erst dabei, ihren Kopf aus dem Gefieder zu holen. Der scharfe Schrei des Morgens steckte den Hähnen noch im Kropf, ihr roter Kamm war grau, die braungrünen Schwanzfedern feucht vom Tau der Nacht. Im Stall schlug Mboja jedoch schon die zwei größten Milchkannen zu einem Lied zusammen und redete so laut mit den Kühen, für die er die Kreide trocken und die Tafel von Fliegen freihielt, dass sich jedes seiner Worte durch die Holzwände zwängte. Asaki schlief mit offenen Augen am Wassertank. Die Honigsüße schüttelte, als sie die Schritte der Erwartungsvollen im Gras hörte, sofort

die Feuchtigkeit aus ihrem Fell und lachte mit dem Schwanz. Sie drückte ihre kräftigen Pfoten in die Erde, machte aus ihrem breiten Rücken eine hohe Brücke und rannte so schnell und fiepsend wie ein junger Hund, der sich an seiner Freude verschluckt, auf Lilly zu, leckte mit rauer Zunge erst ihre Zehen, danach beide Hände.
»Du weißt es?«
»Ja«, bellte Asaki mit der Stimme der Wächterin.
Der graue Rauch vom Küchengebäude erreichte den Affenbrotbaum, die Sonne den Schornstein vom Kamin. In dem Augenblick, in dem Lilly am Haus ankam, wurde die große Glasscheibe in Brians Atelier hell, bald auch der Raum selbst. Sie sah den blauen Glasaschenbecher auf dem Tisch funkeln, das noch nicht fertige Bild einer Zebraherde auf der Staffelei, die Farbtöpfe mit geschlossenem Deckel auf dem Regal mit den Büchern stehen und die Pinsel in einem kleinen Eimer Wasser trinken. Ein mit einer roten Schleife zugebundener Karton lag auf dem Korbstuhl. In der Ecke mit dem goldenen Haken für den Hut stand das Gewehr, für das der Bwana Mbuzi bei seiner letzten Reise nach Nakuru wegen der vielen Kerzen für die zwei Kuchen vergessen hatte Patronen zu kaufen. Während Lilly mit dem linken Auge das Sonnenlicht in Punkte auflöste und es mit dem rechten wieder zusammensetzte, grübelte sie lange über hungrige Gewehre und noch länger über die sättigende Zufriedenheit eines Kikuyumädchens, dessen Mutter auf Befehl von dem Herrn dieses hungernden Gewehrs einen Kuchen backen musste. Nur ihre Ohren waren noch wach. Die hörten, dass ein Riegel zurückgezogen wurde. »Jambo«, brüllte Lilly in den Flamboyantbaum. Sie hetzte zur Vorderseite des Hauses.

Stella stand ohne Schuhe in einem langen weißen Nachthemd mit hellblauen Punkten unter dem Balken der grün angestrichenen Tür. Ihre langen Haare trennten sich an den Schultern und fanden am Bauch wieder zueinander. Sie erschienen Lilly wie zwei Flüsse mit maisgelbem Wasser. Den einen weichen Fluss ließ sie durch ihre Finger gleiten und seufzte in dem Moment, da sie Schönheit als Schmerz empfand, doch Stella hatte den eilig verschluckten Laut nicht gehört; sie sprang hoch und lachte, ließ, als sie zur Erde zurückkehrte, ihre Hände auf Lillys Schultern fallen, zog sie zu sich heran und schob sie in den Raum mit dem runden Tisch und den drei Stühlen. Er war mit einer hellgrünen, mit Hasen bestickten Decke geschmückt. Die Hasen wussten nichts vom Saft der Pflanzen in Karibu. Sie trugen lange blaue Hemden und hielten eine orange leuchtende Karotte in der Pfote. Zur Linken der drei weißen Tassen mit goldenem Rand standen drei Teller. Auf zwei Tellern lagen Kronen, die Brian in der Nacht aus silbernem Papier gefaltet hatte.
Stella drückte die eine Krone auf den dichten Wald aus glänzenden schwarzen Locken, Lilly die zweite auf den sanften Hügel im maisgelben Fluss und, obwohl sie allein im Zimmer waren und keiner ein Wort sagte, hörten sie beide Musik. Die Gekrönten tanzten um den Tisch, bis die Bilder an den Wänden mit dem Kopf nach unten hingen und die Stühle sich im Kreise drehten. Sie kicherten ihre Rippen schwach und lachten ihre Kehlen wund. Glück war für Stella nur ein Wort und Lilly kannte es in keiner ihrer drei Sprachen und doch konnten sie es beiden sehen, riechen, schmecken und anfassen. Chebeti und Brian kamen zur gleichen Zeit ins Esszimmer, sie mit zwei Kuchen, auf

denen die winzigen bunten Kerzen aus Nakuru steckten, und er mit zwei flachen Päckchen in braunem Papier.
Chebeti in ihrem schönsten Kleid, auf dem lila Schmetterlinge gelbe Rosen anflogen, stellte die runden Holzbretter zwischen die langen Ohren der Hasen. Sie holte für zwei der drei Stühle weiche Kissen, strich die Tischdecke glatt, legte zwei lange Messer vor die Kuchen und öffnete ihre Arme. Es war nicht ihre Tochter, die sie an die Wärme ihres Körpers drückte, sondern das Kind, deren Nabelschnur sie mit einer silbernen Schere zerschnitten und dessen Mutter sie in der Stunde ihres Todes beim Namen genannt hatte. Sie hob Stella hoch, wie sie es in den Tagen getan hatte, ehe deren erster Zahn durch den Kiefer gestoßen war, und berührte die Haut ihrer Stirn mit dem Mund.
»Wir haben vier Stühle«, sagte Brian, »hol auch noch einen Teller. Wir wollen alle, dass du mit uns isst.«
»Nein«, erwiderte Chebeti, »in der Küche warten die schmutzigen Töpfe auf mich. Es ist genug, wenn meine kluge Tochter, die ihre eigene Sprache in den Dornbusch geworfen hat und die ihre Hände mit deiner Seife wäscht, an deinem Tisch sitzt, Bwana Mbuzi.«
»Dann bleib hier, bis die Kinder ihre Pakete ausgepackt haben.«
Der älteste Sohn des Schneiders aus Nakuru, der einst Stellas blaues Kleid und das rote von Lilly genäht hatte, war noch geschickter mit seinen Händen und schneller auf seiner neuen Nähmaschine, als es sein Vater gewesen war. Für den liebenswürdigen Farmer von Karibu, der bei jedem Besuch mit ihm Tee trank und dabei den Fleiß der Inder lobte und der nie auch nur den Versuch machte, den Preis einer guten Arbeit herunterzuhandeln, hatte er in nur ei-

nem Tag zwei Kleider genäht und sie mit der Post nach Thomson's Falls geschickt. Der weiche Stoff der weiten Röcke war in breite Falten gelegt, die Puffärmel und kleinen runden Kragen mit einem schmalen Band eingefasst – das rote Kleid mit blauer und das blaue mit roter Borte. Goldene Kugelknöpfe wurden zu Spiegeln für Augen, die ihre Freude nicht halten konnten. Stella warf ihr Nachthemd auf den Boden, lief zu Lilly, die ihre Hände verloren hatte, und zog ihr, »happy birthday« singend, das Kleid über den Kopf. Einen Moment standen die Mädchen nackt da und hielten sich jubelnd an der Hand. Nun war es Brian, der Schönheit als Schmerz empfand.

»Der Schneider«, schluckte er, »hat Stellas blaues Kleid aus einem Stück vom Mittagshimmel geschnitten.«

»Und meins aus dem letzten Stück der Sonne am Abend«, erinnerte sich Lilly.

»Und für jeden Knopf«, wusste Stella, »ist ein Stern vom Himmel gefallen.«

Sie schauten beim Sprechen nur einander an. Ihre Augen sollten dem Zauberer die Worte nicht verraten, dass für sie die Tage schon lange tot waren, da sie seine schönen Geschichten geglaubt hatten. Brian hielt jene, die er an seinen Körper drückte, für Kinder – es waren Frauen, die denselben Mann liebten und ihn vor der Enttäuschung beschützen wollten, dass sie in den Apfel der Erkenntnis gebissen hatten.

»Ein Stück vom blauen Himmel«, sang Stella, als sie den weiten Rock zu einer im Wind flatternden Fahne tanzte.

»Ein Stück von der roten Sonne«, ahmte die mit den Beinen der Gazelle und den Augen der Impala ihre Stimme nach.

»Wer holt das letzte Geschenk? Es liegt auf dem Stuhl in meinem Atelier.«
»Die mit dem Mund, der zu voll ist«, befahl Chebeti und zog am Stuhl ihrer Tochter.
Der Zorn ihrer Mutter brannte auf Lillys Haut. Weil sie Zeit brauchte, um das Feuer zu löschen, ging sie im Atelier rückwärts zum Korbstuhl, stolperte noch vor der Staffelei und fiel hin. Beim Aufstehen merkte sie, dass sie über Brians Hut gefallen war. Der goldene Haken lag auf dem Boden. Das Gewehr war nicht mehr da. Lange grübelte sie, ob sie dem Bwana Mbuzi erst von seinem Hut und dann von dem Haken und dem Gewehr erzählen sollte oder ob es nicht doch eine schönere Shauri werden würde, wenn sie mit dem Gewehr begann. Schließlich entschied sie sich, ihre Geschichte mit dem Hut anzufangen; vom Gewehr würde sie erst erzählen, nachdem sie das Loch in der Wand genau beschrieben hatte. Als sie aber ins Esszimmer zurückkehrte, stand ihr Vater am Tisch mit dem Kuchen und Brian wischte sich Schweiß von der Stirn.
»Njerere ist in der Nacht von Karibu weg«, sagte Kamau.
»Heute«, wehrte Brian ab, »gehört der Tag unseren Kindern. Wir können Njerere morgen suchen.«
»Hast du vergessen, dass ich keinen Mann suche, der von Karibu wegläuft? Ich bin gekommen, um deinem Gewehr Jambo zu sagen.«
Nur einen Moment bedauerte Lilly, dass ihr Vater ihre Geschichte gestohlen hatte. Danach ließ sie jedes Wort von der Überlegenheit der Wissenden trinken. »Das Gewehr ist fortgelaufen, als wir den Kuchen gegessen haben«, sagte sie.
»Siehst du, Kamau«, lachte Brian, »die Shauri von deiner

Tochter ist noch schöner als deine. Ich habe das Gewehr letzte Woche in das Geschäft von Malan nach Nairobi geschickt. Es muss repariert werden.«

Obwohl es noch Jahre dauern sollte, ehe Lilly begreifen würde, weshalb der Mann, den sie liebte, gelogen hatte, schlug sie sich mit der Hand wie ein ertappter Dieb auf die Stirn. »Ich weiß es noch«, sagte Lilly, »ich habe dir doch das Papier geholt, um dein Gewehr zu verpacken.«

6

Der Schlag traf Brian ohne Vorwarnung. Er nahm dem Mann, der nur zu hoffen, zu träumen und zu lieben imstande war, den Stolz und die Ruhe. Mbojas bescheidenes Haus aus dem alten Wellblechtank und sein breiter Gürtel aus Büffelleder symbolisierten für den Bwana Mbuzi nicht mehr die neue Zeit. Die bis dahin unbekannte Größe, die in den abendlichen Gesprächen mit Kamau zu den Safaris jenseits des Sichtbaren und Hörbaren getrieben hatte, wurde innerhalb von fünf Minuten eine reale und beängstigende Einheit. Brian wurde ihrer erstmals gewahr, als er Stella zwei Wochen nach ihrem Geburtstag zur Schule zurückbrachte. Seit dem Schulbrand in Limuru, der immer noch vom »East African Standard« aus Gründen der Selbstachtung als »ungeklärt« bezeichnet wurde, schickten die Farmer im Hochland ihre Kinder in die Nakuru Government School, weil die solide gebaut war und die Polizeiwache in der Nähe lag.

Ausgerechnet sie hatte als erste Schule im Land auf die Kampfansage der rebellierenden Kikuyu an die weißen Landbesitzer reagiert. Die seit Jahren mit auffallender Akkuratesse kurz geschorenen Hecken waren während der vierwöchigen Ferienzeit durch einen hohen Stacheldrahtzaun ersetzt, alle Fenster und Türen vergittert und die flachen Dächer der Unterrichtsräume sowie der vielen kleinen Wohngebäude mit groben Glassplittern vor Eindringlingen geschützt worden. Hohe Ziegelmauern umschlossen die Tennisplätze und das Hockeyfeld. Das Schwimmbad war ohne Wasser, die prächtigen Zedern im Garten gefällt worden. Zwei Männer vom Stamm der Jaluo standen mit wuchtigen, gezackten Keulen vor dem Zaun, zwei schwer bewaffnete britische Soldaten patrouillierten um das Gelände, ein dritter bewachte das Hauptgebäude und der vierte die Häuschen mit Runddächern, in denen die Kinder schliefen. In einem mit einem schweren Vorhängeschloss gesicherten Zwinger bellte eine Meute Schäferhunde jedes ankommende Auto an. Die unruhigen Tiere mit dem starken Gebiss erschreckten Brian, der seit seinem Aufbruch aus England keinen Schäferhund gesehen hatte, noch mehr als die überraschende Demonstration militärischer Präsenz. Er empfand, als er nach der Hand seiner Tochter griff, eine erniedrigende Hilflosigkeit und merkte, als er sprach, dass seine Stimmlage zu hoch war.

»Was in drei Teufels Namen soll das bedeuten?«

»Siehst du«, spottete Stella, »du willst mir ja nie glauben, dass die Schule ein Gefängnis ist. Jetzt schämen sich noch nicht einmal die Lehrer zuzugeben, dass sie Angst haben, einer von uns könnte abhauen.«

»Arme Teufel«, sagte Brian und konnte es nicht fassen, dass er lachte. »Ihr scheint ihnen das Leben wirklich schwer zu machen.«

»Nur mein Koffer ist schwer«, widersprach die Muntere. Sie hatte das Kichern einer Zehnjährigen, aber nicht deren Augen.

»Ich vermute, Miss Hood hat noch nicht kapiert, dass sie jetzt wieder eine vornehme britische Lady zu sein hat und kein glückliches Kikuyukind.«

»Miss Hood ist nicht so dumm, wie du denkst«, wusste Stella. »Obwohl«, fügte sie verlangend hinzu und suchte Brians Hand in seiner Hosentasche, »sie sich oft wünscht, dumm zu sein. Die Dummen haben es besser als die Klugen.«

»Hat dir das dein Pferd gesagt, als du zum ersten Mal in die Schule kamst?«

»Nein. Kamau.«

Den Moment, der ihn sehend machte, vergaß Brian nie. Während sich seine Augen noch vor der Wahrheit schämten, hatte er begriffen, dass seine Tochter sicherer in ihrer Schule war als auf seiner Farm; die spontane Erleichterung entsetzte ihn. Sie erschien ihm, als er im Rückspiegel Stellas Silhouette verschwinden sah und er das Steuerrad seines Wagens so fest hielt, als könnte ein eiserner Griff ihm seinen Halt und die Zuversicht des Illusionisten wiedergeben, das Eingeständnis einer Schuld, von der ihn niemand je würde freisprechen können. Ihm war auch klar, dass die Angst, er könnte nicht jene schützen, die er liebte, ihn nicht mehr verlassen würde, sollten einmal die Flammen, die in Nairobi entzündet wurden, Karibu erreichen.

Brian hatte vorgehabt, mit dem freundlichen indischen Schneider Tee zu trinken und ihm von der Freude der Kinder über die neuen Kleider zu erzählen. Später wollte er in dem Laden am Markt Seife, neue Schulhefte für Lilly und den blauen Stoff kaufen, den er Chebeti an Stellas Geburtstag versprochen hatte, und am frühen Nachmittag in Ol' Kalau James Stuart besuchen, einen skurrilen schotti-

schen Farmer, der große Erfolge mit einer besonderen Zucht weißer Leghornhühner, eine ansteckende Fröhlichkeit, den besten Whisky zwischen Mombasa und Kisumu und einen Pavian zum Tischgenossen abgerichtet hatte. Weil die Einsamkeit Brian an dem Tag, der Auftakt für die lange Trennung von Stella war, immer besonders bedrückte, hatte er mit dem trinkfesten Stuart sogar ein Abendessen im vornehmen Thomson's Falls Hotel erwogen.
Er gönnte sich jedoch noch nicht einmal die übliche Pause bei den Flamingos am Nakuru-See, die er im Gedenken an Mary sonst nie versäumte, weil sie ihn dort zu seinem ersten in Kenia gemalten Bild animiert hatte, sondern fuhr auf direktem Weg nach Hause. Zu gewaltig war seine Scham, dass und wie gut es ihm gelungen war, so lange die immer alarmierender werdenden Berichte vom Kampf der rebellierenden Kikuyu um das eigene Land als ein Problem abzutun, das ausschließlich die von den Farmern als feige Zauderer verachteten Behörden in Nairobi zu beschäftigen hatte.
Die untergehende Sonne war dabei, Karibu in ein Licht von dunklem Violett zu tauchen, als Brian am letzten seiner Flachsfelder ankam. Die Glanzstare mit metallisch blau leuchtenden Flügeln badeten in dem neu angelegten Teich zwischen dem Flamboyantbaum und dem Beet mit den roten Nelken. Es duftete stark nach Zimt und schwach nach dem Feuer, das vor den Hütten entzündet wurde. Der Wind trieb Fetzen von Gesang durch die Bäume. Aus dem hohen Gras am Wassertank tauchte Asakis Kopf auf. Sie rannte freudebellend auf ihn zu. Brian fragte sich, als er die hechelnde Hündin streichelte, wann die Haare um ihre Schnauze begonnen hatten, grau zu werden.

Chebeti trug eine mit einer weißen Serviette bedeckte Schüssel durch den Garten und schnalzte mit der Zunge, doch der Heimkehrer aus der stacheldrahtbewehrten Welt schüttelte den Kopf. Er bat sie, Kamau zu holen.
»War deine Safari nicht gut?«, fragte sie, obwohl der fehlende Rhythmus von Brians Schritten auf dem Kies ihr schon Antwort gegeben hatte.
»Welche Safari ist gut, Chebeti, die von deinen vollen Töpfen wegführt?«
»Der Topf, den ich in die Küche zurücktrage, ist voll.«
Noch während Brian seine Pfeife stopfte, berichtete er dem einzigen Mann, für den ihm je das Wort Freund gekommen war, von den Soldaten in Stellas Schule und von den vergitterten Fenstern. Er sprach dabei, weil er so schnell nicht von der Gewohnheit lassen konnte, von der neuen Zeit, doch ihm fiel auf, dass Kamau zwar die übliche unwillige Bewegung machte, aber nicht, wie er das noch beim letzten Mal getan hatte, auf das Glas von Brians Uhr klopfte. Zum ersten Mal sagte Kamau auch nicht: »Die Zeit ist nie neu.« Er hielt schweigend die leere Bierflasche in das schwindende Licht und ließ seine Zunge so lange im Mund, bis die Zeit gekommen war, um sich zu seiner Hütte aufzumachen. Es war später als an den Tagen ohne die Dornen der Wahrheit. Kamau musste, was bis dahin an keinem Abend je nötig geworden war, eine Lampe aus der Küche holen. Obwohl der Pfad zu seiner Hütte vom Küchengebäude abzweigte, kehrte er noch einmal zurück. Er bückte sich so tief, dass er die feuchte Erde riechen konnte, als er die bereits entzündete Lampe ins Gras stellte. Beim Aufstehen berührte er mit seiner rechten Hand Brians Schulter.

»Auf Karibu«, sagte Kamau und verbat seiner Stimme ihre Kraft, »hat nicht nur ein Mann auf seinen Augen geschlafen. Es waren zwei. Die Zeit ist schon lange neu gewesen, Bwana Mbuzi. Wir sind heute alt geworden.«
Und doch wärmte auch nach dieser Stunde der Erkenntnis eine süße Zunge den Schlaf von Karibu. Weil die Farm im Bett der feurigen Aloen weiter die Menschen so willkommen hieß wie in den Tagen der unbepflanzten Felder und die Sonne, der Mond und der Regen die Gezeiten des Lebens bestimmten, starrte Brian nur in den schlaflosen Nächten gepeinigt in den Sternenhimmel. Es war der schwarze Gott Mungu, den er um die Erlösung von seiner Angst anflehte. Bei Tag sicherte ihm sein hoffendes Herz die Welt, in der kein Mensch den anderen kränken sollte. Trotz der Einsicht, dass die Wirklichkeit dabei war, seinen Traum von Gleichheit und Gerechtigkeit zu ermorden, ließ es Brian nicht zu, dass dieses Herz den Wert der Menschen an ihrer Hautfarbe maß. Wer Geld für Medizin oder Kleidung brauchte, wer eine neue Ziege oder ein Stück eigenes Land haben wollte, wusste immer noch, dass der Bwana Mbuzi nach einer guten Ernte sehr schnell den Schlüssel zu der kleinen Holzkiste fand, in der er sein Geld verwahrte.
So geschah es, dass die Worte der neuen Zeit nicht den Weg nach Karibu fanden. Mau-Mau war so ein Wort. Auf Karibu kannten es nur zwei Menschen und keiner von beiden hatte je die Ohren des anderen mit den beiden unfreundlichen Silben belästigt. Das Wort entstammte nicht der Kikuyu-Sprache und es hatte auch keine Bedeutung in Suaheli. Es war die spöttische, mit einem schlechten Scherz untertreibende Bezeichnung der Kolonialbehörden für den

brodelnden Aufstand der Kikuyu gegen die weißen Farmer. In der Zeitung hatte es einmal geheißen, die Kinder in Nairobi hätten als Erste bei den nun immer häufiger stattfindenden Razzien Mau-Mau gerufen, um ihre Stammesbrüder vor der Polizei zu warnen.

Auf Karibu aber las nur einer Zeitung, und nachdem Kamau mit der Post aus Thomson's Falls zurückgekehrt war, verlangte es der Zunge des Kundigen nicht, die Shauris mit seinem Vertrauten zu teilen. In den Stunden des langen Schweigens verloren Brians Augen jedoch ihre Farbe und der Himmel auf den Bildern, die er malte, war dann blutrot statt blau. Wenn das Feuer die Wolken vom Bwana Mbuzi gefressen hatte, füllte ihm Chebeti um die Essenszeit den Whisky aus der großen in die kleine silberne Flasche, die er sonst nur nachts leerte. Den Zorn, dass sie an solchen Tagen nur für die Hunde zu kochen hatte, löschte sie mit vielen Tropfen, die sie in ein Glas mit dem Kopf eines gehörnten Tieres goss, das sie nicht kannte.

Am 20. Oktober 1952 sprach Brian zum zweiten Mal von dem Stacheldrahtzaun um Stellas Schule. An diesem Tag, der das Leben der ganzen Kolonie verändern sollte, meldete das Radio morgens um sechs Uhr die Verhängung des Ausnahmezustands und die Verhaftung von Jomo Kenyatta. Die Behörden in Nairobi machten ihn für die immer mehr spürbare Verschwörung unter den rebellierenden Kikuyu und für deren sehr unmissverständliche Drohungen verantwortlich. Brian ging nach den Frühnachrichten nicht zum Melken, später weder zu den Pflückerinnen im Pyrethrumfeld noch zu dem neu anzulegenden Shamba am Waldrand, obwohl er gesagt hatte, er wolle es noch einmal ausmessen, ehe die Bäume geschlagen wurden.

Er saß bereits auf der grünen Bank, als Kamau mit den vier Schlägen gegen den Wassertank das Zeichen gab, die Arbeit des Tages zu beenden, und er schaute zum Wasserfall wie ein Mann, dem keiner je gesagt hat, dass böse Shauris in Afrika schneller reisen als die guten. Bis die Geier den Kopf unter das Gefieder steckten, lobte der kluge Lügner die weißen Leghornhühner aus Gilgil. Er war gerade dabei, mit Kamau zu erörtern, ob er zweihundert oder erst einmal hundert Hennen und wie viele Hähne er bestellen sollte, als er die Worte, die er die ganze Zeit verschluckt hatte, nicht mehr in der Kehle halten konnte.

»Ich muss wieder ein Gewehr kaufen«, sagte er.

»Du hast«, erinnerte ihn Kamau und wies, ohne die bei Gesprächen mit dem Wind aus zwei Richtungen übliche Pause einzuhalten, auf die Hütte, in der Njerere gewohnt hatte, »ein Gewehr in Nairobi. Hast du vergessen, dass du es in das Geschäft von Malan geschickt hast? Dann hast du auch vergessen, dass meine kluge Tochter dir das Papier gebracht hat, um deine Lüge einzupacken.«

»Seit wann hast du gewusst, dass das Gewehr gestohlen wurde? Hat dir Lilly das gesagt?«

»Das waren zwei Fragen. Eine war zu viel. Lilly sagt ihrem Vater nichts. Er spricht nicht deine Sprache und kann nicht lesen. Nein, Bwana Mbuzi, ich habe die Angst in deinen Augen gesehen. Sie hat mir alles gesagt. Du hast gewusst, dass Njerere von Karibu weggelaufen ist und die Sachen, die ihm gehörten, nur mit einer Hand tragen konnte. Und du hast gewusst, was er mit der anderen Hand festhalten musste. Deine Augen können nicht so gut lügen wie dein Mund. Auch heute haben sie nicht lügen können.«

»Es ist gut, Kamau, dass wir endlich über diese verdammte

Shauri mit dem Gewehr sprechen. Ich wollte es schon lange tun, doch habe ich gedacht, es ist zu spät für die Wahrheit. Dein kluger Bwana Mbuzi war ein dummer alter Esel, als Njerere weggelaufen ist. Ich wollte, dass die Kinder sich mit ihren neuen Kleidern freuen.«

»Esel sind nicht dumm. Hast du schon mal einen Esel gesehen, der die Augen zumacht, wenn ihn eine Schlange angreift, weil er die Freude seiner Kinder fressen will?« Die Knöchel von Kamaus Hand leuchteten weiß, als er die Nägel in das Fleisch seiner Arme grub. »Zu spät«, fiel ihm nach einer Zeit ein, »ist immer schlecht.«

»Nicht, wenn einer von seiner Lüge sprechen will. Du hast Recht, Vater, ich war dumm und feige. Es wird nicht wieder vorkommen. Du hast mein Ehrenwort.«

»Heute ist kein Tag, um mit mir in einer Sprache zu sprechen, die ich nicht verstehe. Das machen nur die Mzee, die ihr Essen mit der Hand zerdrücken. Du hast noch alle Zähne.«

»Sie beißen nicht mehr.«

»Warum willst du dann ein Gewehr neben dein Bett legen? Als dein Gewehr weg war, haben alle Männer gesagt, du wirst es suchen. Sie haben gesagt, du wirst die Spuren von Njereres Füßen bis nach Nairobi verfolgen. Jetzt weiß auch der Leopard, der zu alt ist, um auf die Jagd zu gehen, und deine Ziegen fressen muss, um satt zu werden, wer der Bwana Mbuzi ist.«

»Wer ist er? Ich weiß es nicht mehr.«

»Er ist ein Mann, der nach Nakuru fährt, um Patronen zu kaufen, und mit Papier für seine Bilder und Seife für die Hände meiner klugen Tochter zurückkommt.«

»Das hast du gut gesagt, mein Freund«, seufzte Brian.

»Kein Tier hat je mein Gewehr gehört. Wie soll ich da auf Menschen schießen können?«
»Nicht alle Menschen wohnen auf Karibu. Und die anderen lassen nicht nur den Wind in ihre Ohren. Sie sind es, die ihr Land zurückwollen.«
»Weißt du denn schon, was ich heute im Radio gehört habe?«
»Wie soll ich wissen«, fragte Kamau, »was du im Radio gehört hast? Ich war in meiner Hütte und habe Mau-Mau gerufen. Hast du mich nicht gehört?«
»Es werden auch wieder gute Tage kommen, Kamau. Mau-Mau hat in Nairobi angefangen. Es wird dort sterben. Warum soll es bei uns nicht so bleiben, wie es immer war? Wir haben auf Karibu nicht gelernt, Krieg zu machen.
»Es ist genug, wenn von zwei Menschen einer gelernt hat, Krieg zu machen. Du kannst doch zählen.«
Auf Karibu wurden weiter nur die Sterne und jene guten Shauris gezählt, die die Lieder fröhlich, das Echo vom Gelächter stark und den Schlaf hell machten. In Kisumu war die Ernte verdorrt, in Limuru der Tee auf den Feldern verbrannt, von Mombasa bis Nairobi schrie das Vieh nach Wasser. Die Wurzeln der Bäume in Kericho waren ohne Saft und die Erde in Meru von der Trockenheit gerissen, aber auf Karibu traf der große Regen ein, ehe nur eine Dornakazie dürstete. Der Wellblechtank und die beiden Brunnen waren voll, das Wasser sauber, das Gras bis zu den Berggipfeln stark und grün, die Kühe, Ziegen und Schafe satt. Die Menschen hatten volle Töpfe und einen runden Bauch. Sie bauten ihre neuen Hütten nicht mehr aus Lehm, Dung und Gras. Zum ersten Mal wurde für die Häuschen Holz geschlagen und der Bwana Mbuzi fuhr

nach Nakuru, um scharfe Sägen, lange Nägel und Schrauben zu kaufen, die noch im Schatten silbern glänzten.
Nachdem der nach einer guten Ernte auf der Farm übliche Sonderlohn ausgezahlt worden war, trugen die Frauen neue Kleider. Sie waren bunter und leichter als die alten und hatten Knöpfe, rund wie Kugeln. Viele Männer machten es Mboja nach und schnitten Schuhe aus alten Reifen. Kamau verkaufte seine älteste Tochter an einen jungen Mann aus Naivasha. Sie war kräftiger als ihre Schwestern, konnte so tief graben wie ein Mann und gleichzeitig einen bis zum Rand gefüllten Eimer auf dem Kopf und einen in jeder Hand tragen. Das Mädchen sprach nur Kikuyu und brachte ihrem Vater einen so guten Preis, dass er sich zwei Kühe hätte kaufen können. Kamau legte das Geld jedoch in eine kleine, hölzerne Kiste und bat Brian, sie in seinem Haus vor den Blicken der Neider zu verbergen, die abends vor ihren Hütten saßen und lästerten, Kamau wisse schon, weshalb er sein Geld vor dem Licht schützen müsse. Für die kluge Lilly würde er, wenn ihre Zeit gekommen wäre, noch nicht einmal den Gegenwert einer dürren Ziege erzielen. Sie hätte nur reden und lesen gelernt und nicht arbeiten.
Zum ersten Mal seit sie angepflanzt worden waren, vertrockneten die Kartoffeln nicht, ehe die Spitzen ihrer Stängel durch die Erde stießen. In der Flachsfabrik sangen die Maschinen bis zum Sonnenuntergang, die Heuschrecken verschonten das neue Maisfeld am Waldrand und die weißen Leghornhühner aus Ol' Kalau waren sehr viel tüchtiger als die aus Eldoret, die immer noch ihre Eier ins Gebüsch legten. Brian musste an einem Tag zweimal den Namen von einem neugeborenen Kalb auf die Tafel in Mbo-

jas Stall schreiben. Dessen zwei Frauen hatten einen gefüllten Leib. Lilly schrieb ihren ersten Brief an Stella und konnte, als die Antwort aus Nakuru kam, dem Bwana Mbuzi jedes Wort vorlesen, ohne sich an einem einzigen zu verschlucken. Chebeti bekam den ihr an Stellas Geburtstag versprochenen blauen Stoff und nähte das passende Kopftuch zum Kleid und aus dem letzten Rest ein Taschentuch. Der Himmel auf Brians Bildern war nur noch selten mit dem Blut der Albträume getränkt, die kleine Silberflasche mit der Aufschrift »Orient Express« an guten Tagen abends noch halb voll.

Brian sah, als er Stella für die Ferien nach Hause holte, den Stacheldrahtzaun um ihre Schule und drückte in der Euphorie des Wiedersehens sein Kind an sich, ohne zu schaudern. Dass kaum noch ein Mann, der in Karibu um Arbeit und Unterkunft bat, zum Stamm der Kikuyu gehörte, erklärte er Kamau, der ihn darauf aufmerksam machte, mit dem von ihm bis dahin nie akzeptierten Vorurteil, die Kikuyu hätten schon immer lieber im Haus und in den Läden der Städte als auf den Feldern gearbeitet.

»Ich habe nicht gewusst«, erwiderte Kamau, »dass deine Shambas von Lumbwa umgepflügt worden sind. Oder sind es die Massai, die hier ihre Häuser gebaut haben? Vielleicht bin ich auch ein Massai und du hast vergessen, mir das zu sagen.«

»Danke, Kamau. Du vergisst nie, mir zu sagen, dass ich dumm und vor der Zeit ein Mzee geworden bin.«

»Mzee sind klug, Bwana Mbuzi. Sie belügen ihre Ohren nicht mit der eigenen Zunge.«

Sehr bald nach diesem Gespräch, das ihm im Nachhinein prophetisch schien, konnte Brian nur noch an den Tagen ohne die Zeitung und in gut betäubten Nächten verdrängen, wie rapide sich das Leben in Kenia nach der Verhängung des Ausnahmezustands veränderte. Erster Hinweis auf die um sich greifende Unsicherheit der Weißen waren die Inserate, in denen auch Farmen zum Verkauf angeboten wurden, von denen man wusste, dass sie prosperierten. Die weitläufige Farm von Brians schottischem Trinkkumpan James Stuart, der ihm seit seiner Ankunft in Kenia vor vierzehn Jahren immer und ohne Anlass erklärt hatte, ihn könne man nur im Sarg auf die »verdammte, verrottete Insel« zurückschaffen, enthielt den Hinweis »Wohnhaus im Tudor-Stil mit englisch sprechendem Pavian«.

Als Antwort auf Mau-Mau versagte der britische Humor endgültig, als die in Nakuru erscheinende »Sunday Post« die ersten Grauen erregenden Fotos von brutal abgeschlachteten Tieren abdruckte. Deren Veröffentlichung wurde in Leserbriefen als »taktlos« und »immens schädlich für die Sache der Farmer im Rift Valley« bezeichnet. Brian aber schnitt die Bilder aus, deren tödliche Botschaft ihn noch sehr viel mehr entsetzte, als es die Verhängung des Ausnahmezustands getan hatte. Er klebte die Fotos sorgsam in ein Schulheft, das er unter seiner Wäsche verwahrte. Es war ein Zwang, dem er nachgab und den er verachtete und sich vergeblich zu erklären versuchte. Sobald er die Schere aus dem Schrank holte, wurde er wieder zum schweißüberströmten zwölfjährigen Internatszögling, der im Wissen um die unausweichliche Entdeckung seiner Freveltat die Abbildung von Goyas »Nackter Maja« aus einem Kunstlexikon herausgerissen und in sein Geschichtsbuch über das Bildnis von William dem Eroberer geklebt hatte.

Auf den Farmen im ganzen Land wurden Kühe und Schafe erstochen. Der blutige Kopf einer Dogge war an einem Zaun des prächtigen Marmanet Estate aufgespießt, den in der ganzen Kolonie berühmten Zuchthengsten von Sam Craig in Thika waren die Beine und Ohren abgeschnitten worden. Bei jedem nächtlichen Überfall hatten die Täter mit dem Blut der toten Tiere »Uhuru« auf die Mauern der Farmhäuser geschrieben. Brian erinnerte sich erst wieder, als er von Sam Craigs »seit langem geplanter Geschäftsreise« nach England las, dass das Wort Freiheit bedeutete. Ihm fiel auch ein, wann und mit welcher Betonung er es zum ersten Mal von Njerere gehört hatte. Als er es immer wieder vor sich hinsagte, als könnte er sich an den Geschmack einer ihn ekelnden Speise gewöhnen, wenn er nur hartnäckig genug übte, wusste er die Zeit gekommen, um Kamau die Fotos in seinem Schlafzimmer zu zeigen.
Schon längst schrieben die Journalisten nicht mehr von »mysteriösen« Umständen. Auch die Kommentatoren gaben ihre sprachliche Zurückhaltung auf. Sie drängten auf »die beklagenswert überfällige Antwort einer bisher bewundernswert hilflosen Behörde« und forderten die öffentliche Auspeitschung und umgehend zu vollstreckende Todesstrafe für die »Bastarde von Kitale«. Dort war Graham Hoover erstochen aufgefunden worden. Hoover war zwar bei seinen Landsleuten als rufschädigender Außenseiter ohne Instinkt und Achtung für die von Moral und Sitte gesetzten Grenzen verrufen gewesen, aber er war doch ein weißes Opfer. Der Bericht vermerkte süffisant, dass er »selbstverständlich äußerst beliebt bei den Einheimischen« gewesen wäre. Die hatten den unbekümmerten Rebellen wider die Konvention nicht mit Bwana angeredet und ihn

der schwarzweißen Synthese seines Familienlebens wegen »Punda milia«, also Zebra, genannt. Hoover hatte mit einer Kikuyufrau zusammengelebt und mit ihr drei Kinder gezeugt – zu dunkel für die empfindsamen Augen der hautbewussten weißen Farmer, zu hell für die Schwarzen. Die Frau und die Kinder waren wenige Stunden vor dem Mord von der Farm verschwunden. Die rechtzeitig an sie erfolgte Warnung wurde nur bekannt, weil drei der Täter zu betrunken gewesen waren, um den Schauplatz des blutigen Geschehens zu verlassen. Im Verhör hatten sie höhnisch auf den Umstand hingewiesen, ein Raub sei ihnen nicht anzulasten. Sie hätten im Haus weder Geld noch andere Wertsachen vorgefunden.

Sehr viel aufrichtigere und entsprechend entsetzte Anteilnahme erregte das Blutbad auf der reichsten und prächtigsten Farm in der Kolonie – Heaven's Gate in Londiani. Die hatte dem in ganz Kenia als »Mann der alten Schule« geschätzten Großwildjäger und Millionär James Morrison gehört, der zwei Jahre zuvor standesgemäß von einer aufgebrachten Elefantenkuh mit säugendem Kalb totgetrampelt worden war. Nun war Morrisons ältester Sohn Clive mit dem Kolben seines eigenen Gewehrs erschlagen, seine hochschwangere Frau Diana erstochen und zwei alte Männer mit Drahtschlingen erwürgt worden. Deren Leichen hatte man am Ufer des künstlichen Sees gefunden, für den Heaven's Gate von Arusha in Tanganika bis Entebbe in Uganda berühmt war. In den detaillierten Chroniken der Tragödie hieß es, die beiden toten Greise hätten zum Stamm der Nandi gehört, wären mit dem alten Morrison »in den glücklichsten Tagen unserer Kolonie« auf Jagdsafari gegangen und hätten ihm mehr als einmal das Leben gerettet. Laut Aussage des Personals, das von der Polizei als »renitent und verschlagen« bezeichnet wurde, hätten die Nandis versucht, die Frau des jungen Morrison zu schützen. Das Mobiliar war zertrümmert worden, die Wirtschaftsgebäude nur noch Asche, der größte Teil der kostbaren Angusrinder und die beiden Autos gestohlen.

»Die beiden Söhne waren in England in der Schule«, sagte Brian.

Die Zeit des Schweigens war vorbei. Er hatte Kamau nach dem Mord an Hoover in sein Schlafzimmer gerufen, ihm das Heft mit den ausgeschnittenen Fotos gezeigt und seitdem mit ihm ausführlich über jeden Überfall auf eine Farm gesprochen. Noch keinen Monat nach dem Tod der Morrisons wurde die fünfjährige Elizabeth Chivers auf Happy Valley in Eldoret zehn Minuten nach Abfahrt ihrer Eltern zum Markt in der Stadt aus den Armen ihrer Aja gerissen, einer alten Kikuyufrau, die schon Elizabeths Mutter umsorgt hatte. Dem Kind und seiner Aja hatten die Mörder den Schädel eingeschlagen, die Eingeweide herausgerissen und die Leichen zusammen mit den blutigen Körpern der drei Hunde vor das schmiedeeiserne Eingangstor der Farm gelegt. Erst da stellte Kamau die Frage, von der er wusste, dass sie Brian allnächtlich mit Whisky hinunterspülte.

Die beiden Männer waren kurz nach Sonnenaufgang von Mboja zu einem von einer Giftschlange gebissenen Esel gerufen worden. Sie hatten dem qualvoll verendenden Tier nicht helfen können. Ohne dass einer von beiden dies vorgeschlagen hatte, als Mboja den toten Esel mit Benzin übergoss und verbrannte, waren sie im Tempo derer, die einen Stock als drittes Bein brauchten, und auf dem Umweg zwischen den Felsen, den sonst nur die Kinder nahmen, bis zu den Hütten jenseits des kleinen Flusses gelangt. Nun saßen sie in der erschöpfenden Stunde des kürzesten Schattens unter einem Jacarandabaum, dessen Blütenduft ihre Nase nicht erreichte. Von Zeit zu Zeit prüften sie die Richtung des Windes und stöhnten, wenn die Glut den Finger umhüllte, leise wie die Mzee auf, die begriffen haben, dass es nicht nur ihr Rücken ist, der sie schmerzt. Sie sprachen so wenig wie Stella und Lilly, wenn sie auf die Dik-Diks warteten, aber – anders als die Kinder – verlangte es ihnen lange nicht nach der Lust an einer spontan befreiten Kehle. Weil Kamau bereits im ersten Licht des Tages ein Stück von einer Zeitung durch den dünnen Stoff von Brians Hemdtasche gesehen hatte und dessen zusammengepresste Lippen also zu deuten wusste, war er sehr lange auf einer jener Safaris ohne Ziel gewesen, zu denen er einst nur in der Wärme seines eigenen Feuers aufgebrochen war. Brians Augen waren noch nicht von der fünfjährigen Elizabeth aus Eldoret zurückgekehrt. Das Mädchen war blond gewesen und hatte eine Stupsnase wie Stella. Auf dem Foto in der Zeitung hatte sie dünne Ketten, wie sie die Massai tragen, um den Hals und einen Setterwelpen auf dem Schoß.

»Gehst du weg von Karibu?«, zerschnitt Kamau das Schweigen. Er presste, während er sprach, den Kopf auf die Brust, doch seine Stimme war schärfer als eine geschliffene Panga.

»Wo soll ich hingehen, mein Freund?«

»Dein Freund hat dich nicht gefragt, wo du hingehen willst, Bwana Mbuzi. Er hat dich gefragt, ob du in Karibu bleiben wirst.«

»Warum fragst du? Warum hast du mich das heute gefragt und nicht gestern?«
»Weil heute ein guter Tag für Fragen ist. Das weißt du. Du musst mir nicht von dem toten Kind in Eldoret erzählen. Das habe ich schon gestern gewusst.«
»Warum weißt du immer alles vor mir?«
»Wir brauchen keine Zeitung. Und du brauchst nicht das Gebrüll eines verrückt gewordenen Bullen, um mit mir zu sprechen. Wenn du weggehst, dann darfst du nicht vergessen, Kamau Kwaheri zu sagen. Kamau war der Erste, der dir hier Jambo gesagt hat. Dir und der Memsahib Chai.«
»Nicht, Kamau, nicht heute! Wenn ich hier sitze und die Shambas sehe und die Kühe und das Haus, das ich gebaut habe, weiß ich, dass ich Karibu nicht Kwaheri sagen kann. Das Wort ist nicht mehr für meine Zunge.«
»Das ist gut, Bwana Mbuzi, denn das Wort aus deinem Mund ist auch nicht mehr für meine Ohren. Ich habe nur gedacht, als ich heute Morgen die Zeitung in deiner Tasche gesehen habe, du hättest vergessen, mir von einer Safari zu erzählen, die du machen willst. Viele Koffer sind jetzt voll und die Schiffe sind nicht leer, die aus Mombasa nach England fahren.«
»Ich weiß es, Kamau.«
»Wenn du auf Karibu bleibst, musst du mir heute schon sagen, was ich machen soll, wenn sie morgen mit ihren Messern und euren Gewehren kommen. Was soll ich machen, wenn sie nur dich finden?«
»Du sprichst von Stella?«
»Von deinen Hunden spreche ich nicht«, sagte Kamau. Er spuckte auf einen Grashalm und wartete, bis die kleinen hellgelb schimmernden Blasen in der Sonne eintrockneten.

»Wo soll ich deine Tochter hinbringen, wenn sie nicht einen Draht um meinen Hals ziehen wie um den Hals der Nandis in Londiani? Vielleicht werden sie mir auch nicht eine Rungu auf den Kopf schlagen wie der toten Aja in Eldoret. Vielleicht bin ich da und du nicht mehr.«
»Ich wusste nicht, dass auch du Angst hast. Das hast du mir nie gesagt.«
»Ich soll dir von Chebeti sagen, Stella wird im Wald sein, wenn sie kommen.«
Kamau wusste nichts von der Erlösung durch Tränen; nur bei Mary Hoods Tod hatte er erlebt, dass Brian nicht das Salz in seinen Augen hatte halten können. Nun weinten sie das erste Mal zusammen. Der Moment, in dem sie gemeinsam erblindeten, die Haut wie verdorrte Zweige in einem Buschfeuer verglühte und die Hände, die sich berührten, kalt waren wie die dünne Eisschicht in den Wasserlachen am Morgen, währte zu viele Herzschläge. Es würde keiner Axt mehr gelingen, die Wurzeln von zwei Bäumen zu trennen, die zu viele Jahre zu dicht nebeneinander gestanden hatten.
Am Abend auf der grünen Bank wartete Kamau bis zum Heulen der Schakale, ehe er abermals die Last auf seinen Schultern mit einer Decke aus Worten umhüllte. »Wenn Stella aus dem Wald kommt und du malst keine Bilder mehr«, sagte er mit einer Stimme die nicht anders war als die für die täglichen Shauris auf den Shambas und im Stall, »wird sie nicht mehr in Karibu bleiben können. Es wird für sie besser sein, wenn sie zu deinen Leuten geht. Nur wie soll ein Mann, der nicht schreiben und lesen kann, deinen Vater in England finden?«
»Ich habe keinen Vater.«

»Das habe ich nicht gewusst. Du hast vergessen, mir zu sagen, dass dein Vater tot ist, Bwana Mbuzi. Hast du ihn für die Hyänen unter den Baum getragen, als er sterben wollte?«

»Ich weiß nicht, ob er tot ist oder lebt, Kamau. Ich wollte es nie wissen. Das kannst du nicht verstehen. Das ist nicht wie bei den Kikuyu. Wir warten nicht, bis einer sterben will. Wir töten uns mit Worten. Für meinen Kopf ist mein Vater gestorben. Und ich für seinen.«

»Es ist nicht mehr die Zeit, um von toten Köpfen zu reden. Und nicht von der Zunge, aus der du ein Messer gemacht hast. Wenn du das nicht riechst, bist du wieder ein Kind geworden, das am Tag die Augen zumacht und dann schreit, weil es die Dunkelheit fürchtet.«

Brian trieb es nicht in dieser Nacht ohne Anfang und Ende zur Entscheidung und lange Zeit auch nicht in denen, die ihr folgten. Wenn er jedoch am Fenster stand und auf den ersten Streifen des grauen Lichts wartete und das Würgen seinen Körper schüttelte, sah er sich schließlich doch und nach diesem ersten Mal immer wieder ein nach London adressiertes Kuvert in den Zug von Thomson's Falls nach Nairobi einstecken. In den Nächten mit einem gnädigen Mond kannte der verzweifelte Zweifler jede Zeile der Adresse, in den anderen fiel ihm nur der Stadtteil ein und nicht die Straße, in der er sich als Junge mit einem Buch hinter die Brombeerhecke verkrochen hatte, um dem Spott seiner Brüder zu entfliehen. Häufig suchte er nur nach der Hausnummer oder nach einem der beiden väterlichen Vornamen. Es beschäftigte ihn indes, dass er sich immer an den Namen des Butlers erinnerte und an die roten Haare und die silbernen Knöpfe auf der grünen Schürze des Gärtners. Am meisten beunruhigte den Wanderer der Nacht die Lösung einer simplen Rechenaufgabe. Er überprüfte deren Ergebnis immer wieder – Sir William Robert Hood, der seinem verschüchterten Sohn älter als jeder andere Bewohner der Erde und noch dem aus dem Gespensterhaus der Jugend davonstürmenden dreiundzwanzigjährigen Rebellen ein debiler Greis erschienen war, hatte wahrscheinlich gerade seinen siebzigsten Geburtstag gefeiert. Von da an vergaß Brian weder die beiden Vornamen seines Vaters noch die Londoner Hausnummer. Schon gar nicht gelang es ihm zu verdrängen, dass seine Brüder jünger waren als er und vielleicht selbst Kinder und bestimmt nicht mehr die Gewohnheit hatten, Wehrlose in Brombeerhecken zu jagen.

Es war ein Tag ohne Zeitung. Morgens meldete der Rundfunk an erster Stelle einen heftigen Sturm in Nanyuki. Lilly trug das Kalenderbild vom April in ihre Hütte, Mboja neue Schuhe. Brian war wie an jedem anderen Nachmittag auf dem Weg vom Pyrethrumfeld zum Haus an Marys Grab vorbeigegangen. In dem Moment, da er seinen Stolz aufgab und er den Entschluss fasste, sich in seiner Not seiner Familie anzuvertrauen, beobachtete er gerade zwei blaue Webervögel mit verdorrten braunen Blättern im Schnabel beim Nestbau.

Er hatte einen Federhalter mit abgebrochener Feder und nur zwei Zeichenblöcke im Haus. Am nächsten Morgen fuhr er nach Nakuru, kaufte Tinte, neue Federn und das teuerste Briefpapier, das der Händler am Markt hatte; er setzte sich noch am selben Abend an den Esszimmertisch und starrte das weiße Papier so ratlos an wie in seiner Schulzeit die leere Seite des Aufsatzhefts. Brian hatte jahrelang nur seiner Tochter in die Schule und den Geschäftsleuten in Nairobi geschrieben. Als er kurz vor Mitternacht das Petroleum in der Lampe nachfüllen musste, hatte er sich noch nicht einmal entschieden, wie und ob überhaupt er seinen Vater anreden sollte.

Zwei Kälber und siebzig Küken wurden geboren, vier Ochsen in Nyeri gekauft und eine Kuh von einem Wasserbock verletzt, ehe der Brief fertig war. Er schloss nach einer schwärmerischen Schilderung von Karibu, der sachlichen von Marys frühem Tod und der Chronik vom Beginn der Unruhen und deren grauenhaftem Verlauf mit den Worten: »Ich hoffe immer noch, dass die Dinge zu einem ertragbaren Ende kommen. Um meiner Tochter willen traf ich die Entscheidung, dich jedoch ein letztes Mal in unserem Leben mit meiner Person zu belästigen. Würdest du, lieber Vater, sollte mir etwas zustoßen, meinem Kind zur Seite stehen?« Achtundvierzig Stunden grübelte er, ob er die beiden Worte »lieber Vater«, die er in der Anrede nicht gebraucht hatte, am Schluss nicht auch streichen sollte. Stattdessen schrieb er unter seinen Namen: »Ich habe keinen Fotoapparat. Deshalb füge ich die letzte Zeichnung bei, die ich von Stella gemacht habe. In Wirklichkeit ist sie viel hübscher. Sie kennt keine Angst und versteckt sich nicht im Gebüsch, wenn sie etwas ausgefressen hat.« Er fuhr mit Kamau nach Thomson's Falls und wartete dort drei Stunden auf den Zug nach Nairobi, um den Brief selbst einzustecken.

»Geht er mit dem Schiff oder mit dem Flugzeug auf Safari?«, fragte Kamau.

»Ich weiß es nicht. Ich habe noch nie einen Brief nach England geschrieben. Selbst wenn mein Vater noch lebt und mir schreibt, wird es Monate dauern, bis wir etwas von ihm hören.«

Drei Wochen später fuhr ein Wagen aus Gilgil mit zwei bewaffneten Soldaten in Karibu vor. Sie überreichten Brian ein Telegramm mit der Aufschrift »Vertrauliche Militärsache« von Major William Robert Hood. »Ja«, teilte der seinem Sohn mit, »sag meinem einzigen Enkelkind, dass ihr Vater verdammt gut malt.« Abends übergab Brian Kamau ein geschlossenes Kuvert und erklärte ihm, was die Worte »Im Falle meines Todes« bedeuteten und dass der Umschlag die väterliche Adresse enthielt.

»Chebeti«, nickte Kamau, »wird ein Loch für den Brief graben. Ihre kluge Tochter kann ja lesen.«

7

Für Lilly war der erste trockene Tag nach dem Ende der Regenzeit schlimmer als eine Ameise im Haar. Eine quälende Ameise ließ sich irgendwann aus den Locken herausziehen und mit Genuss zwischen Daumen und Zeigefinger zerquetschen, der von Lilly gehasste Tag kehrte jedoch so regelmäßig wieder wie die Sonne am Morgen und abends die Sterne. Er stahl ihr die Freude am neuen Saft des Lebens und er tötete ihren Stolz. An diesem verhassten Tag befahl Chebeti ihrer besonderen Tochter, die nach dem Regen vom Lehm verkrusteten Kleider ihrer beiden jüngeren Schwestern zu waschen und die Hosen ihrer Brüder zu flicken. Sie musste die Okrafrüchte und Bohnen in dem kleinen Shamba vor der Hütte vom Unkraut befreien und das Fell der beiden Ziegen, die nur die Sprache der Kikuyu verstanden, von Zecken und Dornen. Ihre kichernden Geschwister hielten, während sie arbeitete, die Nase in die Sonne. Sie beobachteten lauernd jede von Lillys Bewegungen und die ganze Zeit juckte die Ungeduld in Lillys Füßen und der Kopf hungerte nach den Worten und Bildern aus dem steinernen Haus der Bücher, des Papiers und der Tinte.

Sie durfte für den Bwana Mbuzi erst die Eier von den verrückten Hühnern aus Eldoret suchen, wenn sie alle Töpfe ihrer Mutter mit Asche gescheuert, Holz aus dem Wald geholt, die Hütte gefegt, deren staubenden Boden mit Wasser getränkt und am Brunnen alle Eimer wieder aufgefüllt hatte. Die Anstrengung der ungewohnten Arbeit verbrannte den Schweiß auf der Stirn der klugen Lilly mit den drei Zungen. Noch mehr aber verbrühte die Häme der Kinder ihre Wangen. Am meisten kränkte es sie, dass die Jugendlichen ihres Jahrgangs sie höhnisch »boy« nannten, obwohl sie doch vor zwei Regenzeiten eine Frau geworden war. Das Wort war die gängige Anrede der weißen Farmer für die Männer, die für sie im Haus und auf den Feldern arbeiteten; auf Karibu war es nie Brauch gewesen. Dort hatten die Menschen seit jeher einen Namen und den Stolz derer, die nie gelernt hatten, beim Klang einer befehlenden Stimme den Kopf zu senken.

An Lillys Tag der Schande war es ihre Mutter, die das eigene Feuer in der Dunkelheit der Nacht verließ. Sobald Chebetis Augen die Krallen der Vögel von den Ästen unterscheiden konnten, auf denen sie schliefen, und die weißen Seidenhaare eines Colobusaffen nicht mit dem Bart eines alten Mannes verwechselte, machte sie sich an die Arbeit. Sie grub eine kleine Holzkiste aus dem tiefen Loch unter einer dickstämmigen Akazie, die als Einzige ihrer Art in einem Wald aus Zedern wuchs. Aus dem durchnässten Kästchen holte sie einen feuchten Briefumschlag und befreite ihn von Würmern und Käfern. Eine Stunde später legte sie den an ihrem Körper getrockneten Umschlag auf das Holztablett zwischen die silberne Teekanne und die beiden Frühstückseier, die sie auf dem Weg vom Wald zum Haus eingesammelt hatte. Ehe sie den Tee in die Tasse goss, nahm sie das Kuvert in die rechte Hand, die ja sauberer war als die linke, weil nur die Rechte das Essen zum Mund führen durfte, und hielt es Brian hin.

»Die Zeit ist wieder gekommen, Bwana Mbuzi«, pflegte sie zu sagen und immer schüttelte Brian nach dem letzten Wort den Kopf, als wollte er mit einem einzigen Lufthauch die Wahrheit unter die Feuerlilien am Ende des Gartens jagen.

Er nahm den vergilbten Bogen aus dem Kuvert, glättete ihn mit einem Messer und zerriss den Briefumschlag in Stücke, die kleiner als junge Blätter waren. Danach stand er wortlos auf, holte ein neues Kuvert, auf das er die Adresse seines Vaters schrieb, und hielt es Chebeti hin. Jedes Mal sagte sie »Misuri«, steckte das ihr anvertraute Geheimnis, von dem nur drei Menschen wissen durften, in den weichen Lederbeutel, den sie nur an diesem einen Tag im Jahr um ihren Hals trug. Sie lächelte, als sie das Haus verließ, und vergaß auch nie, sich noch einmal umzuwenden und zu sagen, der Bwana Mbuzi möge für sie die Butter in die Küche bringen, wenn er fertig gegessen hätte, die Sonne wäre am ersten Tag nach dem großen Regen besonders stark. Nach ihrer Rückkehr setzte sich Chebeti immer einige Minuten unter Marys Flamboyantbaum und reinigte ihre Nägel mit einer alten Gabel. Brian empfand das alljährliche Ritual, auf dessen Umständlichkeit Chebeti seit Anbeginn bestanden hatte, als eine sehr beredte Botschaft des Schicksals, und wenn Chebeti die alte Zigarrenkiste zurück in den Wald brachte, schaute er zum Wasserfall und dankte Mungu.

Der schwarze Gott, angefleht in der Stunde der späten Erkenntnis und der verzehrenden Angst um die Menschen, die er liebte, hatte Brian auf so wundersame Art erhört wie in den beseligenden Tagen, als er mit Mary das Paradies erträumt hatte, in dem kein Mensch dem anderen je die Würde nehmen würde. Über die Berge von Thomson's Falls, die morgens aus dem Nebel auftauchten, und auch über die, die er malte, zogen die leichten Wolken der Zuversicht wie in den besten Zeiten. Die Ziegen auf Brians Bildern hatten wieder helle Bärte, die Schmetterlinge pastellfarbene Flügel mit Goldstaub und die Kinder Augen, klar wie die Bäche, die über die weißen Steine sprudeln. Das zuletzt gemalte Porträt der vierzehnjährigen Stella war Ausdruck jener Kindlichkeit, die an der ersten Lebenswende noch einmal wie ein plötzlich ausgebrochenes Buschfeuer aufflammt. Die Augen auf Lillys Bildnis hatten bereits den skeptischen Blick ihrer Mutter. Ihre vollen Lippen ließen ahnen, welche Verlockung ihr Körper bald ausstrahlen würde, die Haut schimmerte noch eine Schattierung heller als in den Tagen, da sie ein Kind wie andere gewesen war. Mit einem sonnengelben Tuch zum Turban geknotet, der ihr schmales, auf das Leben jenseits der Kindheit lauerndes Gesicht, den langen schlanken Hals und die zierlichen Ohren betonte, von denen zwei goldene Gardinenringe an einer feinen schwarzen Lederschnur baumelten, hatte sich Lilly mit der Majestät einer Königin und der demütigen Geduld ihrer Dienerin malen lassen, die ohne Befehl keine Regung wagt. Weil sein Modell ihn gleichzeitig angeschaut und ihm die Schulter zugewendet hatte, war Brian beim Malen jeden Tag aufs Neue die Erinnerung an Vermeers »Mädchen mit der Perle« gekommen. Es hatte ihn früh gelehrt, in der Liebe nicht nach Deutungen zu suchen. Er empfand das Bild seiner Gazelle als seinen nicht wiederholbaren Triumph über sein Talent. Es verkörperte für ihn die rätselhafte, berauschende Schönheit Afrikas, die ihn bei seiner ersten Reise ins Hochland von den klaren Konturen und den scharfen Klängen Europas befreit und sein Herz wehrlos gegen jede andere Empfindung als Ehrfurcht und Dankbarkeit gemacht hatte. Manchmal ging er nur ins Atelier, damit ihm Lillys Bildnis bestätigte, dass die Sucht nach Afrika ihm an der Kreuzung seines Lebens den rechten Weg gewiesen hatte.

In den vier Jahren, die der überraschenden Ankunft des Telegramms aus London folgten, waren zweiunddreißig britische Farmer, drei weiße Frauen, fünf Kinder und fast zwölftausend schwarze Freiheitskämpfer in dem von beiden Seiten erbarmungslos ausgetragenen Kampf der Kikuyu um das eigene Land umgekommen. Die beiden Worte »Mau-Mau« und »Uhuru« waren längst auch in Karibu angekommen. In Nairobi und Mombasa waren zahlreiche Hotels und Geschäfte geschlossen, im Hochland viele Farmen von ihren Besitzern verlassen worden. Einige wurden ohne Widerspruch der resignierenden Kolonialbehörden von denen bewohnt, die um sie gekämpft hatten und nun nicht wussten, welche Saat sie zu säen hatten und wie aus ihr die Ernte wurde. Der Rost hatte die Pflüge und Traktoren so bewegungslos gemacht wie die Affenbrotbäume, die niedergebrannten Farmhäuser und Wirtschaftsgebäude wurden nicht mehr aufgebaut, die in der Eile des Aufbruchs zurückgelassenen Autos hatten weder Motoren noch Reifen, die Brunnen kein Wasser. Vom einstigen Personal der geflüchteten oder ermordeten Farmbesitzer waren viele in die Städte gezogen und dort ohne die Wurzeln des alten Lebens, auch ohne Arbeit und ohne Hoffnung. In der Zeit war von Slums in Nairobi und Not in Nakuru zu lesen und von Kindern, die für ihre Eltern bettelten. Das Wort Hunger, einst auf den Farmen nur gebraucht, wenn neue Weideplätze für das Vieh ausgemacht werden mussten oder eine Kuh nicht genug Milch für ihr Kälbchen hatte, galt nun auch den Menschen, die nicht hatten lernen dürfen, Entscheidungen zu treffen und für sich selbst zu sorgen.

Karibu war mit der grünen Bank vor dem Haus und der Woge aus weißen Pyrethrumblüten und den blauen Flachsblumen der Hoffnung die vom Wasser des tosenden Wasserfalls gesegnete und von Mungu vor Streit und Neid beschützte Enklave in der Welt des Kampfes geblieben. Die Menschen begehrten weder Radios, Fahrräder noch Uhren oder eine neue Zeit. Ihnen reichte es, auf den ausgetretenen Pfaden zu laufen und in der Stunde des kürzesten Schattens die rote Erde durch ihre Finger rieseln zu lassen. Nachts zählten sie die Sterne, wie es einst die Väter ihrer Väter getan hatten, und fütterten ihre Ohren mit den Scherzen der Zufriedenen. Die Kinder hatten runde Bäuche und kräftige Stöcke, mit denen sie Steine die Berge hinunterrollten. Sie schnitzten aus dem Holz frisch gefällter Bäume flache, runde Plättchen, zogen winzige Gräben im feuchten Sand und spielten Dame.

Kamau, dessen Haar zu ergrauen begann, schlug weiter zum Arbeitsende an den Wassertank und verachtete diejenigen, die zu faul waren, den Rücken zu krümmen. Die Babys mit den Fliegen auf dem kahlen Schädel gurgelten Wohlbehagen, wenn sie wach waren, verschliefen Saat und Ernte auf dem Rücken ihrer Mütter und bekamen erst nach drei Regenzeiten einen eigenen Namen.

Die Mzee erzählten einander immer noch, dass der Bwana

Mbuzi die schwarzweiße Cockerhündin Maji, die einige Stunden vor dem Tod seiner Frau geboren worden war und nun nur noch den Schatten suchte und nicht mehr den Saft von frischem Fleisch zwischen ihren faulenden Zähnen spürte, für seine Tochter hielt. Asaki mit dem Namen des Honigs und den bernsteingelben Augen, die besser zu sprechen wussten als die von jedem anderen Hund, bellte seit drei Regenzeiten nicht mehr. Als sie in der anbrechenden Dunkelheit des Todes aufgejault hatte, war auch Stellas Urvertrauen in die Unendlichkeit des Lebens und die Allmacht Mungus gestorben.

»Ich werde nur noch glauben, was ich sehe«, beschloss sie an dem Tag, da sie mit Lilly die Wolfshündin in das Moos unter dem Affenbrotbaum bettete.

»Die Nase und die Hände lügen auch nicht«, wusste Lilly.

»Meine Nase hat Asakis Tod nicht gerochen. Ich habe den Tod nicht in den Händen gehalten, ehe er gekommen ist.«

»Hast du gedacht, dass Asaki so alt wird wie ein Baum?«

»Ich habe Mungu immer gebeten, dass ich vor ihr sterben darf.«

»Es ist besser«, erkannte die Praktische, »du bittest ihn, dass dein Lachen wieder auf Safari geht und als Donner zu dir zurückkommt.«

Abends saß Stella mit Brian vor dem Kamin. Er sprach vom Tod als einem Abschied ohne Stacheln und sie spürte mit dem Salz der Tränen zum ersten Mal die Trauer um die Unwiederholbarkeit des Glücks. Im einschläfernden Nebel der gelbstieligen Pfeifenkönigin und mit Stellas Kopf auf seinem Schoß begab sich der melancholische Tröster auf jene Safari, von der er nie ohne aufgerissene Wunden zurückkehrte. Er verlor, schon als sie zu bluten begannen, so rasch den Sinn für Zeit und Richtung, dass er erst unter dem regenschweren Himmel eines Londoner Herbsttags sein Ziel ausmachte. Stockend erzählte er von einem toten Rotkehlchen in einer kleinen Blechdose. Brian grub sie unter einer blattlosen Eiche mit ausladenden Ästen aus und lief danach durch einen Garten, in dem ein rothaariger Gärtner das welke Laub vom kurz geschorenen Rasen harkte und den Kopf schüttelte, dass ein elfjähriger Junge noch weinte. Weil Stella in dieser langen Nacht ebenso nach der warmen Haut ihres Vaters wie nach seiner sanften Stimme hungerte und von ihm immer mehr neue Bilder aus seinem alten Leben forderte, erfuhr sie kurz vor Mitternacht von Sir William Robert Hood und von dem mit dunklen Möbeln, silbernen Leuchtern und hohen chinesischen Vasen eingerichteten Prachthaus in Mayfair.

»Warum erzählst du mir erst heute, dass du einen Vater hast? Ich war auch gestern kein Kind.«

»Weil dein Vater«, seufzte Brian, »nie ein Sohn gewesen ist.«

Es war, als er Wasser über die glimmenden Holzscheite im Kamin spritzte und den Docht der Petroleumlampe herunterdrehte, in diesem Moment für ihn nicht abzusehen, dass das Schicksal den steilen Abhang herunterrasen würde, den er sein Leben lang nur deshalb vermieden hatte, weil ihm vor dem Abgrund schwindelte. Seine furchtlose, tatkräftige, nach dem Leben gierende Tochter sprang mit einem einzigen Satz über all die Hürden, die ihr Vater zunächst als verschüchtertes Kind und dann als rächender Rebell errichtet hatte. Seitdem stellte sich Brian nachts Fragen, auf die er auch im weißen Licht Afrikas keine Antwort fand. Weshalb brauchte er einen toten Hund und ein Rotkehlchen, an das er seit Jahrzehnten nicht mehr gedacht hatte, um zu begreifen, dass für Stella das Grab ihrer Mutter auf dem schmalen Pfad vom Pyrethrumfeld zum Haus nicht mehr genug waren? Sie, die er so früh die Liebe zu den Wurzeln gelehrt hatte, war auf der Suche nach den Ihrigen.

»Wenn ich in der Schule bin«, sagte sie am nächsten Morgen, »kann ich immer nur dir und Lilly Briefe schreiben. In Karibu habe ich noch nie Post bekommen. Ich weiß noch nicht mal, wie Briefmarken aus England aussehen. Also sollte ich ab jetzt Sir William Robert Hood schreiben. Ich wollte schon lange einen Brieffreund haben.«

»Stella, das stellst du dir alles ganz falsch vor. Mein Vater ist kein Brieffreund. Der weiß noch nicht einmal, was ein Freund ist, und einen Federhalter hat er immer nur benutzt, um seinen Namen unter einen Scheck zu schreiben. Er wird dir nicht antworten. Glaube mir, ich kenne den alten Knaben. Er ist vollkommen unromantisch und hat ein Herz aus Stein. Er ist seiner Lebtag nicht auf die Idee gekommen, einem Kind eine Freude zu machen. Er hasst Kinder und Kinder fürchten ihn mehr als den Teufel. Sie verstecken sich hinter Büschen, wenn sie nur seine Stimme hören.«

»Ich bin kein Kind und ich habe mich noch nie in einem Busch versteckt. Das werde ich ihm schreiben. Vielleicht macht ihn das neugierig. Chebeti sagt, alle Männer sind neugierig.«

Stella redete ihren Großvater mit »Dear Major Hood« an und brauchte drei Tage für den Brief; sie berichtete mit Wortbildern, die dem Suaheli entstammten, und den lebensnahen Vergleichen aus der Sprache der Kikuyu vom Leben in Karibu. Knapp und emotionslos war die Schilderung ihrer Schulzeit, in »der ich die Zähne so fest aufeinander schlage wie ein störrischer Esel und meine Ohren verstopfe«, umso ausführlicher geriet der Teil, der ihre Furchtlosigkeit, Lillys Klugheit und Asakis Sterben betraf. »Ich habe meinen Hund«, schrieb Stella, »allein mit meiner Freundin unter den Affenbrotbaum getragen, denn die Menschen hier haben Angst, einen toten Körper anzufassen. Übrigens«, fügte sie hinzu, nachdem sie mit roter Tinte ihren Namen geschrieben hatte, »habe ich mich als Kind nie im Gebüsch versteckt.«

Schon mit diesem ersten Brief erreichte die schriftgewandte Enkelin das, was ihrem Vater nie gelungen war. Mit jeder Zeile hatte sie den festen Panzer um die Brust ihres verblüfften Großvaters gelockert. Sir William antwortete nicht nur postwendend und ausführlich. Er schickte die beiden Fotos von sich und seinem prächtigen Anwesen, um die Stella gebeten hatte, in einem versiegelten Expressbrief und teilte der jubelnden Empfängerin mit, dass ihr Vater, »was mich nicht erstaunt, weil es ja nie anders war, sich wieder mal auf der ganzen Linie getäuscht hat. Ich habe mein ganzes Leben lang sehr gerne Briefe von jungen Damen bekommen, denn erstens bin ich ein Mann und zum zweiten schätze ich die Frauen besonders, die weder Tod noch Teufel fürchten. Du bist allerdings die Erste, der ich begegnet bin, die augenscheinlich beide Kriterien erfüllt. Ich vermute, du raffst auch deine Röcke nicht zusammen, wenn du eine Maus siehst, und ich entnehme deinem Brief, dass du reiten kannst und keine Angst vor Hunden hast. Dein Vater wird dir bestätigen, dass bedauerlicherweise beides schon in der Familie Hood vorgekommen ist.«

Im nächsten Brief ließ der amüsierte Schreiber wissen, dass er Stella für »begabt und gescheit«, im dritten »gottlob für

erfrischend unsentimental« hielt. Eine Enkeltochter zu haben, die, ohne zu husten, Ameisen hinunterschlucken und ihre Zunge zum Beweis der Wahrheit in eine Flamme halten könnte, hätte ihn mehr beeindruckt als das ihm als jungem Offizier verliehene Victoria Cross für Tapferkeit vor dem Feind. »So etwas sollte auf dem Lehrplan für jeden jungen Mann stehen«, schrieb er. Der im Alter unerwartet eloquent und galant gewordene Major im Ruhestand vergaß nie, wenn er Stellas Courage lobte, was er immer tat, die Bemerkung »und das wundert mich sehr bei einer Tochter meines ältesten Sohns«. Stella unterließ es ihrerseits nie, obwohl die sarkastische Antwort immer die gleiche war, ihren Vater zu befragen, weshalb der freundliche Unbekannte, den sie nun tatsächlich als ihren Brieffreund bezeichnete und auch so anredete, am meisten zum Staunen neigte, wenn er seinen Sohn erwähnte.
Es gelang Sir William eben immer noch mühelos, in einem dürftigen Nebensatz seinem Erstgeborenen anschaulich zu demonstrieren, dass für ihn die Flucht in die Illusion sehr viel typischer war als die beherzte Konfrontation mit der Wirklichkeit. Wenn die Post aus London eintraf, beunruhigte es Brian nämlich von Mal zu Mal stärker, dass er sich scheinbar vorbehaltlos mit seiner Tochter freuen und ihr gar mit einem Anflug von Heiterkeit von seiner Kindheit erzählen konnte. Sobald sie mit stolztrunkener Stimme die Briefe auf dem cremefarbenen Büttenpapier mit dem Familienwappen vorzulesen begann, spürte er, wie sehr es an der Zeit war, mit ihr von der Adresse in der vergrabenen Zigarrenkiste zu sprechen und was die eines Tages für sie bedeuten könnte. Da es jedoch seinem Naturell widerstrebte, auch nur eine Zukunft zu erwähnen, an die er nicht mit der

reifen Ruhe eines vorsorgenden Vaters denken konnte, der Ruhe und Zuversicht aus dem Wissen schöpft, dass er im biblischen Sinn sein Feld bestellt hat, versäumte er jede Gelegenheit zu einem aufklärenden Gespräch. Die Situation bedrückte ihn und unterhöhlte sein Selbstbewusstsein. Brian hatte seiner Tochter seit ihrer frühesten Kindheit nie eine Wahrheit verschwiegen, und dass er nun Unbehagen und Furcht nachgab, erschien ihm unredlich und feige, seiner und Stellas unwürdig und eine allzu zynische Wiederholung seiner in Ängsten durchlittenen Kindheit.

»Wenn ein Brief für Stella kommt«, merkte schließlich auch Chebeti, »müssen die Hunde nicht jagen gehen. Dann kommen sie in meine Küche und fegen mit ihrem Schwanz meine Teller auf den Boden, denn sie haben vorher an der Haut von Bwana Mbuzi gerochen und wissen, dass er an diesem Tag seinen Kopf füttern wird und nicht seinen Bauch.«

»Deine klugen Augen haben wieder mal in mein Herz gesehen, Chebeti. Wir müssen mit Stella sprechen. Sie weiß jetzt, wo das Haus von meinem Vater ist. Da wird sie auch wissen, was sie tun muss, wenn ich nicht mehr da bin. Wir können das Loch im Wald zumachen. Wir brauchen es nicht mehr.«

»Alle Menschen brauchen Löcher. Warum soll ich ein Loch zumachen, das so lange offen war? Kannst du heute schon die Tage sehen, die morgen kommen werden? Kannst du wissen, was deine Tochter wissen wird, wenn du nicht da bist?«

»Aber ich muss ihr sagen, warum du das Loch gegraben hast. Ich muss ihr sagen, was ich dir und Kamau gesagt habe. Sie wird das verstehen. Sie ist alt genug.«

»Ich spreche nicht von Regenzeiten«, wehrte sich Chebeti, »ich spreche von Löchern. Was du Stella sagst, wird Lilly wissen, ehe dein Mund wieder zu ist. Meine kluge Tochter kann mit drei Zungen reden, sie hat aber nicht gelernt, vor ihre Lippen ein Schloss zu hängen und den Schlüssel wegzuwerfen. Das ist schlecht an schlechten Tagen.«
Chebeti täuschte sich. Sie kannte nur das schöne Gesicht ihrer Tochter, sie sah nur die Brust, die schon rund und fest wurde, und die Beine, die länger und schlanker waren als bei jedem anderen Kikuyumädchen, doch sie sprach so höhnisch wie die Dummen und Neidischen von Lillys Klugheit. Sie misstraute ihr, wie es die Männer taten, die zu viel Tembo getrunken hatten, weil sie über deren Scherze nur mit dem Mund und nicht mit dem Licht ihrer Augen lachte. Chebeti wusste nichts vom elefantengleichen Gedächtnis ihrer besonderen Tochter, nichts von ihrer Begabung, ihrer Empfindsamkeit und Intuition für Menschen. Sie warf ihr den Hochmut derer vor, die ihre Wurzeln abschneiden, hatte Lillys Sehnen nach der fremden Welt der Buchstaben, Worte und Reime, der Zahlen, Farben und Bilder nie gebilligt, nie zu verstehen versucht. Schon gar nichts wusste diese erdverbundene Mutter von der Liebe ihrer Tochter zu dem Mann, der sie sehend und auf immer hungrig gemacht hatte und den sie am Tag ihres geschenkten elften Geburtstags mit der Barmherzigkeit ihrer Lüge vor dem Spott eines wissenden Gelächters geschützt hatte. Lilly konnte ebenso gut und lange schweigen wie ihre argwöhnische Mutter; sie hatte das gleiche Schutzbedürfnis wie ihr Vater, ihre Schultern nicht zu befreien, indem sie die Last jenen Menschen aufbürdete, denen ihre Loyalität galt und die schwerer an ihr tragen würden als sie selbst.

Von zweien war sie nie die Erste, die fragte, und sie antwortete erst auf eine Frage, nachdem sie jedes Wort mit den hinteren Zähnen zu klarem Wasser zerkaut hatte. Nur um der eigenen kurzen Freude nach den staunenden Augen und dem weit aufgerissenen Mund von neugierigen Gaffern nachzugeben, hetzte die Schweigsame ihre Zunge nicht wie ein ausgehungerter Löwe ein Gnukalb, das er von seiner Mutter fortgetrieben hatte. Je älter Lilly wurde, umso häufiger grübelte sie, ob das mit allzu großer Anstrengung verschluckte Wissen für einen Menschen nicht ebenso tödlich sein könnte wie ein splitternder Knochen für einen jungen Hund.

Seitdem Njerere mit Brians Gewehr von der Farm weggelaufen war, wusste nämlich allein die nachdenkliche Gazelle, die ihre Augen nie zur falschen Zeit auf eine Safari des Kopfes schickte, dass es in der Erde von Karibu zwei Löcher mit Geheimnissen gab. Nur Lilly, die das erste Licht des Tages nicht abwartete, ehe sie ihre Hütte und die Ihrigen verließ, hatte Njerere seit seinem Verschwinden noch einmal gesehen. Der von ihr verachtete Dieb, der dem Bwana Mbuzi mit seinem Gewehr die Ruhe gestohlen hatte, war drei Nächte später auf die Farm zurückgekehrt. Er hatte das in einer alten Decke eingeschlagene Gewehr in den Wald getragen und dort vergraben. Das Loch war nicht weit von dem Versteck der Zigarrenkiste. Weil Lilly sich bei jedem Vollmond aufmachte, um zu prüfen, ob die Erde über Njereres Loch noch unberührt war, und dann auf dem feuchten Waldboden stets die Fußspuren ihrer Mutter erkannte, wusste sie auch von Chebetis Geheimnis.

Zu Beginn der Shauri, von der sie ahnte, dass sie eine Bedrohung für viele Menschen auf Karibu werden könnte und ihr deshalb nicht allein gehören durfte, hatte Lilly sich spontan entschlossen, ihrem Vater von Njereres Rückkehr auf die Farm und dem vergrabenen Gewehr zu berichten. Es war ihr jedoch in keinem von drei Gesprächen gelungen, auch nur den Wind aus Kamaus Ohren zu vertreiben und sie für ihre Stimme zu öffnen, und das, obwohl die Listige die einzig gute Zeit gewählt hatte, um mit ihm zu sprechen – wenn er seine Lieblingsziege kämmte und auch jene Tochter sich nicht vor ihm fürchtete, deren Haut er seit zehn Regenzeiten nicht mehr berührt hatte. Jedes Mal hatte Kamau mit Lilly nur von dem vielen Geld reden wollen, das er vom Ehemann seiner ältesten Tochter bekommen hatte. Als er bei dem dritten Gespräch dann auch noch seufzte: »Bald wird der Mann kommen, der die mit den drei Zungen kauft«, machte der Blitz des Schreckens Lilly stumm. Sie begriff, dass es nicht klug war, einen Vater, der sich bereits den zu niedrigen Brautpreis einer Tochter ausrechnete, die lesen und schreiben konnte, noch mehr zu verärgern, als er ohnedies war, indem sie von einem Gewehr in einem Loch im Wald erzählte.

Mit Brian hatte Lilly indes nur ein einziges Mal versucht, über Njerere zu sprechen. Damals war ihr Bild gerade fertig geworden. Die Farben waren noch nicht trocken gewesen, die Luft im Atelier schwer und süß vom Duft des Tabaks. »Wenn man in der Nacht die Sterne zählt«, hatte die Vorsichtige begonnen, »sieht man nicht nur die Sterne.« Der Bwana Mbuzi hatte jedoch Lilly mit einem Kind verwechselt, das nur spricht, um die eigene Stimme zu hören. Er war auch selbst ein Kind geworden und in die Falle der zu schnellen Antworten gestolpert. Zudem hatte er aus sei-

nem Lachen ein Stöhnen gemacht und ihren Kopf auf eine falsche Fährte gelockt.
»Das weiß ich, Lilly«, hatte der Zauberer der Farben geklagt. »Auch mir erzählt jeder Stern eine neue Shauri.«
Sein letztes Wort war richtig gewesen, doch ein einziger Tropfen hatte nicht die Kraft gehabt, einen großen Stein wegzurollen. Der war in Lillys Brust geblieben und doch hatte sein Druck auf so wundersame Weise nachgelassen, als hätte ihn Mungu zu Staub getreten. Im purpurgetränkten Licht der letzten Sonnenstrahlen dieses Tags, an den sie sich in allen Facetten erinnerte, als auch sie von der Unwiederbringlichkeit des Glücks erfuhr, hatten die Farben der Berge und die des Himmels und noch mehr die leuchtende Schönheit ihres eigenen Bildnisses jeden ihrer Sinne betäubt. Brians Stimme war so leise gewesen wie ein sterbender Wind, der nur für das Gras und nicht für Vögel im Flug pfeift. Seine Hand, weißer noch und weicher als eilig reisende Wolken, hatte Lillys Stirn berührt, die Finger sich in ihren Locken verloren – wie in den lange gestorbenen Tagen, da sie noch mit dem Kopf an sein Knie hatte stoßen können. Nun aber hatte die weiße Hand eine Glut auf ihrer Haut entzündet, und die war zu einem Buschfeuer geworden, das sie nicht löschen konnte, weil sie zu lange den Trommelschlägen ihres Herzens lauschte.
In diesem Moment des Begreifens waren Lillys Augen auf eine zu weite, noch nie unternommene Safari gegangen. Seitdem war Lillys Zunge nie mehr biegsam genug gewesen, um von der Shauri mit Njerere zu reden, von der sie genau wusste, sie würde ihr den Zauber der Erinnerung, dem Bwana Mbuzi das Strahlen seines goldenen Zahns und seinen Bildern die Farbe stehlen.

Wann immer sie bei Vollmond aus dem Wald zurückkehrte, überlegte sie zwar an dem Gebüsch mit den beiden Dik-Diks, die jedes Wissen miteinander teilten, ohne Luft in ihren Schlund zu lassen, ob sie nicht wenigstens Stella erzählen sollte, was geschehen war, doch sie befreite sich nie von der Last auf ihren Schultern. Die wurden breit wie die der Männer, die Haut unter dem Kleid hart wie die eines Krokodils. Es war das erste Mal, dass Lilly sich ihrem Verlangen nach vier mit den gleichen Worten befriedigten Ohren widersetzte. Das beharrliche Verschweigen einer Shauri, die immer wieder vergebens nach einem Echo schrie, machte Lilly am Tag misstrauisch und nachts einsam. Noch mehr beunruhigte sie, dass sie einem Impuls nachgab, der ihr fremd war und den sie nicht deuten konnte. Sie wusste nur eins: Sie wollte nicht Stellas Gelächter hören, wenn sie von dem Tag sprach, an dem ihr Körper in Liebe entbrannt war.

Es war Stella, die noch nie nach Worten gesucht hatte, deren Hände nicht kalt wurden, wenn von Njerere die Rede war und die sich noch nicht einmal an die Länge seiner Nase erinnerte, die in den Schatten der Feuer speienden Nacht lief. Es war zur Zeit der erwachenden Vögel, als das graue Licht der aufgehenden Sonne sich blutrot verfärbte und hinter der dunkelsten aller Wolken verglühte, die je über dem Himmel von Karibu aufgezogen waren. An diesem Morgen im trügerisch hellen Gewand der unbeschwerten Erwartung war Stella noch vor Chebeti in die Küche gegangen. Sie hatte das Holz im Herd angezündet, Wasser in den Kessel gefüllt und die Hunde gefüttert. Sie und Brian wollten in Ol' Kalau James Stuart besuchen, der auf seiner Farm immer noch mit seinem Pavian Whisky trank und auf dem Weg vom Esszimmer zum Bett das linke Bein gebrochen hatte. Sein Koch hatte den Brief mit der Bitte um Hilfe erst um Mitternacht in Karibu abgeliefert und Stella also Lilly nicht mehr von der Fahrt nach Ol' Kalau erzählen können. Nun wollte sie die Freundin bei den verrückten Hühnern aus Eldoret überraschen und sie bitten, am Nachmittag wieder zu kommen. Die Übermütige war gerade dabei, sich Lillys Schrecken auszumalen, wenn sie mit einem Ei im Mund aus dem Gebüsch sprang und mit der Stimme des Pavians aus Ol' Kalau Jambo brüllte, als sie einen Moment stehen blieb, um die unvermittelt aufjaulende Maji zu streicheln. Da sah sie, dass die Tür vom Stall offen stand.

Das Vorhängeschloss war aufgesägt worden und lag im Gras, daneben zwei leere Blecheimer und – einige Meter entfernt – die neuen Schuhe, die Mboja zwei Tage zuvor aus den Reifen des alten Traktors geschnitten hatte. Die dunkelblaue Wollmütze, die er als junger Mann dem immer noch auf Karibu verspotteten Nachtwächter aus Nairobi abgenommen hatte und von der er sich weder in der Sonne noch im Regen trennte, steckte auf dem Stiel eines Spatens. Der war in den kleinen Hügel gerammt worden, von dem aus Stella und Lilly einst beobachtet hatten, wie der lendenstarke Bulle Moschi die widerspenstige Rumuruti bezwungen hatte. Noch ehe Stella Maji erregt bellen, das Vieh brüllen und ohne dass sie sich mit der Stimme eines gehetzten, erschöpften Tiers in Todesängsten nach Mboja rufen hörte, rannte sie zum Stall.

Mboja lag regungslos auf dem Bauch, die Arme von sich gestreckt. Stella wusste sofort, dass er tot war. Und doch kniete sie nieder, sie griff nach seinen Schultern und drehte

den schweren Körper um. Ihre Hände wurden rot vom Blut eines Mannes, von dem alle auf Karibu wussten, dass er schallender als der Donner brüllen konnte und dass sein Gelächter ihn vor Neidern und Feinden beschützt hatte. Weil Stella im Moment ihrer Erstarrung glaubte, dieses Lachen zu hören, das Klappern der leeren Blecheimer, die der fröhliche Riese mit den baumstammstarken Armen immer aneinander schlug, ehe er zu melken begann, weil sie auf seine Scherze antwortete und ihn nach seinen zwei Frauen und den fünf Kindern fragte, ohne dass sich die eine Lippe von der andern trennte, empfand sie weder Angst noch Trauer. In ihr war nur die jeden Nerv sprengende Kraft, die einen Menschen in der allergrößten Not des Seins mit der Gnade beschenkt, nicht aufzubegehren, nichts zu fühlen, nicht zu leiden und den Kopf zu senken. Nur der Schwäche ihrer Beine und den um sie kreisenden Bildern aus brennenden Wolken gab sie nach.
Sie setzte sich neben den Toten auf das trockene, warme Gras im Stall und starrte mit Augen, die aus den Höhlen drängten, die silberne Schnalle des Gürtels aus Büffelleder an, auf den Mboja so stolz gewesen war wie auf seine Söhne; sie sah, dass sein weißes Hemd sauber war wie an jedem Morgen, und sie sah ihn die Khakihose nachts vor seine Hütte hängen, damit der Wind sie glatt strich. Sie hörte Mboja, den alle Menschen bewunderten, weil er so viel von der Fremde wusste, von den großen Schiffen mit Schornsteinen in Mombasa und den kleinen Fischen in Kisumu erzählen. Dann wurde Stella blind, taub und stumm. So fand sie Brian.
Der Vater nahm seine Tochter in die Arme, weil er sie für ein schreckensstarres Kind hielt, das nicht mehr imstande

war, sich mit Tränen zu befreien, und dem er mit der Glut seiner Liebe und der Woge seines Mitleids den Glauben an die Gerechtigkeit und das Vertrauen in die Güte der Menschen zurückholen wollte. Auch er konnte nicht sprechen, die Luft nicht aus seiner Brust pressen, nicht das Salz der Augen in die Kehle zurückdrängen. Es war der, der trösten wollte, der weinte. Laut verfluchte er vor allen Göttern, zu denen er je gebetet hatte, seine Arglosigkeit und sein Zaudern. Er schämte sich seiner Hilflosigkeit und Tränen und er schämte sich der Träume, die mit Mboja ermordet worden waren.

Stella ahnte zum ersten Mal ihre Stärke. Als sie mit dem Rock ihres Kleides über Brians Gesicht strich, kam ihr die Erinnerung, dass sie stets seine Augen getrocknet hatte. Ihr fiel auch ein, dass sie in der Dunkelheit besser sehen konnte als er und ihn immer auf die Wurzeln aufmerksam machte, über die er zu stolpern drohte.

»Warum kann ich ihn noch riechen?«, flüsterte sie.

»Weil die Nase nicht vergessen kann.«

»Ich höre auch seine Stimme. Sie streichelt Rumuruti, weil sie Schmerzen hat und ihr Kalb nicht kommt. Und ich sehe auch Mbojas Augen, obwohl du sie zugemacht hast.«

»Du hast seine Stimme geliebt und auch seine Augen.«

»Nein«, widersprach die Sehende, »ich habe Mboja geliebt. Hast du gewusst, dass Liebe wehtut?«

»Das wird noch schlimmer, Stella. Ich wollte nie, dass du es zu früh erfährst. Du bist zu jung für den Tod der Liebe.«

»Chebeti sagt, man ist für nichts zu jung.«

»Chebeti hat Recht.«

Mboja hatte seinen Mörder nicht kommen hören und ihn nicht gesehen. Er war mit einer einzigen Kugel erschossen

worden. Sein Gesicht war noch so warm wie die Zunge der winselnden Hündin Maji, die Stellas Hand leckte. Das Blut aus der Wunde in seinem Rücken war nicht in die festgetretene Erde gedrungen. Der Stall roch nur nach der dampfenden Haut der unruhig stampfenden Kühe, deren Euter schwer von ihrer Milch waren und die nun keinen Hirten mehr hatten mit Händen, so sanft wie die einer Frau, die ihr Kind zum ersten Mal an die Brust legt. Außer den beiden Eimern, die im Gras lagen, und dem Spaten, auf dem Mbojas Mütze nun in der Sonne verbrannte, schien nichts berührt worden zu sein.
Es war erst Kamau, dessen Schritte im Gras noch nicht einmal der Hund gehört hatte und der schweigend Brian von der Erde hochzog und einen Herzschlag lang Stellas Schulter berührte, der die Tafel und die zerbrochene Kreide auf dem Boden entdeckte – und den nassen Lappen. Der hatte der schwarzen Tafel die Buchstaben und Zahlen gestohlen, die der Bwana Mbuzi schrieb, um die Namen und das Gewicht der neugeborenen Kälber festzuhalten. Jedes Wort und jede Zahl hatten Mbojas Stolz genährt und alle auf Karibu wissen lassen, dass er ein Mann von Bedeutung war. Nun standen fünf neue weiße Buchstaben auf der Tafel.
»Was heißt das?«, fragte Kamau.
»Uhuru«, las Brian.
»Er hat das Wort nach Karibu gebracht. Er wollte mir dein Ohr stehlen. Er wollte die Namen der neugeborenen Kinder in ein Buch schreiben. Weißt du das nicht mehr? Hast du an diesem Tag seine Augen nicht gesehen?«
»Du sprichst von Njerere?«
»Ich spreche von dem Mann, der mit deinem Gewehr deinen Hirten erschossen hat.«

»Das wissen wir nicht, Kamau. Niemand hat gesehen, wer Mboja getötet hat. Niemand hat Njerere zurück nach Karibu kommen gesehen.«
»Du hast ihn nicht kommen gesehen. Du hast auch das neue Wort in unserem Stall nicht gesehen. Aber es ist da.«
»Wir müssen die Polizei holen und Mboja hier liegen lassen, bis sie kommt.«
»Die Polizei wird deine Kühe nicht melken, Bwana Mbuzi.«
Kamau schleifte Mbojas Körper aus dem Stall zu dem Jacarandabaum mit Blüten, die so blau wie der Himmel waren. Mit einem kleinen Messer schnitt er das dünne Lederband um den Hals des Toten durch. Einen Moment hielt er den gelb gewordenen Zahn des Löwen, der Mboja stark und klug gemacht hatte, in die Sonne. Dann drückte er ihn Stella in die Hand.
»Du hast Mboja das erste Kwaheri gesagt. Der Zahn gehört dir.«
Die Magie war nicht tot. Der Zahn machte auch Stella klug und stark. Als sie ihn in die Tasche steckte, wusste sie, dass sie Lilly an diesem Tag nicht mehr sehen würde.

8

Wenn sie bis zum großen Regen hierbleiben«, brummte Kamau, »haben sie in jedes Shamba ein Loch gegraben und reden mit den Kälbern, die heute noch im Bauch ihrer Mütter sind.«

»Wir müssen ihnen Zeit lassen, Kamau«, beruhigte ihn Brian. »Was sind drei Tage für ein Leben?«

»Sie trinken unser Wasser und essen aus unseren Töpfen. Willst du ihnen auch noch die Zeit schenken? Sie gehört uns nicht.«

Sie sprachen von den vier Polizisten und den zwei rotgesichtigen Soldaten, die in einem Jeep nach Karibu gekommen waren, um den Mord an Mboja zu untersuchen. Die grimmig aussehenden Polizisten, die mit ihren aufgeregten Bewegungen und großen Füßen in noch größeren Schuhen selbst die Hunde einschüchterten, die weder Blitz noch Donner und nicht die Hörner des Wasserbocks fürchteten, waren Kikuyu; sie suchten in den Feldern, auf den Hügeln und in Höhlen zwischen den Felsen, im unwegsamen Gebüsch, im Wald, sogar in den Blumen um das Loch, in dem die Frau vom Bwana Mbuzi schlief, nach dem Mörder und seiner Waffe.

Bei Tag hatten diese vier Männer ein Gesicht aus schwarzem Stein und Stimmen, die so scharf waren wie eine so-

eben geschliffene Panga, und wenn ihr Mund lachte, machte der Hohn derer, die sich klug dünken und es nicht sind, ihre Augen klein. Noch ehe der Schatten der Morgensonne eine eigene Farbe hatte und der Tau auf dem Gefieder der Perlhühner getrocknet war, rannten die Polizisten wie wild gewordene Bullen auf die Shambas. Sie trieben ihren Grimm auch in die Hütten. Von jedem Mann, ob er ein Mzee war oder gerade erst beschnitten, wollten sie wissen, was er nicht wusste, und von ihm hören, was er nicht sagen wollte. Die vier wütenden Neugierigen befragten die alten Frauen ebenso wie die jungen Mädchen nach dem Mord im Stall und redeten mit Kindern, die noch nicht einmal die Finger von einer Hand zählen und die Njereres Namen nicht aussprechen konnten, ohne dass ihre Zähne die Zunge spaltete. Selbst Mbojas entsetzte Stammesgenossen, die Lumbwa, die schon dabei waren, mit ihren Herden und Hunden, ihren Frauen und den Kindern die Farm zu verlassen, und deren Haut in drei Tagen so grau geworden war wie der Rücken eines Esels, mussten den Polizisten aus Nairobi sagen, wo sie am Morgen von Mbojas Tod gewesen waren und was sie gesehen, gehört und gerochen hatten.
»Wir haben«, sagte der Älteste, »den Tod gerochen, als die Hyänen und Geier Mboja holten.«
Wenn es Nacht wurde auf Karibu, saßen die Kikuyu in der Polizeiuniform mit den Männern ihres Stammes am Feuer vor den Hütten. Dann machten sie die Metallknöpfe ihrer Hemden auf und ließen den warmen Wind, der Fremde willkommen hieß, an ihren Körper und sie schickten ihre Augen auf Safari in einen Himmel, der seit Mbojas Tod keinen einzigen Stern verloren hatte. In der Dunkelheit

aßen die Polizisten, die in den hellen Stunden ihren Atem brauchten, um denen zu befehlen, die keine Befehle gewohnt waren, das Ugali aus warmem Mais, das die Frauen in ihren Töpfen zu einem festen Kloß rührten und dessen Geschmack sie in der großen Stadt vergessen hatten. Sie tranken das Tembo aus Zuckerrohr, das ihre Augen groß, freundlich und sanft machte. Ehe sie in den Schlaf torkelten, erzählten sie erst von Blut, Tod und Mord und dann auch von der gestorbenen Zeit, als sie selbst noch auf Farmen wie Karibu gelebt und weder Uhren noch Waffen gehabt hatten. Einer der Polizisten sagte dann immer: »Wir werden ihn finden, wir haben alle gefunden«, worauf die anderen drei ihren Kopf von der rechten nach der linken Seite drehten. Wenn das geschah, verschluckten sich die Männer von Karibu immer an ihrem Gelächter und ihre Frauen gaben einander jene stummen Zeichen, die in jeder Sprache der Welt gleich sind und die kein Mann je wird verstehen können.

»Sie jagen den Mann, der den Kühen ihren Hirten gestohlen hat, nur mit dem Mund«, erkannte Chebeti. »Aber mit dem Mund machen nur die Tiere Beute.«

Die beiden rotgesichtigen Offiziere mit den glänzenden schwarzen Stiefeln, breiten Ledergürteln und den Waffen, die nicht nur von den Kindern bestaunt wurden, vertrauten der Stärke der Ferngläser um ihren Hals mehr als der Kraft ihrer Augen und spähten in eine Ferne, von der die auf Karibu hofften, dass Mboja sie bereits erreicht hatte. Sie füllten ihren Bauch mit dem guten Essen, das Chebeti für den Bwana Mbuzi und Stella kochte, doch ihre Ohren nur mit den Shauris, die ihnen das kleine Radio erzählte, das sie immer mit sich trugen. Die Männer mit den vier Augen und

fünf Ohren, wie sie schon am ersten Tag auf der Farm genannt wurden, schliefen auf Feldbetten im Zimmer hinter Brians Atelier. Abends lobten sie seinen Whisky, bei Tag sprachen sie nur wenig.
Weil sie kein Wort der Kikuyusprache kannten und auch kaum Suaheli verstanden, sagten ihnen bald selbst diejenigen nicht mehr Jambo, die ihre Stimme so liebten, dass sie sogar mit den vorbeifliegenden Vögeln redeten. Die zwei ratlosen Militärs befragten nur die beiden Menschen, die neben Mbojas noch warmem Körper gesessen und ihm Kwaheri gesagt hatten, nach seinem Leben und seinem Mörder. Keiner im Haus sagte ihnen, dass sie auch mit Lilly hätten sprechen können. So glaubten sie, die schöne Schweigsame sei ein junges Mädchen wie jedes andere, und redeten so ungeniert von ihrer schwarzen Haut, den Beinen, der Größe ihrer Brust und dem Schwung ihrer Hüften, als wäre sie eine besondere Kuh, die auf dem Viehmarkt in Kitale zum Verkauf angeboten wurde – allerdings mit Ausdrücken, die Lilly nicht vom Bwana Mbuzi gelernt hatte und die die beiden grinsenden Diebe von Frauenstolz und Würde hustend verschluckten, sobald Stella ins Zimmer kam. Lilly merkte sich einige Monate die Gesichter der Augengierigen und den eigenen Zorn ein Leben lang.
Der Tod auf Karibu war nicht der erste Mord auf einer Farm, den die jungen Offiziere zu untersuchen hatten, seitdem sie auf dem Höhepunkt der Mau-Mau-Krise von England nach Kenia versetzt worden waren. Sie vertrugen weder Afrikas heiße Tage noch seine melancholisch stimmenden Nächte. Die Farbenglut, der Duft von Blumen und Gras und die Unendlichkeit des Hochlands berauschten sie

nicht. Es verlangte sie allzeit nach dem vertrauten Wechsel der Jahreszeiten, nach ihren Frauen, Kindern und Kameraden, der überschaubaren Enge und Kühle des englischen Lebens, nach asphaltierten Straßen, nach Wiesen mit Hasen statt Wäldern mit Giraffen und nach Fenstern ohne Maschendraht. Sie träumten, wenn sie unter dem Moskitonetz lagen, von Frauen, die nach Flieder dufteten, und von Pubs mit kleinen weißen Marmortischen, einem sanften gelben Licht und englischem Bier. Die entwurzelten Einsamen lehnten die Menschen ab, um derentwillen sie das Leben in der ungeliebten Fremde ertragen mussten; ihr Hass galt den Schwarzen, die sie als »feige, hinterhältige Satansbrut« bezeichneten, ihre Abneigung den Weißen, die sie als hochmütige, unbelehrbare und »typisch bornierte Leute aus den Kolonien« empfanden.

In den zwei Jahren ihres Militärdienstes in Kenia hatten sie nur drei Mordfälle geklärt, allerdings für die Verhaftung von Hunderten von Kikuyu-Kämpfern und solchen gesorgt, die sie dafür hielten. Seitdem hatten sie als Trost für die weißen Farmer immer den Satz parat: »Kopf hoch, dieser gottverdammte Spuk ist bald vorbei!« Weil der höfliche, zurückhaltende Mister Hood ihnen nicht, wie die anderen Farmer, zu verstehen gegeben hatte, dass er von ihren kriminalistischen Fähigkeiten noch weniger hielt als von der Loyalität des eigenen Personals, erweiterten sie für Brian das dürftige Repertoire ihres Abschieds. Mit einem ihn selbst überraschenden Anflug von Mitgefühl sagte der Ältere der beiden, als er bereits am Steuer des Jeeps saß: »Das Dümmste, was Sie tun können, ist diesen bloody bastards zu zeigen, dass sie Angst vor ihnen haben. Leben Sie weiter wie bisher.«

»Der letzte Satz war der einzige vernünftige, den ich in einer Woche von diesem aufgeblasenen Dummkopf gehört habe«, seufzte Brian am nächsten Tag auf dem Weg nach Ol' Kalau.
»Schade, dass ich gerade da nicht dabei war«, erwiderte Stella, »ich habe ihn immer nur über Lilly quasseln hören. Ich habe gar nicht gewusst, dass Männer so über Frauen reden.«
»Ich auch nicht, Stella. Du hast in einer Woche viel lernen müssen. Zu viel.«
James Stuart, das Bein in Gips und den gastfreundlichen Pavian auf der Schulter, der zur Begrüßung laut Freude heulte, humpelte ihnen auf zwei aus einem rostigen Rohr gefertigten Krücken entgegen. Er rammte sie fluchend in ein Beet gelber Rosen, umarmte Brian und küsste Stella, was er noch nie getan hatte, auf beide Wangen. »Du bist«, erklärte er, »ein tapferes Mädchen. Das sagt dir ein Mann, der noch nie einer Frau ein Kompliment gemacht hat.«
Stuarts Blick gab noch mehr als seine bewegte Stimme zu verstehen, dass er nicht nur von Mbojas Tod erfahren hatte, sondern über jeden Akt der Tragödie Bescheid wusste. Seit Brians letztem Besuch in Ol' Kalau war der schrullige Schotte dünn geworden und auch seine gelbliche Haut und die verquollenen Augen zeugten davon, dass er mehr trank als aß, doch an diesem Tag war er nüchtern – und trotzdem so witzig, phantasievoll und lebensberauscht wie in den sorglosen Tagen, da er ohne Arg und Anlass geschworen hatte, ihn könnte man nur in einer Holzkiste auf die »verdammte Insel zurückschaffen«. Sein langjähriger Koch, ein grauhaariger, wortkarger Kisii, der seinen Bwana ins Bett brachte und ihn auszog wie ein Kind, wenn er die Flasche

leer getrunken hatte und brennende Pfeile ihm den Kopf durchstießen, bewirtete die Gäste von der Farm des Todes mit einem frisch geschlachteten Huhn und den großen Kartoffeln, die nirgends so gut gediehen wie in Ol' Kalau, das der wilde Wind der Berge und die Nachtkälte nicht erreichten. Zu der Ananas, die hinter dem Haus wuchs und noch süßer als der Honig schmeckte, der in einem Töpfchen mit der Aufschrift »Balmoral Lodge« auf dem Tisch stand, servierte der Hausherr Geschichten von Jagd und eigenem Männermut, die er bei Hemingway gelesen hatte und die Brian für möglich und Stella für wahr hielt.

Mit einem Stimmendonner, der nach einem Kampf mit einem Löwen aus wolkenlosen Gefilden heimkehrte, bestellte der unerschrockene Jäger aus der Küche die langen Bananen mit roter Schale, die der Pavian lieber aß als die kleinen gelben, und für seinen Gast einen zehn Jahre alten Whisky, den er aus sentimentalen Gründen für eine besondere Gelegenheit aufbewahrt hatte und den er nun doppelt für die Jahre seiner Ruhe büßen ließ. Die Flasche war leer, ehe das Wasser für den Kaffee kochte. Trotzdem gewann er nach dem Essen jede Schachpartie auf einem rotweißen Brett mit Klippschliefern als Bauern, sitzenden Giraffen als Springern und Hütten mit spitzem Dach als Türmen. Die Könige trugen Speer und Schild, die Königinnen den Schmuck der Massai. Stuart hatte die Figuren selbst aus Elfenbein und Ebenholz geschnitzt und jedem Offizier einen Namen aus den Romanen von Walter Scott und Robert Louis Stevenson gegeben.

»Der einzige Grund, meine Farm mal ein paar Tage zu verlassen«, sagte er, »wäre ein ordentlicher Schachpartner am Abend. Es ist so verdammt langweilig, mit mir selbst zu

spielen. Ich gewinne immer. Der andere ist ein hirnverbrannter Idiot. Er opfert immer voreilig einen Bauern.«
»Für mich«, träumte Brian mit, »wäre die National Gallery der einzige Grund, Karibu zu verlassen. Aber auch nur ein paar Tage. Es ist so verdammt langweilig, immer nur meine eigenen Bilder zu sehen.«
Stella lernte vom Affen, alle Klippschliefer und Giraffen, die vom Brett gestellt wurden, in Bananenschalen einzuwickeln. Zum Dank verwöhnte sie seine winzigen Ohren mit einem Lied, das die Männer vom Stamm der Lumbwa beim Melken sangen, damit die Kühe fröhlich wurden, ehe der weiße Strahl der Milch in den Eimer strömte. Sie erzählte dem aufmerksamen Olivgrünen von Mboja, dessen Gelächter selbst dann als Echo vom Berg herabgestürzt war, wenn nur Kinder um ihn standen, um das Wunder zu hören. Das Äffchen nutzte die Länge seiner rosa Zunge, um erst ein Salzkorn aus Stellas rechtem Auge und danach das Whiskyglas seines Lebensgefährten auszulecken; Stella trank aus Brians Glas und spuckte nach dem zweiten Mal Heiterkeit wie ein zahnlos gurgelndes Kind auf dem Rücken der Mutter.
»Ein feiner Vater bin ich, der in aller Ruhe zusieht, wie sich meine Tochter besäuft«, sagte Brian auf dem Heimweg. »Eines Tages wird man mir vorwerfen, ich bin ungeeignet, ein junges Mädchen zu erziehen, und dich mir wegnehmen.«
»Du bist ein feiner Vater«, erkannte Stella, »weil du mich nie erzogen hast. Findest du es schlimm, dass ich heute so viel gelacht habe? Es war das erste Mal seit Mbojas Tod.«
»Wer nicht mehr lacht, kann auch nicht um die Toten weinen. Das weiß keiner besser als ich.«

Wie in Stellas ersten Ferien, da ihr Vater sie aus ihrer Verlassenheit und Bestürzung in der Schule der grausamen Jägerin namens Prudence Charlotte Scriver erlöst und in die Seligkeit von Karibu zurückgeholt hatte, stoppte er das Auto an dem dickstämmigen Baum, in dessen dichtem Geäst nachts die Pfauen schliefen und bei Tag die jungen Affen einander auf die starken Äste jagten. Wie damals spielte Brian den Gentleman, der er nicht hatte werden wollen. Er lief um das Auto, öffnete schwungvoll die Tür, verbeugte sich tief und reichte Stella den Arm. Wieder knickste sie wie eine englische Hofdame und kicherte wie ein Kikuyumädchen, das noch zu jung ist, einen Eimer Wasser auf dem Kopf zu tragen.
»Wenn die Flachsernte dieses Jahr gut wird, bekommst du einen Thron aus Gold und Edelsteinen, Prinzessin.«
»Und du eine silberne Kutsche mit sechs neuen Ochsen, mein Prinz.«
»Wenn ich mich richtig erinnere, nehmen sie in England dafür Pferde. Sie sehen alle aus wie meine Brüder. Schön, stolz und arrogant.«
Sie waren noch unterwegs und doch schon zu Hause. Die verkrustete Rinde des wurzelstarken Baumriesen trieb das Wohlbehagen des Vertrauten in den Rücken und – genau wie beim ersten Mal – begrüßten die erfrischten Sinne den Wasserfall, ohne dass ihn die Augen schon berühren konnten. Wieder hielten sie sich an der Hand und beschenkten einander mit der Wärme ihres Körpers und dem Duft ihrer Haut. Mit der Fülle der Zufriedenheit schauten sie auf die im Wind wogenden Blumenteppiche aus Türkis und Amethyst. Die Feuerlilien erhoben ihre Köpfe und tanzten zu Trommeln, die nur zwei Menschen hörten. Am hellblau

flirrenden Horizont galoppierten die Zebras in eine erdrote Wolke. Die mit den zusammengewachsenen Herzen wussten, dass es nicht mehr der Whisky war, der sie trunken machte, denn sie erinnerten sich beide im selben Moment an den unvergessenen Augenblick, als der gütige Mungu sie in Dik-Diks verzaubert und sie sich zärtlich aneinander gedrängt hatten.
»Es ist ja auch so gekommen. Dik-Diks müssen immer den Atem des anderen hören. Ich werde nie einen Mann so lieben wie dich«, sagte Stella und seufzte wie die Heldinnen in den Jungmädchenromanen von Louisa May Alcott, die sie neuerdings las. Sie ahnte nicht, dass sie tatsächlich die Zukunft erblickt hatte.
»Das wirst du dir noch überlegen«, lächelte Brian, »das behaupten alle kleinen Mädchen und dann heiraten sie garstige, wildfremde Prinzen, nur weil die auf einem Schimmel reiten und besser küssen als ihre Väter. Lach noch mal, Stella, und schau mich nicht an, als wüsste ich nichts vom Leben. Ich höre dich so gerne lachen. Ich konnte nie Vater sein, wenn meine Tochter gelacht hat. Ich war immer nur Mann.«
»Hast du schon wieder vergessen, Bwana Mbuzi«, fragte Stella und lieh sich Kamaus Stimme, »dass ich kein kleines Mädchen bin, das von einem Prinzen träumt?«
Sie schlossen die Augen und die Nase, weil sie ihre Herzen zu weit geöffnet hatten und sie das letzte Licht des Tages nicht vertrugen und auch nicht die Erinnerung an den Geruch von Dik-Diks in der Mittagsglut. Er wurde melancholisch und malte mit Farben, die verblassten, ehe sie trocken waren; sie begriff Wehmut, obwohl sie sein Bild nicht gesehen hatte. Als sie wieder atmen, riechen und sehen konn-

ten und das Glück der Einverständlichkeit und Geborgenheit die Zunge in den Honig der Bienen tauchte, die die Blumen in den Lichtungen anflogen, erblickten sie die einzige Wolke am klaren Himmel über Karibu.

»Komisch«, murmelte Brian, »was kann das sein?«

»So eine Wolke habe ich noch nie gesehen«, sagte Stella, »sie bewegt sich ja gar nicht.«

»Doch, das tut sie. Sehr, sehr langsam.«

Die Ungewohnte war zunächst nur eine hellgraue Feder. Eine Zeit lang trieb sie im aufkommenden Wind des späten Nachmittags wie ein Blatt, das den Weg zur Erde über die Berge nehmen will. Dann aber schwoll die graue federleichte Wolke zu rasch zu einer Schar von flügelschlagenden Geiern an, um sie als einen Trug aus Augen zu fegen, die zu lange gezögert hatten, von der Safari in die verhüllten Tage heimzukehren. Als der Wind sich die Kraft der Nacht vor der Zeit holte und die Ohren erreichte, wurde die Geierwolke schwarz. Noch drohte sie nicht mit Sturm, noch witterte die Nase keinen Hauch von ihrer tödlichen Botschaft. Die Kehle blieb trocken, die Augen ohne Ahnung. Sekunden später zerschnitten Stimmen aus der Ferne, zu laut und zu plötzlich aufgebrandet, mit einem einzigen Hieb das Schweigen im Wald der Träumer. Unter der schwarzen Wolke kroch eine rote Zunge hervor.

»Feuer«, schrie Stella, »das Haus brennt. Mach die Augen zu! Sonst sterben wir.«

Brian zerrte die Schreiende ins Auto, drückte sie auf den Sitz und raste los. Steine und Erdbrocken peitschten gegen den Wagen. Kein einziges Mal nahm er seinen Fuß vom Gaspedal. Der Verzweifelnde bohrte das Steuerrad in seine Hände. Die Knöchel seiner Hände wurden weiß und spitz.

Er preschte mit heulendem Motor in die Kurven, den Berg hinunter und den steilen Weg hinauf zur Farm. Er trieb das Auto mit den zornquietschenden Reifen durch das Flachsfeld und durch hohe Grasbüschel, die der sturmstark gewordene Wind zur Erde drückte, vorbei an den Pyrethrumshambas und an den Hütten. Vor ihnen standen keine schwarzen Töpfe mit dampfendem Ugali, kein Kind jagte die Hühner und kein Mzee wartete darauf, die Sterne des Abends zu zählen. Verstummt waren die Vögel und Tiere. Nur die Hunde heulten wie Hyänen und das Vieh im Stall brüllte.

Die Menschen standen vor dem Haus aus Stein, das wie ausgetrocknetes Holz im Buschfeuer brannte. Mit Schreien, wie sie noch nie aus den Kehlen der Zufriedenen gekommen waren, beklagten sie den Frevel an der Stolzen von Karibu. Ihre Mauern und der Schornstein vom Kamin standen noch. Im glühenden Stein klafften die schwarzen Löcher des Todes. Das Dach aus Zedernholz war eingestürzt, seine Balken verbrannten im Flammenmeer. Die weißen Türen waren schon Asche, die Fenster ohne Glas, deren breite Rahmen so dürr und schwarz wie vom Blitz ermordete Äste.

Der Wassertank stand noch, aber jede seiner Rillen war rot, das Laub der Bäume im Garten so schwarz wie das Gras. Im Beet der langen Lilien, die am Morgen weiß gewesen waren und nun die Farbe einer mondlosen Nacht hatten, standen der angesengte Tisch und zwei Stühle aus dem Esszimmer, inmitten der roten Rosen lag der Ohrensessel aus geblümtem blauen Leinen und auf dem silbernen Frühstückstablett die silberne Flasche mit der Aufschrift »Orient Express«, die Chebeti als Erste hinausgetragen

hatte. Die grüne Bank vor dem Haus war nicht mehr, die rosa Blüten von Marys Flamboyantbaum grau.
»Sind alle da raus?«, schrie Brian.
»Nein«, durchdrang Kamaus Stimme den Wall des Schreckens und die schwelende Festung des Rauchs, »Lilly ist in das Feuer zurückgelaufen. Bleib hier, Brian, bleib hier! Es ist zu spät. Du kannst sie nicht mehr holen.«
Brian wurde den einzigen Moment nicht mehr gewahr, da der lebenslange Beschützer vor Not und Schmerz seinen Namen rief – wie es Chebeti getan hatte, als sie die sterbende Mary zurück zu ihrem Kind hatte holen wollen.
»Ich muss zu ihr«, brüllte er, »warum habt ihr das Kind da hineingelassen?«
»Bleib hier«, weinte Stella, »du darfst nicht ins Haus. Du bist mein Vater.«
Er befreite sich, ohne mit seinem Gewissen zu rechten, aus der Umklammerung seiner Tochter, deren Hände ihn in der Sternennacht ihrer Geburt an die Pflicht des Lebens gebunden hatten. Weil er jedoch zum ersten Mal in seinem Leben nicht zauderte und auf den Befehl der Entschlossenen wartete, kannte er die Richtung und auch das Ziel seines Wegs. Endlich war der Sohn von Sir William Robert Hood frei von dem Fluch der Furcht des zu früh Entmutigten – sein Instinkt für die Leichtigkeit der Flucht aus dem Leben war im selben Augenblick wie sein Haus verbrannt. So konnte Brian nicht mehr die blauen Augen und das weizenblonde Haar der Tochter sehen, die ihm stets mehr als nur Kind gewesen war. Er spürte nicht ihre Hände, die an seinem Hemd rissen und sich in den Gürtel aus zweifarbigem Leder verkrallten, in den Mary einst den Traum von Karibus ewigem Frieden geflochten hatte.

Nichts wusste der Vater mehr von den zwei Herzen, die die Liebe zu einem verschmolzen hatte. Er hörte keinen Laut von Stellas verklingender Stimme, ehe sie Verzweiflung und Entsetzen still machten und Chebeti ihren fallenden Körper auffing, um ihn in die Dunkelheit zu tragen. Laut den Namen jener rufend, die er zu seiner zweiten Tochter gemacht hatte, rannte Brian in die Glut.
Die Menschen, die er wie Söhne geliebt und die ihn als Bruder empfunden hatten, fanden den Bwana Mbuzi noch in der Nacht. Da war der Wind, der Njereres Feuer genährt hatte, wieder der Begleiter des Lebens; er trieb den Rauch und den Gestank des Todes zurück in einen Himmel aus schwarzem Samt. Dort glänzte das silberne Band der Sterne wie in jeder Nacht vor der benzingetränkten Rache des Mannes, der »Uhuru« an die Tafel im Stall geschrieben hatte. Der, der diese Sterne nie mehr sehen würde, war nicht, wie sein Bett und die Bilder von schwarzhäutigen Kindern und weißbärtigen Ziegen, in den Flammen verbrannt. Der stimmengute Bwana Mbuzi mit Augen, so sanft wie die der Kühe und Impala, der nicht zu befehlen wusste, sein Gewehr nicht füllte und selbst einen Hund für sein Kind gehalten hatte, war über einen herabgestürzten, schon nicht mehr brennenden Balken in seinem Atelier gefallen. Er hatte, als ihm seine Beine Feind wurden, nicht mehr aufstehen können und war im Rauch erstickt.
Brian Hood, von seinen Brüdern wegen der Bücher, von denen er nicht lassen konnte, in den Brombeerbusch getrieben und als Feigling verhöhnt, vom Vater zum Schwächling und Phantasten gebrandmarkt und nach Afrika geschickt, um dort ein Mann zu werden, lag auf seinem Rücken, als würde er schlafen. Die Augen, die sich noch am Tage sei-

ner letzten Safari an Afrikas Farben berauschten, waren offen. Weil das Füllhorn seiner Liebe zu voll für nur eine Tochter gewesen war, hatte er derjenigen, die er am meisten liebte, den einzigen Schlag getan, den er ihr je zufügte. Brian hatte die schöne, scheue, kluge Gazelle mit den drei Zungen nicht aus dem Haus laufen und in den Wald hetzen sehen und so nicht mehr erfahren, weshalb sie sich zurück in das Feuer gewagt und der einzigen Freundin ihres Lebens den Vater genommen hatte. Als Lilly aus dem Atelier gerannt war, in dem sie sehend, fühlend, liebend und auf immer hungrig nach dem Wort geworden war, hatte sie das Bild eines jungen Mädchens mit den Augen und dem Mund einer Frau an ihren Körper gepresst. Die trug einen sonnengelben Turban und an ihren Ohren baumelten goldene Gardinenringe am schwarzen Lederband.

An dem ersten Tag, der dem letzten ihrer Kindheit gefolgt war, erwachte Stella nur das eine Mal, als die Perlhühner in den Schatten der Hütte drängten, in der sie in einer grauen Decke eingehüllt auf der Erde lag. Sie ballte ihre Hände zur Faust und schrie wie ein Tier in Todesangst nach ihrem Vater. Weil der Tröster mit der gelbstieligen Pfeifenkönigin nicht antwortete und seine weinende Tochter nicht hoch genug hob, damit sich ihr Kinn in seine Schulter graben konnte, holte die enttäuschte Ratlose ihre Stimme zurück in die Brust. Sie stöhnte Lillys Namen und bat die Kluge, die sich nie für einen falschen Pfad entschied, ihr das Gebüsch zu zeigen, in dem sich die Köpfe der Dik-Diks berührten. Als Stella ihre Hand nach den Dik-Diks ausstreckte, fühlte sie eine belebende Kühle an ihren fiebernden Lippen; sie lächelte, denn sie glaubte, den Wasserfall rauschen zu hören. Sie sah auch seinen grünweißen

Schleier. Dann fiel sie zurück in die Gnade des Schlafs, ohne sich bewusst zu werden, dass ihr die Frau den Becher an den Mund hielt, aus deren Brust sie getrunken hatte.

Chebeti und Kamau hatten Stella, als sie zu schwach geworden war, um sich gegen die Stärke ihrer Hände und den Mut ihrer Treue zu wehren, in eine der Hütten am ausgetrockneten Fluss getragen. Die waren von den Menschen verlassen worden, als auf Karibu die Flachsernte besonders gut gewesen war und für jeden, der dies wollte, die kleinen Häuser aus Holz und Wellblech gebaut wurden. Es lebten in dieser Grasöde, die sich die Natur von den Menschen zurückgeholt hatte, nur noch die Perlhühner, die wegen ihres zu dunklen Gefieders von ihren helleren Artgenossen verfolgt wurden, und einige Ziegen, die beim Umzug ihrer Hirten zu schwach gewesen waren, um der Herde zu folgen, und nun stark genug waren, um für sich selbst zu sorgen.

»Die Hühner werden nicht reden und die Ziegen werden schweigen«, hatte Kamau gesagt, als er die fremde Hütte verließ. Ehe er sich auf seinen Weg machte, hatte er Chebetis Hand in seine genommen und sie fest gedrückt, wie es die Weißen taten, wenn sie sich Kwaheri sagten. Er wusste, dass Chebetis lange Safari gefahrvoller sein würde als seine kurze.

In den kurzen Wachperioden der ersten beiden Tage sah Stella weder die Sonnenstrahlen noch den vollen Mond durch das undichte Grasdach scheinen. Sie spürte nichts von der Hitze des Mittags und nicht die Nachtkälte, konnte das Ugali nicht schlucken, das Chebeti für sie dünn wie eine Suppe kochte, und trank nur, wenn die Besorgte ihr Wasser einflößte. Wenn das Beben in Stellas Körper nachließ, wusste sie, dass Lillys Decke ihn schützte, denn die Wolle roch nach dem Rauch eines offenen Feuers und der Rosenseife, die im weichen Papier aus England nach Nakuru in den Laden des freundlichen Inders gereist war. Einmal fragte die mit der irrenden Nase nach Lilly.

»Es ist noch nicht die Zeit für Worte«, wehrte Chebeti ab. Beim Sprechen schüttelte sie den Kopf und starrte auf ihre Hände. Die waren heiß vom Zorn ihrer Brust und wollten nicht begreifen, dass die so oft gelobte, von allen respektierte Köchin vom Bwana Mbuzi nie mehr mit seinen schweren Löffeln in Töpfen rühren würde, die glänzten, wenn sie in der Sonne vor dem Haus aus Stein mit der Asche vom Kamin gescheuert wurden.

Chebeti murmelte immer dann den Satz von der falschen Zeit für die Worte, die kommen mussten, wenn Stella sich aufrecht hinsetzte, zu sprechen versuchte und fragen wollte, weshalb vier von ihren Kleidern auf der Erde lagen und wer den kleinen braunen Koffer mit den weißen Riemen aus dem Atelier ihres Vaters getragen hatte. Jedes Mal wirkte bei der letzten geseufzten Silbe eine Magie, wie sie Stella noch nie erlebt hatte. Chebetis Stimme, die wie das Raunen des warmen Winds klang, der die Blüten nur streift und die Bäume nicht um ihre Ruhe bringt, drückte sie zurück in ein tiefes, schwarzes Loch. In dem konnte sie weder die Kugel aus Njereres Gewehr treffen noch die Zunge der Flammen, die ihren Augen die Freude der Farben genommen hatten.

Es war am vierten Tag des langen Schweigens, als Chebeti in der Stunde des längsten Schattens vor der Hütte Holz spaltete. Stella war schon bei den ersten Schlägen der Axt wach geworden, doch sie bewegte noch nicht einmal den einen Arm, der von einer Ameise bedrängt wurde, um nicht die Erde in ihrem schützenden schwarzen Loch aufzuwühlen. Und doch begann mit einem Mal ein blutroter Krieg in ihrem Kopf zu wüten. Seine Schlachtbilder tränkten die Stirn mit siedendem Schweiß, blendeten die Augen mit den Pfeilen des Gedächtnisses, trommelten das Echo von angstschrillem Geschrei in die Ohren und trieben Stella aus der Gnade der Dunkelheit in ein erbarmungslos helles Licht. Es war der Moment, da sie begriff, dass ihr nur das weiße Pferd ihrer Kindheit geblieben war, um sich aus der Qual der Angst und Einsamkeit zu befreien.

Stella rief nicht nach der, die sie mit dem Zauber eines einzigen Satzes geschützt hatte. Ihre Hände zitterten nicht, als sie die Decke von ihrem Leib riss, mit den Beinen die Luft durchstieß und mit bloßen Füßen die Erde berührte. Sie setzte sich auf einen feuchten Lappen, der ihren Körper kühlte, neben den braunen Koffer, presste ihren Kopf an die Knie und füllte, ohne ein einziges Mal zu stöhnen, ihre Brust mit der Luft der Stärke. Es war die, die ihr Mungu gegeben hatte, als sie Kind gewesen war und sich das erste Mal von ihrem Vater hatte trennen müssen. Nun wusste Brians früh mutig gewordene Tochter, dass sie das Salz der Tränen auch dann nicht mehr schmecken würde, wenn Chebeti ihr sagte, weshalb nur sie bei ihr war.

Noch am Abend saßen die, die nicht mehr weinen konnte, und jene, die nie die Last des Herzens mit Tränen leichter gemacht hatte, auf der von fremden Füßen hart getretenen Erde der Hütte. Nach der Flut der Worte und Bilder, die Chebeti für Stella heraufbeschwören musste, weil die Unerbittliche jede Szene der Tragödie von ihr forderte, drängten sie sich aneinander wie zwei junge Hunde, von denen der eine nur die Wärme und den Geruch vom Fell des anderen braucht, um die Sicherheit des Lebens zu spüren. Durch die Löcher im Dach jagten ihre Augen die hellen Sterne von Karibu, die jeden Menschen willkommen hießen, und sie sprachen von der Nacht, in der diese Sterne Stella ihren Namen gegeben hatten. Als das Schweigen die Erschöpften endlich in den Schlaf drängte, legten sie sich beide unter die graue Decke. Noch roch Stella die Rosenseife, aber Chebeti schon die Erde unter dem Baum mit der vergrabenen Zigarrenkiste.

»Ich werde dich zu der Polizei in Nakuru bringen«, sagte sie am nächsten Morgen.

»Soll die wieder nach Karibu kommen und Njerere suchen?«

»Nein. Sie wird mit dir nach Nairobi fahren und die finden, die dich zu deinen Leuten bringen.«

»Meine Leute sind in Karibu.«

»Hast du den Vater von deinem Vater vergessen? Ich habe dir vor einer Woche die Tinte gebracht, damit du ihm schreiben kannst.«

»Ich weiß nicht, wo sein Haus ist.«

»Du sprichst von Tagen, die im Feuer gestorben sind, Stella. In den Tagen, die noch nicht brannten, hat der Bwana Mbuzi mir gesagt, was ich morgen machen werde. Er hat mir gesagt, sein Vater wird auf dich warten, wenn er nicht mehr auf das Essen wartet, das ich für ihn gekocht habe. Willst du, dass ich nicht das tue, was er mir gesagt hat, nur weil ich seine Stimme nicht mehr hören kann? Meine Ohren können nicht vergessen. Meine Hände haben auch nicht die Haut deiner Mutter vergessen. Meine Brust wird von deinem Mund wissen, Stella, wenn er nicht mehr in meiner Sprache redet. Wir werden nach Nakuru gehen. Der Bwana Mbuzi hat gesagt, dass ich dich zu der Polizei nach Nakuru bringen muss.«

»Keiner wird meinen Großvater finden«, sagte Stella. Sie rieb ihre Hände aneinander, als sie sich zum letzten Mal in ihrem Leben an einer Beute erfreute, die nur Kinder machen, deren Augen noch nicht in die Ferne sehen können.

»Hast du mich nicht verstanden? Ich weiß nicht mehr, wo sein Haus ist. Alles, was ich von meinem Großvater wusste, ist in meinem Kopf verbrannt. Ich werde ihm nie wieder einen Brief schreiben können.«

»Ich werde dir sagen, wo er wohnt. Dein Vater hat gesagt, dass ich dich von Karibu fortbringen muss, wenn er nicht mehr hier ist. Er hat mir nicht gesagt, dass ihn seine Tochter betrügen wird, wenn sie nicht mehr den Rauch von seiner Pfeife riecht.« Chebetis Hände waren weich und sehr groß, als sie den Zorn aus Stellas Stimme und die Hoffnung aus ihrem Herzen drückten.

Sie grub das Zigarrenkästchen so sorgsam aus wie in all den Jahren, da sie den feuchten Umschlag in dem weichen Lederbeutel um ihren Hals getragen hatte. Weil ihr ein grauer Schleier die Kraft der Augen nahm, war es Stella, die Lillys Fußspuren auf der feuchten Erde entdeckte. So erfuhr sie in dem einzigen Moment, da sie nichts mehr von ihrer Courage wusste, dass Chebetis besondere Tochter von Karibu fortgelaufen war.

»Mit meinem Geld und dem Bild, das der Bwana Mbuzi von ihr gemalt hat. Du warst schon an meiner Brust klüger als sie, Stella. Du hast immer gewusst, wann du satt warst. Die andere nie. Ich sehe heute noch ihre Zähne in der Brust, aus der sie getrunken hat.«

»Sie hat mir nicht Kwaheri gesagt. Hat sie den Weg zur Hütte nicht gefunden? Hat sie vergessen, dass sie meine Schwester ist?«

»Sie ist gekommen, doch ich habe sie weggejagt. Es ist nicht gut für dich, wenn du ihre Augen auf deine Safari mitnimmst.«

Um Stellas Augen vor den blauen Blumen der Flachsfelder zu schützen, dem Brunnen am Pyrethrumshamba, an dem sie Asakis feuchtes Fell gerochen hatte, und um nicht mit dem Haus aus Stein sprechen zu müssen, das nun ohne Dach war und für Chebeti auf immer der Schmerz der Liebe sein würde, kehrten sie nicht mehr zu der Hütte am ausgetrockneten Fluss zurück. Chebeti bedeckte das Loch, das nun eins war wie viele, mit der Erde, die Lillys Füße verraten hatte, und mit dunkelgrünem Moos, in dem sich nicht einmal der Druck ihres Daumens abzeichnete. Den braunen Koffer mit den Kleidern und der Wäsche, die die Unerschrockene vor dem Feuer gerettet hatte, trug sie auf dem Kopf.

Auch wenn der Weg nicht durch Gestrüpp führte und über dicke Stämme von gestürzten Bäumen, hielt Chebeti Stellas Hand, als wären die Beine der einzigen von ihr geliebten Tochter noch zu kurz für das Leben. Erst als die weiße Mähne eines Colobusaffen aufleuchtete, von dem beide ja wussten, dass er denen auf Safari den Weg wies, befreiten sich ihre Kehlen vom Geröll der verschluckten Tränen. Da erzählte Chebeti, dass auch Kamau nicht mehr in Karibu war. Weil sie dabei auf eine besonders dunkle Stelle im Wald wies und auch später nicht sagte, wo sie ihn wieder finden würde, begriff Stella die Schwere des Schweigens. Kamau war zu seinem Bwana gegangen. Sie fragte nicht,

weshalb er sich für den Tod entschieden hatte, denn sie sah ihn mit ihrem Vater auf der grünen Bank sitzen und die Gläser gegen das letzte Sonnenlicht von Karibu halten. Chebeti fürchtete die Augen der Neugierigen und die Messer der Feinde. Sie traute nur der Nacht. Bei Tag schliefen sie und Stella im Gebüsch und in Feldern mit schützend hohen Pflanzen. Wurden sie wach, aßen sie das Brot, das Chebeti am letzten Tag in der Hütte gebacken hatte, und tranken das Wasser von Karibu, das mit ihnen in Flaschen reiste. Die Not des Körpers war der Freund des Kopfes. Als Stella von dem Pavian in Ol' Kalau erzählte, der ihr beigebracht hatte, Schachfiguren in Bananenschalen zu wickeln, lachten sie beide und erschraken, weil sie ihre Stimmen nicht als die eigenen erkannten. Sie wollten nicht ankommen, doch sie gehorchten ihren Füßen. Schon am sechsten Tag des langen Abschieds sahen sie die ersten Häuser von Nakuru. Chebeti nahm den Koffer vom Kopf und hielt Stella den vergilbten Umschlag mit Brians Schrift hin.
»Jetzt musst du allein gehen. Ich kann nicht mit. Du kennst das Haus der Polizei.«
»Ich kann nicht, Chebeti, ich habe Angst.«
»Du hast keine Angst, Stella. Du hast meine Milch getrunken. Geh jetzt. Deine Augen dürfen mich nicht mehr suchen.«
Weil auf Karibu keiner den anderen kränken durfte und Stella das Flehen in Chebetis Stimme hörte, griff sie nach dem Koffer. Sie drehte sich kein einziges Mal um. So sah sie nicht, dass die, die sie ins Leben geholt hatte, weinend auf der Erde saß und eine kleine silberne Flasche an ihr Gesicht presste.

9

»Die Gurkensandwiches werden immer dicker«, missbilligte Priscilla Waintworth beim Fünf-Uhr-Tee im Claridge's. Sie sprach so laut wie noch schicklich, aber deutlich genug, dass der Kellner sie hören konnte, und zupfte ein wenig verärgert an der Ärmelrüsche ihrer lavendelfarbigen Bluse. Dann entschied sie sich für das letzte mit braun-weißer Schokolade überzogene Eclair.

»Wahrscheinlich haben sie eine eigene Gärtnerei und müssen ihre Ernte aufbrauchen«, lächelte Berenice Sitwell begütigend. »Mir geht es dieses Jahr nicht anders. Die Gurken sind alle so groß wie Kürbisse geworden und die Erdbeerpflanzen schon im Frühjahr verkümmert.«

»Das scheint hier auch das Problem zu sein«, seufzte Priscilla und starrte abermals den Kellner an, der immer noch unbeweglich an der Säule stand. »Ich meine mich erinnern zu können, dass gerade im Claridge's die Törtchen ordentlich belegt waren. Jetzt hat man nur noch Teig zwischen den Zähnen. Und der ist zu süß.«

»Nein«, wusste Berenice, »das muss eines dieser französischen Rezepte sein. Die haben sich im Winter einen Patissier aus Paris geholt. Ich weiß das nur, weil er Patient bei meinem Mann ist. Der arme Kerl verträgt unser Wetter nicht.«

Priscilla Waintworth, mit siebzig ungewöhnlich vital und nicht nur nach dem Dafürhalten der älteren Mitglieder ihrer Familie leider so beklagenswert unverblümt wie die Siebzehnjährigen der sechziger Jahre in ihrer ungenierten Mode, stellte ihre Tasse mit einer ausdrucksvoll unmissverständlichen Bewegung auf den Unterteller. Sie mochte es nicht, wenn Berenice ihren Mann erwähnte. Und sie hatte die langjährige Gewohnheit, sich am ersten Donnerstag des Monats mit der Jugendfreundin im Claridge's zu treffen, erst wieder aufgenommen, nachdem Malcolm James Waintworth gestorben war. Malcolms hohe Position im Foreign Office hatte seine früh entwickelte Abneigung gegen Menschen verstärkt, die sich über gesellschaftliche Tabus hinwegsetzten. Priscilla neigte da eher zu den Kompromissen, die die Nachkriegszeit erforderte, doch von Berenice Sitwell war immerhin allgemein bekannt, dass sie in dritter Ehe mit einem besonders dunkelhäutigen Arzt aus Goa verheiratet war. Obgleich der in der Harley Street praktizierte, dies mit allergrößtem Erfolg, und Berenice außer bei offiziellen Gelegenheiten den Namen ihres zweiten Gatten trug, galt sie seit ihrer dritten Hochzeit im Kreis ihrer ehemaligen Freunde nicht mehr als gesellschaftlich ganz akzeptabel.
Beim zweiten Port, auf den Priscilla schon deswegen bei den Treffen mit Berenice nicht verzichtete, weil er ihr aufs Angenehmste die letzten Hemmungen nahm, sich gegen die Maximen ihres toten Gatten zu entscheiden, fragte sie im verschwörerischen Flüsterton ihrer Jugend: »Bist du auch zu little Lord Fauntleroy geladen?« Sie wollte, als sie sich zu Berenice hinüberbeugte, keineswegs taktlos sein, doch hielt sie es durchaus für möglich, dass der in den letzten sieben Jahren so exorbitant erweiterte Bekanntenkreis

von Sir William Robert Hood neuerdings auch so eigensinnig ihre Herkunft und Erziehung leugnende Frauen wie Berenice einschloss.
Die Frage mit der auch von nur peripher Gebildeten leicht zu interpretierenden literarischen Bezüglichkeit und einem durchaus gutmütigen Spott, der absolut nicht die Grenzen des guten Geschmacks überschritt, galt dem einundzwanzigsten Geburtstag von Sir Williams faszinierender Enkelin. Ausnahmslos alle, die den alten Herrn kannten und von dem lebenslangen, nun beklagenswerter Weise nicht mehr rechtzeitig bereinigten Zwist mit seinem Erstgeborenen wussten, waren sich einig, dass Stella der späte Triumph seines Lebens und er an ihrer Seite um Jahre jünger und um Zentner umgänglicher geworden war. Er verteidigte beider Intimleben gegen die Neugierde der Aufdringlichen und gegen die Avancen ihrer eifrigen Buhler, auf die er insgeheim stolz war, mit dem Ingrimm einer britischen Bulldogge. Sein Personal, vom Stubenmädchen aus dem East End bis zum greisen Gärtner, der noch den kleinen Brian wegen eines toten Sperlings hatte weinen sehen, schwärmte für »die entzückende Kleine«, wie sie trotz ihrer einhundertundsiebzig Zentimeter Persönlichkeit im Souterrain genannt wurde. Doch auch alte Damen aus allerbester Familie sahen Stella mit einem entsprechenden Hinweis auf die Kuriositäten und Herausforderungen der sich verändernden Zeiten das bei einem so jungen Mädchen sonst doch sehr störende Selbstbewusstsein nach.
»Ich nehme an, ich habe eine der ersten Einladungen bekommen, und es werden wenigstens noch ein paar herausgehen«, sagte Priscilla Waintworth gönnerhaft kurz vor dem Aufbruch aus dem Hotel.

»An mich kaum«, mutmaßte ihre Freundin. »Dabei dürfte ich eine der wenigen sein, die die Mutter seines Augapfels auf der Bühne gesehen hat.«
»Ich kann mir nicht vorstellen, dass das in Mayfair als Pluspunkt gewertet wird. War das beklagenswerte Geschöpf auch so schön wie die Tochter heute?«
»Ich weiß es nicht«, gestand Berenice widerwillig und gegen ihre Gewohnheit von Priscillas maliziösem Unterton irritiert. »Das arme Ding spielte damals in der Weihnachtspantomime die Katze von Dick Whitington und hatte einen Schnurrbart und einen furchtbar hässlichen Schwanz. Ich bin nur auf ihren Namen aufmerksam geworden, weil ich in den Tagen, als die vielen Berichte über die Tragödie in Afrika erschienen, zufällig den Speicher aufräumte und die alten Programmhefte sortierte.«
»Typisch für die heutige Zeit, dass man selbst in einem solchen Fall auf eine Mesalliance hinweist«, seufzte Priscilla. »Das muss doch bei Sir William alte Wunden aufgerissen haben.«
Zweifellos interessierte Anfang September 1963 die geplante Feier anlässlich Stellas Mündigkeit sowohl deren präsumtiven als auch deren nicht geladene Gäste weit mehr als der Umstand, dass Kenias Unabhängigkeit nur noch eine Frage von wenigen Monaten sein könnte. Obwohl beide Ereignisse bekannterweise in allerengstem Zusammenhang zueinander standen, beschäftigte man sich in Sir Williams unmittelbarer Umgebung kaum mit dem Schicksal der ehemaligen britischen Kronkolonie. Stellas viele Bekannte, die sich mit einem genügend großen Reservoire an Illusionen für ihre engen Freunde hielten, interessierten sich sehr viel mehr für Stella als für das Land,

das sie geprägt hatte. Junge Männer, die schon der väterlichen Verbindungen wegen die besten Zukunftsaussichten und durch ihr Aussehen optimale Chancen bei Frauen hatten, waren um Stellas willen bereit, sich mit der undankbaren Rolle von gefügsamen Knappen am Hof einer provokativ eigenwilligen Prinzessin abzufinden.
Auch die Generation ihres Vaters, von dessen Leben sehr viele in Sir Williams Bekanntenkreis überhaupt erst erfuhren, als sie von Brians tragischem Tod in den Zeitungen lasen, und selbst die Veteranen des Ersten Weltkriegs waren sich einig, dass Stella Hood aus Kenia eine bemerkenswerte junge Frau weitab der genormten Vorstellungen und wohl doch auch von der Moderne überholten Idealen von britischer Weiblichkeit war.
Seit der Ankunft des elternlosen, abgemagerten, aber keineswegs verschüchterten Mädchens vor sieben Jahren am Quai von Southampton, von der sogar die »Times« in einigen wenigen Zeilen und mit einem die Gemüter aufwühlenden Foto, die übrige Presse sehr ausführlich Notiz genommen hatten, befriedigte Stella bei allen Altersklassen und Bildungsschichten das durch die Tristesse der darbenden Nachkriegszeit immens angewachsene Bedürfnis nach Romantik. Die Konservativen und erst recht der überschaubar kleine Kreis von Intellektuellen, der in Major Hoods Haus verkehren durfte, waren sich indes einig, dass die zur ehrwürdigen Tugend der emotionellen Disziplin erzogene Generation der Vorkriegszeit ein solch nostalgisches Verlangen nach einem exotischen Paradiesvogel inmitten einer Schar britischer Spatzen allenfalls seinem Personal zugebilligt hätte.
Die aus dem Nebel viktorianischen Gefühlsüberschwangs

neu belebte Sehnsucht nach seelenwärmenden Märchen, die bei aller Sentimentalität noch den Vorzug hatten, wahr und nachvollziehbar zu sein, hatte kurz nach Stellas Ankunft in London eine ob der Treffsicherheit ihrer ironischen Zunge gefürchtete Cousine von Sir William auf den Vergleich mit dem kleinen Lord Fauntleroy gebracht. Die junge Miss Hood, um derentwillen die teuere italienische Schneiderin von Priscilla Waintworth umgehend nach Mayfair einbestellt wurde und die nun unter den seidenen Bettlaken mit dem Familienwappen des pensionierten Majors schlief, war nicht nur so offenherzig und unbefangen wie der kleine Lord, jener charmante, warmherzige, vaterlose Protagonist des Buchs von Frances Hodgson Burnett, das in keinem englischen Kinderzimmer der Elite fehlte. Stella hatte keine vierundzwanzig Stunden gebraucht, um die solide Festung aus früher Menschenverachtung und Verbitterung zu stürmen, in der ihr Großvater Gemüt, Seele und Herz gefangen hielt. Obwohl er ungeübt in der Rekonstruktion von bewegenden Momenten war, weil sie nie zu den Pflichten eines mit dem Victoria Cross dekorierten Kriegshelden gehört hatten, vergaß William Robert Hood bis zu seinem Tod weder den Dialog noch die Botschaft des vom Schicksal geschriebenen Dramas.
Dessen Bühnenvorhang wurde beim ersten gemeinsamen Frühstück im Wintergarten des weißen Tudorhauses aufgezogen. Der Hausherr in seiner Morgenjacke aus moosgrünem Samt, an den Umgang mit der Jugend schon deshalb nicht gewohnt, weil er seine Söhne in keinem Lebensalter genug geschätzt hatte, um mit ihnen ohne Anlass Konversation zu machen, bemerkte ein leichtes Zittern seiner Hände, als er stirnrunzelnd vom gebratenen Speck die

zu krosse Rinde abtrennte. Das Eingeständnis fiel ihm zwar schwer, dass er sich seit dem Eintreffen des Telegramms von der Polizeibehörde in Nairobi Tag für Tag vor der persönlichen Begegnung mit seiner emsigen Brieffreundin gegrault hatte, noch mehr als mangelnde Courage verachtete er jedoch den Selbstbetrug. Stellas Blässe und die ihr unübersehbar schwer fallenden Bemühungen, sich durch das reichhaltige Frühstück zu quälen und sich dabei noch in Gegenwart des Butlers bei jedem Gang für das richtige Besteck zu entscheiden, rührten ihn mehr, als ihm angenehm war. Ihm fiel auf, dass ihn weder der Leitartikel noch die Familiennachrichten in der »Times« und schon gar nicht der kleine Scotch nach den gebratenen Würstchen goutierten, die er sich wöchentlich vom Sohn eines ehemaligen Kriegskameraden aus Cumberland liefern ließ.

»Danke, James«, sagte Sir William und war ein wenig verwundert, sich sprechen zu hören, »wir brauchen keine weitere Hilfe.«

Eine Weile erschien ihm Stellas Schweigsamkeit der diffizilen Situation trefflich angepasst; ihre Zurückhaltung entsprach seinem Naturell und, wie er sich widerwillig klarmachte, wohl auch seinem Alter. Auf die Dauer jedoch nagte die Vorstellung an seinem Empfinden für Haltung und Würde, er wäre ein allzu unaufmerksamer Gastgeber. Vor allem wertete er es als eine zu zynische Pointe seiner Biografie, dass er sich ausgerechnet in Gegenwart seiner Enkeltochter gesellschaftlich so ungeschliffen benahm wie einst sein Erstgeborener in Anwesenheit von Fremden, der dann immer besonders unangenehm herumgestottert hatte.

»Ich werde«, entschied er schließlich mit einer jener bedrohlich wirkenden Handbewegungen und der polternden Stimme, die Brian zum Albtraum seiner Kindheit verwoben hatte, »am besten heute schon damit beginnen, dir etwas von London zu zeigen. Ich denke, wir beschränken uns erst einmal auf Mayfair. Da bist du nicht gleich von dieser lausigen Stadt überfordert.«

Stella sah ihren auffallend rotwangig gewordenen Großvater mit Augen an, deren klare blaue Farbe ihn für einen sehr kurzen Moment an das Wasser vor der Küste von Menton erinnerte und irritierend länger an eine schwarzhaarige Tänzerin, die ihm seine einzige Ahnung von Weiblichkeit, Erotik und jugendlicher Virilität vermittelt und an die er seit Jahrzehnten nicht gedacht hatte.

»Ich muss ja diese lausige Stadt kennen lernen«, parierte die Furchtlose, »aber vorher habe ich noch zu tun.«

»Was? Ich dachte, Kinder müssen noch nicht stundenlang ihr Gesicht anmalen, ehe sie aus dem Haus gehen.«

»Ich bin kein Kind. Ich will nur mit mir selbst reden.«

»Donnerwetter! Tust du das oft?«

»Zu Hause nie. Ich habe auf dem Schiff damit angefangen.«

»Warum in drei Teufels Namen? Was hat dich auf die Idee gebracht? Ich hatte doch extra Anweisung erteilt, dass man sich um dich kümmert.«

»Zwei Fragen auf einmal«, rügte Stella, doch sie lachte, weil Kamau vor ihr seinen Kopf schüttelte und der Bwana Mbuzi den Tadel mit Händen auffing, die so sanft waren wie der frühe Abendwind. »In Karibu«, flüchtete sie weiter zu den Hütten mit den weißbärtigen Ziegen, die an den schwarzen Töpfen mit dem Ugali der Zufriedenen schnupperten, »haben das nur die Kinder getan, die noch nicht wussten, dass die Klugen ihre Worte zerkauen.«

»Bist du eine der Klugen«, fragte Sir William und versuchte mit einem Auge zu zwinkern, was er seit seinem ersten Urlaub von der Front im Jahr 1915 nicht mehr getan hatte, »wenn du mit dir selbst redest? Ich bitte wohlwollend anzumerken, dass ich mich mit einer einzigen dummen Frage begnügt habe.«
»Nein. Warum soll ich Worte zerkauen, die keiner hört? Ich übe sie. Ich sage erst einen Satz in Kikuyu, danach in Suaheli und dann in Englisch.«
»Ihr Treffer, Lady Stella! Das Rätsel könnte ich noch nicht einmal lösen, wenn mein Leben von der richtigen Antwort abhinge.«
»Es war kein Rätsel, Sir William. Chebeti hat gesagt, dass man mir meine Sprachen stehlen wird. Doch das wird nicht geschehen. Ich habe in Limuru gelernt, mich gegen die Diebe der Worte und Bilder zu wehren. Das war in meiner ersten Schule. Sie ist abgebrannt.«
»Ich vermute, du wirst mir nicht sagen wollen, warum du das Glück hattest, dass deine Schule abbrannte, und wer Chebeti ist?«, fragte Sir William. Er starrte in die schmelzenden Butterkugeln, die der Butler nicht mehr in die Küche hatte tragen dürfen, und war weit überraschter vom Timbre seiner Stimme als von dem zweiten Scotch in seinem Glas und am meisten von der spontanen Erkenntnis verblüfft, dass ihn die Unterhaltung mit einer Vierzehnjährigen so sehr viel mehr animierte als die Gespräche über den verblichenen Glanz des Empire in seinem Club.
Stella lachte noch einmal, diesmal mit dem Kichern des Kindes, das unter dem Affenbrotbaum die roten Ameisen von seinem Arm zurück auf die rote Erde gesetzt hatte, und mit dem Staunen eines jungen Mannes, der zum ersten

Mal auf die Jagd mitgenommen wird, sich nicht mehr an das Spannen des Bogens erinnert und doch Beute macht, denn ihr Großvater hatte sich an Chebetis Namen verschluckt und musste ihn mit Whisky die Kehle hinuntertreiben. Stella öffnete, als er ihr das Glas hinhielt und sich sofort danach an den Kopf fasste, nicht nur die Augen so weit wie in den verbrannten Tagen. »Ich habe«, sagte sie, »seit Nakuru auf jemanden gewartet, dem ich von Chebeti erzählen kann, und ich habe schon auf dem Schiff gewusst, dass du es sein wirst. Ein fliegender Fisch im Roten Meer hat mir das gesagt, als ich besonders traurig war. Chebeti war meine Mutter. Und Lilly meine Schwester.«

»Dein greiser Großvater, Stella, weiß ja noch nicht einmal, dass Fische fliegen können, ganz davon zu schweigen, dass meine Familie offenbar um einiges größer ist, als ich dachte. Wollen wir in den Garten gehen? In frischer Luft funktioniert mein Kopf besser. Weißt du, es ist für einen alten Mann nicht leicht, sich in einer fremden Welt zurechtzufinden.«

»Nicht nur für einen alten Mann«, wusste die Erfahrene.

An einem kleinen, von zwei dickleibigen Marmorputten und zwei Eichen bewachten Teich mit orangefarbenen Goldfischen erzählte Stella im begütigenden Licht der englischen Herbstsonne vom Gelächter des Lebens und dem Sterben ohne Tränen auf Karibu. Ihr Redefluss stockte noch nicht einmal, als sie das Loch beschrieb, in dem nun ihr Vater neben ihrer Mutter schlief, und dass Kamau seinen Körper dorthin getragen hatte, ehe er den Tod im Wald gesucht hatte. Stella hatte zu lange keine weit geöffneten Ohren gefunden und ihre Kehle drängte es nach Erlösung; auf der dreiwöchigen Schiffsreise, die für

sie so sehr viel länger währte als die Zeit, die hinter ihr lag, hatte sie geglaubt, die furchtbarste Safari ihres Lebens hätte auf immer die Bilder in ihrem Kopf gelöscht. Der, der sie ihr nun wiedergab, hörte schweigend zu, doch er sagte ihr mit dem Knie, das ihres berührte, dass es ihn satt und seinen Körper warm machte, wenn sie seine Augen und Ohren fütterte.
Dabei widerfuhr ihnen das älteste Lebenswunder der Welt, nur sie hielten es für neu und einmalig. Hätte Sir William Robert Hood statt einer grünen Jacke aus Samt ein rotes Kleid getragen, das der Schneider in Nakuru auf Befehl vom Bwana Mbuzi aus einem Stück der Sonne geschnitten hatte, und wäre er so klug und beredt wie Lilly gewesen und hätte gleichzeitig um die Bedeutung der Pausen zwischen den Sätzen gewusst, hätte Stella mit ihrem Großvater die Erde seines Gartens geschluckt, um Mungu in Thomson's Falls von den sprießenden Knospen ihrer Freundschaft wissen zu lassen. Und hätte die ernste, resolute Vierzehnjährige mit den Augen, die so blau wie das Meer vor der Küste von Menton waren, ihrerseits die Uniform von König Georg V. getragen und über die tödlichen Gefahren von Senfgas Bescheid gewusst und den roten Mohn auf den Gräbern von Verdun blühen gesehen, hätte der mit allen militärischen Ehren pensionierte Major Hood ihr kräftig auf die Schulter geklopft und sie ob ihrer Tapferkeit, die ihn so sehr bewegte, einen »good old chap« genannt.
In der Jugend war das seine Art gewesen, Freundschaft anzudeuten. Er war über die Elementarkenntnisse von den Bedürfnissen der Psyche nie hinausgekommen, denn er hatte zu früh töten und befehlen gelernt und wusste nichts von Menschen, denen es genügt, sich der Erkenntnis zu fügen,

dass Angst und Mut Geschwister sind. Die Liebe kannte er nicht; er kannte noch nicht einmal sich selbst. In diesem Augenblick, da er bei der Suche nach dem passenden Wort ungewohnt nachdenklich den Kometenschweif seiner Fische anstarrte, glaubte der Mann auf der falschen Fährte, Stella würde um die Unwiederbringlichkeit des Glücks trauern und er sei der zufällige Zaungast in ihrem Leben. Noch war ihm nicht bewusst, dass er und sie denselben Mann betrauerten – er den Sohn, den er im einzigen unbeherrschten Moment seines Lebens von sich gewiesen hatte, sie den Vater, der ihre Sinne mit dem Opium Afrika getränkt und ihr das schwerste und schönste Erbe der Väter hinterlassen hatte, das Gewicht seiner Liebe.

Der überzeugte Kämpfer wider Emotion und Romantik, der seine Söhne schon bei ihrer Geburt im Internat angemeldet hatte, damit sie als Zehnjährige von Fremden zu Männern gestählt wurden, die seinem Bildnis glichen, entschied sich bereits am Goldfischteich für ein Kapitel des Lebens, das er bis dahin noch nicht einmal aufgeschlagen hatte. Mit der Spontaneität der Jugend und sich der Selbstironie stellend, die ihn einen sentimentalen alten Narren schalt, beschloss er, sich die Enkeltochter nicht nehmen zu lassen, die offenbar als Einzige der Familie seine Courage zu haben schien. Allen pädagogischen Ratschlägen der wohlmeinenden Herzlosen und dem Spott der ehemals Gleichgesinnten zum Trotz meldete er vier Wochen später Stella auf einer Schule in London an. Sie verließ morgens um acht das Haus und kehrte nachmittags zu dem zurück, den sie bald »Mzee« nannte, weil sie ihn für weise und gütig hielt und die Orden in seiner Vitrine für die Auszeichnungen des Lebens.

Wenn der Mzee aus Mayfair mit Stella im Hyde Park saß, er über Pferde sprach und sie von den Hunden auf Karibu, wenn er sie in die teuren Geschäfte der Bond Street führte oder mit ihr in der Saville Row einen neuen Anzug bestellte und sie ihn bald in Stadtteile lotste, die er nie betreten hatte, vergaß er sein Alter. Er empfand die Tage als noch kürzer denn Stellas Röcke, die Gespräche alter Herren senil, die so dachten, wie er sein Leben lang gedacht hatte, und er ging nicht mehr regelmäßig in seinen Club. Dort witzelte er nur noch selten, dass ihm die Gesellschaft von Frauen missbehagte, weil sie zu sehr ihren Müttern und zu wenig den Pferden glichen, dass sie Männer mit verlorenen Handschuhen und abhanden gekommener Hoffnung langweilten, keinen Humor und im Winter immer rote Nasen hätten. Das blauäugige Reh aus Afrika konnte wie ein Mann lachen, vor allem über die Scherze ihres bärbeißigen Großvaters, über sich selbst spotten, ging im Regen ohne Schirm spazieren, verschmähte Wärmflaschen und Handschuhe, war nie erkältet und mochte es nicht fassen, dass für einen verstauchten Knöchel ein Arzt bemüht werden sollte. Dem Major, der außer Alka Selzer für ein Befinden, das er als »anständigen Männerkater« zu bezeichnen pflegte, nie ein Medikament nahm, reichte die Summe solcher ihn erstaunenden Eigenschaften für einen Zustand, den er eines Morgens vor dem Spiegel sarkastisch als Herzerweichung diagnostizierte.

An einem Novembersonntag erfuhr er zwischen Lammbraten und Brombeertörtchen von einer grünen Bank vor dem Haus aus Stein, von Kamaus Stimme, wenn er unter dem Sternenhimmel von der Zeit sprach, die nie neu war, und weshalb er eine Woche nach dem Tod von Bwana Mbuzi hatte sterben wollen; er hörte, während er noch über die Eigenart der Formulierung nachdachte, von Chebetis silberner Flasche mit dem Aufdruck »Orient Express« und erblickte den Tag, da Stella die Freundschaft mit Lilly vor dem schwarzen Gott Mungu beschworen hatte. Allerdings brauchte er sehr präzise Erklärungen, um auch nur annähernd zu verstehen, warum der weiße Teil vom Zebra nun nicht mehr der durch seinen Sohn belesen gewordenen schwarzen Hälfte des gestreiften Fabeltiers schreiben konnte. Der Überforderte grunzte Unverständnis und fixierte ein wenig widerwillig die Bilder seiner Ahnen im Goldrahmen, doch schon am Montag suchte er seinen ehemaligen Schulkameraden John Heathcote auf, obwohl er diesen für einen verkalkten Giftzwerg mit begrenztem Verstand hielt. Heathcote hatte bis zum Ende des Zweiten Weltkriegs das Ressort Ostafrika im Kolonialministerium geleitet und galt immer noch als außergewöhnlich beschlagen auf seinem Gebiet.

»Natürlich«, mokierte sich Sir William, als Stella nach Hause kam, »hatte der alte Trottel keinen blassen Schimmer. Es reicht nicht für einen Brief nach Kenia, hat er gesabbert, wenn nur der Vorname des Empfängers bekannt ist.«

»Hat er tatsächlich Empfänger gesagt? Lilly könnte das Wort noch nicht einmal aussprechen. Sie hat nur drei Zungen.«

»Und du? Wenn du mich fragst, hast du tausend.«

»Nein, vier, seitdem ich in der Schule Französisch lernen muss. Als ob ich mich je im Leben freiwillig mit Leuten unterhalten werde, die sich erst entscheiden müssen, ob ein Tisch weiblich oder männlich ist, ehe sie den Mund aufmachen.«

»Hab ich auch gedacht. Und dann bin ich an der Marne gelandet. Allerdings, ohne mich zu unterhalten.«

»Du machst wunderbare Scherze.«

»Du auch.«

Ehe das Jahr um war, tauschte der passionierte Zigarrenraucher die weltberühmten Cohibas, derentwegen er sich an jedem letzten Freitag des Monats in die Burlington Arkaden begeben hatte, und das seit einem halben Jahrhundert, gegen eine Pfeife ein, die ihn ein wenig genierte, weil er fand, sie gebe ihm das historisch überholte Flair eines Admirals im Ruhestand. Die Frau, in die er sich verliebt hatte, hatte sie ihm zum Geburtstag geschenkt und Augen, die ihn auf mysteriöse Art bezwangen, wenn sie von Afrika erzählte, während er rauchte. Dem hypnotisierten Pfeifenraucher wurde dabei nicht bewusst, dass er sich nicht nur an Stellas feucht schimmernden Augen delektierte, sondern ebenso sehr an ihren üppigen Sprachbildern. Sie fesselte ihn ausgerechnet mit jener überbordenden Phantasie, die er ihrem Vater einst als frühen Beweis von intellektuellem Hochmut und Lebensuntauglichkeit verübelt hatte.

Der nun durch unvorhergesehene Umstände im Alter zu Kompromissen neigende Großvater schnaufte zwar »grober Unfug«, doch belächelte er nicht ohne Bewegtheit die Umwege des Schicksals, als er die unerbittliche Enkelin in die National Gallery begleitete und später gar mit ihr in eine Ausstellung nach Whitechapel fahren musste, um nach Bildern von Ziegen zu suchen.

»Tut es dir nicht Leid«, fragte er, »dass kein einziges Bild von deinem Vater gerettet werden konnte?«

»Keins ist verbrannt. Ich habe sie alle in meinem Kopf mit auf Safari genommen. Und eins hat ja Lilly.«

»Ich vergaß Lilly, die Erstaunliche. Nicht wahr, manchmal vermisst du sie ein wenig?«

»Nicht manchmal und nicht ein wenig.«

Es folgte die Zeit, da er sich von Stella in die Carnaby Street locken ließ, von deren neuem Stellenwert in den »swinging sixties« er erst durch sie erfuhr. In Geschäften, die er nicht als solche erkannte, kaufte er Schallplatten mit Musik, die zu Hause seine Ohren marterte, und Miniröcke, die er für eine grobe Verschwendung seines Vermögens und außerdem für Gürtel hielt. Spätestens da hörte Sir William auf, mit seinem »gesunden englischen Menschenverstand« zu rechten, der ihn in zwei Weltkriegen und wirtschaftlicher Rezession, in seiner Ehe und bei der Erziehung seiner Söhne vor Emotionen geschützt hatte.

»Sie ist bezaubernd und der erste Mensch, der keine Angst vor mir hat«, empfand er eine hinreichende Erklärung, als er Harold Featherstone, den langjährigen Familienanwalt, in dessen Kanzlei in Pall Mall aufsuchte, um sein Testament in einem entscheidenden Punkt zu revidieren. Featherstone zuckte nicht mit einer Augenbraue, obwohl er fand, dass es sich bei seinem Klienten um den klassischen Fall von Ver- und nicht Bezauberung handelte.

Um dieser angstfreien Fee seine geistige Flexibilität zu beweisen, unterhielt sich die Beute ihres Charmes und ihrer Resolutheit so freundlich, wie ihm gegeben war, mit wohlerzogenen jungen Schülern, die er provozierend albern gekleidet, verweichlicht und so blasiert wie ihre Eltern fand und denen er als einziges Verdienst anrechnete, dass sie ebenso rasch und unauffällig seinem Gesichtskreis entschwanden, wie sie kamen. Wer Stellas Schönheit, Klugheit, Witz und vor allem ihr ihm immer wieder imponie-

rendes Selbstbewusstsein nicht spontan und emphatisch genug bewunderte, wurde von Sir William seltener, als es die Konvention erforderte, ins Haus geladen.
Seine spitzzüngige Cousine Thelma wies er in alter misanthropischer Hochform in ihre Schranken und um ein Haar aus seinem blauen Salon, als sie ihn fragte, weshalb Stella nicht »wie andere Mädchen, mein Lieber« gleichaltrige Freundinnen hätte. Beunruhigt war er selbst erst, als ihm aufging, dass aus den Schülern, die um seine kurz berockte Enkelin buhlten, junge Männer geworden waren und dass die meisten von ihnen einen Teint hatten, dessen Färbung weder der Sonne an der Riviera noch der neumodischen Neigung zuzuschreiben war, den Sommer auf griechischen Inseln zu verbringen. Sir William verhaspelte sich bereits bei der Kardinalfrage, zu der er sich dann endlich durchrang, als Stella ihm einen glutäugigen Medizinstudenten aus Bombay vorstellte, der weder Lammbraten mit Minzsauce mochte noch von einer Praxis in der Harley Street zu träumen schien und der, wie sich im Verlaufe der folgenden Monate herausstellte, an seiner Statt nun die Ziegen in den Londoner Galerien suchen durfte.
»Hast du vergessen, dass ich aus einer schwarzen Brust getrunken habe?«, fragte Stella und verschluckte das Salz der Erinnerung, ohne sich auch nur zu räuspern. »Vielleicht gefallen mir deshalb die Menschen mit dunkler Haut besser als die anderen. Weißt du, die sehen nicht alle gleich aus. Und wenn sie von ihrer Heimat reden, werden sie zu Bäumen, denen man die Wurzel abgeschnitten hat.«
»Du lieber Himmel! Darauf wäre ich in Jahren nicht gekommen. Meinst du, dass ein wurzelloser Baum ein vernünftiges Motiv für eine Ehe mit einem Farbigen ist?«

»Wie kommst du auf heiraten, Mzee? Wie viele Kühe willst du für mich verlangen? Hat dir keiner gesagt, dass ich ein armes Waisenkind bin, das farbenblind geboren wurde? Du brauchst keine Angst zu haben. Ich glaube, ich werde nie heiraten. Hast du wirklich gedacht, ich lasse den Mann allein, der meinem Vater seinen letzten Wunsch erfüllt hat?« Um dieses einen Satzes willen beschloss der, der das Lieben gelernt hatte, so farbenblind zu werden, wie es ihm gegeben war. Einmal fragte er den jungen Inder gar nach seiner Heimat, verwechselte dabei allerdings Bombay mit New Delhi und die Hindus mit Gurus. Er schlief erst wieder schlecht, als sich das Ende von Stellas Schulzeit anbahnte und ihre ihn ängstigenden guten Noten auf die Möglichkeit eines Studiums hinwiesen. Da zergrübelte er seine Nächte, ob es sie nach Oxford oder Cambridge oder – noch schlimmer! – nach Edinburgh oder auf den Kontinent ziehen würde. Am Abend der Entscheidung entkorkte er mit einem Seufzer, den er ohne Verlegenheit und Skrupel als einen der Befreiung deutete, einen vierzehn Jahre alten Burgunder, den er für eine besondere Gelegenheit reserviert hatte, erdrückte Stella in seiner Umarmung und nannte sie, wie schon am ersten Tag der gemeinsamen Begegnung erwogen, tatsächlich »a good old chap«. Sie wollte in London Kunstgeschichte studieren. Er verzieh ihr spontan das Fach und seinem Herzen den stolpernden Takt der Erregung. Stella war sich darüber im Klaren, dass ihr Entschluss eher der wehmütigen Erinnerung an den Zauber der Farbtöpfe im Atelier im Haus aus Stein als einem Bedürfnis nach künftiger beruflicher Erfüllung entsprungen war, doch der erleichterte Glückliche ahnte nichts von Karibus zupackenden Armen. Er hatte die Liebe zu spät kennen gelernt, um dem kurzen Trost der Illusionen zu misstrauen, und verwechselte Stellas Optimismus und Stärke mit der Schicksalsgnade, die Ketten der Sehnsucht zu lösen; er wähnte die, die auf der Tower Bridge stand und den Wasserfall von Thomson's Falls rauschen hörte, in England heimisch und in London zu Hause. Von der Qual der Bilder, die sie so unerwartet überfielen wie die Heuschrecken die Shambas, konnte ein Mann nichts wissen, dem die eigenen Orden und die väterliche Pistole aus dem Burenkrieg für den Blick in die Vergangenheit genügten. Und wie sollte er dann wittern, dass auf Karibu die Ohren derer, die zu schwach für die Wahrheit waren, mit der Süße der Lüge eingerieben wurden?

Seit dem Abschied von den Dik-Diks, die sich nicht voneinander zu trennen vermochten, feierte Stella ihre Geburtstage ohne Verlangen. An jedem Geburtstag dachte sie zu intensiv an ihren bemerkenswerten zehnten, dessen eine Hälfte sie Lilly geschenkt hatte, doch mochte die freundliche Rücksichtsvolle ihrem Großvater an ihrem einundzwanzigsten nicht eine Freude vergällen, die er mit einer alten Tradition im Hause Hood begründete. Um den Kreis überschaubar klein zu halten, einigten sich beide auf je zehn Gäste. Stella fielen indes nur zwei kecke irische Zwillingsbrüder aus ihrem Seminar ein, deren unverdrossenes Bemühen um ihre Gunst ihrer Eitelkeit schmeichelte, und der junge Inder, dessen sanfte Einverständlichkeit ihr gut tat und der sie ganz im Gegensatz zu seiner zurückhaltenden Art um eine Einladung für einen Kommilitonen und seine Partnerin bat. Den Rest ihrer Einladungskarten gab sie ihrem Großvater zurück.

»Machst du das für mich, Mzee? Und sei nicht traurig, dass

ich meine Hausaufgaben nicht gemacht habe. Ich fürchte, ich werde mich mein Leben lang besser im Wald von Karibu als im Dschungel der feinen britischen Gesellschaft zurechtfinden.«

Es geschah, dass ausgerechnet die nicht standesgemäß verheiratete Berenice Sitwell, die noch beim Nachmittagstee im Claridge's keine Hoffnung gehegt hatte, je wieder von Sir William geladen zu werden, beim Aperitif im blauen Salon ganz wie in alten Zeiten mit ihrer Freundin Priscilla Waintworth parlierte. Der Kommilitone des indischen Medizinstudenten war nämlich ihr dunkelhäutiger Stiefsohn. Allerdings hatte er keine Partnerin und war nach einem mehrtägigen Intensivstudium der Einladung für zwei Personen endlich auf die rettende Idee verfallen, die Gattin seines goanesischen Vaters um ihre Begleitung zu bitten.

»Siehst du, meine Liebe«, wusste Priscilla und stellte ihr Sherryglas dezidiert auf den marmornen Sims vom Kamin, »was ich immer sage. Man kann sich heutzutage auf nichts mehr verlassen. Höchstens darauf, dass little Lord Fauntleroy ihren Großvater verhext hat. Der lässt ihr alles durchgehen. Schau dir nur den jungen Mann an, der ihr gerade das Glas bringt. Ein bisschen angedunkelt, würde ich sagen. Neulich fuhr mich ein Taxifahrer, der genauso aussah. Ich glaube, der war auch aus Indien. Oder Birma oder so etwas.«

»Er ist mein Stiefsohn«, klärte Berenice ohne ihre übliche Sanftheit auf, »und studiert Medizin.«

»Fernando«, fragte Stella in eben diesem Moment, »sind Sie denn Italiener? Ich dachte, Sie sind Inder wie Rajiv.«

»Fast. Aus Goa. Bei uns heißen alle Männer in der Familie

Fernando. Offenbar hat der erste nicht mitbekommen, dass die Portugiesen uns besetzt hatten. Ich hoffe, das ist keine allzu große Enttäuschung. Italiener sind manchmal zwar auch nicht heller als wir, in diesem Land gelten sie jedoch als interessant und wir als Farbige.«

»Ich habe nicht gelernt, Menschen nach ihrer Hautfarbe zu unterscheiden.«

»Ach!«

Es war dieses bedeutungsvolle »Ach« und wie mokant der ernste, trotz des zu weiten Smokingjacketts und der zu kurzen Hosen seines Vaters nicht unbeholfen wirkende junge Mann »dieses Land« betont hatte, die ab da Regie führten. Während noch die Willkommensdrinks gereicht wurden, verzogen sich Stella und ihr Gast in eine schützende Nische mit zwei kleinen Sesseln. Sie befreiten sich lange vor der vom Ritual der Unverbindlichkeit empfohlenen Zeit von der bewährten englischen Gepflogenheit, dem Wetter mehr Aufmerksamkeit zu widmen als dem Leben. Schon beim zweiten Glas Champagner, von dem sich beide einig waren, dass der ihnen wie Seife schmeckte, bemerkte Stella versonnen, er hätte Augen wie ein Impala. Fernando parierte mit sehr deutlicher Stimme, deren heiseres Timbre ihr auffiel, »Goa-Gazelle«, doch er flüsterte direkt in ihr Ohr, als er richtig stellte, dass er nicht von seinen, sondern von ihren Augen gesprochen hatte.

»Ich kenne mich in der Irdologie aus.«

»Du lieber Himmel. Das Wort habe ich in meinem ganzen Leben noch nicht gehört.«

»Ich auch erst gestern. Wenn ich einer schönen Frau begegne, gebe ich immer so an. Das löst den Knoten in meiner Zunge.«

»Zu Hause habe ich das Gras angespuckt. Wenn die Blasen platzen, biegt sich die Zunge.«
»Könnten wir das eventuell zusammen üben?«
»Yes, Sir. Aber zwischen hier und meinem Affenbrotbaum liegt der Indische Ozean.«
»Ich bin ein leidlicher Schwimmer und ein sehr abenteuerlustiger Mann.«
»Ich fürchte, beides reicht nicht.«
Sie saßen nebeneinander an der Festtafel – genau unter dem Mariatheresienlüster, der Stellas Kleid azurblau strahlen ließ und ihrer Haut jenen Schimmer von Porzellan gab, den ihr Vater schon versucht hatte, in seinen Bildern einzufangen. Nur Sir William bemerkte die Attacke aus dem Hinterhalt auf seine Sitzordnung. Mit einem Anflug von Männersolidarität, der ihn ebenso dupierte wie die rasche Entflammbarkeit seiner Enkelin, nickte er dem jungen Mann aus Indien zu. Ihm schwante, dass der Vorgänger kaum noch für die Ziegenjagd in die Londoner Galerien bemüht werden würde.
Noch vor dem Kaffee im Salon führte Stella den Mann mit der wundersam entknoteten Zunge erst durch den von Lampions erleuchteten Garten, dann in die dunkle Bibliothek und morgens um zwei auf der Hintertreppe in ihr Schlafzimmer. Nur bei Sir William brannte noch Licht.
»Hast du denn keine Angst«, fragte Fernando, als er die väterliche Smokinghose auf den weißen Sessel legte, »dass dies alles nur ein ganz übler Trick vom Hausgespenst ist?«
»Was ist Angst?«

10

Sie wanderten Hand in Hand auf den Pfaden des alten Menschheitstrugs, dass die Seligkeit eines irrwitzigen Moments den Liebenden ewig währe. Und weil in allen Schriften vermerkt war, dass Liebe blind macht, schlossen sie folgsam die Augen. Stellas aber hatten zu viel gesehen und blieben sehend. Fernando hatte sich zu früh für Mathematik interessiert und traute nur dem belegbaren Ergebnis und nicht der Summe der Wünsche. Wenn die Träume der Sehnsüchtigen über den Rand des Füllhorns schäumten, streckten sie dennoch ihre Hände aus, um nach dem Glück zu greifen. Im Rausch trieben sie ihre Beine zum Sprung über die Dächer der Stadt; es wuchsen ihren Schuhen auch Flügel, aber die waren zu klein und zu schwach, um die Füße vom Asphalt der Straßen zu heben. Dann lösten sich die mit Silberfäden durchsetzten Wolken im Nebeldunst auf und regneten Melancholie.

So vermochten die Herzen der Verliebten auf dem Flug in den Himmel nie das Kreuz auf der strahlenden Kathedralenkuppel von St. Paul's zu überwinden. Weil der Traum vom gemeinsamen Weg jedoch mutig der Einsicht von der Launenhaftigkeit des Liebesgotts trotzte, blieb er jugendgrün wie im Mai und schmeckte so süß wie der Apfel, um dessentwegen die ersten Menschen das Paradies verwirkt

hatten. In der Zeit ihrer ersten Hoffnung wurden Stella und Fernando nicht gewahr, dass der pfeilbewaffnete Eros am Brunnen vom Piccadilly Circus kein verlässlicher Schütze war. Zwar spannte der Schalk seinen Bogen, sobald er im herbstgrauen Licht des Londoner Nieselregens Stellas blauen Mantel und Fernandos grüne Baskenmütze erblickte, aber er zielte an ihren Herzen vorbei und traf Narziss, der gerade in einer Schaufensterscheibe sein Antlitz bewunderte und sich spontan in sich selbst verliebte.
In den frühen Stunden des Weihnachtsabends standen sie vor dem riesigen Lichterbaum am Trafalgar Square und vertrauten, ein jeder für sich und in der eigenen Sprache, den gurrenden Tauben zu ihren Füßen ihr Sehnen nach der Geborgenheit der Seele an. Die Tauben indes futterten graue Brotkrusten und die Krümel von gelben Keksen. Sie hielten nicht wie die Verkünderin, die Noah hinausgeschickt hatte, einen Ölzweig im Schnabel, damit der Mann auf das Wunder nach der Sintflut vertrauen und die Frau auf das Feuer im Herd hoffen durfte. Während Fernando noch scherzte, dass er soeben von einem einzigen weißen Täuberich auf dem Platz den Geheimbefehl bekommen hätte, umgehend mit dem Nestbau zu beginnen, fixierte Stella den spitzen Hut von Lord Nelson und erinnerte sich ihrer Schulbücher. Der Admiral, der nun auf seiner Säule als Sieger in die Ferne blickte, hatte die Schlacht gewonnen und sein Leben verloren.
»Er war ein Held«, kratzte Fernando mit Stimmenschwung an ihrer Wehmut, »und sein Schiff hieß Victory.«
»Er war auf einem Auge blind«, wusste Stella. »Wenn man nur die Hälfte sieht, ist es leicht, ein Held zu sein.«
Am ersten Tag des neuen Jahres kauften sie heiße Maronen

von einem Mann mit grünen Sternen auf einem violetten Zylinder und machten sich weis, es wären nur die Hände, die sie wärmen wollten; sie hatten sich, auf der obersten Treppe der National Gallery, an eine windschützende Mauer gelehnt, die glückhafte Geburt ihrer drei Kinder ausgemalt. Es waren die kräftigsten, klügsten und schönsten Drillinge der Welt. Zwei hatten das schwarze Haar und den dunklen Teint des Vaters, alle drei die blauen Augen und die Stupsnase der Mutter. Stellas Liebling war zart gestreift und konnte auf einem Zebra reiten, bevor ihm der erste Zahn wuchs. Die drei weinten nie und verschliefen in einer von einer Sommerbrise geschaukelten Hängematte den bewegenden Augenblick, da der weltberühmte Mediziner Fernando Manta für seine Verdienste um die Kranken dieser Erde von der englischen Queen auf dem Rasen vom Buckingham Palace zum Ritter geschlagen wurde. Nur einen Monat später wurde in Anwesenheit von Prinz Philip die erste Ausstellung der jungen Malerin Stella Hood eröffnet. In einer prosperierenden Galerie in Soho, in der es nach frischem Zedernholz und Kardamom duftete.

»Kardamom riecht bitter«, wandte Fernando ein, »außerdem habe ich dich noch nie malen sehen.«

»Das war vor der Geburt der Babys. Kinder kann ich besonders gut malen. Genau wie mein Vater. Kaufst du mir eine Ziege, wenn du Examen gemacht hast? Weißt du, es gibt Dinge, die man nur einer Ziege erzählen kann. Das habe ich von Kamau gelernt.«

»Ich kaufe dir so viele Ziegen, dass dein Großvater Regent's Park anmieten muss, um sie zu ernähren. Und einen Schimmel dazu. So eine Frau wie du muss auf einem

Schimmel reiten, Lady Godiva. Du hast ein größeres Wunder vollbracht als sie. Sie hat nur Coventry vor den zu hohen Steuern ihres herzlosen Gatten gerettet. Du hast einen Mann mit der falschen Hautfarbe und ohne Oxfordakzent vor dem ewigen Ausschluss aus der feinen Gesellschaft errettet. Meine Stiefmutter hat mir erst gestern erzählt, dass sich Priscilla Waintworth nach mir erkundigt hat.«

»Einen Schimmel habe ich schon seit Ewigkeiten. Aber nicht zum Reiten.«

»Das hast du mir noch nie erzählt. Sag nur, er führt dich nachts durch einen dunklen Wald.«

»So ähnlich.«

Im Frühling sahen sie den Flieder in Kew Gardens blühen. Einmal lasen sie einander in der Dämmerung Gedichte von der Romantik des keimenden Lebens und dem Jubel der Seele vor, doch die von Stella folgte den Versen nicht in die Höhen der Seligkeit – sie waren nicht für eine junge Frau geschrieben, die ihr Herz in einer Schatulle verwahrte, seitdem Chebeti im Wald von Karibu eine kleine Zigarrenkiste ausgegraben hatte.

Ehe der Duft vom Fliederbaum in den Sommer verwehte, bauten sie doch die Luftschlösser der Liebenden und säten auch Zukunft. Das Wolkenheim von Fernando, der ein Praktiker war und sich mit Fluchtwegen und Traumhäusern nicht so gut auskannte wie Brians phantasiegeübte Tochter, hatte zwei Türme mit Fahrstuhl, einen Steingarten und ein als Forschungslabor eingerichtetes Verlies. Es lag im schottischen Hochland. Stella verkaufte es bald wieder, weil sie die Nordwinde nicht vertrug, ihr Schimmel vom Heidekraut qualvolle Koliken bekam und der Jacarandabaum im Herbst seine violetten Blüten abstieß. Mit dem kompromissfreundlichen Vater ihrer Drillinge, der fortan fügsam auf einer grünen Bank abends Pfeife rauchte, bezog sie ein Haus aus grauem Stein. Das stand auf einem sanften Hügel über einem von weißen Tropfenschleiern verhangenen Wasserfall.

Stella erwähnte nicht, dass Fernandos Pfeife gelbstielig und eine eloquente Königin war; sie sprach, weil die in einem unachtsamen Moment heraufbeschworene Szene einen Felsen aus Salz auf ihre Brust rollte, auch nicht von dem Tag, als sie mit Lilly Asakis toten Körper in das Loch gebettet hatte und ihr abends vor dem Kamin die Erkenntnis von der Vergänglichkeit des Glücks gekommen war. Als sie auf einer Bank in Kew Gardens, in die zwei Herzen eingeritzt waren, ihre Nägel in die Haut ihrer Arme drückte, um den Schmerz mit dem Schmerz zu töten, beschloss sie, den vierten Brief an James Stuart in Ol' Kalau zu schreiben. In den ersten drei, jeder im Abstand von sechs erwartungsvollen Monaten geschrieben, hatte sie ihn gebeten, sich zu erkundigen, ob Chebeti noch in Karibu wohnte, doch Stuart hatte nie geantwortet. Stellas Briefe waren jedoch auch nicht nach Mayfair zurückgekommen.

»Wer weiß, ob er überhaupt noch lebt«, murmelte sie und war bekümmert, als sie merkte, dass sie gesprochen hatte.

»Wer?«, fragte Fernando.

»Ach, ein junger Mann, den ich mal auf der Polizeistation in Nakuru kennen gelernt habe.«

»Ist der dir so wichtig? Du hast ihn nie erwähnt. Vielleicht kann man ihm schreiben.«

»Nein«, lächelte Stella. Sie drückte Fernandos Hand so fest, dass auch ihre wieder warm wurde. Bei diesem ersten Mal staunte sie noch, wie leicht es ihr wurde, den mit dem

Kopf zu betrügen, dem sie ihren Körper anvertraute. »Er ist mir gar nicht wichtig. Und nach Kenia kann man nicht schreiben.«

An den langen Sommerabenden, an deren langsames Verlöschen sie sich nach all den Jahren in England nicht gewöhnt hatte, weil es ihr immer noch in der letzten Stunde des Tages nach einem Ball aus Glut verlangte, der als eine brennende Kugel vom Himmel hinter die Berge der Geborgenheit stürzte, saß sie, der es so sehr nach einer Liebe ohne Schatten verlangte, oft mit Fernando im Hyde Park vor der liebenswürdigen Statue von Peter Pan. Der Gedanke faszinierte beide immer wieder aufs Neue, dass der begabte Rebell wider die Norm schon in seinem Kinderwagen beschlossen hatte, nie erwachsen zu werden, und dass ihm dies auch gelungen war. Sie webten weiter an der Zaubergeschichte und liehen sich derweil die Fröhlichkeit der Hunde und das Lachen der Kinder, die auf dem Rasen Ball spielten und kleine rote Holzschiffe mit weißen Segeln zum See trugen. Mit dem Ernst der Wanderer, die ohne Beistand der Götter und nur durch eigene List Ort und Zeit entkommen sind, nahmen sie sich vor, an einem goldenen Faden die Jahre bis zu ihrer Geburt zurückzuspulen. Sie kamen jedoch nie weit genug, um verschüttete Brunnen auszuheben.

Fernando kannte die Spielregeln nicht. Er seufzte zu früh, weil bei ihm der kandierte Balsam der Tagträume nur zwischen zwei Küssen am Tag und nachts in der Geisterstunde wirkte. Wenn Stella ihn seufzen hörte, stöhnte sie ein leises Echo in sein Ohr, an dessen Einverständlichkeit sich sein Bedürfnis nach Harmonie labte. Die Schweigende begriff, dass ihre Bedrücktheit im Moment der missverstandenen Zustimmung einer Trauer galt, deren Tiefe er nie orten würde. Auf den Reisen der Hoffnung, zu denen sie im aufrichtigen Bemühen um das Ziel mit ihrem geduldigen, behutsamen Geliebten aufbrach, vermochten ihre Augen kein einziges Bild zu erbeuten, ihre Ohren keinen Klang zu erjagen, die für ein ganzes Leben reichen würden.

»Ich werde dich schrecklich unglücklich machen, Fernando. Ich habe meinen Kopf nicht mit auf Safari genommen. Das hast du nicht verdient.«

»Man bekommt nie das, was man verdient. Sonst würde ich nicht hier mit dir sitzen, Lady Godiva. Mach dir keine Sorgen. Ich bin Arzt und habe gelernt, dass der Kopf ein Organ wie jedes andere ist. Als Mann reicht es mir, dass du farbenblind, zärtlich und gütig bist und dass du mich um den Verstand gebracht hast.«

Um Stellas Geburtstag zu feiern und den Tag, an dem sie sich kennen gelernt hatten, mit niemandem teilen zu müssen, fuhren sie Mitte August für drei Tage nach Brighton. Fernando der Ahnungslose legte am ersten Morgen mit altmodischer Feierlichkeit ein in zart bedrucktes gelbes Blumenpapier verpacktes Buch auf den Frühstückstisch. Sie umarmte ihn jubelnd vor den wohlwollenden Augen zweier sehr alter Herren in blauweiß karierten Jacketts aus Harristweed und mit der Zustimmung einer zart in die Hände klatschenden, weißhaarigen Dame mit Kringellöckchen und einem Pudelkopf auf ihrem silbernen Krückstock. Auf ihrem Schoß saß ein sehr lebendiger, vom bellenden Betteln heiser gewordener Skye-Terrier mit einer hellblauen Schleife auf dem Kopf. Das Buch hatte den Titel »Impressionen vom schwarzen Kontinent« und ganzseitige Farbbilder von Ostafrika. Fernando hatte es nach wochenlanger Überlegung vor dem Geburtstag und tagelangem Suchen in den Londoner Buchhandlungen bei einem Galeristen in Chelsea aufgespürt; er glaubte Stella, dass es die Tränen der Rührung waren, die auf ihre Spiegeleier tropften, als sie das Foto eines Colobusaffen anstarrte und blind wurde. Mittags spazierten sie die berühmte breite Seepromenade entlang, deren emsiges Treiben schon die junge Königin Victoria als störend beklagt hatte. Sie fütterten trotzdem inmitten der anderen Feriengäste mit Freude die Möwen, danach in einem quittegelben Strandkorb mit einem lila Dach sich selbst mit genau den richtigen Worten, um all die Erinnerungen heraufzubeschwören, die sie im Verlauf des einen Jahres zusammengetragen hatten. Das kleine Hotel, vom sparsamen Sir William empfohlen, der es noch aus der Zeit vor dem Ersten Weltkrieg kannte, hatte Zimmer mit Blick aufs Meer und einen melancholischen irischen Setter, der behauptete, Stella schon lange zu kennen, und der ihr bis zur Abfahrt überallhin folgte. Wenn er im Meer badete und Stella sich über sein feuchtes Fell beugte, duftete er wie Asaki.

»Er stinkt«, widersprach Fernando, »und zwar höllisch.«

»Hunde stinken nie. Das war das Erste, was meine Nase lernte.«

Das Zimmer mit einem Strauß aus verblichenen Strohblumen auf einem wackeligen runden Tischchen roch nach Lavendel, Mottenpulver und Möbelwachs. Es war düster trotz seiner Größe, das eiserne Bett mit einer aus bunten Wollresten gestrickten Tagesdecke schmal. An der Wand mit der grau gewordenen Tapete, auf der die blauen Vergissmeinnicht-Sträuße schon lange verwelkt waren, hingen zwei Wärmflaschen aus weißem Gummi an einem sorgsam polierten Haken und noch das Bildnis von Georg V. in Marineuniform, obwohl nun seine Enkeltochter Königin war. In der kleinen Schublade des linken Nachttisches lagen zwei verbogene Haarklammern, die vergilbte Visitenkarte eines Handlungsreisenden aus Chigwell und eine Bibel, in der ein Gast ein vierblättriges Kleeblatt gepresst und es dann vergessen hatte. Im zweiten Nachtschränkchen stand ein mit Rosen bemalter Nachttopf aus französischem Porzellan auf einem Brokattuch.

»Den hat William der Eroberer mitgebracht«, sagte Fernando.

»Der ist nicht nach Brighton gekommen. Sein Großvater hat ihm ein Hotel in Hastings empfohlen.«

»Du hättest Geschichte studieren sollen.«

»Hätte ich«, gab Stella zu, »das weiß ich schon lange.«

In der Zärtlichkeit der Nacht nach einem Abendessen mit zu viel Wein, die sich, wie die übrigen vor und nach ihr, als eine der Liebe tarnte, nannte sie Fernando »Rafiki«. Ihm schmeichelte das liebenswürdige Rätselspiel mit den hellen Silben, weil Stellas Stimme, als sie es verlangend flüsterte, ihn im Moment der Seligkeit an die Sirenen des Odysseus erinnerte und dies seine Erregung noch steigerte. Am nächsten Morgen verriet ihm jedoch die mit der Zunge, die noch nicht wach genug war, um wachsam zu sein, dass Rafiki das Suaheli-Wort für Freund war.

»Ich habe Lilly Rafiki genannt, als wir Erde geschluckt haben. Es ist ein besonderes Wort in Suaheli. Mein Vater hat es nur für Kamau gebraucht.«

Der sprachsensible Analytiker war nicht überrascht, noch nicht einmal enttäuscht oder in seinem Männerstolz gekränkt. Ihm hatte seit den ersten überscharf konturierten Traumbildern aus den Tropen geschwant, dass Stellas Sehnsucht nach Afrika immer stärker sein würde als die Liebe zu einem Mann, der sich in ihrer Gegenwart als unangenehm durchschnittlich und beschämend langweilig empfand.

Es bekümmerte Fernando im Verlauf der Zeit immer mehr, dass er allenfalls äußerlich zu seinem schönen und phantasievollen Paradiesvogel passte. Er war zu konventionell in seinem Pflichtbewusstsein, zu strebsam, zu klug und selbstkritisch, um nicht zu erkennen, dass er nach den gemeinsamen Aufbrüchen des Anfangs bei den Höhenflügen der Verliebten auf halber Strecke mit hängenden Flügeln umgekehrt war. Stets sah er nur den Pfad, den er sich schon als Kind mit dem Ehrgeiz des Außenseiters abgesteckt hatte, und er lief mit weit ausholenden Schritten ohne Umwege auf sein Ziel zu. Ihm reichte es, eines Tages von seinem erfolgreichen Vater die Arztpraxis in der Harley Street zu übernehmen und noch erfolgreicher zu werden als er.

»Was findest du bloß an mir?«, fragte er einmal in melancholischer Stimmung, am falschen Ort und zur falschen Zeit. »Für dich muss ich doch wie eine Suppe ohne Salz sein.«

»Du verwechselst wieder mal alles«, tröstete Stella und staunte, dass ihr der Gedanke nicht zuvor gekommen war. »Ich schwärme für sanfte Suppen. Salz habe ich in meinem Leben genug gegessen.«

Sie hatte lange vor ihm den Trug der Nächte durchschaut und war stark genug, sich dies einzugestehen. Für die verstörende Gewissheit, dass die einzige Liebe ihres Lebens

schon Vergangenheit war, bedurfte es nur der Erinnerung ihrer Nase an den Duft von Brians Haut, an das Gespräch in der letzten Stunde vor dem Brand in Karibu und an die nie mehr auszulöschende Sekunde, da Mungu sie und ihren Vater unter einem dickstämmigen Baum auf immer in Dik-Diks verzaubert hatte, die einander brauchten, um nicht zu sterben.
»Nicht wahr, du vermisst deine Lilly sehr?«
»Nicht nur Lilly. Lass mir Zeit.«
»Wir haben alle Zeit der Welt, Stella. Heute wird nicht mehr so schnell geheiratet. Heute genügt es, dass man zusammen glücklich ist. Und wir sind es.«
Sie sagte ihm nicht, dass er von Glück nichts verstand und auch nichts von der Zeit. Wenn er ahnungslos im Voraus vom Kalender die Jahre und Jahrzehnte abriss, gestand sie ihm nicht, weshalb sie ihrer Sehnsucht jeden Gedanken an die Zukunft versagte. Kein einziges Mal erwähnte sie, dass sie ihrem Großvater versprochen hatte, ihn nicht allein zu lassen, und dass sie nicht wusste, ob sie den Tag der Entscheidung fürchtete oder willkommen heißen würde. Stella spürte nur, dass sie unruhig war. Selbst dann, wenn Fernando sie so fest in seinen Armen hielt, dass sie sich von den Gespenstern der verbrannten Tage befreit wähnte, blieb sie auf der Suche. Wenn sie die Augen um der Liebe willen schloss, sah sie einen Horizont aus rötlichen Staubwolken aufleuchten, in die Zebras hineingaloppierten.
Schon am späten Nachmittag des zweiten Tages fuhren sie nach London zurück und einer von ihnen glaubte, es wäre ein ungewöhnlich starker Landregen, der sie vor der Zeit aus Brighton vertrieben hatte.
»Lass mich allein hineingehen«, bat Stella am Gartentor,

»ich will ihn überraschen. Wir sehen uns ja morgen. Ganz lange, versprochen. Nimm dir ein Taxi. Um die Zeit kommen dauernd leere hier vorbei.«

»Ich geh ganz gern ein Stückchen zu Fuß.«

Sie sah Fernando nach und bemerkte mit einem Anflug von Schuldbewusstsein, dass er wieder breite Schultern und den federnden Gang der Erlösten hatte und dass er den Kopf höher trug als in Brighton. Trotz des Koffers in seiner Rechten dribbelte er eine verbeulte Blechdose vor sich her, wobei er sorgsam die Säulen der Straßenlaternen umrundete. Als sich ihm ein stoischer Chow-Chow mit vom leichten Wind mächtig aufgeplustertem Fell und heraushängender blauer Zunge in den Weg stellte, blieb er erschrocken stehen, holte umständlich ein Taschentuch aus seiner Hose und wischte sich die Stirn trocken.

»Vorsicht, er stinkt«, rief Stella, »und zwar höllisch.«

Sie war froh, als sie die Belustigung aus ihrer zu lauten Stimme heraushörte, dass die Diskretion der Häuser und Gärten von Mayfair nicht nur deren Bewohnern galt. Die hohen, dichten Hecken verschluckten die Laute, ehe der kurze Spott der Stimmengewaltigen aus Karibu zu einem Echo von langem Hohn werden konnte. Fernando bog um die Ecke, ohne sich umzudrehen. Noch am Goldfischteich wähnte die Erleichterte, sie wäre lediglich zum Ausgangspunkt ihrer kurzen Reise zurückgekehrt, und doch hüpfte sie nach ausgelassener Kinderart hoch über den noch nicht eingerollten Wasserschlauch und drehte beim Sprung ihren Körper. Sie gab ihrer Tasche einen leichten Tritt, ehe sie sie wieder vom Rasen aufhob, und versuchte, sie bis zum großen Blumenrondell auf dem Kopf zu balancieren. Dort beugte sie sich tief über eine üppige rote Rose und schnupperte, was sie erstaunte, in der schweren Süße die Botschaft der Vertrautheit. Als Stella fünf Minuten später auf ihren Großvater in der abgedunkelten Bibliothek zulief und dabei ihre Arme ausbreitete wie als kleines, barfüßiges Mädchen auf dem Pyrethrumshamba, da sie jubelnd den Bwana Mbuzi umarmt und ihre Nase in seinem Haar vergraben hatte, streifte sie der seit Jahren nicht mehr empfangene Duft der Heimkehr.

Stella erwischte Sir William mit kalter Pfeife im Aschenbecher und einer glühenden Cohiba in der Hand. Es bewegte sie sehr, dass der Kämpfer wider Emotion und Sentimentalität versuchte, die Zigarre so unauffällig und rasch wie ein elfjähriger Junge auszudrücken, der auf dem Schulhof raucht und den Lehrer auf sich zukommen sieht. Für diese verlegene Geste, die sie als eine der Zärtlichkeit erkannte, verliebte sie sich aufs Neue in ihren Retter aus früher Not. Für die Dauer eines Moments, der in ihren Schläfen pochte und die Jahre und Erinnerungen zu einem wilden Tanz glühender Sterne aufwirbelte, leuchtete für Stella Brians sanfte Freundlichkeit aus den Augen ihres Großvaters. Sie wollte ihn auf die Stirn küssen, doch drückte sie ihre Lippen auf seinen Mund. Einen Herzschlag lang stieß sie auf den unspaltbaren Kern ihres Lebens. Die Verbundenheit mit ihrem Vater war zu tief gewesen. Sie hatte zu früh zu feste Wurzeln geschlagen und dabei Ketten geschmiedet, die es ihr auf immer verwehren würden, einen anderen Mann noch einmal so zu lieben wie ihn.

»Warum bist du denn schon wieder da?«, brummelte Sir William. Er strahlte Zufriedenheit und Besitzerstolz aus. »Kann ein junger Bursche heutzutage noch nicht einmal drei Tage lang eine Frau fest genug halten, dass sie ihm nicht davonläuft? Das hat es zu meiner Zeit nicht gegeben.«

»Immer noch zwei Fragen auf einmal, Mzee«, sagte Stella, »wirst du denn nie lernen, dass die Menschen von Karibu nicht zählen wollen, wenn sie antworten?« Sie war beschämt, weil sie mit der Einverständlichkeit der Verschworenen lachte und mit Fernando nur zum Gelächter der zu rasch verwehenden Heiterkeit gefunden hatte, die nur die Ohren des anderen täuscht.

»In Brighton hat es fürchterlich geregnet.«

»Wohin? In dein Herz. Nein, der letzte Satz war keine Frage. Komm, Stella, setz dich zu einem alten rheumatischen Griesgram, trinke ihm seinen besten Brandy weg und beichte. Du wolltest vor dir selbst weglaufen und es ist dir nicht gelungen, denn dazu bist du nicht dumm und nicht feige genug.«

Er holte die silberne Tabakdose aus der Schublade des kleinen Rauchtisches, stopfte seine Pfeife und zwinkerte ihr zu, als hätte er sein Leben lang den Augen vor dem Mund die Rede gestattet. Stella flocht aus den herabhängenden Fäden ihres kurzen Seidenpullovers zierliche Zöpfe, verknotete die drei vorderen miteinander und lächelte der Erinnerung an kleine Finger zu, die nach dem großen Regen aus biegsamen Grashalmen winzige Körbchen für grünflügelige Käfer geflochten hatten. Der mit der qualmenden Pfeife sah nur das Lächeln und kniff abermals sein rechtes Auge zu. Sie tranken den Brandy, der tiefbraun war wie die getäfelte Zimmerdecke, und schluckten das Schweigen, das nicht nur die Kehle einschläferte. In einer hohen chinesischen Bodenvase mit goldenen Lotusblüten in azurblauen Teichen leuchteten die Sonnenblumen so gelb wie auf einem Feld. Eine Biene, die noch nichts von ihrem Irrtum wusste, summte laut und zufrieden. Stella fing die Verirrte in ihrem Brandyglas ein, öffnete das Fenster und entließ sie zärtlich zurück in das Leben.

»Danke«, sagte sie, als sie sich wieder setzte, »du bist ein Freund. Auf Suaheli heißt das Rafiki. Es ist ein besonderes Wort. Komisch, das habe ich gestern auch gesagt. Und da habe ich noch gar nicht gewusst, dass Füße in Schuhen nicht mehr zum Weglaufen taugen.«

»Ich weiß schon lange«, erwiderte er, »warum du Augenränder wie ein Matrose auf Landurlaub hast und in deinem Essen wie die Weiber herumstocherst, die sich täglich auf die Waage stellen und den Korsetts nachtrauern. Du bist nicht glücklich, Stella. Noch nicht mal zufrieden. Dieses verdammte Studium geht dir auf die Nerven. Gib es auf. Kunst ist nichts für dich. Du bist kein Träumer wie dein Vater. Du bist so realistisch wie dein Großvater.«

»Aber ich träume doch immerzu.«

»Vergangenheit, nicht Zukunft.«

Sie seufzte Bewunderung, weil schon der erste Pfeil getroffen hatte, und wieder konnte sie lachen, ohne dass ihr Gelächter eine Geschichte von Trug und Selbstbetrug erzählte. »Und dann lese ich dir jeden Morgen die ›Times‹ vor und zieh dir abends deine Pantoffeln an. Das wäre herrlich, Mzee, doch es geht nicht mehr. Ich würde uns beide fürchterlich blamieren. Frauen sind heute keine Schoßhunde mehr. Sie müssen bellen und beißen und dem Leben die Zähne zeigen. Sie brauchen einen Beruf, um zu beweisen, dass sie stark sind und alle Männer zum Teufel schicken können. Erst dann klopft man ihnen auf die Schulter.«

»Nicht in unseren Kreisen. Da sorgt immer noch die Höhe des Bankkontos für die Emanzipation. Stella, mir ist es egal, ob du zu dem vielen Geld, das du eines Tages von mir bekommst, noch ein bisschen hinzuverdienst, aber ich mache mir Sorgen, dass du sehr allein sein wirst, wenn es so weit ist. Sie liegen dir alle zu Füßen und du verschränkst deine Arme hinter dem Rücken und gibst keinem die Hand. Das macht im Alter einsam. Ich weiß, wovon ich rede.«

»Das hast du wunderschön gesagt. Mir reicht die eine Freundin, die ich hatte, für ein ganzes Leben. Ich weiß auch, wovon ich rede.«

»Heirate deinen Fernando, auch wenn du ihn nicht liebst. Er hat zwar die falsche Hautfarbe und den falschen Vater, er ist nicht auf die richtige Schule gegangen und versteht nichts von Pferden, aber er liebt dich. Mir imponiert es, dass der Bursche nicht aufgibt. Heirate ihn und komm endlich zur Ruhe. Jedes Schiff braucht einen Hafen. Sonst steuert der Kapitän auf einen Felsen zu. In deinem Alter kann man noch vergessen und den Anker auswerfen.«

»Woher weißt du? Hast du deine Spione auf mich angesetzt? So eine lange Rede hast du noch nicht einmal gehalten, als wir uns zum ersten Mal begegnet sind. Hast du, während ich mich im Exil nach dir verzehrte, dir in deinen altmodischen Kopf gesetzt, mich loszuwerden?«

»Drei Fragen auf einmal, wenn ich richtig gezählt habe. Ich brauche keine Spione. Meine Augen sind noch verdammt gut. Und außerdem kann ich mit dem Herzen sehen. Das habe ich von dir gelernt. Ich sehe dein Gesicht, wenn du aus dem Haus zu dieser vermaledeiten Kunstschule gehst, und ich sehe es, wenn du wieder kommst. Dann siehst du aus wie ein Soldat, der mitten in der Schlacht Urlaub von der Front bekommen hat.«

»Stimmt. Jedes Mal, wenn ich wiederkomme, freue ich mich auf dich, Mzee.«

»Eben. Das ist nicht genug für ein Leben.«

»Das andere auch nicht.«

»Ich war nie einer Meinung mit deinem Vater. Aber ich kann mir gut vorstellen, dass er mir heute ausnahmsweise mal Recht geben würde. Er hat dieselbe Frau geliebt wie ich.«

»Das ist nicht fair, Mzee! Und das weißt du.«

»Ich bin in der Armee gewesen. Soldaten sind nie fair. Das wäre Hochverrat.«

Weil der Brandy zu stark war und Stella glaubte, sie würde nur die wärmende Intimität der Stunde in der kühlen Bibliothek und die belebende Wahrheit der Worte von einem genießen, dessen Direktheit sie noch mehr bewunderte als sein Jagdglück, war sie überzeugt, dass jeder Satz nur ihre Ohren und kein einziger ihren Kopf erreicht hatte. Und doch wurde sie bald gewahr, dass der für seine Tapferkeit vor dem Feind hoch dekorierte Major nicht nur ein ausgezeichneter Stratege, sondern auch ein Mann war, der wie ein kluger Farmer zu säen und zu ernten wusste. Zwar hatte er nur ein winziges Saatkorn gesetzt, dieses eine jedoch genau am richtigen Tag und in fruchtbare Erde. Das Korn keimte selbst im Dunklen und trieb Stella noch vor der Zeit seiner Reife dazu, sich ihre so lange angenehm gewesene Flucht in die Illusion einzugestehen; sie hatte sich nie für Kunst interessiert, sondern immer nur für die Bilder des einen, in dessen Fußspuren sie die Fesseln ihrer Liebe getrieben hatten. In keiner Stunde ihres Studiums

aber hatte sie auch nur herausgefunden, nach welchem verborgenen Schatz sie suchte.
Hätte sie je die Angst und das Zaudern der Schwachen kennen gelernt, wäre sie in diesen Wochen von Kampf und Niederlage mutlos geworden und vom Gipfel ihrer Courage in das Tal der Verzweiflung hinabgestürzt. Doch so erkannte Stella, dass sie tatsächlich eher die Enkelin ihres Großvaters als Brians Tochter war und lieber selbst nach dem Messer griff, als auf den Schnitter zu warten. Sie straffte, wenn sie morgens in den Spiegel blickte, ihre Schultern und zerkaute, ohne dass ihre Zähne knirschten, den Schmerz. Nachts knechtete sie ihre Melancholie und sie schalt sich ein Kind, das in mondloser Nacht in den Wald gelaufen war und nach der Sonne geschrien hatte. Auf einen Schlag, dessen erster Hieb schon andere vernichtet hätte, stellte sie sich der Realität. Sie gab ihre beiden Träume verloren – den mit dünnem Faden gewebten von der Kunst und den aus dem Silber der Sterne geschmiedeten von der Heimkehr nach Karibu.
Chebetis Stimme war nicht verklungen, der Druck ihrer Hände heilte wie in den Tagen der verlassenen Hütte am ausgetrockneten Fluss und Stella hörte sie auch reden. Die Erfahrene sprach von den jungen Bäumen, die in den Tod stürzten, weil sie nicht gelernt hatten, sich im Sturm unter dem Wind zu ducken. Auch war der Glanz in den Augen der Gazelle nicht matt geworden. Lilly trug immer noch ein rotes Kleid und lief mit langen Beinen in den Kreis aus Feuer, in dem die Schwester ihrer Kindheit auf sie wartete. Weil aber der listige weißhäutige Schütze in der Bibliothek den Bwana Mbuzi erwähnt hatte, wurde Stella wieder die Tochter, die jedem Wort seiner magischen gelbstieligen

Pfeifenkönigin vertraute. Sie kam nicht mehr von der Vorstellung los, ihr Vater würde ihr den Pfad weisen und sie müsste ihn gehen, um ihm die Ruhe zu geben, die sie selbst nicht fand. So machte sie sich bereit zu der Safari in ein Leben, in dem die Jägerin auf der Suche nach Beute nichts anderes finden würde als die Beruhigung des Gewissens. Klaglos sagte Stella dem Gott auf dem Berg hinter dem Wasserfall Kwaheri. Wie Chebeti es von ihr beim Abschied verlangt hatte, nahm sie sich vor, sich beim Aufbruch nicht umzudrehen und ihre Augen für immer vor der großen Sehnsucht zu schützen, die jene blendete, die sich ihr ergaben. Genau drei Monate und zwei Tage nach der Rückkehr aus Brighton erklärte sie Fernando, sie würde ihn heiraten.

Als Stella dem großväterlichen Rat folgte und den Schlüssel zur Schatulle ihres Herzens wegwarf, saßen die beiden an der Theke einer schmuddeligen kleinen Bar am Leicester Square, in der zwei Frauen nicht von Männern zu unterscheiden waren und ein Mann eine kupferfarbene Damenperücke trug. Die hatte Fernando zu einer ausführlichen Analyse über die Veränderungen der Zeit animiert, Stella zu der knappen Bemerkung, dass der Kontrast ihrer Erinnerungen ihnen eine befriedigende Einigung über ein so schwieriges Thema wie die Zeit verwehrte. Das Gespräch über den Film, aus dem sie soeben gekommen waren und der ihnen beiden nicht gefallen hatte, führte sie wieder zusammen. Nach einem wohltuend gleichzeitigen Ausbruch von Heiterkeit und weil ein Gast die Musikbox zu laut aufgedreht hatte, waren sie jedoch sehr abrupt ins Schweigen verfallen.

Als Stella den Schicksalssatz sagte, gab sie ihrer Stimme

weder Klangfarbe noch Erregung. Wie schon die ganze Zeit, legte sie Streichhölzer in einer kleinen Bierlache zu gleichschenkeligen Dreiecken. Trotzdem wunderte sie sich, dass Fernando weder mit Staunen noch Freude reagierte. Tatsächlich hatte er sie überhaupt nicht gehört; er war gerade dabei, die ausgemusterten Streichhölzer sorgsam zu trocknen und mit seinem Taschentuch die Theke sauber zu reiben. Als er hochschaute und sah, dass Stella ihn beobachtete, lächelte er verlegen. Seine Penibilität erschien ihm unangenehm typisch für seine Person und äußerst skurril an einer Stätte, in der die Aschenbecher überquollen und mehr schmutzige Gläser als Gäste herumstanden.

»Sorry«, sagte er, »ich bin der einzige Mann, den ich kenne, der einen Putzfimmel hat.«

»Ich werde dich heiraten«, wiederholte Stella, »kannst du mich hören?«

»Ja«, nickte er und hielt sich die Ohren zu, »was das achte Weltwunder ist bei dieser lausig lauten Musik.« An der Tür setzte Stimmengewirr ein, er drehte sich nach den vier jungen, nicht mehr nüchternen Männern um, die auf den Tisch in der Ecke zusteuerten, und schüttelte verärgert den Kopf. Zwei von ihnen bedrohten einander mit Flaschen. Erst da fiel ihm auf, dass Stella lachte und dass ihre Schultern bebten und sie ihm sein feuchtes Taschentuch entrissen hatte und es nun wie eine Fahne über ihren Kopf schwenkte.

»Was in aller Welt treibst du da?«

»Ich habe dir soeben einen Heiratsantrag gemacht. Zwei, um genau zu sein, Sir.«

Er stöhnte so laut »Mein Gott, nein!« und schlug so heftig

mit beiden Händen auf die Theke, dass der Barkeeper erschrak, mit der Ginflasche ein Glas berührte, das auf den Steinboden fiel, und gellend fluchte. Aus dem Streit des angetrunkenen Quartetts wurde beifälliges Johlen. Die beiden Frauen, die wie Männer aussahen, kicherten wie Schulmädchen.

»Da siehst du, was du angerichtet hast«, rügte Stella.

»Sag das noch einmal«, flüsterte Fernando.

»Da siehst du, was du angerichtet hast«, brüllte Stella.

In diesem Augenblick, da Fernando den Mund aufmachte und wieder zu, ohne dass es ihm gelang, ein einziges Wort zu sagen, vertraute sie der Liebe zwischen Mann und Frau wie ein Ertrinkender dem rettenden Lebensring. Sie sah, dass seine Augen weder das Glück noch die Tränen halten konnten und dass er den Kopf senkte. Stella spürte aufgewühlt, dass er seinem Gott, von dem sie nichts wusste, für die Gnade dankte, die ihm widerfahren war. Als Fernando sie küsste, verbrannten seine Lippen die ihren wie in keiner der Nächte des Verlangens. In diesem einen Moment sahen ihre Augen noch nicht einmal mehr den Schatten der Dik-Diks, die im Gebüsch standen, ihre Ohren bewegten und einander erzählten, dass sie sterben würden, wenn man sie trennte.

»Lady Godiva, weißt du, was du da tust? Hast du vergessen, wer du bist? Ich werde in deinen Kreisen immer nur der hergelaufene Goanese sein.«

»Ich habe keine Kreise.«

»Und ich werde mein Lebtag nicht glauben, wozu das geführt hat. Wie um Himmels willen sollen wir es deinem Großvater beibringen?«

»Er weiß es«, lächelte Stella.

Er bestellte Champagner, über den sich wieder beide einig waren, dass er wie Seife schmeckte. Dennoch wurden sie so berauscht, dass sie wieder von der Hängematte im Tropenwind und den Drillingen sprachen, die sie nie mehr erwähnt hatten, und beim Gedanken, sie könnten sich je streiten, stritten sie, wie es nur die Verliebten in den Wolken der Seligkeit zu tun vermögen. Sie schworen, sich keinen Tag zu trennen und ihre silberne Hochzeit in der Bar am Leicester Square zu feiern, in der das Wunder geschehen war. Sie glaubten einander jedes Wort. Fernando nahm, auch wie beim ersten Mal, die Hintertreppe zu Stellas Zimmer und schlug am nächsten Morgen vor, schon im Frühjahr zu heiraten.
»Erst muss ich mit dem Studium fertig werden«, erschrak Stella, »das habe ich meinem Großvater versprochen.«
Drei Monate später bat sie ein Kommilitone aus Nigeria, ihn zu einer Ausstellung afrikanischer Kunst in der King's Road zu begleiten. Sie lehnte betreten ab und kannte den Grund. Und doch stand sie an einem Spätnachmittag vor der kleinen Galerie; davor war ein freundlicher Schwarzhäutiger, der beim Lachen alle Zähne zeigte, den gleichen Gürtel aus Büffelleder wie Mboja trug und dem sie Jambo sagte, obwohl sie das Wort vergraben hatte.
»Im linken Zimmer sind Plastik und Handwerk«, sagte er, »rechts die Bilder. Sie sind wunderschön.«
»Ich weiß«, sagte Stella.
Als der Sturm ihren Kopf spaltete und ihr Herz zerriss, hatte sie nur ein einziges Bild gesehen.

11

Jetzt nicht«, stöhnte Stella, »jetzt nicht mehr.«
Sie öffnete die Augen, obwohl der Nebel des Schocks noch dicht war. Chebetis besorgte Stimme wurde jedoch zu laut für den Schlaf der Flüchtenden; die schwingenden, ohrenstreichelnden Kikuyulaute waren so unvermittelt wie ein Donnerschlag, der das gute Schweigen der Mittagshitze mit einer scharfen Panga zerschneidet, in die dornenharte Sprache eines kratzenden Cockneydialekts übergegangen. Als Stella wieder so klar sehen konnte, dass die Wände nicht mehr wie wütende Büffel auf sie zustürzten, hörte sie auch den dumpfen Klang der Trommeln unter dem Affenbrotbaum nicht mehr, die seit dem schreienden »Nein« ihres Entsetzens geschlagen worden waren. Die salamandergrünen und feuerrot kreisenden Sonnenpunkte lösten sich auf in einem diffusen, blassgelben Licht. Die ungehorsame Reisende, die auf der von Mungu verbotenen Safari in einen tiefen Brunnen gefallen war, weil sie sich umgedreht hatte, statt mit hoch erhobenem Kopf nur auf den Horizont zu schauen, versuchte zu lächeln.
Als Stella merkte, dass ihr Mund auf keinen Befehl reagierte, suchte sie die Hand, die ihre Augen geschützt hatte. Weil sie die nur mit Mühe fand, nahm sie sich vor, sich zunächst nur auf ihren Rücken zu konzentrieren und ihn

von der Scheibe einer breiten Glasvitrine loszubekommen, und doch hielt sie den Atem in der Brust zurück, um die entscheidende Bewegung noch hinauszuzögern, bis die Kraft ihres Kopfes imstande war, auch die Glieder zu beleben. Sie spürte, dass es nicht klug sein würde, sich vor der Zeit aus dem Schutz der Scheibe zu wagen. Es ängstigte Stella, dass ihre Lippen bereits versengt und die Gelenke steif wie ein Eisenrohr waren und dass ihre schwarzen Schuhe bis zu ihren Knien reichten. Am meisten beunruhigte es sie, dass sich ihr Kleid im feuernährenden Sturmwind wie ein Ballon aufblähte. Als sie aber am Rocksaum zog, griff sie in den festen Wollstoff eines langen grauen Mantels. Sie fing an zu zittern, als sie spürte, dass ihre Zähne aufeinander schlugen und die Zunge ihnen nicht mehr entkommen war.

»Hier, Dearie, ich habe Ihnen einen Stuhl geholt«, sagte eine ältere, rosagesichtige Frau in einem rosa Angorapullover mit winzigen rosa Perlen auf einem weißen Kragen, »setzen Sie sich, dann wird Ihnen gleich besser. Mein Gott, Sie sehen ja aus wie eine Leiche. Und ganz blaue Lippen! Ich sage ja immer, dass die hier zu viel heizen. Wahrscheinlich glaubt Big Boss, Bilder aus Afrika brauchen so eine ungesunde Affenhitze. Für den Blutdruck einer alten Frau wäre es auch besser, wenn wir Eisbären ausstellen würden. Oder wenigstens wie früher ein paar schöne Weihnachtsbilder mit Schnee und Rotkehlchen auf Zweigen von schönen Stechpalmen. So was gehört doch schließlich zu dieser Jahreszeit.«

»Mit mir ist nichts, wirklich nicht. Bitte, machen Sie sich um mich keine Sorgen. Ich glaube, ich habe heute nur zu wenig gegessen.«

»Genau wie meine Tochter. Seitdem es diese verdammten Miniröcke gibt, spielt ihr jungen Leute ja alle verrückt und hungert euch zu Tode. Jetzt hole ich Ihnen erst einmal eine schöne Tasse Tee. Da wird Ihnen gleich besser.«

»Danke«, sagte Stella, »Sie sind sehr freundlich, wirklich sehr freundlich. Ich bin es nicht gewohnt, jemandem Mühe zu machen.«

Sie wartete auf dem Stuhl, bis die bekümmerte Alte, die nach Lavendel roch und das rechte Bein nachzog, aus dem Zimmer hinkte. In einem kleinen Nebenraum mit einem Schild an der geöffneten Tür, auf dem »Private« stand, lief Wasser in einen Teekessel. Der Deckel einer Blechdose fiel zu Boden. Die Frau tadelte ihre Nachlässigkeit erst in hohen, zischenden Tönen und dann mit einem derben Fluch. Danach hörte Stella nur noch die eigenen hastigen Atemzüge. Sie stand auf und gab sich Mühe, den Stuhl mit den Metallbeinen nicht zu bewegen. Sehr langsam und so leise, als müsste sie die wunderbar erlösende Stille vor dem kleinsten Geräusch ihrer Schritte bewahren, ging sie auf die Wand mit dem Bild zu.

»Ist gleich fertig, der Tee«, rief die Frau, »ich habe auch Ingwerkekse gefunden. Ingwer kriegt selbst ein totes Pferd wieder lebendig.«

Das Ölgemälde hing auf der Breitseite des Raums zwischen der farbfrohen Darstellung einer Marktszene aus Dakar und einem großflächigen Aquarell, das lichtvolle Meeresimpressionen mit Palmen, weißem Sandstrand und einem dreimastigen arabischen Segelfahrzeug zeigte, wie sie typisch für die Gewässer der ostafrikanischen Küste sind. Stella sah nur ein einziges Bild. Es wurde von einer Stehlampe ohne Schirm beleuchtet, war höher und breiter als

die übrigen und hatte einen mit goldfarbigen Ornamenten reich herausgeputzten Rahmen aus Ebenholz, auf dem ein kleines goldenes Schild mit der Aufschrift »Junge afrikanische Frau« angebracht war.
Wie Stella in dieser ersten Nacht ohne Schlaf und ohne Ende in der mitgenommenen Broschüre nachlesen konnte, verkörperte »die rätselhafte Schöne auf beredsame Weise jenen unvergänglichen Zauber Afrikas, den wir durch die Eskalation der jüngsten politischen Entwicklung bereits für immer verloren gegeben hatten«. Der Kunstbetrachter, der in seinem Beitrag auf seine vielen Reisen nach Marokko hinwies, hatte dem Porträt der jungen afrikanischen Frau sehr viel mehr Aufmerksamkeit als den übrigen Exponaten gewidmet. Weil sie gleichzeitig den Betrachter anschaute und ihm ihre Schulter zuwendete, hatte er im letzten Absatz auf die »anrührende künstlerische Nähe« zu Vermeers Bild »Mädchen mit der Perle« hingewiesen, die er als »wenn vielleicht auch nur zufällig, dann doch als einen Beweis für den erstaunlich sicheren künstlerischen Instinkt des Schwarzen Kontinents« wertete.
Die für den Marokko-Kenner »mystische Schönheit« hatte, was ihm trotz einiger Vergleiche mit der afrikanischen Fauna nicht aufgefallen war, die Augen einer Gazelle. Ihre Haut war so hell wie die wirbelnden Lichtflecken in einem von dichten Lianen bewachsenen Wald, das Gesicht sehr schmal, die Lippen auffallend rot, der Hals schlank und lang. Es war die Farbe der nie untergegangenen Sonne von Karibu in dem zu einem Turban geknoteten Tuch gewesen, das Stella vor dem Moment ihrer Blendung wieder erkannt hatte.
»Und die Ohrringe«, murmelte sie, »schimpf noch einmal,

Chebeti. Nur deine Stimme kann mich jetzt fest genug halten.«

Die zwei großen goldenen Gardinenringe, die an einer feinen schwarzen Lederschnur von sehr zierlichen Ohren baumelten, hatte Lilly, die Kluge mit den drei Zungen, seit dem stolzen Tag getragen, da der Bwana Mbuzi in seinem Atelier mit einer weißen Hand jene Glut auf ihrer Haut entzündet hatte, die ebenso wenig zu löschen gewesen war wie die Todesflammen in dem Haus aus Stein. Stella erinnerte sich, als sie das Bild fixierte und das Salz in ihren Augen zu Eiskristallen erstarrte, zum ersten Mal seit dem Tag des Geschehens an den Zorn auf Chebetis Gesicht – die Gardinenringe waren immer im Nähkasten auf dem kleinen Teewagen im Esszimmer gewesen und Chebeti hatte sie überall gesucht, auch in der Küche und im Rosenbeet, und sie dann an Lillys Ohren entdeckt. Im Augenblick ihres Zorns hatte die gelassene Geduldige mit den zupackenden Händen, die selbst einen diebischen Hund verschonten, ihre besondere Tochter geschüttelt und sie mit einem Wort beschimpft, das Stella noch nie gehört hatte. Nun im Angesicht des Porträts, das in ihr alles auslöschte außer dem alle Sinne sprengenden Verlangen nach den Farben, dem Duft und den Klängen der zu Asche gewordenen Tage, gab sie sich große Mühe, sich an das so unvermittelt aufgetauchte Wort zu erinnern. Es erschien ihr wichtig – wie ein Wegzeichen, das aus einem Labyrinth führte. Die Anstrengung war so erschöpfend und so vergeblich, dass sie die Schweißperlen auf ihrer Stirn mit denen zu verwechseln begann, die violett auf Lillys Wangen und Nase geglänzt hatten, als Chebetis Fluch zu der Jagd auf den Glanz der goldenen Gardinenringe aufgebrochen war.

Stella empfand es als angenehm, dass sie allein in der Galerie war und dass es draußen dunkel wurde. Einen kurzen Moment schaute sie zu den weihnachtlich dekorierten Auslagen der Geschäfte auf der gegenüberliegenden Seite der Straße hin. Sie erblickte zwei große, rotnasige Rentiere vor einem mit silbernen Päckchen beladenen Schlitten in einem Schnee aus Watte und stellte erleichtert fest, dass sie nicht mehr nach dem Wort suchte, mit dem Chebeti ihre Tochter beleidigt hatte. Der liebenswürdige Schutzengel im Angorapullover hantierte immer noch im Nebenraum, rechtete ungeduldig mit dem Kessel, der sie zu lange auf das kochende Wasser für den Tee warten ließ, und zankte, allerdings sehr gutmütig und auch zärtlich, mit einer Katze, die Queenie hieß; sie warf ihr Gefräßigkeit, Faulheit und den typischen Standesdünkel der King's Road vor. Sofort danach hörte Stella, wie Milch in einen Blechteller geschüttet wurde und die Katze laut schnurrte.
»Du bist wirklich ein Snob«, sagte die Frau, »zu meiner Zeit haben Katzen noch Mäuse gefangen, wenn sie Hunger hatten.«
Vorsichtig berührte Stella den schweren schwarzen Rahmen des Bildes. Als sie mit einem Finger über den gelben Turban strich, sah sie sich ebenso rasch und schuldbewusst um wie als Fünfjährige, wenn sie in Brians Atelier ein Bild angefasst hatte, ehe die Farben getrocknet waren und er sie mit dem Fauchen von jungen Servalkatzen gescholten hatte. Sie konnte sich zu genau an Lillys Porträt erinnern, das ihr zuerst den Vater und danach die Freude und die Sicherheit des Seins gestohlen hatte, um selbst in dem verstörendsten Moment der Konfrontierung mit der Vergangenheit auch nur die Möglichkeit zu erwägen, es könnte

das Bild aus Karibu sein. Brian hatte ein junges Mädchen in einem roten Kleid aus dem Feuer der untergehenden Sonne gemalt, das auf das Leben jenseits der Kindheit lauerte.

In der Galerie in der King's Road sah Stella jedoch eine Frau, deren skeptischer Blick wissen ließ, dass sie auf eine sehr lange Safari gegangen und noch nicht am Ziel angekommen war. Sie trug eine tief ausgeschnittene weiße Bluse, die aufreizend um ihren schlanken Körper gewickelt war, und eine Kette aus farbigen dicken Holzperlen mit winzigen Muscheln dazwischen, wie sie seit kurzem in kleinen, exotischen Geschäften der Carnaby Street als der für Afrika charakteristische Schmuck angeboten wurden. Stella erinnerte sich der Ketten aus Sicherheitsnadeln, die sie und Lilly am Wellblechtank zusammengesteckt hatten. »Jetzt«, sagte der Bwana Mbuzi, »seid ihr Frauen.«

Der halb geöffnete Mund der schönen Schweigerin wirkte zu grob im Verhältnis zur feinen Nase und dem kleinen Kinn – die Konturen der Lippen waren zu stark in einem grellen Zyklamton betont worden. Die Zähne aber glänzten noch immer in dem Weiß, das in mondlosen Nächten aufleuchtete, wenn der erste Funke aus Feuersteinen sprang, die lange aneinander gerieben worden waren. Unverändert war auch der antilopensanfte Ausdruck in den großen Augen. Sie wussten immer noch alles und staunten doch, weil alles Wissen die Sehenden stets zu neuen Ufern treibt. Obwohl die Beine unter einem langen, mit Feuerlilien bedruckten grünen Rock verborgen waren, zweifelte Stella, als sie lächelte, keinen Herzschlag lang, dass die sehr lang waren und höher springen konnten als die der Erdverbundenen, die die Gipfel der Mondberge scheuten.

Es bewegte sie, dass das Bild ihres Vaters von einem sehr stilbewussten Künstler kopiert worden war. Der hatte trotz der Veränderungen von Kleidung und Ausdruck die Stimmung des Originals erhalten. Sie versuchte, sich den Maler vorzustellen, der wie einst ihr Vater von einem heranreifenden jungen Mädchen Jahre später von der Schönheit einer hellhäutigen Kikuyufrau betäubt worden war. Sie brauchte indes nicht den sicheren Instinkt der erfahrenen Jägerin zu bemühen, um zu wissen, wer dem berauschten Unbekannten Modell gesessen und weshalb sich dieses Modell abermals aus dem Tuch der Mutter einen gelben Turban gebunden hatte. Der Schlag traf. Von einer Sekunde zur nächsten war Lilly für die, deren Wurzeln auch im Feuer nicht verbrannt waren, nicht mehr Erinnerung, Wehmut, Trauer, nicht mehr das fünfzehnjährige Mädchen, das im ersten grauen Licht aus Karibu geflohen war und ihrer Schwester nicht hatte Kwaheri sagen dürfen. Lilly war, wie die Gazellen am frühen Morgen, aus dem Schatten, der die Sicht verwehrte, lautlos ins Licht getreten und sie streckte ihre Arme aus, um Stella zurück in den Kreis zu ziehen, aus dem sie getreten war.
»Das darfst du nicht«, wehrte sich Stella, »es ist zu spät«, aber noch vor ihrer Stimme hörte sie ihr Herz trommeln. Sie senkte ihren Kopf, wie es die Ohnmacht im Moment des Geschehens den Verzweifelten befiehlt, doch sie hob ihn sofort wieder, denn sie spürte keine Last auf den Schultern. Um den Jubel willkommen zu heißen, der in ihr dröhnte, spannte sie ihre Arme zum Bogen. Noch war sie entschlossen, nicht dem Gift der Schlange zu erliegen, die den ersten Schritt vom vorgezeichneten Weg in die Zukunft zu einer jederzeit verzeihbaren Sünde verfälscht. Die

Schlange glitt mit einem Körper aus Silber zurück in das hohe Gras. Stella setzte sich zurück auf den Stuhl in der Ecke, drückte ihren Rücken an die harte Lehne, um nur noch den Körper zu spüren, und bat den Pfeifen rauchenden Hirten, dem sie als Einzigem vertraute, weil sie nur ihn lieben konnte, um Beistand in dem Nebel ihrer vernichtenden Fantasie.

»Danke sehr«, sagte die Verirrte; sie schlürfte mit kleinen Schlucken den Tee, den die Menschenfreundliche mit den rosa Perlen auf dem weißen Kragen ihr brachte. Der Dampf, der ihr aus dem dickwandigen weißen Becher mit dem Bildnis der englischen Königin in einem Kranz von roten Rosen entgegenschlug, machte sie auf eine wohltuende Weise träge. Den zu stark gesüßten Tee empfand sie wie den Balsam aus den blauen Honigblumen, die auf dem Grab ihrer Mutter gewachsen waren, obwohl sie niemand dorthin gepflanzt hatte. Sie sah, als sie die Augen schloss, einen weißen Schmetterling hochfliegen und hielt ihn für einen Schimmel mit Flügeln.

Die Katze, ein schwergewichtiges Tier mit dichtem grauen Fell und Augen aus grünem Opal, schlich herein und strich schnurrend um Stellas Beine, als hätte sie sehr lange auf eine gewartet, die in der King's Road mit fauchenden Servalkatzen Zwiesprache hielt und den Schimmel aus der Not ihrer Kindertage gesattelt hatte. Stella nahm die Zutrauliche hoch, setzte sie auf ihren Schoß und beugte sich tief zu der warmen Krallenlosen herab, um ihr Ohr an deren Hals zu legen und sie schnurren zu hören. Beide schauten zum Fenster in den dünnen Regen hinaus und erblickten, obgleich der Himmel wolkenverhangen war und nur sie ihn sehen konnten, einen Regenbogen aus Phosphorfarben.

»Ein Regenbogen verheißt allen Menschen Hoffnung«, raunte Stella der Katze zu, »das hat uns der Bwana Mbuzi erzählt.« Als ihr auffiel, dass sie Suaheli gesprochen und »uns« gesagt hatte, biss sie sich auf die Lippen, doch ihre Zähne waren stumpf und konnten nicht durch den Blitz des Schmerzes dringen.

»Die Ingwerkekse«, drängte die Frau und schüttelte die Blechdose, »es geht nichts über Ingwer, wenn die Welt auseinander fällt.«

»Woher wissen Sie?«, staunte Stella.

»In meinem Alter weiß man fast alles. Leider.«

»Ich meine, dazu muss man nicht alt werden.«

»Das habe ich auch gedacht, als ich so jung war wie Sie, aber es wird immer schlimmer. Das können Sie mir glauben. Gott sei Dank gibt es wieder anständige Ingwerkekse. Wenn ich an das Zeugs denke, das sie uns im Krieg verkauft haben, wird mir heute noch schlecht.«

Eine Zeit lang grübelte Stella, ob Lilly, die immer eifriger und mit sehr viel mehr Talent gezeichnet hatte als die weißhäutige Tochter des Bwana Mbuzi, nicht aus dem gleichen Grund Malerin geworden sein könnte, der sie selbst zur Kunst getrieben hatte. Sie verschluckte aber genau zur richtigen Zeit das Lachen der Klugen, um die weise Behüterin der Katze und Keksdose nicht zu erschrecken. Je länger sie nämlich über die Möglichkeit nachdachte, Lilly könnte eine frei schaffende Künstlerin geworden sein, desto weniger vermochte sie sich vorzustellen, dass Chebetis besondere Tochter auf die wahnwitzige Idee gekommen sein könnte, es würde einer Frau gelingen, sich in Kenia durch den Verkauf von Bildern zu ernähren. Lilly war keine Träumerin gewesen.

»Ich glaube, sie wird nach Nairobi gegangen sein«, erklärte Stella der Katze, »sie hat mal gesagt, sie wollte ganz reich werden und jeden Tag Bus fahren.«
Weil der Pfad ihrer Erinnerungen zu eng bewachsen war und die gierigen Schlingpflanzen aus den verbrannten Tagen immerzu nachwuchsen, gelang es ihr bald nicht mehr, in dem Gestrüpp noch den Mann auszumachen, dem sie in der Bar am Leicester Square auf immer ihre Treue versprochen hatte. Stella sah, als sie entmutigt den Kopf schüttelte und die falschen Sterne an einem falschen Himmel strahlten, statt Fernandos Augen lange schlanke Finger mit schwarzer Haut und eierweißen Nägeln. Die waren dabei, phantastische Figuren in die rote Erde am Rande des Pyrethrumfeldes zu drücken. Noch ehe Lilly lesen lernte, hatte sie mit dem bedeutsamsten Spiel der Regenzeit begonnen – bei Tagesanbruch pflegte sie kleine gezeichnete Botschaften zu setzen; um die Mittagszeit, wenn der Lehm getrocknet war, hatte Stella sie deuten müssen. Die verschwörerischen Mitteilungen waren auf dem ganzen Weg von Chebetis Hütte bis zu dem Gebüsch der verrückten Hühner aus Eldoret zu finden gewesen.
»Du hast auf mich gewartet und ich bin nicht gekommen«, sagte Stella, »und dann bist du weggelaufen.«
»Pardon?«, rief die Frau aus der kleinen Küche. »Ich höre nicht mehr so gut wie früher. Möchten Sie noch eine Tasse Tee?«
»Ich laufe nie weg, wenn ich warte«, widersprach Lilly. Sie war acht Regenzeiten alt und hatte noch keinen eigenen Geburtstag.
Es war dieser eine Satz vom nicht Weglaufen und die mit einem Mal so deutlich gewordene Erinnerung an die Kin-

derzeichnungen im Lehm, die Stella noch mehr beunruhigten als das Porträt an der Wand. Weil das Echo von Lillys Stimme über die Berge von Raum und Zeit gerollt war, verweilte Stella zu lange in dem Tal, in dem jenes mystische Unkraut wuchert, dessen Genuss dem Verstand untersagt ist, weil jedes Blatt die überhitzte Phantasie immer weiter zu ihrem gefährlichen Siedepunkt hetzt. Zwar schützte sie ihre Augen vor der Schweigenden im gelben Turban mit beiden Händen und ihre Ohren vor deren Stimme, doch es gelang der Besessenen nicht mehr, sich von der Einflüsterung zu befreien, dass nicht der Zufall und auch nicht ihre Sehnsucht nach Afrika sie in die Ausstellung geführt hatten, sondern der schwarze Gott Mungu aus den Bergen von Thomson's Falls. Zwar fand Stella diesen Gedanken naiv und kindisch und einer unwürdig, die aus Chebetis Brust die Milch der klugen Überlegung getrunken hatte. Und doch blieb sie überzeugt, dass Mungu ihr mit Lillys Bild endlich seine so lange zurückgehaltene Botschaft hatte zukommen lassen: Die Schwester, die sie nicht hatte vergessen können, wartete auf sie.

In den acht Jahren, die seit ihrer Vertreibung aus Karibu vergangen waren, hatte sich Stella die Vertraute ihrer Kindheit, die einzige Freundin, die sie je hatte haben wollen, nie als die früh gereifte, sich ihrer Stärke allzeit bewusste Frau vergegenwärtigen können, die sie selbst geworden war. Sie hatte oft versucht, mit Lilly den Weg in die Fremde zu gehen, die Flucht von der Farm mit ihr zu erleiden und mit ihr an der Gabelung zu stehen, die in die große Stadt und die neue Zeit führte. Doch in dem Herrenhaus in Mayfair mit den Chippendale-Möbeln im blauen Salon, dem allmorgendlich geputzten Silber auf dem Frühstückstisch, in dem Garten mit Goldfischteich und alten Bäumen und im sanften Rhythmus ihres behüteten Lebens hatte Stella die flüchtende Gazelle mit dem Bild aus Brians Atelier nie weiter kommen sehen als bis zu den Feldern mit den schützend hohen Pflanzen, in denen sie selbst mit Chebeti aus Angst vor den Augen der Neugierigen auf dem qualvollen Weg nach Nakuru geschlafen hatte.

»Du gottverdammter Idiot«, seufzte sie.

»Vorsicht, Queenie versteht jedes Wort. Die Dame ist sehr übelnehmerisch.«

»Sie hat mich beleidigt, nicht ich sie.«

»Sie sind schon eine«, lachte die Frau. »Sie gefallen mir.«

England hatte Stella nicht, wie sie noch auf dem Schiff befürchtet hatte, ihre beiden geliebten Sprachen gestohlen und schon gar nicht die Sterne von Karibu, aber das Vermögen, sich das Leben und die Menschen in der einzigen Heimat ihres Herzens vorzustellen. Weder Wunschtraum noch Realitätssinn und schon gar nicht das, was über Kenia zu lesen war, konnten ihre Fragen beantworten. Heiratete ein von der Welt der Weißen so stark gezeichnetes Kikuyumädchen wie Lilly noch einen der Ihren oder fand es eine der für Frauen üblichen dienenden Stellungen, als hätte keiner Chebetis besonderer Tochter den Zauber der Buchstaben und Farben vermacht und sie die Freiheit der eigenen Entscheidung gelehrt? Wie ging das unabhängig gewordene Kenia der Afrikaner mit denen um, die nicht die Weißen zu hassen gelernt hatten?

Auf ihren nächtlichen Safaris und auf dem schmalen Grat der frühen Melancholie war sie stets nur dem Mädchen im roten Kleid begegnet, mit dem sie palavernd unter den Dornakazien im versengten Gras gelegen hatte. Obgleich

Stellas Farben ihren Glanz nie verloren hatten, der Flamboyantbaum und der Pfeifentabak noch dufteten und das Echo von Mbojas fröhlichem Gelächter auf den Straßen Londons und selbst in den Wintern des Missvergnügens nicht verhallte, hatten weder ihr Intellekt noch ihre Phantasie ausgereicht, um die in Karibu begonnene Geschichte zu Ende zu schreiben. Noch ahnte sie nicht, dass sie es tun würde, noch wehrte sie mit energischer Hand das Verlangen ab, die Tinte für den ersten Satz der neuen Chronik auf den Tisch zu stellen, aber die Furcht vor der Tat war schon da.

»Schon sieben Uhr«, sagte die Frau, nahm die Katze von Stellas Schoß und legte die grau bepelzte Widerstrebende auf die eigene Schulter, »es tut mir Leid, aber ich muss pünktlich schließen. Schade, es war so richtig gemütlich mit uns beiden. Gar nicht wie sonst. Sonst langweile ich mich schrecklich bei diesen blöden Bildern. Es kommt ja auch kaum einer vorbei, um sich so was anzuschauen.«

»Ich komme ganz bestimmt wieder. Ich habe es Queenie versprochen.«

»Komisch, sonst macht sie sich nichts aus Fremden.«

»Wir waren uns nicht fremd. Wir haben uns wunderbar unterhalten.«

»Früher konnte ich auch mit Katzen sprechen. Wenn man alt ist, redet man nur noch mit sich selbst.«

Es hatte zu regnen aufgehört. Die Luft war tropfenschwer und roch nach Benzin und den frischen Mincepies, die eine zitronengelb beschürzte Kellnerin auf einem Silbertablett in die Teestube neben der Galerie trug. Dicht gewundene Girlanden aus künstlichen Tannenzweigen, von denen Lampions in Form von goldenen Glitzersternen und Monden mit grinsenden Gesichtern zwischen Wolken aus weißem Filz baumelten, überspannten die Straße. Sie wippten in einem leichten Ostwind, der Stellas Stirn vom Fieber der Phantastereien und den geliebten Gespenstern Afrikas befreite. Irisierende Farbflecke spiegelten sich in Pfützen und tanzten auf den Chassis der schnell vorbeifahrenden Autos in den Abend. Ein Liliputaner in einem gelben Jackett und mit zerbeulter Melone, auf der ein Union Jack aus Papier vor Nässe tropfte, spielte auf einer verstimmten Geige »God rest you, merry Gentlemen«. Elegant gekleidete Mütter mit weihnachtlich verschnürten Paketen und stadtblassen Kindern, die an rot glasierten Äpfeln auf gestreiftem Pappstiel lutschten, hasteten die King's Road entlang. Gestiefelte Teenager in Minikleidern, die nicht nur Sir William für einen Gürtel gehalten hätte, starrten mit blau gefrorenen Lippen in eine Boutique mit Damenwäsche aus Paris und kicherten so mädchenhaft wie einst die lang berockten Unschuldigen zur Zeit der Königin Victoria. Sie schwangen ihre Hüften zu der Musik, von der ihre Augen träumten.

Stella schwindelte im Trubel. Nach dem gedämpften Licht und der Katzenwärme in der Galerie ertrug sie weder die Dissonanzen des Lärms noch die plötzliche Helligkeit. Als sie ihre Beklommenheit hinunterschluckte, spürte sie den Geschmack von Ingwer und Salz auf der Zunge und einen scharfen Stich in der Brust, der sie ängstigte. Sie lief mit weit ausholenden Schritten los, doch sie stolperte beim vierten über einen Gullydeckel, musste sich an einer Laterne festhalten und schaute geniert auf ihre Schuhe. Ihr war es, als wäre ihr der Weg, nicht jedoch das Ziel angewiesen worden und sie müsste es ausmachen, ehe sie der

Nebel verschlang, dessen erste Schwaden sich tatsächlich über den Dächern und zwischen den Antennen zusammenballten.

In der Ratlosigkeit jener Verirrten, die noch mehr um ihre Sinne als um die drohende Gefahr bangen, schloss sie die Augen. Um ihre innere Balance wieder zu finden, nahm sie sich vor, sich nur mit den Details des Alltags zu beschäftigen. Sie versuchte, sich Wand für Wand den Unterrichtsraum in der Hochschule vorzustellen, die Gesichter der Kommilitonen, den Goldfischteich im Winter und ihr Schlafzimmer mit der Tagesdecke aus blauem Satin. Der feine Stoff leuchtete so verführerisch im Schein der Jugendstillampe mit der nackten Nymphe aus Bronze, dass sie sich sogar beim durchdringenden Hupen eines Lastwagens an die Vibration in Fernandos Stimme erinnerte; er nannte sie zum ersten Mal Lady Godiva und sie hörte sich von ihrem geflügelten Schimmel erzählen.

Als hätte sie nur ihr Gedächtnis prüfen wollen, ging sie entschlossen zu dem Spielzeugladen mit den zwei Rentieren, den sie von der Galerie aus gesehen hatte; mit einem Mal erschienen ihr die rotnasigen Stofftiere mit dem dümmlichen Gesichtsausdruck als die beiden Fixsterne, die sie aus dem spukenden Irrgarten herausgeleiten würden.

Auf einem Schlitten im Schnee aus Watte saß ein winziges Eichhörnchen in einem grüngelben Schottenkilt und mit roter Samtschleife um den buschigen Schwanz. Im wehmütigen Gedenken an Fernandos Luftschloss in Schottland im Mai der ersten Liebe beschloss Stella, es ihm zu Weihnachten als Talisman zu schenken. Allein die Vorstellung von Fernandos verblüfftem Gesicht am Weihnachtsmorgen stimmte sie einen Augenblick so fröhlich, dass sie vor sich hinkicherte wie die Mädchen vor dem Wäschegeschäft. Die mit Eiskristallen und Bildern von Rotkehlchen geschmückte Ladentür war bereits von innen verriegelt. Eine Verkäuferin in einem knappen lila Röckchen mit groben schwarzen Netzstrümpfen und einer großen hummerroten Gummispinne als Haarschmuck schüttelte wasserstoffblonde Ringellocken. Sie streckte Stella abwehrend beide Hände entgegen. Die blutroten Fingernägel mit weißen Tupfen sahen aus wie die Fliegenpilze, in denen in englischen Kinderbüchern die Wichtel wohnen und Glockenblumen für die Feen läuten.

»Dann eben nicht«, zürnte Stella und blies die Schaufensterscheibe warm, »Fernando hätte das Eichhörnchen sowieso nicht komisch gefunden.«

Ihr kam die flüchtige Überlegung, dass Fernando im Gegensatz zu ihrem Großvater selten skurrile Situationen so erheiternd empfand wie sie und auch nicht glaubhaft über sich selbst zu lachen vermochte, aber sie verjagte den Anflug von grollender Skepsis noch vor dem ersten Donnerschlag aus ihren Gedanken. Ohne zu merken, wohin sie ihre Füße lenkten und ohne vor irgendeinem Laden stehen zu bleiben, lief sie die belebte Straße entlang und ertappte sich dabei, dass sie wieder nach dem Wort forschte, das Chebeti ihrer Tochter wegen der Gardinenringe am Ohr entgegengeschleudert hatte. An der windgepeitschten Abzweigung zur Bourne Street kaufte sie mit einem spontanen Mitleid, das Lilly galt, von einem zahnlosen Mann, der mutlos in einem kleinen Holzkohlenofen stocherte, eine Tüte Maronen. Der Geruch erregte in ihr eine solche Übelkeit, dass sie die dampfenden Kastanien umgehend einem Bettler schenkte, der auf einer zerlumpten Wolldecke hockte und seiner flüchtenden Gönnerin laut nachfluchte. Ein Malteserhündchen in einem weißen, mit veilchenblauen Rüschen umrandeten Henkelkorb und farblich exakt dazu passender Klemme im seidigen Kopffell erschrak und heulte heiser mit.

»Du hast ja so verdammt Recht«, murmelte Stella, »ein Hund mit einer Haarklammer! Asaki hätte mich mit allen Zähnen ausgelacht, wenn ich ihr so was vorgeschlagen hätte.« Sie nannte Asaki in den hellen Lauten der Kikuyusprache eine von Mungu auserwählte Jägerin und dachte an die Frau in der Galerie und was die über Leute gesagt hatte, die mit sich selbst redeten.

Nicht nur ihre Hände waren klamm, als sie am Sloane Square ankam. Die Häuser, von denen sie jedes einzelne kannte, weil sie ihr immer besonders eindrucksvoll, nobel und geschichtsträchtig erschienen waren, hatten fremde Fassaden, die Menschen kein Antlitz. Eine Frau verkaufte Blumen ohne Farbe. Stella spürte eine psychische Erschöpfung, die sie mit hämischen Fangarmen in eine Grube zog. Sie brauchte viel Einfallskraft, um sich zu suggerieren, sie hätte sich wahrscheinlich in den zugigen Räumen des Seminars für die Kunst des georgianischen Zeitalters erkältet und wäre deshalb so niedergedrückt. Schließlich gelang es ihr aber doch, das Reißen der Glieder mit der Aussicht auf ein heißes Bad zu besänftigen und den tosenden Strom ihrer widerstreitenden Emotionen mit der Zuversicht, dass deren Wucht sofort nachlassen würde, wenn sie erst zu Hause wäre. Allein die Gewissheit tat ihr wohl, dass ihr Großvater sie mit seiner üblichen Ungeduld erwartete und dann, wie jeden Abend, vorgeben würde, er wäre nur zufällig noch nicht ausgegangen. Als sie den Bus

kommen sah, dachte Stella gerade darüber nach, um seinetwillen endlich Canasta zu lernen.
Mit schmerzenden Füßen kletterte die Erschöpfte in den Bus und merkte erst in dem Augenblick, da sie dem Schaffner ihr Ziel nannte, dass der Bus in die falsche Richtung fuhr. Sie wappnete sich gegen die Symbolik, die sich ihr aufdrängte. Der Uniformierte tadelte sie brummig, weil sie sich hingesetzt hatte und ein alter Mann mit einer schweren Tasche neben ihr stehen musste. Stella sprang verlegen auf, entschuldigte sich umständlich, stieg im letztmöglichen Moment an der nächsten Haltestelle aus und lief langsam zum Sloane Square zurück. Als nach fünf Minuten der richtige Bus vorfuhr, winkte sie ein Taxi heran; sie wunderte sich, dass es ihr gelang, dem Fahrer, ohne zu stottern, ihre Adresse zu nennen. Der Wagen war angenehm warm nach der feuchten Nachtluft, die Polster so weich und schmerzschluckend, dass es Stella sehr viel leichter wurde, als noch im Bus befürchtet, den hellen Pfad aufzuspüren, der sie aus dem umdüsterten Irrgarten von spätem Jubel und ahnungsvoller Angst führte. Als ihre Herzschläge sie nicht mehr beunruhigten und auch nicht mehr Fernandos Augen, besann sie sich auf eine vergessen gewähnte Gewohnheit der frühesten Kindertage.
Noch vor Sonnenuntergang am ersten Ferientag hatte Lilly mit einem Fleischmesser ein Loch in die Erde am Gebüsch mit den Dik-Diks gegraben und Stella, sobald es tief genug war, mit theatralischen Seufzern und Beschwörungen die Zeit hineingelegt, die sie nicht sehen wollte, ehe sie gekommen war. Der Zauber wirkte noch. Als das Taxi die ersten Straßen von Mayfair erreichte, lag in dem frisch ausgehobenen Loch das Bild einer jungen afrikanischen Frau, die ei-

nen Turban aus sonnengelbem Stoff trug. Sie sagte wie früher laut Kwaheri und zählte danach leise die vielen unterschiedlichen Bedeutungen des guten Wortes »Kessu« auf. Kessu hieß morgen, irgendwann, vielleicht oder nie.
Sir William riss, was er zuvor nie getan hatte, die Haustür auf. Stella stand noch am Goldfischteich. Statt, wie sonst immer und wie sie sich unterwegs ausgemalt hatte, mit selbstironischem Zwinkern anzudeuten, er sei nur zufällig nicht in seinen Club gegangen, lief er auf seine Enkelin zu und geleitete sie feierlich ins Haus. Er umarmte sie vor dem bronzenen Ritter mit Schwert, der eine grüne Bodenvase verteidigte, und er tat dies mit so festem Griff, als wäre Stella tatsächlich auf einer sehr langen Safari gewesen und er hätte nicht mehr mit ihrer Heimkehr gerechnet. Der Zupackende hatte die beige Tweedjacke mit den Lederflecken am Ellbogen an, die Stella mit ihm in der Vorwoche bei Simpsons ausgesucht und die er grantig für zu teuer und zu jugendlich befunden und erst nach langem Zureden des Verkäufers gekauft hatte. Der raue Stoff kratzte die Haut an Stellas Wangen auf und zu ihrer Bestürzung auch an den Salzkörnern in ihrer Kehle. Schon bei der ersten Berührung mit der großväterlichen Jacke löste sich ein gewaltiger Felsen in ihrer Brust und explodierte. So sah Sir William Robert Hood, der emotionelle Frauen verabscheute und noch mehr ihre Tränen, seine Enkeltochter, deren männergleiche Courage er bewunderte und die er deswegen liebte, zum ersten Mal weinen.
»Aber, aber«, sagte er auf die töricht ratlose Art, die er bei Männern verabscheute, wenn sie nicht gerade einem gestürzten Pferd Mut zusprachen. Er straffte seine Schultern und wühlte in der linken Hosentasche.

»Es ist nichts«, schniefte Stella in sein Taschentuch, »ich glaube, ich habe mir nur meinen blöden Knöchel verstaucht, und dann habe ich vor Schreck fürchterliche Kopfschmerzen bekommen und bin in den falschen Bus gestiegen. Ein richtiger Volltreffer.«
Der Schweigende glaubte ihr allenfalls den falschen Bus, denn er war zu lange beglückter Zeuge gewesen, dass seine Enkelin nichts mit den Frauen gemein hatte, derentwegen er seine Nachmittage in einem ledernen Ohrensessel in einem Club verbrachte, der nur Gentlemen Zutritt gewährte. Seine Stella hatte nie Kopfschmerzen und sie verstauchte sich auch nicht ihre Knöchel, denn ihre Beine waren aus seinem Fleisch. Die irrten nicht zwischen den Wolken umher; sie waren fest mit dem Boden des Lebens verwachsen. Sir William räusperte sich noch nicht einmal, als sein neues Jackett tränenfeucht wurde, und er versagte seinen stahlgrauen Augen wie in den Zeiten seiner Jugend das Begreifen und das Mitleid. Die Hände aber, die das Feuer auf Stellas Stirn mit einer Zärtlichkeit und Behutsamkeit löschten, die ihr Herz in zwei Teile zerriss, hatten in der Liebe das Lügen verlernt. Sie zitterten nicht und waren noch immer die energischen des jungen, hoch dekorierten Majors, der jeden Griff des Lebens beherrschte. Und doch ließen diese Hände Stella wissen, dass ihr Großvater nicht nur in seiner aktiven Militärzeit die Intuition gehabt hatte, eine Bedrohung so rechtzeitig zu wittern wie die Kanarienvögel in den Schützengräben des Ersten Weltkriegs das tödliche Gas.
»Liebeskummer?«, fragte er, obwohl er auch im hohen Alter nicht einen Funken mit dem Wetterleuchten am Horizont verwechselte. »Der vergeht. Außerdem hat Fernando

gerade angerufen und nach dir gefragt. Er klang mächtig aufgekratzt, der Bursche.«

»Kein Liebeskummer, Sir«, salutierte Stella. »Keine Kopfschmerzen und kein verstauchter Knöchel. Bloß ein schwerer Anfall von Sentimentalität. So etwas kommt vor. Vergiss es.«

»Nur die Feigen können gut lügen, Stella. Und Vergessen ist eines der wenigen Dinge, die du in deinem Leben nicht gelernt hast. Genau wie Canasta.«

»Du lebst mal wieder«, lachte Stella und wunderte sich nicht, dass sie es konnte, denn sie hatte die Brücke ans andere Ufer mit den Pfählen ihrer Liebe blockiert, »hinter dem Mond. Ich habe heute beschlossen, Canasta zu lernen.«

12

Ich tauge nicht für Weihnachten«, erkannte Stella, als die Standuhr im Spielzimmer ihren ersten Schlag tat. Beim sechsten und letzten drehten sich zwei goldene Herolde im Kreis und richteten ihre Trompeten auf Atlas, der eine Weltkugel aus Lapislazuli hochhielt. Die von Löwen bewachte Uhr auf dem Kaminsims spielte »God save the King«. Es war zwischen der dritten und vierten Runde Canasta.

Gemäß der jüngsten Tradition im Hause Hood pflegte dann James mit einem Tablett zu erscheinen, das er auf einen Butlertisch aus Mahagoni stellte, um die Vorhänge mit den Rad schlagenden Pfauen zuzuziehen. Sir William aß zwei Sandwiches mit Roastbeef und Stella eines mit Ei und Kresse. Beide tranken Brandy – der Hausherr einen doppelten, um die Temperatur seines Magens der seines Herzens anzugleichen. Der Stolz seines Alters tränkte ihre Zunge, die in solchen Momenten der vollkommenen Einverständlichkeit besonders provozierend auf ihre Befreiung drängte, in einem hellgrünen Likörglas. Sie tat es nur deshalb, weil die Freude an der ihres Großvaters für sie sehr viel belebender war als der Alkohol.

»Chebeti hat immer gesagt«, erzählte sie, »eine Frau darf sich nichts wünschen, weil sie ja nicht wissen kann, was aus ihren Wünschen wird.«

»Deine Chebeti war eine verfluchte alte Puritanerin. Sie hat dich fürs Leben verkorkst.«

»Nur für Weihnachten und Geburtstage«, sagte Stella nachdenklich.

Sie hatte zu spät im Leben von der Möglichkeit erfahren, die Realisierung von Wünschen als ein ausschließlich finanzielles Problem zu betrachten. Selbst um die dafür vorgesehene Jahreszeit hatte sie weder die Unbefangenheit noch die Phantasie, um sich die entsprechenden Begehrlichkeiten der Satten und Besitzenden auszudenken. Zudem widerstrebte es ihrem Naturell, Wünsche bei einem zu äußern, dessen Augen so bewegend aufleuchteten, wenn es die ihrigen taten. Schließlich schlug sie ihrem generösen Großvater dann doch eine kleine Brosche als das genau passende Präsent für eine Frau vor, die in Afrika aufgewachsen war. Sie zeigte ihm in einem winzigen Geschäft am Ende der Carnaby Street, das Ketten aus Kaffeebohnen und Muscheln, klimpernde Armreifen aus dünnem Silber und Gewürze in kleinen Tüten verkaufte und das mit sanfter Musik aus Indien seine Ohren injurierte, einen kleinen Affen aus dunklem Holz mit einer quittegelben Banane.

»Er wird mir beim Canasta beistehen«, sagte sie, »Affen können das. Ich hab mal einen Pavian gekannt, der wirklich gut Schach spielen konnte.«

»Du brauchst keinen Beistand beim Canasta«, murrte Sir William, »du bist ein Naturtalent. Und da drinnen stinkt es wie in einer chinesischen Garküche.«

»Es duftet herrlich nach Curry. Du bist der selbstherrlichste, intoleranteste und ungerechteste Mensch, dem ich je begegnet bin.«

»Das hat mir dein Vater auch vorgeworfen. Da war er genauso alt wie du. Nur dem habe ich die Wahrheit so verdammt übel genommen, dass ich ihn nach Afrika gejagt habe. Falls es einen Gott gibt, wird er mir das nicht verzeihen.«

»Es gibt einen. Und er findet dich den wunderbarsten, liebenswertesten und verständnisvollsten Großvater der Welt.«

Sir William duldete es lächelnd, dass seine Enkelin ihm die kurze, sehr ungewohnte Attacke von Wehmut auf einer Straße wegküsste, auf der sich sonst nur Menschen in den Armen hielten, die seiner Meinung nach schon ihrer knappen Kleidung wegen die körperliche Wärme miteinander teilen mussten. Zwei Tage später kaufte er den hölzernen Affen, obwohl er ihn auch bei näherer Betrachtung als den gelungensten Beweis für einen exorbitant schlechten Geschmack empfand. Nach dem Lunch im Club ließ er sich in die New Bond Street zu Asprey fahren, wo Priscilla Waintworth seit dem Tod ihres sparsamen Gatten Stammkundin war. Mit einer Mitteilungsfreudigkeit, die für einen Gentleman seines Zuschnitts äußerst atypisch war, in seinem Alter jedoch als liebenswert skurril durchging, erzählte er der Verkäuferin von seiner afrikanischen Enkelin; er zeigte ihr sogar das ausgerechnet in den »Daily Mirror« gewickelte Äffchen. Die verständnisvolle Grauhaarige, die selbst drei erwachsene Enkeltöchter hatte, die sie ebenso undurchschaubar fand wie offenbar ihr Kunde die seine, verpackte den grinsenden Affen in einen großen silbernen Knallbonbon, der mit einer breiten roten Samtschleife gebunden war und bereits im ungefüllten Zustand zehn Pfund kostete. Danach legte sie liebevoll einen Flamingo auf ein Stück grünen Filz; der Vogel gefiel Sir William zwar auch nur eine Schattierung besser als der Affe aus der Carnaby Street, doch Größe und Preis überzeugten ihn auf Anhieb.

»So etwas Schönes habe ich in meinem ganzen Leben nicht gesehen«, staunte Stella beim Auspacken am Weihnachtsmorgen nach der überaus gelungenen Überraschung mit dem silbernen Knallbonbon, den sie wieder so sorgsam zugebunden hatte, als wäre er das Hauptgeschenk.

»Ich weiß gar nicht, was ich sagen soll. Danke ist bestimmt nicht das richtige Wort. Ab heute trage ich auf der rechten Seite meiner Jacken den Flamingo und auf der linken den Affen.«

»Besser nicht. Ich könnte mir vorstellen, dass die beiden Schwierigkeiten haben werden, gemeinsame Berührungspunkte zu finden. Ich glaube, sie entstammen zwei unterschiedlichen Gesellschaftsschichten.«

Ausnahmsweise entging Stella die Würzkraft der ironischen Pointe. Sie kannte nur die prächtigen Auslagen von Asprey, hatte sich nie für die Preise der exquisiten Stücke interessiert und konnte also auch nicht ahnen, dass die glitzernden Steine auf dem Hals und den Beinen des edlen Vogels lupenreine Diamanten waren. Seine leuchtenden Federn waren sorgsam gefasste Streifen von Smaragden, Rubinen und Saphiren, die Brosche selbst die Kopie des einst von Cartier in Paris für die Herzogin von Windsor angefertigten Schmuckstücks.

»Woher in aller Welt hast du denn gewusst«, jubelte Stella, »wie viel mir Flamingos bedeuten? Sie leben am Nakuru-See. Dort hat mein Vater sein allererstes Bild in Kenia gemalt. Das hat er mir immer wieder erzählt. Es war am Tag, bevor er Karibu kaufte.«

»Das hast du mir immer wieder erzählt«, schwindelte Sir William, »komm, trink einen Schluck mit mir. Ich trink nicht mehr gern allein. Wahrscheinlich sind Pfeifenraucher alle labile Schwächlinge, die immer eine fremde Schulter brauchen, um sich anzulehnen.«

»Sind sie nicht. Sie gehen für die, die sie lieben, in die Carnaby Street und halten sich die Nase zu.«

Fernando war am zweiten Weihnachtstag zum Dinner geladen worden – der zwei sehr renommierten Ärzte wegen, deren Bekanntschaft laut Sir William sich für ihn bestimmt bald lohnen würde. Da er jedoch der nostalgischen Regung nicht widerstehen konnte, sich auf der Hintertreppe in Stellas Zimmer zu schleichen, erschien er schon zur Teezeit und irritierte sie noch vor der Umarmung mit der Frage, ob sie geweint hätte. Sie hatte sich von ihm ein Eichhörnchen aus einem Laden in der King's Road als Talisman gewünscht. Er hatte es ein wenig widerwillig und trotz seiner Befürchtung gekauft, dass sich ein so banales Stofftier recht infantil im Vergleich zu dem kostbaren Bildband über Hogarth ausnehmen könnte, der in der literarischen Beilage der »Times« empfohlen worden war und den er bereits im Oktober erworben hatte. Das Eichhörnchen hatte zwar den possierlich buschigen Schwanz, der Stella immer noch so gut gefiel wie hinter der verschlossenen Ladentür, doch trug es, womit sie nach ihrer detaillierten Beschreibung nicht gerechnet hatte, eine weiße Spitzenschürze und hielt einen kleinen hölzernen Küchenlöffel in den Pfoten. Auf dem Höhepunkt einer jener gemütsbelästigenden Attacken von Aberglauben, zu denen sie seit kurzem neigte, zeigte sie eine Spur von Enttäuschung, die sie spontan bedauerte.

»Ich werde ihm einen Kilt nähen«, entschied Stella und lachte dennoch, doch zu plötzlich, denn der Ausdruck von Verblüffung auf Fernandos Gesicht entsprach genau dem, den sie sich nach ihrem Besuch in der Galerie ausgemalt hatte.

»Warum in aller Welt?«

»Ein Kilt wird mich besser an dich erinnern als eine Schürze.«

»Seit wann trägt ein hergelaufener Goanese einen Kilt?«

»Hast du dein Schloss in Schottland vergessen? Das mit dem Verlies als Labor?«

»Pardon, Lady Godiva«, sagte Fernando. Er lachte nicht, denn von der ganzen Unterhaltung waren die beiden letzten Sätze die einzigen, die er zu deuten vermochte. »Ich bin so ein stinklangweiliger, von Ehrgeiz zerfressener Kerl, der nicht für drei Pennys Phantasie hat. Ich werde mein Lebtag nicht dahinterkommen, warum du mich nimmst.«

»Ich konnte deiner Liebe nicht widerstehen, Fernando.«

»Und warum sprichst du mit einem Mal in der Vergangenheit?«

»Deinem Sprachbewusstsein kann ich erst recht nicht widerstehen.«

Mungu war der Einzige, der keine Bemühungen unternahm, sich mit Stellas Wünschen zu befassen. Den Hüter der Menschengeschicke aus Karibu bat sie allnächtlich um Ohren, die sie taub machten für die Trommeln der Sirenen im Wald der schwarzweißen Colobusaffen. Sie erflehte vom Gott, der ihr selbst nach dem Tod ihres Vaters nicht Rat und Hilfe versagt hatte, ein vor Versuchung geschütztes Herz. Es sollte sie allzeit an ihre Pflicht erinnern, von dem nicht wieder fortzugehen, der zu alt geworden war, um

den Preis der Liebe zu zahlen. Mungus Blitz schlug jedoch nur in die Türme und Zinnen vom Tower of London ein; die Raben, die seit den Zeiten von William dem Eroberer die Trutzburg bewachten, übertönten mit hämischem Krächzen seine vertraute Donnerstimme. Die Bittstellerin aus Mayfair hörte immer nur Big Ben und danach ihr eigenes Herz schlagen. Ihr wurde bedrückend klar, dass sie sich nicht mehr auf die Kunst verstand, brauchbare Löcher zu graben. Das Loch, in das sie mit der Redlichkeit der Verantwortungsbewussten und der Loyalität der Gebundenen Lillys Bild gelegt hatte, war nicht tief genug gewesen.
Auch war das Loch nicht, wie einst die kleinen Gruben am Rande des Pyrethrumshambas, mit dem Eifer eines kleinen Mädchens zugeschüttet worden, das eine bedrohliche Zukunft zu vernichten wusste, ehe sie die Gegenwart mit den schwarzen Wolken der Verzweiflung überzog. Der gelbe Turban leuchtete nicht nur im Nebel der Nächte und in den Tagen, die sich so gleichmäßig aneinander reihten wie die Spatzen auf dem schmiedeeisernen Gitter. Er wurde zu einer rasch wachsenden Mauer zwischen zwei Menschen, die spürten, dass ihre Liebe nur die Körper wärmte, die sich aber noch gegen das Begreifen wehrten. Das Tuch aus der Farbe von Afrikas Sonne verhüllte die Pfeile vom goldenen Eros am Piccadilly Circus. Das Porträt der Gazelle mit den goldenen Ohrringen stellte immer dann seine Fragen, wenn Stella am festesten glaubte, ihre Willensstärke und ihr Gewissen hätten endlich den Kampf gegen ihre Besessenheit gewonnen, sich an das letzte Kapitel der unvollendeten Chronik zu machen. Noch vor der Jahreswende war sie so oft auf die Safari gegangen, gegen die sich Vernunft, Einsicht, Moral und Liebe sträubten, dass sie sich

der Schlange ergab. Die wandte ihren Körper um einen dickstämmigen Baum, den Stella nie vergessen hatte, und lockte ihr Opfer von einem Haus in der King's Road, vor dem eine graue Katze namens Queenie ihre Barthaare putzte, auf verschlungenen Pfaden nach Karibu zurück.
»Hör endlich mit diesem törichten Studium auf«, schnaufte Sir William am ersten Tag des neuen Jahres in seinen Frühstücksspeck, »ich sehe doch, dass es dich kaputtmacht.« Er hatte zwar einen Kater, der ihm gerade die Freuden der Abstinenz vorgaukelte, aber noch immer den Blick des aufmerksamen Spähers. »Du kannst deinem greisen Großvater nicht zumuten, dass er für zwei isst und den Rest der Zeit seinen Mund hält. Übrigens ist er nicht so alt, um nicht zu merken, dass er mit einer Frau Canasta spielt, die an einem Abend zweimal die Sechs mit der Neun verwechselt.«
»Ay, Ay, Sir! Ich hab schon um Urlaub von der Front gebeten, mon Général.«
»Major, zum Teufel! Wenn ich bei den Franzosen gedient hätte, würde ich im Grabmal des unbekannten Soldaten liegen. Die Burschen hatten in beiden Kriegen ja nicht den richtigen Mumm.«
Es war nicht nur Lilly, die ihre Arme nach jener Schwankenden ausstreckte, die immer nur die eine Heimat gekannt hatte. Es waren die augenbetäubenden Farben, die ohrenmarternden Klänge, der süßliche Duft der Jacarandabäume vor Sonnenuntergang und der Morgentau auf den Flachsfeldern, die die Fesseln um Stellas Hände Tag für Tag fester zusammenzogen. Vor allem war es Chebeti, von der sie nicht wusste, wohin sie gegangen war und ob sie überhaupt noch lebte, die das Fieber in den Kopf ihrer blonden Tochter trieb. Die, mit der sie durch den Wald mit

den Lianen in ihr neues Leben geflohen war, saß zwar noch im ersten Morgengrauen auf der roten Erde vor den ersten Häusern von Nakuru und trank aus einer kleinen silbernen Flasche mit der Aufschrift »Orient Express« den letzten Whisky vom Bwana Mbuzi, aber nun stand sie immer öfter auf, leckte ihre Lippen trocken und rief »Kuja« – zwei Silben nur. Sie waren ein Befehl und bedeuteten: »Komm her!«

Wann immer Stella in der Not ihrer reißenden Sicherheit Chebetis Gesicht sah, verschoben sich erst die Bilder ineinander und dann sprengten sie als ein Feuerball, dem weder Verstand noch Emotionen Einhalt zu gebieten vermochten, Zeit, Ort und Geschehen. Sie war wieder das vierzehnjährige Mädchen, das in der letzten Stunde der verbrannten Tage mit dornenverkratzter Hand den vergilbten Umschlag mit der Adresse ihres Großvaters in die Tasche ihres zerfetzten Kleids steckte und Chebeti sagen hörte: »Deine Augen dürfen mich nicht mehr suchen.« Und zu gleicher Zeit war sie die Frau, die in einen goldumrahmten Spiegel schaute und sich vorwarf, sie hätte sich um der Ruhe willen ihr Herz und ihre Seele vom Luxus abkaufen lassen.

Diese Frau aus dem Herrenhaus in Mayfair, deren Mut, Lebensklugheit, Gelassenheit und Selbstbewusstsein so viele Menschen bewunderten, ballte jedoch nicht im Zorn der Ohnmächtigen ihre Rechte zur Faust; sie ließ es auch nicht zu, dass sie die Reue derer lähmte, die nur mit der Zunge und mit Tränen zu kämpfen wissen. Sie entblößte, ohne von der Wand zu wanken, die dem Rücken Halt gab, die Brust für die Pfeile des Zweifels. Die trafen so gut wie jene Kugel aus Njereres Gewehr, die Karibu das Echo von

Mbojas Gelächter gestohlen hatte. Stella sah sich am Kaminfeuer in ihrem eleganten Zimmer sitzen und im besänftigenden Schein der kostbaren Jugendstillampe mit der verführerischen nackten Nymphe Briefe auf feines Büttenpapier schreiben. Doch sie sah sich nur den Kopf schütteln, weil die Briefe ohne Antwort blieben, sie sah keine Beine, die es danach drängten, über Gräben zu springen, keine Hand die Petroleumlampe entzünden, die den Pfad durch den Wald erhellen sollte.

Weil Chebeti ihr befohlen hatte, sich nicht umzudrehen, waren Stella im Schutz ihres behüteten Lebens die Sehnsucht nach Karibus Sternen, das Verlangen nach seinen Menschen und die Trauer um das Verlorene genug gewesen. Erst Lillys Bild hatte in ihr die Rage derer entfacht, die ihre Stärke für die Leichtigkeit des Seins hergegeben haben. Wenn die Gespenster sie umzingelten, begegnete die Beschämte dem Geparden vom bewaldeten Hügel hinter dem Affenbrotbaum. Er hetzte eine Antilope durch die Nacht. Die erreichte das rettende Gebüsch, doch sie wagte sich auch am nächsten Morgen nicht mehr heraus, obwohl der Gepard auf seinen Hügel zurückgekehrt war und auf einem Ast schlief. Stella war es, als hätte auch sie sich in ein Gebüsch verkrochen.

»Die Tochter vom Bwana Mbuzi kriecht nicht in Büsche«, erklärte sie dem hölzernen Äffchen aus der Carnaby Street. Sie erzählte ihm vom Fluch des Bildes und dem des Gedächtnisses. Das verständnisvolle Tier schwenkte augenzwinkernd seine Banane und phantasierte in der weichen Sprache der Kikuyu von Zebras, die am Horizont in Wolken aus rotem Staub galoppierten, und von jungen Frauen, die weiche Lederstiefel aus der Regent Street gegen Schuhe

mit dicken Sohlen von »Marks & Spencer« eintauschten. Das Eichhörnchen in der Küchenschürze demaskierte sich indes als überängstliche Professorin für Betriebswirtschaft mit einem puritanischen Naturell. Sie riet, zunächst sorgfältig die Bilanz der Zukunft zu erstellen und erst dann mit dem Kopf auf Safari zu gehen, und schon gar nicht, sich für Moskitonetze zu interessieren oder voreilig langärmelige Khakiblusen und Chinin zu kaufen. Stella nickte Zustimmung, obwohl sie den Vorschlag als einer unwürdig empfand, die, ohne auch einen einzigen Laut zu geben, als Fünfjährige mit bloßen Füßen über spitze Steine gelaufen war und rote Ameisen geschluckt hatte.
Die Kompromissbereite war dabei, einen Ehering und die fröhliche Kinderschar von immer zufriedenen und sehr wohlhabenden Eltern auf die Habenseite der noch verhangenen Tage einzutragen, als sie abermals der Fluch eines Bildes traf. Die Entsetzte hatte am Fest ihrer Silberhochzeit Fernando im Arztkittel mit einer Axt auf Wurzeln einschlagen sehen, die bei jedem Hieb tiefer in die Erde wuchsen. Wie in der Galerie drohten die Wände auf Stella einzustürzen. Nadeln bohrten sich in ihre Stirn. Abermals schützte sie ihre Augen mit der Hand und hörte sich »Nein« schreien – und wieder wusste sie nicht, weshalb sie schrie. In dieser Nacht schalt sie sich zum letzten Mal die Schwache, die sie nie hatte sein wollen, und die Blinde, die zu spät die Brüchigkeit jener Sicherheit durchschaut hatte, für die sie sich in der Bar am Leicester Square entschieden hatte. Schon am nächsten Morgen wagte sie den ersten Schritt ab vom Weg der Knechte, die vor den noch nicht ausgetretenen Pfaden wie Maultiere vor einem reißenden Fluss zurückscheuen. Es wurde, weil sie sich nicht gegen

die neue, belebende Lust ihrer Wolkenflüge wehrte, täglich ein langer Schritt mehr.
Als Stella weit genug gelaufen und kühn über die ersten gefährlich hohen Felsen gesprungen war, warf sie auch die Schere fort, mit der sie jahrelang die Flügel ihrer Sehnsucht gestutzt hatte. Ab dann war es ein scharfer Winterwind, der von der Nordsee nach Mayfair herüberwehte, der einem heißen Herzen einflüsterte, dass eine Reise von London nach Kenia Mitte der sechziger Jahre keine Safari und sehr viel kürzer geworden war als zu der Zeit von Stellas Ankunft in Southampton. Es gelang ihr gar, sich als eine komfortabel reisende Touristin zu sehen und sich einen Aufenthalt von nur wenigen Wochen im New Stanley Hotel in Nairobi mit gelegentlichen Ausflügen ins Hochland auszumalen. Ihr Gewissen lieferte ihr stets genau an der passenden Stelle ihrer Exkursionen die praktische Vokabel von einer nicht zukunftsbindenden Entscheidung. Ihr gefiel das Wort, das sie an einem Montag gleich zweimal im Leitartikel des »Manchester Guardian« gelesen und umgehend in ihrem Taschenkalender eingetragen hatte, und erst recht gefiel ihr die Vorstellung.
Mit der Courage, die ihr Großvater gerade in letzter Zeit wieder zu konstatieren pflegte, und der störrischen Bewegung der klarsichtigen Esel, die auf Karibu zu prall gefüllte Säcke schon bei deren Anblick verweigert hatten, warf sie die Hälfte vom Ballast ab, der ihre Schultern so lange beschwert hatte. In diesem Moment der energischen Selbstbefreiung nahm sie sich vor, so bald und so undramatisch wie möglich Fernando von ihren Reiseplänen zu erzählen. In dem animierend zeitgemäßen Dialog hatte sie tatsächlich vor, das Wort »Reisepläne« zu gebrauchen. Kaum hatte

sie es ausgesprochen, war sie sicher, Fernando würde sich selbstlos zeigen. Sie hörte ihn verständnisvoll antworten.
»Schade, dass ich ausgerechnet jetzt mitten im Examen stehe und nicht mitkommen kann«, würde der seufzen, der von nichts wusste und auch nichts ahnte, »du musst mir jeden Tag eine Karte schreiben und dann ganz fest an mich denken, wenn du zum Briefkasten gehst.«
»Das ist doch selbstverständlich«, versprach Stella. Es bewegte sie sehr, dass er nicht wusste, dass es auf Karibu keine Briefkästen gab. »Und noch nicht einmal Papier«, sagte sie laut, schlug sich auf den Mund und bemerkte beim Erwachen wieder die leichte Übelkeit, die sie neuerdings so häufig belästigte.
Sobald sie den Druck von Fernandos Lippen nicht mehr spürte und nicht die Wärme seiner Liebe, probte sie mit dem Eifer der neuen Resoluten die selbstbewussten Dialoge ihrer Generation von der Emanzipation der Frau, der Notwendigkeit der Selbstfindung und den Gefahren einer zu frühen Bindung vor der unerlässlichen Eigenverwirklichung so überzeugend, dass sie von den Skrupeln der gewissensbelasteten Grübler verschont blieb. Ihre Zunge war wieder so geschmeidig wie in den Tagen der gezähmten Träume und gewöhnte sich sehr viel rascher, als Stella befürchtet hatte, an den säuerlichen Nachgeschmack der Lebenslüge. Bei jedem ihrer imaginären Aufbrüche sprach sich die Davonziehende aufs Neue von der Schuld der Leichtfertigen und Wankelmütigen frei, denn sie wusste nichts mehr von den Hoffnungen und Illusionen, die sie bei Fernando schürte, nichts von seiner Zärtlichkeit, der Glut seiner Leidenschaft und der Empfindsamkeit seiner Seele. Wenn Fernando nicht bei ihr war, vergaß Stella, wie sehr

ihr seine Klugheit und Beharrlichkeit imponierten, dass sie seine Behutsamkeit und Geduld bewegten und dass sie der Wehmut in seinen Augen nicht widerstehen konnte. Nur dass sie als Kind gelernt hatte, nie einem Menschen den Stolz zu nehmen, dessen Hautfarbe ihm auf immer die Seite der Verlierer zuwies, konnte sie nicht vergessen. So fand sie auch nicht das Wort, das sie aus den Wolken der Wunschträume zum Boden der Tat geleitet hätte.

»Ich liebe dich, Lady Godiva«, sagte der Ahnungslose, den sie nun Nacht für Nacht betrog. Er flüsterte von Amors Magie, wenn seine Hände ihre Haut berührten, er sie von der Kunstschule abholte, sie ihn beim Abschied zum Gartentor begleitete, wenn sie zusammen aus dem Kino kamen, ins Theater gingen und von der London Bridge in die Themse schauten und immer noch von Zukunft sprachen. Fernando war nicht der kleinliche Zweifler, der eine Frau nur deshalb von dem Schimmel holte, auf den er sie selbst gesetzt hatte, weil er in den Nächten des Verlangens ihr Herz nicht mehr schlagen hörte.

»Ich liebe dich auch«, erkannte Stella vor der kleinen Kirche St. Martin-in-the-Fields am Trafalgar Square, doch sie zog ihre Hand aus seiner Manteltasche, rieb sich die Augen und beklagte den Taubendreck.

Mit ihrem Großvater indes führte sie das entscheidende Gespräch noch nicht einmal in jenen wenigen Stunden der Gnade, da ihr Gewissen ihr bindend die lebenslange Absolution von der Sünde des Schweigens zusicherte. Selbst bei der Hauptprobe des Stücks mit den raffinierten Dialogen und den listig konstruierten Szenen von Liebe, Lust und dem Leid des Abschieds kam die beherzte Mimin nie weiter als bis zum Kernsatz des ersten Akts. In dem Augenblick nämlich, da Sir William seiner mutigen Enkeltochter verständnisinnig auf die Schulter klopfte und sie »a good old chap« nannte, weil sie selbst vor ihm keine Angst hatte und er doch ein Kinder fressendes Monster war, verlor sein Gesicht die Farbe des Lebens. Er stützte sich, was er noch nie getan hatte, auf einen Stock und fragte mit der heiseren Stimme eines Greises: »Warum willst du fort?« und »Wann kommst du zurück?«.

»Zwei Fragen auf einmal, Mzee«, tadelte Stella, doch er erwiderte ihr Lachen nicht.

Der nervenstärkende Balsam, dass ihr ironischer, widerstandsfähiger, so wunderbar unsentimentaler Großvater vital war wie ein Sechzigjähriger und so unerschütterlich wie als Soldat im Schützengraben und gewiss nicht gleich eine Trennung von einigen Wochen mit einem lebenslangen Abschied verwechseln würde, wirkte immer nur bis zu jenem Moment, in dem Stella sich das tatsächliche Alter von Sir William vergegenwärtigte. Er war über achtzig und hatte im vergangenen, besonders heißen Sommer unter seinem Jackett immer eine Strickjacke getragen. In der Burlington Arcade mokierte er sich auf dem Weg zum Tabakgeschäft nicht mehr im Vorbeigehen über die Kaschmirpullover mit den eingestrickten Hunden, Kätzchen und Pferdeköpfen. Er blieb vor dem Laden stehen, rieb sich das linke Bein und den Schweiß von der Stirn. Auch unterhielt er seine Gäste nicht mehr mit der Anekdote von seinem Cousin Graham, der so viele Pillen schluckte, dass sein Butler Buch führen musste und ausgerechnet beim Geburtstagsempfang im Dorchester die Schlaftabletten mit den die Hirndurchblutung fördernden Medikamenten verwechselt hatte. Die Seite mit den Todesanzeigen in der »Times«

wurde nur noch selten als Erste gelesen und nie mehr mit dem schadenfreudigen Kommentar, der ihn selbst am meisten amüsiert hatte: »Schon wieder einen der alten Knacker überlebt, die sich für unsterblich hielten.«
Stella wusste zu viel vom Leben und hatte zu früh vom Sterben erfahren, um der Gnade der Zeit und dem Segen der Götter zu vertrauen, die den Egoisten trügerisches Obdach in den Wolken der Illusion gewähren. Sie verfluchte in allen drei ihrer Sprachen das Schicksal, das um beider Herzen ein Band aus Stahl geschmiedet hatte. Mit dem eruptiven Zorn der Redlichen, die sich vor ihrer Nachgiebigkeit schützen wollen und nicht wissen, wie, verdammte sie eine Liebe, die sie nicht freigab von der Pflicht der Sorge und ihrem gegebenen Wort. Sie ballte dabei ihre Faust so fest, dass die Knöchel spitz und weiß wurden. Die Stimme war die von Moschi, dem stolzen Stier. Der Fluch rollte jedoch nicht mit dem Echo von den Bergen hinab, das den Mächtigen schmeichelt. Er kehrte zurück in Stellas Kehle und erstarrte dort zu Salz.
Je leichter es ihr wurde, Stück um Stück an der Kette zu sägen, die sie und Fernando zusammenhielt, je mehr bedrückte sie die Vorstellung, ihr Großvater könnte sterben, während sie in Kenia nach den Ihrigen suchte. In den Klauen der Angst sah sie ihn auch in der Einsamkeit, die er nicht mehr gewohnt war, den gleichen Weg gehen wie Kamau nach Brians Tod im Wald von Karibu. Es gelang ihr nie länger als in der Gnadenfrist zwischen zwei Seufzern, sich der Liebe zu entwöhnen. Sie entdeckte am Frühstückstisch bei dem, der sie aufmerksam und, wie Stella seit kurzem zu ihrer Beunruhigung feststellte, ungewöhnlich forschend anschaute, auf Sir Williams Gesicht die Züge ihres Vaters.

Berührte Stella zufällig seine Hand beim Canasta, verbrannten seine Finger ihre Haut. Sie würgte Beklemmung, wenn sie morgens vor dem Spiegel stand und ihren Großvater die Treppe herunterkommen hörte, und sie grübelte, obwohl er es nie getan hatte, weshalb er keine fröhliche Melodie pfiff. Jeden neu aufgelesenen Stein fügte sie in das Mosaik ihrer Erfahrungen und bald erkannte sie, weshalb ihr Körper bebte, sobald sie den Kopf auf die Safari nach Hause ließ. Es war nie Stella gewesen, die hatte Abschied nehmen müssen. Stets waren jene, die sie liebte, ihr genommen worden. Doch hatte ihr Mungu die Pein erspart, Kwaheri zu sagen und dabei die Last des Wanderers zu schultern, der sich zum Aufbruch entschließt und an die Heimkehr nicht denkt. Sie war nie über die letzte Brücke gelaufen.

Weil Stella zum ersten Mal in ihrem Leben an ihrer Kraft zweifelte und dem Sturmwind nicht ihre Stirn in Trotz und der Zuversicht der Starken bot, sondern sich duckte, brauchte sie lange, ehe sie die Empfindlichkeit des Gewissens als die Bürde der Selbstlosigkeit akzeptierte und endgültig ihren afrikanischen Traum begrub. Ab diesem Tag schloss sie ihre Augen so fest, dass die Dik-Diks in das Gestrüpp unter der Dornakazie liefen und nicht mehr herauskamen; sie verstopfte ihre Ohren mit dem Wachs, das Odysseus sicher zwischen Skylla und Charybdis hindurchgeleitet hatte. Die Stimmen der balgenden Paviane, das Heulen der Hyänen und das Fauchen der Servalkatzen verstummten. Kamau schlug nicht mehr mit seinem Stock gegen den Tank aus Wellblech, das Gelächter unter dem Sternenhimmel von Karibu war nur noch ein Raunen. Der Duft der verschneiten Kiefer, die in Sir Williams Garten den

Winterschlaf von zwei marmornen Putten behütete, war stärker als die Verlockung, die den Blüten des Flamboyantbaums entströmte.
Dieses Mal war das Loch tief genug. Schon, als es Stella grub, wusste sie, dass sie bis zum Tode ihres Großvaters in London bleiben wollte, um mit ihm den Weg zu gehen, den ihr Vater mit dem fiebernden Lumbwahirten Chepoi gegangen war. Es war nicht mehr entscheidend, dass Chebetis Milch ein blondes Kind mit weißer Haut so lebensklug und gelassen wie eine Kikuyufrau und so stark wie jene von Mungus Händen gepflanzten Zedern gemacht hatte, denen entfesselte Regenfluten selbst im ersten Jahr die Wurzeln nicht entreißen konnten. Denn der sanfte Bwana Mbuzi hatte der Tochter, die er am meisten liebte, zu früh den Instinkt genommen, im Moment der Bedrohung zu flüchten und nur auf die eigenen Füße zu schauen. Lilly war durch das Feuer gerannt, um ihr Bild zu holen, und dann von der Farm weggelaufen, ohne in die von den Jägern der Zufriedenheit gelegten Fallen zu stolpern. Sie hatte sich nicht nach denen umgedreht, die nach ihr riefen.
Stella aber hatte ihres Vaters Weichheit und seine Güte und – genau wie er – nie einen einzigen Dorn aus dem Gebüsch geschlagen, um mit Stacheln ihr Herz zu härten, damit es der Liebe widerstand. Dieses Herz erinnerte sie allzeit, dass jene Starken besonders schwach und verwundbar waren, die die Liebe zu spät kennen gelernt hatten. Und doch wusste Stella nicht genug von dem Mann, dem sie mit ihrer Liebe und Rücksicht die Qual der Trennung ersparen wollte. Er war tapfer, verschlagen und klug, argwöhnisch wie ein treuer Wachhund, der weit voraus schauende Stratege und wachsam wie ein Schutzengel; er hatte als Soldat

gelernt, nie die Schuhe auszuziehen, stets eine feste Schnur, ein scharfes Messer und ein Stück Brot in der Tasche zu haben und in den Gefechtspausen nur ein Auge zu schließen. Dieser Soldat verschlief auch im Alter nicht den Beginn einer Schlacht. Er achtete darauf, dass abends seine Schuhe mit entknoteten Riemen vor dem Bett standen. Zwar hatte er im Verlauf der veränderten Zeiten die Scheibe Brot durch ein Scheckbuch von der National Westminster Bank ersetzt, doch er ging noch immer nicht ohne Taschenmesser und ein Stück Schnur aus dem Haus. In Einbahnstraßen schaute er nach beiden Seiten, ehe er loslief, und er vermied Sackgassen, weil sie ihn unangenehm an Attacken aus dem Hinterhalt erinnerten.

Es war kurz vor Mitternacht am letzten Februartag, als Sir William in einem Schlafrock aus grauem Velours so energisch an Stellas Tür klopfte, als wäre er das Hausgespenst, von dessen regelmäßigem Erscheinen in Gestalt seines Großonkels Nathaniel seine Dienstboten zu berichten wussten, und ihm wäre zu spät Einlass gewährt worden. Er bat Stella, in ihrem Zimmer nach einem seiner Bücher zu suchen, und es war weder ein Beweis von Altersverwirrung noch englischem Humor, dass er sie ausgerechnet nach einem Buch fragte. Er war sich absolut über den Umstand im Klaren, wie genau seine Enkelin wusste, dass ihr Großvater keine Bücher las, doch er war schon 1913 ein Verfechter des Angriffskriegs gewesen und hatte seitdem seine Meinung nicht revidiert.

»Dein Fernando«, sagte der Taktiker, wobei er so dreist war, sich noch nicht einmal verlegen zu räuspern, »wird geschwätzig. Ausgerechnet deinen unerfahrenen Großvater hat er gefragt, weshalb du ihn wohl nicht schon längst gebeten hast, mit dir in irgendeine Ausstellung zu gehen. Kannst du mir sagen, was ein Mann davon zu halten hat, wenn ein anderer Mann zu viel redet?«

»Nein, Sir, ich bin kein Mann.«

»Leider. Ich habe sowieso nicht verstanden, um was es ging und wo die Ausstellung war.«

»In der King's Road«, sagte Stella befangen. Der Unverfrorene nickte befriedigt.

»Seit wann interessiert ihr jungen Leute euch für Antiquitäten? Habe ich da vielleicht etwas durcheinander gebracht? Oder ist auch die King's Road nicht mehr das, was sie sein sollte? Gibt's da vielleicht gar keine Antiquitätengeschäfte mehr? Und warum regt sich so ein intelligenter Bursche auf, wenn er nicht in einem Museum verdurstet?«

»Ist schon gut, Mzee«, lachte Stella und drückte ihn in den Sessel. »Ich habe verstanden. Und du bringst nie etwas durcheinander. Das weißt du verdammt gut. Du stellst nur zu viele Fragen auf einmal und die alle zur falschen Zeit. Sag Fernando, wenn er dich das nächste Mal als Boten benutzt, dass ich dreimal in der Ausstellung war. Kunst aus Afrika. Deshalb wollte ich allein hingehen. Ich hatte noch eine Rechnung offen. Und irgendwann erzählst du mir, weshalb dir der ganze Quatsch mitten in der Nacht einfällt.«

Er sah sie an und sie erwartete, er würde sein Gesicht aus dem Schein der Lampe nehmen, weil seine Augen ihn verrieten. Als er jedoch aufstand und ihr das Haar aus der Stirn strich und ihren Körper an seinen zog, verrieten sie die ihrigen. Seine Stimme war ebenso fest wie der Griff seiner Hände. »Lass uns wie Männer miteinander reden, Stella«, sagte der Kluge. »Nicht nur Fernando ist ein guter Be-

obachter. Glaubst du, mir ist die ganze Zeit nichts aufgefallen? Ich habe gefühlt, dass du deine Buschtrommeln hörst.«
»Nicht mehr. Das musst du mir glauben.«
»Du kannst nicht lügen. Dein Vater konnte es auch nicht. Er hat jedoch nie begriffen, dass die Wahrheit nur den Dummen und Feigen wehtut und dass ich weder das eine noch das andere bin.«
Sie schwiegen sehr lange, und weil sie zusammen schweigen konnten, ohne dass der eine den anderen mit dem Schmerz des Ahnens bedrängte und sie sich dabei anschauten und den Kopf nicht senkten, vermochten sie auch miteinander ohne die Furcht der Kleinmütigen zu reden, schon ein unbedachtes Wort könnte kränken. Stella erzählte ihrem achtzigjährigen Geliebten im Schlafrock von dem, was ihr widerfahren war, ehe sie sich um seinetwillen zur Blindheit und Taubheit verurteilt hatte. Sie redete in seiner Sprache – mit der ironischen Distanz, die Herzwunden verschließt, mit dem Humor derer, die über sich selbst zu spotten wissen, und mit der Courage, die dem ob seiner außergewöhnlichen Tapferkeit mit dem Victoria Cross dekorierten Major schon am ersten Tag aufgefallen war. Er sah sich mit Stella am Goldfischteich sitzen und verliebte sich aufs Neue, als er ihr zum zweiten Mal in dem kurzen Zeitraum von acht Jahren abermals sein Taschentuch leihen musste. Sir Williams Enkelin sprach ohne die Befangenheit, die ihm den Weg zu seinem Sohn versperrt hatte, und ohne die Emotionalität, die er als den einzigen unbesiegbaren Feind in seinem Leben fürchtete. Und doch wagte er erst im Morgengrauen seine Frage.
»Liebst du Fernando?«

»Ich glaube, ich habe nur zwei Männer geliebt.«
»Und ich nur eine einzige Frau«, lächelte der Bekenner. »Doch die so sehr, dass es mir nicht mehr gelingt, nur mich selbst zu lieben. Fahr, Stella, fahr nach Afrika. Ich meine, so ein amerikanischer Hitzkopf hat die Sklaverei abgeschafft.«
»Ich weiß nicht, was ich sagen soll. Ich kann nicht von dir fort.«
»Du musst. Wir haben alle Zeit der Welt. Meine Mutter starb mit siebenundneunzig, mein Vater allerdings schon mit achtundachtzig. Aber das zählt nicht. Seine Geliebte ist mit seiner Münzensammlung und einem italienischen Barkeeper durchgebrannt und er hat einen Schlag bekommen. Die Gefahr ist bei mir gering. Ich habe mich nie für Münzen interessiert.«
»Das werde ich dir nie vergessen, Mzee.«
»Sag mir nur noch eins, Stella. Dann können wir endlich frühstücken. Bist du schwanger?«
»Wie in aller Welt kommst du auf diese Idee?«
»Glaubst du, ein Mann, der viermal eine schwangere Frau unter seinem Dach hat ertragen müssen, kann je im Leben diese verdammte Würgerei am Morgen vergessen?«

13

Bereits vier Tage nach Sir Williams nächtlichem Überraschungsangriff erfuhr Fernando von Stellas Reise – früher als sie vorgesehen hatte, auf das verkehrte Stichwort hin und, was sie am meisten bedauerte, auch am falschen Ort. In den drei vorangegangenen Tagen hatte der Empfindsame selbst am Telefon einige sehr unvermittelte und sehr verlegene Gesprächspausen registriert und bei der quälendsten noch sensibler als sonst auf die Höhe der zwischen ihm und Stella gewachsenen Mauer geschlossen. Zur Zeit ihrer Grundsteinlegung und auch noch Wochen danach hatte er den Wall allein aus medizinischer Sicht zu werten versucht und ihn durchaus erfolgreich als eine Folge seiner im Examensstress überreizten Nerven abgetan. Noch zwei Stunden, ehe er diese, sein Selbstbewusstsein lange stärkende Diagnose revidieren musste, war Fernando bemüht gewesen, die Mauer stückweise, mit Geduld und verständnisvoller Berücksichtigung der Ermüdbarkeit von Liebe und Leidenschaft abzutragen.

Dabei erschienen ihm gerade die banalen Traditionen von Alltag und Vergangenheit als unverzichtbar. So hatte er nach dem Mittagessen in einem neuen, bei der Jugend sehr beliebten chinesischen Lokal in Soho, zu dem er Stella überreden musste und wo sie zu seiner Konsternation schweigend die Wasserkastanien aus dem Hühnerfleisch selektierte und dann doch kaum einen Bissen aß, mit einer für ihn atypischen Hartnäckigkeit und einem äußerst besorgten Hinweis auf ihre Blässe und Appetitlosigkeit zu dem üblichen Sonntagsspaziergang im Hyde Park gedrängt.

»Bei der Kälte jagen nur männliche Ungeheuer, die Medizin studieren, eine wehrlose Frau vor die Tür«, sagte Stella und schauderte tatsächlich, als ihr bewusst wurde, wie albern ihr Scherz und wie verkrampft ihre Sprache war. Sie plante da noch eine zeitgemäß unkomplizierte Form der Trennung, wollte in den nächsten Tagen mit Fernando in die King's Road gehen, ein wenig ironisch, aber doch bedeutungsschwer auf sein Gespräch mit ihrem Großvater zurückkommen und dann – ohne Theatralik und sehr souverän – vor Lillys Bild ihren Aufbruch als eine jener Entscheidungen deklarieren, denen gerade Frauen in ihrem Alter um ihrer künftigen Entwicklung willen nachgeben sollten. Weiter als bis zu diesem Satz, den sie als nicht überzeugend genug empfand, zu bombastisch und auf keinen Fall den Höhepunkten einer Liebe würdig, die sie ebenso wenig ihrem Herzen würde entreißen können wie ihre übrigen Erinnerungen, war sie allerdings nie gekommen.

»Seit wann fürchtet sich eine Frau vor Kälte, die nackt auf Pferden reitet, Lady Godiva?«

»Du hast ja keinen blassen Schimmer, wovor sich Lady Godiva alles fürchtet.«

»Bist du da ganz sicher?«

»Ganz sicher«, erwiderte Stella. Sie holte die Flasche mit der Soja-Sauce, deren Geruch die plötzliche Ursache ihrer vehementen Appetitlosigkeit gewesen war, verschämt aus dem Versteck zwischen der Serviette hervor, stellte sie zurück zu den übrigen Gewürzen und zog ihren Mantel an. Beim Hinausgehen kreuzte sie in der Tasche zwei Finger, obwohl sie seit Jahren wusste, dass der alte Kinderzauber bei denen nicht wirkte, die nicht früh genug zu lügen gelernt hatten.

Es war ein Wintertag mit einem wolkenlosen blauen Winterhimmel, einer windgepeitschten klaren Luft, stimmgewaltigen Raben, zukunftsberauschten Amseln und Mäusen in immergrünen Büschen, die sich in der Jahreszeit verrechnet hatten und der hellen Sonne vertrauten. Zwei rote Luftballons sahen auf eine weggewehte beigeschwarze Karomütze und einen vereinsamten blauen Kinderhandschuh herab. Sie flogen über die Kronen der Bäume und trennten sich, weil sie sich über ihr Ziel nicht einigen konnten. Selbst betagte Hunde mit grau gewordener Schnauze wälzten sich laut bellend und frühlingsfroh wie Fohlen auf dem Rasen. Zwei furchtlose kleine Mädchen in rostroten Mänteln mit weißen Schals sprangen kreischend über die wedelnde Rute eines ausgelassenen irischen Setters, pflückten zwischen seinen dicken Pfoten Gänseblümchen und zerdrückten die kümmerlichen kleinen Sträuße, ehe sie die Blumen ihrer lächelnden, einen braunen Strumpf strickenden Großmutter überreichten, die ihnen beim Dankeskuss Hustenbonbons in den Mund stopfte, die Wollschals fester um ihren Hals zog und sie mit dem grünen Bonbonpapier zu den Abfallbehältern schickte.

Junge Mädchen, die sich zu früh von ihrem Mantel getrennt hatten, kicherten sich warm. Verliebte küssten sich unter Bäumen und wussten noch nichts von verwelkenden Blüten, ein altes Ehepaar lief Hand in Hand. Radfahrer fuhren freihändig und pfiffen Fröhlichkeit. Die Redner vom Speaker's Corner hatten rote Gesichter und aufgehört, die Welt aus den Fugen zu heben. Ein Kämpfer für die Befreiung von der Schulpflicht teilte mit einem, der für den nächsten Sonntag den Heiland angekündigt hatte, die Flasche. Die ersten Narzissen blühten.

Fernando erinnerte sich, als er ihre Köpfe wippen sah, an ein Gedicht von Wordsworth, das er in der achten Klasse hatte lernen müssen. Er sagte stirnrunzelnd und mit aufgefrischtem Schülergroll, er habe das Gedicht nie verstanden, der Lehrer sei ein sentimentaler Schwärmer gewesen. Stella nickte rasch Zustimmung und genierte sich ihrer Illoyalität, ohne dass er ihre Scham bemerkte. Sie hatte die romantische, bildhafte Lyrik von Wordsworth, die ihr Vater oft im Atelier rezitierte, wenn er in der Stunde der langen Schatten die Pinsel auswusch, schon beeindruckt, als in ihren Schulbüchern kaum ein Satz länger als eine Druckzeile gewesen war. Da Narzissen nicht in Karibu wuchsen, hatte sie der Bwana Mbuzi für seine beiden Töchter in einer azurblauen Vase gemalt, auf deren Bauch wohlgenährte Halbmonde Pfeifen aus Maiskolben rauchten.

Weil Stella zu lange dem Klang von Brians sanfter Stimme nachlauschte und zu deutlich die butterfarbigen Monde mit dem freundlich breiten Mund sah, fiel ihr zu spät auf, dass sie und Fernando von der gewohnten Route abgekommen waren. Nun standen sie, von der Ironie des Schicksals dahingeschoben, ausgerechnet vor der kleinen Statue von Peter Pan. Zu Füßen des mutwilligen Knaben hatten sie im ersten Sommer ihrer Liebe beschlossen, an einem goldenen Faden die Zeit bis zu ihrer Geburt zurückzuspulen und wieder Kinder zu werden.

Stella setzte sich, als Fernando es vorschlug. Genau wie im Juli des Zukunftsehnens trugen schildbemützte kleine Jungen rote Holzschiffe mit weißen Segeln zum See – und ebenso wie beim ersten Mal kannte sich Fernando nicht mit den Spielregeln für Menschen aus, die dabei waren, ihrer Kindheit entgegenzulaufen. Er seufzte wieder, ehe er sein Ziel erreichte. Nur war es beim zweiten Mal nicht mehr das Aufstöhnen eines Ahnungslosen.

»Weißt du noch«, sagte er und wusste schon vor seinem ersten Wort, weshalb er fragte, »wie wir hier zum ersten Mal über die Geburt unserer Drillinge gesprochen haben?«

»Ja«, sagte Stella. Weil sie seinen gespannten Blick sah, den zögernden Griff nach ihrer Hand und erst recht den Stich des Unbehagens in ihrer Brust bei der Erwähnung von gemeinsamen Kindern genau richtig deutete und schon der Gedanke an die Erlösung durch die Wahrheit sie zu unvermittelt aus ihrer Erstarrung holte, erzählte sie ihm von ihrer Reise. Sie fixierte beim Sprechen nur die Nase von Peter Pan und war unendlich dankbar, dass Fernando, ganz anders als ihr Großvater, nie zwei Fragen auf einmal stellte. Da er es auch nie getan hatte, unterbrach er kein einziges Mal ihren überhasteten Vortrag. Er konnte gar lächeln, denn seine Liebe war noch immer eine der Hoffnung. In der Schule hatte er außer der Geschichte des britischen Empire und dem Gedicht von Wordsworth auch gelernt, dass englische Männer ihre Emotionen nicht in der Öffentlichkeit und möglichst auch sonst nicht zeigten, und er begehrte sehr, ein englischer Gentleman zu sein. Nur, als Stella in ihrer Handtasche wühlte und er sie nicht anschauen musste, biss er so kräftig seine Zähne aufeinander, dass ihn das Knirschen erschreckte.

So konnte es geschehen, dass ausgerechnet der unwahrscheinlichste und törichste von Stellas Wunschträumen ein winziges Stück Wirklichkeit wurde. Schon eine Stunde später sprach Fernando tatsächlich, wie sie es sich ausgemalt hatte, von seinem Bedauern, nicht mit ihr reisen zu können. Er redete viel von seinem Examen und bat um »so viele Postkarten wie möglich«. Der Mutige bezeichnete die zwar als »Lebenszeichen«, verschluckte jedoch in der rücksichtsvollen Art, die Stella schon bei der ersten Begegnung als wohltuend und äußerst ungewöhnlich empfunden hatte, den Hinweis auf einen Erdteil, aus dem Post nicht ein üblicher Austausch von Grüßen, sondern der willkommene Beweis war, dass der Absender noch lebte. Fernando sagte auch, wie Stella kühn phantasiert hatte, »und immer, wenn du zum Briefkasten gehst, musst du ganz fest an mich denken«. Nur nahm er sie dabei nicht in die Arme. Seine Hände bohrten Löcher in die Taschen seines teuren Ledermantels. Er hatte ihn im Herbst gekauft und sie ihn im Geschäft einen Adonis genannt. Seine beredten Augen waren noch wehmütiger als sonst, doch nicht so groß wie in der Bar am Leicester Square, in der er als Jubelnder beschlossen hatte, seine Silberhochzeit mit den Drillingen und seinen wohlhabenden Patienten aus der Harley Street zu feiern.

Bis zu ihrer Abfahrt nannte Fernando sie auch nicht mehr Lady Godiva. Ihm war bewusst, dass Stella lange Zeit nicht mehr auf einem Schimmel für einen Hoffnungsträger reiten würde, dessen Hautfarbe für die Spitzen der Gesellschaft eine Schattierung zu dunkel war; er verließ drei Tage vor ihr London und fuhr nach Newcastle, um einer Cousine seines Vaters zum siebzigsten Geburtstag zu gratulieren, die er vorher nie erwähnt hatte. Durch Fernandos überstürzte Abreise, die ein Lebewohl am Telefon erforderte, das kühler als beabsichtigt ausfiel, kam Stella gar nicht erst in die Versuchung, ihm zu erzählen, dass ihr gegen morgendliches Würgen allergischer Großvater mit seiner Vermutung Recht gehabt hatte. Auf keinen Fall musste sie ihm also erklären, dass sie sich auf ein Kind freute; sie hatte selbst noch keine befriedigende Antwort auf diese komplexe Frage gefunden und wusste nur, wie viel es ihr bedeutete, ein Kind in Afrika und nicht in England zur Welt zu bringen. Zu diesem Zeitpunkt hätte die werdende Mutter es ohnehin nicht vermocht, die Verwirrung ihrer Gefühle in Worte zu fassen und dabei Fernandos Augen zu sehen.

»Mit mir wirst du nicht so leichtes Spiel haben wie mit deinem familienbewussten Galan«, drohte Sir William, der den Schneid gehabt hatte, sein rechtes Ohr gegen die Tür zu drücken und das finale Telefongespräch zu belauschen. »Ich habe mich nämlich mein Lebtag nicht vor dem letzten Wort gefürchtet. Mir ist selbst im Schützengraben mein gesunder Appetit nicht vergangen, als ich vom Tod des jungen Bailey erfuhr. Und der ging mir wirklich nahe.«

»Ich bin nicht der junge Bailey, wer immer das war, und wir sind nicht im Schützengraben. Ich ziehe noch nicht mal in den Krieg, aber ich habe Angst vor Abschieden. Bitte, Mzee, sag mir hier auf Wiedersehen und geh vor mir aus dem Haus. Geh in deinen Club wie an jedem anderen Tag. Das ist besser für mich. Man bricht nicht mit nassen Augen zu einer Safari auf. Das hat mir Chebeti beigebracht, als ich zum ersten Mal zur Schule musste.«

»Was bin ich froh, wenn ich nichts mehr von dieser altklugen, besserwisserischen Person höre«, attackierte Sir William sein Sandwich. »Hätte sie dir lieber beigebracht, wie man anständig Karten mischt. Ich wette, sie ist auch nicht in den Club gegangen, als du von Afrika fort bist.«

»Nein, sie hat auf der Erde gesessen und Whisky getrunken.«

»Donnerwetter! Das erste Vernünftige, was ich von ihr höre.«

Selbstverständlich begleitete der verdrießliche Unverdrossene Stella zum Flugplatz. Er ließ ein Taxi kommen, was für sie ein bedrückend unmissverständlicher Hinweis war, dass er auf dem Rückweg allein sein und seinen Fahrer nicht in die Versuchung von mitteilungsfreudigem Personal bringen wollte, das beim Abendessen im Souterrain über den Gemütszustand seiner Herrschaft Auskunft gibt. Sie saßen so dicht beieinander im Wagen, wie es Menschen tun, die sich im Wald verirrt haben, sich in einer kalten Nacht den Mantel teilen müssen und wähnen, ihnen verlange es nur nach körperlicher Wärme. Stella zupfte erst am Hemdkragen ihres Großvaters und dann am Lederflicken seiner Tweedjacke; er hustete Widerwillen und sagte, genau das wäre der Grund, weshalb er Frauen nicht ausstehen könnte. Sie würden immerzu ihre Ehemänner mit ihren Schoßhunden verwechseln und an ihnen herumfummeln.

Es war ein sonniger Frühlingstag, in seiner Milde dem einen unvergesslichen Morgen im Herbst nicht unähnlich, als sich ein stolzer, unnahbarer, lebensenttäuschter alter Mann in ein junges Mädchen verliebte, das die Courage gehabt hatte, sich nicht vor ihm zu fürchten. Die Bäume grünten mit berstenden Knospen, die Forsythien blühten noch und in den Vorgärten trotzten gelbe und rosa Tulpenkelche dem Märzwind. Beider Gedanken kreisten um die gleiche Szene. In dem Moment nämlich, da Stella bedauerte, dass sie im Sommer den Goldfischteich nicht in seiner Pracht erleben würde, hatte Sir William gerade erwogen, vor dem nächsten Frühjahr eben diesen Goldfischteich gegen ein nicht von Erinnerungen beschwertes Rondell mit weißen Lilien auszutauschen. Als ihm einfiel, dass weiße Lilien die Blumen der Gräber sind, zündete er seine Pfeife an. Sie überlegte, ob er sich schon auf dem Rückweg Zigarren kaufen würde oder erst am Donnerstag, biss sich zum Schutz gegen die Torheit der verräterischen Worte auf die Unterlippe, sprach aber doch.

»Ich wusste nicht, dass es so sein würde. Es dauert so lange.«

»Und wenn du es gewusst hättest, Stella, hättest du dich da anders entschieden?«

»Ich glaube nicht.«

»Gott sei Dank. Ich könnte es nicht ertragen, wenn ich all die Jahre die falsche Frau verehrt hätte und du doch ein mieser kleiner Feigling wärst.«

Die Stewardess am Check-in blickte mit der Routine ihres Berufs auf den eleganten Koffer aus weißem Leder, sehr viel länger und aufmerksamer auf das Rubinauge der Flamingobrosche aus der Bond Street und lächelte Sir William so kokett an wie sonst nur junge südländische Charmeure. Sie sagte, es sei ideales Flugwetter, die Crew nach Nairobi besonders nett und dass sie auch gern mal nach Afrika fliegen würde. Beim zweiten Blick auf die Brosche drehte sie ihren Ring mit einem großen Stein aus lila gefärbtem Glas nach innen und nannte Stella »Madam«. Noch ehe sie den Flugschein aus der Hülle nahm, zeigte sie auf die Lounge mit der Aufschrift »Private« am Ende des Ganges.

»Die Passagiere der ersten Klasse werden dort aufgerufen. Sie haben jede Menge Zeit für einen schönen Abschiedsdrink.«
»Sag nur, du hast mir ein Erste-Klasse-Ticket gekauft! Auf die Idee wäre ich im Traum nicht gekommen. Das war doch wirklich nicht nötig, du Verschwender.«
»Du redest wie die Frau eines Lokomotivführers aus Liverpool, die Weihnachten einen roten Flanellpyjama auspackt. Sag nur, Madam, du hast noch immer nicht begriffen, dass du eine reiche Frau bist. Wenn ich einmal sterbe, wirst du dich ganz schön wundern. Falls du dann endlich intelligent und habgierig genug bist, dich für mein Geld zu interessieren.«
»Geh jetzt, Mzee. Um Himmels willen geh endlich in deinen Club! Sonst merkst du noch in allerletzter Minute, dass ich tatsächlich ein mieser kleiner Feigling bin.«
Sir William schnaubte mit kräftiger Lunge Widerspruch. Er holte mit einer Umständlichkeit, die allein schon Stellas Kehle zuschnürte, ein flaches Päckchen aus der Innentasche seines Jacketts und wickelte es aus vergilbtem Seidenpapier. Es war der eineiige Zwilling jener traditionsschweren silbernen Flasche aus Brians Atelier, die Chebeti noch vor den Seidenkissen und Stellas drei Kleidern aus dem brennenden Haus gerettet hatte. Die Aufschrift »Orient Express« fehlte nicht und auch nicht das dünne Kettchen am Verschluss. Der Romantiker aus Mayfair, der Romantik noch mehr verabscheute als Sentimentalität, lachte herzhaft, doch ohne Spott, als Stella die kühlende Erinnerung an die heiße Haut ihrer Backe drückte. Er überhörte den Seufzer, übersah die Trauer in den blauen Augen, die ihn genau wie bei der ersten Begegnung an das Wasser vor der

Küste von Menton denken ließen, und fasste sich befangen an den Hals. Ihn genierte seine Heiserkeit. Er sagte, er sei froh, die alte Flasche endlich loszuwerden, und er hätte sie, weil er ein debiler Narr sei, mit seinem besten Brandy gefüllt; Stella möge ihn bitte nicht schon unterwegs austrinken.

»Hoffentlich hast du bei mir wenigstens gelernt, dass man einen alten Brandy nicht säuft, um den Durst zu löschen.«

Ausgerechnet der Schlag traf. Im Würgegriff einer Panik, die so unvermittelt in Stellas Körper fuhr wie in der Nacht ihrer Geburt der Blitz in den Affenbrotbaum, wusste sie nichts mehr von der Botschaft in den Augen der Gazelle und dem Glanz der Sterne von Karibu. Es verlangte der Reisenden im Aufbruch nicht mehr nach den Wurzeln, die sie so lange in der roten Erde gewähnt hatte. Weil der Schleier vor ihren Augen sich in Sekundenschnelle in ein schwarzes Tuch verwandelte, gelang es Stella auch nicht, Chebetis Hände zu sehen, die Fernandos Kind nach seinem ersten Schrei an die Sonne Afrikas tragen sollten. In diesem Moment, der länger währte als jede Nacht vor Sir Williams nächtlichem Besuch im Zimmer seiner Enkelin und doch nicht lang genug war, um die Schwankende auf Dauer zur Flüchterin zu machen, zerschmetterte die Wahrheit Stellas Mut. Sie erkannte, dass sie sich nicht von ihrem Großvater würde trennen können, ohne auf immer am gleichen schmerzhaften Schnitt zu leiden, der seit dem Tod ihres Vaters nicht mehr verheilt war. Es verlangte der zweifelnden Verzweifelten so sehr danach, endlich schwach zu werden, an der Kreuzung umzudrehen und den Pfad zurückzulaufen, den sie gekommen war, dass sie ihre Arme ausstreckte. Stella bat ihren Mzee, den sie so nannte, weil sich das Wort aussprechen ließ, ohne dass die Stimme mit dem Gewicht der Liebe beschwert wurde, sie nach Hause zu bringen und mit der unterbrochenen Partie Canasta zu beginnen. Da jedoch die Zunge von Chebetis blonder Tochter nicht mehr so flexibel wie die der Chamäleons war und Stella zudem in der Sprache der Kikuyu um Geleit auf dem Weg zurück in den blauen Salon gebeten hatte, verstand Sir William jene nicht, die dabei war, ihm die Kraft und die Ruhe des Alters zu nehmen. Er steckte die kleine silberne Flasche in Stellas Manteltasche.

»Den letzten Schluck trinken wir, wenn wir uns wiedersehen. Warum schaust du mich so erstaunt an? Hast du am Ende gedacht, du kommst nie mehr zurück? Sorry, schon wieder zwei Fragen auf einmal. Man hat mir verbindlich zugesichert, dass die Flugzeuge in beide Richtungen fliegen.«

»Das ist nicht fair, Mzee. Und das weißt du auch. Jetzt fängt die alte Geschichte wieder ganz von vorn an.«

»Alle Geschichten fangen immer wieder ganz von vorn an, Stella. Weiß der Teufel, welcher verdammte Trottel sich das ausgedacht hat.«

»Mungu«, erkannte Stella. Zum Herrn von Karibu betete sie in allen ihren drei Sprachen, ihr Großvater möge ihr beim Abschied nur auf die Schulter schlagen, ihr »Goodbye, old chap« sagen und sich beim Weggehen nicht nach ihr umdrehen. Er tat es nicht. Der pensionierte Major, der seinem Sohn, dem er Stella und das Wunder der Liebe verdankte, zum Abschied das versöhnende Wort verweigert hatte, presste seine Enkelin so fest an seinen Körper, dass sich die Pfeife in seiner Tasche als Amors Pfeil in ihre Brust bohrte. Seine buschigen Augenbrauen streiften ihre Stirn. Ein Atemhauch mit der leichten Honigsüße vom feinsten Tabak, der sie im Moment der neu belebten Sehnsucht an Asakis Fell am Morgen nach der Regennacht erinnerte, erreichte ihre Nase. Zwar hatte sie da schon mit der Stärke von Afrikas Frauen ihren Augen die Salzkörner von Not und Tränen verboten, doch wusste sie nicht, als ihr Großvater sie küsste, ob er es war, der weinte, oder sie.

Stella steckte, als sie in der Maschine den Mantel auszog, die Brosche an das Revers ihrer Jacke und streichelte zärtlich das Anteil nehmende Auge des Flamingos. Das Glas Champagner, das ihr die Stewardess hinhielt, leerte sie auf einen Zug und konnte das Lächeln erwidern, weil sie beim ersten Schluck schon einen leichten Seifengeschmack bemerkt hatte, doch wagte sie sich erst hinzusetzen, als die grelle Deckenbeleuchtung die Glut auf Fernandos dunkler Haut löschte. Die Schnalle des Sicherheitsgurts verschloss sie so geschickt, als wäre die Safari zu dem gelben Turban nicht ihr erster Flug. Die leise Musik wurde abgedreht. Stella hörte eine Stimme aus dem Lautsprecher und die Motoren vibrieren. Sie hielt die silberne Flasche mit beiden Händen fest, damit sie zu zittern aufhörten. »Warum?«, murmelte sie.

Beim Start sah sie noch die Türme, Kirchen, Kuppeln, die Brücken und Häuser von London, sah Schornsteine ohne Rauch und die Baumkronen im Hyde Park, die Themse sich schlängeln und zu einem lichtlosen Streifen werden, Schiffe und Boote verschwinden, die Rasenflächen ineinander fließen, doch die Konturen tauchten in einen grauen Fluss ohne Strömung und Leben ein; Stella wähnte, es wären Nebelschwaden, die ihr die Sicht verwehrten.

Erst als das Flugzeug durch die Wolken stieß und die Sonne so hell erstrahlte wie mittags die in Karibu und der Kapitän, der sich als Robert McDonald vorstellte und mit dem rollenden schottischen Akzent des Herrn vom Schach spielenden Pavian die Passagiere willkommen hieß, brach sie in Tränen aus. So sehr sie auch ihre Augen zurück in die Höhlen und ihre Zähne aufeinander drückte, vermochte sie nicht mehr, dem Sturm der Vernichtung zu entkommen. Zum Sterben wollte sie sich auf die Erde legen, wie es die Kühe und Ziegen taten, wenn ihre Zeit gekommen war, doch die Stewardess ließ es nicht zu. Sie hielt Stellas Schultern fest und presste ihren Rücken gegen die Lehne. Die wachsame Hirtin öffnete den Sicherheitsgurt, zog der Schluchzenden die Jacke aus, knöpfte die Bluse auf, schob ihr ein Kissen unter den Kopf und lief lautlos zurück in den grauen Dunst. Sie war sofort wieder da, brachte auf einer Untertasse zwei Tabletten, drückte ein Glas mit lauem Wasser an Stellas Lippen, befahl ihr zu schlucken und wickelte ihren Körper, obwohl er doch bereits in der Abflughalle verbrannt war, in eine Decke ein. Die hatte die Farbe von Lillys Beinen, wenn die Gazelle im Morgengrauen über die Shambas lief.

»Das werden wir gleich haben«, versprach die Freundliche, deren Hände nach Flieder dufteten und die eine so kleine Nase und einen so großen Mund hatte, dass sie der Bwana Mbuzi bestimmt nicht gemalt hätte. »Aspirin und eine Runde gesunder Schlaf sind das beste Mittel gegen Schüttelfrost. Das hat schon meine Großmutter gesagt.«

»Ich hab in meinem ganzen Leben keinen Schüttelfrost gehabt«, klärte Stella die Fliederduftende auf. »Mein Großvater hätte mich auf der Stelle herausgeschmissen, wenn so etwas passiert wäre. Er hasst erkältete Frauen. Außerdem schlafe ich mittags nie.«

»Keine Angst, ich wecke Sie rechtzeitig. Man darf sich nämlich was wünschen, wenn man zum ersten Mal den Äquator überquert.«

»Es ist nicht das erste Mal«, sagte Stella. »Jedes Mal, wenn ich mit meinem Vater nach Nakuru in die Schule gefahren bin, haben wir den Äquator überquert. Er ist mitten durch meine Beine gelaufen.«

»Sehen Sie, Sie können schon wieder Scherze machen. Das gefällt mir. Ich mag Menschen mit Humor. Meine Großmutter hatte ganz Recht. Täglich einen Apfel und einmal lachen. Da braucht man keinen Arzt.«

»Ich esse nicht gerne Äpfel und brauche trotzdem nie einen Arzt.«

Als Stella erwachte, schien immer noch die Sonne, der Himmel war so blau wie in Afrika. Eine Zeit lang genügte es ihr, sich nicht zu bewegen und nur in den dicht gewebten weißen Wolkenteppich zu starren und sich vorzustellen, auf der größten Wolke würde Gott sitzen und ein Schaf stricken. Sie erinnerte sich an das Buch, in dem sie das Bild von dem göttlichen Stricker gesehen und dass es lange Zeit unter der Lampe mit der Nymphe gelegen hatte, konnte aber das Rätsel nicht lösen, weshalb sie ausgerechnet auf dem ersten Flug ihres Lebens von einem roten Flanellpyjama geträumt hatte.

Um zurück in die Gegenwart zu finden, fixierte sie die breiten, mit einem beigen Tuch abgedeckten Lehnen der Sitze, danach ihre Schuhe auf dem Boden, die neben ihrer Handtasche standen. Sie fühlte sich auf eine wohltuende Art träge, geborgen und allen Gefahren entrückt. Der alte

Brunnen ohne Wasser am Rande des Pyrethrumfelds kam ihr in den Sinn. Er hatte vor Hitze, zu grellem Licht, Wind und Regen geschützt, war jedoch nicht so tief gewesen, dass die Hände nicht an den Rand greifen konnten, um den Körper zurück ins Leben zu ziehen. Die, die nach Jahren erstmals wieder in dem Brunnen ihrer Kindheit saß, hatte nun trockene Augen und eine kühle Stirn. Ihre Nase erjagte das Aroma von Kaffee und Pfefferminzsauce, einmal auch das von Vanille und Rum und – einen Moment auf der falschen Fährte – den Geruch von Pfeifentabak. Sie hörte das Klappern von Geschirr, Gläser klirren und bald danach zwei Männer miteinander reden. Gleichermaßen belebt von deren Stimmen, die sie als vertraut und angenehm fröhlich empfand, wie von ihrer eigenen Neugierde, setzte sich Stella aufrecht hin und schaute sich um, wobei sie feststellte, dass die beiden Männer ihre einzigen Mitreisenden waren.
Wann immer sich der am Gang sitzende Mann bewegte, schien es ihr, als würde sie einen kräftigen, schwarzhäutigen Arm aus einem kurzärmeligen weißen Hemd herausragen sehen, und jedes Mal schüttelte sie verärgert den Kopf, weil jener, der die Wanderer auf Safari zu behüten hatte, es zuließ, dass ihre Augen zu schnell reisten und vor den Füßen am Ziel ankamen. Sie lehnte sich zurück und streckte ihre Beine aus. Da sah sie, dass die Männer dunkelblaue Hosen mit scharfen Bügelfalten trugen. Noch mehr beschäftigten Stella ihre Schuhe. Die glänzten wie Ebenholz und waren kaum getragen. Sie sah es an den hellen Sohlen und war gerade dabei, sich zu überlegen, weshalb die Männer ausgerechnet marineblaue Hosen aus einem so warmen Stoff und neue Schuhe gekauft hatten, um

nach Afrika zu reisen, als die beiden wieder zu reden begannen.
Sie hatten Stimmen, die schnell wie Adler fliegen konnten und die dennoch nicht nach der Zeit des Schweigens, von deren Bedeutung sie zu wissen schienen, die Stille mit einem zu scharfen Messer zerschnitten. Die Palavernden wurden immer heiterer. Sie klopften sich einmal auf die Schenkel und erzählten einander wundersame Shauris, wobei sie sanfte dunkle Laute und Worte aus der Tiefe zauberten, die Stella lange nicht mehr gehört hatte und die sie zu ihrem Erstaunen doch alle noch kannte. Der eine Mann sprach erst vom ungewöhnlich starken Regen in Nanyuki und dann von der Straße, die von Nairobi nach Nakuru führte, der in dem kurzärmeligen Hemd redete sehr lange von einem neuen Hotel, von dem aus die Leute morgens die Elefanten im Fluss baden sehen und mittags den Krokodilen ihre Eier stehlen konnten.
»Die Safaris der neuen Zeit sind gut für uns«, lachte er.
»Die Safaris der neuen Zeit sind gut für uns«, wiederholte der Zweite. »In den Tagen, die nicht mehr sind, hat der reiche Bwana unsere Tiere mit seinem Gewehr erschossen und das Fell an die Wand genagelt. Und sein Boy musste den Hammer halten und ihm die Nägel holen. Leuten, die mit der Kamera jagen, kann man die Tiere immer wieder verkaufen. Das wird uns reich machen.«
Stella fiel zunächst nur auf, dass das Wort Boy nicht zu den übrigen passte und dass der Mann beim Sprechen seine Stimme so verändert hatte, als hätte er den einen kurzen Laut ausspucken müssen wie die Schlange ihr Gift. Auch die ausgedehnte Pause, die der Wiederholung des ersten Satzes vorangegangen war, machte sie sehr nachdenklich,

noch mehr der Umstand, dass die Zunge des Mannes, der nun wie eine satte Hyäne lachte, nicht über das zähnenschwere Wort Bwana gestolpert war.

»Bwana«, flüsterte Stella ahnungsvoll. Sie murmelte das Wort so oft und so zärtlich vor sich hin, bis sie schließlich doch an das Wunder zu glauben wagte, das ihr im Moment ihres Erwachens widerfahren war. Nur für die Dauer eines einzigen erregten Herzschlags wähnte sie noch, das Gelächter der Heiteren, jene die Ohren und das Gemüt verwöhnenden Wiederholungen und die den raschen Redefluss unterbrechende Pause könnten eine Täuschung der Sinne gewesen sein, ein ebenso abstruser Traum wie der rote Flanellpyjama in den weißen Wolken. Dann erkannte sie die weiche, schwingende, klangheitere Sprache der Kikuyu, die die Jahre ihr nicht hatten rauben können. Noch mit Englands Klängen im Ohr und dem Duft von Sir Williams Pfeife in der Nase war Stella die geliebte Sprache ihrer Kindheit so vertraut gewesen, dass es ihr noch nicht einmal aufgefallen war, mit welcher Selbstverständlichkeit sie jedes Wort der Unterhaltung verstanden hatte.

Dies war der Moment von Stellas Heimkehr. Der Jubel war gewaltig. Die Seligkeit zerriss ihren Körper, der Rausch spaltete Kopf und Seele, machte aus ihrem Blut einen kochenden Strom, der durch die Adern drängte und sie endlich auf den Pfad zurückführte, den sie am Flughafen nicht mehr hatte finden können, weil der Schmerz des Abschieds zu gewaltig gewesen war. Die vom Glück Betäubte hörte heftige Atemstöße und erkannte sie nicht als die eigenen. Sie drückte ihre Hände gegen die Kehle und konnte trotzdem den Felsen nicht herauswürgen, der ihr das Schlucken verwehrte. Ihr Körper erstarrte. Es gelang ihr nicht mehr, die Augen vor dem Salz der Schwachen zu schützen, denn es war das Salz der Freude, die die Lider tränkte und die sie seit den verbrannten Tagen nie mehr empfunden hatte. Jedes einzelne Salzkorn wurde ihr ein Zeichen von Mungu, seine so lange erflehte Botschaft vor dem Aufbruch zu der Schwester, die ihr nicht hatte Kwaheri sagen dürfen.

»Karibu«, rief Stella; sie schlug sich auf den Mund, als sie merkte, dass sie das Schweigen derer verlernt hatte, die nur staunend den Kopf senkten, um dem weisen Schweigenden zu danken.

Sie hörte ihre Stimme auf dem Berg donnern und streckte beide Arme aus, um das Echo aufzuhalten, ehe es über die Felsen ins Tal rollte und für immer verstummte. Als sich der weiße Schleier des Wasserfalls öffnete, sah Stella die Männer langsam aufstehen. Sie schauten sich kurz um und dann lange jene an, die in der Freude der Heimkehr ertrunken war – verwundert der eine, ein wenig erschrocken der andere. Ihre Gesichter waren rund und satt von der Freundlichkeit der Gelassenen, die Nase flach wie die der Unvergessenen an den Feuerstellen vor den Hütten, die Lippen voll, die Zähne beim Lachen so strahlend, wie es nur die Zähne von Menschen sind, die die Kraft des Lebens aus den Wurzeln junger Bäume herausbeißen.

»Karibu«, sagte der Ältere. Er legte seine Hand ans Ohr, wie einer, der nicht sicher ist, ob er ein leises Klopfen an der Tür oder zu heftig brennendes Holz knistern gehört hat.

»Karibu heißt willkommen«, erklärte der Jüngere verlegen, als die Stewardess herbeieilte und ihn fragte, ob er nach ihr gerufen hätte.

»Karibu heißt willkommen«, wiederholte Stella leise. Sie

schaute, scheu wie ein Kind, das zur Begrüßung eines Gastes gedrängt wird und dem das befohlene Erlösungswort nicht mehr einfällt, auf ihre Hände und schüttelte den Kopf. Noch wagte sie nicht, in der Sprache derer zu reden, die der Pein ihrer Liebe die glühenden Nadeln entrissen hatten. Die Magie von Afrika gebot Schweigen. Stella erkannte den alten Zauber an der Art, in der sie die beiden Männer anschauten. Deren Augen ließen sie wissen, dass sie soeben eine ungewöhnliche Spur gefunden hatten. Die Reisenden in den Hosen mit den scharfen Bügelfalten und neuen Schuhen waren so empfindsam für das, was dem Menschen widerfährt, wie ihre barfüßigen Väter in der alten Zeit. Sie sahen eine junge blonde Frau, deren Kleidung der jeder anderen Touristin glich, und doch spürten sie mit dem Instinkt der Wachen, dass diese eine nicht der Verlockung von farbigen Prospekten mit Giraffen und Zebras an einem rot glühenden Horizont erlegen war, sondern von einer langen Safari nach Hause zurückkehrte.
»In zehn Minuten werden wir den Äquator überqueren«, meldete die Stimme des Kapitäns aus dem Lautsprecher, »wir haben als kleine Erinnerung an Ihren Flug für jeden Gast eine Urkunde ausstellen lassen.«
Das phantasievolle Dokument mit königsblauer Blockschrift auf gelbem Papier zeigte auf der rechten oberen Seite den blauweißroten britischen Union Jack, auf der linken die Flagge des jungen Kenia in Schwarz, Rot, Grün und Weiß mit einem Massaischild und gekreuzten Speeren. Den drei Passagieren der ersten Klasse servierte die Stewardess Kanapees mit russischem Kaviar und Rehmedaillons, Wachtelbrüstchen und Champagner. Stella bestaunte die kenianische Flagge, die sie zum ersten Mal sah, und noch mehr

die skurrile Pointe, dass sie den Kaviar mit Appetit aß, obwohl sie Kaviar verabscheute, und zwei Gläser Champagner mit Vergnügen trank und bei keinem einzigen Schluck den Eindruck hatte, dass Champagner nach Seife schmeckte.

Sie stand bei dem fröhlichen Umtrunk zwischen dem Chefsteward und dem jüngeren der beiden Afrikaner, der sie nach der kleinen silbernen Flasche fragte, mit der sie ins Flugzeug gekommen war. Zwischen Kaviar und Käse erfuhr Stella, dass ihre Mitreisenden im Auftrag des Ministeriums für Touristik regelmäßig nach London reisten, um den in Kenia neu erblühten Fremdenverkehr zu intensivieren. Im Übrigen stammte der eine aus Gilgil und der Jüngere aus Njoro. Beide waren ein wenig erstaunt und sehr erfreut, als Stella sie nach ihrem Geburtsort fragte.

»Jambo, Mama!«, sagte der Liebenswürdige aus Njoro und schlug sein Glas gegen ihres.

»Jambo«, erwiderte Stella. Sie zog ihren Bauch nur ein, weil die Gewohnheit der letzten beiden Wochen mit ihr gereist war, doch er deutete die Bewegung richtig.

»Wir nennen alle Frauen Mama«, erklärte er.

»Das finde ich schön, Papa.«

Sie lachten beide so laut, dass ihre hinteren Backenzähne zu sehen waren – er, weil ihn schöne Frauen noch fröhlicher stimmten, als er ohnehin an den Tagen war, da ihm bewusst wurde, dass der dritte Sohn eines Shambaboys und einer Mutter von acht Kindern, die beide weder Lesen noch Schreiben konnten, nun auf der obersten Sprosse der Leiter stand, die Mungu für seine Auserwählten bereit hielt. Stella lachte, weil sie sich das Gesicht dieses Stolzen ausmalte, wenn die weißhäutige Mama aus dem Flugzeug

stieg, auf der untersten Stufe der Treppe ihren Rock raffte und ehrfürchtig die Erde küsste.
Sie tat es nicht. Die schwere Schwüle von Nairobi in der letzten Stunde vor Sonnenuntergang umhüllte den Körper so fest wie in der Stunde der Not die Decke der besorgten Stewardess, dass Stella nur zu den schleichenden Schritten der Zaudernden fähig war. Der Blitz der Erinnerung blendete sie, als sie einen Mann mit Mbojas blauer Strickmütze das Gepäck aus der Maschine holen sah. Ihre Ohren ertaubten bei den ersten Suaheli-Lauten in der Halle. Die Nase versagte, als vor der Tür der Duft eines Jacarandabaums zu ihr herüberwehte. Am Taxistand musste Stella ihre Papiere suchen, weil ihr das Hotel nicht einfiel, das in London gebucht worden war.
»New Stanley«, sagte die Erschöpfte leise zum Fahrer im T-Shirt, auf dem ein Löwe lachte.
»Jambo, Mama«, brüllte der gut Gelaunte. Stöhnend warf er den leichten Koffer auf die Hintersitze. Beim Anfahren rief er dem Kollegen im Nachbarwagen zu: »Ich habe einen großen, dummen Fisch gefangen. Mit dem fährt Raban erst nach Ngong.«
»Das wird Raban nicht tun«, lachte Stella, »dein großer, dummer Fisch will sofort ins New Stanley und eine Panga holen, um einem Betrüger die Zunge abzuschneiden.« Es waren ihre ersten Worte in der Sprache der Kikuyu.

14

Mein geliebter Mzee«, teilte Stella dem Brieffreund ihrer Kindertage mit, »falls ich noch bis zehn zählen kann, so ist dies der neunte Brief, den ich dir in den vier Tagen seit meiner Ankunft schreibe. Die ersten acht wirst du zum Glück nie erhalten. Sie waren Furcht erregend sentimental und wurden von einer recht weinerlichen und sehr unleidlichen Person mit dem Fingernagel in ein Stück Seife geritzt, weil man ihr den Füller gestohlen hatte. Du hättest auf die Idee kommen können, sie wäre schwanger, hätte Heimweh, Durst, jeden Morgen Appetit auf Cumberland-Würstchen, nie ein Quäntchen Mut gehabt und sowohl ihren Sinn für Humor als auch ihren Verstand verloren. Tatsächlich stimmt von all dem nur, was Gott sei Dank nicht mehr durch morgendliche Unpässlichkeit bewiesen wird, die Schwangerschaft. Auf der Verlustseite stehen hingegen mein Kamm, eine Haarbürste, die allerdings ihr Schicksal einem hierzulande schnell zur Unmoral verführenden vergoldeten Stiel zu verdanken hat, zwei Päckchen Kaugummi und ein rosa Nachthemd, das ohnehin für Nairobis Nächte nicht geeignet war. Wirklich getroffen hat mich aus oben genannten Gründen nur das Abhandenkommen des für die Enkelin von Sir William Robert Hood sehr unstandesgemäßen Kulis, den ich noch am letzten Tag bei Woolworth kaufte, weil er mir genau richtig für ein Land erschien, dessen Volk in den Zeitungen des ehemaligen Mutterlands als arm und beklagenswert verwildert beschrieben wird.

Um es mit dem versöhnlichen Charme der hiesigen Landessprache auszudrücken: Diese Schätze meines Reichtums wollten weglaufen und ließen sich leider durch niemanden davon abhalten. Sie wurden mir gestohlen, als ich nach der ersten Nacht (übrigens eine ziemlich schlaflose, weil ich Moskitonetze nicht mehr gewöhnt bin und sehr beunruhigend träumte) meine Flamingobrosche und die silberne Flasche in den Hotelsafe brachte. Dort brauchte ich eine vorher nicht einkalkulierte und nach den Vorstellungen eines gewissen Inselvolks wohl übertrieben lange Zeit, um den Portier zu überzeugen, dass ich mit der Frage nach einem abschließbaren Behälter keineswegs seine Mutter, seinen verehrten Lehrer, sein Volk und sein Ehrgefühl verletzen, sondern nur den strikten Befehl meines überängstlichen und äußerst misstrauischen Großvaters befolgen wollte.

Schon als ich bei der Eintragung ins Hotelregister nach einem Safe fragte, hatte mir der Portier (ein junger Kikuyu, der ein so reines Oxford-Englisch spricht, dass ich es noch immer nicht fassen kann) nämlich äußerst glaubhaft versichert, im New Stanley wäre seit seiner Gründung den Gästen noch nicht einmal eine Sicherheitsnadel abhanden gekommen – seitdem stecken meine sämtlichen Sicherheitsnadeln am Innenbund meiner Jeans. Dafür hat mir heute der zweite Portier, der ja schon meiner beschämten Verschwiegenheit wegen von dem Verlust und meinen vergeblichen Bemühungen um neues Schreibgerät in buchstäb-

lich jedem dafür in Frage kommenden Geschäft nichts wissen konnte, vor dem Frühstück mit verschwörerischer Miene einen Kugelschreiber überreicht.
Mein unverhoffter Retter war so entzückend erstaunt über das Trinkgeld und nahm es so zögerlich entgegen, dass ich mit meinen Dankesbezeugungen ganz von vorn anfangen musste. Weil er mich in seiner Verlegenheit nicht verstand und immer wieder seine Unschuld beteuerte, klärte ich die Missverständnisse in seiner Sprache auf. Das war vor drei Stunden. Seitdem spricht mich das Personal in regelmäßigen Abständen unter den nichtigsten Vorwänden an, um auszuprobieren, ob ich wirklich Kikuyu spreche, um mir dann nach bestandener Prüfung zu versichern, dergleichen hätte es noch nie erlebt. Seit meiner Kindheit scheint sich da nicht viel geändert zu haben. Schon meine standesbewussten Mitschülerinnen pflegten sich in ihren Gesprächen mit den Menschen hier auf das Wort Jambo zu beschränken. Übrigens ist es heute der erste Tag, an dem ich nicht das Gefühl habe, ich hätte Hunger und wüsste nicht, auf was. Ich hätte viel eher meinem Instinkt folgen sollen, der mich schon im Flugzeug dazu drängte, dir zu schreiben, wie sehr ich an dich denke, doch ich kam mir wie eine heimwehkranke Schülerin vor, die neu im Internat ist und sich zum Vergnügen aller die Augen ausheult.«
Stella saß, als sie diesen Brief schrieb, der im Verlauf des Tages auf zwölf Seiten anwachsen sollte, in der Mittagszeit im berühmten Thorn Tree Café vor dem Hotel auf der Kenyatta Avenue. Die Heiterkeit ihrer Schilderungen hätte nur den beirren können, der nicht wusste, dass sie sich selten in den Schutz der Ironie begab. Sie vermisste nicht nur ihren Großvater, seine Bissigkeit, die temperamentvolle

Angriffslust und seine in Sarkasmus verbrämte Liebe, sondern auch die gewohnte Ordnung der Tage mit den banalen Zäsuren der Zeit; am meisten vermisste sie den Fixstern, der so lange der verlässliche Kompass ihrer Träume gewesen war. Unmittelbar nach der ersten Seligkeit der Heimkehr war Stella nämlich klar geworden, dass sie nie weiter als bis zum Aufbruch und stets nur an die überschaubar kleine Welt von Karibu gedacht hatte. Nairobi hatte sie bedrückend schnell ernüchtert. Schon beim ersten Blick aus dem Hotelzimmer im zweiten Stock auf die belebte Hauptstraße mit dem starken Verkehr und den vielen Menschen hatte sie begriffen, dass Mungus machtvoller Arm nicht bis Nairobi reichen würde und dass es sehr schlecht um das Wunder bestellt war, Lilly zufällig um die nächste Ecke biegen zu sehen. So gründlich und optimistisch Stella danach ihre unmittelbare Zukunft plante, am Ende ihrer Überlegungen lief sie immer in dieselbe Sackgasse. Sie konnte sich nicht mehr vorstellen, wie sie eine junge Frau finden sollte, die sie zwar präziser beschreiben konnte als ihr eigenes Gesicht, von der sie jedoch lediglich den Vornamen und den Geburtsort kannte und nur vermutete, dass sie in Nairobi lebte.

»Nein, ich will heute nicht auf Safari gehen«, klärte Stella den Portier auf, der seit dem morgendlichen Trinkgeld und dem sprachlichen Coup seines Gastes statt des Kellners jede ihrer Bestellungen ausführte. Er hatte ein Namensschild auf das Revers seiner Jacke gesteckt, hieß Samuel und legte zur dritten Tasse Tee ein Informationsblatt mit den hoteleigenen Ausflugsmöglichkeiten zwischen die Zuckertütchen auf einen Glasteller. »Ich will nicht«, wiederholte Stella in Suaheli, um in einem für sie sehr ungewöhnlichen Anflug von Stolz den frappierten Samuel auch von ihrer zweiten Herzenssprache wissen zu lassen, »in den National Park fahren.«

»Alle fahren in den National Park, Mama. Alle fahren schon am ersten Tag.«

»Mama fährt nicht. Sie will nicht mit fremden Leuten in einem Auto sitzen und Giraffen fotografieren und Affen mit Bananen füttern.«

»Warum willst du das nicht? Unsere Gäste wollen nur die Tiere sehen. Nie die Menschen. Sie suchen alle einen großen, dicken Löwen.«

»Ich nicht. Ich suche eine junge Frau.«

»Und wirst du sie finden?«

»Ich bleibe hier sitzen, bis ich sie gefunden habe.«

»Du gefällst mir, Mama. Du bist kein weißer Affe.«

»Du gefällst mir auch, Samuel. Du bist auch kein weißer Affe.«

»Hast du nicht gewusst, dass Menschen mit schwarzer Haut nicht weiße Affen werden können?«

»Das habe ich gewusst. Deswegen bin ich hier.«

Das Thorn Tree Café hatte mit dem Trotz und Charme, die den wirklich dauerhaften Legenden zu Eigen sind, sich nicht von der Zeit umpflügen lassen. Einst der Treffpunkt für die Farmer aus dem Hochland, für reiche Globetrotter, Abenteurer und Großwildjäger, vermittelte das Straßencafé im Stadtzentrum nun Touristen den Eindruck, es wäre noch ein Teil der entschwundenen Welt. Sie schrieben unter Sonnenschirmen Postkarten nach Hause, bemängelten das warme Bier und den langsamen Fluss des afrikanischen Lebens und trauten sich selten in die elegante Bar, die noch mehr als das Café ein Relikt der kolonialen Vergangenheit war und die Getränke zum doppelten Preis anbot. Stella hatte dort zwei trinkfeste, betagte Amerikaner, die dank ihrer Bärte wenigstens noch wie Hemingway aussahen, von ihren Jagderlebnissen schwadronieren gehört. Weil sie den ganzen Tag mit niemandem gesprochen hatte, war sie der Versuchung erlegen, sich in ihr Gespräch zu drängen.

»Drei Löwen an einem Tag in Sarova«, schwärmte der Hemingway-Epigone. »In Kampi ya Samaki oder so ähnlich soll es auch Tiger geben.«

»Tiger gibt es nicht in Afrika und Samaki heißt Fisch.«

»Sie kennen sich gut aus, Lady. Wollen wir nicht einen Whisky zusammen trinken?«

»Kessu«, versprach Stella, »kessu heißt morgen.«

»Bestimmt?«

»Bestimmt ist hier nichts. Kessu heißt auch vielleicht.«

Die meisten Touristen und einige wenige Afrikaner saßen nach dem Abendessen in der luxuriösen Hotelhalle. Die jungen afrikanischen Männer sahen erfolgreich aus; sie sprachen auch untereinander Englisch, waren teuer gekleidet, wobei ihre Garderobe ganz augenscheinlich nicht aus Kenia stammte, und trugen selbst bei Kerzenlicht Sonnenbrille, ihre schweigsamen, stark geschminkten Begleiterinnen entweder sehr knappe Miniröcke aus Leder oder lange Gewänder in traditionellen afrikanischen Mustern, die wie die Saris der indischen Frauen aussahen. Da die sonnenverbrannten Touristen aus Europa und Amerika kein Kikuyu verstanden und die höhnischen Bemerkungen der gut gelaunten Landeskinder, manchmal unmittelbar an sie gerichtet, gerührt für Bekundungen von Afrikas sprichwörtlicher Freundlichkeit hielten, begnügten sie sich auch abends mit Shorts und Sandalen. Nach Stellas Mutmaßungen erstürmten die Touristen unmittelbar nach ihrer Ankunft die zahlreichen Souvenirgeschäfte, um sich T-Shirts in der falschen Größe zu kaufen, auf denen entweder »Jambo Kenya!« oder »Harambee« in farbigen Lettern gestickt war – ein Wort, das sie noch nie gehört hatte und das der erste Staatspräsident, Jomo Kenyatta, als Motto für sein Land gewählt hatte. Es bedeutete: »Lasst uns zusammenarbeiten!«

Dem verehrten Kämpfer für die Freiheit Kenias, dessen Bild über Stellas Bett hing und der, worüber ein kleines Schild in der Halle aufklärte, von allen »Mzee« genannt wurde, verdankte auch die breite, baumbewachsene Hauptstraße ihren neuen Namen. Die Kenyatta Avenue, bis zur Unabhängigkeit nach dem Gründer der Kolonie, Lord Delamare, benannt, war weniger elegant als einst, dafür absolut nicht mehr behäbig, sondern großstädtisch unruhig geworden. Zwischen den solide gebauten Häusern der kolonialen Anfänge fielen die neuen Gebäude durch ihr Bemühen um Anschluss an die Moderne und durch ihre Höhe auf, die vielen Autos in ihrer Mehrzahl durch Alter und Rost, der Siegeszug von Coca Cola durch die vielen Reklameschilder, die selbst an Schneidereien, Fahrradreparaturwerkstätten, Reisebüros, Souvenirläden und über Türen angebracht waren, die in verfallene Häuser führten. Am auffallendsten für Stella waren indes der Schmutz und die kümmerlichen Behausungen in den düsteren Nebenstraßen, das überall sichtbare Elend der Menschen. Selbst auf der Kenyatta Avenue waren Scharen von Bettlern – leprakranke Greise, aggressive junge Männer mit tief ins Gesicht heruntergezogenen Hüten, zahnlose alte Frauen in zerlumpter Kleidung und unterernährte Kinder mit Geschwüren an den Beinen und eiterverkrusteten Augen. Sie baten nicht, wie Stella von ihrem einzigen Aufenthalt in Nairobi noch sehr anschaulich in Erinnerung hatte, mit offener Hand und sanfter Stimme um Almosen; sie waren ständig in Bewegung, jammerten laut und scheuten auch nicht einen zupackenden Griff, um Touristen am Ärmel festzuhalten, während sie mit der anderen Hand versuchten, in deren Taschen zu wühlen oder ihr Uhrenarmband zu lösen. Allerdings hatten diese beherzten Piraten noch immer Afrikas Phantasie und dreisten Witz. In der eigenen bildhaften Sprache verfluchten sie ihre zappelnde Beute und erzählten ihr danach in gebrochenem Englisch die unwahrscheinlichsten Geschichten von Leid, Krankheit und Tod.

Der Aufmarsch dieser resoluten Gestrandeten erschien Stella ein noch beredterer Ausdruck von Kenias Verwandlung als die mit gezackten Keulen bewehrten, grimmig aussehenden Männer, die die Eingangstüren der Banken bewachten, die vielen Safari-Angebote in den Reisebüros und die überall angebrachten Plakate mit der Aufforderung an die Bevölkerung, Stolz zu zeigen und sich nicht wie die Tiere von den Touristen fotografieren zu lassen.

»Auf Karibu«, schrieb Stella ihrem Großvater, »hat kein Mensch je Hunger gehabt. Ich kenne in keiner meiner beiden afrikanischen Sprachen überhaupt das Wort für betteln. Ich weiß nur, dass ich so schnell wie möglich aus Nairobi fort und Afrika wieder finden will.«

Bis zu dem Moment seiner Niederschrift war der vage Gedanke an eine mögliche Weiterreise nur der allnächtliche Wunsch einer Vereinsamten gewesen, die es nicht gewohnt war, mit keinem über die Erlebnisse des Tages zu reden. Der Wunsch begann sich zu konkretisieren, als Stella bei Anbruch der Nacht in ihrem Zimmer saß und ihren Brief aus der Distanz der objektiven Beobachterin überlas. Dann, beim Abendessen, belauschte sie das Gespräch einer Reisegruppe aus Manchester am Nachbartisch. Ein Mann berichtete von einer Tour mit einem Mietwagen und Fahrer in den Tsavo National Park, zwei ältere Frauen schwärmten von dem »süßen kleinen Kerl«, der den Wagen immer an der genau richtigen Stelle angehalten und so »wundervolle Geschichten über die Tiere« erzählt hätte. Als Stella dies hörte, ertränkte sie ihren Widerwillen in der lauen Hühnersuppe, doch der Gedanke an einen Mietwagen ließ sie nicht mehr los. Schon beim Hauptgang sah sie sich selbst in einem solchen Auto sitzen, freilich ohne Reisegruppe und mit einem Fahrer, der um die Bedeutung des Schweigens wusste und nicht erwartete, dass eine, die aus Chebetis Brust getrunken hatte, jeden Elefanten am Wegesrand oder überhaupt ein Tier fotografieren wollte.

Ausgerechnet am Dessertbuffet beim Anblick eines in einen Eisblock geschnittenen Büffels, dessen Hörner auf einen Kuchen mit gelbem Zuckerguss tropften, fasste Stella dann den ersten Entschluss seit ihrer Landung in Kenia. Sollte es ihr binnen einer Woche nicht gelingen, eine Spur von Lilly zu finden, würde sie zunächst aus Nairobi ab- und vielleicht ins Hochland, wenigstens bis nach Nakuru fahren, wo sie gewiss mehr über das Schicksal von Karibu und seiner Menschen erfahren könnte als in Nairobi. Auf einen Schlag fühlte sie sich sehr viel wohler als seit Tagen und endlich befreit von der einengenden Logik einer Welt, der sie trotz der Freude ihrer Heimkehr nicht hatte entkommen können und die in Afrika das Gemüt besonders beschwerte.

»Ich habe gewusst, dass du morgen den Affen Bananen bringen wirst«, grinste Samuel, als Stella ihn nach dem Prospekt für Ausflüge und Mietautos fragte. »Heute hast du ihnen einen sehr langen Brief geschrieben. Mit deinem neuen Kugelschreiber.«

»Sie haben schon geantwortet. Mit meinem alten Kugelschreiber.«

»Ich habe keinen Affen im Hotel gesehen.«

»Weißt du denn nicht mehr, dass du mir einen Brief gebracht hast?«

»Sorry, Madam. Samuel vergisst immer die Briefe von Affen, die er den Gästen bringt. Sie sind so klein.«

»Aber Samuel wird nicht vergessen, was ich ihm jetzt sage. Ich suche einen klugen und ehrlichen Mann, der mit mir nach Nakuru fährt.«

»So etwas vergisst Samuel nie. Ein kluger und ehrlicher Mann ist kein Affe. Er ist sehr viel größer als ein kleiner Brief. Was willst du in Nakuru machen, Mama?«

»Das werden mir die Affen in Nakuru sagen.«

Noch im Bett war Stella animiert von der Unterhaltung mit Samuel. Obwohl die Mischung von absurdem Witz und realen Bezügen typisch für die weitschweifige Phantasie Afrikas gewesen war, hatte sie dabei einmal an das Gespräch mit der Frau von der Galerie in der King's Road gedacht. Nun, unter dem Moskitonetz und während der Vollmond ihr Zimmer erhellte, sah sie auch die rosagesichtige Frau sehr deutlich, die rosa Perlen auf dem weißen Kragen und die altmodische Teekanne. Sie konnte auch die Ingwerkekse riechen und das dichte Fell der grauen Katze fühlen. Noch während sie nach dem Namen der Katze forschte, tauchten die Hütten von Karibu auf und unmittelbar danach jene besonders hinterhältigen Gespenster, von denen Stella seit dem Abschied von London nicht mehr wusste, welchem Erdteil sie entstammten.

Es war fast Mitternacht, als der Schlaflosen der Einfall kam, wieder aufzustehen und einen Schluck Brandy zu trinken. Schon die sentimentale Regung, das Kuvert mit dem Brief an ihren Großvater wieder aufzureißen und ihm ausführlich zu schildern, wann und in welcher Stimmung sie das erste Mal auf sein Wohl getrunken hat, besänftigte ihre aufgepeitschten Nerven. Das ursprünglich nur schwache Verlangen nach Brandy steigerte sich indes in Minutenschnelle zu einem körperlichen Bedürfnis, als Stella die silberne Flasche zu suchen begann und sie nirgends fand. Als sie sich endlich erinnerte, dass das Fläschchen im Safe lag, war dieses Bedürfnis bereits zu einer Gier angeschwollen, die sie laut schimpfend als die Laune einer Schwangeren verfluchte. Trotzdem zog sie sich wieder an und ging hinunter in die Halle. Die Reisegruppe aus Manchester spielte Karten. Ein Afrikaner in weißen Hosen schnarchte auf einem Sofa. Samuel saß nicht mehr in seiner Portiersloge. Hinter dem Tresen stand einer der jungen Kellner aus dem Speisesaal, reinigte seine Fingernägel mit einem hölzernen Brieföffner, auf dem ein Geier saß, und behauptete, das Hotel hätte keine Safes.

»Dann gehe ich in die Bar«, seufzte Stella.

»Samuel ist nie in der Bar. Das weiß ich.«

»Aber Brandy ist immer in der Bar. Das weiß ich.«

»Brandy gibt es auch in der Halle. Warum hast du mir nicht gesagt, dass du Brandy trinken willst? Ich stehe die ganze

Nacht hier und warte auf Frauen, die Brandy trinken wollen.«
Die Bar hatte hohe schwarze Ledersessel aus der alten und runde Tische aus der neuen Zeit; Glasplatten waren auf geschnitzte Elefantenbeine aus Ebenholz montiert worden. Über der Theke war zwischen einem in Leder gerahmten Bild von Kenyatta und der Fahne Kenias ein ausgestopfter Löwenkopf mit weit aufgerissenem Maul angebracht. Für das übrige Lokalkolorit sorgten der Barkeeper mit dem weit aufgeknöpften schwarzweißen Hemd im Zebramuster, der einen Löwenzahn an einer Kette mit Muscheln um den Hals trug, gekreuzte Massai-Speere an den Wänden, mit Kuhfell bezogene Trommeln in den Ecken, flackernde Petroleumlampen auf den Tischen und eine Musik mit Anklängen an Jazz und Suaheli-Texten. Trotz der schummerigen Beleuchtung entdeckte Stella sofort die beiden Amerikaner, die sie ein paar Tage zuvor zum Whisky eingeladen hatten. Sie saßen mit tomatenroten Gesichtern an dem einzigen großen Tisch des Raums. Der mit Hemingways Bart hatte nun auch dessen Augen nach durchzechter Nacht. Er winkte Stella zu und rief kumpelhaft: »Jambo«, sein Freund sprang auf, schwenkte eine Flasche Bourbon und brüllte: »Skol, Miss Nairobi.« Sie winkte zurück, blieb jedoch, weil sie bereits ihren Entschluss bedauerte, so spät noch in die Bar gegangen zu sein, an der Tür stehen und schaute sich verlegen um.
Ihr fiel das Paar auf, das an der Theke saß, weil der breitschultrige Mann weißblondes Haar hatte und seine Begleiterin eine sehr schlanke Afrikanerin war. Stella konnte ihr Gesicht nicht sehen, nur ihren Rücken in einem prall ansitzenden weißen Pullover und ihre bloßen Arme. Sie hatte

ungewöhnlich helle Haut, sehr lange Beine und trug genau die roten, hochhackigen Schuhe, die Lilly einen Tag vor dem Brand auf Karibu aus einem Magazin ausgeschnitten und auf ein Stück weiße Pappe geklebt hatte. Stella tauchte so tief in ihre Erinnerungen ein, dass sie sogar die kleine goldene Schere aus dem Nähkorb ihrer Mutter sah. So merkte sie erst, dass die beiden sich stritten, als der Mann mit einer Hand fest auf die Theke schlug. Die Gläser klirrten, der Barkeeper grinste und deutete auf den ausgestopften Löwen und die Speere. Die Frau schüttelte den Kopf, machte zunächst eine Bewegung mit ihrer Hand, als wollte sie ihren Begleiter besänftigen, sprang dann jedoch unvermittelt auf, stieß dabei den Barhocker um und musste sich kurz an der Theke festhalten. »You fucking nigger«, brüllte der Mann. Er pöbelte weiter und so laut, dass Stella dachte, die Frau wäre so erschrocken wie sie selbst und würde sich nicht trauen, sich zu wehren. Sie hörte sie erst antworten, als der blonde Hüne den rechten Arm hob und zum Schlag ausholte. Die Bedrohte wich keinen Schritt zurück; sie skandierte jede Silbe, als sie das Gift der Schlange ausspuckte. Und sie hatte die nie vergessene Stimme jener, deren Zunge im Schock einer Kränkung immer an die Zähne gestoßen war.

»Lilly«, flüsterte Stella, doch schon beim zweiten Mal schrie sie so gellend, dass alle anderen Geräusche erstickten und nur noch das eine Wort zu hören war.

Sie kam nicht mehr dazu, ihren Mund zu schließen und ihren Augen die Ruhe der Erfahrenen zu befehlen, die den Göttern misstrauen und gelernt haben, sich vor dem Trug der Bilder zu schützen. Stella öffnete ihre Arme nicht, um das Wunder willkommen zu heißen. Ihre Füße waren zu schwer, dem Jubel entgegenzugehen, jedes Gelenk steif geworden. Die Gazelle aus Karibu aber konnte immer noch schneller rennen als ein jagender Gepard und sie war noch immer die Jägerin, die keine Zeit verlor, um die Beute zu sichern. Noch vor dem letzten Schritt holte sie ihre Schwester in den Kreis aus Feuer, der nie erloschen war, und wartete schweigend, bis die Flammen zu Asche wurden. Dann erst nannte sie Stellas Namen und zog die Betäubte zur Tür hinaus.

Der Mond strahlte nicht mehr in das Zimmer 214. Zur Erinnerung, dass das seltsamste Wunder, das Mungu je vollbracht hatte, einem entschwundenen silbernen Fläschchen und einem kurzen Ausfall eines sonst exzellenten Gedächtnisses zu verdanken waren, stand der Schrank offen. Die Schubladen waren durchwühlt. Stellas Schlafanzug lag auf dem Fensterbrett, die Handtasche im Waschbassin, der Kamm auf dem Brief nach Mayfair. Lilly hielt ihn gegen das Licht und schüttelte den Kopf. Sie buchstabierte die Anschrift mit der Stimme des Kindes, das sie gewesen war, als sie Brian Tinte und Federhalter ins Atelier gebracht und zugesehen hatte, wie er das Kuvert für den Zug nach Thomson's Falls beschriftete.

»Ich kannte nur noch seinen Namen«, murmelte sie, »die Adresse ist im Feuer meines Kopfes verbrannt, als ich von Karibu fort bin. Du weißt nicht, wie das ist.«

»Doch, ich weiß es. Das Feuer hat nicht nur in deinem Kopf gebrannt.«

»Ich wollte dir so gern schreiben. Jeden Tag, jeden Monat, jedes Jahr. Ich habe ja gewusst, wo du bist.«

»Ich kannte noch nicht einmal deinen Namen«, sagte Stella, »für Nairobi war Lilly nicht genug.«

»Für Nairobi ist nichts genug. Ist er reich, dein Großvater?«
»Sehr reich und sehr klug. Ich liebe ihn sehr, meinen Mzee.«
Nur die Stehlampe zwischen den beiden kleinen Sesseln war eingeschaltet. Sie hatte eine einzige Glühbirne und einen dunkelgrünen Leinenschirm, der das Licht erträglich machte für Augen, die dem Veitstanz der Bilder nicht zu folgen vermochten. Der tickende Wecker lag unter dem Kopfkissen. Tote Fliegen klebten an der Fensterscheibe. Es roch nach Insektenspray, der faulenden Mango in der Obstschale und nach einer Rosenseife, deren Duft die eine seit Jahren nicht mehr als einen besonderen Reiz der Nase empfand und den die andere sofort wiedererkannte.
Lilly und Stella saßen schweigend auf dem Bett und so dicht nebeneinander wie als Kinder in der Mittagsglut von Karibu, als sie sich den zu kleinen Schatten der Dornakazie auf dem Hügel hatten teilen müssen und dabei auf Kamaus ersten Schlag gegen den Wellblechtank lauschten. Nun hörten sie nichts als die Schläge ihrer Herzen; sie sahen die Pyrethrumshambas, die Colobusaffen im Wald und im Gebüsch auch die zierlichen Dik-Diks, von denen keiner ohne den anderen leben konnte, aber sie fanden nicht zum Wort. Keine wollte vor der Zeit die Panga schärfen und die Stille zerschneiden, denn noch hatte Mungu sie nicht wissen lassen, ob sie Dik-Diks geblieben waren. Ihre Kehlen waren verdorrt; die Lippen lächelten die Beschämtheit von Verlegenen, die sich nicht mehr erinnern, dass sie zusammen die Erde der Freundschaft geschluckt haben. Mit gesenktem Kopf und unruhigen Augenlidern

suchten sie nach der Brücke zu den Tagen, ehe die Türen und Fenster im Haus aus Stein verbrannt waren.
Der Knoten des hastig zusammengeschlungenen Moskitonetzes über dem Bett löste sich. In dem kurzen Augenblick, da der durchsichtige weiße Schleier über Lillys Stirn fiel, sah sie wieder wie das kokette kleine Mädchen aus, das sich die Serviette vom Frühstückstablett vor das Gesicht hielt und phantasievolle Shauris von den verrückten Hühnern aus Eldoret erzählte, doch das erinnerungssüße Bild verlor die Konturen, ehe Stella nach ihnen greifen konnte. Aus dem kurzen, dichten Haar, dem die Hände vom Bwana Mbuzi nicht hatten widerstehen können und das nun lang genug war, um den Bund des zu engen Pullovers zu berühren, waren die Locken herausgekämmt worden und mit ihnen jener Teil Afrikas, der die Frauen schön, genügsam, geduldig und unverwechselbar macht.
Lilly deutete Stellas Blick und seufzte so leise, dass nur sie es hörte. Sie presste ihre violett geschminkten Lippen fest zusammen und zupfte an einer Kette aus braunen Holzkugeln, von denen grob geschnitzte Zebras und weiße Nashörner baumelten. Ihre Nägel waren lang wie die Krallen einer fauchenden Katze und blutrot lackiert. Sie wirkte erschöpft und nervös, bat ein wenig geniert um eine Tablette gegen Kopfschmerzen und wurde noch verlegener, als Stella erwiderte, sie würde immer ohne Medikamente auf Reisen gehen. Das einst runde Gesicht war schmal geworden, das Kinn ließ wissen, dass die Ohren nichts vom Beifall der Freunde wussten. Lillys große Augen hatten noch immer die bezwingende Sanftheit ihrer Kindheit, doch aus ihnen leuchtete nicht mehr jener Hunger nach Wissen, der sie so früh zu Chebetis besonderer Tochter mit den drei

Zungen hatte werden lassen. Sie griff sehr zögernd nach Stellas Hand – nicht wie eine, die klug und stolz gewesen war und sich am Neid jener erfreut hatte, denen die Welt der Buchstaben, Zahlen und Farben verschlossen gewesen war.

»Warum bist du zurückgekommen?«, fragte sie.

»Weil du vergessen hast, mir Kwaheri zu sagen«, antwortete Stella. »Weißt du das nicht mehr? Dann weißt du auch nicht mehr, dass ich deine Sprache spreche.«

»Ich habe nichts vergessen. Ich bin nicht nur mit seinem Bild auf Safari gegangen.«

Dies war in der Nacht des reißenden Stroms, der selbst die dürren Zweige, die stets mit dem Wasser reisen, zurück an das vertraute Ufer spülte, der letzte in Englisch gesprochene Satz. Seit dem kurzen eifersüchtigen Streit, wer zuerst die Kette aus Sicherheitsnadeln tragen durfte, die der Bwana Mbuzi zusammengesteckt hatte, war es dann das erste Mal, dass sie zu gleicher Zeit weinten. Kaum hatte Stella nämlich ihren Vater und die Kette erwähnt, fand Lilly den ersten Stein, um die Brücke zwischen den verbrannten Tagen und den acht Jahren von Einsamkeit und Schmerz zu bauen, da das Salz in ihren Augen erstarrt war. Kurz darauf erzählte sie, dass sie das Porträt von dem Mädchen mit dem sonnengelben Turban jeden Morgen beim Schlafengehen unter ihrer Matratze hervorholte. Obwohl sie beim Sprechen an den Mann dachte, dessen Liebe so groß gewesen war, dass sie nie mehr die Liebe eines Mannes begehrt hatte, trieb sie Härte in ihre Stimme und Abwehr in die Hände.

»Ich habe gesagt: Jeden Morgen, wenn ich schlafen gehe.«

»Ich habe dich auch beim ersten Mal verstanden. Deine Zunge«, lächelte Stella, »kann eine sehr lange Shauri erzählen, ohne trocken zu werden. Lillys Zunge macht aus einer Schlange einen Wurm, hat mein Vater immer gesagt.« Ihr war endlich das Wort eingefallen, nach dem sie seit ihrem ersten Besuch in der Galerie gesucht hatte. Obwohl das Wort nicht gut war für eine junge Frau, die lesen und schreiben konnte und die gleichen Träume gehabt hatte wie sie selbst, war sie weder empört, wie Lilly befürchtet hatte, noch befangen. Die blauen Augen waren klar und ohne den Vorwurf der rasch Richtenden.

»Malaya?«, fragte sie trotzdem.

»Du bist immer noch klug«, erkannte Lilly, »und so gut, wie er gewesen ist. Er hat nie gefragt und immer alles gewusst.« Eine Malaya hatte Chebeti ihre eitle Tochter an dem Tag genannt, an dem sie die goldenen Gardinenringe in ihre Ohren steckte. Auf Karibu war Malaya die Bezeichnung für ein Schloss gewesen, in das jeder Schlüssel passte, für eine Schraube, die jeder Zange willig war, und für einen verfressenen Hund, der sich von einem Dieb füttern ließ und seinen Herrn nicht herbeibellte. Auch eine heiße Hündin, die sich ins Gras legte, sobald ein Rüde nur mit dem Schwanz wedelte, wurde als eine Malaya bezeichnet. In der Stadt aber war eine Malaya eine junge Kikuyufrau, die teure, rote, hochhackige Schuhe trug, die in keinem Geschäft in Nairobi zu kaufen waren, und die sich nachts an der Bar vom New Stanley von blonden Männern beleidigen ließ, ohne ihnen ins Gesicht zu schlagen – eine Frau, die ihren Körper, ihren Stolz und die Ehrbarkeit ihres Volkes verkaufte.

»Warum ist das so, Lilly?«

»Das fragt nur eine sehr junge Frau, die noch nicht vom Leben gebissen worden ist.«

»Du hast schon wieder vergessen, dass du nur eine Regenzeit älter bist als ich.«

»Ich zähle die Regenzeiten nicht mehr. Ich schau in den Spiegel. Der sagt mir, wie alt ich bin. Nur Geld macht eine Frau jung, schön und stolz. So eine muss ihr Geld nicht zählen, wenn sie Hunger hat. Sie weiß auch nicht, wie viele Kleider und Schuhe sie hat. Du hast es nie gewusst, wenn ich dich fragte, denn du hattest immer Geld. Du bist zur Schule gegangen und ich nicht. Aber ich konnte immer besser zählen als du. Du hast die kleinen Zahlen gestreichelt und die großen getreten.«

»Ich kann immer noch nicht so gut zählen wie du«, lachte Stella. »Deswegen trage ich ein Kind in meinem Bauch und du wirst auch in sechs Monaten noch eine Gazelle sein.«

»Warum gehst du mit einem Kind im Bauch ohne deinen Mann auf Safari, um eine Schwester zu suchen, die nicht deine Haut hat?«

»Ich bin nicht verheiratet. Der Vater des Kindes hat auch nicht meine Haut. Sie ist schön und dunkel. Mein Kind wird das Zebra sein, das wir immer werden wollten, Lilly.«

Es war das erste gemeinsame, schallende, befreiende Gelächter der neuen Zeit. Der Blitz, der ausgerechnet in dem Augenblick aufgeleuchtet war, da Stella bei ihrer Schwester den Neid witterte, den keine von beiden je gekannt hatte, blendete weder die Augen noch verschmorte er die Herzen. Der Sturm der Nacht wurde zu einem Wind, der die Stirn kühlte und das Fieber im Kopf löschte. Die Erinnerungen stiegen nicht mehr aus der Asche von Karibu auf. Sie tanzten wieder unter dem Affenbrotbaum. Die Mädchen, die dort aus langen Gräsern kleine Körbe für Käfer

geflochten hatten, die sie sofort wieder freiließen, waren in einen leeren Brunnen hinabgestiegen und hatten den Schatz gehoben. Sie konnten wieder mit den Augen sprechen, denn sie liefen gemeinsam auf dem schmalen Pfad, der den Weg von den Hütten zum Haus aus Stein abkürzte, und sie hielten sich an den Händen, um einander nicht noch einmal zu verlieren. Es war drei Uhr morgens, als die Erschöpften widerstrebend die Müdigkeit des Körpers zuließen und berauscht die neue, entfachte Glut ihrer Freundschaft. Sie zogen ihre Kleider aus, wuschen sich mit der Rosenseife und schliefen ein auf einem Bett, das nur eine Decke und ein Kissen hatte. Wann immer sie erwachten, hielten sie die Sterne am Himmel für die von Karibu.
»Ich gehe jetzt«, seufzte Lilly und bedrohte den ersten grauen Streifen des Morgenlichts mit ihrer Faust.
»Kessu«, widersprach Stella, »oder ist das Wort Kessu gestorben, während ich dich gesucht habe?«
»Es ist nicht gut, wenn man mich in deinem Zimmer findet. Keine Malaya schläft die ganze Nacht in einem Hotel.«
»Der Kellner, der uns das Frühstück bringen wird, ist blind und taub und stumm.«
»Er sieht besser als du. Und er redet mehr. Du fährst wieder weg zu dem Vater von dem Kind vom Zebra. Doch ich werde in Nairobi arbeiten, wie ich immer gearbeitet habe.«
»Ich bin nicht gekommen, um allein auf Safari zu gehen. Habe ich vergessen, dir das zu sagen?«
»Du hast es gesagt. Dreimal. Aber ich bin so taub wie der Kellner, der dir das Frühstück bringt.«
Der große Park mit sauberen Bänken, dichtem grünen Rasen und geharkten Wegen wusste wenig vom Elend der Bettler und der Dreistigkeit der Diebe. Die Sträucher der

Bougainvillea mit den winzigen weißen Blüten, rosa, roten und lila Blättern und den tiefblauen Schmetterlingen waren baumhoch. Fächerte der warme Wind die Palmen, schaukelten auch die fingerlangen orangefarbenen Blüten an den üppigen Begoniengewächsen. Ein roter Vogel mit gelbem Schnabel flog vom Tulpenbaum in einen Himmel, den Stella oft an einem Goldfischteich gesucht hatte und nun über der Krone eines tropischen Baumriesen fand. In seinem Schatten warfen sich zwei barfüßige Mädchen in zitronengelben Kleidern einen Ball zu, der aus einem rotweiß gepunkteten Lumpen gewickelt war. Obwohl sich Stella wehrte, sah sie grau behoste kleine Jungen mit Holzschiffchen im Hyde Park; unter einem Fliederbaum mit Maienduft hörte sie Fernando von der Liebe reden. Ihr Ohr gab seine Stimme erst frei, als sie ihm anvertraute, dass auch Afrika denen die Gnade des traumlosen Schlafs versagt, die ihr Gedächtnis mit auf die Reise nehmen.

»Ich kaufe heute eine Postkarte«, entschied sie.

»Seitdem ich von Karibu weg bin, habe ich nur noch meinen Namen geschrieben.«

»Ich weiß noch immer nicht, wie du heißt.«

»Kessu«, sagte Lilly leise, »kessu.«

Sie sah nicht mehr aus wie die Frau in der Bar, deren Zunge im Moment ihrer Erniedrigung an die Zähne gestoßen war. Sie glich nun wieder dem Bild in der Ausstellung, war Jägerin und nicht mehr Gejagte. Die Lippen waren kaum geschminkt, die Haut leuchtete in der Sonne. Lillys Hände verkrallten sich auch nicht im Pullover, als sie erzählte, sie hätte ihre Mutter nie mehr gesehen. Sie grub nur die hohen Absätze tief in die Erde, als Stella sagte: »Wir werden sie suchen. Sie wartet auf mich.«

»Auf mich hat sie nie gewartet«, schluckte Lilly und doch ging sie da schon mit den Augen auf Safari.
Es dauerte drei Tage und einen großen Teil der Nächte, ehe Lilly nachgab. Dann war sie nicht nur zur Reise bereit. Es lockte sie, obwohl sie das Wort in ihre Kehle sperrte, auch das Ziel. Als sie sich endlich überzeugen ließ, dass ihre reiche Schwester nie ein eigenes Auto gehabt und noch nicht einmal fahren gelernt hatte, war sie nur noch Chebetis resolute und praktische Tochter. Sie führte Stella in eine Agentur für Mietwagen in die Banda Street. Die gehörte einem älteren indischen Kaufmann, den Lilly als den einzigen zuverlässigen Mann in Nairobi bezeichnete. Er hatte ihr in der Hitze einer Nacht ein Geschenk versprochen und war von einem Besuch bei seiner Frau in Bombay mit roten Schuhen heimgekehrt. Der Vertrauenswürdige erkannte Lilly sofort und behandelte sie, was sie als weiteren Beweis seines tadellosen Charakters wertete, ebenso freundlich wie Stella. Die äußerte nur einen Wunsch.
»Wir möchten einen Fahrer, der kein Kikuyu ist.«
»Warum? Kikuyu sind besonders gute und sehr erfahrene Fahrer, Madam.«
»Wir wollen einen«, klärte Lilly den Mann auf, der ihr schließlich die Begierde seines Fleisches anvertraut hatte, ohne dass es zu einer einzigen Frage gekommen war, »der nicht unsere Sprache spricht.«
Drei Stunden später schleppte sie einen Karton mit ihren Kleidern und das Bild, das sie aus dem Feuer getragen hatte, ins Hotel. Im Morgengrauen des nächsten Tags setzten sie und Stella sich in einen frisch gewaschenen Ford. Der Fahrer, ein grauhaariger Mann aus dem Stamm der Luo, wunderte sich sehr, dass das seltsame Paar nicht, wie

andere Touristen, zum berühmten Blue Post Hotel und den Wasserfällen von Thika wollte. Noch mehr staunte er, als die blonde Engländerin mit ihm das Suaheli des Hochlands sprach.

»Wir fahren nach Thomson's Falls«, lachte Stella.

15

Der Koch hat gestern alle Bananen aufgegessen, Mama«, bedauerte Samuel. Er starrte betrübt auf den opulenten Abschiedsgruß vom Hotel – ein großer Korb mit Obst, Lunchpaketen in hellblauen Servietten und einem Strauß kurzstieliger roter Nelken. Seufzend arrangierte er das schöne Stillleben so wirkungsvoll auf dem Beifahrersitz, dass der Wagen wie der einer abreisenden Diva aussah. Die Blumen waren mit einer breiten weißen Schleife zusammengebunden und steckten in einer kleinen Vase, der die Orangen, Papayas und Mangos auf der Fahrt nicht genug Halt geben würden. Noch herzzerreißender ächzend denn zuvor holte der Mime die Vase aus dem Korb und klemmte sie zwischen die Wasserflaschen in der Kiste auf dem Boden. Die überraschten Mienen seiner Gäste spornten ihn an. Er ließ auch die Heiserkeit der Trauernden in seine Stimme.

»Der Koch«, räusperte sich der Bewegte, »wollte nur die ganz kleinen Bananen essen, aber ich habe ihm gesagt, die schöne Mama, die unsere Sprache spricht, bringt den Affen nie Bananen. Die will, dass unsere Affen hungrig sind, wenn sie ihre Briefe lesen.«

»Die Mama will den Mann lachen hören«, erwiderte Stella, »der so schöne Shauris erzählt, dass er sie selber glaubt.«

Obwohl Lilly ihre Hand festzuhalten versuchte und leise zischte, steckte sie Samuel zum zweiten Mal innerhalb von fünf Minuten ein Trinkgeld zu, das er – genau wie das erste – als zu gering für einen Mann mit verantwortungsvollen Aufgaben und drei sehr schwer zu sättigenden Söhnen empfand. Der heitere Freund von Stellas einsamen Tagen kicherte auffallend kurz und rannte auffallend schnell zurück in die Halle. Er schätzte nun mal die abfahrenden Gäste, die sich immer nur um ihre Koffer und Taschen sorgten und deren Kopf schon vor ihrem Körper weitergereist war, sehr viel weniger als die neu ankommenden. Nur Gäste, die aus einem Taxi vom Flughafen stiegen, hatten noch so gut gefüllte Brustbeutel und so hohe Erwartungen an Afrika, dass sie einen Portier selbst für das vom Hotelmanager befohlene Lächeln großzügig entlohnten.
»In Thomson's Falls essen die Affen keine Bananen, du stinkender Kikuyusohn einer lahmen Hündin«, brüllte der Fahrer, als von Samuel nur noch ein Bein zu sehen war. Er kurbelte das Fenster hoch und dann wieder hinunter. Ehe er den Motor anließ, sagte er zweimal sehr deutlich: »Wir fahren nach Thomson's Falls.«
Es machte ihm noch mehr Mühe als erwartet, die beiden zungenspaltenden Worte auszusprechen, die seiner Meinung nach zu Recht mit den alten Zeiten gestorben waren. Danach musste er sich allerdings das Lächeln der Wissenden mit fest aufeinander gebissenen Zähnen versagen. Mit keiner Bewegung seiner Lippen ließ der ahnungsvolle Analytiker der sehr ungewöhnlichen Umstände merken, dass ihm seine Ohren schon weit mehr über seine beiden Fahrgäste verraten hatten als seine Augen. Für ihn galt es jetzt nur noch, das Verhältnis der blonden Frau, die als Herrin

der roten Geldbörse zweifellos auch auf das Vorrecht ihrer Zunge bestehen würde, zu Uhren und Kalendern zu prüfen. Er hörte sie, was seine erste Vermutung in Bezug auf die Safari ihres Lebens in genau die richtige Richtung trieb, mit der schönen Schwarzhäutigen in der Sprache der Kikuyu reden.

»Werden wir heute in Thomson's Fall sein oder morgen oder in einer Woche?«, fragte der Kluge, der auch dann nicht seine Neugierde zeigte, wenn sie seine Kehle wundkratzte.

»Wir werden die Tage nicht zählen«, sagte Stella, »heute nicht und morgen nicht. Auch in einer Woche werden wir die Tage nicht zählen.«

Der bedächtige Grauhaarige aus dem Stamm der Luo, der noch nie mit Touristen auf Safari gegangen war, deren wolkenweiße Stirn und bloße Arme nicht rot wie das Hinterteil eines alten männlichen Pavians geleuchtet hatten, zupfte zufrieden an dem kleinen, hölzernen Elefanten, der am Rückspiegel befestigt war.

»Das ist sehr gut«, befand er; er sprach das Wort »misuri« so lobend aus, dass jedem der drei Silben Flügel wuchsen. »Menschen, die die Tage nicht zählen, haben einen Kopf, der so leicht wie die Feder eines neugeborenen Huhns ist. Menschen mit einem leichten Kopf machen nie den Rücken ihrer Fahrer krumm.«

»Dein Rücken wird so gerade bleiben wie ein Stock, der lange in der Sonne gelegen hat«, versprach Stella.

Seitdem der begabte Philosoph als junger Mann nach Nairobi gekommen war, wo er im Lauf der Jahre so gut verdiente, dass er von allen außer seiner Mutter beneidet wurde, hatte er seinen Rücken nicht mehr beugen müssen, um abends seinen Bauch gut zu füllen. Er hatte zunächst als Handlanger bei einem Fahrradhändler gearbeitet und danach in drei Autowerkstätten. In der dritten hatte er nicht nur Autos reparieren, sondern sie auch fahren gelernt und danach an einer Schulung für Reiseführer teilgenommen, die in den Zeiten des rasch anwachsenden Fremdenverkehrs auch den Männern aus dem Stamm der Luo angeboten wurden. Seit zwei Jahren übernahm er nun Safari-Touren in die Serengeti und ins Hochland. Er nannte sich Joseph. Der Name bereitete den Reisenden aus Europa und Amerika nicht so enorme Schwierigkeiten wie jener, den ihm sein Vater gegeben hatte. Zudem war nach der Unabhängigkeit des Staates die Sprache der Engländer so beliebt bei den Menschen in Kenia, die gute Schuhe, saubere Hemden und schöne Mützen auf hoch erhobenen Köpfen tragen wollten, wie sie es in den Zeiten der Kolonie nie gewesen war.

Wäre er gefragt worden, was nie geschah, hätte Joseph viel von seinem biblischen Namensvetter erzählen können, denn er hatte auf einer Missionsschule lesen und schreiben gelernt. Sein Interesse für Träume und fette Kühe und eine bunt gestreifte Jacke erinnerten ihn oft an die schönen Geschichten seiner Kindheit. Die Jacke streichelte seinen Stolz ebenso sehr wie das ordentliche Gehalt, das ihm sein Arbeitgeber zahlte. Zählte der zweite Joseph, wie er sich nannte, wenn er seiner Neigung nachgab, mit sich selbst zu reden, morgens auch nur widerstrebend die Tage, die eine Safari dauern sollte, so doch mit großem Behagen abends sein Geld.

Er war noch im Alter sparsam und ehrgeizig; er hätte eher einen seiner fünf jüngeren Brüder verkauft, als sich ein

Trinkgeld entgehen zu lassen. Die Touristen mit den Fotoapparaten und Ferngläsern bedachten ihn reichlich auf ihren Safaris. Er sah noch die schwächste Spur eines Löwen; die Spitze eines Schwanzes reichte ihm, um auf einem Baum mit dichtem Blattwerk einen schlafenden Leoparden zu entdecken. Der tüchtige Jäger mit den Augen hatte indes nicht nur eine feine Witterung für Tiere. Sein Gespür für Menschen war ebenso scharf ausgeprägt. So wurde ihm schon auf den ersten Meilen der Reise klar, dass die Safari mit den zwei Frauen, die sehr viel länger schwiegen, als sie redeten, absolut nicht wie die anderen sein würde. Jeder Blick in den Rückspiegel bestätigte dem nachdenklichen Menschenkenner, dass die Blonde und die Schwarze den Weg kannten und das Ziel fürchteten. Er schnitt erst ein Loch in die Stille – und das mit sehr ruhiger Stimme –, als die frisch geweißten Häuser und üppigen Gärten von Naivasha auftauchten.

»Mein jüngster Bruder arbeitet in dem größten Hotel von Naivasha. Das Essen ist dort sehr gut. Und immer sehr billig für schöne junge Frauen, die mit Joseph auf Safari gehen.«

»Das Essen in unserem Korb ist noch besser und noch billiger«, wusste Lilly. Für einen Moment, der ihre Haut feucht machte, lieh sie sich die Stimme ihrer Mutter, wenn der Bwana Mbuzi zu volle Teller zurück in die Küche schickte.

»Du wirst«, verstand Stella, »deinem Bruder Jambo sagen und uns zum See fahren.«

Es war das erste Mal, dass Joseph lachte, und er tat dies mit einer Heiterkeit, die seine Ohren so warm machte wie die Windschutzscheibe. Er drückte rasch auf die Bremse und

drehte sich langsam um. »Du hast nur meine Haare gesehen und nicht meine Augen. Woher weißt du, dass ich wieder komme, um zwei Frauen abzuholen?«
»Weil ich weiß, dass die Luo sehr klug sind, Joseph. Wenn du uns nicht vom See abholst, werden wir erst unser Brot, das Huhn und das Obst vom Hotel essen, aber dann unser Geld.«
»Und vorher gehen unsere Stimmen auf Safari«, drohte Lilly. »Die werden bis zu dem großen Chef von dem kleinen Bruder reisen, dem du Jambo gesagt hast. Und wenn seine Ohren voll sind, klopfen unsere Stimmen an der Tür von der Polizei in Naivasha. Dort arbeitet mein Bruder.«
Sie trug den Korb mit den Lunchpaketen, zwei Flaschen Wasser und die Vase mit den Blumen unter einen Baum, der nie den Durst Afrikas erlitten hatte und der sich jeden Mittag an der feuchten Luft von Kenias schönstem See betrank. Als der Wagen in einer roten Staubwolke verschwand, die beide als eine bestimmte erkannten, obwohl sie noch ohne galoppierende Zebras war, steckte Lilly eine Nelke hinter ihr Ohr. Sie erfuhr von Carmen, die mit der Glut ihrer Augen den Männern die Klugheit und die Ruhe geraubt hatte. Die rote Nelke roch stark nach Zimt und die schwarze Carmen schon ein wenig nach einer Wanderin, die sich sehr lange im Wald verirrt und schließlich doch noch den einzigen Pfad erspäht hat, der sie zur eigenen Feuerstelle führt. In ihren Augen war wieder die Sanftheit einer jungen Gazelle, die noch nicht gelernt hat, den Feinden zu entfliehen, nicht mehr die Müdigkeit einer Frau, die als verzweifeltes junges Mädchen ihren Stolz gegen eine Mahlzeit und ein Dach aus Wellblech eingetauscht hatte. Als Lilly die Wasserflaschen in den kühlenden Schat-

ten der Pflanzen am Seeufer trug, sprang sie auf dem Rückweg mit jener Geschmeidigkeit über eine hervorstehende Wurzel, um die sie alle Kinder ihres Jahrgangs beneidet hatten. Mit gekreuzten Beinen setzte sie sich ins Gras, zog ihre Schuhe aus, hielt sie lachend über den Kopf und warf sie hoch in die Luft. Gebieterisch öffnete die Königin den Bund der zu eng gewordenen Hose ihrer Dienerin, denn sie wusste nun wieder, dass sie eine Regenzeit älter und deshalb klüger als ihre Schwester war, die aus der Kälte kam und sich nicht mehr erinnerte, dass die Haut in den Momenten von noch nie empfundener Zufriedenheit mit der Sonne reden wollte.

»Auch deine Schuhe sind zu lange an deinen Füßen gewesen«, rügte sie. »Du hast immer vergessen, die Schuhe auszuziehen, wenn du fliegen wolltest.«

Sie konnten beide noch mit den Zehen junge Grashalme pflücken und mit ihnen das Kinn kitzeln. Die hohen Bäume und das dichte Gebüsch mit kleinen, rotschnäbeligen Vögeln und großen gelben Schmetterlingen warfen nur noch lichte Schatten auf die dampfende Erde. Es war in dieser glühenden, schwerelosen, von einem wolkenlosen Himmel rieselnden Stunde, da Stellas Gewissen zur Ruhe kam. Sie begriff, weshalb ihr afrikanischer Traum sie stets fester umschlungen hatte als Fernandos Arme. Obwohl sie den Naivasha-See nie gesehen und er sie in keinem einzigen ihrer nächtlichen Safaris vom Goldfischteich weggelockt hatte, kehrte sie an seinem Ufer heim in das Land, dessen Farben, Duft, Stille und Melancholie die Menschen zu den wehrlosen Gefolgsleuten einer lebenslangen Sehnsucht machten. Als ein Kormoran auf dem Wasser tänzelte, konnten Stellas Augen das Wasser nicht mehr halten.

»Ich weine nicht«, schluckte sie.
»Du hast schon immer mit nassen Augen gelogen.«
Der See mit dem in einer warmen Brise wehenden, zarten Papyrus glänzte als spiegelnde Scheibe im Olivgrün der unberührten Natur. Mit weit gespreizten Zehen liefen die langbeinigen rotbraunen Blatthühnchen über schaukelnde Seerosenblätter. Sie hatten eine blaue Stirn und einen weißen Nacken. Am Ufer stolzierten majestätische Reiher auf schwarzen Beinen, im Stechschritt zwei Marabus mit schwerem fleischfarbenen Kehlkopf. Schwerfällig erhoben sich mächtige Pelikane zum Flug. Ein Schreiseeadler mit Flügeln, so schwarz wie eine mondlose Nacht, stürzte vom Himmel herunter und fing einen Fisch. Die Eisvögel mit dem strahlenden Gefieder der Gekrönten wippten auf blattsatten Zweigen von Ästen, die tief herunterhingen.
Als sie die Papayas gegessen hatten und die Mangos aufschnitten, schauten sich Stella und Lilly im gleichen Moment an und zogen mit den folgsamen Blicken der artigen kleinen Mädchen, die sie gewesen waren, die Blusen aus – Chebeti hatte es ihnen befohlen, um das rote Kleid aus dem Feuer der Sonne und das himmelblaue vor den Flecken zu schützen, gegen die selbst die teure Seife aus Nakuru machtlos war. Sie gruben, kichernd wie damals, ihre Zähne in das feste Fruchtfleisch und sie schmeckten nichts mehr als die Süße eines Lebens ohne Not und ohne Gebot. Der dickflüssige orangene Saft tropfte vom Kinn herab und traf auf Stellas Brust den Kopf einer Fliege mit grün glänzenden Flügeln. Auf der Haut der Arme und Stirn wurde der Schweiß in dem blendenden Mittagslicht zu winzigen bunten Perlen. Während Lilly die Kerne und Schalen der Mangos und Papayas in die Erde grub, bra-

chen ihre blutrot lackierten Nägel ab, doch sie lachte mit allen ihren Zähnen, als sie die Erdbrocken von ihren Händen schüttelte. Das Loch für die Obstreste und Hühnerknochen war nämlich so tief, dass mit den Würmern und Fliegen auch die Angst vor den Tagen erstickte, die noch nicht gekommen waren. Lillys Fröhlichkeit hatte die Kraft eines Buschfeuers. Das blonde, blauäugige Kind, das nun ein Kind im Leib trug, spuckte – wie unter der Dornakazie am Waldrand von Karibu – ins hohe Gras und wartete, bis die winzigen Blasen zerplatzten. Ehe sie vergingen, schillerten sie in den Farben jenes einen Regenbogens, den Noah in seiner Arche erblickt hatte.

»Ich habe bis heute Wasser nur in Eimern, Schüsseln und Flaschen gesehen«, staunte Lilly und berührte zärtlich die Nelke in ihrem Haar, »so viel Wasser war immer nur auf den Bildern, die mir der Bwana Mbuzi am Ende vom Monat gegeben hat und die ich unter dem Bett verstecken musste, damit sie meine Schwestern nicht mit ihren dreckigen Händen anfassten. In Nairobi«, rief sie laut und hörte zum ersten Mal seit Jahren wieder das Echo ihrer Stimme, »werden meine Augen nie mehr Hunger haben.«

»Wir haben Nairobi vergessen, Lilly. Mungu hat das Wasser vom Nakuru-See über die Straße nach Nairobi geschüttet. Heute werden wir in Nakuru schlafen. Ich habe den See dort immer nur von dem kleinen Fenster meiner Schule gesehen. Wenn ich auf meinem weißen Pferd in den Himmel geritten bin, konnte ich ihn riechen. Ich will endlich einen Flamingo treffen.«

Sie kannte das Wort für Flamingo weder auf Suaheli noch auf Kikuyu. Eine Zeit lang blieben die Zungen beim Englisch. Sie waren nun rastlos wie die fetten weißen Ameisen, die ihre Last über einen Teppich aus Moos zu einer Burg aus roter Erde schleppten. In der Sprache, die sie im Atelier vom Bwana Mbuzi gelernt hatte, verlor Lilly ihre Scheu, die nie verheilten Wunden aufzureißen. Während sie seine sanfte Stimme hörte und seine weichen Hände fühlte, holte sie Erinnerungen zurück, von denen sie nicht mehr gewusst hatte, dass sie von einer Gazelle mit dem Mut einer kämpfenden Löwin aus dem brennenden Haus getragen worden waren. Stella erzählte von der kostbaren Flamingobrosche in ihrem Koffer und danach sehr lange von dem Mann, der ihr zum Abschied ein silbernes Fläschchen in die Manteltasche gesteckt hatte.

»Hast du deinem Großvater auch etwas geschenkt?«

»Ich habe ihm immer nur mein Herz geschenkt. Das ist am Flughafen zum zweiten Mal verbrannt. Du hast es gut, Lilly, dass du nicht hast lieben müssen.«

»Du hast deinen Vater vergessen, Stella. Nur weil er in Karibu geblieben ist, habe ich mich in das Auto von dem Luo gesetzt, der immer alles weiß und nichts sagt. Er wird gleich hier sein. Ich habe schon die Reifen gerochen.«

Als Joseph eine halbe Stunde später hinter einer Herde von buckeligen Kühen und weißbärtigen Ziegen auf die breite Straße nach Nakuru einbog, sprach er zum ersten Mal seit der Abfahrt vom See. Ohne sich umzudrehen und im trägen Tonfall derer, die weder ihre Augen noch ihre Ohren mit dem Gewicht der Neugierde belasten, wenn dies ihnen nicht die Vorsicht gebietet, fragte er: »Wo ist Karibu?«

»Wer hat mit dir von Karibu gesprochen?«

»Deine Stimme«, erinnerte der überlegene Schweigsame die Argwöhnische mit der Nelke hinter dem Ohr und dem Zorn in jedem Wort ihrer Frage, »kann doch vom See bis zu dem großen Chef von meinem kleinen Bruder reisen. Das hast du mir gesagt. Und ich habe dich schon reden gehört, als ich noch das Fleisch im Mund hatte, das mein Bruder für mich gekocht hat.«

»Du hast«, sagte Lilly wütend, »am See hinter einem Baum gestanden und aus deinen Ohren eine Falle gemacht, um die Beute von fremden Jägern wegzutragen. Das machen nur Diebe.«

»Karibu«, beschwichtigte Stella, »war gestern eine Farm in Thomson's Falls. Wir wollen sie morgen wieder finden.«

»Und wo ist Thomson's Falls, Mama?«

»Hast du vergessen, was ich in Nairobi gesagt habe? Ich habe gesagt, wir fahren nach Thomson's Falls. Und da hast du nicht gefragt, wo Thomson's Falls ist. Du hast auch nicht gesagt ›Welche Straße soll ich fahren?‹.«

»Wenn ich Hunger habe«, sagte Joseph, »ist meine Zunge immer sehr müde. Als heute die Sonne aufging, hatte ich Hunger. Jetzt bin ich satt.«

Er antwortete danach auf keine einzige Frage mehr. Er machte seinen Rücken breit und schlug immer wieder nach einer dicken Fliege, die sich stets nur ein paar Minuten von seinem Kopf vertreiben ließ. Es war kein gutes Schweigen im Wagen. Von Zeit zu Zeit hupte Joseph so anhaltend, dass die am Rand der Straße grasenden Ziegen verschreckt in kleine Gräben sprangen und die Hüter, die um ihre Viehherden fürchteten, ihm mit erhobener Hand nachfluchten. Durch Gilgil fuhr der plötzlich Verwandelte so schnell, dass die solide gebauten, hellgelben Häuser aus der Kolonialzeit und die neuen kleinen Läden in kümmerlichen Wellblechbuden, die Obststände unter den zerlöcherten schwarzen Regenschirmen, die alten Frauen, die davor auf zerlump-

ten Decken saßen, die spielenden Kinder und abgemagerten Hunde alle wie graue Schatten wirkten.
Erst als die Spitze des Menengai zu sehen war und Stellas Nase sich schon beim ersten Blick auf den abweisenden Riesen an den stechenden Geruch vom Salzsee in Nakuru erinnerte, hielt Joseph – scharf bremsend und mit einem kräftigen Schlag auf das Armaturenbrett – den Wagen an. Er knöpfte seine gestreifte Jacke zu, zupfte an seinem Hemdkragen und kämmte sich so gründlich, dass ein Zacken aus dem lila Kamm fiel; umständlich wühlte er im Handschuhfach, schüttelte einige Male den Kopf und redete derweil die ganze Zeit, als hätte er nie Suaheli gelernt und wisse nichts vom Segen zufriedener Ohren, nur in seiner Stammessprache. Schließlich zog der schwarze Bruder der Sphinx unter dem Kasten mit den Wasserflaschen eine zerfledderte Karte hervor, auf der in gelben Blockbuchstaben »Rift Valley« stand. Er stieg aus, reckte sich wie ein Hund nach langem Schlaf und lief trotzdem mit den Beinen einer hinkenden Hyäne um den Wagen herum. An der Seite, an der Stella saß, riss er die Tür auf, entfaltete seufzend die Karte und hielt sie ihr hin.
»Du kannst«, sagte er überraschend freundlich, »besser lesen als ich. Du musst mir Thomson's Falls zeigen.«
Als Stella mit brennenden Augen zu der Safari der unmittelbaren Zukunft aufbrach und mit einem Finger, der nicht ruhig genug war, dem Gewirr der großen Straßen und der vielen Nebenwege zu folgen, fand sie jeden Ort auf der Karte wieder, dessen Name allein schon ihr Herz zu schnell schlagen ließ. Sie entdeckte die Straße, die von Nakuru über Nyeri nach Nanyuki führte, sie fand Njoro und verirrte sich sogar bis nach Eldoret, der Geburtsstadt der ver-

rückten Hühner. Nur Thomson's Falls war nicht auf der Karte verzeichnet. In dem kurzen Moment von Zweifel und Schock sah sich Stella, wie in den Albträumen vor ihrem Aufbruch, wieder ratlos am Kreuzweg stehen und dann den Pfad zurückschleichen, den sie gekommen war. Auch diesmal senkte sie wieder den Kopf. Als sie aber hochschaute, sah sie Joseph mit der Befriedigung derer grinsen, die ihr Leben lang klüger als die anderen gewesen sind. Da wusste Stella, weshalb der Grauhaarige sich so lange gekämmt und warum er seine Jacke zugeknöpft hatte. Sie kannte sich noch gut mit den wundersam hinterhältigen Komödien aus, in denen Afrikas Witz und Schadenfreude die Hauptrolle spielten. Schon als Joseph mit dem Zorn eines schnaubenden Stiers durch Gilgil gerast war, hatte er sich auf den Auftritt des listigen Kriegers vorbereitet, der mit dem ersten Pfeil den Zweikampf unter Gleichen entscheidet. So ein Auserwählter trat beim Spannen des Bogens nicht mit offener Jacke und vom Wind zerzaustem Haar an.

Mit der Übung von Jahren verschluckte Stella den Seufzer, der ihre Erleichterung hätte anzeigen können, doch sie schloss das rechte Auge und schaute Joseph nur mit dem linken an. So ließ sie den kecken Bogenschützen wissen, dass sie nicht eine Ahnungslose war, die sich nicht mit den Rätseln des Lebens auskannte. Sie zählte nicht zu den Furchtsamen, die sich von der Waffe des Feindes blenden ließen.

»Wir sind drei«, sagte Stella. Um das Spiel nicht vor der Zeit zu beenden, flüsterte sie, wie es die Demütigen und Schwachen in der Stunde ihrer Niederlage tun. »Aber nur einer von uns wird die Spuren finden, die wir alle suchen.«

»Willst du den Wasserfall in Nyahururu sehen?«, fragte Joseph. Seine Stimme war so weich wie das Moos am See.
»Warum fragst du, ob ich den Wasserfall in Nyahururu sehen will?«
»Die anderen wollen immer den Wasserfall in Nyahururu sehen, nachdem sie den hungrigen Affen Bananen gebracht haben.« Kaum hatte der jubelnde Sieger der Besiegten bewiesen, dass er sogar noch von den Affen wusste, von denen er doch erst am Morgen erfahren hatte, konnte er das Gelächter nicht mehr zwischen seinen Zähnen halten. »Thomson's Falls hat einen neuen Namen und heißt schon lange Nyahururu«, trompetete er mit der Stimme eines Elefanten. Er rieb die Erheiterung in seinen Augen mit dem Lappen für die Wagenfenster trocken.
»Das habe ich nicht gewusst.«
»Nein, das hast du nicht gewusst. Aber ich habe schon in Nairobi gewusst, warum du mit der Zunge der Kikuyu sprichst. Du bist nicht in England geboren, Mama. Dort haben die Menschen nicht Hände, die nach Händen mit schwarzer Haut greifen. Ihre Zungen streicheln auch nicht unseren Stolz mit unserer Sprache. Das hast du in Nyahururu gelernt.«
»Du bist sehr klug«, lobte Stella. »Du brauchst keine Bücher, um zu lesen.«
Sie lachten alle zu gleicher Zeit, als sie klatschte. Weil das gemeinsame Gelächter von drei Menschen, die sich fremd sind, als die beste Beute jener Genügsamen gilt, die nur auf ohrenwärmende Worte Jagd machen, befreite sich Joseph auf einen Schlag aus den scharfen Krallen des Misstrauens, das einen Mann mürrisch und schweigsam macht. Ab diesem Moment vergaß er, dass er ein erfahrener Safarifahrer

war, der schlafende Leoparden auf Bäumen und Löwen auf Felsen ansteuerte und sich abends an mehr Trinkgeld erfreute als die mit den faulen Augen. Wie einer, der im Leben nur das Lächeln von Freunden als Dank für seine Mühen begehrt, bewunderte der vom dreifachen Gelächter verzauberte Joseph die Blume an Lillys Ohr; er erzählte ihr, dass er drei Töchter mit langen Beinen hätte, wobei er die ihrigen mit den hungrigen Blicken des jungen Mannes betrachtete, der er einst gewesen war.
Stella nannte der phantasiebegabte Schmeichler erst eine schwarze Engländerin, dann eine weiße Afrikanerin und nach nur kurzer Überlegung eine Frau, deren Hände ihm schon in Nairobi mitgeteilt hätten, dass sie deshalb so schön und kräftig seien, weil sie nie zu lange das Trinkgeld festhalten müssten, das einen alten Mann satt machte. Damit sich keiner der Vergnügten aus dem Kreis der neuen Vertrautheit ausgeschlossen fühlte, sprachen die beglückten Empfängerinnen der selbst für Afrika ungewöhnlichen Komplimente nur noch Suaheli. Sie willigten auch sofort ein, als Joseph ihnen vorschlug, in einer Lodge am See zu übernachten. Er sagte, sie sei im ganzen Land berühmt. Nur sehr dumme Menschen und ganz schlaue Moskitos würden sterben, ohne sie gesehen zu haben.
»Mein Bruder arbeitet dort«, lockte der Zungengeschmeidige. »Das Essen ist sehr gut. Und immer sehr billig für schöne junge Frauen, die mit Joseph auf Safari gehen.«
»Wie viele Brüder hast du, Joseph?«
»So viele, wie ein Safari-Fahrer braucht«, gestand der schwarzhäutige Nachfahre des Merkur, der einst vom Gott der Wanderer, Hirten und Herden zu dem der Kaufleute avanciert war.

Die Lodge hatte grün gestrichene Fenster und aus glänzendem schwarzen Holz geschnitzte Löwenköpfe an den Türen. Die ockerfarbenen Mauern waren bis zu dem Dach aus lehmroten Ziegeln mit purpurnen Bougainvillea bewachsen. Hohe Jacarandabäume beschützten einen riesigen Garten mit runden weißen Tischen, Korbsesseln und überdachten Schaukeln. Auf deren rosa Kissen waren mit Goldfaden Flamingos aufgestickt. Drei junge Warzenschweine hetzten einander um ein Rondell mit Feuerlilien. Nachdem das Wettrennen entschieden war, krochen sie grunzend unter üppige Hecken wilder Rosen. Olivgrüne Meerkatzen klopften fordernd an die Fensterscheiben der Gästequartiere. Auf dem Rasenteppich badeten metallblau schimmernde Glanzstare in einem sprudelnden Brunnen mit einer Antilope aus Bronze in der Mitte, die einen breitrandigen Strohhut auf den Hörnern trug. Zwei Pfauen buhlten mit blaugrün irisierenden Rädern um die Zuneigung einer nackten Frau aus weißem Marmor. Die schwarzweißroten Köpfe der Kronenkraniche waren mit goldenen Federkronen geschmückt, die im Burgunderstrahl der untergehenden Sonne leuchteten.

Stella und Lilly waren so müde, dass sie sich angezogen auf das breite Bett legten, ihre Erregung in die Kissen vergruben, den Mann nicht mehr wahrnahmen, der das Holz im Kamin anzündete und das Abendessen verschliefen. Um Mitternacht wachten sie auf, hockten auf dem breiten Fensterbrett und zählten mit der singenden Stimme der Mzee von Karibu die Sterne. In einem Moment von Beklommenheit und Zweifel wünschte sich Stella, sie könnte für immer in der Lodge der gedämpften Laute und sanften Farben bleiben und brauchte nie mehr dem Drängen ihrer Sehnsucht zu folgen. Im Morgengrauen grübelten beide, wie sie die Farm unterhalb des Wasserfalls je finden sollten, denn sie sahen immer nur den Flamboyantbaum und nicht den Weg zum Haus aus Stein. Lilly wagte die Wahrheit.

»Chebeti wird nicht mehr in Karibu sein.«

»Sie hat gesagt, sie wird auf mich warten.«

»Und ein Wort ist dir genug, um auf Safari zu den toten Tagen zu gehen? Du bist ein Kind geblieben, Stella. Nur die Reichen haben Träume.«

»Das Wort war mir immer genug. Nur wer keine Träume hat, ist arm. Deshalb hat mir mein Vater ein weißes Pferd geschenkt, als ich das erste Mal von Karibu fortmusste.«

Sie frühstückten kurz nach Sonnenaufgang auf der Terrasse mit Aussicht auf den See. Im weißen Licht erschienen graue Berge. Die Luft war noch nachtkühl, die Warzenschweine schon wach. Die Rosen erwarteten die Bienen im Perlenglanz vom Morgentau. Eine schwarzgesichtige Meerkatze tauschte einen Blick aus hellen Augen gegen ein Beutelchen Zucker. Es roch nach Jasmin aus dem Garten, Honig vom Buffet und dem Salz vom See. Lilly sah als Erste die Giraffen und eine Gruppe von Zebras vorbeiziehen, Stella entdeckte vor ihr die Hörner eines Wasserbocks. Sie hielten sich an den Händen, weil sie nun die Ungeduld der Beine spürten und die sie wissen ließ, dass sie nichts vergessen hatten von dem, was gewesen war.

»Wenn ich erst in Nyahururu bin, finde ich auch die Straße wieder«, ahnte Stella.

»Thomson's Falls«, rief Joseph und tauchte hinter einem Busch mit roten Beeren auf. »Du brauchst heute das Wort der alten Zeit, Mama.« Er hielt einen Korb aus fein ge-

flochtenem Bambus hoch über dem Kopf. »Der ist von meinem Bruder für die Safari.«
Weil er nun mit Freunden reiste und nicht mit Fremden, für die ein Mann eine gestreifte Jacke brauchte, damit sie ihn überhaupt sahen, trug Joseph ein weißes Hemd. Er bestand darauf, das Gepäck selbst aus dem Zimmer zu holen, zählte vor einem zornigen Zimmermädchen die Koffer und Taschen in zwei Sprachen und verstaute sie im Wagen, den er noch am Abend gewaschen hatte. Aus dem Blumenbeet vor dem Empfang pflückte er eine rote Nelke, fasste sich ans Ohr und überreichte sie Lilly. Auf dem Weg zum See sang er das alte Lied von dem Leoparden, der einen Schuh gestohlen hat und durch das Geschrei seiner Beute als Dieb entlarvt wird. Lilly kannte noch die Melodie und Stella den Text.
Akazien mit gelber Rinde und mächtige Kandelabereuphorbien umgaben den See. Möwen schaukelten auf dem Wasser, und während die Geier in den Bäumen auf Beute lauerten, wurden die Pelikane satt. Die Flamingos mit rotem Schnabel standen bewegungslos auf ihren rötlichen Stelzbeinen und bildeten ein langes, breites Band in allen Schattierungen von Rosa. Der See schimmerte in einem blassen Blau und wurde, als die Sonne sich vor die Wolkenfetzen schob, zu jener gleißenden Silberpracht, die zu dem Traum von einem Paradies geführt hatte, in dem kein Mensch den anderen kränken durfte. Stella erzählte Joseph, weil seine Fragen die eines Freundes waren, von ihrem Vater und dass er sein erstes Bild in Afrika am Nakuru-See gemalt und dort beschlossen hatte, nie wieder nach England zurückzukehren. Lilly erklärte dem, dessen Augen immerzu mehr wissen wollten, als seine Ohren halten konnten, wes-

halb die Menschen auf Karibu diesen Mann Bwana Mbuzi genannt hatten. Sie beschrieb das Atelier mit den Farbtöpfen, die Bilder von den Ziegen und einmal, ohne dass sie es merkte, die Lieblingsziege ihres Vaters. Später sprachen beide von dem Tag, als ihre Kindheit verbrannt war. Sie löschten die Flammen mit einem Schweigen, das bis zur Glutstunde der kurzen Schatten währte. Joseph holte nur für sich Essen aus dem Korb.
»Es ist nicht gut«, tadelte er, »mit einem leeren Bauch zu den Tagen zurückzureisen, die nicht mehr sind.«
Stella musste kräftig den Kopf schütteln, um die Dornen der Erinnerungen loszuwerden, denn für einen Moment hatte Joseph so besorgt ausgesehen wie in den letzten Wochen ihr Großvater am Frühstückstisch. Sie hörte Sir William missgelaunt fragen, weshalb er überhaupt noch die guten Würstchen aus Cumberland kommen ließ, und unterdrückte ein Würgen, das nur sehr allmählich in Wehmut überging.
Das graulockige Gespenst aus Mayfair klopfte provozierend auf seinen gefüllten Bauch, ging mit den Beinen eines alten Mannes bis zum Rand des Sees und klatschte dort mit den Händen eines jungen Kriegers. Die verstörten Flamingos flogen hoch. »Das muss ich immer für die machen, die mit ihren Kameras auf Safari gehen«, rief er, ohne sich umzudrehen, »die wollen, dass auf ihren Bildern die Vögel fliegen.« Er kehrte erst zurück, als die geflügelte Wolke vom Himmel ins Wasser schwebte, blinzelte in die Sonne, schaute auf seine Uhr, eilte mit dem Korb zum Auto und fing an, die Windschutzscheibe zu putzen. Beim Einsteigen schlug er vor, in der Lodge in Thomson's Falls zu übernachten und seinen Bruder um Rat zu fragen.

»Heute nicht«, widersprach Stella, »heute brauchst du keinen Bruder.«
»Aber der ist«, schwor Joseph mit erhobener Rechter, »mein richtiger Bruder. Wir haben zusammen nur einen Vater und eine Mutter. Ich brauche ihn nicht. Du brauchst ihn. Er arbeitet schon sehr lange in der Lodge und kennt die Leute, die auf den alten Farmen leben. Mein Bruder wird dir sagen, ob sie ihre Messer und Knüppel holen, wenn ihre Gäste weiße Haut und helles Haar haben. Und wenn du keine Angst hast, wird er uns den Weg zeigen.«
»Ich habe keine Angst. Und mir sind meine Augen genug. Ich muss mir nicht die von deinem Bruder borgen. Ich muss nur einen Baum finden, der meinen Rücken noch kennt.«
»Ein Baum ist wie der andere, Mama.«
»Der nicht.«
Das verrostete Schild mit der Abzweigung nach Nyahururu war an einen Baum genagelt und von herabhängenden Ästen bedeckt, die Straße nach wenigen Kilometern nicht mehr gepflastert, die Kurven eng und der Wald bald so dicht, dass er Licht und Laut schluckte. Die Lianen um die Baumgiganten wehrten sich gegen einen unruhigen Wind, dessen Stimme Stella noch vor dem schroffen Bergkamm erkannte. Es war ein Wind, der sich vor der Zeit die Kraft der Nacht holte, und er riss seinen Schlund so weit auf wie das entfesselte Ungeheuer, das einst eine hellgraue Federwolke in das schwarze Feuer des Todes verwandelt hatte. Als die Erregung ihren Körper lähmte, konnte Stella nicht mehr sehen und nichts mehr riechen. Sie erinnerte sich nur, dass ihr dies schon einmal widerfahren war. Sie kannte noch den Tag und die Stunde. Es war die, in der die Her-

zen von zwei Menschen zusammengewachsen waren, die Mungu in Dik-Diks verzaubert hatte. Der Vater versprach seiner Tochter einen Thron aus Gold und Edelsteinen. Er nannte sie Prinzessin und wusste alles vom Leben, nur nicht, als er lachte, dass das Kind mit der Krone von der Zukunft sprach.

»Ich hab ihm gesagt, ich werde nie mehr einen Mann so lieben wie ihn«, sagte Stella. »Halt an, Joseph. Du fährst zu schnell. Mein Kopf verliert die Bilder.«

»Ist das dein Baum?«

»Ein Baum ist wie der andere.«

Es war ein ebenso Wurzelstarker mit verkrusteter Rinde, an den Stella ihren Rücken presste, wie der Unvergessene vom letzten Tag ihrer Kindheit. Nur war es diesmal Lilly, deren Körper ihr die Wärme der Vertrautheit gab. Mit geschlossenen Augen warteten beide, bis die Flammen erloschen und die Herzschläge die Ohren nicht mehr mit der Angst derer quälten, die sich auf einer Safari den Gespenstern anvertrauen. Schon beim nächsten Halt – nach nur wenigen Kilometern – öffnete sich das Tal mit dem wogenden Blumenteppich aus Türkis und Amethyst. Die Feuerlilien am weiß verschleierten Wasserfall erhoben ihre Köpfe, wie es in Karibu noch vor den Zeiten vom Bwana Mbuzi Brauch gewesen war, um den Fremden willkommen zu heißen. Nur wuchs kein blau leuchtender Flachs mehr auf den Feldern. Gestrüpp bedeckte auch die großen Pyrethrumshambas. Keiner aber hatte die Mauern vom Haus aus Stein abgetragen. Davor glühte scharlachrot der Flamboyantbaum. Die Sonne bestrahlte die grasbedeckten Dächer der Hütten und die kleinen Wellblechhäuser auf dem Hügel.

»Wir müssen uns beeilen«, sagte Stella leise und gab Lilly

ihre Hand zurück, »ich höre deinen Vater schon an den Wellblechtank schlagen.«
»Ich höre nur einen Hund bellen«, erwiderte die Praktische.
»Wo soll ich jetzt hinfahren?«, fragte Joseph.
»Zu den Menschen, die in den Hütten wohnen.«
»Sie werden denken, du willst dein Land wiederhaben. Es ist Zeit, die Angst in deinen Kopf zu holen. Nur die Dummen haben keine Angst, Mama.«
»Ich habe in Karibu nie Angst gehabt. Fahr den Berg runter, Joseph.«
Die Erde zwischen den Steinbrocken auf dem schmalen Weg zur Farm war hart und rissig. Immer wieder musste Joseph die Ziegen und Schafe mit brüllender Hupe vertreiben. Die Hunde jaulten, Kinder liefen aus den Hütten, warfen ihre Arme in die Luft, johlten Jambo und winkten. Sie rannten dem Auto entgegen und klammerten sich an die Türen, während es noch fuhr.
»Fahr nicht weiter, Joseph. Ich werde allein zu den Hütten laufen und dort nach Chebeti fragen.«
»Ich werde hinter dir sein«, sagte Lilly.
Mit den Händen in der Tasche und gebeugtem Rücken lief Stella langsam durch das hohe Gras. Sie zählte ihre Schritte; wenn sie hochblickte, sah sie, dass sich immer mehr Menschen unter einer Schirmakazie versammelten. Junge Frauen in wehenden Röcken mit großen Blumenmustern, einige mit Kindern auf dem Rücken und den breiten schwarzen Schüsseln für das Abendessen in der Hand, zahnlose Alte mit geschwollenen Beinen und Männer mit zerlöcherten Filzhüten und Schatten im Gesicht standen dicht beieinander – ein schweigender Wall von Neugierde, Misstrauen, Ablehnung und Feindseligkeit. Stella wagte

keine Bewegung, als ihre Lippen verdorrten und der Traum zersplitterte, Chebeti wieder zu finden. Erst am Ziel hatte sie ihn als den Traum eines Kindes erkannt. Und doch sah sie ein Kopftuch aus der Farbe der Sonne aufleuchten und öffnete ihre Arme. In dem Lärm, der gewaltiger aufbrandete als jeder Donner, der je auf Karibu herabgestürzt war, hatte sie die Stimme der einen gehört, die ihre Ohren nie freigegeben hatten. Stella schämte sich sehr, dass sie schrie, als sie den Druck von Chebetis Händen fühlte und ihren Atem roch. Erst als die Hände aus glühendem Eisen sie losließen, begriff die Heimgekehrte, wessen Stimme den Jubel des Herzens nicht hatte halten können.
»Das ist meine Tochter«, rief Chebeti den Verstummten unter dem Baum zu. »Kommt her und fasst sie an. Sie ist immer eine von uns gewesen. Ich weiß das, weil ich sie ins Leben geholt habe. Sie hat aus meiner Brust getrunken. Meine Stella ist mit ihrem Kind zu mir zurückgekommen.«
»Und mit der Tochter, die immer klüger als die anderen war«, sagte Stella. Diesmal war sie es, die Lilly in den Kreis aus goldenem Feuer zog.
Chebeti streckte Lilly nicht die Hand entgegen, weil ihre Arme schon wieder Stella festhielten, doch endlich sah Lilly in den Augen ihrer Mutter das Licht, das sie als Kind immer gesucht und nie gefunden hatte.
»Wir werden vier Ziegen schlachten«, rief Chebeti. Sie wartete, bis die lachenden Frauen, Männer und Kinder unter der Schirmakazie zu klatschen aufhörten. »Meine besondere Tochter«, sagte die mit dem guten Gedächtnis, um das sie noch immer alle beneideten, »isst lieber das Fleisch von Ziegen als das von Kühen.«

Band 2

Der Traum vom Paradies

Für Angela Kiefer

Auf Wunder sollst du hoffen. Es gibt viele. Der Mensch muss sie nur erkennen.

I

Die grazilen alten Damen aus Weiden saßen im festlichen Dirndl mit nachtblauem Rock und schwarzem Samtoberteil auf einer Bank unter einem blühenden Fliederbaum und registrierten jeden Blick, der ihnen galt. Mit kindlicher Freude genoss das vitale fünfundachtzigjährige Zwillingspaar, dass die Aufmerksamkeit einmal nicht nur von Seiten der eigenen Familie kam. Das war seit der Konfirmation ihres jüngsten Patenkindes nicht mehr vorgekommen. Obwohl die Geschwister von jenen Menschen, die ihnen fremd waren, im verschwörerischen Ton ihrer Jugend als »die anderen« sprachen und sie mit einer Neugierde betrachteten, die Jüngere provoziert hätte, nickten sie auch ihnen wohlwollend zu.

»Eine wirklich originelle Idee, uns hierher zu laden«, sagte Charlotte soeben zum zweiten Mal. Emilie, die um zwanzig Minuten jüngere Schwester, schaute folgsam in die angewiesene Richtung; sie betrachtete versonnen eine Gruppe scharrender Hühner und einen erregten Hahn, der für einen Augenblick ein Gefühl in ihr belebte, das sie in ihrer Jugend als Wehmut erkannt hätte. »Das ist so romantisch in der heutigen Zeit«, nickte sie bestätigend, »unsere Andrea hatte eben schon als ganz kleines Mädchen Stil. Sie wollte immer nur das Besondere.«

In Bezug auf die Stätte des Geschehens täuschten sich die geliebten Großtanten der Braut. In der zweiten Hälfte der siebziger Jahre war es bei jungen Paaren aus Frankfurt und Darmstadt schon lange Brauch, die Hochzeit im »Hofgut Neuhof« zu feiern. Allerdings hatten Andrea und Alfred sich mit ihrer Vorliebe für »Neuhof« nicht allein vom Trend der Zeit leiten lassen. Ihre Motive entsprachen jener Logik der Verliebten, die Außenstehende im Allgemeinen vorschnell als sentimental verkennen und die dem Vater der Braut schon gar nicht einleuchteten. Er vermied indes da noch den Hinweis, dass die Familie Buchert erst von Alfreds Existenz erfahren hatte, als Konsternation und heftige Proteste nichts mehr bewirken konnten. Das junge Paar hatte sich in »Neuhof« kennen gelernt, als Andrea auf einer Radtour mit einer Freundin im wahrsten Wortsinn Alfred vor die Füße gefallen war und er erste Hilfe mit der Bemerkung geleistet hatte, sie möge ihm vertrauen, er kenne sich mit Kindern aus.

»Ich bin nämlich Kinderarzt«, hatte er gesagt und darauf bestanden, nach dem kurzen Samariterdienst und einer Portion Schwarzwälder Kirschtorte seiner schönen Patientin das Radfahren für die nächsten Tage zu verbieten und sie in seinem Wagen nach Hause zu fahren.

Kurze Zeit später hatte er Andrea auf einer Wiese mit sich wiegenden Gänseblümchen zum ersten Mal geküsst. Beim sehr rasch darauf folgenden dritten Wiedersehen beschlossen beide, allen Einwänden zum Trotz, von welcher Seite sie auch kommen mochten, für immer zusammenzubleiben. »Die werden schon sehen, dass sie mit uns nicht das Spiel von Romeo und Julia wiederholen können.«

»Thema verfehlt, Andrea! Das stand bei mir unter jedem Aufsatz. Unsere Familien sind nicht verfeindet. Sie würden sich nur unter normalen Umständen nie kennen lernen.«

Andrea hatte sich bis dahin immer den Argumenten ihrer Eltern zugänglich gezeigt – auch wenn sie ihrer Auffassung von den Bedürfnissen, Wünschen und Hoffnungen einer jungen Frau widersprachen. Selbst nach ihrem schicksalhaften Entschluss wäre sie bestimmt noch auf finanzielle Einwände ihres sparsamen Vaters eingegangen. Über die Modalitäten ihrer Hochzeit hatte sie indes jede Diskussion verweigert. Der durch ihren sonst eher schweigsamen Bruder in Gang gesetzte Familienklatsch wusste zu berichten, Andrea hätte bereits beim ersten Anflug von Widerspruch gedroht, falls die Eltern ihr den Empfang in »Neuhof« verweigerten, ganz allein mit ihrem Mann an einer Würstchenbude Hochzeit zu feiern. Man war sich einig, dass die ungewöhnliche Wortwahl nicht von einer Tochter stammte, die ihren Eltern selbst in den schwierigen Jahren der ersten Abnabelung vom häuslichen Kreis immer besonders liebenswürdig, erstaunlich leicht lenkbar und nur selten gefühlsbetont erschienen war.

Das rustikale Ambiente von »Hofgut Neuhof«, das so stilvoll alte Eleganz und neumodische Sehnsucht nach einfachem Leben zu verbinden wußte, entsprach den Vorstellungen einer Generation, die für die altdeutsche Tugend der Bescheidenheit lieber das anspruchsvolle englische *understatement* zu setzen pflegte. Der Garten mit den alten Wirtschaftsgebäuden und geschmackvoll hergerichteten Sälen, mit Pferdestall, eigener Bäckerei und dem nahen Wald aus Birken und Buchen bot gerade im Mai eine stimmungsvolle Kulisse für die Hoffnungen und Träume der ersten Lebenswende. Da blühten die Kastanien im Hof und die Kirschbäume im Garten, Entenküken dümpelten im Weiher, Schafe grasten auf der Wiese, und die vielen Wanderer fügten sich als leuchtende Farbpunkte in die sanfte Landschaft ein.

Doggen, wie man sie in der Großstadt kaum noch sah, entzückten die Männer der älteren Generation. Ohne dass sie beim Anblick der kräftigen Tiere ihre Gedanken auszusprechen brauchten, erinnerten sich die Gebildeten und Geschichtsbewussten unter ihnen mit flüchtiger Wehmut an Bismarck und an sehr viel besser überschaubare Zeiten. An Andreas Ehrentag blieben indes solche nostalgischen Exkursionen in die Historie nur ihrer Familie und nicht dem spärlichen Anhang des Bräutigams vorbehalten.

Der Brautvater war gerade dabei, sich umzusehen und jenen Teil der Gäste einzuschätzen, deren Kommen ihm trotz der sehr unmissverständlichen Aufklärung der jungen Leute nicht genehm war. Alfred, für den ihm die doch sehr intime Bezeichnung Schwiegersohn noch schwer fiel, hatte spontan und unangenehm energisch darauf bestanden, den ursprünglich als familiär konzipierten Kreis zu erweitern.

»Mit Familie«, hatte Alfred gesagt, »kann ich nicht dienen. Durch Umstände, die ich nicht zu verantworten habe, fehlt bei uns eine ganze Generation. Meine Mutter hat als Einzige von vier Geschwistern überlebt. Mein verstorbener Vater war das jüngste von sechs Kindern. Außer ihm sind alle umgekommen. Von meinen Großeltern gibt es noch nicht einmal Fotos. Das ist der Grund, weshalb mir Freunde an so einem Tag wichtig sind.«

Herbert-Dietrich Buchert hatte das peinlich herausfordernde Thema nie wieder aufgegriffen. Er seufzte, als er an die ihn immer noch deprimierende Unterhaltung dachte und wie sich Alfreds sanftmütige Augen so erschreckend verändert hatten. Es war damals auch das erste Mal, dass der Vater sich von seiner Tochter belauert fühlte. Nie zuvor war sie ihm fremd gewesen, nach diesem ihn sehr aufwühlenden Erlebnis nie mehr vertraut genug, um ohne Hemmungen mit ihr von seiner Jugend und jenen Problemen zu sprechen, die die junge Generation sich zu verstehen weigerte.

Vom Urlaub in Südtirol war Herbert-Dietrich noch erholt genug, um sich als so fröhlich, stolz und zuversichtlich auszugeben, wie er es unter besseren – in seinem Sinne normalen – Umständen bestimmt am Ehrentag seiner einzigen Tochter gewesen wäre. Obwohl er seit Kriegsende sehr viel Übung hatte, seine Meinung erst den Erfordernissen der veränderten Zeit anzupassen, ehe er sie aussprach, fiel es ihm im zuverlässigen Kreis schwer, sich nicht wenigstens durch einige Andeutungen von

Blessuren zu distanzieren, die ihm angetan worden waren, die er jedoch wahrlich nicht zu verantworten hatte. Er hatte sich gedulden müssen, bis er von den Seinen umgeben war. Nun griff er nach der Uhrkette, einem Erbstück seines im Ersten Weltkrieg gefallenen Großvaters, und sagte heiter und so, als wäre ihm der Satz soeben erst eingefallen: »Wie das Leben so spielt.« Herbert-Dietrich merkte, wie sehr sein Bruder konkretere Details erwartete. Mit einem Lächeln, das ihm mehr Souveränität gab als erwartet, fügte er hinzu: »Ich meine, es hätte doch alles sehr viel schlimmer kommen können.«

»Du warst«, befand Hans, »schon immer der beste Verdränger von uns allen. Was genau hätte schlimmer kommen können?«

Hans galt als der tüchtigste und erfolgreichste der drei Brüder. Seine im mittleren Lebensalter sehr markant gewordenen Züge, ein kehliges Lachen und die ganzjährig anhaltende Bräune drückten das aus. Er hatte eine schöne und aparte Frau mit einem sehr aparten Vermögen geheiratet, war Landwirt in Holstein mit florierender Wurstfabrikation und einer in ganz Westdeutschland beliebten Destillation. Durch seinen täglichen Kontakt zur Natur war er nicht so beeindruckt von der ländlichen Kulisse der Feier wie seine schwärmerischen Tanten. Mit kräftiger Hand schlug er gegen die Schnalle seines breiten Ledergürtels.

Der Brautvater empfand das Geräusch als unangebracht. Ihm ging auf, dass sein jüngerer Bruder seit der letzten Begegnung die früh entwickelte Kunst, den entscheidenden Tropfen Öl in schwelende Brände zu gießen, zur Meisterschaft entwickelt hatte. Eike, der ältere, Pensionär am Starnberger See, war nicht zur Hochzeit gekommen und hatte sein Fernbleiben injurierend ausführlich und vorwurfsvoll begründet.

Herbert-Dietrich hatte nicht vor, sich und Andrea nun auch noch vor Hans zu rechtfertigen. »Immerhin«, lachte er, »hätte meine kapriziöse Tochter fortan auch Stanislawsky oder Jakobowsky oder sonst wie gut hebräisch heißen können. Wenigstens in dieser Beziehung haben wir mächtig Schwein gehabt. Der liebe Gott, von dem es ja neuerdings heißt, es gebe nur einen und für alle, hat an der Familie Buchert ein Wunder geschehen lassen. Andrea bekommt einen ordentlichen deutschen Namen. Sie braucht noch nicht einmal die hübschen Taschentücher wegzuwerfen, die ihr meine Mutter gestickt hat. Das Monogramm stimmt ja noch. Das sollen deine beiden Töchter erst mal nachmachen. Inge hat mir erzählt, dass Dietlinde für einen italienischen Pizzabäcker schwärmt.«

»Quatsch. Antonio ist ein Kommilitone von ihr. Aus sehr gutem Hause. Er studiert Mathematik. Und im Übrigen ist das keine ernste Sache.«

Auch auf der gegenüberliegenden Seite des Weihers war von Namen die Rede, die bei ungewöhnlichen Verbindungen und mangelnder Fortune zum Ballast für die Familie wurden. Die Mutter des Bräutigams hatte das Thema aufgegriffen. Ruth Bär, in einem altmodisch geschnittenen schwarzen Kostüm, war eine früh ergraute Frau, der man trotz ihrer Schmächtigkeit die Energie einer Persönlichkeit anmerkte, die das Leben zur Selbstbehauptung gezwungen hat. Ihre trüben grauen Augen vermochten sehr plötzlich Kampfbereitschaft zu signalisieren. Sie hatte eine Zeit lang – ohne rechten Erfolg – versucht, die vielen soeben angeheirateten Verwandten ihres Sohnes einander zuzuordnen.

Während ihrer irritierenden Bestandsaufnahme hatte Ruth Bär geschwiegen und dabei mehrere Male leicht den Kopf geschüttelt, wie es Menschen tun, die Zeuge eines außergewöhnlichen Ereignisses werden, das sie noch nicht in seiner Tragweite begreifen. Schließlich aber lächelte sie und gestand ihrer besten Freundin mit einer Munterkeit, zu der sie selten neigte, dass sie zumindest in einem Punkt großes Glück gehabt hätte. Sie nannte es Massel. Ihre blonde Schwiegertochter, bemerkte Ruth Bär, hätte immerhin einen ganz hübschen Namen.

»Du meinst, sie hätte auch Christa heißen können«, interpretierte Gitta Bergmann. Sie war dafür berüchtigt, dass sie Malaisen, die anderen widerfuhren, sofort auf den Punkt brachte. Der Feststimmung wegen unterließ sie jedoch ihren sonst bei keiner Gelegenheit fehlenden Hinweis, dass sie für ihre Person klug genug gewesen wäre, gewisse Probleme beizeiten vorauszuahnen.

Gitta Bergmann, ebenso jung verwitwet wie ihre Freundin Ruth, doch aus Sorge um das Traditionsbewusstsein ihrer künftigen Enkel bereit, notwendige Opfer zu bringen, hatte für ihren Sohn die Weichen unmittelbar nach seinem zehnten Geburtstag gestellt und ihn auf ein jüdisches Internat nach Bournemouth geschickt. Nun war Marek Bergmann nach Schulabschluss und der anschließenden, bei jungen Männern gefahrvollen Periode der persönlichen Orientierung und Partnerinsuche mit der leider ein wenig kränklichen, jedoch exzellent erzogenen Tochter eines prosperierenden Textilfabrikanten verheiratet. Der hatte noch vor der Eheschließung seinen Schwiegersohn in die Geschäftsleitung berufen. Die Trauung hatte in einer sehr schönen Synagoge in Manchester stattgefunden. Mit Gästen, die sich alle kannten.

»Du wolltest dich ja nie von Alfred trennen«, erinnerte sich Gitta.

»Ich wollte schon«, seufzte Ruth, »aber ich konnte nicht. Nach allem, was geschehen ist.«

Unabhängig von Herkunft, Vorbehalten und Konfession warteten die Gäste in größter Spannung auf Andrea, die sich unmittelbar nach der Ankunft in »Neuhof« mit ihrer Mutter, ihrer Tante aus München und einem voluminösen Koffer zurückgezogen hatte. Andrea war in einem ihre Familie enttäuschenden, schlichten dunkelblauen Kleid zur standesamtlichen Trauung erschienen; sie hatte jedoch da schon für die Feier am Abend geheimnisvolle Andeutungen gemacht, die schon deshalb für Erwartungen sorgten, weil jedes Aufheben um ihre Person im Widerspruch zu Andreas bescheidenem Naturell stand.

Umso verblüffender war ihr Auftritt. Ein Trompetenton bat um Stille. Ein Schwarm von Schwalben segelte über die in einer leichten Brise wippenden Bäume hinweg. Langsam schritt die Braut mit einem Strauß roter Rosen die Treppe hinunter, eskortiert von ihrer Mutter mit erregt gerötetem Gesicht und dem siebzehnjährigen Bruder Rolf im dunklen Anzug, dem die zugedachte Rolle eines antiquierten Kavaliers sichtbar peinlich war.

Beim zweiten Tusch eilten die zwei Begleiter zu den übrigen Gästen. Andrea stand nun allein an der Treppe zum Garten. Im schmeichelnd sanften Gegenlicht der untergehenden Sonne erschien sie noch größer und schlanker, und doch war um sie ein Hauch von Zerbrechlichkeit. Sie vergrub das Gesicht im Schleierkraut ihres Bouquets, als fürchte sie Blicke und Urteil von Menschen, die sie nicht gut genug kannte, um ihnen zu vertrauen. Sie wirkte bekümmert, verängstigt und ungelenk. Als sie jedoch mit einer energischen, fast harten Bewegung den Kopf hob, erhellten Zufriedenheit, Glücksrausch und eine Andeutung von Triumph ihr Gesicht. In diesem Moment ähnelte sie den jungen Mädchen an der Schwelle zur Fraulichkeit, die die Maler des Jugendstils so galant als Symbol geheimnisumwobener Weiblichkeit porträtiert haben.

Das weiche helle Haar fiel als eine sich sanft kräuselnde Welle auf einen zarten Schleier, der zu einem üppigen Kragen hochgesteckt worden war. Um Kopf und Stirn war ein schmaler Kranz von Maiglöckchen und Vergissmeinnicht gewunden. Ein in Diamantensplitter gesetzter Rubin in Tropfenform leuchtete auf Andreas Brust. Das bodenlange, eng anliegende weiße Satinkleid hatte ein mit Pailletten besticktes Oberteil und war eine

Schattierung heller als die bis zu den Ellenbogen reichenden Glacéhandschuhe, die Andreas Großmutter vor dem Altar getragen hatte. Auch die seidenen Schuhe waren die einer Braut.

Spontaner Beifall brandete auf, die Stimmen der Frauen schwollen an zum Chor entzückter Begeisterung. Die Zwillingsschwestern erhoben sich von ihrer Bank und humpelten nach vorn. Ihre schweren Röcke raschelten. Bravorufe aus heiseren Männerkehlen ertönten. Übermütige Kinder, eben noch glücklich der ernsten Feierlichkeit der Erwachsenen entronnen, hörten auf, einander um den Weiher zu jagen, kämpften sich durch eine dichte Front von Beinen und breiten Rücken und winkten johlend in Richtung der Braut.

»Andrea im Brautkleid!«, jubelte der Vater und klatschte so kräftig in die Hände wie die ausgelassenen Kinder.

»Wer hätte das gedacht«, sekundierte sein Bruder.

Nur der Bräutigam schloss die Augen. Als Alfred Bär seufzte und dieser Seufzer in ein Stöhnen überging, spürte er einen bohrenden Schmerz, der den Körper lähmte und die Sinne betäubte. So geblendet war er von einem Blitz des Entsetzens, der ihn an Zeit und Ort, an sich selbst und seiner Liebe zweifeln ließ, dass er erst erstarren musste, ehe Abwehr und Enttäuschung in ihm abebbten und er zu begreifen vermochte, was ihm widerfahren war. Ihm war es, als hörte er Musik, berauschend und doch ernüchternd: Er spürte, wie jeder Ton ihm Gewalt antat, versuchte, sich zu befreien, erkannte Mozart. Es war Tamino, der vom bezaubernd schönen Bildnis sang, doch dem, der es nun erblickte, war es fremd und unwillkommen. Die Königin der Nacht, mit der Alfred Bär, dem keine zauberkräftige Flöte zu seinem Schutz gegeben worden war, fortan Tisch und Bett, Leben und Schicksal teilen sollte, verhöhnte ihn.

Trotzdem konnte sich der Geblendete nicht von der strahlenden Erscheinung, der ihn gefangen nehmenden Verkörperung von Jugend und Naivität losreißen. Ihm war es, als sei ein verwunschenes Gemälde auf einen Schlag lebendig geworden und würde ihm das Glück der Siegreichen verheißen. Er vergaß seinen Argwohn vor jener Sentimentalität, die sich als Romantik tarnt, und er vergaß auch, wie früh er gelernt hatte, sich vor dem Überschwang von Gefühlen zu schützen, die sich im Wissen um die Tücke der Illusionen in entmutigenden Zynismus auflösen.

In diesem Moment, da Alfred nicht auf der Hut war vor sich selbst, da er die Breite des Grabens nicht mehr ausmaß, über den er trotz Warnungen, Instinkt und Wissen gesprungen war, wurde der Traum für ihn lebendig, den er nie gewagt hatte, zu Ende zu träumen. Er stand nicht mehr am Rande des Seins, fragte nicht nach dem Gestern und fürchtete nicht die Zukunft. Andrea war ihm Morgenröte und Abendstern, Venus und Trösterin, eine Märchenprinzessin von unvergänglicher Schönheit. Einen wohltuend trügerischen Augenblick wurde der Träumende, als hätte die alte Geschichte auch für Seinesgleichen Sinn und Richtigkeit, zum Ritter im goldenen Harnisch, der mit der aus Todesnot erretteten Königstochter auf einem Schimmel davongaloppiert und die Welt der Feindseligkeit hinter sich lässt. Dann vertat der kühne Recke jedoch den Glanz und den Taumel; er schaute in Richtung seiner Mutter.

Alfred, der Entzauberte und Sehendgewordene, ließ es zu, dass sich Blicke begegneten, die einander nicht zu täuschen vermochten. Obwohl Ruth Bärs Lippen kein einziges Wort formten, wusste der Sohn Bescheid. Betroffen empfand er die schicksalhafte Verbundenheit von zwei Menschen, die jedem Außenstehenden Zutritt zu ihrer innigen Gemeinschaft verwehren, als den Preis, den Sohnesliebe von ihm forderte. Er erwartete den Spott der Erfahrenen und Weisen, wollte widersprechen, sich wehren, Andrea und sich verteidigen, doch gegen das Mitleid, das er in den Augen der Mutter sah, war er machtlos.

Alfred hatte zu früh gelernt, dieses Mitleid zu deuten; es vereitelte die bequeme Flucht zur Lebenslüge der Einfältigen. So war der tröstliche Wahn unbarmherzig kurz, ihm wäre nichts als ein alltägliches, nicht ernst zu nehmendes, mit einigen Worten leicht zu klärendes Missverständnis widerfahren. Noch bevor er sich dem Blick seiner Mutter entzog, erkannte er, dass Andrea ihn betrogen hatte – in den Farben der Unschuld und mit dem Lächeln einer blauäugigen Märchenfee. Dieser Betrug war am ersten Tag seiner Ehe erfolgt und, schlimmer noch, nach erschöpfenden Gesprächen, mühsamen Erklärungen und ausführlichen Diskussionen. Alle hatten sie nur dazu gedient, Andrea die Vorstellung zu nehmen, ihre Ehe könnte eine wie jede andere werden. Schon die Hochzeit durfte es nicht sein.

»Tut mir Leid für dich«, hatte Alfred bedauert, als zum ersten Mal die Rede von der Hochzeitsfeier gewesen war, »aber den Traum in Weiß wirst du vergessen müssen.«

»Schon geschehen.«

Er hatte Andrea, als sie das so zärtlich und zuversichtlich versprochen hatte und ohne Widerstreben vom begehrlichen Kind zur verständnisvollen Frau geworden war, zu schnell, zu erleichtert und liebesblind umarmt. Er war, als sich ihre Körper berührten, zu sehr Mann und zu wenig logischer Skeptiker gewesen, hatte sich selbst zu sicher und mit Andrea einig gewähnt, dass ihrer beider Toleranz Gewähr für ein lebenslanges Glück sein würde.

Nun erst, da ein weißes Hochzeitskleid ihm die Binde von den Augen gerissen hatte, begriff er, dass Andrea nichts von dem verstanden und wirklich akzeptiert hatte, das er ihr hatte erklären müssen. Keine Bitte, keine Warnung hatten sie erreicht. Was ihm selbstverständlich war, würde ihr zeitlebens Rätsel und im besten Fall Pflicht bleiben. Mit der Routine des Mediziners, der nicht an fremder Pein leiden darf, wenn er helfen und heilen will, wehrte sich Alfred gegen die Demütigung, die ihn dazu verurteilte, sich am Pranger dem Spott der Wissenden zu stellen, doch sein Herz hörte nicht zu rasen auf. Der Kopf aber war klar. Er trieb die Erinnerungen zum Hirn, die Bilder und die Worte, die gesagt worden waren, zu den Anfängen zurück.

»Darf ein Mensch so unverschämt glücklich sein?«, hörte er Andrea fragen.

»Glück ist eine Sache von Mut.«

»Dann kann nichts mehr schief gehen. Ich war mein Leben lang mutig.«

»Ich war immer nur realistisch. Das macht verwundbar.«

»Dich wird niemand mehr verwunden. Das schwöre ich dir.«

Es war wieder März und Mitternacht, der Himmel verhangen von Regenwolken und doch für liebende Phantasten übersät von den Sternen der Hoffnung. Sie saßen umschlungen auf den Rücksitzen im Wagen, weil sich in der Überwältigung des Augenblicks, der ihnen für immer den Rückweg verwehrte, keiner vom anderen trennen mochte, um nach Hause zu gehen. Noch waren Alfreds Hände kalt und unruhig, denn sein analytischer Verstand und die von Generationen von Lebensblessierten ererbte Neigung zum Pessimismus wussten um die Bürde des Ausbruchs aus Konvention und Tradition. Andreas Haut aber war warm, ihr Griff fest. Zukunft war für sie ein Wort der Verheißung, umweht von rosa Wolken und Träumen mit silberner Umrandung.

Als Alfred in dieses Gesicht blickte, das von keinem Schatten der Ahnung gezeichnet war, fragte er sich, wie viel Zeit wohl beiden vergönnt sein würde, bis Andrea erkennen, begreifen, vielleicht auch bereuen würde, was sie beide wagten. Sie erschien ihm, während sie ihn fixierte, als ob er auf jede Frage eine Antwort wisse, wie die vielen Kinder in seiner Praxis, denen es an Liebe und Fürsorglichkeit mangelte. Die wurden ganz ruhig, belastend zutraulich, so leicht zu behandeln, wenn er sich nur die Zeit nahm, lange genug mit ihnen zu reden. Das waren die Momente, in denen er an das Märchen von den gleich gestimmten Herzen glaubte, die im gleichen Takt schlugen und auf immer geschützt vor Angst und Trauer waren.

»Wenn du willst«, sagte Andrea, »können wir in deiner Synagoge heiraten. Ich werde das meinen Eltern schon beibringen. Sie müssen einfach Verständnis dafür haben, dass du nicht in einer Kirche heiraten willst.«

Er witterte Ironie und erhoffte Humor, fragte sich – noch belustigt, aber doch schon ein wenig verstört –, wie sie wohl in so zärtlicher Stimmung auf einen so ausgefallenen und abstrusen Scherz gekommen sei, doch Andrea sah ihn so erwartungsvoll und wie ein um Lob heischendes Kind an, dass er sofort seinen Irrtum erkannte. »Das kann doch nicht dein Ernst sein«, wehrte er Rührung und Konsternierung ab. »Nach allem, was ich dir erklärt habe, kannst du doch nicht auf so eine hirnrissige Idee verfallen. Um in einer Synagoge zu heiraten, müssen beide Ehepartner jüdisch sein.«

»Das weiß ich doch. Ich könnte mich taufen lassen.«

»Genau das ist ja der Haken. Du bist getauft. Um jüdisch zu werden, müsstest du übertreten.«

»Ich liebe dich noch viel mehr, wenn du so ernst und wortklauberisch bist. Was soll's? Dann trete ich über. Gleich morgen, wenn du willst. Es macht mir nichts aus, wirklich nicht, Alfred. Ich tue es gern für dich. Für uns«, verbesserte Andrea hastig, »ich bin schon lange mit der Kirche fertig. Meine Eltern wissen das auch. Die haben das akzeptiert.«

Alfred konnte lachen, als er sie an sich zog und der Eifer ihr Gesicht verbrühte; er blieb selbst dann noch entspannt und heiter, nachdem ihm aufgegangen war, dass Andrea ihm die Rolle des allwissenden Beschützers zugedacht hatte und er sie bereits spielte. Seine Stimme hatte ein verräterisch berufliches Timbre. Er sprach langsam und konzentriert, unnatürlich sanft und so, als müsse er nur endlos weiterreden, um ein krankes verängstigtes Kind zu überzeugen, dass er kein gefährlicher Riese mit Spritzen und kaltem Stethoskop wäre, sondern Supermann mit Flügeln und Zauberdegen, der mit einem einzigen Schlag jedes Weh der Welt in das Reich des Schattens verwies.

»Vergiss es, Andrea«, sagte er schließlich, »wir sind leider eine geschlossene Gesellschaft. Es ist verdammt schwer, jüdisch zu sein. Und noch viel schwerer, jüdisch zu werden. Den Formalismus tue ich dir nicht an. Jedenfalls nicht jetzt.«

»Was heißt das? Nicht jetzt.«

»Wenn wir ein Kind bekommen sollten, würde ich dich um das Opfer bitten müssen. Wir haben nicht nur die kompliziertesten Speisegesetze der Welt und mehr Gebote und Verbote, als sich ein Mensch mit durchschnittlichem Verstand merken kann, sondern auch noch die Bestimmung, dass nur die Kinder einer jüdischen Mutter jüdisch sind. Und ich würde mich nie mehr zum Grab meines Vaters trauen, wenn mein Kind nicht jüdisch wäre.«

»Ich wollte«, seufzte Andrea, »es wäre schon so weit. Ich habe das Bedürfnis, ganz zu dir zu gehören. Es hat mir vom allerersten Moment gefallen, dass du so fromm bist.«

»Um Himmels willen, wie kommst du da drauf? Frag mal unseren Rabbi, was er von mir hält. Wenn ich fromm wäre, würde ich dich nicht heiraten. Weder können noch wollen. Ich hänge nur an der Tradition.«

»Das finde ich schön.«

»Schön schwer. Der Ausdruck stammt von meiner Mutter. Eines Tages wirst du ihn auch gebrauchen.«

»Nie«, wusste Andrea.

Weil sich Alfreds Praxis nach entmutigend langsamer Anlaufzeit sehr plötzlich zu entwickeln begann, gewöhnte er sich an, sich erst am Abend mit seiner privaten Zukunft zu beschäftigen. Dann hörte er ein wenig distanziert, zunächst auch amüsiert und im besten Fall mit dem gutmütigen Interesse des Abgeklärten zu, wenn Andrea von ihren umfangreichen Hochzeitsvorbereitungen erzählte. Seine berufliche Überlastung kam seinem Hang entgegen, Entwicklungen abzuwarten und darauf zu vertrauen, dass sich Misshelligkeiten von selbst erledigten. Angenehm lange schützte ihn sein Phlegma vor dem Geständnis, dass ihm Andreas Schwärmerei doch lästig wurde und ihre Euphorie ihn immer mehr störte.

In klarsichtigen und pessimistischen Momenten erschien Alfred beides belastend für eine Verbindung, die im Sprachgebrauch beider Familien als »Mischehe« bezeichnet wurde; er brachte es indes nicht über sich, seine Vorbehalte auszusprechen und Andrea die Vorfreude auf die Hochzeit zu nehmen. Zudem hatte er Respekt vor ihrem Organisationstalent, bewunderte ihre Intelligenz und erwärmte sich an einem Einfühlungsvermögen, das er als eine Gabe des Schicksals empfand, mit der er nicht gerechnet hatte. Andrea erschien Alfred, der bei aller Nachdenklichkeit nicht immer frei von Sentimentalität war, als die schönst vorstellbare Synthese von Jeanne d'Arc und Mutter Courage.

Gerade im Haus seiner künftigen Schwiegereltern, in dem Alfred sich nach jedem Besuch aufs Neue deplatziert und zuweilen auch attackiert fühlte, wurde für ihn beglückend deutlich, dass seine künftige Frau nicht nur ein gütiges und mitfühlendes Naturell hatte, sondern auch das für ihre Jugend erstaunliche Talent, sich abzeichnende Probleme zum genau richtigen Zeitpunkt zu wittern; sie machte es sich zur Aufgabe, sie zu lösen, ehe Alfred ihrer überhaupt gewahr wurde. Mit einer Gründlichkeit, die er allerdings zu seinem Schrecken als typisch deutsch zu empfinden begann, war sie darauf bedacht, Verlegenheiten und Verletzungen zu vermeiden. Ihre Fürsorge und ihr Takt rührten ihn sehr; sie ließ ihre Eltern so wenig wie möglich zu Wort kommen und warnte sie vor eventuellen Peinlichkeiten mit Gesten, von denen sie glaubte, Alfred würde sie nicht bemerken und deuten. Auf die Dauer indes waren seine Abneigung gegen Übertreibungen und der Argwohn vor Gefühlsüberschwang zu ausgeprägt, um sich in der ungewohnten Rolle des Schwachen wohl zu fühlen, der allzeit des Schutzes bedarf. »Mach dir um Himmels willen nicht so viele Sorgen um mich, Andrea, das bin ich nicht gewohnt«, flehte er schließlich nach einem Sonntagnachmittag mit einer wunderbaren Käsetorte seiner künftigen Schwiegermutter und einigen sehr vernünftigen Vorschlägen ihres Mannes. »Ich bin nicht so empfindlich, wie du denkst. Wir üben seit Abrahams Zeiten, Kränkungen hinzunehmen. Jüdische Kinder lernen das, sobald sie zwei Sätze aneinander reihen können.«

Wie hätte Alfred da ahnen sollen, dass ausgerechnet seine kluge, so schnell begreifende und rücksichtsvolle Andrea ihn kränken würde, und dies nur, weil sie nicht von ihrem Schneewittchentraum hatte lassen können, ihre Hochzeit als schönste aller Bräute zu feiern. Umso klarsichtiger machte ihn die Botschaft, die ihm das weiße Kleid und der reizende Blumenkranz vermittelten. Andrea würde sich ihr Leben lang nach der Welt zurücksehnen, die sie um eines Mannes willen verließ, der seine Treue zur Tradition nur als eine banale Gewohnheit ausgegeben hatte.

»Wetten, dass es eine echte Überraschung für dich war«, lächelte sie.

»Eine echte«, bestätigte er.

»Und du bist kein bisschen böse?«

»Kein bisschen.«

»Ich hab's gewusst«, sagte Andrea.

Er sah sie nicht an, als er zum ersten Mal in seiner Liebe die Lüge zuließ; sie studierte zu gründlich eine Falte an ihrem Kleid und erblickte nicht die auf seiner Stirn. Alfred dachte abermals an die Mozartmusik, die nur er gehört hatte, doch nun zärtlich und verlangend. »Dies Bildnis ist bezaubernd schön«, flüsterte er, als er die Augen schloss und Andrea küsste.

Ein befracktes Trio, von dem er nicht wusste, dass es engagiert worden war, und das ihm so albern bürgerlich erschien, dass sich sein Magen verkrampfte, spielte leise und schmachtend. Eine Geige holte die Klänge der Sehnsucht vom Himmel verblichenen Operettenglanzes und aus den Tiefen deutscher Volkslieder. Durch die geöffneten Fenster strömte milde Luft und der Trug vom immergrünen Frühling. Eine Rose wagte sich zu weit vor ins Leben und verlor die erste Blüte. Es duftete aus dem Garten nach Jasmin und aus der Küche nach Basilikum.

Die Tische im Festsaal mit dem dichten Teppich in Königsblau waren zum breiten, glückverheißenden Hufeisen arrangiert worden; kleine Kränze von künstlichem Efeu wanden sich um den langen Stiel der Gläser, an der Wand grüßten Papageien mit blauen Flügeln und gelber Brust aus schwarzen Rahmen. Zwei Kellner trugen noch leere Sektkübel herein und stellten sie zwischen die Töpfe mit violetten Usambaraveilchen auf das Fensterbrett. Die Gäste kauten verstohlen an den Brötchen zu ihrer Linken, studierten hungrig goldumrandete Speisekarten und nickten zufrieden. Großtante Charlotte sagte ungewöhnlich klar: »Gott sei Dank, endlich mal ein Essen ohne Schweinelendchen. Emilie kann sie auch nicht mehr vertragen.«

»Pst«, zischte eine junge Frau, »nicht so laut.« Ein langer Tisch mit voll aufgeblühten rosa Rosen in schlanken Vasen, mit dicken weißen Kerzen in fünfarmigen Silberleuchtern und einer mehrstufigen Torte, auf der ein Brautpaar aus Marzipan einander die Hand reichte, war zur Festtafel stilisiert worden. Alfred hatte die gleichen Gedanken wie vor ihm sein Schwiegervater und seine Mutter und tröstete sich mit der Gewissheit, dass im Leben nicht alle Befürchtungen Wirklichkeit werden. Die Brautleute mit Gesichtern aus rosa Zuckerguss standen wenigstens nicht vor einem Pfarrer. Zu Füßen der Braut saß eine Gruppe weißer Hasen und mümmelte lila Karotten. Unangemessen lange überlegte Alfred, wie Andrea wohl reagieren würde, wenn seine Mutter zu den hohen Feiertagen in Zucker geschmorte Möhren mit Rosinen servierte. Mit einem Mal verlangte es ihn nach süßem Karpfen mit rotem Kren; er rechnete sich aus, dass er nur noch vier Monate Frist hatte, um Andrea in die magenschweren Usancen der jüdischen Küche einzuweihen.

Neben Alfred saß seine Schwiegermutter, die auf ihn sonst immer ein wenig indigniert wirkte, nun jedoch lächelte und ihn herzlich ermunterte, sie fortan Ulrike zu nennen. Danach kostete es ihn viel Konzentration, die persönliche Anrede zu vermeiden. Er war froh, dass er beide Schwiegereltern gebeten hatte, seiner Mutter nicht das Du anzubieten.

Ruth Bär saß neben Andreas Vater, der gerade seine Hand auf ihre legte; die Gäste am fernen Hufeisen kamen wispernd überein, sie sei eine bemerkenswert gut aussehende Frau. Gewiss hätte sie doch viel erlebt. Und bestimmt nicht immer Gutes. Wer hätte gedacht, vertiefte eine scharfsinnige Beobachterin zwischen Suppe und Kalbsmedaillon das ergiebige Thema, dass sich ausgerechnet eine solche Frau so angeregt mit Herbert-Dietrich unterhalten würde?

»Ich bin überhaupt nicht darauf gekommen«, bemerkte der soeben, »dass Sie Frankfurterin sind. Das hört man ja ganz deutlich. Ich war ganz sicher, Alfred hätte gesagt, Sie stammten aus der Tschechei. Oder hat mein alter Kopf wieder einmal alles durcheinander gebracht?«

»Nein«, erwiderte Ruth, »hat er nicht. Ich hab längere Zeit in Theresienstadt gewohnt.«

»Verzeihung, das wollte ich nicht.«

»Das wollte niemand.«

Eine brennende Eisbombe wurde hereingetragen. Der Jubel erreichte Alfred nur als ferne Klangkulisse. Er hatte soeben erfahren, sein Schwiegervater wollte nach dem Dessert eine Rede halten. Der fragte just seine Nachbarin, weshalb die guten Freunde aus Hamburg nun doch nicht gekommen seien. Alfred hätte, sagte er ein wenig gereizt, weil ihn Ruth Bärs Einsilbigkeit verdross, gerade auf ihnen bestanden.

»Sie meinen die Goldschmidts? Die waren verhindert. Mein Sohn hätte sie nicht mit so etwas belästigen dürfen.«

Alfred hatte weder Frage noch Antwort gehört, nur den Namen. Noch nicht gelöschter Zorn und wieder aufgefrischte Enttäuschung kehrten zu ihm zurück, als ihm einfiel, dass ihm seine Mutter den Absagebrief aus Hamburg neben den Suppenteller gelegt hatte. Ohne ein Wort zu sagen. Wie damals den Brief des Erdkundelehrers, als er in der ersten Klasse des Gymnasiums drei Monate lang seinen Unterricht geschwänzt hatte. Der Lehrer hatte Alfred stets »Judenbub« genannt und gefunden, dies sei ein gelungener Scherz.

»Wir hätten sehr gern Alfreds Frau kennen gelernt, doch wirst du sicherlich auch verstehen«, hatte Irma Goldschmidt geschrieben, »dass wir nicht dabei sein können. Es ist nicht an uns, über eine Mischehe zu rechten, und wir wünschen dir und Alfred von Herzen alles Gute. Es macht uns jedoch immer noch Angst, mit Menschen an einem Tisch zu sitzen, von denen wir nicht wissen, was sie in der Nazizeit gemacht haben.«

Nicht nur Goldschmidts, seit drei Generationen den Bärs verbunden, hatten Alfreds Einladung ausgeschlagen. Von seinen jüdischen Freunden aus Frankfurt waren nur Rafael gekommen, von dem gemunkelt wurde, er würde bald den gleichen Entschluss treffen wie er, und Hermann. Der hatte sich im dritten Semester in eine entzückende Kommilitonin verliebt und im fünften ein Mädchen aus Israel geheiratet. Rachel hatte dicke Beine, war nicht sehr intelligent, jedoch aus frommem Haus und nun hochschwanger.

Alfred schaute die beiden an und registrierte betroffen einen Anflug von Neid. Weil er begann, die Verletzungen zu addieren und stets zu einem anderen Ergebnis kam, verpasste er den Anfang von Herbert-Dietrichs Rede. Er leerte sein Glas in einem Zug und unmittelbar danach ein zweites. Sein Magen entspannte sich, danach der Kopf und zuletzt der Teil des Körpers, in dem er die Seele vermutete. Angenehm träge hörte er Herbert-Dietrich mit erhobener Rechter ausrufen: »Wir wollen dankbar sein, dass wir in einer Zeit leben dürfen, in der junge Menschen nicht nach dem Beifall der Eltern fragen müssen, sondern nur nach der Stimme ihres Herzens. Mach mein Kind glücklich, Alfred«, schloss er beschwörend.

Andrea begriff schneller als ihr Mann, was die Konvention von ihr erwartete. Sie umarmte ihren Vater, küsste ihre Mutter, winkte den Gästen zu und zog Alfred beherzt vom Stuhl. Stehend trank sie aus seinem und er aus ihrem Glas.

»Danke«, seufzte sie leise in seine Schulterpolster. »Lieb, dass du die ganze Zeit so ernst geblieben bist. Manches war ja furchtbar pathetisch.«

»Fiel mir gar nicht auf. Komm, lass uns wenigstens fünf Minuten verschwinden. Ich will mal nur dich sehen. Ich brauch das.«

»Ich auch. Warte, ich bin gleich zurück.«

Der Waschraum war leer, als Andrea ihr Gesicht kühlte und einen winzigen Fleck aus ihrem Kleid rieb. Kaum hatte sie jedoch die Toilettentür verriegelt, hörte sie die glasklare Stimme ihrer Holsteiner Tante und das heisere Bayerisch von Cousine Ortrud. Die beiden klagten über ihre Bandscheiben, geizige Ehemänner und pubertierende Kinder. Ortruds Luis hatte ein Verhältnis mit seiner Sekretärin.

»Hoffentlich erlebt unsere Andrea so etwas nicht. Sie ist so ein liebes und anständiges Mädchen.«

»Ich hab mal gehört, die Juden wären besonders gut zu ihren Frauen.«

»Dein Wort in Gottes Ohr. Ich kann mir jedenfalls nicht vorstellen, dass so eine Ehe gut geht.«

»Dito«, bestätigte Ingrid. »Wie auch? Nicht, dass ich persönlich was gegen Juden habe. Aber sie sind halt doch eine andere Rasse. Ich kann Herbert-Dietrich nicht verstehen, dass er so was zugelassen hat.«

Andrea wehrte sich nicht gegen die Wände, die um sie kreisten. Sie fühlte keinen Schmerz, und doch war ihr, als brenne ihr Herz. Tränen, die nicht kamen, drückten wie Nadeln in den Augen. Enttäuscht, empört, entmutigt ließ sie sich auf den Toilettensitz fallen. Wie ein erschrockenes Kind hielt sie sich Ohren zu, die aus Feuer waren. So gewaltig war das Bedürfnis nach Trost und Alfreds Gelassenheit, dass sie sich nach ihm rufen hörte, obwohl sie ihre Lippen aufeinander presste. Es war Scham, die ihr das Schweigen gebot. In der ausgetrockneten Kehle spürte sie einen würgenden Reiz, und doch gelang es ihr, ohne einen Laut aus sich herauszulassen, so lange in der Toilette auszuharren, bis sie die Tür des Waschraums zuschlagen hörte.

»Was war los, ist dir schlecht?«, sorgte sich Alfred. »Ich dachte schon, du kommst nie mehr wieder.«

»Nichts. Ich hab bei mir nur einen Fleck entdeckt.«

»Ich auch, Andrea.«

2

Das Haus Nummer sieben in der stillen Frankfurter Heinestraße, in das sich Andrea ebenso spontan verliebte wie in Alfred, war ein sandsteinfarbiger Altbau mit hellbraunem Stuck über den Fenstern. Von den geschlossenen Balkons hingen lila und weiße Petunien herab. Ein schmiedeeiserner Zaun schützte den großen Vorgarten, in dem ein rotdachiges Vogelhaus auf einem Birkenstamm neben einem steinernen Amor stand, dem sowohl der Bogen als auch die Zehen vom rechten Fuß fehlten. In die Haustür waren mattbraune Butzenscheiben eingelassen; die breiten Längsbalken leuchteten grün und die quer verlaufenden mimosengelb. Mit der frühlingsfrohen Pforte gab das solide Gebäude aus der Gründerzeit vor, es hätte den Anschluss von bürgerstolzen Anfängen an das Lebensgefühl der Moderne geschafft. Schon in den sechziger Jahren galten bunte Hausmauern als Ausdruck von weltoffener Nonchalance und südlichem Flair. Allerdings hatte Alfred seine Mutter erst in den Siebzigern von der zeitgemäßen Wirkung der bunten Haustür überzeugen können.

Als zum ersten Mal seit mehreren Jahrzehnten der lädierte Liebesgott wieder tätig geworden war und das junge Ehepaar Bär in den zweiten Stock des Hauses zog, wussten nur noch betagte Bewohner der Gegend von dem wechselvollen Schicksal des Gebäudes. Gerade deshalb blickten sie, wenn sie Ruth sahen, scheu in eine andere Richtung. Das Dach und der dritte Stock waren beim letzten großen Luftangriff auf die Stadt zerstört und in der allerersten Zeit des Wiederaufbaus von einem stilbewussten Architekten nur deswegen so aufwendig hergerichtet worden, weil ihm vor dem Krieg ein unerwartet glückhafter Coup gelungen war. Nach 1945 hatte er nicht nur beste Beziehungen zu Lieferanten von Baumaterial, sondern sich seinerzeit auch als rechtmäßiger Eigentümer gewähnt.

Der Fliederbaum mit den ausladenden Ästen war wieder so hoch wie der in der Feuersbrunst verschmorte Vorgänger; unter dem hatte Ruth Bär in den von allen Zeitzeugen vergoldeten zwanziger Jahren mit ihren drei älteren Schwestern und dem kleinen Arno an sonnigen Septembernachmittagen Apfelkuchen in jenem glückhaft sättigenden Gefühl gegessen, das den Kindern von Hauswirten frühes Selbstbewusstsein vermittelt.

In dem vorwitzig heißen Mai, als Andrea und Alfred von ihrer kurzen Hochzeitsreise aus dem Tessin zurückkehrten, blühten die gelben Rosen besonders daseinsfroh im Rondell. Dort hatte im Jahr 1938 ein lebloser Körper die Aufmerksamkeit von verschreckten und betroffenen Menschen erregt, denen es die Umstände verwehrt hatten, Tod und Leben ihres langjährigen jüdischen Nachbarn anders als im Schutz des Schweigens zu registrieren.

Ruths Vater, der gemütliche und gemütvolle Medizinalrat Theodor Kahn, der vielen kleinen Frankfurtern den Weg ins Leben gewiesen hatte, war an einem späten Novembernachmittag, als ihn gleichzeitig die Mitteilung von der Inhaftierung seines Sohns und die von der Arisierung seines Eigentums erreichte, aus dem Fenster gesprungen. Wenn Ruth im Herbst die Rosen für den Winter zurückschnitt, nahm sie sich alljährlich vor, Alfred im Detail vom Tod seines Großvaters zu erzählen, doch sie tat es nie. Dieses Kapitel ihrer Familienchronik bedrängte sie so sehr, dass sie es nicht in die unpathetische Artikulation zu bringen vermochte, die sie zum Schutz ihres Herzens nötig hatte.

Nach dem Krieg, als Ruth die einzige Überlebende der großen Familie Kahn gewesen war, hatte es noch lange Jahre gedauert, ehe ihr das elterliche Haus zurückerstattet worden war. Sie dachte noch oft an die damals zuständigen Beamten. Die waren ausnehmend freundlich gewesen, hatten ihr, während der Rechtsstreit anhängig war, sogar Mut zugesprochen und zur Beharrlichkeit geraten, sich jedoch auf das ihnen vorliegende Tatsachenmaterial und somit auf die Grundbucheintragung vom November 1938 berufen. Auch konnten sich die Beamten nur schwer vorstellen, dass Menschen auf dem Weg in die Deportation es unterlassen hatten, ausgerechnet jene Dokumente mitzunehmen, die sie im Überlebensfall problemlos als rechtmäßige Hauseigentümer hätten ausweisen können.

Ruths Mann war gestorben, ohne die für sie positive Entscheidung zu erleben. Obwohl sie Trauer nie mit Sentimentalität oder Wehmut verwechselte, gelang es ihr nicht immer, die Tränen zurückzuhalten, wenn sie an die zu lange hinausgezögerte Gerechtigkeit dachte. Siegfried Bär hatte selbst im letzten Jahr seiner schweren Krankheit immer wieder gehofft, er würde einst wieder an die Menschen glauben können, wenn er nur mit seinen Enkelkindern unter dem gleichen Fliederbaum sitzen und Apfelkuchen essen dürfte, wie es seine Frau als kleines Mädchen mit ihren Geschwistern getan hatte.

Vor ihrem ersten Besuch in der Heinestraße hatte sich Andrea mutig ausgemalt, ihrer von so vielen Menschen geschätzten Liebenswürdigkeit und Bescheidenheit würde es vielleicht doch gelingen, sich Alfreds Mutter, die sich ja eine jüdische Schwiegertochter wünschte, wenigstens als sympathische junge Frau zu präsentieren. Zu ihrem Schrecken erwähnte Alfred aber kurz vor der Haustür, dass seine Mamme bei Enttäuschungen nicht zum stillen Duldertum neige. Weil das jiddische Wort Andrea fremd war und ihr von Alfred mit einer Absicht gewählt schien, die sie nicht auslegen mochte, war Andrea jedoch verkrampft und wortkarg.

Und doch hatte sie sich trotz ihrer Verlegenheit sofort heimisch gefühlt in der altmodischen Behaglichkeit einer Wohnung, in der die bodenlangen Gardinen aus Brokat und wuchtige plüschbezogene Möbel das Licht und die Laute der Gegenwart zu einer unbestimmbaren Vergangenheit dämpften. Andrea dachte, kaum dass sie zwischen den rosa Seidenkissen auf einem mit dunkelgrauem Velours bezogenen Sofa saß, an die idyllischen Bilder in den Märchenbüchern des Biedermeier. Ihre eigene Wirklichkeit wurde zu einer Palette sanfter, verwaschener Farben.

Aus einem Mahagonirahmen blickte ein alter Mann in die Ferne; Andrea konnte seinen trauervollen Augen nicht entkommen, nicht diesem Ausdruck von Wissen und Erfahrung. Obwohl sie noch nie den weißen, an den Rändern mit einem breiten schwarzen Streifen versehenen Gebetsmantel der Juden gesehen hatte und auch die Bedeutung des rituellen Widderhorns, das der Greis in der Hand hielt, nicht als ein religiöses Symbol der Mahnung kannte, empfand sie den Mann als weise, gütig, fromm und demütig. Sie stellte sich vor, er hätte geheime Kräfte, um ihr endlich jene Wünsche der Kindheit zu erfüllen, die sie nie zu äußern gewagt hatte. Nur im ersten Moment erschienen Andrea solche Abschweifungen absurd; sie war kein phantasievolles Kind gewesen, doch nun, da sie ihre Träume von Glanz und Glück nachholte, vertraute sie sich ergriffen der Illusion an, die Hauptrolle in einem schönen Märchen zu spielen. Es war die Erinnerung an eine klare, mokante Stimme, die sie in die Realität zurückrief.

Mit der Ironie, die einem liebenden Sohn Distanz gestattet, ohne illoyal zu werden, hatte Alfred erst eine halbe Stunde zuvor versucht, Andrea auf die überladene Einrichtung in der Parterrewohnung der Heinestraße einzustimmen. Die genierte ihn zwar nur dann, wenn die Besucher in seinem eigenen Alter waren und sich nicht vorzustellen vermochten, welchen Nachholbedarf an Trost von Pomp und Luxus Menschen wie seine Mutter hatten. »Am besten, du vergisst, dass du Geschmack hast«, hatte er geraten, »bei uns sieht es aus wie in einem Antiquitätenladen der unteren Preisklasse. Andere Leute tragen ihren Plunder zum Flohmarkt. Mein Vater hat ihn aufgekauft.«

Alfred erkannte sehr schnell und ebenso belustigt, dass er sich die Warnung hätte sparen können. Seine kluge, stilbewusste Andrea, die jedes Detail ihrer Kleidung so sorgfältig aufeinander abstimmte, dass sie noch im billigsten T-Shirt elegant wirkte, und die er vor Kitsch gefeit und für so unsentimental hielt wie sich selbst, verliebte sich mit einer Intensität in das Bildnis des betenden Mannes über dem künstlichen Kamin, als sei sie ihr Leben lang auf der Suche nach der Frömmigkeit fremder Väter gewesen.

Andrea war auch von den galoppierenden Pferden aus Bronze und den verliebten Schäferinnen aus Porzellan fasziniert und noch mehr von den mächtigen Silberleuchtern geblendet, die auf kleinen Glastischen standen und die Siegfried Bär im Glauben zusammengetragen hatte, er könne sich nach der Zeit der Verfolgung und Todesnot die Atmosphäre seines Elternhauses neu erschaffen. Jeder schweifende Blick vermittelte Andrea das Gefühl, sie hätte endlich die Welt betreten dürfen, in der die starken Wurzeln einer ewig gültigen Vergangenheit den Menschen Schutz gewährten vor der Zeit, in der sie selbst leben musste und die sie als roh und oberflächlich empfand.

Ein kleines silbernes Ölkännchen mit einem goldenen Griff stand neben einem großen achtarmigen Leuchter. Andrea überlegte, ob das imposante Stück wohl eine religiöse Bedeutung habe. Sie wollte Alfred danach fragen und ihm auch sagen, wie sehr sie die außergewöhnliche künstlerische Arbeit bewunderte. Mit einem Mal gab sie jedoch dem Bedürfnis nach, seiner Mutter ein Kompliment zu machen und diese wissen zu lassen, dass gerade sie nicht oberflächlich und unsensibel sei, sondern, anders als viele in ihrem Alter, noch ein waches Empfinden für zeitlose, harmonische Schönheit habe.

»So wie Sie möchte ich auch einmal wohnen«, erklärte Andrea feierlich, beugte sich zu Ruth vor und ergriff ihre Hand, »ich kann gar nicht richtig ausdrücken, wie gerührt ich bin, dass es Menschen gibt, die in der heutigen Zeit noch ihre alten Familienerbstücke so ehren wie Sie und Ihr Sohn.« Andrea hörte Alfred hüsteln; sie sah, dass sein Gesicht rot wurde und er sich mit einem Finger über die Stirn fuhr, als wolle er eine Falte glätten. Die war ihr zuvor nie aufgefallen. Die Arglose bemerkte auch, wie Mutter und Sohn sich kurz anschauten und dann mit einer raschen Bewegung von Kopf und abwehrender Hand, die in ihrer Gleichzeitigkeit perfekt einstudiert schien, zum Fenster hinausstarrten. Die Schwere des Schweigens begriff Andrea nicht.

Es war eine erschrockene Verblüffung, die Ruth und Alfred erstarren ließ. Sie konnten es nicht fassen, dass es in Deutschland tatsächlich Menschen gab, die naiv genug waren, ausgerechnet mit Überlebenden des Holocaust von Familienerbstücken zu reden und nicht zu bedenken, dass ihnen von ihrer Vergangenheit nichts geblieben war als die Erinnerung an die Ermordeten.

»Das haben Sie schrecklich schön gesagt«, murmelte Ruth schließlich. Sie presste ihre Lippen fest aufeinander, um die Abwehr, die in ihr brodelte, zu unterdrücken, ehe aus ihr Verbitterung und Entsetzen wurden. Sie war selbst verblüfft, dass es ihr gelang, Andrea ermunternd zuzulächeln. Nur als die Mutter feststellte, wie verlegen ihr Sohn war, gestattete sie sich einen Wimpernschlag lang die Andeutung von Triumph. Danach beschäftigte sie allein der Himmelsstreifen, der sich ihr bot.

Die Fähigkeit, sich ausschließlich auf die gebotenen Möglichkeiten einer unverhofft aufgetauchten Chance zu konzentrieren und dann auch keine Emotionen mehr zuzulassen, die den Überlebenswillen töteten, hatte Ruth im Lager Theresienstadt und im Konzentrationslager Auschwitz davor bewahrt, sich aufzugeben. Seitdem hatte sich nichts geändert. Noch immer konnte Ruth denken, ohne zu fühlen. So sicher wie in der Zeit des täglichen Todes wusste sie, dass es Rettung bedeuten konnte, wenn der Bedrohte die Kraft hatte, sich nicht selbst nachzugeben.

Ruth brauchte das schwärmerische Mädchen, das vor ihr saß und außer ihrem Sohn auch noch Einlass in die Welt begehrte, in der er lebte, nur anzusehen, um die Sicherheit zu haben, nach der es einer Mutter verlangte, die nichts mehr in ihrem Leben zu fürchten hatte, außer noch einmal den Schmerz einer Trennung erleben zu müssen. Sie hielt Andrea ihre Hand hin, als sie erkannte, dass sie in ihr eine unerwartete Verbündete gefunden hatte. Mit jener List, die sie vor der Reue schützte, dass ihre Liebe eine mit unlösbaren Fesseln war, registrierte Ruth, wie leicht es ihr wurde, Besorgnis, Vorbehalt und Widerstand gegen eine Ehe zu unterdrücken, die sie nicht guthieß. Nur eins war der Mutter in der Seligkeit des Begreifens wichtig: Wenn ihr Alfred diese romantische, sentimentale, naive Frau heiratete, würde sie selbst sich keinen Tag von ihm trennen müssen.

»Danke, Andrea«, sagte sie und betonte den Namen mit singender Stimme. »Ich finde es sehr schön, dass Sie hier wohnen wollen.«

»Schrecklich schön«, befand Alfred. Sein Lachen war ohne Heiterkeit. Eine Zeit lang fixierte er Ruth, wie er es als empörtes Kind getan hatte, wenn er sich nicht gegen ihren überrumpelnden Egoismus wehren konnte, der sich so geschmeidig in Lebensklugheit, Fürsorge und Herzlichkeit zu gewanden wusste. Und Ruth erwiderte seinen Blick mit jener erheiterten Raffinesse, die er immer bewundert hatte, und so, als wisse sie nicht, was er denke. Auch dieser Teil des stummen Spiels hatte Tradition.

Alfred nahm sich vor, eines Tages Andrea im Detail die alte, ewig junge Geschichte zu erzählen. Er wurde, als er den Anfang fand, wieder vier Jahre alt und konnte nichts essen, weil er sich zu sehr um einen Teddybären mit einem abgetrennten Bein sorgte. Mit dem Patienten rannte er aufgeregt durch die Wohnung, die Mutter hetzte mit der weißblauen Suppenschüssel in der Hand jammernd hinter ihm her. Sie drohte, ihr einziger Sohn wolle sie umbringen, und sie würde auf der Stelle sterben, wenn er ihr solchen Kummer mache.

Die zu deutlichen Konturen der Vergangenheit, ein zu intensiver Duft von ausgekochtem Suppenfleisch mit Lauch und Linsen ließen es danach nicht mehr zu, dass Alfred sich rechtzeitig von den Bildern seiner beschwerten Jugend lösen konnte. Der längst überwunden gewähnte Schock wurde zum frischen Schmerz, als er sich mit der Trotzigkeit des rebellierenden Kindes, das er nie hatte sein dürfen, sagen hörte: »Ich hasse Linsensuppe.«

»Was soll das schon wieder heißen? Linsensuppe hat es seit Jahren nicht mehr bei uns gegeben«, warf ihm Ruth vor. »Dabei hat sie dein Vater seligen Andenkens so gern gegessen.«

»Und Esau«, lächelte Alfred. »Der hat sogar sein Erstgeburtsrecht für Linsen verkauft. Das hast du mir jedes Mal vorgehalten, wenn ich nicht essen wollte.«

»Stimmt«, zwinkerte Ruth in Andreas Richtung, »aber dann hat er immer gesagt, er hätte keinen Bruder, der ihm die Linsen wegessen würde. Alfred war nämlich schon als Kind zu schlau für mich. Immer hab ich mir eine Tochter gewünscht, die zu mir hält.«

»Ich esse sehr gern Linsensuppe«, stammelte Andrea. Sie nahm sich vor, sowohl ihre Abneigung gegen Hülsenfrüchte zu überwinden als auch die Geschichte von Esau und seinem Erstgeburtsrecht nachzulesen.

Die Fünfzimmerwohnung im zweiten Stock war einen Monat vor der Hochzeit frei und bereits zwei Wochen danach total renoviert worden. Es schmeichelte Andrea immens, wie bereitwillig und mit welchem Ausdruck von ungläubigem Staunen ihre künftige Schwiegermutter auf alle ihre Vorschläge einging, wie anerkennend und warmherzig sie den praktischen Sinn einer so jungen Frau lobte und dass Ruth, so anders als die eigenen Eltern, trotz der Kosten der aufwendigen Modernisierung kein einziges Mal von Geld und sehr oft vom exquisiten Geschmack ihrer Schwiegertochter sprach. Als Andrea kurz vor Beendigung der Arbeiten auch noch vorschlug, den hinteren Balkon zu einem Wintergarten auszubauen, gelang es Ruth in Minutenschnelle, gleichzeitig die erheblichen Kosten für eine Idee auszurechnen, die sie als ebenso überflüssig wie dreist empfand, mit kleiner, verzückter Geste Andreas Wange zu streicheln und sie mit einem Ausdruck anerkennender Verblüffung anzuschauen.

»Darauf wäre ich in Jahren nicht gekommen«, lobte sie.

In solchen Momenten von Kalkül und seelischem Kasteien verdrängte Ruth nie, dass es ihre Vergangenheit war, die sie zu der umklammernden Liebe trieb, die sie zeitlebens bei anderen jüdischen Müttern verachtet hatte. Bei Tag erdrückten sie oft Einsicht, Klugheit, Scham und Reue. Da rief sie sich in wacher Wut zur Räson, schalt sich eine egoistische alte Närrin, die ohne Kraft und Anstand war. Wenn sie jedoch nachts aufwachte, auf die laut tickende Uhr in der Diele lauschte und erlebte, wie aus den alten Narben frische Wunden wurden, erkannte Ruth, dass weder ihre Disziplin noch die Fähigkeit zum Verdrängen des Geschehenen sie zurückhalten würden, weiter einen Weg zu gehen, den sie verachtete. Sie kannte nur das Ziel.

Nachts wurden Bilder vor ihre Augen gepeitscht, aus denen

nie Worte geworden waren. Da erlebte Ruth so grauenerstickt, als würde sie immer noch auf der lichtlosen Straße von Theresienstadt stehen, wie ihr erster Mann, Salo, ein Juwelier mit feingliedrigen Händen, nicht mehr hoffend, mit immer noch sanften Augen, auf den Lastwagen gestoßen und weggebracht wurde. Einen Monat später hatten die Mordgehilfen Ruth nach Auschwitz verschleppt und ihr bei der Ankunft ihre beiden Kinder entrissen. Paul war vier Jahre alt gewesen und Eva sechs. Wenn Eva mit der Stimme schrie, die nicht mehr die eines Kindes war und die für ihre Mutter nie verstummen würde, stand Ruth auf, stellte sich ans offene Fenster und starrte in die Dunkelheit hinaus. Im Sommer roch sie die Rosen. Während sie ihr Gesicht trocknete, langsam und sehr bedächtig, als könnte sie wenigstens ein einziges Mal den Abschied nachholen, empfand sie nichts mehr von der Bürde des Gewissens, das ihre Tage zerfraß. Sie spürte nur die erlösende Dankbarkeit, dass sie in ihrem zweiten Leben geschützt war vor einer Trennung, die erst die Mütter vernichtete und sie danach zum Weiterleben verurteilte.

Alfred, die Gnade ihres zweiten Lebens, hatte sich für eine Frau entschieden, die von jüdischer Vergangenheit nichts wusste und nach seiner Welt drängte. Er würde ihr bleiben. Auch nach seiner Hochzeit und für immer.

Geduldig und ausführlich und danach drängend, zwei Welten miteinander zu vereinen, die ihrer Erfahrung nach nie zueinander finden würden, erklärte Ruth der Schwiegertochter aus der Fremde die Bedeutung der jüdischen Feiertage und Kultgegenstände. Sie sprach die hebräischen Worte wie Beschwörungen aus, referierte über Rituale, Tradition und Orthodoxie, schenkte Andrea ein mit phantasievollen alten Illustrationen neu aufgelegtes Kochbuch der jüdischen Küche und verriet mit einem Jungmädchenlächeln, das sie um Jahre verjüngte, die Rezepte, die sie von ihrer Mutter übernommen hatte.

»Ich bin erst zufrieden, wenn ich den gefüllten Fisch hinkriege«, lachte Andrea. »Alfred hat mir davon erzählt.«

»Gefilte Fisch«, verbesserte Ruth. »Du musst ihn erst essen lernen ohne zusammenzuzucken. Alfred und ich sind dir da um ein paar Jahrhunderte voraus.«

Kurz vor der Hochzeit ließ sie an einem Freitag Andrea zusehen, wie sie das Essen für den Sabbat bereitete, den Andrea von da an nur noch als »Schabbes« bezeichnete. Ruth lächelte gutmütig, wenn sie dies hörte, Alfred atmete zu tief ein, denn seine eifernde Braut betonte das Wort auf eine Weise, die er zunächst nur als zu hart, mit der Zeit jedoch als irritierend preußisch empfand.

»Sie ist so großzügig«, staunte Andrea, »genau so habe ich mir immer eine jüdische Mama vorgestellt.«

»Eine jiddische Mamme«, grinste Alfred, »das ist etwas ganz anderes, mein Schatz.«

»Den Unterschied musst du mir schon erklären, wenn ich mitlachen soll.«

»Kann man keinem erklären, der keine Mamme hat. Sie ist eine Mischung aus Löwin, Engel, Mutter Courage und gewissenloser Despotin.«

Alfred unterließ es, seine Mutter zu fragen, weshalb sie dazu übergegangen war, wieder den Freitagabend festlich zu gestalten; sie hatte es seit dem Tod ihres Mannes nicht mehr getan. Er fragte auch nicht, wie Ruth es zuwege gebracht hatte, dass die langjährigen Mieter binnen Monatsfrist ausgezogen waren – er wusste ohnehin, dass deren plötzlich geäußerter Wunsch nach der gesunden Luft im Taunus in unmittelbarem Zusammenhang mit einem abgegriffenen Zigarrenkästchen im Wäscheschrank stand. In dem hatte Ruth schon in Alfreds Kindheit ihr Geld bündelweise gehortet; über die Höhe ihres ruhenden Vermögens hatte sie seinem Vater bis zu seinem Tod jede Auskunft verweigert und danach ebenso konsequent ihm.

»Weiß man, ob man nicht noch einmal wieder plötzlich auf die Flucht muss?«, entgegnete Ruth jedes Mal, wenn ihr Sohn es doch einmal wagte, von totem Kapital oder dem Verhalten von Versicherungsgesellschaften bei Wohnungseinbrüchen zu sprechen.

Ebenso wenig wie nach dem übereilten Auszug der Mieter erkundigte sich Alfred, weshalb seine Mutter sich schließlich doch entschlossen hatte, unmittelbar nach seiner Hochzeit die mehrwöchige Kur in Bad Nauheim anzutreten. Zu der hatte er ihr seit Jahren geraten, ohne dass sie auf seinen bekümmerten Vorschlag eingegangen war. Zu Recht vermutete er, dass Ruth ihren dominanten Beschützerinstinkt wenigstens so lange zu zügeln gedachte, bis Andrea sich in der neuen Wohnung eingelebt hatte.

In den ersten Wochen ihrer Ehe realisierte Andrea tatsächlich nicht, wie eng sie künftig mit ihrer Schwiegermutter zusammenleben und was das für sie bedeuten würde. Sie wollte auch nicht grübeln, denn es befreite sie von Zwang und seelischer Not, sich nur noch mit der Gegenwart zu begnügen und nicht mehr nach vorn zu sehen. Bis Alfred als Retter gekommen war, hatte Andrea sich für jeden Schritt in die Unabhängigkeit rechtfertigen müssen. Schon das Wort Zukunft erweckte bei ihr die Aversion der Unterdrückten, denen elterlicher Ehrgeiz die Kindheit tötet. Nun, da sie den väterlichen Mahnungen und den niederdrückenden Warnungen einer wehleidigen Mutter entronnen war, empfand sie jeden Tag als ein Geschenk von wohlwollenden Göttern. Aus dem Olymp der Liebenden riefen diese einer Auserwählten zu, sie hätte mit begnadeter Hand in Fortunas Füllhorn gegriffen und den Hauptgewinn gezogen.

Der Sturm der Liebe wurde zum Taifun. Andrea sah in dem Mann, der sie für alle Zeiten vor der Banalität eines Lebens nach den Normen ihres Vaters schützte, die Trophäe, die sie sich, von

Feinden umzingelt, erkämpft hatte. Alfred war der Lohn für den Mut einer Unbeirrbaren. Er war ihr Ideal und Idol, ein Held aus einer Welt ohne Risse, ein Sieger, der es nie dulden würde, dass jemand auch nur an der Festung rüttelte, die sich zwei Glückskinder erschaffen hatten.

Sie eiferte diesem strahlenden Bezwinger des Mittelmaßes nach, kopierte seine Sprache, Gestik und Mimik, machte seine Ansichten zu den ihren und wurde sich keinen Tag bewusst, wie leicht ihr dies fiel und dass sie immer süchtiger wurde, sich um Alfreds willen zu häuten. Sie liebte seine Geduld und Gelassenheit, bewunderte seine Klugheit und Bildung, den Charme, der ihr schmeichelte, und einen melancholischen Humor, der ihr, weil sie ihn nie auf Anhieb verstand, als typisch jüdisch erschien. Es begeisterte Andrea, wie ihr Mann über unbedeutende Ärgernisse spotten und wirkliche Probleme souverän lösen konnte und dass er von ihrer Schönheit und Eleganz sprach, ohne dass seine Komplimente Routine wurden. Nachts konnte sie es nicht fassen, dass dieser phantasievolle Ritter all ihre Träume von Zärtlichkeit, Sehnsucht, Erfüllung, Erotik und Liebe zu einem Rausch vereinte, der so erregend und einmalig war.

Alfred, dem zu früh Harmonie und Fürsorglichkeit zur Pflicht geworden waren, weil er instinktiv das Leid seiner Eltern spürte, ihre Unruhe und eine ständige Angst um ihr nachgeborenes Kind, umhüllte Andrea in einer Woge von Aufmerksamkeit, die alle Hoffnungen übertraf, die sie in die Ehe gesetzt hatte. Er war der Pygmalion, der seinem Geschöpf Leben eingehaucht hatte.

»Mir ist so«, flüsterte sie, »als hätte ich schon immer hier gewohnt. Ich habe alles vergessen, was vorher war. Alles.«

Sie saß, als sie das sagte, in einem altmodischen Ohrensessel, den sie in einem Auktionshaus aufgespürt hatte und auf den sie sehr stolz war. Auch äußerlich entsprach Andrea in nichts dem Bild ihrer Generation, der es im Leben um die Befreiung von

Zwängen, in der Mode um die saloppe Nonchalance derer ging, denen es reichte, sich selbst zu gefallen. Der lange hellblaue Samtrock passte zum königsblauen Bezug des Sessels; die silberne Bürste, mit der sie Funken aus ihrem Haar schlug, wirkte wie ein sorgsam gewähltes Requisit in einem Film, der die Grandezza einer italienischen Adelsfamilie zur Jahrhundertwende porträtiert.

»Hast du auch dein Examen vergessen, Loreley?«

»Wie kommst du ausgerechnet in diesem Moment auf mein Examen? Bist du ein Spießer oder ein Spielverderber?«

»Beides. Mir ist's ganz egal, ob du künftig missratenen Bälgern Französisch beibringst oder nicht. Mir langt's, dass du beim Schmollen wie Brigitte Bardot aussiehst. Ich habe jedoch Angst vor deinem Vater. Wenn du kein Einserexamen machst und nächstes Jahr den Doktor, bin ich schuld.«

»Ich dachte, ich bin selbst für mich verantwortlich?«

»Im Prinzip, ja. In realiter sind die Juden an allem schuld. Und die Radfahrer.«

»Kannst meinen Vater vergessen. Er hat mich nie verstanden. Ich glaube, er war ein Nazi.«

»Nicht, Andrea. Ein bisschen Antisemit reicht mir. Du musst ihn nicht um meinetwegen auch noch zum Nazi machen. Und besuchen solltest du deine Eltern auch mal.«

Obwohl Andrea Freude an ihrem Romanistikstudium hatte und kurz vor dem Ersten Staatsexamen stand, ging sie seit der Hochzeit nur noch widerwillig zur Universität. Zu sehr beschäftigte sie die Einrichtung der Wohnung, was sie abends für Alfred kochte und für ihn anzog, vor allem wie sie ihm immer wieder demonstrieren konnte, wie perfekt und mit welcher Freude sie die Pflichten erfüllte, die sie sich selbst auferlegte. Um Alfred ihre Loyalität zu beweisen, ließ sie keine Gelegenheit aus, sich von ihrer Vergangenheit zu distanzieren.

Allerdings vermisste Andrea in dieser Zeit von Lösung und Suche öfters Ruth. Ihr fehlten die vertraulichen Gespräche und nützlichen Ratschläge, vor allem die wohltuenden Komplimente für ihre hausfrauliche Begabung. Gerade die hatten Andrea bestätigt, dass jede ihrer Ideen durchdacht und originell sei. Wenn sie den achtarmigen Leuchter, Ruths Hochzeitsgeschenk, so blank putzte, dass sie sich in seinem Sockel spiegeln konnte, blickte sie in unruhige Augen, denen Ehrgeiz die Unschuld genommen hatte. Dann irrte sie in einem Nebel von Unsicherheit und Selbstzweifel umher und haderte auch mit Alfred, weil er ihre aufopfernden Bemühungen, ihm die gleiche Atmosphäre wie im eigenen Elternhaus zu schaffen, nicht aufmerksam genug registrierte.

Ruth telefonierte täglich aus Bad Nauheim mit Alfred. Andrea erfuhr das durch die abends übermittelten Grüße. Am Anfang wunderte es sie nur, dass Mutter und Sohn stets in der Praxis und nie zu Hause miteinander sprachen, mit der Zeit war sie jedoch gekränkt. Andrea fühlte sich übergangen und bewusst ausgeschlossen, zögerte indes lange, mit Alfred über Emotionen zu sprechen, die sie belasteten. Als sie sich endlich vorgenommen hatte, wenigstens eine Andeutung zu versuchen, traf aus Bad Nauheim ein an Andrea adressiertes Päckchen ein: In Watte verpackt lag eine kleine, längliche Rolle in geschlagenem Silber.

»Das ist eine Mesusa«, schrieb Ruth am Ende eines langen, besonders herzlichen Briefes, »ich habe sie in Basel für euch bestellt und mir hierher schicken lassen. Sieh zu, dass Alfred sie sofort anmacht. Das gehört sich so.«

Obwohl sie keine Ahnung hatte, was sie in der Hand hielt, war Andrea zufrieden und auch bewegt, dass Ruth ihr und nicht Alfred geschrieben hatte. Wie ein Kind, das Vokabeln in einer Fremdsprache einübt, sagte sie das fremde Wort, das ihr reizvoll und faszinierend exotisch erschien, mehrmals laut vor sich hin, suchte es indes vergeblich in drei Lexika. Erst im vierten fand sie den Hinweis, dass die kleine Kapsel eine biblische Schrift enthält und traditionell am Türpfosten jüdischer Häuser angeschlagen wird.

»Ich habe«, seufzte sie, als sie abends Alfred von Ruths Auftrag und ihrem eigenen Eifer erzählte, »nicht herausbekommen, was drinsteht. Das musst du mir genau erklären.«

»Das weiß ich wirklich nicht, mein Schatz. Hab auf der Jeschiwa zu oft geschwänzt.«

»Auf der was?«

»War nur ein blöder Scherz. Vergiss ihn, sonst sitzen wir morgen früh noch hier, und du stellst die Gretchenfrage: ›Sag mal Alfred, wie hast du's mit der Religion?‹ Gib mir lieber einen Kuss und bohr einem müden alten Juden nicht das Hirn auf.«

Alfred legte die Mesusa so unsanft in einen leeren Aschenbecher, dass der fordernde Laut, als Silber und Glas aufeinander trafen, ihn zusammenzucken ließ. Es dauerte einen beschämenden Moment, ehe er Andrea mit dem Verlangen, das ihn seit dem Aufstehen nicht verlassen hatte, umarmen konnte. Zärtlich zog er die Grübchen auf ihrem Kinn nach. Er spürte die Sehnsucht nach Illusion, Wärme und Liebe als einen Schmerz, der ihn erregte, wollte ihr zuflüstern, dass er sein Leben lang für weibliche Rabbis geschwärmt habe, doch der Ausdruck von lauernder Wissbegier in den Augen seiner Frau ernüchterte ihn. Wiederum brauchte er Zeit, sein Unbehagen zu unterdrücken. Ihm fiel auf, dass Andreas Stimme zu laut war, zu deutlich, sehr fremd.

»Das gibt's doch nicht, dass du nicht weißt, was in einer Mesusa steht, wenn sie an euren Haustüren hängt.«

»Gibt's doch. Hauptsache, das Ding hängt.«

»Sofort, hat deine Mutter geschrieben.«

»Bei meiner Mutter muss immer alles sofort geschehen, aber unser Gott hetzt seine Schafe nicht. Der hat Verständnis dafür, dass sich ein Mann erst den richtigen Nagel kaufen muss, um eine Mesusa anzubringen, und dass er lieber mit seiner Frau schläft, als sich den Daumen mit einem Hammer plattzuschlagen. Kannst mir ruhig vertrauen, Loreley, ich kenn mich aus.«

»Ich find's wunderbar, wie selbstverständlich du mit den Dingen umgehst«, sagte Andrea, »bei uns ist alles so stur und verkrampft.«

Sie merkte bereits, während sie sprach, dass sie verwirrt war und sich selbst beruhigen wollte. Es machte sie befangen, dass Alfred jene Fragen, die sie lange beschäftigten, ehe sie sie stellte, nicht ernst nahm. Groß war ihre Abscheu vor Oberflächlichkeit, verzehrend das Verlangen nach einer Ehe, in der nichts Trennendes zwischen Frau und Mann stand.

Als die Mesusa drei Tage später immer noch im Aschenbecher lag, kaufte Andrea die passenden Nägel, polierte die kleine Kapsel, bis sie glänzte, und schlug sie im Hausflur an die Wohnungstür. Während sie die Nägel durch die winzigen Löcher trieb und ängstlich hämmerte, um die antike, zerbrechliche Handarbeit nicht zu beschädigen, wurde es ihr auf eine sie sehr beglückende Weise feierlich zumute. Sie war sich bewusst, dass sie soeben eine religiöse Handlung verrichtete. Die erste. Ihre Augen wurden feucht.

Beim letzten Schlag stellte sich Andrea vor, Alfred würde hinter ihr stehen. Sie verliebte sich in jedes Detail ihrer Phantasie, spürte Alfreds Atem im Nacken, drehte sich um und sah sein Gesicht. Es war dankbar, gerührt und rührend wie das Bildnis des frommen Beters in Ruths Wohnzimmer. Alfred lobte Andreas taktvolles Empfinden für seinen Glauben, raunte ihr zu, nie habe er solche Sensibilität erwartet, sie sei für ihn das Glück seiner Ehe. Seine Stimme war ein wenig heiser und sehr erotisch.

Trotzdem wurde Andrea, als sie zwei Schritte zurücktrat, weil sie ihre Arbeit kritisch begutachten wollte, um die Größe des

Augenblicks betrogen. Die silberne Rolle, in der Hand so dekorativ und symbolschwer, wirkte an der Wand winzig und ärmlich. Enttäuscht wischte sich Andrea den Schweiß von der Stirn und setzte sich auf die Treppe, stand jedoch sofort wieder auf, rannte in den Wintergarten und zupfte aus einem Topf mit weißen Usambaraveilchen einige Blüten heraus. Eine Weile hielt sie die Blumen unschlüssig in der Hand und legte sie dann, weil der spontane Einfall ihr immer noch gefiel, kranzförmig um die Mesusa. Später pflückte Andrea im Garten noch zwei rote Rosen und befestigte sie mit einem blauen Band über den Veilchen.

Sie wurde ein wenig sentimental, als ihr aufging, wie schnell ihr Herz schlug, als sie das Tor des Vorgartens quietschen hörte und sich ausrechnete, wann Alfred auf den Klingelknopf drücken würde. Sie begann, ihr Haar zu bürsten, zog eine kleine widerspenstige Strähne in die Stirn, sah in einem Spiegel, der silberne Blitze von Bewunderung aufleuchten ließ, ein Lächeln zur fröhlichen Grimasse werden, pinselte hastig, weil ihr nun nicht mehr viel Zeit blieb, die Konturen ihrer Lippen nach und fuhr sich mit einem Finger über die Zähne. Zu spät fiel ihr auf, dass Alfred nicht, wie üblich, dreimal geklingelt hatte.

Ungeduldig riss sie die Tür auf, hielt dem Erwarteten beide Hände entgegen, lächelte ihm zu mit jener Mischung aus Scheu und Koketterie, der er nicht widerstehen konnte, und doch merkte sie, dass sein Atmen einen Hauch zu kräftig war, sah die kleine Furche auf der Stirn zum Graben werden. Da schon ahnte Andrea das Missverständnis; sie wehrte verbissen scharfzahnige Enttäuschung ab, wurde wütend und wagte es doch nicht, sich von der Gewalt zu befreien, die sie sich selbst antun musste, um die Tränen zurückzuhalten. Alfred stand, die Arme vor dem Bauch verschränkt, im Hausflur. Er hatte einen großen Blumenstrauß auf das Fensterbrett gelegt und starrte verstört die dekorierte Mesusa an.

»Gefällt sie dir nicht?«, fragte Andrea.

»Was soll dieser alberne Altar? Bist du total meschugge geworden?«

Sie hatte das Wort noch nie gehört und wollte nicht in einem so ungünstigen Moment danach fragen, witterte Spott, begriff, dass es nicht freundliche Amüsiertheit war, wie sie zunächst gehofft hatte, sondern Ablehnung und Verdrossenheit, die ein Gesicht entstellten, das sie nur als gütig und verständnisvoll kannte.

»Kein Grund zur Aufregung, meine kleine Streberin«, hörte sie Alfred sagen. »Musst mir nur eine Zange und einen Hammer holen. Und meinen Hut.«

»Wozu?«

»In drei Teufels Namen, steh nicht herum wie ein Opferlamm, und inszeniere bloß keine Religionskrise.«

Als Andrea den Handwerkskasten durchwühlte, wurden erst ihre Hände klamm und dann ihr Kopf. Sie hörte sich schluchzen, ehe ihr aufging, dass sie weinte. Ihr war übel, als sie mit dem Werkzeug und dem Hut in den Hausflur zurückkehrte. Die Usambaraveilchen und Rosen lagen neben dem Blumenstrauß auf dem Fensterbrett.

»Danke«, sagte Alfred. Er riss die kleinen Nägel vom Türpfosten, steckte die kleine silberne Kapsel in seine Jackentasche und setzte den schwarzen Hut auf.

Andrea hörte ihn murmeln, während er die Mesusa in die Wand schlug, und wusste nicht, dass es ein Gebet war, das der Fremdgewordene sprach. Jedes einzelne hebräische Wort war leise und zärtlich, nur ein Raunen an der Wand und doch laut genug, um Andreas Stolz zu zerschmettern.

Einige Sekunden noch hielt Alfred den Kopf gesenkt, die Augen geschlossen. Dann nahm er den Hut ab, drückte ihn lachend auf Andreas Kopf, holte den Blumenstrauß vom Fensterbrett und sagte: »Ich hab heute so viel an dich gedacht. Ich musste dir einfach Blumen mitbringen.«

»Aber, die Mesusa, Alfred. Ich hab doch alles falsch gemacht. Ich hab dich gekränkt.«

»Du weißt doch überhaupt nicht, wie man einen Menschen kränkt. Du nicht. Woher sollst du wissen, dass bei den Juden die Frauen das Sagen haben und die Männer die Mesusa an die Tür schlagen? Tut mir Leid, dass ich dir das nicht vorher erklärt habe. Ich wäre im Traum nicht darauf gekommen, dass du dir deinen Kopf über eine Mesusa zerbrichst.«

Um Mitternacht schrie ein Martinshorn. Blaues Licht drang durch die Vorhänge. Alfred wollte Andreas Schulter streicheln, ihre Brust berühren, doch er löste sich nicht schnell genug von seinen Traumbildern und zog seine Hand mitten in der Bewegung zurück. Er schlief sofort wieder ein und sah zum zweiten Mal in dieser langen Nacht seinen Vater eine Mesusa anschlagen, die sich beim letzten Nagel in ein mit Dornen bestücktes Kreuz verwandelte.

»Siehst du, mein Sohn«, erklärte der Vater, »das kommt davon, wenn man die falsche Frau heiratet.«

»Du hast heute Nacht im Schlaf gesprochen«, sagte Andrea, als sie Alfred morgens weckte. »Hast du wenigstens gut geträumt?«

»Ich glaube, ich habe von dir geträumt.«

3

Lea hatte schwarzes Haar, das die Lockenfülle einer künftigen Schönheit versprach, und nachtdunkle Augen mit dem violetten Schimmer noch nicht getrockneter Tränen. Sie saß nackt und strampelnd auf Alfreds Schoß, weil er ihr das kalte Laken auf dem Untersuchungstisch hatte ersparen wollen, bohrte die winzige Spitze ihres ersten Zahns in seinen Daumen und gurgelte Frohsinn mit der Lebenszuversicht von sechs Monate alten Babys.

»Einen schwarzen Humor hast du auch«, diagnostizierte Alfred. »Den hast du von deinem missratenen Vater. Glaub mir, ich kenne ihn länger als du. Er ist nämlich mein bester Freund.«

»Nebbich«, sagte Hermann. »Gewesen. Wir sind ja noch nicht mal mehr miteinander bekannt.«

»Und ihr seid trotzdem gekommen?«

»Warum sollten wir uns einen anderen Arzt suchen? Meine Tochter stört es ja nicht, dass du plötzlich meschugge geworden bist.«

Obwohl nur vom ersten Schnupfen ihres Lebens irritiert, hatte Lea mit dem Machtbewusstsein von Babys überbesorgter Eltern die ganze Nacht missbraucht, um ihnen durch die brüllenden Unkenrufe einer sadistischen Kassandra weiszumachen, Erkältungen in ihrem Alter würden sich zur doppelseitigen Lungenentzündung ausweiten und wären noch vor Tagesanbruch tödlich. Als Alfred den erschöpften Vater mit dem wachstuchweißen Teint und den geröteten Augen der Schlaflosen beruhigt und die Mutter sich so gut erholt hatte, dass sie den für verschreckte kleine Patienten immer einsatzbereiten Teddybären energisch in die Tragetasche ihrer Tochter packte, wurde Alfred zweierlei bewusst. Sein erster Gedanke galt dem Umstand, dass er tatsächlich seit seiner Hochzeit Hermann gemieden hatte und dass ihn dies nun mit der Scham erfüllte, die ihn von Anfang an hätte zur Räson rufen müssen. Seine zweite Überlegung ließ er, was er umgehend bereute, laut werden, denn er beugte sich mit einem verräterischen Seufzer über Lea, streichelte versonnen ihre Fußsohlen und murmelte, als würden ihn derartige Gedanken nicht ständig beschäftigen: »Falls wir mal wirklich Kinder haben sollten, würde ich mir nur Töchter wünschen.«

Verärgert und erschrocken erkannte Alfred, dass gerade Hermann keine Begründung für den ungewöhnlichen Männerwunsch verlangen würde. Der hatte in der Tat nur ein Bruchstück seiner überscharfen Erinnerungen bemühen müssen, um im Bild zu sein. Zu gut kannte er sich mit der Gewohnheit seines Freundes aus, Zuflucht und Tarnung in gespreizten Sprachkonstruktionen zu suchen, wenn ihn ein Problem von essenzieller Bedeutung belastete.

»Du redest wie ein alter Mann. Wie ein alter deutscher Mann«, hatte Hermann festgestellt, als dies zum ersten Mal geschehen war.

Die beiden Jungen waren, als Hermann mit seinen sprachlichen Studien begonnen hatte, neun Jahre alt gewesen. Sie hatten beschlossen, vor der dritten Stunde – passenderweise Deutsch bei einem Lehrer, der braune Lederjacken trug und den sie beide als Nazi verdächtigten, weil er auch einen Schäferhund hatte – die Schule zu verlassen, um im Suezkrieg mitzukämpfen.

»Wie könnten wir es wirklich fertig bringen, nach Israel durchzukommen, ohne dass wir auffallen, wenn wir nur deutsche Schulbücher und zwei Äpfel im Ranzen haben?«, hatte Alfred nägelkauend eingewandt und so mit der unlustvollen Logik des Zauderers beider verheißungsvolle Soldatenkarriere noch vor ihrem Beginn beendet.

Der dominante Hermann hatte dem sonst immer angenehm diskussionsscheuen Alfred nur deshalb den Verrat so rasch verziehen, weil der Suezkrieg ohnehin enttäuschend kurz gedauert und sich also jeder patriotische Einsatz erübrigt hatte. Auf dem Schulhof war ihm der umständliche Sprachduktus seines einzigen Freundes in einer nicht überschaubaren Situation nur als angeberisch und typisch für einen Feigling erschienen. Später hatte er Alfreds gelegentliche Demonstrationen ausgezeichneter Grammatikkenntnisse als Angst vor der eigenen Courage interpretieren gelernt. Erst Jahre danach hatten sie zusammen über eine Gewohnheit lachen können, die sich auffällig während des Studiums verstärkte und dann erst recht, als Alfred ein Mädchen kennen lernte und Hermann, bis er die Einladungskarte zur Hochzeit erhielt, nicht glauben mochte, dass der Freund wirklich einen solchen Schritt wagen würde.

Während Hermann vorgab, mit seiner Tochter zu flirten und sich zu kränken, weil die sich ihrerseits nur für Alfreds Schnurrbart begeisterte, bemerkte er in einer Mischung aus Beklemmung, Begreifen und Mitleid das ratlose Gesicht seines Freundes. Hermann war bewegt und voller Anteilnahme für das Problem, dessen Tragweite ihm soeben aufgegangen war. Wie sollte sein sanfter Freund, der permissive Rebell gegen Tradition, Erfahrung und Vernunft, ohne entwürdigende, am Fundament der Ehe rüttelnde Diskussionen seiner nichtjüdischen Frau beibringen, dass die Beschneidung der Söhne seit Abrahams Zeiten ein unumstößliches Gebot des jüdischen Glaubens war? Selbst jüdische Mütter pressen in der Stunde der Beschneidung ihre acht Tage alten Söhne schreiend an die Brust und müssen vom Ort des Geschehens von den älteren Frauen weggeführt werden, denen es beim Anblick des Messers einst ebenso ergangen ist.

»Also nur Töchter«, wiederholte Hermann trotzdem und suchte vertrauten Unterschlupf bei der Ironie, die ihrer Freundschaft Würze gegeben hatte, als ihnen noch nicht einmal das Wort begegnet war. »Du meinst«, sagte er, »der Buckel der Mutter vererbt sich nur auf die Söhne.«

Es gehörte zum alten Spiel, dass Alfred vorgab, er würde Hermanns Sarkasmus ernst nehmen. Seine Lippen zuckten, als er sich an die Anfänge erinnerte. Befreit vom Druck des Schweigens, der felsschwer auf der Innigkeit und Sehnsucht seiner Nächte lag, konterte er mit dem von Hermann erwarteten Ausdruck ungläubiger Gekränktheit: »Wie in aller Welt kommst du bloß auf die Idee, dass Andrea einen Buckel hat? Du hast sie doch bei der Hochzeit gesehen.«

»Vielleicht hat sie sich in der Ehe mit dir einen Buckel zugelegt. So was gibt's. Denk an die alte Frau Silowski. Die war auch mal schön. Komm, Alfred«, lächelte Hermann, »lass gut sein. Dein jüdischer Kopf funktioniert noch. Du hast genau kapiert, was ich dir sagen will und längst gesagt hätte. Nur hast du mir keine Gelegenheit dazu gegeben. Seitdem du mit Andrea verheiratet bist, hast du dich nirgends mehr blicken lassen. Am Anfang haben wir dich, nein euch noch eingeladen, aber du hast immer wieder Ausflüchte gesucht. Dabei fresse ich keine Gojim. Rachel übrigens auch nicht. Sie sieht nur so aus. In Israel hat man ihr eingeredet, Ruppigkeit wäre charmant.«

»Ich kann es nicht haben, wenn du von Gojim redest«, erwiderte Alfred. Er kam sich töricht und wehleidig vor, als er merkte, dass er errötete und wie gekünstelt seine Stimme in einer Stille klang, die ihm ebenso unnatürlich erschien.

»Na wenigstens weißt du noch, wie man das Wort ausspricht. Früher hast du es sogar benutzt. Vor deiner Andrea würde ich selbstredend ganz manierlich von Nichtjuden sprechen. Ich bin auch bei deiner Hochzeit in keinen Fettnapf gestampft. Vielleicht erinnerst du dich, dass ich im Gegensatz zu manchen Leuten sogar gekommen bin. Und jetzt rück endlich meine Tochter raus und überleg dir, ob ihr nicht nächsten Freitag Rachels gefilte Fisch kosten wollt. Falls du keine Hemmungen hast, ihn deiner Frau zuzumuten.«

»Quatsch! Andrea isst ihn besonders gern.«

»Das ist ja alles noch viel schlimmer, als ich dachte«, befand Hermann und hob die rechte Hand seiner krähenden Lea zum Salut, »Gott schütze uns vor den Philosemiten, die so verklemmt sind, dass sie noch nicht einmal ihrer Zunge Meinungsfreiheit gestatten. Mir ist bisher noch kein Goi begegnet, der für Fisch mit Zucker und Rosinen schwärmt.«

»Mach, dass du rauskommst. Mein Wartezimmer ist voll von goischen Müttern, die auf ein Wort von mir sofort ihre Kinder damit zustopfen würden.«

»Danke«, sagte Hermann, »das war das Gescheiteste, das heute aus deinem Mund kam.«

Es gab keinen Grund, den sich Alfred befriedigend erklären konnte, ausgerechnet an diesem freien Mittwochnachmittag den Wagen vor der Praxis stehen zu lassen, und erst recht keinen, nicht direkt zum Mittagessen nach Hause zu fahren. Er wusste, wie ungeduldig Andrea ihn erwartete, und rief sie an. Eine verräterische Spur zu ausführlich, wie ihm sofort aufging, setzte er ihr auseinander, dass er sich endlich an die fälligen Abrechnungen und vielleicht noch ein paar Hausbesuche machen müsste; er tröstete sie etwas zerstreut, als ihm ihre Enttäuschung wie ein peitschender Regenguss entgegenschlug. Gerade mittwochs nahm sich Andrea nie etwas vor. Der Tag war, wie sie sich zu sagen angewöhnt hatte, »unser ganz eigener Schabbes«. Neuerdings sprach sie auch von der geschenkten Zeit und dass sie dieses Geschenk gestalten müsse – der Ausdruck irritierte

Alfred von Mal zu Mal mehr, doch er vermochte es ihr nicht zu sagen.

»Es dauert nicht allzu lange«, versprach er mit einer reuigen kleinen Grimasse, aus der zu seiner Verwunderung im Spiegel über dem Waschbecken eine Fratze von Ärger und Ablehnung wurde. »Vielleicht geh ich dann zu Fuß nach Hause«, fuhr er mit einer überhasteten Munterkeit fort, als wäre ihm der Einfall soeben erst gekommen. »Es war heute Hektik hoch drei. Ich muss einfach mal wieder richtig an die Luft.« Beunruhigt vom Verlauf der einseitigen Unterhaltung suchte Alfred nach dem passenden Kosewort für eine Situation, die ihn unangenehm an seine Fluchten vor mütterlicher Klarsichtigkeit und Hellhörigkeit erinnerte, doch fand er keine Zärtlichkeit, die ihm angemessen erschien. So beendete er das Gespräch zu abrupt, aber wenigstens mit dem »Ciao«, das Andrea immer dann gebrauchte, wenn sie besonders gute Laune hatte. Mechanisch, als würde er täglich den weiten Weg vom Reuterweg zur Heinestraße zurücklegen, verstaute er die Autoschlüssel in die Schublade seines Schreibtisches.

Erst nach einigen hundert Metern, die er in einem Tempo zurücklegte, für das er nicht mehr trainiert genug war, vermochte Alfred sein atypisches Verhalten zu diagnostizieren. Zwischen einem Seufzer der Erleichterung und einer pfeifenden Andeutung von Atemnot erkannte er, dass er aus einem Gefühl der inneren Not den Moment hatte hinauszögern wollen, da ihn seine Frau arglos nach den Erlebnissen des Tages befragen würde und er sich auf die Suche nach unverfänglichen Banalitäten begeben müsste. Der unmittelbaren Gefahr entronnen, malte er sich sehr detailliert aus, wie gründlich sich Andrea gerade mit der Hektik beschäftigen würde, die er unklugerweise, wie ihm nun dämmerte, als Alibi für sein Abweichen von der Norm bemüht hatte. Noch klarer war ihm, dass er allein sein musste, wollte er sich aufrichtig dem Gefühlssturm stellen, der seit dem Gespräch mit Hermann in ihm tobte.

Alfred lief weiterhin so rasch, dass seine Kniegelenke zu schmerzen begannen und er am windstillen Tag eine angenehm lindernde Brise zu spüren glaubte. Noch erkannte er sein übersteigertes Tempo nicht als die alte Gewohnheit, ein Ritual fast, den im Kopf explodierenden Druck in die Beine zu verbannen. Erst als er auf einer Bank am Rossmarkt saß, dort noch erschöpfter von der Wucht einer entmutigend schonungslosen Selbstanalyse als von der körperlichen Anstrengung der zu großen Schritte und zu flacher Atmung, ließ er die ganze Palette lange verdrängter Emotionen zu.

Zum ersten Mal seit seinem Entschluss zu heiraten, gab es Alfred auf, sich vorzumachen, Romantik, das Glück einer Liebesheirat statt der von seiner Mutter ersehnten und vergebens inszenierten, nur vom Kalkül der Vernunft geschmiedeten Ehe mit einer jüdischen Frau würden ihm für alle Zeiten das Bedürfnis ersetzen, so zu leben, wie er es gewohnt war und auch wollte – mit den Bekannten und Freunden, die die gleiche Sprache redeten wie er, die gleichen Witze machten und auch die gleichen Vorurteile hatten. Erst nur beklommen, dann jedoch betroffen vom Ausmaß seiner Illusionen im vergangenen halben Jahr erkannte er, wie er sich um Andreas willen radikal vom jüdischen Teil seines Lebens zurückgezogen hatte und wider Instinkt und Neigung im Schneckenhaus eines Mannes untergekrochen war, der die Lebenslügen, die er sich Tag für Tag aufs Neue suggerieren muss, auch glaubt.

»Schöner Schlamassel«, erklärte er ganz ernsthaft einem Taubenpaar zu seinen Füßen und beneidete es, auch dies im Ernst, um die Ahnungslosigkeit, mit der es sich an seine Familienplanung machte.

Um an den Rossmarkt zu gelangen, hatte Alfred einen gewaltigen Umweg gemacht; an Tagen von Gleichmut und Stabilität hätte er ihn als geradezu irrsinnig empfunden, doch er hatte sein Ziel mit Bedacht gewählt. Der Platz, an dem er nun saß, war ihm seit jeher freundlich gesonnen und stimmte ihn romantisch, schien ihm wenigstens noch ein kleiner Teil von der heilen Welt, gegen die seine Generation so lustvoll heftig opponierte. Obwohl Alfred nie an Deutschland als sein Vaterland denken mochte, war er im Lauf der Jahre immer wieder am Rossmarkt für Gedanken empfänglich geworden, die ihn Frankfurt als seine Vaterstadt empfinden ließen.

Als frühreifer Vierzehnjähriger hatte er am Rossmarkt gesessen und interessiert die wenigen Häuser betrachtet, die den Bombenkrieg überlebt hatten; beim Anblick ihrer überholten Pracht hatte er sich oft gewünscht, er wäre ein solches Haus und könnte auch in eine andere, tröstliche, von ihm nichts fordernde Welt abtauchen – damals freilich ohne zu begreifen, weshalb er ein solches Refugium der Phantasie brauchte, um dem Bedürfnis nachzugeben, eine Vergangenheit heraufzubeschwören, die nicht die dunkle seiner Eltern war. In den Jahren der Bewusstwerdung hatte er es dann immer stärker genossen, wie er an dieser beschaulichen Stätte aus einem lähmenden Zustand von Zweifel herausfand und den Selbstvorwürfen entkam, dass er nur mit halber Kraft imstande war, an der Bürde zu tragen, die ihm den Vater vor der Zeit und seiner Mutter den Trost von willkommenen Erinnerungen genommen hatte.

Der Rossmarkt war einst ein geschäftiger Mittelpunkt der Stadt gewesen und war seiner Bedeutung und Bestimmung beraubt worden, als es keine Pferde mehr gab, die dort getränkt werden mussten. Wenn Alfred gelegentlich aufbegehrte, weil ihm der Graben zwischen seinem Leben und dem von unbeschwerten Gleichaltrigen ungerecht tief erschien, versah er den altmodischen Platz mit menschlichen Attributen. Da malte er sich aus, er und der Rossmarkt seien wesens- und schicksalsverwandt und könnten Biographie und Erfahrungen austauschen; er fand, die Geschichte hatte ihnen beiden ein zu kompliziertes Pensum aufoktroyiert, weil die Vergangenheit so sehr viel mehr Aufmerksamkeit als die Gegenwart beanspruchte.

Obwohl die Novembertristesse die Stadt schon mit dem langsamen Sterben bedrohte, haftete an diesem Tag, der Alfred melancholisch stimmte, weil die Stunden bleischwer von der Rekapitulation verpasster Gelegenheiten geworden waren, dem Rossmarkt die Ahnung von einem Sommer der großen Fülle an. Die Bäume nährten sich noch vom Saft der Hoffnung, ihr kräftiges Laub hatte sich zu vergoldeten Bouquets verfärbt. Blumen mit auffallend zarten Stängeln und fragilen Köpfen verweigerten mit dem eigensinnigen Mut der Unwissenden dem Nebelgrau sein gleichmacherisches Recht. Sie blühten in einem hellen Blau, das der Leichtigkeit der eilenden Wolken entsprach. Die trieben nun an einem Himmel mit einer mattgelben Sonne, die noch Wärme hatte und Trost für die Genügsamen.

Verlangend sah Alfred den Tauben nach, die um das wuchtige Gutenbergdenkmal flogen und sich viel Zeit nahmen, ehe sie sich für einen Rastplatz entschieden. Das Bild, eine altmodischen Idylle mitten in der Großstadt, stimmte ihn wehmütig, weil die Geschichten seiner Kindheit ohne den Trost von Frieden bringenden Tauben hatten auskommen müssen. Bald war er bei den suchenden Jahren, als er die Farben von Emil Nolde und die Lyrik von Gottfried Benn entdeckt und versucht hatte, im Stil von Stefan George zu dichten. Von dieser überhitzten Periode war lange der Wunsch zurückgeblieben, Germanistik zu studieren, doch das hatte er nur ein einziges Mal erwähnt.

»Germanistik«, hatte seine Mutter befunden, »ist nichts für ein jüdisches Kind. Dein Vater und ich haben die Germanen lange genug studieren müssen. Unser Sohn hat das nicht nötig.«

Die Mutter hatte ihm auch die langen Haare und die saloppe Kleidung verwehrt, die für seine Generation Synonyme waren für die Befreiung von der Konvention und für den Wunsch, anders zu leben als die Eltern.

Es verdross Alfred, dass er sich seufzen hörte; noch mehr verärgerte es ihn, als ihm aufging, wie weit er seine Gedanken zurückgespult hatte. Er schloss seine Augen, bis sich die zu scharfen Bilder in die erträglich undeutlichen Negative zurückverwandelten, die er gewohnt war. Als er die Augen wieder öffnete, zwang er seine Schultern in die Höhe und den Blick in die Ferne. Da allerdings wurde in Sekundenschnelle aus dem peniblen Chronisten der verpassten Gelegenheiten und nicht rechtzeitig gegebenen Antworten ein Mann, der zunächst nur an der Beschleunigung seines Pulses wahrnahm, was mit ihm geschah. Mit einem Schlag war die Vergangenheit nicht mehr nur eine lästige Summe von Erinnerungen, die sich auf keinen sinnvollen Nenner bringen ließen. Sie war Gegenwart, Fleischeslust, ein Blitz, gespickt mit den Stacheln eines unbarmherzigen Gedächtnisses.

Über die Kaiserstraße schlenderte eine junge Frau in einem so kurzen Minirock aus grasgrünem Leder, dass er bloß wie ein breiter Gürtel wirkte, und redete mit vielen Gesten und heftigem Kopfschütteln auf eine ältere Dame ein. Die temperamentvolle Junge war klein und ein wenig üppig, doch sie wirkte nicht dick. Ihr wiegender Gang fiel auf. Ein Mann pfiff von einer Leiter herunter, doch sie schaute nicht hoch. Sie hatte breite Hüften und ihre Figur ebenso markant betonende Brüste, die schlanke Taille eines Mannequins, kräftige Oberschenkel, die in quittegelben Strumpfhosen steckten, und winzige Füße in hochhackigen Stiefeln. Vor allem hatte sie das dichte kupferfarbene Haar, das sich im Wind wie eine Federboa um den Nacken bauschte und das Alfred trotz aller Reverenz an seine Vernunft der frühen Jahre nie hatte vergessen können. Er wusste noch sehr gut, wie sich Finger und Sinne in dieser flammenden Verführung verirrten, und er hatte sofort den Duft von einem betäubenden Rosenparfüm in der Nase.

Einen Wimpernschlag lang weidete er sich noch an der Ungestümheit, mit der die rothaarige Pandora stampfend einen Haufen von buntem Laub aufwirbelte. Er sah die Blätter steigen und fortwehen, als hätte die mythische Unheilbringerin abermals die Büchse geöffnet. Das Laub wurde zu einem Ballett in Jugendgrün und Goldrausch. Dann hörte er ein Lachen, von dem er jede Schwingung kannte, und sich selbst mit einer Fröhlichkeit, von der er nicht ahnen konnte, dass sie die Jahre des rationalen Abwägens überlebt hatte: »Halina, warte doch, ich bin's«, rufen.

Alfred wollte, als seine Stimme auf ihn niederkam, nicht aufstehen und tat es doch. Er wollte, als er merkte, welchem Drang er nachgab, wenigstens schlendern und sich vormachen, er hätte die ganze Zeit nichts anderes im Sinn gehabt, als gemächlich die Kaiserstraße entlangzuspazieren, doch da hetzte er bereits zum verschütteten Ufer. Er nahm den Verkehr nicht wahr, schob seinen brennenden Körper zwischen zwei Wagen mit kreischenden Bremsen hindurch, stolperte über den Bordstein und hielt sich, erschöpft wie ein Trunkener, an dem Pfahl einer Laterne fest. Der Augenblick, in dem er wenigstens seine Stimme zur Mäßigung treiben wollte, ehe er noch einmal ihren Namen rief und diesmal ohne Erregung und Zärtlichkeit, war jedoch zu lang. Alfred sah aus einer Entfernung von nur wenigen Metern die geöffente Taxitür, hörte, dass sie zugeschlagen und der Motor angelassen wurde. Von Halina erblickte er nur noch die gepolsterten Schultern, die er immer erst von den Hüllen der Verführung hatte befreien müssen, ehe er sie küssen durfte. An der Art, wie diese Schultern vibrierten, erkannte er, dass Halina noch so spontan, so ansteckend und bestimmt so grundlos kicherte wie in ihrer Jugend.

Alfred bemerkte seine ausgestreckten Arme. Er fand, als er sie sinken ließ und sich einen närrischen Masochisten schalt, dass Hände, die ins Leere griffen, genau die passende Geste für eine Begegnung mit Halina waren. Beschämt, weil er nach all der Zeit immer noch Wirklichkeit und Wunsch verwechselt hatte, verschränkte er die Arme, bohrte Nägel in dampfende Haut, kühlte mit der Zunge die Lippen, wie es ein Fiebernder tut, der Linderung von seinen gierigen Tagträumen sucht, und doch ließ er es zu, dass der Mund Halinas Namen laut wiederholte. Mit der gleichen Lust und der gleichen Unruhe seines Körpers, die ihn zwei Tage vor seinem neunzehnten Geburtstag Halina ausgeliefert hatten, ergab sich Alfred seiner Vergangenheit. In einer einzigen Nacht hatte sie ihn erst zu einem Mann und in den vielen Nächten danach zu einem gemacht, der nicht würde vergessen können, was in den drei Jahren geschehen war, in denen er so liebte und so litt wie später nie mehr in seinem Leben.

Als Alfred seinen Kopf an einer Schaufensterscheibe abzukühlen versuchte und noch nicht einmal die Gegenstände richtig ausmachen konnte, die in dem Geschäft lagen, zerschmolzen die sechsunddreißig Monate, fünf Tage und zwei Stunden seiner ersten und, wie er später begreifen sollte, größten Leidenschaft in einem Krater von Sehnsucht, der seine Augen blendete und seine Ohren ertauben ließ.

Er hatte vom ersten Tage an Halina heiraten wollen und sie ihn auf keiner Strecke ihres gemeinsamen Sturmweges. In den hitzigen Gesprächen ohne Anfang und Sinn, die sie noch mehr genoss als den Rausch der Liebe, weil sie den Begriff »ausdiskutieren« gerade von einem Therapeuten aufgeschnappt hatte, den sie verehrte, und ihn seitdem lebenswichtig für ihre »Entwicklung zum eigenen Ich« fand, schmetterte Alfred, wie ein Trompeter an den Mauern von Jericho, seine Vorstellungen von Familie, Tradition und Harmonie heraus. Doch sie war ein Schmetterling, der Bindungen, Treue und Ehe auf die gleiche überholte Spießerstufe stellte wie den Lebensernst, der sie anekelte, und die Kompromissbereitschaft, die sie ihrer nicht würdig fand.

Geboren war Halina am blauen Meer und unter dem Sonnenhimmel von Tel Aviv. Nach Frankfurt war sie gekommen, um entweder Dolmetscherin oder Malerin zu werden, interessierte sich jedoch weder für Sprachen noch für Bilder. Die ganze Zeit, da Alfred sein Sehnen und seine Zukunft ihren lockenden Sternen anvertraute und bereit war, nur um diesen ungeschliffenen Diamanten nicht zu verlieren, mit ihr in die Wüste oder an den Nordpol zu ziehen, war sie eine jubelnde Pendlerin zwischen zwei Welten und Kulturen gewesen.

Halina hatte sich immer nur dort heimisch gewähnt, wo sie gerade nicht war, und sie hatte Alfred mit ihrer Jagd nach einem Glück zu infizieren versucht, das flüchtig sein sollte und nichts von der Schwere der Gewohnheit wusste. Halina gestand keinem Mann das Recht zu, sie zu besitzen. Nie sprach sie, wie die Frauen ihrer Generation, von Emanzipation. Sie konnte das Wort in keiner ihr bekannten Sprache buchstabieren, doch Tag für Tag mobilisierte dieser lebensberstende Vulkan seine eruptive Begabung, um sich von der Bürde der Bürgerlichkeit und vor allem von dem Verdacht zu befreien, für sie könnte es irgendeine Pflicht geben außer der, nach den eigenen unterhaltsamen Maßstäben zu leben. Halina ergriff keinen Beruf und fand doch jederzeit eine Arbeit, die ihren Vorstellungen von Spaß entsprach.

Sie wünschte sich sechs Kinder; einen Ehemann fand sie für eine moderne Frau jedoch als unzumutbare Einschränkung und Väter für Kinder als überflüssig. Sie wollte permanent die Welt verändern, sich selbst nie. Ehe es Alfred gelang, sich nur an ihren

Charme und ihre sinnliche Heiterkeit zu erinnern, und dies nur noch mit einem Hauch von Schmerz, stritten sich beide mit einer animalischen Wildheit. Für ihn machte sie Halina noch begehrenswerter und unerreichbarer, als sie war, und nahm ihm jegliche Kraft, sich zu seiner Sanftheit und seinen Idealen von einem Leben in Angstlosigkeit und Harmonie zu bekennen.

Vielleicht wäre Alfreds Hirn noch leidlich rasch von dieser sexvollen Mischung aus Lulu und Lucrezia Borgia losgekommen, doch sein Körper machte ihn willenlos gegen die Einsicht, dass Halina und er auf immer die Königskinder bleiben würden, die nicht zueinander finden durften. In den funkensprühenden Nächten in ihrer Einzimmerwohnung mit lila gestrichenen Wänden und einer Matratze auf dem Boden als Liebeslager, das er trotz ihrer belustigten Häme um seiner Mutter willen stets vor Tagesanbruch verließ, stellte sich Alfred die Ehe mit Halina als ein in der Menschheitsgeschichte einmaliges Mirakel vor. Die Tage hingegen, die er mit Halina verbrachte, waren ihm eine Qual, denn er genierte sich vor seinen Freunden und seiner Mutter wegen ihrer schlechten Manieren, ihrer auffälligen Kleidung, ihrer Frivolität und ihrer Dominanz, die ihn in Gegenwart anderer zu einem Toren degradierte. In den wenigen selbstkritischen Augenblicken von nüchterner Skepsis hielt er Halina für eine Nymphomanin und verbrannte an einer Eifersucht, von der er noch nicht mal wusste, welchem Mann sie zu gelten hatte.

»Such dir ein ordentliches jüdisches Mädel«, sagte seine Mutter, wenn er nach dem Zusammensein mit Halina erschöpft und grübelnd im Sessel saß, die Hände zu Fäusten ballte und rotäugig zum Fenster hinausstarrte, »meinetwegen mit krummen Beinen und einem Buckel. Alles ist besser als dieses schlampige Flittchen.«

»Du vergisst, dass Halina jüdisch ist«, erwiderte Alfred dann jedes Mal, rebellisch wie der Junge, der die Linsensuppe nicht hatte essen wollen, obwohl er genau wusste, dass er ihr nicht entgehen würde.

An einem Herbsttag, kurz vor den hohen Feiertagen, die Hände noch im Kuchenteig, die Gedanken schon auf die Tage der Besinnung und Einkehr gerichtet, sagte die Mutter: »Jüdisch allein reicht auch nicht.«

Es war dieser Satz, ohne Emotionen gesprochen, ohne bestimmten Anlass gesagt, nur mit dem Mitleid der Sehenden und Sorgenvollen geäußert, der traf. Zwar überzeugte er Alfred nicht auf der Stelle, doch die Worte blieben haften; sie kehrten immer wieder zu ihm zurück und machten den nachdenklich Gewordenen schließlich doch empfänglich für eine Realität, von der er die ganze Zeit gespürt hatte, dass sie ihn einholen würde. Zudem war es genau der richtige Zeitpunkt für die simple mütterliche Feststellung gewesen.

Halina war nach einem der vielen Zerwürfnisse mit Alfred ohne ein Abschiedswort abgereist. Zu der unausbleiblichen, ihn dann noch fester bindenden Versöhnung war es nicht mehr gekommen. Sie habe beschlossen, teilte sie mit, erst in London Englisch zu lernen und dann nach New York zu ziehen und dort Psychologie zu studieren, um sich selbst kennen zu lernen. »Ich hoffe«, schrieb sie in einen rosa Luftballon, den ein akribisch gemalter Zwerg mit einem Davidsstern auf der blauen Zipfelmütze in der Hand hielt, »dass wir immer so gute Freunde bleiben werden wie jetzt. Du wirst immer der Anker in meinem Leben sein.«

»Nebbich«, kommentierte Alfreds Mutter, als sie den Brief fand, »jetzt hält sich die Meschuggene auch noch für Kolumbus.« Hätte Ruth nur ein einziges Mal erwogen, dass die erste Liebe ihres Sohnes auf solch gängige Art enden könnte, hätte sie bestimmt nicht angedeutet, die Frage der Konfession sei belanglos für das Wohl einer Ehe. Als Alfred ihr nämlich Jahre später zwischen Graupensuppe und Kalbssülze mitteilte, er würde

Andrea auch gegen ihren Willen heiraten, wiederholte er die mütterlichen Mahnworte mit dem Triumph eines Mannes, der seinen Angriff lange geplant und den Gegner mit dessen eigenen Waffen bezwungen hat.

»Jüdisch allein reicht auch nicht«, murmelte Alfred in seinen Mantelkragen hinein, als er die Taxitür öffnete. Ihm war es, als wäre er durch eine Wüste geirrt, doch mit einer Phantasie, über deren animierende Detailfreudigkeit er sich wunderte, malte er sich aus, wie sein Schutzengel ihn zu einer Oase führte; das Wasser hatte die Farbe von Andreas Augen, und Andrea hielt eine Fackel in der Hand. Er trank sich satt an Behaglichkeit und an einem Rausch, den er nicht deuten konnte. Auf der Fahrt lachte er einmal auf; er merkte, dass der Fahrer ihn erstaunt musterte, doch er selbst fand es nur logisch, dass der Rückblick auf die mit Halina zurückgelegte Leidenstour ihn alle anderen Grübeleien hatte vergessen lassen.

»Das war vielleicht ein Tag«, seufzte er an der Wohnungstür, »ich bin noch ganz wirr im Kopf.«

Einen Moment dachte er belustigt über die intime Beziehung zwischen Wahrheit und Lüge nach. Dann drückte er die Frau, die ihn noch keinen Tag wissentlich verletzt hatte, mit einem Gefühl der Erlösung und Dankbarkeit an sich. Andreas Parfüm war so leicht, so frisch und verführerisch für einen Wanderer, der vom Weg abgekommen war. Ihr Gesicht erschien Alfred durchsichtig in seiner Unschuld; die Augen waren klar wie die von Kindern, die noch nichts vom Fluch des Misstrauens wissen. Er genierte sich, den Blick zu erwidern, und flüsterte: »Du hast so schöne schlanke Beine und so wunderbares Haar, Loreley. Wenn es nicht so verdammt kitschig wäre, würde ich sagen, ich habe mich soeben in dich verliebt.«

Sie blieben so lange im Bett, bis der Hunger sie in die Küche trieb. Selbst dann konnten sie die Glut nicht löschen und schon gar nicht die Sehnsucht, nicht älter zu werden, nicht sehend, nie verletzlich. Andrea hatte schwarze Strümpfe mit Naht an und darüber eine weiße Schürze, wie sie ältere Kellnerinnen in altmodischen Cafés trugen. Alfred knabberte an ihrem Ohr und erzählte, als er es freigab, von der Einladung bei seinem Freund Hermann.

»Rachel wird dir gefallen«, machte er sich Mut, »sie ist eine richtige Sabre.«

»Ist das was zu essen?«

»Kommt drauf an. Man nennt die jungen Israelis Sabres, weil sie wie die Kakteenfeigen sind, außen stachelig und innen süß.«

»Und wenn ich mich gerade vor Stacheln fürchte?«

»Brauchst du nicht, Alfred der Große wird dich beschützen.«

Er musste nicht. Rachel mit ihrer Gastfreundlichkeit, die noch überwältigender war als ihre Aufrichtigkeit, presste schon in der Diele Andrea so fest an ihre große Brust, dass sich die Knöpfe von deren Bluse in einem Gewühl von Rachels dicken grünen Perlen verfingen. Dann drückte sie ihr eine nach Honig duftende Lea in die Arme und entführte sie in die Küche. Dort hockte Andrea auf einem Stuhl, an dem Butter klebte, überließ dem jubelnden Baby ihr Haar als Versteck für feuchte Zwiebackbrocken und staunte, dass eine Frau ebenso flink die Hände bewegen konnte wie den Mund.

Rachel vermisste ihre Freundinnen in Israel, war beglückt, endlich mit einer gleichaltrigen Frau reden zu können, und vertat die Zeit nicht mit Höflichkeitsfloskeln. Sie bewunderte Andreas Schönheit und sagte es auch, verriet ihr ein Rezept für gefilten Fisch und mehrere für den richtigen Umgang mit Avocados und Männern. Ihren Hermann nannte sie einen »Jecke«, weil er glaubte, man müsse pünktlich sein, sparen und sich selbst dann richtig anziehen und das Waschbecken putzen, wenn man keinen Besuch erwartete. »Ich schufte lieber an einem neuen

Baby«, teilte sie mit. In ihrem singenden Tonfall erschien Andrea das Wort passend und sehr zärtlich. Sie lächelte, obwohl ihr gerade aufgegangen war, dass auch sie seit ihrer Hochzeit keinen Kontakt mehr zu ihren Freundinnen hatte.

Als Rachel Andrea genauer anschaute, witterte sie eine ihr bekannte Geschichte. Sie unterbrach die dramatische Schilderung von der Hochzeitsnacht ihrer Lieblingscousine in Jerusalem mitten im Satz und beschloss, das Problem ohne die lästigen Verzögerungen, die Europas Konvention geboten, umgehend in ihre fetttriefenden Hände zu nehmen.

»Was ist los mit dir?«, fragte sie.

»Was soll mit mir los sein?«

»Was nicht?«, erwiderte Rachel. »Komm, wir trinken den Sekt schon jetzt. Der wird deine Zunge locker machen. Eigentlich soll ich ihn erst nach dem Essen bringen. Sagt Hermann.«

Sie konnte die Flasche nicht schnell genug öffnen und dann nicht mehr den Korken festhalten, ehe er an die Decke flog und in den Suppentopf fiel. Rachel schüttelte Gelächter aus sich heraus, Lea schrie und wurde von einem mütterlichen Daumen beruhigt, der zuvor in Sekt getaucht worden war. Andrea rieb die Hühnersuppe aus ihrem Kleid und wehrte den Vorschlag ab, die von der Fischfüllung übrig gebliebenen süßen Karotten aufzuessen. Zur Sühne sang sie das berauschte Baby mit »Der Mond ist aufgegangen« in den Schlaf.

»Eine jeckische Nachtigall«, lobte Rachel.

»Was heißt jeckisch? Das hast du eben schon gesagt.«

»In Israel nennt man die Juden aus Deutschland Jeckes. Glaubst du, in Israel kommt einer auf die Idee, sich an einer neuen Jacke die Knöpfe nachnähen zu lassen oder für ein Baby von sechs Monaten ein Sparbuch anzulegen? Deinen Alfred nennt Hermann einen Oberjecke. Wetten, dass er keine Kinder will, weil du nicht jüdisch bist?«

»Woher weißt du?«

»Weil mein Onkel auch eine Goite geheiratet hat. Verdammt«, schlug sich Rachel auf den Mund. »Jetzt hab ich das Wort doch gesagt. Das wollte ich nicht. Wirklich nicht.«

»Macht nichts«, beruhigte Andrea, »ich kenne es. Mein Vater hat es mir erklärt. Doch bei dir klingt es ganz anders.«

»Du gefällst mir«, entschied Rachel. »Du bist klug, und ich komme mir trotzdem nicht dumm vor, wenn ich mit dir rede. Doch von einer jüdischen Ehe verstehst du nichts. Da bestimmen wir und lassen es die Männer nicht merken. Also hör endlich auf mit der Pille und bekomm so viele Kinder, wie du willst. Komm, jetzt fangen wir endlich mit dem Schabbes an. Sonst merken die draußen, dass ich meinen Mund nicht halten konnte. Du trägst Lea rein und ich den Fisch.«

Andrea beobachtete Rachel, während sie ihre Hände vor ihrem Gesicht faltete, einen Segensspruch flüsterte und die Kerzen anzündete. Sie schaute zu Alfred hinüber, erlebte, dass seine Augen verträumt und innig wurden; sie beneidete Rachel, weil die nichts von fremden Pfaden und verschlossenen Welten wusste, und machte einen Seufzer zum Hüsteln. Zwischen dem Fisch und der Suppe sah Andrea zu Rachel hinüber. Sie wollte sie wissen lassen, dass sie sich verstanden und geborgen fühlte, obwohl sie so schweigsam war. Mit dem Blick von kleinen Mädchen, die sich ewige Freundschaft geschworen haben, nickte ihr Rachel zu. Dann stand sie langsam auf, so, als sei jede ihrer feierlich anmutenden Bewegungen Teil des vorgeschriebenen Freitagabendrituals. Lachend nahm sie Lea aus Hermanns Armen und setzte sie schwungvoll auf Alfreds Schoß.

»Kannst schon mal üben«, sagte sie, »du hast nicht mehr viel Zeit.«

4

Warum musst du auch ausgerechnet bei klirrendem Frost die Riesenfenster putzen?« fluchte Herbert-Dietrich Buchert, als er, beladen mit Tüten und Päckchen in Weihnachtspapier, an einem Samstagnachmittag nach Hause kam, über einen Eimer im Wohnzimmer stolperte und seine Frau von der Leiter herunterstöhnen hörte. »Hat sich der Kaiser von China angesagt?«

»Ich habe mein Lebtag die Fenster vor dem ersten Advent geputzt und die Gardinen gewaschen. Das hat nichts damit zu tun, dass uns morgen Andreas Schwiegermutter besucht.«

»Du bist ein Glückskind und kannst dich noch an Prinzipien halten. Und ich bin ein alter verkalkter Esel, der mit der Zeit nicht mehr mitkommt, die Sonntage durcheinander bringt und total verdrängt hat, dass die Königin von Judäa sich zum ersten Mal bereit erklärt hat, uns zu beehren.«

»Ich weiß nicht«, sinnierte Ulrike beim Abendessen, »ob wir so von ihr reden sollten. Wir machen es uns doch nur selbst schwer. Sie scheint Andrea wirklich gern zu haben. Ich glaube, dass sie auch um Andreas willen meine Einladung angenommen hat. Irgendwie zeigt das doch, dass sie unsere Tochter akzeptiert.«

Mit ähnlichen Einwänden hatte Ruth ihrem frappierten Sohn ihren ungewöhnlichen Entschluss erklärt, die regelmäßige Sonntagnachmittagseinladung und die gewohnte Herzenserleichterung bei ihrer Freundin Gitta Bergmann einem Besuch in Bad Homburg zu opfern. »Du kannst nicht die Tochter heiraten und dann den Eltern einen Tritt geben«, hatte sie gesagt, »dir würde das auch nicht passen, wenn deine Frau das mit mir machen würde.«

»Mama, du wirst dich bei den Leuten nicht wohl fühlen. Ich tue es ja auch nicht. Ich habe es nie getan, wenn du es genau wissen willst. Ich habe immer das Gefühl, als hätte der Herr des Hauses Angst, ich würde jeden Moment die Bombe hochgehen lassen und ihn nach seiner Vergangenheit befragen.«

»Das hast du nötig gehabt! Habe ich behauptet, dass ich mich wohl fühlen will? Oder habe ich gesagt, dass ich deine Frau nicht vor den Kopf stoßen kann?«

»Andrea erwartet das nicht von dir. Ich glaube, sie erzählt noch nicht einmal mir von jeder Einladung ihrer Eltern. Sie sagt einfach für uns beide ab.«

»Und was findest gerade du daran einfach? Eltern sind Eltern. Die heiratet man mit. Schade, dass du dir nicht vor der Hochzeit überlegt hast, ob dir die Mischpoche deiner Frau passt.«

»Hab ich, Mama«, zwinkerte Alfred, »mein Schwager gefällt mir glänzend.«

»Auch ein Gewinn! Der ist erst siebzehn und sagt wahrscheinlich nie ein Wort.«

»Weiß ich nicht. Er ist nie zu Hause, wenn wir dort sind.«

Bucherts wohnten in einer stillen Gegend am Rande von Bad Homburg, die sich erst nach dem Krieg zu einer Siedlung für den prosperierenden Mittelstand entwickelt hatte. Die bescheiden wirkenden Einfamilienhäuser waren alle hellgelb gestrichen, dicht aneinander gebaut, hatten Eingangstüren mit braunem Glas zwischen dem dunklen Holzwerk und Eigentümer, die nur ihre Initialen auf den Briefkästen anbrachten. Die von schwarzen Metallzäunen geschützten Vorgärten waren klein und gepflegt, ihr Rasen akkurat gemäht; in ihrer Mitte hatten sie ein von Winterstiefmütterchen umsäumtes Rundbeet, in dem entweder ein großes Vogelhaus stand oder eine kleine Edeltanne angepflanzt war. Unmittelbar nach dem Totensonntag wurden Kugeln in die Bäume gehängt und elektrische Kerzen angezündet.

Noch während Alfred den Wagen einparkte, registrierten er und seine Mutter mit einem Gefühl von plötzlich begreifendem Unbehagen, dass an Bucherts Haustür ein großer, mit roten Bändern geschmückter Tannenkranz hing. Darunter war ein Tannengesteck mit drei silbernen Kugeln befestigt. Ein leuchtendes Transparentbild von einem lachenden Weihnachtsmann, der peitschenschwingend in einem von vier Rentieren gezogenen Schlitten saß, bedeckte die gesamte Fensterfront des Wohnzimmers.

»Auch das noch«, seufzte Andrea. »Tut mir Leid«, raunte sie Alfred zu und steckte ihre Hand schutzsuchend in seine Manteltasche, »ich habe total vergessen, dass heute der erste Advent ist.«

»Komisch, dass mir nie so etwas passiert. Ich grübele die ganze Woche, wie ich dir Peinlichkeiten ersparen kann. Oder glaubst du, ich würde auf die Schnapsidee kommen, deine Eltern zu jüdischen Feiertagen einzuladen?«

»Unsere Andrea hätte mir nie verziehen, wenn ich gerade dieses Jahr ihren Weihnachtsmann vergessen hätte«, erzählte Ulrike, als sie Kaffee einschenkte und den Blick ihres schweigsamen Schwiegersohns als Verständnis für mütterliche Nostalgie und den angespannten Gesichtsausdruck ihrer Tochter als Zeichen von jahreszeitlich bedingter Erwartungsfreude missdeutete. »Der hat ihre ganze Kindheit begleitet. Mein Meinachtswann hat sie gejubelt, als ich ihn das erste Mal hinhing. Da war sie gerade drei geworden und musste auf einem Stuhl stehen, wenn sie eines der Rentiere streicheln wollte. Kannst du dich noch erinnern, Andrea, wie Omi und Opi damals gelacht haben?«

»Lass das, Mutti«, bat Andrea leise, »das sind doch wirklich olle Kamellen, die keinen mehr interessieren.«

»Achtung, Frau Bär«, warnte auch Herbert-Dietrich mit einem Lächeln, dem anzumerken war, dass er den Satz nicht zum ersten Mal sagte, »wenn Sie jetzt auf die bemerkenswerten Sprachschöpfungen der jungen Andrea eingehen, müssen Sie in einer Stunde alle ihre Kinderbilder bestaunen. Das erspart meine Frau weder Freund noch Feind. Vier Alben sind das Minimum. Vom Eisbärfell bis zum Brautkleid.«

»Ich gehe nicht drauf ein«, versicherte Ruth, »bis Sie mich wissen lassen, ob ich Freund oder Feind bin.« Sie fragte sich, während sie an einem Anisplätzchen kaute und zu verbergen versuchte, dass sie das Gewürz als ungewohnt, den Keks als zu hart und sich selbst als lächerlich in der ihr zugedachten Rolle als willkommener Gast empfand, ob sie nicht einmal im Leben doch auf ihren Sohn hätte hören und zu ihrer Freundin Gitta hätte fahren sollen. Sie spürte, dass ihre Stirn feucht war, doch hatte sie Hemmungen, ihr Taschentuch aus der Handtasche zu holen.

Als sich der Anflug von Irritation legte, ohne dass sie ausmachen konnte, wem er galt, nahm sich Ruth vor, vielleicht doch nach den Kinderfotos zu fragen. Entschlossen schob sie die Kaffeekanne ein Stück zur Seite, um Andrea zuzunicken, und bemerkte erst da, dass ihre Schwiegertochter durch Gesten und Grimassen versuchte, die Aufmerksamkeit ihrer Mutter auf sich zu lenken. Ulrike fielen die Gebärden ihrer Tochter auf; sie schüttelte den Kopf mit einer Bewegung des Unverständnisses und erzählte weiter von einem überaus gelungenen Weihnachtstreffen der Familie in einem Schwarzwalddorf.

»Ganz eingeschneit und entzückend romantisch«, schwärmte sie, »wir mussten mit dem Schlitten zur Kirche gebracht werden. Onkel Hans hatte da schon einen im Tee und hat die ganze Zeit ›Es ist ein Ross entsprungen‹ gesungen. Was haben wir gelacht!«

»Ja«, sagte Ruth. Sie erschrak über die ungewohnte Höhe ihrer Stimme und zum zweiten Mal, als ihr aufging, dass eine von Herbert-Dietrich gestellte Frage, die sie bereits beantwortete, nicht ihr gegolten hatte. Trotzdem wiederholte sie ihr »Ja«, diesmal sehr leise, und kam sich wie ein Kind vor, das am Schlüsselloch vom elterlichen Schlafzimmer ertappt wird. Um dem belastenden Bild zu entgehen, in dem ihr kleiner neugieriger Bruder in einem wollenen Matrosenanzug und mit rutschender Mütze schmerzhaft klare Konturen gewann, versuchte Ruth abermals, ihre Lippen zu einem Lächeln zu formen und Andrea zu signalisieren, dass sie sich keine Sorgen machen sollte.

Der Trost erreichte Andrea nicht mehr. Als ihr Vater die Rolle des Chronisten übernahm und sie seine Munterkeit sofort als jene Verkrampftheit erkannte, die ihn seit der ersten Begegnung mit Alfred immer unmittelbar überkam wie seine Migräneanfälle, stand sie mit einer so heftigen Bewegung auf, dass ihr Stuhl umkippte und mit der Lehne gegen die Anrichte schlug. »Tut mir Leid«, stammelte sie, »ich gehe mal in die Küche und fülle die Kanne auf.«

»Die ist doch noch halb voll«, monierte Ulrike. »Warum machst du es heute nur so ungemütlich, Kind?«

»Das Kind zappelt erst, seitdem wir hier sind«, stellte Alfred fest. Er trommelte mit zwei Fingern auf den Tisch. »Zu Hause war die Kleine noch ganz brav.«

»Alle Jahre wieder«, summte Herbert-Dietrich. Er deutete auf eine Kohlezeichnung – Andrea als pausbackiges Zopfmädchen mit einer Puppe im Arm. »Kannst du dich noch erinnern, wie Tante Charlotte dich gemalt hat? Ich glaube, es war genau um diese Jahreszeit.«

»Nein«, erwiderte Andrea und hielt die silberne Plätzchenschale so hoch, dass sie Nase und Stirn verdeckte, »ich kann mich nicht erinnern. Das ist doch Ewigkeiten her.«

Ruth klaubte zerstreut einen Zimtstern aus der Schale, die Ulrike ihr hinhielt. Sehr konzentriert überlegte sie, ob es nur eine einfältige Idee oder vielleicht doch eine beabsichtigte Provokation von Bucherts gewesen war, Menschen zu einem Adventskaffee zu bitten, die Weihnachten nicht feierten, und somit die eigene Tochter in die Lage zu versetzen, sich der Eltern zu genieren. Andreas Gesicht war noch blasser als zuvor. Rote Flecken zeichneten sich auf Wangen und Hals ab, und sie schaute ihren Mann, der zum Fenster hinausstarrte und mit den Zähnen knirschte, wie eine verängstigte, um Verzeihung heischende Fünfjährige an.

Eine Weile spürte Ruth nichts als das Verlangen, ihre Schwiegertochter in den Arm zu nehmen, danach das seit Jahren nicht mehr empfundene Bedürfnis, ihren Sohn durchzuschütteln und ihn einen vertrottelten Träumer zu nennen. Alfred erkannte Ruths Blick im genau richtigen Augenblick als Vorwurf und begann, sehr überlegen und weitschweifig über eine zu erwartende Grippewelle zu dozieren. Erst nach einer Zeit, die Andrea am Abend als eine Viertelstunde deklarieren sollte, fielen ihm seine vielen Fachausdrücke und das Schweigen am Tisch auf; er hörte so unvermittelt zu reden auf, wie er begonnen hatte.

»Sorry«, hüstelte er.

»Du bist der Größte«, sagte Andrea schmallippig.

Es waren indes die stummen Gegenstände noch mehr als die Fetzen der verlegenen und abrupt abgebrochenen Gespräche, die Ruth verunsicherten – die mit weihnachtlichen Motiven bestickte Tischdecke, die Glasplatte mit Tannenzweigen und dem aufgeschnittenen Stollen, das bunte Staniolpapier der kleinen Weihnachtsmänner aus Schokolade. Am meisten beunruhigte sie der Adventskranz mit den vier dicken roten Kerzen, der neben zwei großen Engeln mit Wachsgesichtern und Roben aus bordeauxrotem Samt auf dem Flügel stand. Das zunächst noch unbestimmte Gefühl, sie hätte die gleiche Szene schon einmal erlebt, wurde stärker, verlangte von ihr Entscheidungen, die sie überforderten. Sie begann zu fürchten, dass sie bald den gleichen Fehler begehen würde wie schon einmal. Noch vermochte sie weder Ort noch Zeit zu bestimmen.

Es erschien Ruth wichtig, wenigstens die äußeren Umstände zu rekapitulieren, ehe ihr Gedächtnis den gesamten Weg zurücklegte. Da hatte sie jedoch bereits begonnen, mit einer Besessenheit, die ihr ebenso gefährdend wie absurd erschien, nach den Namen von zwei nichtjüdischen Mitschülerinnen zu forschen. Sie hatte die zwei zuletzt in der Schulaula bei der Abschiedsfeier von der vierten Klasse gesehen. Als ihr schließlich einfiel, dass das hübschere der beiden stupsnasigen Kinder Ilse geheißen und am Marbachweg gewohnt hatte, konnte sie nur mit Anstrengung den Drang unterdrücken, den Namen laut auszusprechen.

Von diesem Augenblick an erinnerte sich Ruth in allen Einzelheiten an eine Begebenheit, die ihr seit dem Moment des Geschehens nie wieder ins Gedächtnis gekommen war. Sie war wieder zehn Jahre alt, steckte in einem kratzigen braunen Wollkleid, und zwei Tage vor Weihnachten besuchte sie Ilse, obwohl es der Vater verboten hatte; in einem mit schweren Ledermöbeln eingerichteten Wohnzimmer stand sie vor einem geschmückten Tannenbaum und wünschte sich nichts sehnlicher als eine Kugel, die für sie so verführerisch glänzte wie der Apfel für Eva im Garten Eden. Ruth sagte den Satz, den sie nicht sagen durfte. Bittend hielt sie Ilse die Hand hin, doch die kaute an ihren blonden Zöpfen und steckte ihre Hände hinter den Rücken.

»Wenn du mir diese Kugel schenkst«, versprach ihr Ruth immer wieder, »kriegst du mein Armband aus roten Glasperlen. Eine gute Fee hat es mir geschenkt.«

»Warum?«, fragte Ilse

»Weil sie eine gute Fee war. Jede Perle erfüllt einen Wunsch.

Du musst dir nur wünschen, dass du eine Eins im Diktat schreibst, und schon machst du nie mehr einen Fehler. Du siehst ja, bei mir klappt das immer.« Der Kampf war hart und lang, doch Ilse war weder der raffinierten Phantasie ihrer Freundin noch der Verheißung eines sorgenfreien Schulleben gewachsen. »Na, gut«, gab sie endlich nach und machte kichernd die Kugel vom Baum ab. Einen beängstigend langen Moment hielt sie den Schatz noch über ihren Kopf.

Die Kugel hatte in ihrer Mitte ein silbern glänzendes Medaillon, in dem ein winziger Engel Posaune blies, war apfelrot und für alle Zeiten verboten für ein jüdisches Mädchen aus orthodoxem Haus. Ruth wusste das. Sie hatte indes keine Sekunde gezweifelt, dass sie für eine solche Herrlichkeit einmal in ihrem Leben lügen durfte, und sie war auch sicher gewesen, dass sie ihren Vater dazu bringen würde, ihr eine Ausnahme zu gestatten. Der Vater hatte jedoch verärgert am weißen Spitzenkragen der Tochter gezupft und darauf bestanden, dass sie noch vor dem Abendessen ihr Armband wieder abholte und Ilse die Kugel zurückbrachte.

»Man muss wissen«, hörte Ruth ihn sagen, und sie konnte den Duft seines Pfeifentabaks riechen und seine weißen Haare und seine goldene Uhrkette sehen, denn sie saß wieder auf seinem Schoß, »wohin man gehört. Hast du die Geschichte vom goldenen Kalb vergessen? Für uns brennen keine Kerzen am Baum. Juden feiern nicht Weihnachten. Für uns gibt es nur Chanukka, und da zünden wir unseren Leuchter an und danken dem Allmächtigen, dass er an uns ein Wunder geschehen ließ. Wir dürfen unsere Wurzeln nicht abschneiden.«

Die Bürde, wie ihr Vater in den Tod gesprungen war, nahm Ruth die Sprache und die Kraft, ruhig zu atmen. Um der Pein des Grauens zu entkommen, flüchtete sie zur Gegenwart. Sie beschäftigte sich mit der Frage, weshalb ein verwehter Duft und eine bis dahin nur in den tiefsten Schwingungen noch hörbare Stimme schon für die Vorwürfe reichten, die sie sich stets aufs Neue machte. Ruth seufzte, weil ihr nicht die väterliche Stärke gegeben war; sie hatte zu spät begonnen, ihren Sohn von der Notwendigkeit und Sicherheit des eigenen Ufers zu überzeugen.

Immer tiefer tauchte Ruth in die Vergangenheit ein; die Menschen, von denen nichts geblieben war außer deren Namen, umzingelten sie dicht und ohne Erbarmen. Die Gegenwart löste sich in diffuse Klänge auf, die Worte wurden Laute ohne Sinn, und die Menschen am Tisch verschwanden in einem schwarzen Nebel, der zu intensiv den Tod beschwor, um die Gesichter des Lebens zu unterscheiden. Zwar sah Ruth, dass Andrea aufstand und das Geschirr in die Küche trug, doch ihre Augen waren feucht und konnten das Bild nicht lange genug halten, ehe die Konturen sich auflösten. Hinter einem Schleier von Tränen beobachtete sie, wie Ulrike das Tischtuch zusammenfaltete, den Adventskranz vom Flügel holte und eine Spieluhr anstellte. Das Lied von den grünen Blättern des Tannenbaums erklang. Jede einzelne Wahrnehmung verdichtete das Chaos. Es erhellte sich erst, als Ruth gewahr wurde, dass Ulrike sie ansah und offenbar eine Frage gestellt hatte. Die Welle von Panik, die sie überflutete, wurde zu einem Block aus schwarzem Marmor. Unter dem Tisch zerriss Ruth eine Papierserviette, verkrallte sich in die Fetzen. Ihr war es, als müsste sie auf der Stelle Antwort geben oder den Raum verlassen.

»Pardon«, sagte sie vage.

»Wir zünden immer am ersten Advent gleich alle vier Kerzen an. Wie halten Sie das?«, wiederholte Ulrike. Sie stand auf, strich ihren Rock glatt, holte ein Streichholz aus einer grünen Schachtel und hielt es hoch. Ihr Gesicht war erhitzt. Ruth fand es sympathisch mütterlich und freundlich. Auch sie wollte lächeln.

Da kam Andrea aus der Küche und rief »Mutti!« in einem

lang gezogenen, weinerlichen Ton. Da erst begriff Ruth, was Ulrike sie gefragt hatte, wurde wach, sehend und fühlend, spürte Abwehr und entschlüpfte den umklammernden Armen der Toten, als hätte sie sich nie in die Unendlichkeit ihrer Erinnerungen fallen lassen.

»Wir haben keinen Adventskranz«, antwortete sie ruhig, war nur erstaunt, dass sie eine solche Selbstverständlichkeit aussprechen musste.

»Ach, das wußte ich nicht«, erwiderte Ulrike unglücklich. »Ich meine, darauf konnte ich ja nicht kommen. Andrea hat uns das nicht gesagt. Ich wollte Sie mit meiner Frage nicht in Verlegenheit bringen. Wahrhaftig nicht. Das müssen Sie mir glauben.«

»Machen Sie sich keine Gedanken. Gerade um die Weihnachtszeit scheinen die meisten Menschen zu vergessen, dass die Juden nicht Christi Geburt feiern. Wir warten ja noch auf unseren Messias.«

»Ein Adventskranz ist doch überhaupt kein christliches Symbol. Der ist eher germanischen Ursprungs«, widersprach Herbert-Dietrich, »den zünden wir an, ohne uns etwas dabei zu denken. Ist halt ein Stück Tradition. Das verstehen Sie doch bestimmt, gnädige Frau.«

»Ja«, erwiderte Ruth, »bestimmt.« Sie blickte zu Alfred hinüber, der die Augen halb geschlossen hatte, beneidete ihn wehmütig um sein schützendes Phlegma und fragte sich danach mit noch mehr Verärgerung, ob ihr konfliktscheuer Sohn vor dem Aufbruch überhaupt noch ein Wort äußern würde.

»Außerdem«, fuhr Herbert-Dietrich eifrig fort, »muss das früher anders gewesen sein. Wir hatten in Berlin jüdische Nachbarn. Die haben kein Jahr auf ihren Weihnachtsbaum verzichtet. Ich sehe noch, wie Herr Weinberg mit dem Dienstmädchen immer am dritten Adventssonntag eine riesige Edeltanne nach

Hause brachte. War wirklich ein ordentlicher Mann, der Herr Weinberg. Irgendwie hatten wir alle Respekt vor ihm.«

»Irgendwie«, murmelte Alfred.

Noch ehe Herbert-Dietrich zu Ende gesprochen hatte, riss er mit der Verstörung eines Mannes, der am Abgrund steht und nicht fasst, wie er dahin gekommen ist, die Augen weit auf. Es dauerte zwar nur wenige Schläge seines erregten Herzens, bis er erkannte, dass er es gewesen war, der Weinbergs Namen erwähnt hatte, doch da bebten bereits seine Hände. Sie erschienen ihm feucht, jeder einzelne Finger zu schwer. Er spürte Klopfen im Hals und einen Druck im Kopf, der ihn benommen machte. Es war ihm, als hätte er auf nüchternen Magen einen doppelten Cognac geleert.

»Einen hinter die Binde«, lachte er, »das hilft immer.«

»Vati, lass das doch.«

Weshalb war Andrea heiser? Ihre gequetschte Stimme klang wie ein falscher Ton auf der Geige. Herbert-Dietrich fiel ein, dass seine Tochter nie hatte üben wollen, dass sie schon als Kind eine Meisterin der falschen Töne gewesen war und er ihr vorgeworfen hatte, ihr fehle der Blick für das Wesentliche. Er schaute sie mit Widerwillen an und nahm sich vor, endlich zu klären, weshalb sie nie Bescheid wusste, wenn es um seine Belange und Empfindungen ging; er war es seiner Würde schuldig, Andrea Unbelehrbarkeit und mangelnde Aufrichtigkeit vorzuwerfen. Die vor allem störte ihn schon seit Monaten. Ehe er seine Anklage jedoch befriedigend formuliert hatte, fiel ihm ein, dass er seinen Kindern nie von den Weinbergs erzählt hatte.

»Natürlich nicht«, sagte Herbert-Dietrich. Er fand seine Stimme überdeutlich und musste trotzdem abermals überlegen, ob er laut gesprochen hatte.

Welcher Vater konnte denn nach dem Krieg noch offen mit seinen Kindern reden, ohne sich albern aufgerissene Augen und die törichten Vorwürfe der ahnungslosen Spätgeborenen einzuhandeln? Er war, als das mit den Weinbergs passierte, ja selbst noch ein Kind gewesen. Ein Halbwüchsiger, berichtigte Herbert-Dietrich widerstrebend sein Gedächtnis, wohl eher ein halber Erwachsener, doch noch mit ganz anderen Dingen beschäftigt als mit der furchtbaren Tagespolitik. Das Brennen im Nacken, das ihn seit dem nicht zustande gekommenen Dialog mit Andrea gequält hatte, wurde im Schädel zu einem Feuer, das sich nicht mehr löschen ließ und immer deutlichere Eindrücke an eine Zeit entflammte, in der Häuser zu Asche brannten und Ideale zu Illusionen verkohlten. Oder waren es Tote, die ihn verfolgten? Sie hatten nicht das Recht, ausgerechnet ihn nach so langer Gnadenfrist zu derangieren. Beklommen riss Herbert-Dietrich an seinem Kragen; er fand nicht sofort den obersten Hemdknopf, machte eine fahrige Bewegung, die ihm verräterisch und nicht passend für einen Mann erschien, der im Feld doch viel seltener ein Gewehr als die Kamera des Kriegsberichterstatters in der Hand gehabt hatte. Diesen Einsatz in Polen konnte er beweisen.

»Mach doch endlich das Fenster auf. Hier erstickt man ja.«

»Dann brennen doch alle Kerzen schief.«

Weshalb war dauernd von diesen verfluchten Kerzen die Rede? Und von Kränzen? Für Weinberg hatte es keine Kränze gegeben. Sollte er das alles nun erzählen, an der Kaffeetafel vor seinem unwillkommenen Schwiegersohn, der ihm die Tochter genommen hatte, Zeugnis ablegen, dass er sehr wohl wusste, dass die einen schuldig und die anderen zu Opfern geworden waren? Hatte er in seinem zweiten Leben als angesehener Prokurist einer gut beleumundeten Textilfirma nur deshalb Gewissensruhe und Respekt verspielt, weil er nie mehr an die Weinbergs gedacht hatte? Verdrängt hatte er jede Erinnerung an den immer eleganten, stets freundlichen Bankier, sein Bildnis ausgelöscht. Warum musste ihm nun einfallen, dass Weinberg schon damals ein Auto gehabt hatte und eine rassige, kapriziöse Frau mit teueren Pelzkragen und auffallenden Hüten und wie sie im Nachthemd auf der Straße ausgesehen hatte? Bedroht, schreiend, vernichtet, um Barmherzigkeit flehend und verspottet.

Entsetzt, weil er nicht zurückfand aus einer Vergangenheit, die ihm das Blut aus dem Körper saugte, als wäre allein das Gewesene Teil seines Seins, presste Herbert-Dietrich den Kopf mit beiden Händen zusammen, doch immer mehr Schatten entschlüpften der Schraube. Sie wurden zu einem Strom, der ihn zerriss und in einem einzigen Augenblick seinen Stolz und die Sicherheit von Jahren hinwegtrieb. Durfte ein Mann denn nicht seinen Kindern ohne Scham in die Augen sehen? Die zwei Jungen der Weinbergs fielen ihm ein und dass sie beide blaue Tretroller gehabt hatten und entzückende kleine Kerle gewesen waren, ein Zwillingspaar. Auch die Buben waren nach dieser Nacht verschwunden, die Tretroller erst eine Woche später.

»Komisch«, monierte Ulrike mit einer Stimme, in der er die Ungeduld der Gekränkten hörte, »dass du heute andauernd von Charlotte redest. Andrea hat dir doch vorhin schon gesagt, dass sie sich nicht mehr erinnern kann, wie sie gemalt wurde.«

»Gut, dass du immer weißt, was ich denke.«

Nichts wusste Ulrike von seinen Peinigern. Sie hatte ja ihre Kindheit in einem Dorf verbracht, das immer schon judenrein gewesen war. Herbert-Dietrich schlug sich erschrocken auf den Mund, als er das Wort formulierte, war erst erlöst, als er merkte, dass er diesmal geschwiegen hatte. Was wusste denn seine nach kritikloser Toleranz eifernde Tochter, dieser arrogante Schwiegersohn mit dem inquisitorischen Blick schon von den Gespenstern, die einen Mann seines Alters bedrängten, wenn er sein Gedächtnis nicht schützte, nicht sein von der selbstgerechten Generation diskreditiertes Gewissen und moralisches Ansehen?

Was wusste diese fremde, selbstgerechte Frau an seinem Tisch von den Schreien in der Nacht, die er gehört hatte und die in Momenten wie diesem auch die Ohren derjenigen marterten, denen die Geschichte die Rolle der Täter aufoktroyiert hatte?

Die verlorenen Bilder, der gnädig früh verstummte Klang einer zerberstenden Welt, die bereits im Moment des Geschehens unterdrückte Ahnung vom Unheil und später das Wissen um die Sünde der Teilnahmslosigkeit, die das ewige Schweigen geboten, waren zu Herbert-Dietrich zurückgekehrt, weil er durch einen Zufall, den er sich schon nicht mehr zu erklären vermochte, einen einzigen Namen erwähnt hatte. Erschöpft ließ er seine Augen durch die Nacht irren, in der im Nachbarhaus die Fenster zersprungen waren und Weinbergs kleiner Foxterrier blutend auf der Straße gewinselt hatte. Das Schaudern nahm Maß, zielte und traf einen Mann, der aus Klugheit freiwillig erblindet und nun durch ein furchtbares Versehen wieder sehend geworden war.

Der uniformierte Pöbel hatte auf Weinberg eingeschlagen, ihn wie einen entlaufenen Sträfling vor sich hergetrieben. Wohin? Hans-Dietrich hatte es nie erfahren, nichts wissen wollen, später auch das versiegelte Haus nicht zur Kenntnis genommen. Er war ja damals auch schon in Uniform gewesen, musste sich selbst vor dem Mitleid mit den Falschen schützen. Er war ja nur ein Rädchen in der Geschichte gewesen, durfte nicht mehr nachdenken, nicht fragen, musste an die Ideale der Zeit glauben und hatte dies auch gewollt. »Ist was mit dir?«, fragte Ulrike. »Du bist auf einmal so komisch. Soll ich dir mal eine Magentablette holen?«

»Du mit deinen ewigen Tabletten. Bring lieber den Köter draußen zum Schweigen. Ich hasse Foxterrier.«

»Um Gottes willen, was ist bloß los mit dir, Herbert-Dietrich? Ich habe den ganzen Tag noch keinen Hund gehört.«

»Nie hört einer was. Höchstens, wenn ich mal was sage, was

anderen Leuten nicht in den Kram passt. Oder warum starrt mich mein Herr Schwiegersohn so an?«

»Weil ich schon die ganze Zeit mit dir rede«, erwiderte Alfred. »Ist so eine Angewohnheit von mir, einem Menschen dabei ins Gesicht zu sehen. Ich war gerade dabei, dir zu erklären, weshalb wir nicht Weihnachten feiern und weshalb es in meinem Haus weder einen Adventskranz noch einen Baum geben wird und noch nicht einmal einen Tannenzweig. Mit dem Messias hat das nichts zu tun. Meine Mutter wollte nur höflich sein. Sie hat von der Zukunft geredet, aber die Vergangenheit gemeint.«

»Es langt, Alfred. Bist du Moses?«

»Lass mich ein einziges Mal im Leben ausreden, Mama. Dein Herr Weinberg, Herbert-Dietrich, war auf dem Holzweg. Er war ein hirnverbrannter Narr, der sich mit bunten Kugeln und Lametta den alten Kindertraum der deutschen Juden von der Assimilation in ihrem Vaterland erfüllen wollte. Das Vaterland hat seinen Juden jedoch einen Tritt verpasst. Es hat ihnen nichts genutzt, dass sie ihre Kinder Wilhelm und Siegfried genannt und unter dem Weihnachtsbaum gehockt und geglaubt haben, sie wären tatsächlich Deutsche wie alle anderen. Hitler hat sie alle eingeholt. Er hat die guten patriotischen Dummköpfe genauso vergast wie die Frommen, die sich nie ihrer Wurzeln schämten. Und ich bin es den Ermordeten schuldig, dass ich nicht wieder den gleichen Fehler mache, unter einem Weihnachtsbaum sitze und vergesse, was geschehen ist.«

»Wir konnten das nicht wissen. Ich wollte dich nicht kränken, Alfred.«

»Hast du nicht. Manche Dinge muss man nur aussprechen, ehe die Missverständnisse zur Lawine werden und uns überrollen. Ich erwarte auch nicht, dass du mich verstehst. Mir langt es, wenn Andrea es tut. Eines Tages wird sie begreifen«, fügte Alfred hinzu, als er die Betroffenheit seiner fremden Familie und die Verblüffung seiner Mutter wahrnahm. In Ruths Zustimmung loderte Stolz. Er sah es und war zufrieden.

Sie reichten sich die Hand zum Abschied, sogar ein wenig heiter im Gefühl einer Befreiung und so, als hätte keiner von ihnen die Steine einer trennenden Mauer aufeinander geschichtet, die sich nie mehr einreißen lassen würde. Andrea, immer noch blass und mit geröteten Augen, trug einen Napfkuchen, der von ihrer Mutter in der Küche hastig gegen den ihr zugedachten Stollen ausgetauscht worden war.

»Gib Acht«, scherzte Herbert-Dietrich an der Haustür, »dass du dir nicht auf den Saum trittst. Gefallen deinem Mann deine kurzen Röcke?«

»Ja.«

»Schön, dass wenigstens ihr euch einig seid.«

Alfred umklammerte eine Schüssel mit der Minestrone, die er bei seinem ersten Besuch in Bad Homburg gelobt hatte und der er seitdem nicht mehr entgehen konnte, obwohl er von weißen Bohnen Sodbrennen bekam. Die Knöchel seiner Hände leuchteten grau im Schein der Straßenlaterne. Seiner Mutter fiel ein, dass er immer seinen Zorn hatte verleugnen können und nie die Beunruhigung des Zweifels.

Ulrike und Ruth schauten einander einen zu langen Augenblick an und mit der gleichen beschämten Hilflosigkeit, die sie zu Verbündeten machte. So gelang es beiden nicht, voreinander zu verbergen, wie bewusst sie sich waren, dass ihnen das gleiche Mütterschicksal widerfahren war. Jede von ihnen hatte ein Kind für den alten Trugschluss der Jugend hergeben müssen, dass Liebe haltbarere Fundamente setze als die Erfahrungen der Eltern.

»Hör endlich auf zu weinen, Loreley«, bat Alfred, als er die Wohnung aufschloss. »Du machst mich noch ganz melancholisch. Es ist nichts geschehen, was uns beide tangiert. Oder hast du gestern in der Blumenhandlung einen Tannenbaum bestellt und traust dich morgen nicht zu sagen, dass dein Mann beschnitten ist? Sag einfach, du hättest das eben erst entdeckt.«

»Quatsch, nur mir ist das alles so entsetzlich peinlich. Ich hätte diesen verdammten Besuch verhindern müssen. Ich kenne doch das Adventsbrimborium meiner Eltern. Wir sind es doch, die nun die Bescherung haben.«

»Vorsicht, mein Schatz. Wenn du noch einmal Bescherung sagst, geht der ganze Schlamassel von vorn los. Das Wort gehört für mich zu Weihnachten wie Gabe, Lichterglanz und strahlende Kinderaugen.«

»Siehst du, auch ich stampfe in jedes Fettnäpfchen.«

»Mit wunderschönen Beinen. Lern einfach, über dich selbst zu lachen. Das halten die meisten Leute für jüdischen Witz. Ist aber nur Galgenhumor. Er macht widerstandsfähig und schützt uns. Und jetzt machen wir endlich den Wein auf, den mir eine Patientin als Entschädigung dafür geschenkt hat, dass mir ihr verdammtes, antiautoritär erzogenes Balg den Daumen abbeißen wollte. Dieser Beaujolais ist der letzte Schrei bei Weinkennern. Und wenn wir besoffen genug sind, kaufen wir uns rote Zipfelmützen, kleben uns weiße Bärte an, fahren im Schlitten nach Bad Homburg und sagen, wir hätten es nicht so gemeint und würden doch lieber den Stollen haben. Der war wirklich wunderbar. Soll ich dir ein ganz großes Geheimnis verraten? Du musst allerdings schwören, dass du es bis zum Jüngsten Tag für dich behältst.«

»Mach schon.«

»Ich liebe dich und hasse Napfkuchen.«

»Ich kann nicht so schnell zur Tagesordnung übergehen. Das habe ich nicht gelernt«, sträubte sich Andrea vor dem ersten Glas.

»Mußt du aber, meine süße kleine Preußin. Sonst kriegst du

Komplexe und Magengeschwüre. Wirf dein Taschentuch an die Wand und zieh endlich diese alberne hochgeknöpfte Bluse aus. Du siehst aus wie eine höhere Tochter, die sich als Gouvernante bei einem adligen Witwer bewirbt.«

Vor dem zweiten Glas lernte Andrea das Wort »Chaim« als Trinkspruch der Juden und sprach es so hart aus, dass es sich auf Keim reimte. Alfred machte geübt aus einem Anflug von Schaudern versöhnliches Gelächter; er referierte über die hebräischen Kehlkopflaute und lockerte die Lektion mit Küssen auf. Beim dritten Glas, als sie bereits perfekt die Kunst des Gutturalen beherrschte, war er schon benommen und fragte stirnrunzelnd: »Weshalb schwärmen plötzlich alle Leute für dieses bittere Zeug?«

»Weil die Gojim alle doof sind«, erwiderte Andrea.

»Du bist die schönste Frau der Welt. Auch wenn du beim Lachen quietschst. Brigitte Bardot ist ein Feudel gegen dich. Woher kennst du eigentlich das Wort? Vom bösen Alfred bestimmt nicht.«

»Nein. Von der guten Rachel.«

»Gelobt sei Rachel.«

Als die Flasche sich neigte, goss Alfred sie mit süßem Carmel-Wein auf und seufzte zufrieden: »Das ist doch was ganz anderes.« Er sang »A Spoonful of Sugar makes the Medicine go down« und zog Andrea den Rock aus.

»Rachel hat Recht«, sagte sie, als sie ihre schwarze Strumpfhose um den gelben Schirm der Stehlampe wickelte und eine Rose in die Schleife steckte.

»So besoffen bin ich noch nicht. Anständige Menschen sprechen nicht von Gojim.«

»Mach ich nie wieder, wenn du so verdammt empfindlich bist. Aber ich verlasse dich auf der Stelle.«

»Und heiratest einen Weihnachtsmann.«

»Nein, ich gehe jetzt meine Pille ins Klo werfen. Hat Rachel mir geraten.«

»Du lieber Himmel, du siehst aus wie meine Mutter. Total entschlossen, dem kleinen Alfred klarzumachen, dass er von nichts eine Ahnung hat und davon jede Menge.«

Sie waren, als sie die kleinen Tabletten in der Toilette versenkten, nicht mehr nüchtern. Bei Alfred war es der Wein, der ihm die Klugheit der Nacht raubte und die Furcht vor der Zukunft nahm. Andrea empfand nur Triumph. Sie hatte ihren Entschluss gefasst, als die erste Adventskerze angezündet wurde.

»Wirst sehen«, flüsterte sie, »ich werde eine richtige jüdische Mamme wie deine Mutter.«

»Jüdisch reicht, mein Unschuldsengel. Du ahnst nicht, was uns bevorsteht.«

5

Wie das weiße Kaninchen aus Boston«, keuchte Andrea, als ihr aufging, in welchem Tempo sie die Treppen hochhetzte und dabei »keine Zeit, keine Zeit« vor sich hin brabbelte. Der Gedanke, dass sie ausgerechnet an einem so glückhaften Tag, wie sie ihn gerade erlebte, an »Alice im Wunderland« dachte, faszinierte sie, weil sie als Kind das Buch nicht gemocht hatte und das übernervöse Kaninchen mit der riesigen goldenen Uhr in der Westentasche schon gar nicht. Sie lachte unvermittelt los; ihre Stimme schallte zu laut durch den Hausflur. Besorgt, dass Ruth sie bereits gehört haben könnte und unweigerlich ihren Kopf zur Tür herausstrecken würde, schloss sie die Wohnungstür so leise wie möglich auf und stellte, noch im Mantel, den Küchenwecker ein.

Sollte Alfred zur gewohnten Zeit nach Hause kommen, blieb Andrea nämlich nur eine knappe Stunde, um ihren großen Auftritt so zu inszenieren, wie sie ihn seit Wochen geplant und erträumt hatte. Sie nahm sich vor, jede der dreiundfünfzig Minuten in der gleichen Seligkeit zu genießen wie jenen beglückenden Augenblick, der aus Hoffen und Ahnung die endgültige Gewissheit gemacht hatte. Als sie das Wasser aufdrehte und sich, ehe die Wanne nur halb voll war, in den warmen Strahl legte, beschwingte die Lust eines noch nie empfundenen Triumphes ihren Körper.

Wann immer Andrea die Augen schloss und dann so weit öffnete, dass sich das kalte blaue Licht im Badezimmer in einen Dunst von farbschweren Punkten auflöste, erblickte sie ein Rad aus Feuer, das ihre Sinne taumeln ließ. Sie sah die rotgrüngestreiften Handtücher an der Stange sich zum Ballett formieren, hörte die Melodie von »Freude, schöner Götterfunken« zum Jubelchor anschwellen und wunderte sich, als sie zu singen begann, wie klar ihre Stimme war. Sie tauchte in einer Wärme unter, die sie als die Unendlichkeit des Seins empfand, machte einen betäubend süßen Duft als Göttergunst aus und kehrte erst zu sich selbst zurück, als sie sich »Er stand auf seines Daches Zinnen und schaute mit vergnügten Sinnen auf das beherrschte Samos hin« deklamieren hörte. Lange überlegte sie, woher sie die Geschichte kannte und wie sie geendet hatte.

Später entschlüpfte sie mit einem wehmütigen Seufzer der Kostbarkeit des Augenblicks, stieg zögernd aus der Wanne, erblickte ihr Gesicht im Spiegel und konnte sich nicht satt sehen an diesem neuen Strahlen der Erwartung. Wie in Trance stampfte sie auf dem kleinen weißen Teppich herum. Im Bademantel verteilte sie die eilig gekauften Delikatessen auf böhmische Glasschälchen, die sich von den blauen Lichtsternen des Kristallleuchters ihres unbekannten Schwiegervaters nährten: Sie fühlte sich ihm auf eine wundersame Art verbunden.

Von den vorgesehenen zehn Minuten für ihr Make-up brauchte Andrea nur deren acht; sie nutzte die eingesparte Zeit, um ihr Haar zu föhnen und gleichzeitig die vielen Papiere zusammenzuraffen, die sich auf ihrem Schreibtisch zu einem Berg türmten. Lachend brachte sie den aufgeschlagenen Terminkalender in Sicherheit.

»Das möchte dir so passen«, flüsterte sie zärtlich dem abgegriffenen Büchlein mit dem roten Ledereinband zu, »meinem schlauen Mann vorzeitig das große Geheimnis zu verraten.«

Die Inspektion ihrer Garderobe verlief unbefriedigend. Es erschien Andrea, je mehr sie sich auf diesen einen Punkt konzentrierte, stimmungsvoll und für die Gelegenheit absolut geboten, auch durch ihre äußere Aufmachung die Veränderungen zu betonen, die dabei waren, ihre Zukunft in eine neue Form zu gießen. Schließlich entschied sie sich für das schottische Plaid, das Großtante Charlotte ihr zu Ostern geschickt hatte.

»Du lieber Himmel«, hatte Alfred gespottet, als das Paket eingetroffen war, »ich hab eine Frau geheiratet, die Ostern Geschenke bekommt.«

»Nicht mehr lange«, hatte sie geantwortet.

Die Szene erschien ihr nun wie ein geheimnisvolles Omen. Abermals Beethoven schmetternd, holte sie die Decke aus den Tiefen des Wäscheschranks heraus, wickelte geschickt den rotschwarz karierten Wollstoff zu einem langen Rock und schlüpfte in eine weiße Seidenbluse, die ihr der Romantik der Stunde angemessen erschien. Mit angehaltenem Atem schnürte sie eine breite schwarze Samtschärpe zu, die ihre schlanke Taille betonte.

»Wie lange noch?«, raunte Andrea beglückt ihrem Spiegelbild zu und nahm sich vor, genau diese drei Worte und kein einziges mehr zu sagen, sobald Alfred ihr das erste Kompliment zu ihrer Figur machte. Mit zwei Fingern befühlte sie ihren Bauch, stellte sich Alfreds ahnungsloses Gesicht vor, wenn sie ihn schweigend fixierte, und versuchte sich auszumalen, wie sich die geliebten Züge im Augenblick des Begreifens verändern würden. An dieser Stelle ihrer Tagträume gerieten die Bilder ins Wanken. Sie grinste, als sie zugeben musste, dass Alfred nicht der verliebte Märchenprinz war, der um seiner Angebeteten willen auszog, geheimnisvolle Rätsel zu lösen.

»Die Sphinx hätte dich mit Haut und Haaren gefressen«, drohte sie seinem Hut, »da hätte dir dein kluger jüdischer Kopf, auf den du so stolz bist, keinen Deut genutzt.« Sie stülpte den Hut über die Haare, roch einen Hauch von Haarwasser und glaubte bereits Alfreds Hände im Nacken zu spüren.

Als sie die Wagentür schlagen und sofort danach das Hoftor

quietschen hörte, stellte sie die Musik zu »My Fair Lady« an. Julie Andrews sang: »I could have danced all night.« Andrea tanzte mit ihr und dachte an die Königin der Nacht. Mit der stürmischen Kraft einer Frau, die nicht mehr mit der Heimkehr ihres Mannes gerechnet hat, umarmte sie den Ersehnten, legte ihre Hände auf seine Augen und führte ihn ins Esszimmer. Im fünfarmigen Leuchter brannten gelbe Kerzen. In einem gläsernen Kübel stand eine Sektflasche mit umgewickelter Serviette. Er setzte die Brille ab und begann sie umständlich zu putzen, blinzelte kurzsichtig und überlegte befangen, ob er so töricht aussah, wie er sich fühlte.

»Sie hat's geschafft«, summte Andrea.

Einen Moment standen sich beide gegenüber und versuchten Botschaften zu senden. Sie wurden verlegen, ohne dass sie sich wehren konnten, verloren ihre Heiterkeit und Natürlichkeit.

»Bist du krank oder beschickert?«, versuchte es Alfred.

»Weder noch.«

»Was hat Madame dann geschafft? Sag nur, du hast den Knopf an meinem Blazer angenäht! Das war wirklich nicht nötig. Die anderen werden ohnehin auch bald abplatzen, wenn du mich weiter so überfütterst.«

»Quatsch. Moderne Frauen nähen ihren Männern keine Knöpfe mehr an! Die verwirklichen sich selbst.«

»Wer? Die Knöpfe?«

»Die Frauen.«

»Das hast du nicht nötig, meine Süße. Mir bist du verwirklich genug. Ich zwick mich jeden Tag ins Ohr und frage mich, wieso gerade ich dich bekommen habe. Komm, machen wir Schluss mit dem Firlefanz. Setz erst mal meinen Hut ab. Der ist für die Synagoge und für Beerdigungen.«

»Und für ganz besondere Tage. Hat er mir gesagt.«

»Es langt, Andrea. Für heute habe ich genug von Kindern.

Außerdem bin ich nicht so vertrottelt, wie ich aussehe. Ich weiß genau Bescheid.«

»Nichts weißt du.«

»Doch, alles. Du hattest heute dein Mündliches. Glaubst du wirklich, dass ein Arzt nicht mitbekommt, wenn seine Frau seit Tagen jeden Morgen zum Gotterbarmen herumwürgt? Ich hab nur nichts gesagt, um dich nicht noch nervöser zu machen. Findest du es aber fair, so mit einem alten Mann umzugehen? Vielleicht sagst du mir endlich, wie's gelaufen ist. Ich habe den ganzen Tag auf deinen Anruf gelauert.«

»Rat mal«, flüsterte Andrea und hielt einen Finger hoch. »War doch klar. Glaubst du denn wirklich, ich hätte bei einer mickerigen Zwei echten russischen Kaviar gekauft?«

»Gratuliere, gratuliere, gratuliere. Ich weiß gar nicht, was ich sagen soll. Das ist eine echte Sensation. Und meine superkluge Frau erzählt von ihrem Erfolg, als hätte sie einen Dreier im Lotto! Weiß denn deine Familie schon Bescheid?«

»Ich bin erst vor einer Stunde nach Hause gekommen. Wann hätte ich da in Bad Homburg anrufen sollen? Außerdem solltest du es als Erster erfahren.«

»Du bist ein herzloses kleines Biest, ein ekelhafter Vampir, der seinen Eltern den letzten Blutstropfen aussaugt. Das war mein letzter Kuss. Seitdem ich deinen Vater kenne, redet er von nichts anderem als von deinem Examen. Ich esse keinen Bissen von dem teuren Quatsch, wenn du nicht auf der Stelle anrufst und ihn wissen lässt, dass der böse Judenlümmel dich nicht daran gehindert hat, dieses verdammte Examen zu machen.«

»Erst einen Schluck Sekt«, bettelte Andrea. »Warum darf ich nicht in aller Ruhe mit dem Menschen feiern, dem ich mein Glück verdanke?«

Ihre Hand war nicht ganz ruhig, als sie die Gläser voll schenkte, sie atmete zu heftig und hatte rote Flecken auf der

Stirn und den Wangen. Alfred merkte es, doch er schaute sie an, als fände er es selbstverständlich, dass sie so erregt und fiebrig aussah. »Wie«, fragte er, »geht es jetzt mit dir weiter? Ich meine, bei dem Examen werden sich die Schulen um die Referendarin Bär reißen.«

»Für heute habe ich genug gedacht. Mein Hirn hat keinen Platz mehr für Kinder, die aus Referendarinnen Hackfleisch machen. Ich will nur noch über den Wolken schweben. Wie Mary Poppins. Kaufst du mir einen Regenschirm?«

»Deine Phantasie und dem Rothschild sein Geld möcht ich haben. Verrätst du mir wenigstens, weshalb du dich wie ein schottisches Schlossgespenst kostümiert hast. Trägt man neuerdings solche Lumpen in Akademikerkreisen, um nicht den Neid der Dummen zu erregen?«

»Ich wollte dir nur meine schlanke Taille noch einmal vorführen.«

»Ist dir gelungen, Loreley. Du siehst bezaubernd aus. Elegant und schön. So was habe ich mir immer gewünscht. Du bist das Kontrastprogramm zu unserer Zeit, die Hässlichkeit für eine Tugend hält.«

»Ich sagte noch einmal, Alfred.«

»Was noch einmal?«

»Ich wollte dir noch einmal vorführen, wie schlank ich bin. Du hast wieder einmal nicht richtig zugehört und noch weniger kapiert.«

»Was soll das heißen?«

Sie kletterte auf seinen Schoß, wurde noch einmal ein kleines Mädchen und war es doch schon nicht mehr, zupfte an seiner Krawatte, bettete ihren Kopf im groben Tweedstoff der Jacke, spürte das Verlangen, die Zeit festzuhalten und durch das geöffnete Fenster nach den Sternen zu greifen. Einen Atemzug lang hielt sie tatsächlich einen in der heißen Hand und wünschte ihren Wunsch, doch es traf sie der scharfe Schnitt der Vergänglichkeit, und sie begriff, dass nichts mehr werden würde, wie es gewesen war.

»Ich bin so schrecklich glücklich«, wisperte sie trotzdem.

»Ich auch«, echote Alfred. »Es war an der Zeit.«

Einen Moment lang lockte Andrea die alte Kinderlust, das Spiel noch einmal von vorn zu beginnen, sich in Worte und Andeutungen zu hüllen, die sie schön machten, zufrieden, siegessicher und auf immer dem Mann überlegen. Ihr Herz fing an zu rasen, pochte fordernd in den Rippen, und jedes Beben entriss dem Zaubergewand aus Illusion einen goldenen Faden des Triumphes, der sanft zu Boden fiel und verglühte. Mit einem Mal verlangte es die gereifte Seherin nach der Überschaubarkeit der Realität, nach den sorgsam gezogenen Grenzen zwischen Nüchternheit und Trance.

»Ich habe«, erzählte sie, »heute nicht nur mein Examen gemacht. Ich war nachmittags beim Arzt. Deshalb bin ich auch so spät nach Hause gekommen. Und dreimal darf mein kluger Alfred jetzt raten, weshalb ich an so einem Tag zu einem fremden Arzt ging statt zu meinem Bärchen in die Praxis.«

Er begriff sofort. Seit Tagen hatte er befürchtet, dass sie sich nicht jeden Morgen wegen Examensängsten im Badezimmer einschloss und beim Frühstück an einem trockenen Toast würgte, doch er mochte ihr nicht vor der Zeit die Freude nehmen. Grüblerisch sah er sie an – so brütend und überrascht, wie Andrea es sich erträumt hatte, so gespannt und unsicher in Geste und Mimik, wie es eigentlich nur ein Mann konnte, der nicht Arzt war.

Als er sich auf diesen letzten Akt des uralten Schauspiels einließ und seine Augen mit der Maske der Ahnungslosigkeit schützte, übernahm die Niedergeschlagenheit die Regie. Zu spontan wurde Alfred klar, dass er Zeit brauchte, um zunächst die Muskeln in seinem Gesicht zu entkrampfen und danach jene fassungslose Begeisterung vorzutäuschen, die seine Liebe ihm befahl. Er versuchte zu lächeln, wollte laut lachen, in kindischem Jubel die Arme hochwerfen und Andrea ausgelassen durch die Wohnung tragen wie der Bräutigam die Braut; ihm war bewusst, dass dies alles spontan wirken müsste und er so beseligt und aufgeregt, wie sie es war, wollte er nicht für immer die Unschuld der Träume von der ewig jungen Liebe zerstören und aus dem Balsam der Einvernehmlichkeit einen nicht mehr zu überschreitenden Graben ausstechen. Zu stark war das Unbehagen, dass nicht er selbst die Entscheidung getroffen hatte, und er verwünschte Rachel und ihre vorwitzige Einmischung in sein Leben. Er sah die Pille in der Toilette schwimmen, schmeckte den Zorn, verfluchte Andreas Beharrlichkeit und ihre Frauenlist in dem romantischen Augenblick, der ihn so wehrlos gegen Vernunft und Einsicht gemacht hatte.

»Alfred, ich bin schwanger.«

Er war ein gehorsamer Mime in einem Vexierspiel, das ihn genierte und wider seine Natur war; mit der Routine eines Menschen, der sich, ehe er reagiert, immer Zeit hatte nehmen müssen, um sich nicht als Außenseiter der Neugierde der Menge preiszugeben, tat er, als hätte er den Satz nicht verstanden, könnte ihn nur langsam entschlüsseln und müsste ihn auf jene trügerischen Zwischentöne abhorchen, die der Saat der Hoffnung das Keimen verwehren. Ungeschickt rieb er auf starren Augenlidern herum, fuhr sich theatralisch durch das Haar, machte den Mund auf und wieder zu, erkannte bestürzt, dass er einen zweitklassigen Komödianten in einem drittklassigen Schwank abgab, der dabei war, die einzig wirklich gute Pointe des kruden Stücks zu verspielen. Und trotzdem blätterte der Geübte weiter im Drehbuch der Lebenslüge. Er spielte Fortunas verwirrten Günstling und inszenierte – sogar mit eitler Freude an der gelungenen Schau – die von Andrea erwartete Verblüffung und die staunende Faszination eines Siegreichen, der nicht zu realisieren vermag, dass ausgerechnet er für das große Männerglück auserwählt worden ist.

Um seiner Ehe willen und der eigenen gefährdeten Illusionen vom dauerhaften Seelenfrieden suggerierte Alfred auch sich selbst, dieses Glück hätte ihn mit Stummheit geschlagen, und der Stolz und die Seligkeit würden seinen Körper versengen. Der wurde tatsächlich fieberheiß, als er im Flammenmeer der Angst zerschmolz. Es waren die ungebetenen Bilder von einer seit dem ersten Tag seiner Ehe gefürchteten Situation, die ihn verbrannten.

In peinigender Deutlichkeit sah sich der Gejagte vor einem Kreissaal stehen und den Barmherzigen um eine Tochter anflehen. Schon ließen sich die lodernden Albträume nicht mehr löschen. Ein rotgesichtiger, feister Arzt stieß die Tür auf und gratulierte dem unglücklichen Vater zu einem Sohn. Der Arzt zog eine graue Uniform an, wobei er ein Schwert mit Runen hochhielt und mit schnarrender Stimme befahl, dass Alfred Bärs Sohn nicht beschnitten werden dürfte. Der Junge hatte Andreas blonde Haare und ein silbernes Kreuz an einer goldenen Kette um den Hals, und er konnte das Wort Barmitzwa nicht aussprechen. Er hielt das Neue Testament in der Hand. Bevor jedoch die Welle von Panik zur Todesflut wurde, gelang es dem Vater dieses falschen Sohns, auf dem Höhepunkt der Herausforderung das Missverständnis aufzuklären. Mutig breitete er seine Arme aus, zog den Jungen an sich und zeigte ihm, wohin er gehörte.

Alfred duckte sich, wie er es als Kind gelernt hatte, um in einer gespaltenen Welt nicht den Überblick zu verlieren. Dann hörte er einen Mann seine Kehle, den Körper, das Herz befreien, hörte ihn sehr laut lachen. Endlich erlöst und unendlich demütig begriff er, dass er es gewesen war, den die Pflicht zur Tarnung und schonenden Lüge errettet hatte. So zärtlich umarmte der um seine Sicherheit geprellte Betrüger seine Frau, dass sie die Zweifel und die Verzweiflung ihres Mannes nicht wahrnahm. Sie mißdeutete die Waffen des Klarsichtigen als den gleichen Rausch, der dabei war, von ihrem Körper, ihrem Kopf, ihrem Leben Besitz zu nehmen.

»Mir tut bei allem die evangelische Kirche so schrecklich Leid«, sagte der Muntere später am Esstisch und spießte mit der Gabel die Heiterkeit auf, die er brauchte, um wie gewohnt zu sprechen, »für die bist du jetzt endgültig verloren. Dafür wird es zwei neue Juden auf der Welt geben.«

»Ich darf mich also endlich taufen lassen?«

»Nicht taufen, meine Süße, übertreten.«

»Du weißt doch genau, was ich meine.«

»Weiß ich. Also beginnen wir ganz von vorn. Du darfst nicht übertreten. Du musst.«

Sie merkte nicht ihre falsche Wortwahl in einem Augenblick, der ihr so viel bedeutete, horchte nicht der Ironie in Alfreds Stimme nach, sah nicht die rasche Bewegung seiner Augenbrauen. Schon gar nicht witterte Andrea die Erschrockenheit eines Skeptikers, der am Graben stand und soeben begriffen hatte, dass der sich nie zuschütten lassen würde.

»Alfred«, schwor die Gutgläubige, »ich habe mir nie etwas anderes gewünscht. Von dem Tag an nicht, an dem ich dich kennen lernte. Das musst du mir glauben. Das sage ich nicht, um dich noch glücklicher zu machen, als du bist. Unser Kind wird dafür sorgen, dass wir ganz eins werden.«

»Alles glaube ich dir, mein ahnungsloser Engel, alles. Nur hast du keinen blassen Schimmer, was uns bevorsteht. Vor allem dir. Für den Fall, dass du meine zarte Andeutung nicht verstanden hast, als wir uns kennen lernten, sag ich's noch einmal. Jüdisch zu sein ist schon kein reines Vergnügen, jüdisch zu werden eine Zumutung. Den Juden geht es nicht um errettete Seelen. Wir kennen den Begriff überhaupt nicht.«

»Was heißt das für mich?«

»Wer übertreten will, wird nicht mit offenen Armen empfangen. Im Gegenteil. Er wird abgewiesen und muss beweisen, dass er es ernst meint. Er muss Hebräisch lernen, Speisegesetze und tausend Dinge, die kaum ein Einziger von uns weiß. Und es ist einer der vielen Irrtümer auf der Welt, dass wir nur zehn Gebote haben. Ich habe mal gelesen, dass es sechshundertdreizehn Extra-Paragraphen gibt. Jedenfalls ist ein Staatsexamen eine Lappalie im Vergleich zum bestandenen Aufnahmeverfahren in eine verachtete Minderheit.«

»Ich fürchte mich nicht. Ich kann lernen. Ich bin eine ganz große Nummer bei Prüfungen. Frag meinen Professor.«

»Wonach? Weiß er, dass zwei Juden drei Meinungen haben und was das bedeutet? Und bei der so genannten Prüfung bekommst du es mit mehr als zweien zu tun. Die werden sich nur in einem einzigen Punkt einig sein. Nämlich, dass du etwas Falsches gelernt hast und noch nicht übertreten kannst.«

»Du willst mir Angst machen, aber das wird dir nicht gelingen. Ich weiß, dass ich es schaffen werde, weil ich weiß, wie schrecklich es für dich wäre, wenn unser Kind nicht jüdisch sein könnte.«

»Schon für diesen einen Satz werde ich dich mein Leben lang lieben«, sagte Alfred.

Er belauschte ungeduldig jeden Atemzug der Träumerin und wog die Schwere, die ihn erdrückte, an Zeitmaßen, die weder Anfang noch Ende und schon gar nicht die Verheißung einer Zukunft hatten. So wurde es Mitternacht, ehe er sicher war, dass Andrea tief genug schlief, um ihn von der Bürde zu erlösen, von einem Glück zu sprechen, das ihm den Frieden nahm.

Niedergedrückt wehrte er sich noch eine Viertelstunde gegen seine Hilflosigkeit, die lähmende Furcht und den Kleinmut derjenigen, die einen Weg einschlagen, ohne das Ziel zu bedenken. Dann schlich er doch aus dem Schlafzimmer in die Diele. Einige Minuten später zog er schuldbewusst die Wohnungstür von außen zu. Als er im Hausflur stand und – er hielt es für Zufall – die Mesusa berührte, die ihn an den Glauben der Väter band, nahm er beschämt das Urteil an. Zum ersten Mal begriff Alfred in voller Tragweite, wie es seine Ehe beschwerte, dass er in den Stunden der Entscheidung zeit seines Lebens seiner Mutter näher sein würde als seiner Frau. Er war erleichtert, als er sah, dass in Ruths Wohnung das Licht noch brannte. Der Mann, der Vater werden sollte, machte sich seufzend auf, um nur noch Sohn zu sein.

»Das hast du nötig gehabt«, schimpfte Ruth, ohne dass es ihr gelang, ihre Augen von Anteilnahme und Bekümmerung frei zu halten, »bekommst ein Kind und jammerst wie ein Schnorrer, dem Rothschild eine alte Hose geschenkt hat statt Geld. Iss wenigstens die gute Hühnerbrühe. Die wird dir gut tun. Ich muss was geahnt haben. Sonst koche ich die Suppe nie mitten in der Woche.«

»Mama, ich bin nicht krank. Außerdem ist Hühnersuppe kein Allheilmittel. Wenn du es genau wissen willst, sie hilft noch nicht einmal bei einem grippalen Infekt. Ich habe es dir nur nie verraten.«

»Grippaler Infekt! Wie redest du mit mir? Haben wir dich dazu studieren lassen? Da sieht man doch, dass du kein guter jüdischer Sohn bist. So was einer Mutter zu sagen, die sich halb tot geschuftet hat, um aus dir einen anständigen, gesunden und klugen Menschen zu machen.«

»Es hat nicht gelangt. Ich bin nur anständig und gesund geworden.«

»Berufe es nur, du Schlemihl! Als hätten wir nicht schon genug Zores. Hast du dir den Fluch der Unfruchtbarkeit ausgebeten? Zürnst du nun dem Allmächtigen, dass er dich nicht erhört hat? Gott schützt die Dummen, nicht die Sünder.«

»Nein, ich wollte ja immer Kinder. Nur wie soll denn Andrea in der kurzen Zeit, die uns bleibt, den Übertritt schaffen?«

»Ich denk, sie ist so klug.«

»Aber das Ganze ist so eine Belastung für eine Schwangere. Und sie ist so sensibel. Ich darf dabei nicht nur an mich denken. Ich bin doch Arzt.«

»Ein schöner Arzt, der nicht weiß, wie man keine Kinder bekommt. Jetzt iss endlich, das hilft. Und kleckere mir nicht das Tischtuch voll. Hat mir dein seliger Vater noch gekauft. Andere haben es auch geschafft, jüdisch zu werden. Abraham war neunundneunzig, als er beschnitten wurde. Muss auch eine ganz schöne Belastung gewesen sein. Glaubst du, der alte Mann war nicht sensibel. Vielleicht war sogar in unserer Familie mal eine, die übergetreten ist. Warum heiße ich sonst Ruth? Den Namen bekommen ja die Übergetretenen.«

»Hast du denn auf alles eine Antwort?«

»Das ist besser als auf nichts. Jedenfalls habe ich gelernt, mir selbst zu helfen und nicht die Zeit mit Jammern zu vergeuden. Schon gar nicht, wenn mir nicht viel bleibt, um das Richtige zu tun. Sonst wärst du nicht auf der Welt, mein Sohn. Geh schon morgen zum Rebbe und sprich mit ihm. Mischehen sind wahrscheinlich sein täglich Brot geworden, seitdem ihr Jungen nicht davon abzubringen seid, dass nur die Liebe den Menschen auf immer glücklich macht. Als ob man was davon hätte, immer glücklich zu sein. Und sag dem Rebbe, dass du kein armer Mann bist.«

»Was hat denn Geld mit einem Übertritt zu tun?«

»Mit was hat Geld nichts zu tun im Leben? Es hat noch nie geschadet, an der richtigen Stelle zu erwähnen, dass man welches hat.«

Alfred war für vier Uhr nachmittags in Rabbiner Blaus Büro verabredet, doch er war schon am frühen Morgen so nervös und unkonzentriert, dass er bei den beiden letzten Patienten aus einem plötzlichen Impuls heraus einen Notfall mit umgehend nötigem Hausbesuch vorschob, die beiden murrenden Mütter für den nächsten Tag umbestellte und sich bereits um zwei Uhr auf den Weg machte. Eine ganze Weile stand er missmutig und mit dem Schicksal hadernd vor seiner Praxis, schalt sich einen labilen Trottel und überlegte mit einem Zorn, der sehr bald abstruse Ausmaße annahm, was er mit der gewonnenen Zeit hatte anfangen wollen. Als er jedoch immer intensiver die Kälte auf der Haut spürte und sie ihn auf eine Art belebte, die einen Strom von Erinnerungen in Gang setzte, wurde ihm doch klar, dass er sehr wohl das Ziel kannte.

Es verlangte den plötzlich Entschlossenen auf zunächst nur nostalgisch anmutende, dann auch schmerzhafte Weise danach, mit den weit ausholenden Schritten des Beladenen das Mainufer abzuschreiten – wie er es häufig als Junge an den Tagen der Reue getan hatte, wenn er das Heimkommen hinausschieben, dem spontan durchschauenden Blick seiner Mutter nicht begegnen wollte und schon gar nicht den getrübten, verletzten Augen des Vaters. Damals hatte es den Bußfertigen vor einer unausweichlichen Konfrontation nur nach der raschen Bewegung gedrängt, um durch die eigene Kraft zu spüren, dass in Stunden der Not die Furcht zum ärgsten Feind eines Menschen wird, der sich zu rechtfertigen hat.

Nun wollte Alfred bewusst die barmherzige Frist erleben, ehe er sich dem Druck beugen mußte, sich auf ein Gespräch einzulassen, dessen Modalitäten ihm unbekannt waren und von denen er vermutete, dass sie ihm wie ein anatomischer Eingriff in sein Intimleben vorkommen würden. Das Gespräch erschien ihm schon deshalb so unangenehm und heikel, weil er sich keine

Illusionen gestattete. Bittsteller und der, dem die Bitte angetragen werden musste, hatten wenig Chancen, zueinander zu finden. Zu konträr waren ihre Biographien, Jahrtausende voneinander entfernt ihre Vorstellungen von Glauben, Toleranz, Pflicht und Erfüllung. Sie lebten in Welten, die keine Berührungspunkte miteinander hatten.

Rabbi Blau stammte aus Budapest; er hatte lange in Israel gearbeitet und war vor einem Jahr nach Frankfurt gekommen. Nicht gern, wie man sich erzählte. Er galt, was Alfred nun in der speziellen Bedeutung für seinen Fall bedrückend konkret einzuschätzen wusste, als sehr orthodox. Es hieß, er sei Witwer, habe sechs Kinder gehabt, und wollte man ihn überhaupt in ein Gespräch ziehen, müsse man den allzeit Verschlossenen nach seinem einzigen Enkel fragen. Alfred hatte dies alles an den hohen Feiertagen bei dem üblichen Austausch von Neuigkeiten und Klatsch in der Synagoge erfahren, doch nicht weiter über die spärlichen Fixpunkte eines ihm fremden Lebens nachgedacht. Bei der anschließenden Predigt von Rabbi Blau hatte er sich allerdings gewundert, weshalb ein Ungar ein so gutes, fast akzentfreies Deutsch sprach.

Alfred griff sich, als er gerade den Eisernen Steg erreichte und aus der Fülle seiner Rekapitulationen die Quintessenz herauszulösen versuchte, an die Stirn, wie es ein Mensch tut, der nicht verstehen kann, weshalb er zuvor die Zusammenhänge einer alltäglichen Geschichte nicht auf Anhieb durchschaut hat. Mit einem Mal erschien ihm jedes der damals kaum beachteten Details wie die Steine eines Mosaiks, und nun gelang es ihm mühelos, aus jedem dieser Steine Leben herauszulesen; er spürte, dass Rabbi Blau sein Deutsch in einem Konzentrationslager gelernt hatte. Wahrscheinlich war der größte Teil seiner Familie ermordet worden. Ein einziger Enkel aus einer orthodoxen Familie mit sechs Kindern erschien Alfred als sehr schlüssiger Hinweis für seine Vermutungen. Nur eines konnte er sich nicht vorstellen – dass ein Mann wie Rabbi Blau Verständnis für einen aus der Nachkriegsgeneration aufbringen würde, der der Liebe wegen eine Frau aus genau dem Volk geheiratet hatte, das für den Entkommenen auf immer das der Mörder bleiben würde.

Auf einer Bank unter einer stämmigen Platane grübelte Alfred fröstelnd, ob in der Welt des Rabbi Blau das Wort Liebe überhaupt eine Bedeutung hatte, wenn diese Liebe einem Menschen und nicht Gott gegeben wurde. Es war ein kalter Tag Ende Februar mit einem stahlblauen Himmel und einer blendenden, für den Frankfurter Winter atypischen Sonne. Die Silhouette der Stadt mit der entstehenden Synthese aus Alt und Neu war reizvoll scharf geschnitten, das üppige Gebüsch zu beiden Seiten des Mains dicht und grün, auch die Bäume schon nicht mehr winterwelk. Ein weißes Ausflugsschiff, von kreischenden Möwen umschwärmt, ankerte am Frankfurter Ufer der Stadt. Durch graues Wasser quälte sich ein mit Kohle beladener Schlepper. Rote Hemden und lange weiße Unterhosen blähten sich im schneidenden Wind. Die alten Ufervillen in Sachsenhausen speicherten die Helligkeit des Lichts. Für Alfred, der seine Gedanken schweifen ließ, um nicht zu denken, hatten sie die Ausstrahlung von heimatlos gewordener Behäbigkeit und Geschichte.

In der Ferne erblickte er die Umrisse des Stadels; zunächst dachte er nur vage an die Bilder des Museums, in dem er als Schüler oft gewesen war. Bald löste sich der wohltuende Schleier seiner Erinnerungen, und danach trennte ihn nur noch ein erregter Schlag des Herzens von Erlebnissen, an die er seit Jahren nicht mehr gedacht hatte.

Der Kunstlehrer in der Quarta hatte seine Schüler immer am letzten Dienstag im Monat ins Städel geführt. Köhler hieß der Mann, und er schwärmte für die Gotik. »Den Bildern der frühen Meister muss man früh begegnen«, hörte ihn Alfred sagen und wurde wieder zwölf Jahre alt. Er hörte die Mädchen auf der breiten Treppe des Museums kichern, sah die Jungen einander schieben und boxen, begegnete sich selbst mit gesenktem Kopf, ein Verschüchterter, der immer nur ein Gleicher unter Gleichen hatte sein wollen. Schon stand er feuchthändig, verlegen, entsetzt, die Augen geschlossen, in dem Saal mit den gold leuchtenden Bildern. Der Zwölfjährige wollte die Augen abwenden von den gepeinigten Heiligen im Feuer, den gemarterten Jüngern, dem gekreuzigten Christus mit seiner Dornenkrone. Er konnte es nicht.

»Bei dem war der Tate nie zu Hause, wenn ihn sein Sohn brauchte«, flüsterte Hermann der Zungenflinke. Er stieß den Freund in die Rippen, zwinkerte ihm Einverständnis zu.

Alfred hatte sich nie durch Lachen befreien können. Jedes der grauenvollen Bilder hatte ihm signalisiert, er müsse entweder aufs Neue die Ursünde begehen, die fremden Götter anzubeten, oder man würde ihn ausstoßen aus der Gemeinschaft der Klasse, ihn verhöhnen, auf immer als den Fremden mit dem falschen Glauben abstempeln. Einmal hatte das aufgewühlte Kind Hilfe bei der Mutter gesucht, wollte ihr seine Panik vor einer Welt erklären, die ihn mit Gottes gequältem Sohn bedrohte.

»Wirst doch wegen ein paar goischer Bildern keinen Aufstand machen, du Dummer. Wir leben nun mal in Deutschland. Brauchst ja nicht hinzuschauen. Das wird dem Allmächtigen bestimmt gefallen.«

Noch immer ließ es Alfred zu, dass Ruths energischer Verstand ihn davor bewahrte, sich selbst zu verlieren. Er lächelte, als er daran dachte, dass ihm alle Weisheit des Lebens in der Küche zuteil geworden war. Seine Mutter hatte dabei nie aufgehört, in den Töpfen zu rühren. Auf dem Weg zurück sinnierte er zwar noch, ob ein Vater, der es in der Hand hatte, sein Kind ohne die Bürde des Judentums aufwachsen zu lassen, im zwanzigsten

Jahrhundert überhaupt noch ein Recht auf Glaubenstreue und Tradition hatte. Als er jedoch den Kopf schüttelte, zweifelte er keinen Moment, für welche der beiden Möglichkeiten sich sein Herz entschieden hatte.

Er fand, als er in dessen Büro saß, Rabbi Blau sympathisch und aufmerksam und registrierte dankbar, dass der alte Mann keine Fragen stellte, nichts kommentierte, nicht rechtete. Erst als er alles erfahren hatte, hob er den Kopf und sah Alfred mit den ermüdeten Augen eines Menschen an, dem nichts mehr neu ist.

»Es tut mir Leid«, sagte er, »dass es die junge Frau an den Beinen hat.«

»Meine Frau ist ganz gesund.«

»Dann«, erwiderte Rabbi Blau, »braucht sie ja nicht ihren Mann zu schicken, wenn sie was von mir will.«

6

Moische Teitelbaum aus Krakau war seit seiner Kindheit an plötzliche und einschneidende Veränderungen des Lebens gewöhnt. Er akzeptierte alle ihm zugedachten Prüfungen, ohne sich gegen sie aufzulehnen. Bei den wenigen Menschen, mit denen er im Alter über sich selbst sprach, galt er als ein Mann, der seinen Frieden gefunden hatte und seine Ruhe wahrlich verdiente. Manche sagten ihm dies.

»Ich verdiene ja sonst nichts«, pflegte er einzuschränken, meinte er doch, auch die Besitzlosen dürften keinen Neid erregen.

Als Sohn eines Kantors hatte Moische mit vier Jahren die hebräischen Buchstaben unterscheiden gelernt und mit sechs im Gebetbuch zu lesen, keine Fragen nach der Logik des Glaubens zu stellen und schon gar nicht, über Ursache und Wirkung zu grübeln.

»Auf Wunder sollst du hoffen«, hatte der Vater das Kind immer wider gelehrt. »Es gibt viele. Der Mensch muss sie nur erkennen. Nur wenn du schläfst, darfst du deine Augen zumachen.«

Die väterliche Fügsamkeit in Unabwendbares hatte den melancholischen Jungen davor bewahrt, je an Gottes Gerechtigkeit zu zweifeln. Er tat es selbst dann nicht, als beide Eltern im gleichen Jahr starben und er als Zehnjähriger in die Obhut eines Onkels nach Wien abgeschoben wurde, der Kinder nicht mochte und eine übellaunige Frau hatte, die ihren Mann nicht mochte und seine Verwandten aus dem Osten schon gar nicht. Jahre später, als Teitelbaum Uhrmacher geworden war, wurde es ihm mit den früh erworbenen Fähigkeiten der Anpassung möglich, sich trotz der für ihn allzeit spürbaren Feindseligkeit seiner Umwelt in der Stadt seines erzwungenen Exils wohl zu fühlen. Dass er zudem dort seinen Mördern entkommen würde, hätte indes auch der mit den kuriosen Umwegen von Wundern vertraute Teitelbaum nie zu hoffen gewagt.

Der schmächtige Mann hatte die Jahre von Ende 1939 bis 1945 in einem Kellerverschlag zugebracht und dies durchaus als eines jener Mirakel empfunden, an die das Kind glauben gelernt hatte. Der Lebensretter nämlich, der siebenundsechzig Monate und drei Tage lang den Vogelfreien mit Essen, Mut und der Zuversicht versorgt hatte, er wäre ebenso wenig von seinem Gott verlassen worden wie einst Hiob, war ausgerechnet Teitelbaums Hauswirt Karl Prohaska gewesen. Dies war eines der Rätsel, von dem der Errettete wusste, er würde es vor seinem Tod nicht mehr lösen.

Moische Teitelbaum hatte in Zeiten, da es ausschließlich um die pünktliche Begleichung der allmonatlichen Fälligkeiten gegangen war, seinen grobschlächtigen Hauswirt im Verdacht gehabt, Kommunist und Antisemit zu sein. Beides stimmte. Lebensentscheidend für Teitelbaum war indes, dass Prohaska ein noch überzeugterer Kommunist als Antisemit und deshalb entschlossen gewesen war, den Deutschen jedmöglichen Widerstand zu leisten. Dazu zählte er die Rettung von Todgeweihten, die er in ordentlich genormten Zeiten selbst dann nicht grüßte, wenn er sie täglich sah.

In der langen, lichtlosen Abgeschiedenheit, als Teitelbaum an keinem Tag sichergehen konnte, ob er den Abend noch erleben durfte, dankte er dem Allmächtigen für einen doppelten Gunstbeweis. Der Ewige hatte in seiner Weisheit dafür gesorgt, dass der zu klein gewachsene und zu kurz gekommene Teitelbaum so hässlich war und so wenig verdiente, dass er nicht die passende Frau gefunden hatte. Im Keller empfand es der vom Tod Zurückgestellte als eine besondere Gnade, dass er sich nicht auch noch um eine Mutter mit Kindern zu sorgen brauchte, die ja Karl Prohaska nicht alle in seinem Haus vor der Deportation hätte schützen können.

Als ebenso großen Segen und einen sehr unerwarteten dazu machte Teitelbaum eine Feinfühligkeit seines Gönners aus, über die er auch nach der Befreiung nicht mit dem Mutigen zu sprechen wagte. Obwohl Prohaska zwei Menschen von einer einzigen Lebensmittelkarte hatte durchbringen müssen und in den Jahren vor dem Krieg absolut nicht wie ein Mann wirkte, der sich Gedanken über die jüdischen Speisegesetze machte, hatte er Teitelbaum niemals Schinken, Speck oder gar Schweinefleisch auf den Blechteller gelegt, den er missmutig in den Kellerverschlag schob.

Nur dreimal in sechs Jahren hatte es Fische ohne Schuppen und Rückgrat gegeben, die in der koscheren Küche als Gewürm verboten sind. Dass sie dem Hungernden überhaupt mundeten, belastete ihn immer noch; andererseits hatte die stets fehlende Butter unter der Wurst und damit die im Judentum vorgeschriebene Trennung von Fleischigem und Milchigem es ihm ermöglicht, die Sünde in einem überschaubaren Maß zu halten. Nicht nur das. Durch Prohaska, der übrigens zwei Wochen nach der Befreiung Wiens seinem Schützling mit der Begründung die Tür gewiesen hatte, dass er seinen Keller nunmehr wieder zur Einlagerung von Kartoffeln brauchte, hatte Teitelbaum eine bleibende Erfahrung gemacht. Sie lag jenseits seines frommen Horizonts. Er wusste fortan, dass es ihm nicht mehr zustand, das Gewissen mit Vorurteilen zu beschweren und Menschen nur deshalb als Feinde auszumachen, weil sie nicht als Freunde erkennbar waren.

Selbst als sein Leben nicht mehr von der Toleranz der anderen abhing, empfand er die eigene keineswegs nur als die Konsequenz seines Schicksals. Moische Teitelbaums außergewöhnliche Duldsamkeit war auch ein väterliches Erbe und machte ihn aufgeschlossen für Menschen, die er weder durchschaute noch verstand. Bangte er doch einmal, er könnte vergessen, was ihm Gutes im Leben widerfahren war, hörte er Gott mit Donnerstimme auf ihn einreden und Karl Prohaskas Namen ausrufen.

Durch die ihm einleuchtenden Bedürfnisse von Prohaskas Kartoffeln war er heimatlos in Wien geworden, und bald darauf hatte es ihn nach Frankfurt verschlagen. Weil er von einem Leidensbruder erfahren hatte, dort sei wieder eine Gemeinde, die sich um Arme kümmere, war Teitelbaum sogar eine Gnade widerfahren, für die er fortan Gott täglich dankte. Ein Jahr nach seiner Ankunft in Frankfurt hatte er geheiratet – eine Frau, die genau seinen Vorstellungen von der Geruhsamkeit einer späten Ehe entsprach. Sara hatte den Tod ihrer gesamten Familie zu beklagen und das Konzentrationslager Ravensbrück überlebt. Wie er selbst hatte sie nur den einen Wunsch, ihre Verlassenheit mit einem Menschen zu teilen, der ebenso bindungslos und ohne Hoffnung war wie sie selbst.

Moische und Sara Teitelbaum, die zu alt waren, um Kinder zu bekommen, und nicht mehr jung genug, um an Liebe zu denken, führten eine Ehe, von der ein jeder wusste, dass sie so und nicht anders sein durfte. Sie begehrten weder Besitz noch Zukunft, kannten weder Philemon noch Baucis und teilten mit ihnen doch den Wunsch, dass keiner von beiden den anderen überleben musste. Ihnen reichte das Dach über dem Kopf, zwei kleine Renten und die große Zufriedenheit, dass täglich und nach Wunsch gefüllte Teller mehr waren, als sie bei der Rückkehr ins Leben hatten erwarten dürfen.

Die Möglichkeit, dass Moische Teitelbaum noch einmal für

irgendwelche Aufträge oder Bitten mit etwas anderem außer der Wärme eines Händedrucks entlohnt werden würde, hätte er als gotteslästerlich und seine Frau als Chuzpe abgetan. Selbst ein deutscher Amtsarzt mit bekannt dubioser Vergangenheit hatte dem »Opfer der Verfolgung aus rassischen Gründen Moses Teitelbaum« 1947 attestiert, dass dessen Augenleiden zu weit fortgeschritten sei, um in seinem Beruf als Uhrmacher zu arbeiten.

Knapp dreißig Jahre später trat in Teitelbaums Leben eine abermalige Wende ein und zum ersten Mal keine unangenehme – er wurde regelmäßig von Rabbi Blau angerufen, auf dessen Drängen er sich sogar einen Telefonanschluss hatte legen lassen müssen, den die sparsame Sara schon deswegen als hochstaplerische Verschwendung empfand, weil sie sich in einer Aufwallung von Stolz, den sie nicht zugeben mochte, ein weiches Tuch gekauft hatte, um den Apparat zu putzen. Er war weiß und, wie ihr ihre einzige Freundin neidisch bestätigte, sehr modern. Jedesmal wenn es in der Wohnstube klingelte, seufzte Sara: »Schon wieder der Rebbe!«, und dankte, ehe sie den Hörer abhob, dem Gütigen, dass er bei der erneuten Verteilung seiner Wunder ihren Moische erwählt hatte.

Der Rabbiner war bei dem im Anschluss an den Gottesdienst am Sabbatmorgen stattfindenden Kiddusch mit kleinen Speisen, Getränken und der großen Freude an der Gemeinsamkeit nur deshalb mit Teitelbaum ins Gespräch gekommen, weil sie beim Leeren eines Glases mit Wodka beide und zu gleicher Zeit den Kopf geschüttelt hatten. Dies war nach Altmännerart mit der Einverständlichkeit der Blicke geschehen, und so waren sie sich, ebenfalls ohne viele Worte, einig geworden, dass weder der Wodka noch der Hering so schmeckten wie in ihrer Jugend. Bei einem längeren Gespräch in der darauf folgenden Woche hatte Rabbi Blau festgestellt, dass der schüchterne Teitelbaum nicht nur ein frommer, sondern auch ein sehr belesener Mann und wahrscheinlich doch viel klüger war, als seine angestrengten Augen vermuten ließen. Die vermittelten nämlich den Eindruck einer Naivität, die die Jugend mehr schmückt als das Alter.

Abermals zwei Monate später hatte sich der Rabbi beim zweiten Glas Wodka und einem Hering, der ausnahmsweise keine kulinarischen Vergleiche zu scheuen brauchte, gezielt erkundigt, ob Moische und vielleicht auch seine Sara im Bedarfsfall junge Frauen unterweisen wollten. Teitelbaum, geschmeichelt, weil ein so weiser und wichtiger Mann wie der Rebbe überhaupt von ihm Notiz jenseits des menschenfreundlichen Austausches von Höflichkeiten genommen hatte, war mit einer bejahenden Bewegung von Kopf und Händen auf den ungewöhnlichen Vorschlag eingegangen. Allerdings hatte er angenommen, das Ansinnen aus dem Rabbinat würde Frauen gelten, die durch die Umstände der Emigration und Verfolgung nicht zu ausreichenden Kenntnissen über das Judentum gelangt wären, und diese gesegneten Wissensdurstenden wollten nun ihre Versäumnisse nachholen.

»Nein«, hatte der Rabbi erklärt, »das wäre schön, wenn es so wäre. Aber wir sind ja hier in Deutschland. Ich rede von den Goiten, die übertreten wollen.«

»Wollen die das wirklich?«

»Wissen die, was Wirklichkeit ist?«, hatte Rabbi Blau zurückgefragt und seine Arme mit weit geöffneten Händen ausgestreckt, denn er wusste nun mit Bestimmtheit, dass er zu einem Mann sprach, dem er mehr nicht zu sagen brauchte.

So erfuhr Teitelbaum, dass er seit Jahren in einem Land wohnte, in dem hauptsächlich junge jüdische Männer Ehen mit nichtjüdischen Frauen schlossen und sich dabei auf die Liebe in veränderten Zeiten beriefen. Er konnte schon bei diesem ersten Gespräch den Kummer und auch die Verdrossenheit eines Ehrenwerten nachempfinden, der seine Aufgaben ernst nahm, denn Rabbi Blau scherzte in einem für ihn ungewöhnlichen, weil mokanten Ton, die Frauen der Beschnittenen hätten sich leider auch beschneiden lassen.

»Ihren Verstand«, präzisierte der Rabbiner. »Sie glauben alle, ein Übertritt bei uns ist wie eine Taufe bei ihnen und geht so problemlos wie beim Allmächtigen mit seinem Herrn Sohn.«

Seit ihn Rabbiner Blau in solch heiklen Angelegenheiten zu seinem Vertrauten gemacht hatte, war Teitelbaum nie mehr ohne Beschäftigung. Im letzten Jahr hatte er zwei jungen, »sehr willigen und schlauen Damen«, wie er seinem Protektor berichtete, um nicht ausgerechnet ihm als eitel zu erscheinen, nach Kräften und gelegentlich sogar mit einiger Freude bei ihren Vorbereitungen zum Übertritt zu helfen versucht. Der eine Fall hatte allerdings ein ungewöhnliches Ende gefunden – durch die überstürzte Flucht der jungen Frau zu einem Guru nach Indien und danach durch die postalisch vollzogene Trennung von dem Mann, dem sie vorschnell Treue und Glaubenseinigkeit geschworen hatte. Bei der zweiten Lernenden war ein guter Abschluss zumindest irgendwann denkbar. Teitelbaum hatte gewisse Vorbehalte gegen sie, neigte sie doch zu einem Eifer, den er bei aller Bemühung um Verständnis für fremde Denkweisen als typisch deutsch einstufte. Zusätzlich zu seinen Unterrichtsstunden und Saras Lektionen hatte sich die ehrgeizige Archäologiestudentin einen Fernkurs in Jiddisch kommen lassen und vertat enorm viel Zeit mit Fragen nach der korrekten Aussprache und ihrer neu entwickelten Manie, in ihren Sätzen möglichst oft das typische »Nu« und ein wehleidiges »Oi« unterzubringen.

Glücklicherweise hatte der weitsichtige Rabbiner ausgemacht, dass Teitelbaum seinen Lohn immer am Tag der geleisteten Arbeit zu erhalten hätte. Das Geld hatte nicht nur für die neuen hellblauen Gardinen im Schlafzimmer und einen Toaster mit einem in vielen Zeitungen angepriesenen Brötchenaufsatz gereicht, sondern auch für einen schmalen Goldring mit einem mittelgroßen Granat. Der Stein war für Sara mehr als ein Schmuckstück. Ihr erster Mann hatte ihr einen solchen Ring zur Hochzeit geschenkt, doch war er ihr bereits auf dem Transport nach Ravensbrück abgenommen worden. Von einem jungen blonden Soldaten, der ihr Sohn hätte sein können, wie sie nie zu erwähnen versäumte.

Seitdem war Sara Teitelbaum, was ihren Mann trübe stimmte, weil er über die törichte Sünde der Verallgemeinerung ja viel besser Bescheid wusste als sie, nicht davon abzubringen, dass blonde Menschen willige Gehilfen des Bösen waren. Selbst Moisches immer wiederkehrende Hinweise auf seinen blonden Lebensretter Karl Prohaska vermochten da nichts auszurichten.

Weil nun die junge Arztfrau, um derentwillen er an einem sonnigen Apriltag in das Büro von Rabbi Blau bestellt worden war, ihm noch sehr viel blonder erschien als Prohaska, zögerte Teitelbaum länger, als ihm geziemte, mit einer positiven Antwort auf die übliche Bitte um seine Mithilfe bei der religiösen Unterweisung. Er dachte, als er Andrea sah und vor allem ihr schönes langes Haar, das unglücklicherweise auch noch von der Sonne bestrahlt wurde, sofort an Sara und den Soldaten, und er grübelte unsicher, ob ein guter Ehemann überhaupt das Recht hätte, in der eigenen Wohnstube nur des Geldes wegen bei seiner Frau die Wunden von todbringenden Erinnerungen aufzureißen.

»Muss sie nicht«, fragte er schließlich, befremdet von seiner eigenen Frivolität, die ja anklingen ließ, auch ein Rabbiner könnte mal eine seiner Pflichten übersehen, »erst weggeschickt werden?«

»Muss sie und ist sie«, erwiderte Blau.

»Mehr als einmal?«

»Dreimal, wie jede andere vor ihr und nach ihr. Zählen habe ich gelernt. Die inzwischen auch.«

Um Saras Ruhe willen wehrte sich Teitelbaum weiter. Er suchte seine Hände ungewöhnlich lange in den Taschen seines abgetragenen Mantels. Um seiner selbst willen genierte er sich jedoch so sehr seines Zauderns, dass er auch die übliche Feuchtigkeit unter seinem Hut als einen mahnenden Hinweis zur Mäßigung auffasste. Er beschloss, wie jene Bedächtigen aus dem Fenster zu schauen, die sich ihre Antworten auf einen diffizilen Vorschlag in Ruhe überlegen, doch sein Körper und vor allem der Kopf und, wie er seufzend feststellte, wohl auch jener Teil seines beunruhigten Herzens, in dem er die Seele vermutete, verweigerten ihm den Gehorsam.

Mochte Teitelbaum noch so sehr an Sara denken und an seine Pflicht, sie nicht mehr als vermeidbar in das Inferno zu treiben, dem sie ohnehin nie entkam, konnte er sich doch nicht so von der jungen Frau abwenden, wie ihm Klugheit und Erfahrung nahe legten. Ihm kam es vor, als versuchte die schöne Unbekannte die Tiefen seines rumorenden Gewissens mit ihren Augen zu bezwingen. Er schloss die seinen und murmelte einige Worte, von denen er selbst nicht sofort sicher war, welcher Sprache sie entstammten.

Andrea, die mit steifem Rücken auf einem unbequemen Holzstuhl saß und ihre Hände gefaltet ineinander verkrampfte, hielt das Geraune des alten Mannes für ein Gebet. Sie erschrak, weil sie ja nur mit einem eher unverbindlichen Gespräch und nicht mit einer rituellen Handlung gerechnet hatte. Verwirrt überlegte sie, ob sie vielleicht »Omen« sagen sollte, wie es in Ruths Wohnzimmer am Sabbat Brauch war, wenn Alfred die Segenssprüche für das Brot und den Wein sprach, doch sie sagte nichts und starrte den bärtigen Alten verängstigt an. Flehentlich und hilflos und auch auf eine geradezu magische Weise ihn rührend, wie Teitelbaum später seiner Sara schilderte. Er habe, was ihm seit Jahrzehnten nicht widerfahren sei, an das Lämmchen seines früh verstorbenen Lieblingsonkels denken müssen. Der hatte in einem ostpolnischen Dorf gewohnt und sich von den Tränen seines weichherzigen Neffen erweichen lassen.

»Zweimal«, erinnerte sich Moische, »hat das Lämmchen Pessach überlebt und ein eigenes Lämmchen geboren.«

»Nu«, fragte Sara, »wirst du mir jetzt von der ganzen Herde erzählen?«

»Ein Lämmchen steht für alle.«

»Sprichst du von Schafen oder blonden deutschen Frauen?«

»Von Gottes Kindern«, lächelte Teitelbaum.

»Du hast einen Herzschaden«, diagnostizierte Sara. Sie lächelte nicht.

Als Andrea abends Alfred von ihren Erlebnissen berichtete, bemühte auch sie ihre Phantasie. Sie fand gar eine Pointe, die ihr optimal für einen ungewöhnlichen Tag erschien. »Ich war so beschäftigt mit der Überlegung«, erzählte sie und glaubte erheitert, dass es tatsächlich so gewesen sei, »wie der gute Mann das Eigelb aus seinem langen Bart herausbekommt, dass ich kein Wort gesagt habe. Ich saß immer nur stumm da und fragte mich, in welche Welt ich geraten war.«

»Meine tüchtige kleine Preußin hat wieder mal eine Schlacht gewonnen«, bestätigte Alfred, doch nahm er dem doppeldeutigen Lob auch noch die freundliche Würze. »Ich dachte«, fuhr er fort, während er sich verräterisch gründlich die Stirn glättete, »dass du zumindest das mit den beiden Welten geklärt hast. Falls nicht, kannst du jederzeit zurück. Du musst es mir nur sagen.«

Es waren diese beiden Sätze, harscher und sehr viel lauter gesprochen als die vor ihnen, die Andrea einfielen, als sie sich eine Woche später zum ersten Mal zu Moische Teitelbaum aufmachte. Er wohnte in einem ihr unbekannten Stadtviertel – in der Nähe des Ostparks in der Maximilianstraße. Die führte zum jüdischen Altersheim, von dessen Existenz sie nichts wusste und schon gar nicht von seiner Vergangenheit als ein berühmtes jüdisches Krankenhaus in einer Stadt und Zeit, die auf ihre Liberalität stolz gewesen waren und das Wort Verfolgung bis zum tödlichen Beweis des Gegenteils dem frühen Mittelalter zugeordnet hatten.

Die Maximilianstraße war nach der Vernarbung der städtischen Wunden und noch vor dem großen Verdrängen seiner Bewohner, die ein Stück Stadtgeschichte hatten sterben sehen und anschaulicher als andere um den Tod der Juden wussten, wieder in ihre behäbige Stille und ursprünglichen Provinzialismus abgetaucht. Es gab auffallend wenig Verkehr auf der Straße, auf beiden Bürgersteigen Kreidezeichnungen von Kindern, die noch das aus der Mode gekommene Hüpfspiel »Himmel und Hölle« kannten. Eine alte Frau im schwarzen Strickschal blieb schwer atmend stehen und stützte sich auf eine Krücke, an der eine leichte Einkaufstasche hing. Ein junger Mann zerrte an seinem Dackel. Zwei erhitzte Jungen spielten Fußball. Andrea, die noch nicht aufmerksam genug registrierte, dass ihr übel zu werden begann, freute sich, dass sie sofort einen Parkplatz fand. Weil die Überpünktliche zu früh aufgebrochen war, blieb sie in ihrem Wagen sitzen, genoss ein Lied ihrer Lieblingssängerin Milva und beschloss, nach der Stunde bei Teitelbaum noch in die Stadt zu fahren und ihrem Vater, der im Gegensatz zu ihrem Mann ihren musikalischen Geschmack teilte, eine Schallplatte zu kaufen.

Sie musste, länger als erwartet, nach der angegebenen Hausnummer suchen, ehe sie vor einem schmalen Gebäude mit abbröckelndem Putz und verbogenen Blechbriefkästen stand, an denen entweder die Namen fehlten oder mit Tinte auf primitive Schilder aus Pappe geschrieben waren. Einige Male las sie nervös den Zettel, auf den Teitelbaum in steilen Blockbuchstaben seinen Namen und die Adresse geschrieben hatte. Endlich identifizierte sie durch ein gekritzeltes »M. T.« auf der Klingel am zweiten Stock ihr Ziel. Erst da wurde Andrea gewahr, dass aus einer zunächst geringfügigen und eher vagen Irritation ein Ärger wurde, der sie in seiner Heftigkeit erstaunte und sehr bald deprimierte. Sie konnte nicht mehr analysieren, mit wem sie leise fluchend in Ausdrücken rechtete, die weder zu ihrem Naturell noch ihrem Sprachgebrauch gehörten. Zunächst war sie überzeugt, dass diese überraschende Attacke des Zorns dem Rabbiner galt, denn sie blickte in Augen, die sie als mitleidslos empfand, hörte zeitgleich die eigene verzagte Stimme, erlebte aufs Neue die abweisende Art und die knappen Antworten eines Mannes, den sie fürchtete.

In einem irreführenden Zeitlupentempo fiel ihr auf, dass der so lange aufgestaute Zorn dabei war, sich übergangslos von Rabbi Blau auf Alfred zu verlagern. Je methodischer sie die eigenen Blessuren pflegte, umso mehr verübelte sie ihrem Mann sein Phlegma und noch mehr jene Nonchalance, der sie bei der ersten Begegnung nicht hatte widerstehen können. Die Erkenntnis bekümmerte sie, dass ihr Alfreds Witz wohl schon seit einiger Zeit sarkastisch erschien, zuweilen wohl auch gefühllos und arrogant.

»Dreist«, hatte Andreas Vater einmal gesagt.

»Kein Grund zum Vatermord«, hatte Alfred seine damals enragierte Frau beschwichtigt. »Ist doch besser, als wenn er dir auf den Kopf zusagt, dass er mich für einen frechen Judenlümmel hält.«

Die Unbarmherzigkeit ihres Gedächtnisses schürte Andreas Rage zur Glutröte. Es war, erinnerte sie sich, noch keinen Tag her, dass sie versucht hatte, von ihren Hemmungen zu reden, sich bei Teitelbaum vorzustellen. Alfred der Lässige hatte seine Pfeife so sorgsam gestopft, als hinge das Glück von Jahren vom Funktionieren eines quittegelben Pfeifenreinigers ab. Er hatte

Andrea dabei sehr wohlwollend angeschaut, doch für ihr Empfinden zu amüsiert und auf alle Fälle absolut mehr auf seinen Tabak als auf eine schwangere Ehefrau konzentriert, die sich ihm anzuvertrauen versuchte.

»Weißt du, was der meschuggene Alte zu mir gesagt hat, als er mich in seine Wohnung befahl?«, hatte sie erzählt. »Sie müssen nur einen guten Kopf mitbringen«, ahmte Andrea Teitelbaums sanft singende Stimme nach. »Eine gute Uhr werden sie nicht brauchen.«

»Massel tow!«, hatte Alfred erwidert. »Der wollte dir wahrscheinlich klarmachen, dass einem frommen Mann keine Stunde schlägt. Wenn der Zinnober zu lange dauert, meine Süße, musst du ihm halt erklären, dass in Deutschland werdende Mütter einen gesetzlichen Anspruch auf regelmäßige Fütterung haben.«

»Alfred, komm wenigstens beim ersten Mal mit. Mir ist das Ganze so schrecklich peinlich.«

»Das würde ich sofort für dich tun, Andrea, doch wäre es nicht gut. So einer versteht das am Ende falsch und glaubt, ich traue ihm nicht, wenn er mit meiner schönen Frau allein ist. Lach lieber noch einmal. Ich höre dich so gern lachen. Deshalb habe ich dich ja geheiratet.«

Sie hatte nicht lachen können, nun vor Teitelbaums Haustür konnte sie es. Ein verkrampftes, aufheulendes Gelächter, das in einem würgenden Schluchzen endete, ehe ihre Zähne energisch auf die Lippen beißen konnten, zerschnitt scharfklingig Andreas Körper. Sie ballte noch ihre Finger zur Faust und hob auch im trotzenden Stolz ihren Kopf, doch es war zu spät. Unaufhaltsam raste das Kopfsteinpflaster im Hof auf sie zu, Mauern umklammerten sie mit den eisenfesten Fangarmen der Häme. Verzweifelt, da die Ohnmächtigkeit nun nicht mehr den Willen, sondern eine physische Ohnmacht den Körper bedrohte, erflehte sie Hilfe und drückte, leise vor sich hin jammernd, zu lange und zu kräftig auf den Klingelkopf. Bald hörte sie den Türsummer und sofort danach eine keifende Stimme.

Weil Andrea ihr bleiches Gesicht nicht sehen konnte, nicht die verzeichnenden Furchen um Mund und Nase, und sie nicht merkte, wie sie keuchte, dass die Kehle verdorrt und die Füße gefühllos waren, gelang es ihr, ohne zu straucheln die Treppen zur zweiten Etage hinaufzusteigen. Zwar war sie nun ohne Angst um ihr rasendes Herz, doch sie war sicher, dass ihr Kopf zersplittern würde, sobald sie das erste Wort mit Teitelbaum sprechen müsste. Die Ausgebrannte streckte ihre rechte Hand vor und wurde gewahr, wie sich jeder einzelne Finger entflammte. Durch Tränen, die nicht imstande waren, Feuer zu löschen, sah sie das fremde Gesicht. Es war das Gesicht einer Verdrossenen. In grauen Augen schimmerten die Eiskristalle der Ablehnung.

»Ich bin Frau Bär«, stammelte Andrea, und als die Abweisende nur einen Fuß vorschob, wiederholte sie ihren Namen.

»Das blonde Lämmchen«, erkannte Sara Teitelbaum, »das blonde Lämmchen, das sich mein Mann in seine Wohnung holen will. Ist nicht da, der freundliche Hirte. Wenn Sie nicht wieder weggehen wollen, setzen Sie sich hin, und warten Sie auf ihn.«

Sie trocknete mächtige gerötete Hände an einer dunkelblauen Kittelschürze ab, trieb sie durch ein Nest von widerspenstigem grauen Haar, grub sie murrend in tiefe Taschen. Mit der Rundung eines karierten Filzpantoffels drückte die Mürrische die Wohnungstür zu und schlurfte zurück in die Küche. Andrea stand erstarrt in dem winzigen, nach Weißkohl, Zwiebeln und Bohnerwachs riechenden Flur. Zitternd riss sie am obersten Knopf ihres Mantels; erschrocken überlegte sie, ob sie ihn überhaupt ausziehen dürfte, ob sie der Frau folgen sollte und wohin. Sie beschloss, sich auf den dreibeinigen Hocker neben einer Papptonne zu setzen, in der ein schwarzer Regenschirm stand.

Als Andrea leise zu stöhnen anfing, und die Schwere in Sekundenschnelle zu einem Felsbrocken wurde, den sie schweißüberströmt zurück in die Brust zu drücken versuchte, kehrte Sara zurück. Schweigend stand sie im Türrahmen und hielt einen verbeulten Blechlöffel, von dem weißes Fett tropfte, in der Hand. Er schlug gegen einen Spiegel und fiel auf das Linoleum.

»Oi«, brüllte Sara. »Oi, Oi«, wiederholte sie leise.

Andrea erkannte auch die leisen Laute als die des Entsetzens. Sie riss die Lippen auseinander, um Verzeihung zu erbitten. Bevor weitere Missverständnisse entstanden, wollte sie der grotesken, bösartigen Fremden, die von blonden Lämmchen faselte, ihre Augen mit Gift tränkte und gelb verfärbte Zähne zeigte, genau erklären, weshalb sie gekommen und dass sie von ihrem Mann bestellt worden war. Kein einziges Wort löste sich von der Zunge, denn lange, fleischige Arme, die stumm machten und wehrlos, kamen immer dichter auf Andrea zu. Um ihnen auszuweichen, senkte sie den Kopf und tat einen Schritt in Richtung der kreisenden Wand. Den glutroten Krallenhänden war kein Entkommen. Sie griffen nach der Taumelnden, umklammerten sie von hinten und stießen sie auf ein schwankendes Sofa, das sein Opfer immer weiter in die Tiefe zog, doch im Moment der größten Not wurde der Sturz von einer großen Sprungfeder abgefangen. Die schrecklichen Hände häuteten sich auf eine wundersame Weise. Sie wurden weiß und weich und beschützend. Sie öffneten langsam die Knöpfe des Mantels, rasch die von der Bluse und zogen Schuhe mit wirbelnden Schnürsenkeln von kalten Füßen, die mit einem herbstbraunen Wollschal umwickelt wurden, der nach dem altmodischen Lavendel von Andreas Großtante Charlotte roch.

Es war eine märchenverwunschene, einschläfernde Zärtlichkeit, die dieser zaubernden Regentin entströmte. Sie legte zwei hart gepolsterte Kissen unter einen schmerzenden Rücken und hüllte einen bebenden Körper in eine dunkelrote Decke ein, doch Andrea ließ sich nicht von dem übertölpelnden Schlaf der Naiven um das Wunder der Verwandlung bringen. Staunend erlebte sie, wie das Eis in den grauen Augen schmolz und dass aus jedem Tropfen eine Perle wurde, die zu beruhigen und trösten wusste.

»So ein meschuggenes Schaf«, schimpfte Sara, doch sie schnalzte dabei mit der Zunge, »kriegt ein Baby und geht auf Besuch, wenn sie sich nicht wohl fühlt. Wo ist denn der Mann, der dir den ganzen Schlamassel eingebrockt hat? Eine fremde alte Frau mit schlechter Laune und eine neue Konfession, die auch nicht fröhlich ist.«

»Woher wussten Sie, dass ich schwanger bin?«, fragte Andrea, als sie endlich die zweite Tasse fettige Fleischbrühe ausgetrunken hatte, die Sara ihr immer wieder gebieterisch an die Lippen drückte. »Man sieht doch noch nichts.«

»Bin ich ein Känguruh? Muss ich einen dicken Bauch sehen, um Leben zu spüren? Es sind die Augen, die sprechen.«

»Das haben Sie schön gesagt«, lächelte Andrea, »wunderschön.«

»Ach, Lämmchen, wenn du wüsstest, wie viele Kinder Sara Teitelbaum auf die Welt geholt hat. Erst die gesunden im Bett der Mutter und später die auf den faulenden Säcken, die nicht leben durften. Auch das Kind von Sara Teitelbaum habe ich geholt. Ein Junge. Er war leider nicht tot. Sie mussten ihn mir erst wegnehmen, ehe er sterben durfte.«

So kam es, dass Sara ihre Vorurteile, die sie so lange und so gründlich vor den vernichtenden Begegnungen mit ihrer Vergangenheit geschützt hatten, wegen einer noch nicht einmal gründlich durchgekochten Fleischbrühe, die sie ja doch aus barmherziger Pflicht und lebenslanger Gewohnheit einer Schwangeren einflößen musste, nicht aufrechterhalten konnte. Ausgerechnet für eine Frau mit Haar von der Farbe reifen Weizens und aus dem Land des Soldaten, der ihr den Ring vom Finger gerissen hatte, entblätterte sie jenes Kapitel ihres Lebens, über das sie noch nicht einmal mit ihrem Moische sprach. Denn er war ein Mann und redete lieber mit dem Allmächtigen als mit seiner Frau. Er wusste besser Bescheid über Ratten in einem Wiener Keller als über Babys, die sich ins Leben strampeln wollten.

»Ich koch uns Kaffee«, sagte sie, nachdem aus ihren Wunden wieder nur der gewohnte Schmerz der Narben geworden war. »Dann hat Lämmchen für heute genug gelernt. Der Kaffee wird bitter sein wie das Leben. Auf Fleisch dürfen wir keine Milch trinken.«

»Wo ist das mit Ihrem Kind geschehen?«, fragte Andrea.

»In Ravensbrück. Zieh die Bluse noch nicht an. Die Brust braucht genauso Luft wie der Kopf.«

»Ich glaube, mein Vater war Ende des Kriegs in Ravensburg in einem Lazarett. Das hat er mir mal erzählt, aber wie konnte ich wissen, was dort geschehen ist. Davon hat er nichts gesagt.«

»Ravensbrück«, verbesserte Sara. »Das war etwas ganz anderes, Kind.«

»Oh, Verzeihung. Das wollte ich nicht. So dumm bin ich sonst nicht.«

»Musst dich nicht schämen. Menschen können sich ihre Väter nicht aussuchen und das, was sie vom Leben erfahren.«

Moische Teitelbaum kam gebeugter als sonst und ein wenig bedrückt nach Hause. Rabbi Blau hatte ja schließlich einen Mann aufgehalten, der als Uhrmacher die Zeit anderer in Ehren hielt. Schon während des langen Gesprächs hatte der sich in nachtschwarzen Farben ausgemalt, wie ungastlich Sara zu der aparten, blonden Arztgattin sein würde. Zu seiner Verblüffung saßen die beiden Frauen jedoch zusammen auf dem Sofa, obwohl es doch im Zimmer noch zwei Sessel und einen Stuhl gab. Ihre Körper waren dicht aneinander gedrängt, und seine Sara hatte ein Leuchten im Gesicht, wie er es noch nie gesehen hatte. Moische musste sich erst das Misstrauen aus seinen Augen reiben, ehe er fragte: »Hast du ihr erzählt, was sie wird lernen müssen?«

»Kochst du meine Suppe? Warum soll ich deine Arbeit tun?«, erwiderte Sara. »Wir haben vom Lämmchen deines seligen Onkels gesprochen. Und jetzt rufst du den feinen Herrn Doktor an und sagst ihm, er soll seine Frau abholen. Sie darf heute kein Auto mehr fahren. Es ist immer gut, wenn ein Schlemihl mit dem anderen redet.«

7

Nur weiter so, meine tüchtige kleine Preußin«, sagte Alfred. »Dann komme ich in die Klapsmühle und du ins Guinness-Buch der Rekorde.« Andrea hatte ihm nach dem Mittagessen einen Becher schwarzen Kaffee hingestellt, er sich vorwurfsvoll das Milchkännchen aus der Küche geholt und sie es ihm mit spitzem Schrei entrissen. Er wollte seinen Spott umgehend mit einem versöhnlichen Lachen mildern und nahm sich vor, Andrea an ihrem Pferdeschwanz zu zupfen, sobald sie in seine Reichweite kam, sagte jedoch: »Es wird dir noch gelingen, aus mir einen Antisemiten zu machen.«

»Was habe ich denn jetzt schon wieder falsch gemacht?«

»Nichts. Das ist es ja. Du machst nie etwas falsch. Ich bin der garstige Spielverderber, aber ich kann nichts dafür. Offenbar leide ich an einer von meinen Urvätern ererbten Überempfindlichkeit gegen Übertreibungen. Komm Andrea, schau mich nicht so böse an. Das macht alt und hässlich. Ich finde es ja auch richtig, dass du deinen Übertritt ernst nimmst, aber deswegen muss ich doch in meiner Wohnung nicht schwarzen Kaffee, den ich verabscheue, in mich reinschütten. Noch dazu, wenn ich vorher ein Schnitzel vom falschen Metzger gegessen habe. Ein bisschen koscher gibt es ebenso wenig wie ein bisschen schwanger.«

»Irgendwo muss man ja anfangen. Weißt du eigentlich, dass der Rabbiner nachsehen kommt, ob der Haushalt koscher geführt wird, wenn es so weit ist?«

»Nein, weiß ich nicht. Ich bin ja noch nie übergetreten.

Außerdem ist es noch längst nicht so weit, und der Rabbiner kann mich mal.«

»Moische und Sara sagen auch, ich soll die Dinge von Anfang an ernst nehmen. Sonst würde ich keine Herzensfreude empfinden. Mir gefällt das Wort. Und die Vorstellung.«

»Moische und Sara können mich auch. Mich wundert's, dass die nicht schon längst eine chronische Gastritis haben, wenn sie immerzu schwarzen Kaffee saufen.«

»Tun sie ja nur«, schniefte Andrea, »wenn sie fleischig gegessen haben. Als ob du das nicht wüsstest!«

Andrea war, als diese Auseinandersetzung stattfand, im fünften Monat ihrer Schwangerschaft; zwei Wochen zuvor hatte sie wissen lassen, sie werde auch nach der Geburt nicht ihr Referendariat in der Schule anfangen. Alfred war einen Augenblick sprachlos gewesen und dann, was Andrea immer noch verdrießlich stimmte, überraschend diskussionsfreudig geworden. »Soll ich denn eine dieser frustrierten berufstätigen Mütter werden«, hatte sie sich verteidigt, »die ihr Kind anderen überlassen müssen und sich dann auch noch wundern, wenn alles schief läuft?«

»Ich bin kein Freund einsamer Entschlüsse, wenn es die Alternativlösung gibt, die Dinge vernünftig zu besprechen. Übrigens wären die anderen meine Mutter gewesen. Sie hat es dir angeboten.«

Zum ersten Mal in seiner Ehe war sich Alfred mit seinen Schwiegereltern einig, wenn auch aus sehr unterschiedlichen Gründen. Die Bucherts hatten ihre Tochter im Verdacht, sie müsste auf Befehl ihres Mannes, den sie ja von Anfang an als einen dominanten Geizhals ausgemacht hatten, in der Praxis helfen. Andrea, deren Studium ausschließlich das väterliche Budget belastet hatte, hielten sie für undankbar, ihre Entscheidung für kindisch, impulsiv und kurzsichtig.

»Sie ist vollkommen hirnrissig in einer Zeit«, wetterte Herbert-Dietrich, »in der Scheidungen an der Tagesordnung sind. Und selbst wenn Sir Alfred und seine exzentrische Gattin – Gott behüte! – ein Leben lang zusammenbleiben sollten, braucht sie doch einen Beruf. Heutzutage darf sich eine Frau nicht mehr von ihrem Mann abhängig machen.«

»Wem sagst du das«, stimmte ihm Ulrike zu. »Meine Generation hat nie die Chancen gehabt, die unsere Tochter jetzt mit Füßen tritt. Wir stehen am Herd und träumen von eigenem Geld und dass wir, ohne zu fragen, uns mal einen Rock und unseren Enkelchen einen Strampelanzug kaufen können.«

»Ich würde wenigstens den Strampelanzug vertagen, bis das Enkelchen da ist. Vielleicht sind nur welche mit einem Davidstern genehm. Manchmal habe ich nämlich das Gefühl, da ist etwas im Busch, von dem wir noch nichts wissen.«

Alfred hatte keine zukunftsorientierten, sondern sehr gegenwartsbezogene und, worüber er sich im Klaren war, hauptsächlich egoistische Motive, sich eine angehende Lehrerin an seiner Seite zu wünschen statt einer übereifrigen Schülerin mit einem immer prononcierter werdenden Hang zu jenem religiösen Fanatismus, den er nur Phantasten zugestand. Andreas Entschlossenheit, ihr Leben und seines von Grund auf zu ändern, schien ihm nach jedem ihrer Besuche in der Maximilianstraße aufs Neue entflammt. Häufig ertappte er sich dabei, dass er auch dann mit Andrea stritt, wenn sie nicht zu Hause war.

Zwar rührte den Unzufriedenen der fromme Ernst, mit dem die Teitelbaums ihre Aufgaben wahr- und sich seiner Frau annahmen, doch das Ergebnis der dreifachen Bemühungen stimmte ihn trübsinnig und ließ ihn im Verlauf der Zeit immer mehr zweifeln, ob sein Wunsch nach einem jüdischen Kind bei dessen künftigen Eltern den Verlust an Harmonie und Heiterkeit aufwog. Oft fragte sich Alfred, und dies stets ohne befriedigende Antwort, wie er je zu den erwärmenden, jungen Hoffnungen zurückfinden sollte, die ihn zum Wagnis einer Ehe getrieben hatten, die er, zumindestens im Moment, als ebenso kompliziert wie belastend empfand. Kaum ein Tag verging, an dem Andrea ihren Mann nicht über das Judentum belehrte, ihre und seine Pflichten neu festlegen oder mit ihm über religiöse Fragen diskutieren wollte, von denen er nie geahnt hatte, er würde sich je über sie Gedanken machen müssen.

»Ursprünglich wollte ich nur ein jüdisches Kind, nicht eine neue Frau«, beschwerte er sich bei Hermann, »und schon gar nicht so eine meschuggene.«

»Wird sich legen, das Getue«, prophezeite Rachel. »Ich war auch mal fromm und wollte nur einen Rebbe heiraten. Da war ich elf und total verknallt.«

»Meine schlaue Rachel bringt wieder einmal alles durcheinander«, sagte Hermann, »ich setze mich auf einen heißen Ofen, wenn Andrea sich scheiden lässt, um Rabbi Blau zu heiraten.«

»Unser Sohn wird schon mit vier Jahren Hebräisch lesen können«, schwärmte Andrea nach dem Sabbat-Essen bei ihrer Schwiegermutter, »das verspreche ich euch. Moische Teitelbaum konnte das auch.«

»Sein Vater war Kantor in einer orthodoxen Gemeinde. Der Vater von unserem Kind ist hingegen ein liberaler, assimilierter, stinknormaler Arzt. Der will in Sachsenhausen ein Rippchen essen, wenn ihm danach ist, und er geht hauptsächlich deswegen in die Synagoge, weil er mal ein paar andere Juden als Hermann und Rachel sehen möchte. Außerdem wünscht sich dieses abartige atheistische Monster um nichts in der Welt einen Sohn.«

»Mit deinem Humor komme ich einfach nicht mehr mit.«

»Musst du nicht, meine Süße. Auch die guten Teitelbaums können dir keinen jüdischen Kopf verpassen.«

Dieses Gespräch kränkte Andrea noch mehr als die vorhergehenden. Sie fand ihren Mann zynisch, seine Witze zweideutig und geschmacklos und sprach den ganzen Abend nicht mehr mit ihm – trotz Alfreds zerknirschten Beteuerungen, er beginne sich für Milva zu erwärmen und sie sollte doch mal eine schöne Platte auflegen. Schmollend arrangierte sie stattdessen ihr Bettzeug auf der Couch im Wohnzimmer. Zwar kehrte sie ins Schlafzimmer zurück, um den Versöhnungskuss des Reuigen noch vor Mitternacht in Empfang zu nehmen, mußte sich jedoch am Tag darauf, als sie die Krise Satz für Satz und mit allen Untertönen rekonstruiert hatte und sie immer noch als einen Schwelbrand ausmachte, ihrerseits Trost bei Rachel holen.

Die drückte ihrer ungewöhnlich mitteilsamen Freundin einen Stoß Windeln zum Üben und die zahnende Lea zum Verwöhnen in die Hand und entspannte sich derweil selbst, indem sie die Geschichte von der entgangenen Partie mit dem Rabbiner zu einer Groteske ausschmückte, an der die Trösterin sehr viel mehr Freude hatte als die Sorgenbeladene. Die zwingend folgende Anekdote brach Rachel allerdings noch vor der Pointe ab, umarmte Andrea mit noch mehr Herzlichkeit als sonst und riet ihr besorgt und energisch, sich mehr Zeit bei ihrem Übertritt zu lassen. »Dein Körper weiß besser Bescheid als dein Alfred«, sagte sie. Die überraschende Warnung erfolgte keineswegs aus Unkenntnis, sondern der weiblichen Solidarität wegen und in der instinktsicheren richtigen Annahme, dass Sara Teitelbaum bisher einen sehr entscheidenden Schritt der Prozedur noch nicht zur Sprache gebracht hatte.

»Oder willst du mit deinem dicken Bauch in die Mikwe?«, fragte Rachel.

Das war das erste Mal, dass Andrea das Wort hörte. Rachel definierte es etwas vage und für Andrea beunruhigend grinsend als einen »Swimmingpool für die Frommen«, Ruths Lexikon wiederum zu knapp als »rituelles jüdisches Bad«. Schließlich war es doch Sara, die das Versäumte nachholte. Sie erklärte der verunsicherten Andrea, dass sie vor ihrem Übertritt unter Aufsicht des Rabbiners in der Mikwe würde untertauchen müssen. »Der monatliche Besuch in der Mikwe gehört zu den Pflichten einer Frau«, erläuterte sie. »Du musst keine Angst haben, Lämmchen, und auch nicht wie eine Ente schwimmen. Das Bassin ist nicht groß.«

»Wenn du erst übergetreten bist«, beruhigte Ruth, »brauchst du nie wieder hin. Ich war mein Lebtag noch in keiner Mikwe. Alfred natürlich auch nicht.«

»Wieso Alfred?«

»Männer sollen auch. Doch du willst ja nicht fromm werden. Jüdisch ist mehr als genug.«

Andrea fand die Mikwe als solche und erst recht die Vorstellung, sie müsste sich vor einem fremden Mann und dazu noch vor Rabbi Blau nackt zeigen, so anachronistisch wie entwürdigend und beängstigend. Sie vermochte sich kaum noch mit etwas anderem zu beschäftigen und wurde ein unaufhörlich rebellierendes Opfer ihrer überhitzten Phantasie, war bei Teitelbaums gehemmt und zu Hause verschlossen.

»Schlecht gelaunt und überempfindlich«, beschwerte sich Alfred bei seiner Mutter.

Als Andrea dann doch versuchte, mit ihrem Mann über ihren Kummer zu sprechen, wählte die Unglückliche einen unpassenden Moment. Alfred fühlte sich gestört, konnte dies nicht gründlich genug verbergen und runzelte seine Stirn in der rügenden Art von Geistesheroen, die mit Kleinigkeiten behelligt werden, die ihrem Niveau nicht entsprechen. Er war gerade dabei, wegen eines neurotischen siebenjährigen Mädchens, das er seit einiger Zeit erfolglos behandelte, in einer medizinischen Fachzeitschrift über die späten Auswirkungen von frühmütterlichen Schwangerschaftspsychosen auf sensible Kinder nachzulesen.

»Ich kann mir nicht denken«, diagnostizierte er, als er zumindest die Fakten begriffen hatte, »dass Rabbi Blau überhaupt hinschaut, wenn du dich nackt ausziehst. So vergnügungssüchtig wird er nicht sein. Außerdem ist der alte Knabe verdammt kurzsichtig. Das fiel mir damals gleich in seinem Büro auf.«

Als Andrea am Ende des siebten Monats war und eine Woche lang wegen anhaltender Rückenschmerzen ein verfrühtes Einsetzen der Wehen befürchtete, rief Ruth ihren Sohn in der Praxis an. Auch sie kränkelte seit einigen Tagen. Statt aber von ihrer fiebrigen Erkältung zu sprechen und ihm ihre Temperatur zu melden, wie er ihr am Abend zuvor ärztlich befohlen hatte, verzichtete Ruth sowohl auf ihre üblichen mütterlichen Mahnungen und morgendlichen Vorhaltungen als auch auf die von Alfred erwarteten Einzelheiten zu ihrem Befinden.

»Sie war«, berichtete Ruth mit sich überschlagender Stimme, »heute beim Arzt. Wegen ihrer Schmerzen. Bist du noch dran? Warum sagst du nichts? Ist nichts Schlimmes. Du brauchst dir keine Sorgen zu machen. Aber er hat ihr das Baden verboten.«

»Auch ein Gewinn. Was soll das? Hat der Kerl ein Hotel in den Bergen?«

»In der Wanne«, betonte Ruth.

»Und deshalb störst du mich bei der Arbeit? Um mir zu sagen, dass meine Frau nicht in einer Wanne baden soll? Offenbar habe ich es nur noch mit Bekloppten zu tun.«

»Schaust du gerade in den Spiegel?«

»Mir ist heute nicht nach deinen Witzen, Mama. Als nächstes wirst du mir mitteilen, dass du bei uns über Nacht das Waschbecken hast ausbauen lassen und dass ich meine Frau bis zu ihrer Niederkunft mit der Zahnbürste abschrubben muss.«

»Gratuliere, das war ein Volltreffer, mein Sohn. Du bist noch begriffsstutziger, als es dein seliger Vater in meiner Schwangerschaft war. Wenn sie noch nicht mal zu Hause in einer Wanne baden soll, kann sie auch nicht in die Mikwe, du Trottel. Falls du jetzt immer noch nicht kapiert hast, was das für uns bedeutet, dann solltest du zu Moische Teitelbaum gehen und ihm nicht deine Frau schicken.«

Er fing an, weil er nicht einen einzigen Augenblick verkannt hatte, was ihm seine Mutter hatte beibringen wollen, und er auch Zeit brauchte, um sich seine Enttäuschung nicht anmerken zu lassen, mit der rechten Hand auf dem Schreibtisch zu trommeln, doch sein Zorn holte ihn bereits ein, als er sich mit der Linken an den Kragen griff und feststellte, dass sein Hemd durchgeschwitzt war. Wütend trat Alfred gegen das Tischbein; er warf, weil sein Stuhl dabei zu sehr schwankte und er Halt suchte, die Vase um, die Andrea montags und donnerstags mit Tulpen füllte. In einem Anflug von Schadenfreude nahm er sich vor, seine Frau aufzuklären. Er fand Tulpen steril und steif und unpassend für das Behandlungszimmer eines Kinderarztes.

Die große Rage schmolz zur dumpfen Verdrossenheit. Sie irritierte Alfred noch mehr als der unerwartete Ausbruch zuvor. Als er eine rotgelb flammende Tulpe vom Teppich klaubte und sie in einzelne Stücke zerriss, kehrte der Zorn zurück. Hastig trocknete er die Wasserlache mit dem Ärmel seines Kittels und rieb, nun ganz in Anspruch genommen von der Sisyphusaufgabe perfekter Spurentilgung, besessen im Kreis auf einem braunlichen Fleck herum.

»Rennst du schon«, fragte seine Mutter, »oder bist du erwachsen geworden?«

»Wohin soll ich rennen?«, brüllte Alfred, »und warum? Ich habe keine Probleme. Dein Kleiner hat alles im Griff. Sobald man mich hier meine Arbeit fertig machen lässt, marschiere ich in die Kirche um die Ecke und lass mich taufen. Dann gibt's endlich Ruhe.«

»Sogar die ewige, wenn ich mich richtig erinnere. Vor dieser

Kirche wurde am 9. November 1938 der alte Rosenberg von der SA totgeschlagen«, sagte Ruth und legte auf.

Er lief zum Waschbecken und war entsetzt, als ihm sein Gesicht im Spiegel begegnete, denn er konnte nicht zweifelsfrei klären, ob er einen infantilen Schwächling sah oder einen kalkweißen Berserker, dessen Lippen zuckten, weil er sich nicht nur für seine Unbeherrschtheit entschuldigen musste, sondern für den Umstand, dass er sich als tumber Tor hatte tarnen wollen. Ruth war sofort am Telefon, meldete sich aber nicht, wie üblich, mit ihrem Namen, nur mit einem langgezogenen »Nu?«. Ihr hüstelnder Sohn hielt den Atem an und hängte ein.

Selten mit Drohungen, immer mit der Ironie der Überlegenen hatte die Mutter bereits in einem sehr frühen Stadium ihrer Erziehung Alfred dazu gebracht, sich keine Illusionen über sich selbst und seinen Hang zu machen, Schwierigkeiten so lange wie möglich auszuweichen und die eigenen Fehler zu beschönigen. Auch nun fruchtete der wortkarge mütterliche Hinweis auf die Gewohnheit der bequemen Flucht. Trotzdem brauchte Alfred Zeit, ehe er sich eingestand, weshalb es ihm so schwer fiel, Andrea anzurufen und ihr seine Solidarität zu bekunden.

Zu unangenehm war ihm die Einsicht, dass sich der Ton in seiner Ehe in den letzten Wochen allein durch sein Verhalten verändert hatte. Ebenso klar wurde ihm, dass er dennoch mit seiner Frau die neue Entwicklung nicht mit dem Verständnis würde diskutieren können, das ihm Anstand und Einsicht geboten. »Noch nicht«, murmelte er vor sich hin. Von seinem Sinn für das Rationale dennoch zum Handeln motiviert, beschloss er, erst einmal mit Andreas Arzt zu reden, ihm das Dilemma zu erklären und vom medizinischen Standpunkt aus nochmals zu erörtern, ob eine einzige Ausnahme wirklich Mutter und Kind gefährden würde.

Noch ehe Alfred die Nummer des Arztes im Telefonbuch

fand, ahnte er die Unlösbarkeit des Problems. Als eine aberwitzige Zumutung erschien ihm die Vorstellung, er müsste einem nichtjüdischen Kollegen die Bedeutung einer Mikwe erklären. Mit der Gründlichkeit des geübten Pessimisten wurde er gleichzeitig Regisseur und Zuschauer eines Films, der ihn empörte und anwiderte. Deutlich malte er sich aus, wie der Arzt, ein feister Glatzkopf mit wässerig grünen Augen hinter einer Nickelbrille, mit dem Finger an seine Stirn tippte und mit welcher Farbigkeit er die Geschichte ausschmücken würde, wenn er sie am Stammtisch erzählte. Alfred hörte ihn feixend über das »auserwählte Volk« dozieren, das »tatsächlich noch im finstersten Mittelalter steckt«. Beklommen wartete der Gedemütigte auf den erlösenden Moment, da der Sturm von johlendem Gelächter verstummte und das Feuer in ihm zu einem überschaubaren Haufen von Asche abbrannte. Er machte aus einer Faust wieder fünf einzelne Finger und rief Andrea an. Sie war nicht zu Hause.

Als er sie auch beim zweiten Versuch nicht erreichte – nach drei zu flüchtig behandelten Geschwistern mit Röteln und Pistolen, die sie während der Untersuchung auf ihre überforderte Mutter richteten –, trieb ihn endlich sein Gewissen an den Pranger. Die Selbstanalyse war schonungslos. Dem Ernüchterten tat seine zu lange zurückgehaltene Reue die Gewalt jener Scham an, die keine Selbstachtung mehr zulässt; ihr folgte ein lähmender, mit Vernichtung drohender Schmerz. Verzweifelt schwor Alfred, seiner Frau jede Verfehlung, vor allem die vielen nur aus seinem Unverständnis resultierenden, zu verzeihen und sich selbst nie mehr den Verrat an seiner Liebe, seinen Egoismus und die Sünde der Arroganz zu vergeben.

»Nebbich«, parodierte er das Sticheln seiner Mutter, doch der Geläuterte verwies die Unsichtbare des Raums, und sie fügte sich, verständnisvoll nickend.

Kürzer und sehr viel weniger steil als der Pfad der Einkehr wurde Alfred der Weg zur Umkehr. Obwohl sein Herz noch stolperte, spürte er befreit, wie es mit jedem Schlag die Stacheln der Selbstgefälligkeit abstieß. Er wurde wehmütig und sentimental, denn er konnte nun wieder mit Rührung an Andreas Eifer denken, die ja nur für ihn und um ihrer Liebe willen das Opfer des Übertritts auf sich nahm. Ihm fiel das Milchkännchen ein, das sie ihm entrissen hatte, und er lächelte wohlgefällig; er sah, wie sie sich mit den hebräischen Buchstaben abquälte, legte die Zeitung aus der Hand, las mit seiner Frau im vergilbten Gebetbuch seines Vaters und küsste es ehrfurchtsvoll, als es zu Boden fiel. Seine Augen wurden feucht.

Die Zukunftsvision einer neuen Harmonie trieb Alfred dazu, seine Gedanken in Ausdrücken zu formulieren, die er als kitschig und pubertär empfand, aber er konnte nicht von den Traumbildern lassen. Schon drängte es ihn, durch den Hintereingang der Praxis zu verschwinden und Andrea zu umarmen; gesegnet nannte er den Leib, der ihm eine schwarzhaarige Tochter gebären würde. Jeden Tag, morgens und abends, würde er ihrer Mutter versichern, es sei ohne Bedeutung für seine Seele, dass sie vor der Geburt des Kindes nicht jüdisch geworden war.

»Wir haben alle Zeit der Welt, Loreley«, flüsterte der Jungverliebte.

In der Trance seiner eigenen Güte erblickte er Andreas Gesicht. Es war so vertrauensvoll in seiner Unschuld, dass er sich sündenbüßend an die Brust schlug wie die frommen Alten am Jom Kippur. Der Allmächtige reichte ihm die Hand. Zärtlich zeichnete der verlorene Sohn, der sich wiedergefunden hatte, die Grübchen auf Andreas Kinn nach. Sie zwinkerte ihm zu, weil nur sie einen Mann hatte, der so klug war und charmant und stets die rechten Worte des Trostes fand. Als sein Finger ihre heiße Haut berührte, lachte sie wie ein Kind, das ungerecht gescholten worden ist und endlich wieder an die Liebe und Güte derjenigen glauben darf, die es beschützen.

»Hauptsache wir sind uns einig, meine Süße«, stieß Alfred entzückt aus den Tiefen seines gereinigten Gewissens hervor. Seine Stimme war wohltuend kehlig. Er wunderte sich nur, dass diese weiche, erotikschwere Stimme plötzlich laut wurde und sehr erheitert fragte: »Was kommt denn da herein? Ein ganz ganz großer Blumenstrauß auf zwei Beinen. Und so ein lieber Teddy. Ist der etwa krank?«

Selbst als Alfred aufstand und mit ausgebreiteten Armen auf die Tür zuging, sah er nur die mit Bändern verzierten gelben Rosen und einen himmelblauen Stoffbären, dem eines seiner Glasaugen fehlte. Er wurde wieder Arzt und Praktiker, machte sich klein, wie er es bei den ängstlichsten seiner Patienten tat, um nicht wie ein furchteinflößender Riese auf sie niederzukommen. Da sah er das Kind, das unter dem schwankenden Strauß steckte – ein etwa vierjähriger Junge mit schwarzem krausen Haar, Augen wie Kohlen und einer Haut in der Farbe von Milchkaffee. Auf dem Kopf trug der Kleine eine aus Goldfolie geflochtene Krone, die mit blauen Glitzersternen verziert war. Alfred schwante sofort, er habe solche Sterne früher schon einmal gesehen, und er ahnte nichts Gutes, doch noch ersparte ihm sein Gedächtnis Beunruhigung und Argwohn.

Es waren schließlich seine Nase und Ohren, die bereits während des Prologs die Geschichte zu ihren Anfängen zurückspulten. Der Mann witterte lange vor dem Arzt, dass der strahlende Kindkönig, der mit offenem Mund vor ihm stand und ihm gelbe Rosen entgegenhielt, die seinen dunklen Teint wie Bronze aufleuchten ließen, nicht zu ihm gekommen war, weil in den Frankfurter Kindergärten eine Darmgrippe grassierte.

Obwohl der Rosenkavalier noch immer allein im Behandlungszimmer war, strömte Alfred ein betäubendes, herausforderndes Parfüm entgegen. Als sei er in seinem Leben nach der finalen Explosion nie einem anderen Duft begegnet, wusste er noch, dass jeder Tropfen dieser nie vergessenen Süße zu einer Fessel wurde, die Mannesmut allein nicht zu lösen vermochte. Alfred wagte nicht zu atmen, doch er hörte – da schon mit dem Entsetzen des Übertölpelten – die lockenden, kichernden Laute, die bis zum jüngsten Tag aller Heimsuchungen süchtig machten. Durch den kleinen Türspalt schlängelte sich das Feuerhaar von der gefährlichsten aller Schlangen.

»Siehst du, Marco«, sagte Halina mit der Zunge, die immer noch nicht zu sprechen, nur mit Sirenes Stimme zu singen vermochte, »ich hab dir doch schon so viel vom lieben Onkel Alfred erzählt. Er ist der allerbeste Doktor auf der ganzen Welt für deinen armen Brummel. Er macht ihm ein neues Auge.«

»Der liebe Onkel Alfred ist kein Puppendoktor.«

»Ist er ja«, jubelte Marco, »ist er ja.« Er lachte wie Halina mit einem Körper, der auf jeden Strudel der Heiterkeit reagierte. Seine Schultern hoben und senkten sich, als er die Rosen auf den Boden warf. Immer noch lachend, kletterte er auf Alfreds Stuhl, krabbelte auf den Schreibtisch mit dem Bären unter dem Arm, küsste ihn auf die schwarze Nase und boxte ihn in den Bauch. Der einäugige Knecht aus blauem Plüsch brummte, der Herr baumelte mit den Beinen. Er hatte die gleichen Beine wie die Mutter, zu kurz und sehr kräftig. Die Füße steckten in grasgrünen Kniestrümpfen und gelben Sandalen. Alfred hatte die Farbkombination immer als typisch für Halinas vulgären Geschmack empfunden und knirschte mit den Zähnen.

»Ist das dein Sohn?«, fragte er so barsch, dass er sich nicht mehr zu fragen wagte, ob er wohl so aussah, wie er sich fühlte.

»Marco«, flötete Halina, »bist du mein Sohn? Nein, er schüttelt den Kopf, denn er ist nicht mein Sohn. Marco ist mein Prinz.

Erzähl mal dem Onkel Alfred, wie du noch ein ganz ganz kleiner grüner Frosch in dem großen Teich warst.«

»Dann ist Halinamama gekommen und hat mir einen Kuss gegeben. Und ich bin ein Prinz gewest. Ein ganz toll großer.«

Es lächelte nur der Arzt, der Kindern nicht widerstehen konnte und schon gar nicht einem, das aussah, als sei es Murillos Porträt von den Trauben essenden Knaben entsprungen. Alfred hatte das Bild, so sanft in seinen Farben und doch brennend von der Glut unbeschwerten südlichen Lebens, als zwölfjähriger Schüler in einer Kunstzeitschrift entdeckt und, als die Passion für das Bild auch nach Wochen nicht von ihm gewichen war, seinen Vater überredet, mit ihm in die Alte Pinakothek nach München zu fahren.

»Der Junge ist meschugge, und du hilfst ihm noch dabei«, hatte Ruth geschimpft, »sind wir ein einziges Mal im Leben für einen goischen Maler um die halbe Welt gereist?«

»Von Frankfurt nach München ist nicht die halbe Welt«, hatte der Vater seinen frühreifen Sohn verteidigt, »und wer weiß, ob nicht Bilder glücklich machen. Wir sind nie dazu gekommen, es auszuprobieren. Hitler hat uns nicht gelassen. Soll er es nicht besser haben als seine Eltern? Selbst Juden dürfen heute wieder träumen.«

Energisch verbannte Alfred das wehmütige Gedenken an Murillo und einen Vater, der in der Ehe auch nie so glücklich werden durfte, wie es seine Milde verdient hatte. Als ihm aufging, wie vielsagend das Wort »auch« war, duckte er sich. Zu sehr fürchtete er das Netz, das soeben von einer Frau nach ihm ausgeworfen wurde, die er nie mehr hatte sehen wollen.

Seine Augen konnten jedoch ebenso wenig von Halina lassen wie einst die des melancholischen Kindes von Murillos barfüßigem Jungen, denen er sich auf eine verwirrende, bezwingende Weise verbunden fühlte. Mit Händen, die brannten, bohrte

Alfred Löcher in die Taschen seines Kittels; er deutete das Geräusch von reißendem Stoff als ein böses Omen und ärgerte sich, dass er es tat. Von dem barmherzigen Gott, der dem Abergläubischen soeben all seine Sünden verziehen hatte, erflehte er ein beschütztes Herz und die Kraft zum Widerstand.

»Halina, was soll das? Um zu erfahren, dass dieses ganz ganz große Kind kerngesund ist, brauchst du noch nicht einmal einen ganz ganz kleinen Arzt, sondern nur zwei Augen.«

»Stimmt. Aber Marcos Teddy hat nur ein Auge, und das macht meinen Sohn krank. Seine Mutter will dich verführen. Mir ist schon Ewigkeiten danach.«

»Sagst du immer solche Dinge vor dem Kind? Der Junge ist doch höchstens vier Jahre alt.«

»Ist er. Und seine Mama ist ja so glücklich, dass sich nichts zwischen uns geändert hat. Die Zeit ist einfach stehen geblieben. Du bist immer noch der gleiche Spießer wie damals. Du musst«, ahmte Halina Ruths Stimme nach, »artig auf dem Weg bleiben, Bubi. Mamas schwaches Herz verträgt keine Aufregungen.«

Die Laszivität ihrer Bewegungen, erkannte Alfred belustigt, die Begabung für das Theatralische und ihr dreister Humor waren auch noch die gleichen wie einst. Es fiel ihm schwer, seine Augen zu vereisen und der Stimme den Donner des Zorns zu befehlen, doch er schaffte beides.

»Ich bin nicht nur Sohn, du mieses kleines Luder. Ich bin verheiratet. Und das verdammt glücklich.«

Halina presste erst ihren kleinen Finger auf ihre vollen Lippen, dann auf Alfreds schmale. »Das weiß ich doch alles. Da musst du doch nicht gleich wie ein Stier losbrüllen. Deine Frau bekommt ein Kind und strampelt sich ab, um vorher jüdisch zu werden.«

»Woher weißt du das? Bist du etwa wieder ganz in Frankfurt?«

»Ganz ganz. Jedenfalls zurzeit. Du hast Pech mit den Frauen, bel ami. Unser Lied, Alfred. Hörst du es manchmal noch?«

»Gleich erwürg ich dich. Das schwör ich dir. Woher weißt du?«

»Ich wohne im selben Haus wie Sara Teitelbaum. Sie ist so schön, Alfred, so elegant und so blond. Am Ende ist sie auch noch klug. Mach sie nicht so unglücklich, wie du mich gemacht hast.«

»Wen? Sara Teitelbaum?«

Er hätte, und dies hatte er schon gewusst, als er sich für die Antwort räusperte, den albernen Scherz nicht machen dürfen, nicht bei einer, deren Augen mondgroß wurden, sobald sie sich mit dem Jungbrunnen der Fröhlichkeit füllten. Halina musste sich erschöpft setzen und sich keuchend in Alfreds Kittel verkrallen, weil das Gelächter ihre Brust sprengte. Auch die Brüste waren so aufreizend wie in den Tagen der Jugend, da er gewähnt hatte, ein Paradiesvogel ließe sich mit Liebe zähmen und könnte Treue erlernen. Alfred stürmte in die Falle, die er selbst ausgelegt hatte. Er lachte mit. Halina trocknete seine Tränen mit ihrem mit Parfüm getränkten Taschentuch.

Marco sprang vom Schreibtisch herunter und scharrte mit den Füßen. Gebieterisch berührte er einen Glitzerstern seiner güldenen Krone. Der Unerbittliche gebot seinen Untertanen zu schweigen und streckte Alfred seinen Teddybären entgegen.

»Meine Mama hat mir versprochen, dass er ein neues Auge kriegt.«

»Später, Majestät, später. Mein Wartezimmer ist voll von kranken Kindern. Die muss ich doch erst gesund machen. Ich habe sie schon zu lange warten lassen. Das siehst du doch ein.«

»Natürlich sieht er das ein«, sagte Halina und drückte erst Marco, der lächelte, und dann den Teddy, der mahnend brummte. »Komm Marco, wir beide gehen jetzt auf den Spielplatz, und wenn wir zurückkommen, kann Brummel wieder sehen. Das verspricht dir Onkel Alfred. Du kannst ihm glauben. Der hält immer seine Versprechen.«

Sie sah nicht mehr aus wie Lulu, hatte auch nicht mehr Pandoras fluchbringende Büchse in der Hand, war nur noch eine liebreizende Muttersklavin, als sie mit dem kleinen König an der Hand zur Tür ging. Sie zögerte sogar ungeduldig, als sie Alfreds Frage hörte, kam nur widerstrebend zurück, um sie zu beantworten.

»Nein. Ich bin nicht mit Marcos Vater verheiratet. Wir kennen ihn gar nicht, und wir brauchen ihn auch nicht. Mein Sohn ist ein wunderschönes Urlaubssouvenir.«

»Aus Israel, nehme ich an. Da bist du ja immer von deiner Langeweile genesen.«

»Aus Tunesien. Ich wusste gar nicht, dass du neugierig bist. Ich dachte immer, nur Eifersucht macht dir zu schaffen.«

Frau Wegener, die früh verwelkte Sprechstundenhilfe in Gesundheitssandalen, trampelte ins Zimmer. Übellaunig verkündete sie, zwei Mütter hätten nicht warten wollen und sich auch keine neuen Termine geben lassen. Mit knochigen Fingern stieß sie Löcher in die Luft und ging den nächsten Patienten holen. Alfred hatte noch zwei Fälle von leichtem Durchfall und ein Baby mit einer beginnenden Mittelohrentzündung zu behandeln. Allen drei Müttern erzählte er von einem unerwarteten Notfall und entschuldigte sich mit einem Charme, von dem er sich wünschte, Halina würde ihn erleben. Keinen Augenblick kam es ihm in den Sinn, noch einmal zu versuchen, Andrea anzurufen.

Er machte die Tür auf, setzte sich zurück an den Schreibtisch und rief: »Bringen Sie mir ein Glasauge für einen Teddybären. Dies ist ein Notfall.«

»Auf den Arm nehmen kann ich mich selbst«, rief Frau Wegener zurück.

Als der himmelblaue Patient abgeholt wurde, hatte er zwei zu seinem Fell passende Augen aus Lapislazuli. Dem Chirurgen fehlten beide Manschettenknöpfe. Sein Lohn war ein nasser Kuss von Marco und einer von der ebenso beglückten Mutter, der sehr viel länger dauerte. Sie hatte ihrem Sohn auf dem Spielplatz zugesagt, mit ihm und Brummel Eis essen zu gehen. Onkel Alfred ließ sich zum Mitkommen überreden.

»Kauf dir ein neues Hemd, ehe du nach Hause gehst«, riet Halina im Café. »Ich weiß nicht, was mich als Ehefrau misstrauischer machen würde – wenn ein Arzt gleich beide Manschettenknöpfe verliert oder wenn er sein Hemd von oben bis unten mit Leim bekleckert hat.«

Als er die Fürsorgliche nach Hause fuhr, setzte Alfred sie, der Teitelbaums wegen, in einer Parallelstraße ab.

»Halina«, bat er, »dräng dich nicht in mein Leben. Ich bin zu alt, um nur zu spielen, zu jung, um ohne Wunsch zu sein.«

»Für diesen Satz werde ich dich mein Leben lang lieben.«

»Er ist von Goethe. Extra für mich geschrieben. Wenn Marco mal krank ist, hol dir einen anderen Arzt. Tu mir den Gefallen. Es ist besser so. Für uns alle drei.«

»Viel besser«, stimmte Halina zu, doch ihr Gekicher nahm Alfred jede Hoffnung.

8

Das Sonntagskind drängte schon nach acht Monaten ins Leben, zögerte aber dann doch mehr als vierundzwanzig Stunden mit seinem ersten Schrei. Unmittelbar bevor das um vier Uhr morgens geschah, war der künftige Vater emotional unstabil geworden und musste vom Arzt energisch aus dem Kreissaal hinaus und ein wenig mitleidig in die starken Arme seiner Mutter gedrängt werden. Der Arzt hatte nicht nur große Erfahrung mit schwierigen Geburten, sondern einen durch lange Leidenszeit geschärften Instinkt für die geringe Belastbarkeit der männlicher Psyche auf dem Kulminationspunkt des Geschehens. So erfuhren Alfred und Ruth in derselben Minute, dass ihre Gebete erhört worden waren.

»Eine gesunde Tochter«, gratulierte Doktor Frischmann. »Es geht auch der Mutter wieder gut. Die Kleine hat es uns ja ungebührlich schwer gemacht.«

Er hatte weder eine Glatze und wässerige Augen noch eine altmodische Nickelbrille oder einen einschüchternd herrischen Ton. Auch sonst entsprach der weißhaarige Verkünder froher Botschaft in seiner sympathischen Art in nichts den Horrorvisionen, die den Vater ein paar Wochen zuvor um seine Räson und das Vertrauen in den eigenen Berufsstand gebracht hatten. Selbst im Rausch der Erlösung versäumte es Alfred nicht, sich an jene Details zu erinnern, die ihn daran gehindert hatten, seinen nun unübersehbar teilnahmsvollen Kollegen anzurufen und ihn über die Bedeutung einer Mikwe aufzuklären.

Ohne dass der von der Realität belehrte Pessimist es je erfahren sollte, bewahrheitete sich allerdings ein Teil seines schockierenden Tagtraums an einem Stammtisch in Sachsenhausen. Nur ließ Doktor Frischmann in der beliebten Wirtschaft »Zum Grauen Bock« zwischen Rippchen mit Kraut und Handkäse mit Musik ein sehr konträres Bild zu dem entflammten Gemälde entstehen, das Alfred als die unmissverständliche Handschrift an der Wand ausgemacht hatte. Sein damals von ihm voreilig als ein ewiggestriger Brandstifter vorverurteilter Kollege Frischmann war durchaus imstande, über den eigenen Horizont zu blicken. Er tat es ebenso häufig wie passioniert.

Weil Andrea um ihren Hals einen Davidstern an einer goldenen Kette trug, von dem sie sich bei keiner Gelegenheit trennen mochte und bei der ersten Konsultation noch eigens mit verlegenem Charme auf diese Gewohnheit hingewiesen hatte, waren Arzt und Patientin schon beim Kennenlernen durch das Schmuckstück und dessen Bedeutung ins Gespräch gekommen. Danach hatte Doktor Frischmann nicht mehr gezweifelt, dass die werdende Mutter unter seiner Obhut jüdisch war. »Obgleich sie wirklich nicht so aussieht«, wie er einige Male zu seiner Sprechstundenhilfe bemerkte.

»Von den Juden«, sollte er am Freitag nach der Geburt der kleinen Bär vier Ärzte aufklären, obgleich sie übereingekommen waren, möglichst keine beruflichen Themen anzuschneiden, »können wir eine ganze Menge lernen. Ich habe in meiner ganzen Laufbahn noch nie einen Vater gesehen, der sich so über eine Tochter gefreut hat. Der junge Mann war total aus dem Häuschen, und seine Mutter hatte sogar Tränen in den Augen. Offenbar«, befand der Narrator in einer für ihn atypisch schwärmerischen Weise, »haben diese alten Kulturvölker einen ganz anderen Sinn für die heute mit Recht geforderte Gleichberechtigung von Mann und Frau als wir in der Konvention erstarrten Deutschen. Mir jedenfalls hat es ungeheuer imponiert, wie der Kollege Bär so demütig und irgendwie gottesfürchtig sagte: ›Ich habe mir immer nur eine Tochter gewünscht.‹«

Tatsächlich wiederholte Alfred im dämmerig beleuchteten Flur des Krankenhauses eben diesen Satz immer wieder mit so großem Jubel und einer so kindlichen Begeisterung, dass auch seine Mutter bewegt war. Sie umarmte ihren Sohn schweigend, fand es doch die Skeptikerin klüger und für den freudigen Anlass geboten taktvoll, über die Gedanken, die ihr in der langen Nacht gekommen waren, erst mit ihrer Freundin Gitta zu sprechen. Ruth erschien es nämlich mehr als einer der üblichen sarkastischen Hinweise des Schicksals und am Ende gar ein in die Zukunft weisendes Menetekel, dass ihre Enkeltochter in einem Krankenhaus geboren worden war, das ausgerechnet »Hospital zum Heiligen Geist« hieß.

»Wenn ich mich recht erinnere«, sagte die Rücksichtsvolle mit einer nur zarten Andeutung von Ironie, »freut sich eine junge Frau im Wochenbett, wenn sie den Mann umarmen kann, der ihr den ganzen Schlamassel eingebrockt hat. Dein seliger Vater hat mich zwar auch zehn Minuten warten lassen, aber wenigstens hat er die Zeit genutzt, um ein Gebet zu sprechen, obwohl er ja wirklich nicht fromm war.«

»Hab ich auch getan, Mama.«

»Das hätte ich nicht gedacht. Wie wenig man doch seine Kinder kennt. Welches Gebet ist dir denn eingefallen?«

»Leider kein passendes. Nur der Segensspruch fürs Brot.«

»Das hat sogar Tradition«, erwiderte Ruth das Lächeln; sie segnete das fahle Licht, weil es ihr die Tränen ermöglichte, ohne dass der Sohn, dem sie galten, sie bemerkte. »Deinem seligen Vater fiel auch kein passender Dank für den Allmächtigen ein, als er von dir erfahren hat. Übrigens hast du dir nicht so lange Zeit mit deiner Geburt gelassen. Saumselig bist du erst später geworden. Papa hat immer erzählt, er hätte bei deiner Geburt die

Bracha für Wein gesprochen. Die für Brot eignet sich aber besser für ein Mädchen. Los, mach schon. Wie lange willst du noch warten, bis du dir deine Tochter ansiehst?«

»Du kommst doch mit. Was hätte ich die ganze Nacht ohne dich gemacht? Die ganzen acht Monate, um genau zu sein.«

»Nein, ich nehme mir ein Taxi und fahre endlich nach Hause. Muss denn dieses unschuldige Wesen heute schon mitbekommen, dass sein Schlemihl von Vater besser mit seiner Mutter steht als mit seiner Frau?«

»Das hast du noch nie gesagt.«

»Weiß ich's deswegen auch nicht?«

»Siehst du, wegen solcher Bemerkungen werde ich es nie schaffen, mit einer anderen Frau so offen zu reden wie mit dir.«

Das Baby war bereits genesen von den Schrecknissen der beunruhigend hellen und lauten Welt, für die es sich entschieden hatte. Gewaschen, weiß angezogen, mit einem rosa Namensband um das zarte Handgelenk lag es in einem Körbchen – wie einst das zu seiner Rettung ausgesetzte Kind Moses im Schilf. Der Vergleich kam nur Alfred und polsterte sein Herz mit einer atavistischen Frömmigkeit, die ihn betroffen machte. Das Mädchen hatte die blauen Augen der Mutter, ihre auffallend helle Haut, einen Ansatz von blondem Haarflaum und, wie der hohlwangige Vater mit sehr viel mehr Befriedigung registrierte, nicht die Neigung zu seiner Nase, der er frühe Vertrautheit mit dem Begriff Häme verdankte.

Obwohl es ihm noch immer bei dem Gedanken schwindelte, er hätte bei weniger Fortune vor seinem Sohn stehen müssen und ihn nicht rituell beschneiden lassen können, war er bereits wieder fähig, die Kräfte zu remobilisieren, die er dem Anlass angemessen fand. Trotz seines in der Ehe gestählten Sinnes für die Komik traditionell erwarteter Mechanismen grübelte er angestrengt, welche Worte von bleibendem Wert ein Mann an seine glücksglühende Frau zu richten hatte. Er drückte Andreas Hand, legte seine Stirn auf ihre, ging verlegen zum Körbchen zurück, nestelte an der Decke und entdeckte doch, dass seine Tochter bereits in ihrer ersten Lebensstunde über die gleichen verzaubernden Kräfte der Unschuld verfügte wie ihre Mutter. Er erinnerte sich, dass gerade die ihn zum Ehemann gemacht hatten.

Noch nicht mit Liebe, doch schon verliebt zählte er die winzigen Finger, belauschte Atemzüge, um derentwillen er den Kopf tief senken musste, und erfühlte die Temperatur der Haut. Diese eine Berührung war es, die die Berauschtheit aller Väter freisetzte, die nie wieder so gewaltig die Brust sprengt wie in dem Moment von überbordendem Männerstolz. Überwältigt vom Vertrauen in die eigene Kraft, schwor Alfred, dieses einmalig schöne, namenlose, leider noch konfessionslose Geschöpf zu beschützen und ihm, sollte es wirklich noch jüdisch werden, alle Konfrontationen zu ersparen, denen er sich als Junge hatte stellen müssen. Zwar kam dem edelsten aller Ritter an diesem Punkt seiner altruistischen Abschweifungen die unangenehm logische Einsicht, dass er sich wieder einmal von seinen Illusionen zu einem dubiosen Versprechen hatte hinreißen lassen. Alfred war klar, dass er, wollte er seine Tochter vor den selbst erlittenen Kränkungen schützen, ihr auch die Last des Judentums ersparen müsste. Kleinmütig flüchtete er zu den Träumen von der Gunst fremder Götter zurück.

»Ich schenke dir mein Herz, pflücke dir silberne Sterne vom Himmel und kaufe dir eine goldene Kutsche.«

»Ein Kinderwagen reicht vorerst«, lachte Andrea.

»Mein Gott, was haben sie dir denn eingeträufelt? Du hast ja plötzlich Humor.«

»Muss ich doch. Ich bin doch jetzt Mutter. Schau dir deine an.«

»Oder deine.«

»Hoffentlich erbt unsere Tochter deinen Witz, Bärchen. Und deinen Charme, deine Sanftmut und Klugheit.«

»Was muss sie klug sein, wenn sie so schön ist wie du? Meinst du, sie bleibt so blond?«

»Du hättest lieber ein Mädchen mit schwarzen Haaren gehabt, nicht wahr? Wie Lea.«

»Wie kommst du denn darauf? Was sollten wir mit einem so verwöhnten Balg wie Lea?«

»Es ging um die Haarfarbe«, erkannte Andrea, »auch die Schlauen verraten sich manchmal, Alfred. Vergiss nicht, meine Eltern anzurufen. Wo ist eigentlich deine Mutter? Will sie denn nicht ihr erstes Enkelkind sehen? Ich dachte, sie war die ganze Zeit bei dir.«

»War sie auch, aber ich hab sie nach Hause geschickt«, flüsterte Alfred, staunend, wie sich die Lüge mit Zärtlichkeit zu tarnen wusste. »Dieser Moment gehört nur uns beiden.«

»Uns dreien.«

»Das hab ich kommen sehen. Kaum ist diese blonde Fee da, drängt sie sich schon zwischen uns. Sie wird aus uns beiden Sklaven machen, und mich wirst du bis zu ihrer Hochzeit links liegen lassen.«

»Nie, das schwöre ich dir.«

Sie sprachen von der Liebe und glaubten, was sie sagten, weil jedes Wort und erst recht die ungesprochenen sie zu den Anfängen vertuschender Romantik zurückgeleiteten. Sie wurden wieder Amors Auserwählte, denen die Blätter der Hoffnung nicht verwelkten, und sie klammerten sich aneinander wie vom Tode Errettete. Aus den Sekunden pochender Harmonie machten sie herzklopfende Ewigkeiten. Sie stürmten in ein Paradies, in dem es nur der Wind war, der den Apfel der Erkenntnis vom Baum stieß und die Menschen nicht zu Sündern in der Verdammnis der Wissenden machte.

»Deine Mutter hat nie etwas gesagt, aber ich glaube, sie würde sich riesig freuen, wenn wir unsere Tochter Ruth nennen«, schlug Andrea vor.

»Sie wäre entsetzt und würde bis an ihr Lebensende grübeln, ob ihr Sohn nur meschugge ist oder auch kränkend geschmacklos. Wir geben Kindern nicht die Namen der Lebenden. Wir halten das Gedächtnis an die Toten wach. Schau mich nicht so gekränkt an, meine Süße. Woher sollst du wissen, dass wir unser täglich Brot mit Tradition bestreichen?«

Alfreds Körper hatte die Schwere, die er ergrimmt seiner Zunge wünschte. Als er aber kurz darauf Andrea zum Abschied küsste, merkte er jedoch erleichtert, dass sie wohl zu erschöpft gewesen war, um die Veränderung seines Tones zu bemerken und erst recht nicht seine Angewohnheit, an Kreuzwegen »wir« zu sagen und dabei seine Mutter und sich selbst zu meinen. Schuldbewusst zog er die Tür hinter sich zu.

Der nächste Tag war ein für Frankfurt typischer, mit Tropenglut getränkter Sommertag, der binnen Stunden den Keim der Hoffnung zur Ernte trieb. Die hohen Bäume um das »Hospital zum Heiligen Geist« wurden schon am frühen Morgen von einer Sonne bestrahlt, die den Tau der Nacht zur dampfenden Hitze einschmolz. Laubvolle Äste bogen sich unter der Last von zwitschernden Vögeln. Auf müden Pfoten kehrte ein Kater heim von der Jagd. Ein roter Luftballon hatte auf seiner Höhentour die Reise in einem fruchtschweren Kastanienbaum aufgegeben. Die Schwalben dachten noch nicht an winterliche Katastrophen und strebten in Wolken aus weißem Tüll. Auf dem Weiher dümpelten Erpel mit glänzend grünem Kopfgefieder und ein von seinem Kapitän verlassenes Schiffchen mit einem Bug aus blauem Plastik und zerfetztem Segel.

»Ein Tag zum Kinderkriegen«, jubelte eine junge Schwester und lehnte sich weit zum offenen Fenster hinaus.

»Das hab ich bereits besorgt«, gluckste Andrea.

»Das weiß ich doch«, nickte die Muntere. »Ihres ist doch das schönste Baby auf der ganzen Station.« Dies erklärte die fröhliche Menschenkennerin mit dem kirschroten Mund allen jungen Müttern – jede glaubte ihr.

»Das muss ich sofort meinem Mann erzählen«, freute sich auch Andrea.

Von ihm hatte sie noch vor dem Frühstück einen Strauß bunter Gerbera bekommen, abgegeben von einer verlegenen Berufsanfängerin, die zum ersten Mal einen Botengang ausführte und bei der Entgegennahme des Trinkgelds »Na, so was!« ausrief.

Alfred war durch das Auftauchen des kleinen Marco und dessen Mutter in seiner Praxis und erst recht durch die ablenkenden Folgen dieses Besuchs nicht dazu gekommen, seiner Frau persönlich zu offenbaren, wie er über Flora ohne Duft und Grazie dachte. Er mochte Gerbera ebenso wenig wie Tulpen. Gerührt streichelte Andrea indes ein starres Blatt ihrer Lieblingsblumen. Die vertrauenstärkende Annahme beglückte sie noch mehr als sonst, dass sie stets den Geschmack ihres Mannes teilte.

Sie fühlte sich so geborgen in dieser Einverständlichkeit, so entspannt, gesund und auch wieder so anziehend wie seit Monaten nicht mehr, dass es ihr mühelos gelang, den einzigen Schatten zu erhellen, der auf ihrem neuen Glück lastete. Auch wenn Andrea nun wieder baden und also in die Mikwe gehen konnte, würde es noch lange dauern, ehe sie zum Judentum übertreten durfte. »Der Rebbe sagt, du hast noch nicht genug gelernt«, hatte Sara ihr vor einer Woche ausgerichtet. »Er glaubt nicht, dass du verstehst, was es heißt, jüdisch zu sein. Du musst nicht traurig sein. Er weiß es besser als wir beide.«

»Kommt Zeit, kommt Rebbe«, kicherte Andrea mit beglückender Leichtigkeit vor sich hin.

Sie frühstückte an einem kleinen Tisch am offenen Fenster, roch die Idylle und schmeckte Zufriedenheit, erbat von der schmeichelkundigen Schwester ein zweites Brötchen und webte, als sie wieder im Bett lag, am brüchigsten Traum aller jungen Mütter.

In der Überzeugung, keine Frau vor ihr hätte sich nach der Niederkunft sechs Söhne und sechs Töchter gewünscht, nahm sich die Euphorische vor, Alfred anzurufen und ihm das gesegnete Dutzend anzukündigen, das sie ihm gebären wollte.

Sie tat es dann doch nicht, denn beim Wählen der zweiten Nummer fiel ihr ein, dass der junge Kindesvater auch Kinderarzt war und in dieser Eigenschaft nur von seiner Mutter Anrufe akzeptierte, ohne injurierend einsilbig zu werden. Verständnisvoll lächelnd, was ihr bei diesem Thema zum ersten Mal gelang, entwarf die weise Architektin der Luftschlösser gemütliche Stübchen und wolkenkratzende Türme.

Von einem mit Gänseblümchen umkränzten Liegestuhl aus, der im Schatten einer wuchernden Rosenhecke stand, sah Andrea ihre vielen Kinder auf einem Rasen aus grünem Velours Krocket spielen. Das Jüngste hatte schwarze Locken wie Lea und wurde von Alfred vergöttert. Die Tochter der soeben vergangenen Nacht, die für die Mutter bereits eine Zeitlosigkeit ohne Schmerzen und nur noch die Verheißung von Zukunft war, hatte dicke blonde Zöpfe und spielte mit der rot beschuhten Puppe, die einst ihrer Mutter gehört hatte.

So sorgte eine längst zu Staub zerfallene Schönheit aus Stoff dafür, dass Andrea wieder zu einem Kind wurde. Als sie die Jahre immer dichter zu einer besonnten Vergangenheit zusammendrängte, glaubte sich Andrea gar zu erinnern, sie habe im Kreissaal einmal nach der Mutter gerufen; auf alle Fälle hatte sie sich, und dies wusste sie auch am Tag danach sehr wohl, zwischen zwei Wehen enorm geängstigt, die Hebamme würde Ruth zu ihr hereinholen. Immer präziser und gefälliger wurden die Erinnerungen. Andrea öffnete sich ihnen mit jenem Seufzer, den das Wissen um die Unwiederbringlichkeit des behüteten Seins aus der Kehle stößt. Ihr fielen die Masern, Windpocken und der Keuchhusten ihrer Kinderzeit ein, der zweifach gebrochene Arm, und dass die Mutter nicht mit ihr gescholten hatte, obwohl sie trotz Verbot auf das Dach geklettert war.

Andrea war es, als hätte sie zum ersten Mal ins Herz dieser famosen Mutter geblickt. Der gütige, allzeit gut frisierte Engel saß lächelnd am Bett, legte feuchte Wickel um heiße Waden, presste Milch mit Honig an fiebernde Lippen, nähte der Puppe zum Trost der siechen Puppenmutter ein neues Kleid. Jedes Bild war ein kostbares Unikat. Und doch folgte der erwärmenden Nostalgie unerwartet rasch mahnende Ernüchterung. Zu klar erkannte die liebebedürftige Tochter, wie weit sie sich mit ihrer zielversessenen Energie von den Eltern entfernt hatte.

Trotz Alfreds spöttischen Einwänden war Andrea immer noch stolz auf ihre Gründlichkeit. Um der gebotenen Ehrlichkeit willen hielt sie nun auch besonders akribisch Rückschau; auf die Suche nach mildernden Umständen begab sie sich indes bereits mit Bangen. Als ihr Gewissen keine einzige Entschuldigung zutage förderte, wurde sie mutlos, und schließlich verlor sie jedes Vertrauen in die eigene Redlichkeit. Vernichtend war die Scham, dass sie bei ihrem Aufbruch in Alfreds Welt die Ihren häufig absichtlich missverstanden, Vater und Mutter verletzt, sie mit dem phantasievollen Sadismus antiker Rachegöttinnen von sich gewiesen hatte.

»Verstoßen«, stieß Andrea hervor.

Sie fand das Wort zu theatralisch, den Vergleich kindisch, ihren Aufschrei albern dramatisch und die plötzliche Bußbereitschaft ihrer Liebe zu Alfred unwürdig, aber sie spürte sehr intensiv, dass sie sich von Zwängen befreit hatte, die ihr zu lange

Persönlichkeit und Identität geraubt hatten. Ihr war es, als hätte sie in masochistischer Gier ihr Herz vertrocknen lassen. Fröstelnd streckte sie ihre Arme aus, schrak zurück vor der Leere und war da schon nicht mehr die Frau, die sie so lange gewesen war. So sehr sehnte sich die Verwandelte nach der Mutter, dass sie einige Male wähnte, sie hätte das vertraute Klopfen an der Tür gehört – zweimal lang und einmal kurz. Als eine Stunde später der Lockruf ertönte, musste sich Andrea zwingen, sich nicht nach Kinderart unter der Bettdecke zu verstecken.

»Hallo«, sagte sie und winkte.

»Hallo«, erwiderte Ulrike mit der gleichen Verkrampftheit; doch die nach Worten, Erklärungen, Entschuldigungen Durstende vertat keine Zeit.

»Es tut mir alles so schrecklich Leid, Mutti. Ich hab mich wie ein Schaf benommen, aber mir ging es in letzter Zeit nicht gut.«

»Du musst dich für nichts entschuldigen, Kind. Mir ist nur wichtig, dass du alles überstanden hast. Mütter sind so.«

Während Ulrike das Kissen aufschüttelte, die Decke glatt strich, die frühen Astern aus dem eigenen Garten in der Vase arrangierte, fingen die Bilder aufs Neue an, wie in einem Stummfilm zu rasen, doch diesmal las Andrea aufmerksam im Drehbuch mit und fand die entscheidende Szene. Ihre Haut brannte, die Stirn wurde feucht, als sie der Zeit gedachte, da sie beschlossen hatte, Alfred zu heiraten und ihren Eltern von da ab mit verderbter Lust, wie ihr nun aufging, die Borniertheit und die Intoleranz einer Generation vorgeworfen hatte, die nicht gewillt war, sich den Vorstellungen der aufgeschlossenen Jugend anzupassen.

Der kurze sentimentale Rückblick und die Weichherzigkeit der Wöchnerin hatten Andrea nun gereicht, ihre Kindheit als eine gesegnete und ihre Eltern als ewig treue Verbündete in einem kompliziert gewordenen Leben zu empfinden. Es beflügelte sie so, die Mutter zu sehen, als hätte sie seit Jahren jeden Kontakt zu ihr abgebrochen und sie dürfte ihr endlich durch eine unerwartete Schicksalsgnade die Friedenshand reichen.

Das altmodische grüne Kleid, das Ulrike immer bei feierlichen Anlässen trug, rührte sie. Bei der Konfirmation ihres Bruders hatte sie es noch als spießig verschmäht. Für die neue töchterliche Sensibilität symbolisierte das grüne Leinen die allzeitige Bereitschaft einer Mutter zum Verzicht.

Aus der Bewegtheit der Reue erwuchs ein Dimensionen sprengendes Bewusstsein um die versäumte Dankbarkeit. Immer lebensvoller entrollten sich die golden eingefärbten Szenen der Vergangenheit. Verlangend befahl Andrea jede gute Erinnerung zurück. Sie lächelte, als die Illusionen sie blendeten, dachte an weihnachtliche Gabentische, an die prall gefüllte Schultüte, an ausgelassene Kindergeburtstage mit Himbeersaft und dem Kirschkuchen, der nie wieder so schmecken würde wie unter der Platane im eigenen Garten. Wie gastfreundlich war diese liebevolle Mutter gewesen, wie hatte sie bei ihren Freundinnen und der Verwandtschaft mit jenen banalen Erfolgen der Tochter geprahlt, die nur Mütter zu würdigen wissen. Die kleinen Zerwürfnisse, der große Streit um Nichtigkeiten, die Rivalitäten um die Liebe des Mannes, den die eine geheiratet hatte und dem die andere Herzenskind war, setzten in der Sterilität eines Krankenzimmers für beide so beruhigend und so rasch die gnädige Patina des Vergessens an, dass nur der Irrtum des Augenblicks noch zählte. Es war die uralte Geschichte von der auf immer verloren gewähnten, wiedergefundenen Verbundenheit zwischen Mutter und Tochter, vom wundersamen Zusammenwachsen der Frauenherzen. Ulrike hatte sie bei Andreas Geburt erlebt, ihre Tochter hielt das Mirakel für neu.

»Ich bin ja so froh, dass du da bist«, sagte sie.

»Ach, Kind, ich wäre so gern die ganze Zeit bei dir gewesen, aber ich habe gedacht, dass du mich nicht willst. Vati hat das auch gesagt. Wir konnten ja gar nicht mehr miteinander reden.«

»Ich weiß. Wir holen alles nach. Das verspreche ich dir.«

»Ich hatte solche Angst um dich.«

»Warum?«, fragte Andrea und konnte gar zwinkern. »Jede Frau kann ein Kind bekommen. Ich dachte, das wüsstest du. Du hast es doch zwei Mal getan.«

»Irgendwie ist bei dir alles anders.«

»Manchmal glaube ich das auch. Irgendwie.«

Es war der stöhnende Laut, so leise und mit dem Schuldbewusstsein der Ehefrau verschluckt, die ihren Mann und ihre Liebe verraten hat, der Ulrike wissen ließ, dass Erfahrung und Instinkt sie nicht getäuscht hatten. Sie empfand keinen Triumph, nur den Schmerz des Begreifens, dass es einer Mutter verwehrt ist, die Tochter vor den selbst erlittenen Demütigungen und Enttäuschungen zu schützen. Bedrückt goss sie in der eben erst gefüllten Vase das Wasser nach, schüttelte abermals das Kissen auf und setzte sich, als ihr keine Handreichung mehr einfiel, auf einen Hocker am Bett – steif und verlegen wie eine unsichere Angestellte, die ihre Vorgesetzte im Krankenhaus besucht und nicht weiß, was sie mit ihr reden soll. Sie war froh, als sie sich an die zwei Stück Zwetschenkuchen in der Einkaufstasche erinnerte.

»Er schmeckt wunderbar!«, lobte Andrea. Die zu wenig gezuckerte Schlagsahne war ihr schon als Kind zuwider gewesen, doch wie süß schmeckte nun die Lüge der neuen Rücksicht.

»Ach, wie mir das gut tut. Ich wusste gar nicht, dass du so gerne Sahne isst. Eine Mutter weiß eben nie genug von ihren Kindern.«

Es sind die gewissenlosen Magier, die Idyllen ohne Fundamente schaffen. Auch die vom »Hospital zum Heiligen Geist« war ein zu flüchtig konzipiertes Zauberwerk mit den gefälligen

Pastellfarben des Selbstbetrugs. Der Traum vom ewigen Familienfrieden hielt nur so lange der Realität stand, bis die Großmutter ihr erstes Enkelkind in ihre nach den Freuden der Jugend verlangenden Arme nahm. Da vergaß sie Takt und die Klugheit der Vorsicht, vor allem den schützenden Argwohn vor dem eigenen Wort. So entzückt war Ulrike, in die blauen Augen der Unschuld zu blicken, sich lange blonde Haare auszumalen, die sie zu akkuraten Zöpfchen mit hellblauen Schleifen flechten wollte, so selbstvergessen streichelte sie ein winziges Kinn, das ihr bereits die aparten Grübchen der Tochter verhieß, dass sie nicht nur dem Freiheitsdrang ihrer geheimsten Wünsche, sondern auch dem der Zunge nachgab. Allein mit dieser Entrücktheit des Augenblicks vermochte sich Ulrike später die unselige Äußerung zu erklären, die sie – der Folgen wegen – noch nicht einmal ihrem Mann zu wiederholen wagte, obwohl sie sehr wohl wusste, dass er, hätte sie sich ihm offenbart, ihr ein rächender Tröster geworden wäre.

»Zum Glück hat unser Kindchen auch nicht die jüdische Nase vom Vater«, rief sie mit der Stimmkraft aus, die die Erlösung von der am gründlichsten verschwiegenen Angst aller Ängste verkündet.

Ihr Schwiegersohn hörte jedes Wort. Alfred hatte seine Frau, die ihn schon wegen der so früh angelieferten Gerbera seiner chevaleresken Kalkulation nach nicht vor dem Mittagessen erwartete, überraschen wollen. Er war, weil die einen Spalt offen stehende Tür ihn auch noch zum letzten Akt seines biedermeierlichen Coups animiert hatte, auf Zehenspitzen ins Zimmer geschlichen. Nur einen erregten Herzschlag lang lehnte sich der getroffene Lauscher an die Wand, wie Lots Weib zur Säule erstarrt. Dann beanspruchte auch er das Recht der freien Rede. Er sprach sehr langsam, überdeutlich und mit der kalten Rage, die auch seine Gesichtszüge verzerrte.

»Wir haben«, sagte Alfred, »uns in christlich-jüdischer Zusammenarbeit geeinigt, dass meine Tochter von mir nur den Kopf bekommt. Der wird allerdings dafür sorgen, dass sie die schöne arische Nase ihrer Mutter ganz fest zuhält, sobald sie einen Satansbraten riecht.«

»Musste das sein und ausgerechnet heute?«, schluchzte Andrea in Richtung der geschlossenen Tür. »Diesmal bist du wirklich zu weit gegangen. Meine Mutter sah aus wie ein geprügelter Hund, als sie sich von mir verabschiedet hat. Und falls es dich interessiert, so fühlt sich auch deine Frau.«

»Weine nicht, Andrea. Dein langnasiges Ekel von Mann geht sofort Sack und Asche kaufen. Oder soll er sich ans Kreuz schlagen lassen? Du hast ja goldrecht. Das war eine der überflüssigsten Bemerkungen, die ich je in meinem Leben gemacht habe. Und sie tut mir in der Seele leid. Deine Mutter und ich sind doch sonst immer einer Meinung. Ihr wird schlecht, wenn sie mich sieht. Und mir wird speiübel, wenn ich nur an sie denke.«

Als sie erschöpft von den Anschuldigungen waren, die sie nicht auszusprechen wagten, und von den Fragen, die sie einander nicht stellten, suggerierte ihnen schließlich doch noch der Glaube der Jugend an die Heilkraft der Liebe, sie hätten sich wieder gefunden. Sorgsam teilten sie das Mittagessen in zwei Portionen. In ihrem Wunschdenken vereint, beteuerten sie nach einem gutmütigen Streit um die letzte Kartoffel, dass gerade sie zum Glück auserkoren und im Übrigen zu tolerant seien, um an der Dummheit der anderen zu leiden. Sie vergewaltigten ihren Intellekt und ihre Psyche, forderten von ihnen Verständnis für das, was nicht zu fassen war, und scheuten derweil den Austausch der Blicke, die Wärme der körperlichen Berührung und den lindernden Kuß der Versöhnung. Ihre Gesichter waren weiß wie die Wände, die sie anstarrten, und fahrig wurden die Bewegungen, wenn sie sich unbeobachtet wähnten. Für den als Kind Gezeichneten war am entscheidendsten das Begreifen, dass Wunden, die einem Menschen aus der Tradition des Antisemitismus zugefügt werden, sich nicht in einer Ehe heilen ließen, in der es nötig war, der Partnerin die Heimtücke der Angreifer zu erklären.

Andrea hatte nicht Alfreds Erfahrungen im Umgang mit seelischen Brüchen. Noch wusste sie nicht, dass sie nach dem Balsam des Verdrängens zu greifen hatte, ehe sie mit dem Kopf gegen die Mauern anrennen durfte, die Herzen trennen. Weil sie auch noch nicht gelernt hatte, dem Schweigen zu vertrauen, lief sie zu rasch auf ihr Ziel zu. Sie setzte sich auf den Bettrand, kämmte ihr Haar und erzählte im versöhnlichen Plauderton, ihr Vater hätte einen Namen für das Baby gefunden.

»Ausgerechnet der«, wunderte sich die Couragierte. Sie grinste gar, um ihrem Mann, den sie diesmal ungewöhnlich schwerfällig fand, zu signalisieren, dass sie – ausnahmsweise vor ihm – schon wieder eine Empfinden für jene Ironie hatte, die das Leben der Kenner würzte. Nur weil Alfreds Reaktion irritierend lange auf sich warten ließ und Andrea auch nicht gewahr wurde, dass er nach einem Zipfel des Bettlakens griff, um seine Stirn zu trocknen, fügte sie schneller als beabsichtigt hinzu: »Ich musste an mich halten, um nicht vor Lachen zu platzen, als Vati mich heute Morgen anrief. Der weiß doch überhaupt nichts von den Teitelbaums.«

»Jetzt sag nur noch, er ist auf die Idee gekommen, dass wir unser Kind Sara nennen sollen.«

»Genau. Und je länger ich darüber nachdenke, umso mehr spüre ich, dass der Blinde das genau richtige Korn gefunden hat. Weißt du, Alfred, Sara Teitelbaum bedeutet mir sehr viel. Sie ist wie eine Mutter zu mir.«

»Schenk mir deine Vergangenheit. Und falls das nicht schon zu viel verlangt ist, ein bisschen Ruhe, um nachzudenken.«

Alfred scheute keine Mühe, seiner Frau auseinander zu setzen, weshalb ein Vater bei der Namensgebung seiner erstgeborenen Tochter Bedenkzeit brauchte. Für diese Lüge bemühte der Bedrängte religiöse Vorschriften, von denen er wusste, dass es sie nicht gab. Um die Plötzlichkeit von neuralgischen Kopfschmerzen bei einem jungen Mann glaubhaft zu erklären, der noch nicht einmal ein wirksames Medikament für das Leiden kannte, half ihm sein medizinisches Wissen und eine weitschweifige Lektion über die Auslöser von schweren Migränen.

Andrea war nicht nur verständnisvoll und besorgt. Sie verirrte sich so sehr im Nebel von Alfreds Ausflüchten, dass sie tatsächlich annahm, er wäre von seinen Schmerzen so benommen, dass ihm das Sprechen schwer fiel. Zumindestens da war sie auf der richtigen Fährte. Alfred fiel kein einziges Wort ein, um seiner Frau klarzumachen, dass ein Jude im Nachkriegsdeutschland ein geschichtsloser Tor sein müsste, wenn er seine Tochter Sara nannte. Der Zwangsname würde für die, die ihn hatten tragen müssen, auf immer das Stigma der Ausgrenzung bleiben.

»Wenn ich du wäre«, rügte Ruth am Abend, »würde ich nicht alles Moische Teitelbaum überlassen. Ein Mann wie er kennt sich nur mit den Wegen des Allmächtigen aus, aber nicht mit der Erblast, die deutsche Juden nach Hitler angetreten haben. Dafür bist du zuständig, mein Sohn. Dein Vater und ich haben dir früh genug Bescheid gesagt.«

Es war dann doch Ruth, die Andrea aufklärte. Zwar bestätigte sie ihrer Schwiegertochter, dass Sara ein alter und verehrter jüdischer Name sei, doch sie erzählte ihr auch, wie er von den Nazis missbraucht und jeder jüdischen Frau aufgezwungen worden war.

»Ruth Sara Bär«, erinnerte sie sich, »ich sehe mich heute noch, wie ich das unter jedes Schriftstück schreiben musste. Der Name Sara war der direkte Weg zum gelben Stern und in die Deportation.«

»Das hat Papi bestimmt nicht gewusst.«

»Bestimmt nicht«, nickte Ruth, »woher auch?«

Nach einer Nacht ohne Trost schlug sie vor, ihre Enkeltochter Eva zu nennen. Andrea fand den Namen »genau passend und wunderbar« für ein Kind, dessen Eltern in der Nacht seiner Geburt gemeinsam das Paradies der Seligen betreten hatten.

»Mich wundert, dass wir nicht von selbst darauf gekommen sind«, lachte sie.

»Mich auch«, erwiderte Alfred. Auch diese Lüge war notwendig, denn im Gegensatz zu seiner Frau wusste er, dass Eva Bär zwei Tage nach ihrem sechsten Geburtstag an der Rampe von Auschwitz angekommen war.

9

Jeden Abend galt der letzte Blick der kleinen, fast dreijährigen Eva Bär einer Fee im Sommerkleid, die unermüdlich und versonnen lächelnd neu geschlüpften Junikäfern schwarze Glückspunkte auf rot schillernde Rücken klebte. Das selbstlose Geschöpf wohnte in einer Mohnblume und trug eine von ihrer Mutter aus Sternenglanz geschneiderte Bluse, die mit Knöpfen aus kräftigem Löwenzahn geschlossen wurde. Die Königin des Waldes hatte die schönsten rosa Blüten einer wilden Rose zu einem weiten Röckchen für die fleißige Fee hergegeben. Zum Schutz vor Wind und Regen trug sie eine umgestülpte Glockenblume auf dem Kopf.

Evas beständige Zwiesprache mit dem faszinierenden Blumenkind war nicht nur ein liebenswürdiges Beispiel für die Haltbarkeit der Liebe auf den ersten Blick, sondern auch psychologisch aufschlussreich. Hatte Eva auch noch nicht gelernt, wie Schneewittchens Stiefmutter das Spieglein an der Wand nach dem ewig Weiblichen zu befragen, so war sie doch schon durch die Reaktion ihrer Umwelt auf ihre Person eitel genug, sich ihrer Schönheit bewusst zu sein. Eva sah ihrer Lieblingsfee sehr ähnlich. Dies machte nicht nur ihr Freude. In Erfüllung gegangen waren nämlich die unbescheidenen Wunschträume, die ihre Eltern an einem frühen Augustmorgen vor drei Jahren im Krankenhaus ausgesprochen hatten.

Das zierliche Mädchen hatte die blonden Haare der Mutter, deren meerblaue Augen und auch ihre zierliche Nase, Andreas grazile Statur mit den langen Beinen und beim Lachen auch deren Grübchen. Es war indes, zumindestens der Vater hegte da keinen Zweifel, auch ein mütterliches Erbteil, dass Eva sich selten von jener überschäumenden Lebensfreude überwältigen ließ, die Kinder in ihrem Alter zur spontanen Heiterkeit drängt. Eva lachte nicht über banale Kinderfreuden und wollte auch nicht wissen, was die Welt zusammenhält. Die entzückenden Grübchen belebten am markantesten das niedliche Gesicht, wenn das Kind laut und anhaltend gelobt wurde. Weil die Tochter ebenso ehrgeizig war wie die Mutter und auch deren Hang zum Perfektionismus hatte, reichte es ihr allerdings auch zu wohlklingendem Jubel, wenn einer der dienstbereiten Riesen, die allzeit um sie waren, mit dem gespielten und übertriebenen Erstaunen, das Erwachsenen im Umgang mit Kindern zu Eigen ist, darauf hinwies, dass Eva schon größer und sehr viel geschickter war als ihre Freundin Lea.

Lea hatte immer noch die schwarzen Locken, mit denen sie als verschnupftes Baby von sechs Monaten Alfreds Herzmuskulatur zu Butter eingeschmolzen hatte. Bei dem wiederum war die Gewohnheit geblieben, mit der Rechten in Leas Haare zu greifen und dies mit dem schuldgetönten Ausdruck und dem verhaltenen Seufzer eines Mannes zu tun, der sich wundert, weshalb er nicht ein einziges Mal die Einsicht hat, seine Fehler wenigstens nicht in Anwesenheit seiner feinfühligen Ehefrau zu wiederholen.

Die beiden kleinen Mädchen trafen einander fast täglich und bestanden mit der Dominanz von nicht kündbaren Tyranninnen auf die strikte Einhaltung ihrer selbst abgesprochenen Termine – sie hätten verschiedener nicht sein können. Weil Lea nicht nur für ihre Mutter schwärmte, sondern mindestens ebenso sehr auch für deren nahrhafte Küche, war sie ein wenig übergewichtig und zuweilen träge. Mit ihren kurzen Beinen hatte sie auch weniger Neigung zu jenen körperlichen Hochleistungen, die der geschmeidigen Eva ein Bedürfnis waren. Lea verdankte ihr Phlegma Rachels beruhigendem Beispiel und deren offen zugänglichen Vorrat an Butterplätzchen. Ihre frappierende Gutmütigkeit war die Folge eines menschenfreundlichen Gedächtnisses, das sich nur kurz die Ursache für Zwistigkeiten merken konnte.

So kam es bei dem ungleichen Duo nur selten zu den Rivalitäten, die später im Leben Freundschaften zwischen Frauen zu umschatten pflegen. Ein kleiner Streit bei einem zu Leas Ungunsten verlaufenden Duell um das Bilderbuch mit der inspirierenden Fee war eine Ausnahme gewesen und ohne Folgen geblieben. Während der kurzen Auseinandersetzung hatte Lea sehr fröhlich, aber doch unmissverständlich endgültig geschworen: »Mit dir spiele ich nie mehr. Du bist geizig und dumm.«

Die kleine Lea wusste zwar schon, weshalb und wann Babys aus dem kuscheligen runden Mutterbauch schlüpften, denn sie hatte einen sechs Wochen alten Bruder. Auch sonst hatte die rundliche Regentin profundere Einblicke in die menschliche Natur als ihre dreijährige Hofdame. In dem aus einer momentanen Rage gefällten Urteil hatte sie sich jedoch gründlich geirrt. Eva war nicht geizig, sondern lediglich durch Erfahrungen mit Leas sorglosem Umgang mit fremder Habe sehr früh besitzbewusst geworden. Vor allem mangelte es ihr keineswegs an Intelligenz. Es war ihre Nachdenklichkeit, die ihre vermeintlich überlegene Gegnerin zu falschen Schlüssen verleitet hatte.

Eva hatte nicht nur das sanfte und somit als zu nachgiebig verkannte Naturell des Vaters, sondern neigte bei Differenzen zu der gleichen irreführenden Wortkargheit wie er. Die wiederum verlockte gerade eine gleichaltrige Verfechterin des offenen Wortes, wie es Lea war, zum öffentlich ausgesprochenen Vorwurf der Dummheit. Obwohl sich Eva noch keine Gedanken über das missliche Verhältnis von Furcht und Wehrlosigkeit machte, hatte sie bereits den Instinkt ihrer väterlichen Familie, sich im Falle eines Angriffs aus Vorsatz und Heimtücke nicht eher zu äußern, bis ihr mehr als nur das Wutgeschrei von zu schnell entflammten Emotionen einfiel. Zudem schien die kleine kluge Schweigerin prekäre Situationen so rechtzeitig zu wittern, dass sie nicht mehr als nötig kulminierten.

Alfred schrieb diese bei einer Dreijährigen sonst nicht entwickelten Fähigkeiten jenem jüdischen Kopf zu, den er seiner Tochter – ohne die von ihm geschätzte Selbstironie – in der Nacht ihrer Geburt gewünscht hatte. Er fand den Gedanken anmaßend, doch solche Selbsterkenntnis schützte ihn nicht vor seinem Stolz. Das Bewusstsein um den gleichen Seelenklang zwischen Vater und Tochter zu einem so frühen Zeitpunkt musste ihn häufig über sein Unbehagen und die immer größer werdenden Zweifel in Bezug auf Evas religiöse Zukunft hinwegtrösten. In einem Alter, da Moische Teitelbaum erste Bekanntschaft mit den Buchstaben des hebräischen Alphabets gemacht hatte, war sie noch immer konfessionslos.

Andrea erwähnte das Beispiel von der frühen Hinwendung zum Glauben der Urväter, das sie ja einst hatte wiederholen wollen, schon lange nicht mehr. Zwar besuchte sie Moische und Sara ebenso regelmäßig und mit dem gleichen Lerneifer wie vor Evas Geburt, doch hatte sich ihr angespanntes Verhältnis zu Rabbi Blau nur insoweit gebessert, dass der sie nicht mehr mit einer anderen jungen Frau zu verwechseln pflegte, die auch schlank, blond und mit einem Arzt verheiratet war. Als Eva im jüdischen Kindergarten angemeldet wurde, war der Zeitpunkt für den Übertritt ihrer Mutter noch nicht absehbar.

In gedrückter Stimmung neigte Alfred zur Ungerechtigkeit und dann dazu, die verzögerte Konvertierung eher seiner Frau als der ihm bekannten Langsamkeit der Prozedur anzulasten. Das war auch der Grund, weshalb er bei ehelichen Auseinandersetzungen seinen jüdischen Kopf nicht mehr auf ganz so liebenswürdige Art wie früher ins Gespräch brachte. Zu Andreas Missfallen tat er dies oft in Gegenwart des Kindes, und das ließ bald keinen Zweifel an der Bandbreite seines Wissensschatzes. Eva entwickelte die ihre Mutter kränkende Gewohnheit, auf dem Zenit von elterlichen Wortwechseln sowohl sich als auch ihrem Vater an die Stirn zu tippen.

Ihre größte geistige Leistung in dieser Zeit des Begreifens und Ahnens fiel indes zunächst keinem Mitglied der Familie auf. Sie war flexibel genug, um sich Abend für Abend auf die ständig variierenden Rituale der Menschen einzustellen, die sie zu Bett brachten und mit ihr das Nachtgebet sprachen. Die hebräischen Worte ihres Vaters und der im Hause wohnenden Großmutter, deren Rhythmus und kehlige Laute Eva so schläfrig machten, dass sie danach nur noch sehr kurz mit der Fee sprechen konnte, beschloss sie mit einem lang gezogenen »Omen«. Wenn die Mutter nach Meinungsverschiedenheiten mit ihrem Mann die schönen roten Flecken auf den Backen hatte und trotzig in deutscher Sprache betete, erzählte sie von einem Vater, der im Himmel wohnte und das tägliche Brot auf einer Wolke buk. Da faltete Eva die Hände und sagte zum Schluss nur knapp: »Amen.«

Das Kind hatte eine intuitive Sicherheit für die Diskretion, die für das seelische Gleichgewicht von Menschen nötig ist, deren Wurzeln nicht den gleichen Kulturlandschaften entspringen. Freilich fehlte Eva noch die diplomatische Geschicklichkeit, ihre Großeltern in Bad Homburg nicht in den Notstand enthüllender Erklärungen zu versetzen. Zu dem überraschenden Beweis, dass sich Herbert-Dietrich und Ulrike ebenfalls um die religiöse Unterweisung ihrer Enkelin bemühten, kam es zwei Wochen vor Evas drittem Geburtstag und ausgerechnet in einem für ihre Eltern viel versprechenden Urlaub.

Die Planung hierfür war alles andere als problemlos verlaufen. Andrea hatte auf die nervenheilende Kraft deutscher Natur vertraut, ihr Mann schon lange gute Freunde in Tel Aviv besuchen wollen, jedoch nie den passenden Ansatz gefunden, seiner Frau zu erklären, weshalb er allein reisen wollte. Seine Einwände gegen Bayern als Ziel mussten von Andrea sehr zielstrebig mit Argumenten entkräftet werden, denen er nicht zu widersprechen wagte.

»Die gesunde Luft«, appellierte Andrea an den Arzt, »wird Eva nach ihrer schweren Sommergrippe gut tun. Außerdem waren wir noch nie zu dritt weg. Das Kind sieht dich immer nur für ein paar Stunden.«

»Jedes Wochenende achtundvierzig am Stück«, erwiderte Alfred und gab die Freunde in Tel Aviv auf. Es verärgerte ihn, dass er dies schon deshalb tun musste, weil er weder als Rabenvater erscheinen noch der Ehemann sein wollte, der seiner Frau ihre – allerdings in all den Jahren nie erwähnte – Sehnsucht nach den bayerischen Königsschlössern nicht erfüllte.

»Ich finde Bayern ja auch den schönsten Fleck auf der Welt«, hatte er gesagt, »mich stören nur die vielen Berge und Seen. Kühe und Knödel mag ich auch nicht. Außerdem habe ich einen Widerwillen gegen Schweinshaxen und ein leicht gebrochenes Verhältnis zu Lederhose und Dirndl.«

»Was soll das denn schon wieder heißen?«

»Frag meine Mutter. Ich glaube, Juden dürfen kein Schweinefleisch essen und durften in der Nazizeit keine Dirndl tragen.«

»Ich wäre im Traum nicht auf die Idee gekommen, mir ein Dirndl zu kaufen.«

»Träumen hättest du gedurft. Das kostet weder Geld noch Nerven.«

Es wurden trotz dieses Gesprächs, das Andrea sehr viel länger beschäftigte als ihren Mann, unbeschwerte, erlebnisvolle, geradezu ausgelassene Ferien. Alfred war begeistert von Neuschwanstein, beeindruckt von Andreas Geschichtskenntnissen, überglücklich, dass sie so gut gelaunt war, und sehr gerührt, weil die kleine Eva außer dem Wunsch nach Schokoladeneis nie ein eigenes Bedürfnis anmeldete. Je nach körperlicher Verfassung bestaunte oder verschlief das genügsame Federgewicht Bayerns Herrlichkeiten auf kinderberuhigenden, breiten väterlichen Schultern. Alfred bestand darauf, Andrea in einer Boutique eine grüne Lodenjacke mit Paspelierung aus feinstem Rehleder und Hirschhornknöpfen zu kaufen, die ihn an den Umstand erinnerten, dass er als Junge sehr wohl hatte Lederhosen tragen wollen. Seine Mutter hatte ihn nicht gelassen.

»Du siehst so jung aus, Loreley, und so verführerisch, dass ich nicht abwarten kann, bis Eva endlich schläft.«

»Loreley ist leider zu jung, um die Welt zu verstehen.«

»Wozu soll das gut sein, die Welt zu verstehen? Hauptsache, du verstehst deinen Mann.«

»Das ist es ja. Ich denke, du hast was gegen Trachtenmode, und dann kaufst du mir so eine Jacke.«

»Musst nicht alles ernst nehmen, was ein verkalkter, missmutiger Jude von sich gibt.«

»Das tue ich nie mehr, Bärchen«, versprach Andrea.

Beide waren sich einig, sie hätten auf keiner Reise eine so innige und harmonische Zeit erlebt. Sie verhängten das schwarzweiße Bildnis der Realität mit rosa Tüchern, verwechselten ihre Träume mit Wünschen und sprachen von einem zweiten Kind. Sie neckten sich wie Kinder und manchmal auch das eigene; Alfred lachte sogar, als ihm schwante, seine schlaue Tochter hätte genauso wenig Humor wie ihre Mutter. Er versprach Andrea, sich im Alter mit ihr an den Chiemsee zurückzuziehen und ein altes Bauernhaus umzubauen, sicherte ihr jeden Tag Weißwürste zum Frühstück zu, ein Dirndl aus Samt für die Nächte am Kamin und zwei braune Kühe mit drei Kälbchen.

»Vor der Rückreise kaufe ich mir einen dieser Hüte mit Rasierpinsel und gehe damit in die Synagoge.«

»Warum kann es denn nicht immer so bleiben, Alfred?«

»Kurzes Glück kann jeder. Es ist kein anderes denkbar.«

»Seit wann bist du Philosoph?«, lachte Andrea. Sie hielt ihre Stirn der Sonne entgegen.

»Seit immer. Dieser Satz stammt aber von Tucholsky. Ich hab ihn nur zu früh im Leben ausprobieren müssen. Gefällt er dir?«

»Ich hätte ihn lieber anders herum.«

»Komisch, jüdisch bist du noch nicht, aber die jüdische Chuzpe hast du schon.«

»Chuzpe«, sprudelte Eva und klatschte in die Hände. An der Linken hatte sie einen Ring mit einem blauen Stein aus einer Wundertüte.

»Donnerwetter, dass so ein Zwerg das Wort überhaupt aus dem Mund bekommt. Ich konnte es als Kind zum Verrecken nicht aussprechen. Dabei habe ich es von meiner Mutter mindestens dreimal täglich zu hören bekommen.«

Eva hatte einen von Andrea geflochtenen Kranz aus Bergmargeriten auf dem Kopf und trug ihr neues hellblaues Miederkleid mit einer weißen puffärmeligen Bluse und einer spitzenumsäumten Schürze. Unter dem Vorwand, er müsste einen alten Kollegen besuchen, hatte Alfred am Tag zuvor in Mittenwald Frau und Tochter in einem Café abgesetzt und hatte Andrea eine winzige gläserne Geige gekauft und Eva neu ausgestattet. Andrea hatte behauptet, das Kleid sei ein Dirndl, er sich empört gewehrt und erklärt, dies könne nicht sein, denn Blau und Weiß seien die Farben Israels.

»Oder glaubst du im Ernst, die Israelis können es sich erlauben, ihre öffentlichen Gebäude mit Dirndl zu schmücken? Außerdem sieht doch ein Blinder, dass meine Tochter einen Jeansrock anhat.«

Am vorletzten Urlaubstag machte die glückliche Familie Rast

in der Nähe einer kleinen Kapelle, zerkaute Laugenbrötchen zu Wohlbehagen, aß in weißblaue Servietten verpackte harte Eier und beschmierte sie mit dem süßen Senf, von dem Alfred behauptete, der sei neben den Weißwürsten das allergrößte Geschenk der Bayern an den Rest der Welt. Sie saßen auf einer nach frisch gemähtem Gras duftenden Wiese und bohrten mit trunkenen Augen Löcher in tänzelnde Schäfchenwolken. Obwohl die Kirchenglocken im Dorf erst die zwölfte Stunde des Tages einläuteten, sahen sie schon die Sternschnuppen rieseln, die für die Auserwählten vom Himmel stürzen.

»So etwas fällt nur dir ein«, flüsterte Andrea. »Schenk mir doch ein bisschen von deiner Phantasie.«

»Besser nicht«, erinnerte sich Alfred, »die geht manchmal auch nach hinten los.«

Die Idylle vom friedlichen Landleben kam jedoch zu einem abrupten Ende. Wie alle Katastrophen hatte auch diese kein warnendes Vorspiel. Zunächst stand Eva nur auf und streckte sich – wie das Kinder tun, die der zu lang andauernde Austausch von elterlichen Küssen langweilt. Mit einem Mal rannte sie los, das Brötchen noch in der Hand, sprang mit den neuen schwarzen Schnabelschuhen und der langbeinigen Grazie der Selbstsicheren über einen winzigen Wassergraben und lief auf die Bergkapelle zu. Eine Zeit lang stand sie vor dem Kirchlein. Danach redete sie allerliebst und immer lauter werdend mit der kleinen Ente, die sie in Mittenwald bekommen hatte, und schenkte ihr, weil die sie darum bat, ihr Brötchen. Während die Ente noch mit Evas Stimme quakte, entdeckte sie selbst im Schatten einer Linde das große hölzerne Kreuz und lief darauf zu. Sie stellte sich auf Zehenspitzen, um die Füße des leidenden Christus zu berühren. Artig faltete sie ihre Hände.

»Guten Tag, Herr Jesus Kaktus«, rief die unselige Pilgerin aus, »gib uns heute unser täglich Brot.«

Auf der Wiese fuhren zwei Körper auseinander. Der Blitz der Erkenntnis und der Donner des Entsetzens lähmten sie beide. Sie wollten schreien und waren stumm, ihre Augen erblindet in einem Nebel aus Schock und Hilflosigkeit. Alfred befreite seine Kehle als Erster.

»Gratuliere«, presste er durch geschlossene Lippen, »das hast du dir fein ausgedacht. Falls das deine Form von Humor ist, bin ich soeben an meinem Gelächter erstickt.«

»Wie kannst du nur auf die abartige Idee kommen, dass ich dem Kind so etwas beigebracht habe?«, weinte Andrea.

»Sorry. Ich hatte total vergessen, dass es bei euch ja auch noch den Heiligen Geist gibt. Dann richte ihm aus, Alfred was not amused.«

»Für das euch könnte ich dich auf der Stelle steinigen.«

»Verbrennen, meine Liebe, verbrennen. Tut nichts, der Jude wird verbrannt.«

»Musst du immer gleich geschmacklos werden?«

»Hat meine kleine Streberin nie den Nathan gelesen? Solltest du. Nicht nur wegen dieses Zitats.«

»Ich schwöre dir bei allem, was mir heilig ist, dass ich nichts damit zu tun habe«, schluchzte Andrea.

»Fragt sich nur, was Madonna heilig ist.«

Erst bei einer überraschend zustande gekommenen Versöhnung am Abend, weil keiner von beiden die Stärke des bayerischen Biers richtig eingeschätzt hatte und sie sich vom Wirt seinen selbst gebrannten Enzian einschenken ließen, konnten die Getroffenen über »Jesus Kaktus« lachen. Sehr viel ernster waren ihre Reflexionen über die irrationale Reaktion von Menschen, die in ihrer Euphorie interkonfessionelle Verträge schließen, für deren Einhaltung sie nicht sorgen können.

Mit solcher Klarsichtigkeit und einem Minimum an detektivischem Aufwand gelang es ihnen dann auch, Evas kleine Wortverwechslung mit der großen Zündschnur zu ihren Ursprüngen nach Bad Homburg zurückzuverfolgen. Sie gingen zeitiger als sonst schlafen. Es war eine linde Nacht mit einem zarten Duft von Heu und Minze, doch sie krochen fröstelnd unter dicke bayerische Federbetten und verbargen ihre Gesichter. Als wenigstens ihre Hände zueinander fanden, sprachen sie von der Liebe – und beließen es beim Wort. Die eine bat Gott um Vergebung ihrer Sünden, der andere um ein schlechtes Gedächtnis und ein vor Ungerechtigkeit gefeites Herz.

Auch am nächsten Tag, dem letzten der Ferien, kam es nicht mehr zu der Heiterkeit und Harmonie, die Andrea und Alfred so intensiv empfunden hatten und derer sie beide in späteren Jahren mit dem wehmütigen Wissen um versäumte Gelegenheiten gedenken würden.

Für die Unbefangenheit der Jugend, die sie sich gegenseitig vorspielten, waren die Scherze zu sorgsam formuliert und die Höflichkeit zu antiquiert. Die Gesprächsthemen blieben an der Peripherie des Verbindlichen, die Stimmung gedrückt. Selbst die erheiternde Wirkung von einem kichernd erworbenen Kaktus erwies sich von zu kurzer Dauer. Beim genauen Hinsehen hatten die Stacheln mehr Symbolkraft als Witz.

Beim Mittagessen fixierte Alfred ein Hirschgeweih an der Wand, als hätte er das Hifthorn vernommen und dürfte nicht zur Jagd. Er rollte lustlos einen Knödel durch eine Bratensoße, die er als zu braun kritisierte, und sagte, obgleich er nur Sauerbraten auf dem Teller hatte, jeden Tag Weißwürste wären ihm doch zu fade. Andrea klagte über Schmerzen und suggerierte sich, ihr Magen hätte den Enzian nicht vertragen. Plappernd grub Eva einen Graben in einen Berg von Kartoffelbrei und füllte ihn jauchzend mit Cola auf. Beide Eltern waren froh, dass sie endlich ein Opfer zum Auszanken gefunden hatten.

Auch in Frankfurt hatte es gestürmt; die Rosen im Vorgarten

trugen Trauer, dem steinernen Amor fehlte ein weiterer Zeh, und denen, die ihn sahen, die Lust, von seinen Pfeilen zu fabulieren. Die Usambara-Veilchen auf der Fensterbank waren verkümmert. Eva quengelte nach Margeriten und dem Dirndl, das sie nicht mehr anziehen durfte. Sie hustete wieder. Ruth fand, dass Alfred sich nicht gut erholt hatte. Sie sagte es ihm, als er sie spät in der Nacht besuchte. So blieb ihr keine Einzelheit des Streits verborgen, der ihren Sohn ebenso beunruhigte wie sehr bald darauf die belastende Erkenntnis, dass sein Gebet nicht erhört worden war. Seine Skepsis, ob er die volle Wahrheit erfahren hatte, verwehrte es ihm, seiner Frau Gerechtigkeit widerfahren zu lassen.

Andrea wartete eine Woche, bis sie nach Bad Homburg fuhr. Dort verweigerte sie den Zwetschenkuchen, die Sahne und ihren Eltern die Absolution. Herbert-Dietrich und Ulrike sahen sich mit der Peinlichkeit konfrontiert, ihrer rasenden Tochter zu erklären, weshalb sie so spät im Leben auf die Idee gekommen waren, ein Tischgebet zu sprechen und dies ausgerechnet dann taten, wenn ihre Enkelin bei ihnen übernachtet hatte.

»Das war das letzte Mal, dass ich mir von euch ein Kuckucksei ins Nest habe legen lassen«, schrie Andrea.

»Ich würde an deiner Stelle nicht von Kuckuckseiern sprechen«, brüllte ihr Vater zurück, »mein Nest hat auch eins abbekommen.«

Der nächste Beweis, dass kein ewiger Bund mit der Unschuld aus Kindermund zu flechten ist, fiel Andrea überhaupt nicht auf. Alfred indes geriet durch die Nennung eines einzigen Namens so sehr in Bedrängnis, dass er nicht nur die guten, sondern auch jene Urlaubserinnerungen vergaß, die er bis dahin nicht aus der Chronik der Missverständnisse hatte tilgen können. Zum ersten Mal in seiner Ehe begriff er, wie dünn der Faden ist, an dem ein Damoklesschwert hängt. Abermals kam der Sturm ohne warnendes Wetterleuchten auf ihn nieder.

»Wen hast du denn zu deiner ganz ganz tollen Party eingeladen, meine Süße?«, fragte der Nichtsahnende am Vorabend von Evas Geburtstag.

»Meine Mami.«

»Die Mami wohnt doch hier. Die brauchst du doch nicht einzuladen.«

»Lea und Rachel. Und Sami«, fiel der Blauäugigen schließlich ein.

»Aber Sami ist doch noch viel zu klein. Der kann ja noch gar nicht mit euch spielen.«

»Marco ist groß. Ganz ganz groß«, sagte Eva. Sie kletterte auf einen Schemel, reckte sich und hielt beide Arme über den Kopf.

Keinen Moment gestattete die Wucht des Hiebs Alfred einen Zweifel, dass der Frieden seiner Ehe den Geburtstag seiner Tochter nicht überdauern würde. Die Hoffnung, dass von einem anderen Marco als dem kaffeebraunen Prinzen der Königinmutter Halina die Rede war, kam gar nicht auf. Benommen schaute der überführte Täter auf Evas winzige Fingerspitzen, die Marcos imponierende Größe anzeigten. Schon warfen die rot lackierten Nägel der Daumen Flammen gegen die Wand.

Als seine Vernunft vereiste, sah sich der Verzweifelte die Wohnungstür hinter sich zuschlagen und losrennen. In dieser gnädigen Zeitspanne beschloss er, nie mehr zu den Seinen, zu der Pflicht der Liebe, in die Sackgasse der Leidenschaft zurückzukehren. Er sagte seiner Mutter Lebwohl und schrieb seiner Frau aus Tel Aviv eine Postkarte. Doch er blieb sitzen und stellte seiner kochenden Seele alle törichten Fragen, die nicht mehr von Bedeutung waren. Weshalb hatte er kein einziges Mal bedacht, dass ihm nie die Fortune der guten Lügner vergönnt gewesen war, warum hatte er nicht wenigstens zu verhindern versucht, dass Andrea das Kind zu Teitelbaums mitnahm? Wie hatte er je das Haus in der Maximilianstraße betreten können, ohne das

Desaster zu fürchten, das nun eingetreten war? Weshalb war er nun mit einem Mal so sicher, dass Halinas Sohn und seine Tochter ihre Bekanntschaft nicht einer Laune des Zufalls verdankten? Der Sündige rührte sich nicht. Selbst die Hände waren ruhig, nur die Knöchel weiß. Seine Mutter hätte die Erregung gewittert; seine Frau tat es nicht.

»Wer ist denn dieser ganz ganz große Marco, meine Süße?«, fragte der Stimmensanfte.

»Ihr großer Schwarm«, gluckste Andrea, »ich habe gehört, die beiden wollen nächste Woche heiraten.«

Der Umkreiste hüstelte und stopfte seine Pfeife, er formte aus einem weißen Pfeifenreiniger einen dreibeinigen Schimmel und lächelte, merkte jedoch rechtzeitig, dass er in gespielter väterlicher Eifersucht laut zu lachen hatte. Er wieherte klug und schaute Andrea an. Ihre Augen waren klar und verzaubernd.

»Das hast du gut gemacht, meine kleine jiddische Mamme. Man muss die Mädchen verheiraten, ehe sie die Liebe entdecken. Das erspart allen Beteiligten eine Menge Ärger. Frag deinen Vater.«

»Dein Schwiegersohn«, lachte Andrea wieder, »wird dir gefallen. Der hat Riesenaugen und ist ungeheuer charmant. Er hat heißes Blut und weiß Gott keinen goischen Kopf.«

»Eine aparte Mischung.«

Alfred nahm seine Tochter auf den Schoß. Sie steckte ihm eine kleine Stoffmaus in die Jackentasche. Ihr Haar duftete nach Zitronenseife, nach Pfefferminzschokolade der Atem. Er fühlte ihr Herz klopfen und erschrak, als ihm aufging, dass es seins war. Andrea stand auf, um den Tisch zu decken, und beschämte den Brütenden zweimal mit einem Kuss. Alfred wollte laut hinausschreien, dass er sie liebte, ihre Anständigkeit und Treue, ihre Schönheit und Anschmiegsamkeit, doch die Angst vor der Unwägbarkeit der Zunge stieß ihn in die Grube des Schweigens zurück. Er sah Halina sich auf seiner Couch räkeln, während

Evas Geburtstagskerzen flackerten, hörte die kupferhaarige Kokette mit seiner Frau über das Rezept der Schokoladentorte plaudern. Sich selbst sah er auf dem Stuhl sitzen und schwitzen und so tun, als würde er sich für nichts anderes im Leben interessieren als für die Qualität von Backpulver und Kuchenglasur. Er verfluchte seine Einfältigkeit und Dreistigkeit, die Fesseln des Eros, die Schwäche seines Willens, Halinas Körper und Marcos Blinddarm.

»Marcos Mutter wird dir gefallen«, plauderte Andrea zwischen der ersten und der zweiten Weinschorle. »Halina ist eine ganz tolle Frau. Ich kenne sie noch gar nicht lange, doch sie hat mein Herz im Sturm erobert. Sie ist so spontan und fröhlich. Ich kenne sie nur kichernd.«

Alfred musste sich tatsächlich vorsehen, um nicht »ich auch« zu seufzen. Umso besser gelang sein Lächeln. »Wie habt ihr euch denn kennen gelernt?«, fragte er.

»Ganz zufällig. Auf der Treppe. Sie wohnt im selben Haus wie Teitelbaums. Oder hast du gedacht, ich nehme Eva mit, damit ihr Moische Hebräisch lesen beibringt?«

»Klar habe ich das gedacht. Das hast du dir doch schon vor ihrer Geburt vorgenommen. Schmoll doch nicht gleich, Loreley. Es reicht, wenn dein Alter die Falten kriegt. Lass uns lieber schlafen gehen. Du hast morgen einen anstrengenden Tag.«

In der Nacht spielte Alfred nur sehr kurz mit dem Gedanken, seine Mutter ins Vertrauen zu ziehen. Allein die Vorstellung, was in Ruth vorgehen würde, wenn sie ausgerechnet am Geburtstag ihrer Enkelin nach all den Jahren Halina wieder begegnete, hielt ihn im Bett. Er knipste die Nachttischlampe an, sah Andreas in tiefen Schlaf eingetauchtes Gesicht, hängte trotzdem zwei graue Socken über den Schirm, um sie nicht zu wecken, und kehrte niedergeschlagen an den Kreuzweg zurück, an dem die Entscheidung gefallen war.

Alfred war nicht leichtfertig in ein billiges, irrsinniges Abenteuer gezogen, nicht wie der klassische Ehebrecher, dem der täglich gemeinsame Tisch und die Routine der Nacht zum Verhängnis werden. Nie hatte er den Männertraum von Don Juan gehabt, der seine Kräfte und Künste stets aufs Neue erprobt. Immer hatte er den als Frevler an seinen Kindern verurteilt, der der Versuchung nicht widersteht. Für Alfred hatte ein Mann immer, ein Vater nie das Recht, in gestohlenen Nächten nach viriler Erfüllung zu jagen.

»Wenn Marco mal krank ist, hol dir einen anderen Arzt«, hatte er Halina gebeten.

Der herzensreine Ritter, vom Schicksal zu der Gabe der Freundlichkeit und der Tugend der Rücksicht erzogen, hatte Halina nach dem Besuch in seiner Praxis nicht wiedergesehen. Lange hatte er noch nicht einmal gewusst, ob sie in Frankfurt geblieben war, sich auch nicht die Mühe gemacht, wenn er Andrea ab und zu bei Teitelbaums abholte, die Namen an den Briefkästen zu lesen. Pandoras teuflische Büchse war leer, ihr Parfüm verweht, ihr betäubendes Sirenen-Gelächter den Ohren entrissen. Wäre Alfred Rechtsanwalt oder Müllfahrer oder wenigstens verantwortungslos und ohne Mitleid gewesen, hätte ihm nichts Schlimmeres widerfahren können als eine gelegentlich aufflackernde Ahnung, dass Moral und Treue nicht vor der Sehnsucht schützen, sich selbst untreu zu werden. Der Anruf hatte ihn um neun Uhr morgens erreicht. Er hatte gerade seine Praxis betreten.

»Alfred, du musst sofort herkommen. Marco geht es sehr schlecht.«

»Verdammt. Nicht schon wieder, Halina. Das hatten wir doch alles schon. Wie geht's dem süßen kleinen Teddy?«

»Er hat vierzig Fieber und hat die ganze Nacht gebrochen und ist vollkommen apathisch. Er weint nicht einmal mehr.«

»Ich schick dir einen Krankenwagen. Du solltest keine Zeit verlieren.«

»Bitte, Alfred.«

Es war das kümmerliche Bitte, ein von Halina noch nie vernommener, flehender, verzweifelter Hauch, dem der Mann nicht entkommen konnte. Und es waren das ärztliche Gewissen und ein Herz, das sich nicht der Not eines Kindes und den Leiden der Mütter zu verschließen wusste, denen Alfred folgen wollte. Er saß neben Marco im Krankenwagen, streichelte den glühenden Kopf, als der Junge auf der Trage lag, und flüsterte ihm bis vor die Tür des Operationssaals den Trost eines bangenden Vaters zu. Er wartete mit Halina im Flur der Klinik, hielt die Bebende in seinen Armen, und er war immer noch da, als Marco aus der Narkose erwachte, »Onkel Alfred« sagte und seinen Teddy verlangte. Es war, weil selbst Halina, die sich vor nichts fürchtete, sich nicht getraut hatte, Alfred in der Nacht zu Hause anzurufen, eine ungewöhnlich schwierige Blinddarmoperation geworden. Der Chirurg sprach von Komplikationen, doch Marco erholte sich so schnell, wie das nur kleine Prinzen können, die eine Mutter lachend als grünen Frosch aus einem großen Teich gefischt hat. Als er wieder essen durfte, hätte er es schon der bettelnden Halinamama wegen getan, doch der himmelblaue Bär mit den Augen aus Lapislazuli konnte noch nicht einmal schlucken, wenn Alfred nicht da war. Wer ein gesundes Kind nicht zu enttäuschen vermochte, ließ auch einen todkranken Teddy nicht im Stich. Im Übrigen verlangte der sensible Bär auch nach seinem Arzt, als Marco schon wieder gesund und zu Hause war.

»Das hast du ihm gesteckt, du durchtriebenes Aas«, warf der schuldig Gewordene der wohlriechenden Natter vor. An Sühne dachte er nicht. Halinas Brüste waren immer noch zur Sünde geschaffen. Ihr Bett war breit wie damals und die Laken lila. Nur spottete sie nicht mehr, wenn Alfred sich beim Auszug aus Gomorrha eilig anzog und sorgenvoll auf die Uhr schaute. Für die Mutter ihres jungen Liebhabers hatte Halina kein Verständnis gehabt. Ehefrauen waren ihr sympathisch. Sie war eine bequeme Geliebte, die ihre Pillenpackung gut sichtbar auf den Nachttisch legte und sich mit den Mittwochnachmittagen begnügte. Da war Alfreds Praxis geschlossen, Andrea fuhr zu ihren Eltern, kehrte erst abends zurück und sprach nicht mehr, wie am Anfang ihrer Ehe, von den Mittwochnachmittagen als »unserem ganz eigenen Schabbes«.

Es war ein Kindergeburtstag mit Sonne im Garten, Topfschlagen, Mohrenköpfen und Luftballons, Kinderjubel und Elternstolz. Nur die Großeltern aus Bad Homburg fehlten, doch Eva war in dem Alter, das den Tag zu pflücken weiß; sie stellte keine Fragen. Ruth zuckte weder zusammen noch mit der Wimper, als ihr Sohn ihr unter der Birke gestand, wer zur Feier geladen und wie dies geschehen war.

»Seit wann stotterst du? Hast du gedacht, ich weiß nicht, dass Halina wieder in Frankfurt ist? Hauptsache«, sagte die Stirnrunzelnde, »du kommst nicht auf die Idee, statt deiner Frau Stunden bei Moische Teitelbaum zu nehmen.«

Von Hermann bekam Eva eine Barbiepuppe, die noch blonder war als sie, von Rachel das dazugehörige Pferdchen mit rosa Mähne und ein Fläschchen Nagellack, damit sie außer den Daumen auch die restlichen acht Finger pflegen konnte. Lea lackierte dem Amor aus Stein die Nase, wurde vom Vater bedroht und der Mutter geherzt. Spät erst erschien die Diva. Mit einem melodischen »Schalom« zerschmetterte sie Alfreds Hoffnung, ihre Unzuverlässigkeit, auf die sonst immer Verlass war, hätte ihn errettet. Hermann pfiff leise zwischen den Zähnen.

»Halt's Maul«, raunte Alfred.

»Also doch«, begriff Hermann, »du Idiot.«

Wie ein Mann, der nichts mehr zu verlieren hat, ging Alfred auf Marco zu, die Sekunden zählend, die ihm blieben, bis das unschuldige kleine Monster »Onkel Alfred« jubeln, an ihm hochspringen und ihm einen Kuss geben würde. Marco verbeugte sich jedoch tief und streckte verlegen die rechte Hand vor.

»Danke, Herr Doktor Bär, dass ich kommen durfte«, sagte der Gentleman. Gezwinkert hat er erst, als es keiner außer Alfred sah.

10

Diese verfluchten Vögel singen für die Gojim«, schimpfte Sara, als sie den weißen Fleck auf der spiegelnden Scheibe entdeckte, »und mir scheißen sie die Fenster voll.«

»Ich würde in hundert Jahren nicht auf so einen Satz kommen«, überlegte Andrea. »Wie fällt einem Menschen nur so was ein? Komm, lass mich auf die Leiter. Meine Beine sind jünger als deine. Ich kann mit keinem so lachen wie mit dir, Sara. Warum bloß?«

»Muss ich nicht lange herumdenken, Lämmchen. Du lachst über die ältesten jüdischen Witze. Wann hat eine Frau in meinem Alter schon das Glück, so ein Schaf zu treffen, das den Witz von den Vögeln nicht kennt? Mein Großvater hat ihn mir erzählt. Da war ich fünf Jahre alt. Nur habe ich nicht gelacht, weil ich schon damals älter war, als du je sein wirst. Ich wusste, dass es für unsereins keine Witze, sondern nur wahre Geschichten gibt.«

Für jene, die nur den Himmel, die feuchte Erde, die berstenden Bäume und Büsche mit ihren pastellgrünen Blättern sahen, war es wieder Frühling. Gelb flaggten die Forsythien in den Vorgärten Hoffnung, lila Krokusse mit wippenden Köpfen lockten die hungrigen Amseln der Großstadt zum zarten Mahl. Wenn die Sonne schien und die Magnolienblüten nicht ahnten, dass der erste Sturm der trügerischsten Saison im Jahr sie auf einen Schlag zu Boden reißen würde, verwechselte die Jugend das alljährliche Wunder der erwachenden Natur mit dem kurzen der Liebe, die Sehnsucht mit Erfüllung, Wunsch und Wirklichkeit.

Für jene, die in den Büchern der Stammväter lasen, um aufs Neue zu erfahren, weshalb sie, wenn die Nächte ihren Schrecken verlieren und die Veilchen blühen, an Manna vom Himmel und Milch und Honig im Lande der Verheißung glaubten, war es Pessach. Sara liebte dieses Fest der Freude und Befreiung mehr als alle anderen jüdischen Feiertage, und sie kannte auch den Grund.

Die Geschichte und Riten von Pessach, die Zeremonien, die Gesänge und die bei Tisch vorgeschriebenen Symbole mit ihrer einprägsamen Überschaulichkeit erfreuten ihr frommes Herz mehr, als irdischer Lohn es je vermocht hätte. Jeder der acht Tage, da das Haus der Gesetzestreuen frei von Brot und gegärten Speisen und Getränken zu sein hat und nur die ungesäuerte Mazze gegessen werden darf, beschworen für sie in gleichem Maße die Erinnerung an das größte Wunder der jüdischen Geschichte und die das Jahr über verwehten Spuren ihrer Kindheit.

Frevlern, die sich der Sünde schuldig machen, nur die Summe ihrer entmutigenden Erfahrungen nach dem Sinn des Lebens zu befragen, mochte es ungewöhnlich erscheinen, dass Sara alljährlich aufs Neue bereit war, Wunder willkommen zu heißen. Immerhin war ihr nur ein einziges zuteil geworden. Sie hatte das Konzentrationslager überleben dürfen. Weil sie sich jedoch selbst im Inferno der Qualen nie von ihren Wurzeln getrennt, ihre Demut nie aufgegeben, den Allmächtigen allzeit bei sich gewähnt hatte, war nur der Teil von ihr gerissen, für den der Gütige in seiner Weisheit nicht zuständig war. Trotz aller Gegenbeweise in ihrem persönlichen Fall empfand Sara – im Alter ebenso intensiv wie in der Jugend – wie eindrucksvoll und bewegend das Pessachfest auf den Schutz hinweist, den Gott den Menschen gewährt.

Bei Sara kam hinzu, dass es sie mit jedem Jahr mehr danach verlangte, ihr verdunkeltes Gemüt mit dem Mirakel aufzuhellen, das vor Jahrtausenden ihr Volk aus der Not der Knechtschaft und vor dem Tod errettet hatte. Die acht Tage von Pessach werden zur Erinnerung an den Auszug der Kinder Israels aus Ägypten begangen. Für Sara war der Sieg der Schwachen über die Starken keine von den nachfolgenden Chroniken der Verfolgung überholte Geschichte. Früh hatte sie begonnen, Moses und die Seinen zu begleiten. Kaum hatte die kleine Sara den Besen halten können, hatte sie, damals noch mit schwarzen Haaren und runden Augen, die nie nach hinten schauen mussten, der Mutter geholfen, am Tag vor Pessach in jeder Ecke der Stuben die Reste vom Brot zusammenzufegen.

Ihre geschickten Finger hatten die Schubladen nach Krümeln abgesucht und das Schränkchen in der Vorratskammer nach vergessenen, vertrockneten Rinden. Das Mädchen hatte mit willigen Händen, denen die Mutter vertraute, die schweren Töpfe, langen Messer und zerbrechlichen Teller ins Freie getragen. Mit vier Jahren hatte das Kind schon begriffen, dass für den Festtag alles Küchengerät und Essgeschirr rituell gesäubert werden muss, das das Jahr über mit gärenden Speisen in Berührung kommt. Erst nach der Rückkehr aus Ravensbrück hatte Sara indes die ewige Gültigkeit eines Festes erkannt, an dem vom Engel des Todes die Rede ist, der auf göttlichen Befehl hin die Wohnstätten der Kinder Israels zu verschonen hat.

Trotz solch inniger Gedanken fielen der frommen Sara die umfangreichen und umständlichen Vorbereitungen für das Fest der Feste jedes Jahr schwerer. Die Kraft der Jugend war ihren Händen vor der Zeit entflohen, die Gelenke hatten nicht mehr die Geschmeidigkeit ihres Geistes, die Augen nicht Schärfe genug, um mühelos die Überbleibsel des Gesäuerten aufzuspüren, die Pessach entheiligen. »Pessach«, pflegte Sara mit gebeugtem Rücken und tanzenden schwarzen Kreisen vor geröteten Augen zu seufzen, »ist schön. Aber schwer. Wenn der König der Könige will, dass ihm seine Sara auch im nächsten Jahr noch dient, muss er ihr einen neuen Weg weisen.«

In dieser Beziehung vertraute Sara indes nicht allein auf den Himmlischen. Bevor er ihr eine Botschaft zukommen ließ, half sie sich selbst. Ein Glaube, in dem ein jeder Gottes Gesetze nach eigener Inspiration und gemäß den persönlichen Bedürfnissen auszulegen weiß, macht entscheidungsfreudig. Um die Arbeit, die getan werden musste, einem Körper anzupassen, der nicht so widerspruchslos auf ihren Willen reagierte wie ihr fügsamer Mann, fand die Kluge es geboten, in ihrem Heim eine neue Tradition zu etablieren.

In dem für Andreas Zukunft entscheidenden Jahr, von dem hier die Rede ist, befahl Sara ihrem Mann, schon zwei Tage vor dem Pessachfest mit ihr die Wohnung nach Gesäuertem abzusuchen. Moische hatte sich mit vielen Zitaten aus den heiligen Schriften gewehrt. Mit dem für Sara typisch männlichen Hinweis hatte er eingewandt, dass gerade er als Uhrmacher nicht mit der gleichen Selbstverständlichkeit einen Teil von der Zeit abschneiden dürfte wie seine Frau ein Stück von einem Braten. Wie abzusehen, konnte sich der Gerechte nicht gegen Saras Logik und Hartnäckigkeit durchsetzen.

»Was schert es den Allmächtigen«, wiederholte sie bei Andrea die Frage, die sie ihrem Mann dreimal hatte stellen müssen, »wenn meine Wohnung heute schon rein ist für Pessach? Hat er befohlen, dass wir an gewöhnlichen Tagen nichts Ungesäuertes essen? Er will nur, dass wir Pessach nichts Gesäuertes essen. Und dass du nicht noch morgen auf der Leiter herumstehst.«

Andrea setzte sich neben Sara, die Äpfel, Rosinen, Mandeln und Zimt mit einem Schuss dunklen Weins zu Charosset mischte. Dessen tiefbraune Farbe symbolisiert den Lehm, mit dem die Kinder Israels in ihrer Fron die Prachtbauten für die Ägypter hatten bauen müssen. Andrea hatte es sich angewöhnt, Sara immer dann zuzunicken, wenn die Betriebsame für einen kurzen Augenblick ihre Arbeit unterbrach. Es behagte ihr, einer Frau Einverständlichkeit zu signalisieren, der sie sich auf eine Weise verbunden fühlte, die ihr in sentimentaler Stimmung als eine mythische Mutter erschien. Weshalb dies so war, fragte Andrea sich nie. Ihr reichte es, dass sie nur mit Sara seelensättigend in eine Welt untertauchen konnte, von der sie seit Evas Geburt ahnte, dass sie sie nie begreifen würde.

Eine Zeit lang sprachen die beiden Frauen von Halina und Marco, die zu Pessach an Saras Tisch sitzen würden. Eine von ihnen bat ihren Gott, die andere vor dem Leid jener Ehefrauen zu schützen, deren Phantasie so rein ist wie ihr Gewissen. Sara erzählte von ihrem Elternhaus, und Andrea schwieg von dem ihrigen. Einig waren sich beide, wie gut es für die kleine Eva sei, dass sie seit ein paar Monaten in den jüdischen Kindergarten ging.

»Ich wollte, ich hätte mit dreieinhalb Jahren schon so gut über Pessach Bescheid gewusst wie meine Tochter«, lächelte Andrea.

»Hättest du auch bei euch gekonnt«, entgegnete Sara. »Zu Pessach hat Jesus das letzte Abendmahl eingenommen. Schau dir die Bilder von dem Tisch an, an dem er mit seinen Leuten gesessen hat. Da kannst du mal sehen, wie schwer es die getauften Juden haben, von ihrem Glauben loszukommen. Die Menschen, die vom Sohn des Allmächtigen reden, denken ja immer, er ist katholisch auf die Welt gekommen.«

»Komisch, darüber habe ich noch nie richtig nachgedacht.«

»Tut keiner, Kindchen. Deswegen haben wir ja den ganzen Zores mit den Herren von der Kirche.«

Seufzend stand Sara auf und holte aus dem Kühlschrank, der schon rein für Pessach war, den Lammknochen, um ihn schwarz zu brennen. Er würde am übernächsten Abend, dem Seder, auf der Schüssel liegen und an das Lamm erinnern, mit dessen Blut die Kinder Israels ihre Türpfosten gezeichnet hatten, damit der Engel des Todes über sie hinwegflog.

»Früher«, rechtete Sara mit der flackernden Gasflamme, »war auch das mit dem Knochen besser. Meine Mutter hatte einen richtigen Ofen. Das Feuer hat gelebt. Der Knochen wurde in den Flammen schwarz, ohne dass die ganze Küche gestunken hat und die Nase sich an Dinge erinnern muss, die der Kopf nicht vergessen kann. Oft möchte ich mir meine Nase aus dem Gesicht reißen. Du musst ihm die Hand nicht geben. Da sieht er sofort, dass du bei deiner Sara gut gelernt hast.«

»Meine Sara macht mich heute noch total meschugge. Wem muss ich die Hand nicht geben? Ich weiß überhaupt nicht, von wem du redest.«

»Nu, Lämmchen, werde ich zwei Tage vor Pessach, wenn meine Hände so voll mit Arbeit sind wie meine Schüsseln und Töpfe, von Frank Sinatra reden? Warum soll uns so einer bitten, bei ihm vorbeizukommen? Warum lachst du schon wieder? Der Rebbe will uns sehen. Für morgen um zehn hat er uns bestellt. Ein Rebbe gibt einer fremden Frau nicht die Hand. Das gehört sich nicht für ihn.«

»Wäre ja auch komisch, wenn es ausgerechnet bei mir anders wäre.«

»Musst nicht gleich wieder denken, dass das ist, weil er dich nicht leiden kann. Um die Menschen leiden zu können, hat der Mann zu viel gelitten.«

»Ich frage mich nur, was das Ganze bedeuten soll, Sara? Ich war doch noch nie mit dir beim Rabbiner.«

Sara nahm das Thema erst auf, als sie zwei Meerrettichstangen fertig geschält hatte.

»Es ist immer im Leben das erste Mal«, sagte sie. »Wer jedoch immer nur seinem eigenen Kopf Fragen stellt, bekommt die falschen Antworten. Abwarten muss der Mensch können, um klug zu werden. Hilf mir lieber, den Kren zu reiben. Der ist dieses Jahr besonders scharf. Ich habe im Leben genug geweint. Jetzt bist du dran. Und zieh dich morgen nicht an wie eine, die weiß, wohin ein Mann bei einer Frau schielt. Beim Rebbe sollst du dich nur bedecken. Das ist gut für ihn, und dir wird es nicht schaden.«

Rabbi Blau saß an seinem Schreibtisch, den Kopf so tief über ein Buch gebeugt, dass sein Bart die Seiten berührte. Mit dem Seufzer eines Mannes, der sich für alle Zeiten Störungen verbeten hat und noch nie erhört worden ist, klappte er das Buch zu, als die beiden Frauen von einem verwachsenen Mann mit verdrossener Miene in sein Büro geführt wurde. Der Rabbi murmelte einige Worte, von denen Andrea kein einziges verstand. Ihr fiel nur auf, dass Sara lächelte. Die hatte trotz der Frühlingswärme ein langärmeliges graues Kleid mit einem weißen Spitzenkragen an, ihren Ring mit dem Stein aus Granat und eine silberfarbene Nadel mit einer winzigen Perle auf der Brust. Sara sah viel schlanker und wesentlich jünger aus als in ihrer Wohnung. Andrea hatte sie während der langen Zeit, in der sie so regelmäßig zu Teitelbaums ging, nie woanders gesehen als in ihrem Heim und immer nur in Filzpantoffeln. Nun trug sie grobe braune Schuhe, hatte aber trotzdem zierliche Füße.

Der Rabbiner hatte einen schwarzen Anzug aus dickem Tuch an, die Jacke war ihm zu weit, die Ärmel zu kurz, der Hemdkragen seit zehn Jahren nicht mehr in Mode. Er fuhr sich mit einem zerfetzten Taschentuch über die Stirn und putzte so lange an seiner Brille herum, dass die Stille im Raum zu lärmen begann. Das Zitronenbäumchen auf dem Fensterbrett, das keine Früchte trug und dessen Blätter dursteten, verströmte die gleiche Ablehnung. Nur Ben Gurion, der erste Ministerpräsident des Staates Israel, lächelte freundlich in einem Rahmen aus schwarzem Holz. Als sich Sara auf den vorderen von zwei Stühlen setzen wollte, verwies Rabbi Blau sie mit einer Bewegung, die er nur mit einem Finger andeutete, auf den hinteren am Fenster.

»Mit ihr will ich sprechen«, sagte er sehr deutlich.

Andrea spürte, wie sie errötete. Sie war so lange nicht mehr bei Rabbi Blau gewesen, dass sie vergessen hatte, zu welch gewaltiger Stimmkraft der kleine, schwächlich wirkende Mann fähig war. Noch während sie überlegte, ob auch sie sich hinsetzen sollte, sich jedoch nicht zu bewegen traute und es auch nicht wagte, sich in der Hoffnung auf ein stummes Zeichen von Sara nach ihr umzudrehen, sagte der Rabbiner: »Der Stuhl hier wird es aushalten, wenn eine Frau auf ihm sitzt. Gestern hat ein Mann auf ihm gestanden, um die Fenster zu putzen, und beiden geht es heute gut.«

Er öffnete eine Akte mit einem vergilbten Kaffeefleck auf dem Deckel und begann zu lesen. Bei jedem Umblättern der Seiten befeuchtete er seinen rechten Zeigefinger, wie es sonst nur Menschen tun, die den Umgang mit Geschriebenem nicht gewohnt sind. Einmal schüttelte er den Kopf und hob ihn danach versehentlich zu hoch. Es war das erste Mal, dass er Andrea direkt ansah. Abermals murmelte er einige Worte.

Sie zwang sich, den Unnahbaren mit der Aufmerksamkeit zu beachten, die er ihr nur zufällig vergönnt hatte. Die Haut über der Stirn hatte den durchsichtigen Schimmer von dünnem Wachspapier, die Pupillen der angestrengt wirkenden Augen waren gelblich. Andrea fiel ein, wie Alfred, als erstmals von der Mikwe und ihrer Panik die Rede gewesen war, sich vor einem fremden Mann nackt auszuziehen, zynisch von Rabbi Blaus Kurzsichtigkeit gesprochen hatte. Ihr Gedächtnis machte sie verlegen. Sie kam sich wie eine Lauscherin an der Wand vor und grub nervös ihre Hände in die Taschen des zu langen Rocks aus einem dunkelblauen Wollstoff, den sie eigens für Rabbi Blau vom Speicher geholt hatte.

Trotzdem begann ihre Irritation nachzulassen. Der alte Mann tat ihr Leid. Er wirkte zu klein für seinen Stuhl, war stark erkältet, keuchte beim Atmen und schien zu frösteln. Das erklärte wohl auch die geschlossenen Fenster an einem so sonnigen Tag. Rachel hatte einmal von Rabbi Blaus allseits bekannter, großer Einsamkeit gesprochen. »Dabei ist er selbst schuld. Es gibt kaum einen«, hatte sie Andrea feixend anvertraut, »der sich nicht bemüht hat, ihm eine passende Frau zu finden. Selbst meine Cousine in Rechovot ist tätig geworden. Ihre jüngste Tochter schielt und ist nicht mehr wählerisch.«

Bei einem Hustenanfall wurde das Gesicht des Rabbiners purpurrot; erschöpft griff er nach dem Becher mit schwarzem Tee neben einer leeren Vase. Seine Hand zitterte. Ohne zu trinken, stellte er den Becher ab – in seiner Hast auf eine Ecke des Aktendeckels. Nur Andreas rasche Reaktion bewahrte das Gefäß vor dem Umkippen. Es war ebenfalls lediglich ein Reflex, dass sie Rabbi Blau zulächelte. Er schien überrascht. Streng schaute er zu Sara hin, als erwarte er von ihr eine Erklärung für Freundlichkeit, um die er nicht gebeten hatte, doch Sara faltete nur ihre Hände und legte sie auf den Schoß.

»Liest sie auch viel?«, fragte er.

Bei ihrem ersten Besuch war Andrea von Rabbi Blaus Angewohnheit verstört gewesen, im Gespräch mit ihr die direkte Anrede zu vermeiden. Erst als er sie danach zweimal weggeschickt hatte, war ihr aufgefallen, dass er sie immer in der dritten Person anredete. Sie war gekränkt und empört gewesen.

»Der schaut mich noch nicht einmal an, wenn er mit mir spricht«, hatte sie sich bei Alfred beschwert, »der tut einfach so, als ob ich nicht da bin.«

Mit der Lässigkeit, die sie längst nicht mehr so bewunderte, wie am Beginn ihrer Ehe, hatte Alfred erwidert: »Sei froh. Da kann dir der alte Zausel keine unsittlichen Anträge machen.«

Dass sie nun die Situation weit weniger demütigend als skurril empfand und die Frage des Rabbiners als grotesk, gab ihr Selbstvertrauen.

»Ich lese sehr gern«, erwiderte sie und nahm sich vor, sich jedes Detail der Szene einzuprägen, um wenigstens Alfred zu erheitern.

»Habe ich nach dem Vergnügen beim Lesen gefragt, das sie hat? Nach den Büchern habe ich gefragt, die ich dem jungen Herrn Doktor mitgegeben habe. Sind denn die Seiten schon geknickt? Hat die Schrift schon Flecken?«

Sosehr sich Andrea antrieb, hinter den Sinn der Frage zu kommen, sie vermochte es nicht. Nur ängstigte es sie nicht mehr, dass sie nicht genug Phantasie hatte, sich auf Rabbi Blaus abstruse Rhetorik einzulassen. Wahrscheinlich hatte Alfred Recht. Sie würde ihr Leben lang eine Preußin bleiben, methodisch und zu schwerfällig für die Pointen von Witzen, die sie nur in Ausnahmefällen als solche erkannte. Es machte die Einsichtige noch nicht einmal mehr befangen, dass sie keine Ahnung hatte, von welchen Büchern der Rabbi sprach. Offenbar hatte er irgendwann Alfred einige mitgegeben und der sich noch nicht einmal die Mühe gemacht, seiner Frau davon zu erzählen. Was die Zuverlässigkeit in Nebensächlichkeiten anging, war Alfred ganz gewiss kein Preuße.

»Ja«, sagte sie. Um den Bruchteil einer erheiterten Sekunde zu spät ging ihr auf, dass sie wohl besser mit einem Nein geantwortet hätte. Im rätselhaften Wörterbuch des Rabbi Blau gab es sehr viel mehr Verneinung als Zustimmung. Sie war erstaunt, als seine Lippen zuckten.

»Das ist gut«, befand er. »Bücher ohne Flecken sind nicht gelesen worden. Und wozu soll das gut sein? Was kann ein Mensch schon aus Büchern lernen, die er nicht liest?«

»Ich hab sogar mal aus einem ungarischen Buch was gelernt. Und in dem konnte ich kein einziges Wort lesen«, sagte Andrea.

Später fragte sie sich oft und immer, ohne zum Kern der Dinge vorzustoßen, weshalb sie den Einfall und den Mut gehabt hatte, sich auf eine Frage von Rabbi Blau einzulassen, die absolut keine Antwort erforderte. Im Moment des Geschehens fiel ihr indes nur auf, dass der alte Mann sich ruckartig in seinem Stuhl aufrichtete, dass sein Oberkörper ein Stück größer zu werden schien und sich der Ausdruck seiner Augen veränderte. Sie hatten ihre Müdigkeit verloren, die Haut ihre Blässe. Er legte eine Hand auf die andere.

»Sie waren schon in Ungarn?«

Weil es zum ersten Mal geschah, dass der Rabbiner Andrea persönlich anredete, und sie es sofort bemerkte, war sie so verblüfft und auf eine Art befreit, die ihr zwar kindisch erschien, aber auch wie ein endlich gefundener Schlüssel, nach dem sie lange hatte suchen müssen, wollte sie laut lachen – jubelnd wie Rachel, kichernd wie Halina, begreifend wie Ruth. Um dies nicht zu tun, grub sie ihre Nägel tief in das Fleisch ihrer Arme, um herauszufinden, ob sie nicht nur träumte, ob sie wirklich glauben durfte, was sie sah und hörte.

Selbst der kurze Schmerz erheiterte sie noch. Trotzdem brauchte sie danach viel Zeit, ehe sie wieder sprechen konnte. Nur war auch das Schweigen anders geworden, nicht mehr so belastend wie in den Tagen des Ausgeliefertseins, nicht bedrohlich, irgendwie angenehm und auch animierend, denn Andrea spürte, dass Rabbi Blau sich zum ersten Mal tatsächlich für sie interessierte. Er starrte weder zum Fenster heraus, noch auf seinen Schreibtisch, deutete ein Nicken an, das Andrea als Ermunterung auslegte. Der Rabbi wiederholte gar seine Frage. Hätte er einer Frau zulächeln können, er hätte es getan. Mit einem Mal war sie sich dessen sicher.

Sie erzählte, als hätte es sie ihr ganzes Leben verlangt, diese eine Erinnerung dem fern gewordenen Gestern zu entreißen, von der herrlichen Reise mit Alfred nach Budapest. Mit einer Lebhaftigkeit, die sie genierte und ihr aufdringlich erschien, der sie jedoch nicht länger als einen Atemzug Einhalt zu bieten vermochte, schilderte sie ihre Eindrücke von einer Stadt, deren Geschichte sie fasziniert und deren einstigen Glanz sie so wehmütig empfunden hatte.

Andrea sah die Häuser wieder, an deren imposanten Fassaden sich ihre Augen gesättigt hatten wie in keiner anderen Stadt. Sie stand auf einer Donaubrücke und fühlte den Wind im Haar, sah die alte Frau wieder vor einem Stand mit rot leuchtenden Paprikaschoten. Sie hatten spontan welche gekauft und trunken vor Fröhlichkeit in das junge Gemüse hineingebissen. »Schmeckt süß«, hatte Alfred gesagt, »mit dir schmeckt das ganze Leben wie Honig, Loreley.« Endlich kam Andrea auf das Buch zu sprechen, das ihr die Kraft der Zunge beschert hatte. Sie kannte noch die kleine Buchhandlung mit den winzigen Fenstern und die Straße, in der sie zwei Verliebte entdeckt hatten, denen es weder auf Richtung noch Ziel angekommen war, nur auf Romantik, den Zauber der Fremde und die Berauschtheit vom schweren Tokajer und vom leichten Glück.

»Das alte Buch«, erinnerte sie sich, »war in braunes Leder gebunden. Zunächst gefielen mir nur die blassen Farben der Zeichnungen. Dann spürte ich die Frömmigkeit der Menschen in den Bildern. Es war auch das erste Mal, dass ich hebräischen Buchstaben begegnete.«

Andrea sah, als sie dies erzählte, sich an Alfreds Körper lehnen, hörte sein Herz pochen und ihn mit der weichen Stimme sagen, die er schon lange nicht mehr hatte: »Das ist eine Hagada, meine kleine Forscherin. Die lesen wir zu Pessach.« Alfreds Gesicht war wieder jung und zuversichtlich und sehr zärtlich. Erst als das Bild zu deutlich wurde, die Sonne zu heiß zu brennen begann, die Melodie von der schönen blauen Donau verstummte, weil die Geigen eingepackt wurden, hielt Andrea inne.

Ihre Augen drückten in Höhlen von Salz, als das Gold, aus dem die besten der guten Erinnerungen geschmiedet werden, erst grau und dann schwarz wurde. Betreten machte sich die Ernüchterte klar, dass Rabbi Blaus Büro nicht der geeignete Ort war, um über den Umstand zu sinnieren, dass ihre Liebe schon zu viel Vergangenheit hatte. Mit der Energie jener, denen Disziplin den Weg weist, sagte sie: »Damals wusste ich noch nicht einmal, was eine Hagada ist.«

»Weiß sie es jetzt?«

»Sie weiß es jetzt«, lachte Andrea, »eine Hagada wird an Pessach gelesen. Und sie kann sie auch lesen. Fragen Sie doch Sara.«

Er fragte nicht. Als rede er nicht mit einer Frau, die von ihm begehrte, was er ihr nie würde geben können, nämlich einen neuen Glauben, der sie den alten vergessen lassen würde, sagte er leise: »Ich kenne die Buchhandlung, von der Sie sprechen. Sie hat einmal einem Onkel von meinem Vater gehört. Als Kind habe ich dort viel gelesen. Das Leder der Bücher war weich wie die Handschuhe der Reichen.«

Ohne dass er zum Aufbruch bereit war, reiste er zurück in die Stadt, in der ihm an einem einzigen Tag alle Freuden des irdischen Seins entrissen worden waren. Einen Wimpernschlag, der ihm die Gnade des Vergessens versagte, sah er seine Frau, jung und mit festem Fleisch und einer engelsanften Stimme; zu lange, um nicht das Stöhnen seiner Seele zu hören, lauschte er dem Lachen seiner Kinder, die er nicht auf ihrem Todesweg hatte begleiten dürfen. Als ihn der Zug der Deportierten auf den Weg in die Lager der Vernichtung umzingelte, war seine Kehle verdorrt. Er hustete wieder und drückte die Hand an sein Herz.

Später sprach der Rabbi mit Andrea über Pessach. Er fragte

sie nach der Bedeutung des Festes und nach den bitteren Kräutern auf der Schüssel am Sederabend, weshalb sich keiner seiner Armut schämen, keiner auf seinen Reichtum stolz sein sollte, wo ihr Mann die Mazze kaufte, ob ihr Haushalt schon koscher sei und weshalb sie nur ein Kind habe.

»Soll nur das eine lernen, was die Mutter weiß?«

»Wir wollen erst das zweite, wenn ich übergetreten bin.«

»Die Mikwe«, sagte Rabbi Blau, »wird nach Pessach wieder offen sein. Frau Teitelbaum wird Sie begleiten.«

Wieder begriff Andrea nicht, was er meinte, weshalb er abermals dazu übergegangen war, sie beim Reden nicht anzuschauen. Sie flehte mit Augen, in die er nicht blickte, er möge nicht weiter von der Mikwe sprechen. Sie hatte die Pflicht zur Mikwe beim Übertritt in all den Jahren des resignierenden Wartens verdrängt, fühlte nur noch, wie Empörung ihren Körper erstarren ließ. Der Entsetzten entging zunächst auch, dass Rabbi Blau seinen Stuhl nach hinten schob, sehr entschlossen aufstand und die Tür mit der Miene eines Mannes aufstieß, dem Bittsteller lästig werden, mit denen es nichts mehr zu besprechen gibt.

»Willst du dich nicht bei dem Herrn Rabbiner bedanken?«, fragte Sara.

Andrea stammelte – tatsächlich folgsam wie ein Lamm – Dank, doch sie wusste nicht, weshalb sie das Wort sagte. Verlegen streckte sie ihre Rechte vor. Sie fühlte Saras Hand an ihrem Ärmel, erinnerte sich, dass Rabbi Blau eine fremde Frau nicht berührte, und suchte verwirrt die Taschen ihres Rocks.

»Über die Hochzeit werden wir noch sprechen«, bestimmte Rabbi Blau an der Tür, doch er sagte auch: »Die junge Frau kann sehr gut erzählen. Ich habe ihr zugehört.«

»Danke«, sagte Andrea.

»Für die Wahrheit bedankt sich der Mensch nicht. Nur für Schmeicheleien.«

Auf einer sonnenwarmen Bank in der Anlage am Eschenheimer Tor mit Entenküken im Weiher und frühlingstollen Hunden auf dem Rasen erklärte ihr Sara, dass sie und Alfred noch einmal und diesmal nach jüdischem Ritus würden heiraten müssen.

»Brauchst dir kein weißes Kleid zu kaufen, Lämmchen.«

»Das hatten wir schon einmal«, lächelte Andrea. »Jetzt erkläre mir ganz langsam und ausführlich, was das alles zu bedeuten hat. Ich weiß noch nicht einmal, ob ich jetzt jüdisch bin oder nicht.«

»Nu, sind wir einen Tag vor Pessach zu Rabbi Blau gegangen, damit er dich katholisch macht?«

Ein gelber Schmetterling, der schon den Sommer ahnte, schwebte zu einem Beet gelber Tulpen. Vor einem weiß gestrichenen Haus mit Giebeln und Fenstern aus Tausendundeiner Nacht, das wie ein verwunschenes Schloss aussah und so, als hätte es ein Maharadscha für seine Maharani aus Zuckerguss erbauen lassen, erblühte ein Apfelbäumchen. Eine rosa Knospe fiel zu Boden und in den Tod. Blauäugige Vergissmeinnicht glaubten an die Ewigkeit. In den Büschen lärmten die Spatzen. Zwei Tauben mit Tomatenketchup am Schnabel balgten sich um ein halbes Brötchen.

»Jetzt scheißen sie auch mir auf den Kopf und singen für die Gojim«, prustete Andrea, doch sie war nicht herzensheiter, noch nicht einmal zufrieden – nur auf eine Art erregt, die sie erschöpfte und eine Leere spüren ließ, mit der sie nicht gerechnet hatte. Zu lange hatte sie auf diesen Tag warten müssen, um ihn als groß und als die Erfüllung eines Wunsches zu empfinden, der ihr jahrelang das einzig für sie mögliche Glück vorgegaukelt hatte.

»Sara, darf ich denn jetzt noch weiter zu dir kommen?«

»Du darfst nicht. Du musst. Nur wenn mein Lämmchen da ist, denke ich nicht an den Soldaten, der mir im Zug den Ring weggenommen hat. Er hätte mein Sohn sein können.«

»Das hast du wunderschön gesagt. Danke.«

»Für die Wahrheit dankt man nicht.«

Es war Saras Idee, Alfred erst an Pessach vom Wunder des Übertritts zu erzählen. »Warum machst du den Seder nicht in deiner Wohnung? Deine Schwiegermutter ist eine kluge Frau. Sie wird verstehen, was es für dich bedeutet, zum ersten Mal Pessach auszurichten.«

Ruth begriff sofort, weshalb sie am nächsten Tag Gast und nicht Gastgeberin sein sollte. Sie drückte Andrea an sich, als wollte sie nicht nur ihre Schwiegertochter, sondern auch den beseligenden Moment der Erlösung für immer festhalten. »Nun wird alles gut«, flüsterte sie, als sie ihre Zunge noch nicht gezügelt hatte. »Soll ich dir nicht bei den Vorbereitungen helfen?«, fragte sie mit ihrer gewohnten Stimme. »Lass dich einmal von mir verwöhnen. Ich weiß genau, was ich zu machen habe. Glaubst du, ich war all die Jahre umsonst bei Sara?«

»Umsonst nicht. Frag Alfred, was es gekostet hat. Ich sage ihm, dass wir oben feiern.«

»Du verrätst nichts?«

»Kein Wort. Ich sage ihm, dass ich mich nicht wohl fühle und mir dieses Jahr die Arbeit zu viel wird.«

Vierundzwanzig Stunden von selbst auferlegtem Schweigen wurden dem spät jubelnden Herz dann doch zu lang. Andrea verkündete die Botschaft ihres Sprungs über die Hürden der Konversion im durchsichtigen roten Nachthemd und mit Evas Trompete. Als die Mauern des Badezimmers einstürzten, hatte Alfred Rasierschaum im Gesicht und den Blick eines Mannes, der aller Sünde abschwor. Seine Augen wurden sanft und verlangend wie im Mai der ersten Liebe. »Ich kann es nicht fassen, meine Süße. Es kommt so plötzlich.«

»So ging's mir gestern. Und du hast immer gesagt, beim Übertritt prüfen drei Leute. Warum war es bei mir anders?«

»Keine Ahnung. Bei den Orthodoxen kann man sich auf nichts verlassen. Ich weiß gar nicht, wie ich dir danken soll.«

»Für die Wahrheit dankt man nicht.«

»Wer hat dir das eröffnet?«

»Rabbi Blau. Und jetzt verrate ich dir noch was. Ich habe mich in ihn verliebt.«

»Da mache ich mir keine Sorgen. Du wirst dich in der Mikwe schon abkühlen. Zieh dich nicht an. Bitte! Ich mache heute keine Praxis mehr. Eva geht meine Mutter traktieren und wir zurück ins Bett. Du mit einem Ekel, der nichts als dumm reden kann, und ich mit der jüngsten Jüdin Frankfurts.«

»Und wie soll ich das schaffen mit der ganzen Arbeit? Ich bin doch jetzt eine jüdische Mamme, die einen Feiertag vorbereiten muss.«

»Eben. Juden haben sich zu allen Zeiten abhetzen müssen. Denk an die Kinder Israels. Die hatten noch nicht mal Zeit, anständiges Brot zu backen.«

Andrea stand schon an der Kasse des Supermarkts, als sie das bayerische Bier entdeckte. Sie kaufte schon deshalb zwei Flaschen, weil Alfred im Jahr zuvor den koscheren Pessachwein nicht gut vertragen hatte, und gerade Bier aus Bayern an einem so außergewöhnlichen Tag ihr wie ein Brückenschlag von den unvergessenen Urlaubstagen zu einer verheißungsvollen Zukunft erschien. Nur zweimal musste die Tüchtige beim Kochen Saras Rat erfragen, Ruth dann jedoch bitten, den süßen Karpfen zu übernehmen. Der Tisch hingegen, da war sie sicher, war in keinem jüdischen Heim mit so viel liebevoller Sorgsamkeit gedeckt worden wie in ihrem.

Wie üblich, hatte Alfred Schwierigkeiten mit den religiösen Pflichten des Hausherrn; er konnte den Text der Hagada nur mit Mühe entziffern und wusste nicht, wie er seinem Kind die Bedeutung des verbrannten Lammknochens erklären sollte. Andrea übernahm das, als hätte sie schon mit ihrer Großmutter Pessach gefeiert. Eva entzückte alle, weil sie den hebräischen Text für die vier Fragen, die das jüngste Mitglied der Tischgesellschaft zu stellen hat, im Kindergarten gelernt hatte.

»Mein jüdisches Enkelkind«, lobte Ruth und umarmte ihre Schwiegertochter.

Andrea stellte das Bier erst auf den Tisch, als der Fisch gegessen war. Weil Alfred seiner Tochter gerade zum dritten Mal erklären musste, weshalb nur Moses und nicht ihr Vater mit einem Stab das Rote Meer zerteilen durfte, sah er die beiden Flaschen nicht sofort. Er merkte erst, was geschehen war, als Andrea die erste öffnete und seine Mutter sich mit beiden Händen an die Stirn schlug. Es war der Moment, den Andrea nie vergessen sollte. Ihr Mann lachte so laut, dass ihre Tochter sich verschluckte, als sie ihn zu übertreffen versuchte. Alfreds Tränen tropften in die Schale mit dem Bitterkraut.

»Bier zu Pessach«, johlte er, »das ist der Hit. Das muss ich Hermann erzählen. Ruf mal Rabbi Blau an. Er soll sofort herkommen.«

»Vielleicht darf ich auch mal mitlachen.«

»Darfst du, mein süßer goischer Engel, darfst du. Bier hat Hefe und ist an Pessach verboten.«

II

Obwohl Andrea bereits im Frühling zum Judentum übergetreten war, kam es erst im Spätsommer zu der danach fälligen Trauung. Rabbi Blau war auf einer Israelreise schwer erkrankt und hatte nach seiner Rückkehr eine Abneigung entwickelt, sich auf Termine festzulegen. Das Brautpaar sah nicht den geringsten Grund, ihn zu drängen. Selbst Alfred, der schon immer gewusst hatte, dass im Judentum das Eheversprechen vor einem Standesbeamten nicht als gültig anerkannt wird und es in Israel überhaupt keine Ziviltrauung gibt, rebellierte gegen Gebot und Tradition. Die Vorstellung, nach fünf Jahren Ehe seine Frau noch einmal heiraten zu müssen, genierte ihn und widersprach seiner Liberalität.

Andrea konnte schon gar nicht nachvollziehen, dass sie nach dem jüdischen Gesetz bisher im Konkubinat gelebt hatte und ihre Tochter als unehelich gelten würde, wenn deren Eltern nicht noch einmal die Ehe gelobten. Selbst jene Gäste, die die Notwendigkeit der Prozedur bejahten, wirkten teilnahmslos. Einer Hochzeit aus rein dogmatischen Gründen mangelt es sowohl an der Begeisterung des betroffenen Paares als auch an der animierenden Romantik, die die Herzen der Geladenen rührt.

Alle Anwesenden konnten indes noch Jahre später ohne die geringste geistige Anstrengung den bleibendsten Eindruck der schlichten Feier aus dem Gedächtnis abrufen; sie beschränkten sich dabei auf meteorologische Besonderheiten. Es war der schwülste und heißeste Tag des Jahres und die Hitze durch die verschlossenen Fenster an der Stätte des Geschehens nur für den wärmebedürftigen Rabbiner gut zu ertragen. Rachel wurde kurz ohnmächtig. Ruth musste erst sich und dann Sara ihre Herztropfen einflößen, Moische am Tag darauf wegen schwerer Kreislaufstörungen zum Arzt.

Dem armen Jossel Grünbaum machte die Hitze im wahrsten Wortsinn einen Strich durch die Rechnung. Da er seinen Lebensunterhalt als Schnorrer bestritt, gehörte ein Mitleid erregender, zerlumpter Mantel mit mottenzerfressenem Pelzkragen sommers wie winters zu seiner Arbeitskleidung. Nach Hochzeiten mit Paaren, die zum ersten Mal den Lebensbund besiegelten, waren seine Einnahmen so hoch, dass er sich anschließend zwei freie Tage gönnte. Bei dem jungen Doktor Bär verdiente Jossel keinen Pfennig. Ihm wurde nach einer Viertelstunde so übel, dass er sich keuchend und mit blau verfärbten Lippen ins Freie schleppte. Den Rest des Sonntags verbrachte er am Eingang des kühlen Friedhofs, wo er sonst auch geduldig auf die Menschen zu warten pflegte, die begriffen haben, dass es die Schnorrer sind, die es ihnen ermöglichen, das im Judentum wichtige Gebot der Mildtätigkeit zu erfüllen.

»Was glaubst du, wie ich den Schnorrer um seine Freiheit beneidet habe«, seufzte Andrea am Abend.

»Musst du erst heiraten, um herauszubekommen, dass es bei den Juden die Schnorrer am besten treffen?«, fragte Alfred. Schon Tage vor ihrer zweiten Trauung war bei ihm und Andrea aus der üblichen Wehmut von Nostalgikern eine die Gegenwart überschattende Melancholie geworden. In kränkender Deutlichkeit erkannten beide, dass sie seit der ersten Hochzeit einen zu beschwerlichen Weg vom Hoffnungsgrün der jungen Liebe zu den grellen Kontrastfarben einer Ehe zurückgelegt hatten, die für jedes bewältigte Problem ein neues bereithielt. Obwohl diese Bürde Andrea in barmherzig kleinen Portionen verabreicht worden war, beschwerte sie die Erkenntnis, dass die Illusionen der

Jugend im Verlauf der Jahre noch anfälliger für Abnutzungserscheinungen sind als die Ehe selbst.

Seit ihrem ersten und einzigen Besuch in der Mikwe hatten sich ihr Leben, Denken und erst recht das Panorama ihrer Seelenlandschaft verändert. Sie mochte sich zwar nur in pessimistischer Stimmung und in den raren Momenten vorbehaltloser Ehrlichkeit eingestehen, dass ihr in der Mikwe eine Wunde geschlagen worden war, die selbst in den Nächten von Verlangen und Glut nicht vernarbte – die Begeisterung für das Judentum, von der sie bei den ersten Begegnungen mit Alfred so glaubhaft und bewegend zu erzählen gewusst hatte, war erloschen.

Sara hatte sie in die Mikwe begleitet. Dort hatte es Andrea noch nicht einmal so sehr gedemütigt, wie sie befürchtet hatte, dass sie sich nackt vor einem fremden Mann hatte zeigen müssen. Nie mehr hatte sie jedoch verdrängen können, dass sie in der Sekunde des Untertauchens Alfreds erheitertes Gelächter vernommen hatte, weil sie zu Pessach, dem Fest des Ungesäuerten, das Bier mit Hefe auf den Tisch gestellt hatte. Unmittelbar nach dieser klangvollen Erinnerung waren von den weiß gekachelten Wänden des Bads die beiden tückischen Worte »Warum?« und »Wofür?« auf die aufopferungsvolle Priesterin der Liebe niedergekommen. Seitdem spaltete bei den nichtigsten Anlässen, den banalsten Diskussionen mit Alfred, selbst im heiteren Spiel mit der Tochter der Zweifel Andreas Leben. Es machte sie unsicher, dass ihre Loyalität nicht mehr jeden ihrer Pfade bestätigte und wie wehmütig sie Freundschaften betrauerte, die sie, wie es ihr im Rückblick erschien, nur um Alfreds willen aufgegeben hatte. Die Vormittage, wenn Eva im Kindergarten war, wurden ihr mit jedem Tag länger und öder, die Gespräche mit Ruth waren nicht so reizvoll und selbstbestätigend wie einst. Andreas Herz pochte nicht mehr mit der Erregung der Erwartung, wenn es Abend wurde und sie Alfred die Wagentür zuschlagen hörte. In seiner Frage, wie sie den Tag verbracht hätte, witterte sie die Provokation der Tüchtigen gegen die Müßigen.

Trotz ihrer Scheu, sich der Vergangenheit zu stellen, erkannte die Unzufriedene, dass es ein Fehler gewesen war, sich nach dem Examen gegen die Berufstätigkeit zu entscheiden; es verlangte sie immer mehr nach der befreienden Unabhängigkeit ihrer Generation. Auch in den erfüllten Stunden ihrer Ehe, wenn Alfreds sanfte Stimme, seine Gutmütigkeit und sein Witz, seine Hände auf ihrer Haut den verdüsterten Himmel von den Wolken der Skepsis befreiten, ertappte sich Andrea dabei, dass sie sich nach der unkomplizierten Selbstverständlichkeit der Welt sehnte, der sie entstammte. Immer häufiger warf sie sich vor, sie würde Eva nichts von den Werten, Emotionen und Idealen vermitteln, die sie selbst geprägt hatten.

Sie näherte sich nun ihrem dreißigsten Geburtstag, sah sehr jung aus, war immer noch so schlank wie als junges Mädchen und auffallend schön wie als strahlende Braut im weißen Kleid. Die Zeit hatte jedoch nur Gesicht und Figur verschont. Andrea glaubte nicht mehr an den Traum vom Sieg der Liebe über die Hürden eines Glaubens, dessen Tradition sie einst zu erlernen und zu lieben gewähnt hatte. Zwei Tage vor ihrer jüdischen Hochzeit, die von Andrea am Anfang als ultimative Erfüllung ihrer Sehnsucht empfunden worden war – für immer durch die Pforte von Alfreds Welt zu gelangen – verstauchte sie sich den Knöchel.

Sosehr sie sich auch suggerierte, ein Sturz von der Leiter wäre das alltägliche Missgeschick einer Hausfrau und kein böses Omen, empfand sie doch den dicken Verband um ihr Gelenk als einen hämischen Hinweis der Götter auf die Brüchigkeit des Glücks. Schon die Äußerlichkeiten bedrückten sie. Ihrem modebewußten Geschmack war es zuwider, bei irgendeinem Anlass in derben, flachen Schuhen zu erscheinen.

»So lauf ich sonst noch nicht einmal zum Bäcker, um Brötchen zu holen«, jammerte sie.

»Das macht doch wirklich nichts, dass man mir eine lahme Frau angedreht hat«, sagte Alfred mit der trostschweren Stimme des Arztes, der seinem Patienten nach einer niederschmetternden Diagnose nicht alle Hoffnung nehmen will. »Auch wenn es bei Juden üblich ist, in solchen Fällen die zugesagte Mitgift zu erhöhen, bin ich bereit, dich ohne Aufpreis zu heiraten. Mich stört es kein bisschen, dass du hinkst. Das sieht man doch nur, wenn du gehst.«

»Wohin soll ich denn deiner Meinung nach gehen?«

»Lass gut sein, Loreley. Jüdische Witze wirst du nie verstehen. Da kann dich Rabbi Blau so viel jüdisch machen, wie er will. Selbst wenn er dich in der Mikwe ertränkt, kommst du noch mit deinem preußischen Kopf heraus. Das ist ja gerade das Aparte an dir.«

Alfreds Scherze täuschten. Sein Humor reichte nicht aus, um die Verpflichtung eines Mannes, die eigene Frau zum zweiten Mal zu heiraten, nicht als eine Farce zu empfinden. Er war schon deshalb in keiner besseren Stimmung als Andrea, weil er sich zwar mit den Formalismen hätte arrangieren können, die ihn zwangen, die Hauptrolle in einem Stück zu spielen, das er als Groteske empfand, aber nicht mit dem Zeitpunkt der Premiere.

Wegen des sehr plötzlich vom Rabbiner angesetzten Termins hatte er kurzfristig die Teilnahme an einem Ärztekongress in Meran absagen und außer sich selbst auch noch Marco über eine gewaltige Enttäuschung hinwegtrösten müssen. Halina hatte ihrem Sohn erzählt, sie müsste eine Tante in Südtirol besuchen, die außer einem gebrochenen Bein auch noch eine Fabrik für Fußballstiefel hätte. Weil die wundersame Genesung der Südtiroler Tante Marco an der Gerechtigkeit der Welt zweifeln ließ und Alfred sich wiederum schuld an dessen Tränensturm fühlte, hatte er seinerseits ein Versprechen abgegeben. Nur hatte er Andrea am Vorabend seiner zweiten Hochzeit exakt darlegen müssen, weshalb er Fußballstiefel Größe fünfunddreißig in seinem Schrank aufbewahrte und seit wann es ihn störte, dass sie seine Schränke aufräumte.

Selbst Ruth war missgestimmt. Dabei hatte gerade sie Grund, sich auf die Trauung zu freuen. Der durch seine Vernunftehe einst finanziell so trefflich abgesicherte Sohn ihrer Freundin Gitta lebte nämlich gerade in Scheidung von seiner wohlhabenden Ehefrau und hatte sich mit seinem reichen Schwiegervater überworfen. So erhielt Ruth endlich die lang ersehnte Chance, sich für die schonungslosen Bemerkungen zu revanchieren, die Gitta anlässlich Alfreds erster Hochzeit über die Zerreißproben gemacht hatte, denen Mischehen ausgesetzt seien.

Es verdross Ruth nicht nur, dass sie ihre Kur im kühlen Bad Kissingen unterbrechen und eine Verabredung mit einer Cousine aus New York absagen musste. Sie war auch gut über Rabbi Blaus Angst vor Zugluft unterrichtet. Allerdings sah auch sie ein, dass es für unerwünschtes Aufsehen gesorgt hätte, nur aus diesem Grund die angenehm temperierte Synagoge als Schauplatz der außergewöhnlichen Trauung zu wählen. Schließlich wusste jeder, dass die überall stattfinden dürfen.

»Irgendwie schaffst du es immer wieder«, hatte sie gesagt, als ihr Sohn sie am Tag zuvor in Kissingen abgeholt hatte, »mir mit deinen verfluchten Hochzeiten Zores zu machen. Als ob das einem Menschen gut tut, dauernd von Zukunft zu reden, wenn er schon eine Vergangenheit hat.«

»Wir reden nicht so viel von Zukunft, wie du denkst, Mama.«

»Brauchst nicht zu schwören. Ich habe immer gewusst, was ich dir glauben kann und was nicht. Und zieh dir ein anderes Hemd an, wenn du das nächste Mal deinen Arm zum Himmel streckst. Das hier ist an den Manschetten ausgefranst.«

Trotz der Überlegungen, die Alfred und Andrea einander verschweigen mussten, waren sie sich im Kern ihrer Empfindungen einig wie sonst nur selten; ohne den üblichen Zwang zur gegenseitigen Rücksichtnahme redeten sie über den Umstand, dass ihnen die religiöse Zeremonie nach fünf Jahren Ehe nicht mehr so viel bedeutete wie einst gedacht. Im kumpelhaften Ton von Schicksalsgenossen spotteten sie über Vorbereitungen, die die krankhafte Phantasie von Pessimisten und die Strategie von erprobten Kriegsherren forderten.

»Die erste Hochzeit«, seufzte Alfred, »war das reinste Kinderspiel im Vergleich zu dem, was wir jetzt alles bedenken müssen.«

»Denn die glücklichen Brautleute waren noch nicht mit einem geschwätzigen Kind gesegnet«, erwiderte Andrea.

Beide mochten sich nicht den zu erwartenden Fragen ihrer aufgeweckten Tochter stellen. Eva hatte soeben gegen Hergabe eines allerliebst aussehenden rosa Stoffhasen eine hässliche Puppe namens Ken in ihren Besitz gebracht. In einem pompösen Ehefest hatten sich Barbie und Ken ewige Treue geschworen und sprachen nur noch von ihren Kindern. Seitdem wusste die Puppenmutter dank Leas Aufklärung über die gängige Reihenfolge von bürgerlich einwandfreier Familienplanung Bescheid.

»Die Mamas und Papas heiraten. Dann warten sie neun Jahre auf ihre Kinder«, verkündete Evchen eine Woche vor der Hochzeit ihrer Eltern.

Zu dem Dilemma, sie müssten mit der Vierjährigen Detailbestimmungen des Judentums erörtern, die ihr eigenes Fassungsvermögen überstiegen, kam für Andrea und Alfred ein weiteres Problem hinzu. Das erschien ihnen noch unheilträchtiger als Evas Unermüdlichkeit im Wiederholen von unangenehmen Fragen. Die Eltern befürchteten, ihr mitteilungsfreudiges Kind würde bei umfassender Aufklärung ihrerseits seine mütterlichen Großeltern mit Einzelheiten belasten, die ihnen wegen Andreas

Furcht vor heiklen Diskussionen und zu Alfreds Bequemlichkeit so lange wie nur möglich verschwiegen werden sollten. Ulrike und Herbert-Dietrich waren noch nicht von der Tatsache in Kenntnis gesetzt worden, dass sie seit einigen Monaten eine jüdische Tochter hatten.

Die Bedrängten wählten den Ausweg, das unschuldige Kind von der späten Trauung seiner Eltern auszuschließen. Für die maximal zwei Stunden dauernde Zeremonie hatten sie Eva gestattet, Lea schon vormittags einzuladen, und sie hatten den Mädchen vor Verlassen der Wohnung mehrmals das Versprechen abgenommen, nicht an das Telefon zu gehen. Diese Vorsichtsmaßnahme sollte sich in Anbetracht von Evas Neugierde und Leas umfassenden Kenntnissen der realen Lage indes als zu theoretisch und in der Folge als ein Desaster größeren Ausmaßes erweisen. Kaum waren die Kinder allein, vertraute Lea trotz des elterlichen Verbots, mit Eva über die Hochzeit ihrer Eltern zu sprechen, mit ihrer schönen lauten Stimme den aufmerksam lauschenden Puppen Ken und Barbie die Wahrheit an. Es war just der Augenblick, in dem sich die Hochzeitsgesellschaft versammelte.

Zugegen im stickigen, doch in seiner schlichten Feierlichkeit rührend hergerichteten Büro von Rabbi Blau waren außer den verlegenen und schwitzenden Hauptdarstellern und Ruth noch sieben dem Brautpaar fremde Männer. Sie wurden immer dann gerufen, wenn kein Verlass darauf war, dass sich die zehn Männer für das Minjan einfinden würden, ohne das im Judentum keine rituelle Handlung vollzogen werden kann. Andrea hatte lange nicht begreifen wollen, dass für hundert Frauen kein Gebet gesprochen werden kann, wenn nur neun Männer anwesend sind.

Schließlich gab es noch die für eine Eheschließung vorgeschriebenen vier Vertrauenspersonen, die das Brautpaar zur

Vermählung geleiten und mit ihm weder verwandt noch verschwägert sein dürfen. Andrea hatte Sara gewählt und aufgrund eines unmissverständlich geäußerten Wunsches von Rabbi Blau statt Rachel eine ihr fremde Frau akzeptiert, deren Kenntnisse und moralischen Vorstellungen dem Rabbi mehr zusagten. Die alte Frau trug, weil sie sehr orthodox war, ein Kopftuch, und, da sie im Sommer sehr selten aus dem Haus ging und sich dort mit Kittelschürzen begnügte, ein braunes Wollkleid, das nach Mottenkugeln und Lavendel roch. Sie sprach, wenn überhaupt, nur jiddisch. Bewegte sie ihre Arme und rutschte der weite Ärmel ihres Kleids nach oben, wurde auf ihrem Arm die eintätowierte Nummer des Konzentrationslagers Auschwitz sichtbar.

Alfred hatte mit intensiver Energie auf seinem Freund Hermann als Ehezeugen bestanden. Nachdem Rabbi Blau Rachel ausgeschlagen hatte, hatte er nicht abermals an einer zu lässigen Einstellung zur Religion Anstoß nehmen mögen, als Ausgleich jedoch auf Moische Teitelbaum bestanden, der auch die Herrichtung des Raums übernommen hatte. Der Schreibtisch war mit einem weißen Tischtuch abgedeckt worden. In der Mitte stand eine blaue Vase mit weißen Rosen und vertrocknetem Schleierkraut. Künstliche Girlanden umrahmten die Bilder an der Wand. Auf einem kleinen runden Tisch standen einige Gläser, eine Karaffe mit Wein, eine Flasche Wodka und ein auffallend großes Glas, das nicht zu den übrigen passte.

»Um Himmels willen, was soll denn der komische weiße Baldachin?« flüsterte Andrea erschrocken.

»Ist ein jüdisches Himmelbett«, lachte Hermann. »Bei uns Wilden wird die Ehe an Ort und Stelle vollzogen. Hat dir Moische nicht gesagt, wozu die Zeugen gebraucht werden?«

»Quatsch einmal im Leben nicht so blöd daher! Sie glaubt doch alles, was man ihr einredet«, zischte Alfred. »Aber dein Moische, Andrea, wird dir doch in all den Jahren, da er von meinem guten Geld gelebt hat, verraten haben, was eine Chuppah ist.«

»Ich dachte, bei euch heisst das auch Hochzeit.«

»Bei euch«, wiederholte Alfred, ohne dass er noch flüsterte. »Das hast du wirklich gekonnt formuliert, mein Engelchen. Das passt großartig zum heutigen Tag.«

»Du hast doch auch dein Moische gesagt«, wehrte sich Andrea.

»Stimmt. Doch der Ton macht die Musik. Moische und ich gehören derselben Fakultät an. In dem Fall wird der Gebrauch von Possessivpronomina nicht als ausgrenzend interpretiert.«

»Chuppah«, erbarmte sich Ruth und stieß ihren Sohn in die Rippen, »heißt in der Bedeutung des Wortes Heiligtum. Die Chuppah ist das Symbol für das Dach des neuen Hauses, das das junge Paar begründen will.«

Sie standen unter der Chuppah, und keiner von beiden dachte an die Häuser, die zu bauen waren, denn sie starrten in einen reißenden Fluß, von dem sie schon lange ahnten, dass über ihn nie zum richtigen Zeitpunkt eine Brücke führen würde. Als sie die Ringe wechselten, waren nur ihre Hände warm, und sie schauten sich kürzer an als bei der ersten Hochzeit, denn nun waren sie Wissende und nicht mehr die tapferen Rebellen, die auf jungen Feuerrössern wider die Konvention anritten. Rabbi Blau sprach vom Allmächtigen als Schöpfer der Freude, doch Andrea hatte nicht genug Hebräisch erlernt, um ihn zu verstehen; Alfred erkannte das Wort zu spät, übersetzte es jedoch richtig und seufzte.

Der Rabbi machte mitten im Satz eine Pause, die nur ihm auffiel. Er erinnerte sich seiner eigenen Trauung und hatte Herzziehen. Sara und Ruth dachten im selben Augenblick an Halina. Der einen tränten die Augen, die andere schaute auf ihren Sohn. Sie ballte die Hand in der Tasche zur Faust und hatte, obwohl sie es nicht wollte, doch Verständnis für den Mann, der in der Melancholie seiner Ehe nicht nur einer lebensbejahenden Sünderin verfallen war, sondern auch deren schwarzlockigem, großäugigem Sohn, um dessentwillen sich in der Synagoge alle Frauen über die Brüstung beugten, die sie von den Männern im Parterre trennte. Ruth bezweifelte, dass die soeben vollzogene Ehe Alfred noch das Glück eines Sohnes bescheren würde. Beim Einkauf ihrer Pille nahm ihre Schwiegertochter stets den Vorrat für ein halbes Jahr. Der Apotheker, mit dessen Vater sie zur Schule gegangen war, hatte es ihr erzählt.

Moische drückte Alfred das Glas in die Hand, das der Bräutigam hatte stellen müssen, und flüsterte ihm zu, er solle es zertreten. Als die Scherben auf dem Holzfußboden klirrten, beschäftigten Alfred zwei Überlegungen, die nichts miteinander zu tun hatten – es gibt keine einzige von allen akzeptierte Erklärung für das alte Ritual des gebrochenen Glases, und Scheidungen, obwohl ungern gesehen, sind im Judentum sehr viel unkomplizierter als Eheschließungen.

Einige Minuten später tranken alle den kehlensanften Wein, der die Zunge der Romantiker mit der Süße der Liebe tränkt, und den abkühlenden Wodka. Die Männer klopften dem Bräutigam auf den Rücken und wünschten ihm: »Massel tow.« Andrea sagte: »Chaim«, als sie ihr Glas hob. Alfreds Gedanken schweiften abermals ab. Er gedachte des Abends, an dem er seiner entzückenden Loreley den Trinkspruch beigebracht hatte, und wie stolz sie gewesen war, als ihr endlich der gutturale Laut glückte. Ihm fiel auf, dass das Wort Andrea wieder Schwierigkeiten machte und dass sie den Davidstern nicht mehr am Hals trug. »Chaim«, sagte er trotzdem und zwickte sie in den Nacken. Mit freundlichen Worten verabschiedete er sich von Rabbi Blau. Bei den fremden Männern, die für die Komplettierung des zehnköpfigen Minjans gesorgt hatten, bedankte er sich mit verschlossenen Kuverts. Die Beglückten täuschten weder Diskretion noch Staunen vor. Schweigend rissen sie die Umschläge auf, um die Geldscheine zu zählen, befriedigt nickten sie dem neu Vermählten zu.

»Ein gutes Leben«, wünschte ihm der Älteste.

»Wenn Sie wollen, kann ich für das Geld, das Sie gespart haben, weil dem armen Schnorrer schlecht geworden ist, meiner Sara einen neuen Hut kaufen«, zwinkerte Moische.

»Das mache ich«, sagte Andrea, als sie Alfreds Gesicht sah. Sie saß auf einem Schemel in der Ecke – der verstauchte Knöchel hatte wieder zu schmerzen begonnen. Ihre Kehle brannte; sie dachte, es sei der Wodka, und sie dachte auch an ihre Großtante Charlotte. Die saß im »Hofgut Neuhof« im nachtblauen Dirndlrock unter einem blühenden Fliederbaum.

»Du siehst aus, als hätten sie dich gerade geschlachtet«, sagte Rachel.

»Ein bisschen so komm ich mir vor«, untertrieb Andrea.

»Wollen wir mit leerem oder mit vollem Magen gucken gehen, ob unsere Kinder eure Wohnung angezündet haben?«, fragte Hermann.

»Vor dem Essen«, entschied Alfred. »Wenn es gebrannt hat, wird es mir nämlich egal sein, dass Rachel sich auf meine Kosten den Bauch immer besonders voll schlägt.«

»Was meinst du, was meine Hochzeit gekostet hat?«

»Du meinst, was sie Rachels Vater gekostet hat.«

»Nu, wende dich auch an den Vater der Braut!«

Lea und Eva spielten im Vorgarten und sahen aus wie zwei possierliche Engel, denen die Himmlischen jedes böse Wort, jede unartige Regung verboten und bis zum Jüngsten Tag die Fröhlichkeit derer befohlen haben, die das Wort Zukunft nicht kennen. Auf dem schwarzen Lockenberg der Herrin glänzten die Schweißtropfen wie tautrunkene Perlen. Die taillenlangen blonden Haare der willigen Dienerin waren von den grellen mittäglichen Sonnenstrahlen zu einem Schleier aus mildem Licht gewoben. Vier randvoll mit Lebensfreude gefüllte Augen sprühten Feuer, um vier kleine Handgelenke ringelten sich gräserne Kränze. Die nackten Füße der zwei stämmigen Beine waren erdverkrustet, die blonde Fee mit der pfirsichzarten Haut trug rote Schuhe, hatte keinen einzigen Fleck auf ihrer himmelblauen Bluse und noch kein Gewissen.

Neben einer grünen Gießkanne lag ein aufgeschlagenes Bilderbuch. Auf Seite dreizehn rauchte ein zipfelbemützter Zwerg seine Meerschaumpfeife. Von den Spitzen der schwarzen Zaunstäbe baumelte die tropfnasse Alltagsgarderobe gut situierter Puppen. Ein winziger weißer Spitzenunterrock war schon trocken. Barbie war im Hochzeitskleid. Noch ruhte sie zu Füßen des steinernen Amors auf einem Wonnebett aus den Blüten zitronengelber Rosen. In ihrer zierlichen Hand mit den grellrot lackierten Nägeln hielt sie einen grünweiß gestreiften Plastikkelch. Ken im Smoking, gestickten Hemd und einer spiegelnden Sonnenbrille, war gerade dabei, in Lackschuhen zu einem Traualtar aus sorgsam geschichtetem Löwenzahn zu galoppieren. Der dümmlich aussehende Bräutigam saß auf einem Pferdchen mit rosa Mähne und rief mit Evas klangklarer Stimme: »Ich komme, meine süße Loreley.«

»Kommt, Kinder, wir gehen jetzt essen«, lockte Andrea mit dem falschen Ton, in dem Kinder spontan das Ende aller Freude wittern, »ihr könnt nachher weiterspielen.«

»Barbie wird erst heiraten«, entschied Lea. Sie bückte sich nach der Rosenbraut, hob sie auf und benässte sie mit den ersten zwei ihrer Tränen. »Das geht jetzt nicht, wir haben keine Zeit«, weinte sie zart und drohte mit Schluchzen.

»Heiraten kann man auch nach dem Essen«, tröstete Alfred und kraulte zärtlich die schwarzen Locken.

Die rot beschuhte Eifersüchtige sah es, verschränkte die Arme vor dem Bauch und wurde widerspenstig. »Ihr habt doch auch jetzt geheiratet«, wusste sie. Der rechte Fuß stampfte so heftig auf, dass er roh in den Rasen drang. »Jetzt, jetzt, jetzt«, schrie die mutige Rächerkehle.

»Wer hat dir denn so einen Quatsch erzählt, Rumpelstilzchen?«, fragte der Vater und streichelte endlich das eigene Kind.

»Lea«, sagte Eva ungeduldig. »Lea weiß alles. Sie geht in die Vorneschule.«

»Vorschule, Schätzchen«, korrigierte Andrea automatisch. »Nächstes Jahr kommst du auch in die Vorschule.«

Sie setzte sich auf die schmale weiße Brüstung und lehnte im letzten Moment ihrer Ahnungslosigkeit den Rücken an den Zaun, genoss aufseufzend die Erleichterung für ihren Fuß, öffnete Augen und Herz der trügerischen Idylle. Auf der Schaukel saß ein Teddybär und schwitzte nicht, obwohl er eine Pudelmütze trug. Andrea lächelte, weil die beiden empörten Mädchen selbst in ihrem Zorn noch so entzückend aussahen, unschuldig wie die Puppen der eigenen Kinderzeit und frauenlistig um ihre Unwiderstehlichkeit wissend. Dann schaute die Träumerin in Alfreds Richtung. Sie sah seine zusammengepressten Lippen, dass er seine Hände in die Taschen bohrte und, wie zuvor Eva, mit einem Fuß aufstampfte. Erst da begriff die Mutter, was die Tochter soeben gesagt hatte. Sie reagierte schnell, kompetent und klug. Alle bewunderten sie, Alfred am meisten.

»Morgen fahren wir nicht zu Opi und Omi«, schlug Andrea Kinder betrügend lustig vor, »das Wetter ist so schön, da gehen wir doch lieber in den Zoo. Lea darf mit. Ich werde Opi gleich nach dem Essen anrufen und ihm von dem neuen Seelöwenbaby erzählen.«

»Immer Zoo ist langweilig«, murrte Eva, »ich mag keine Seelöwenbabys. Lea auch nicht.«

»Das langt, gnädiges Fräulein. Ich gehe jetzt Opi anrufen. Wenn du nicht mitkommst, erzähl ich ihm, dass du ihm nicht hallo sagen willst.«

»Opi ist im Wohnzimmer«, brüllte Eva zurück.

»Massel tow«, schluckte Alfred.

»Schlamassel tow«, sagte Hermann und boxte ihn in den Bauch. »Mir ist soeben der Gedanke gekommen, meine Lieben, dass es heute nichts mehr mit einer gemütlichen Feier wird. Im allgemeinen Interesse plädiere ich für Vertagung.«

Er griff mit starkem Arm nach Lea, die herzzerreißend zu schreien begann, drückte sie an die Brust, herrschte Rachel an, weil sie sich nicht schnell genug in Bewegung setzte, stieß mit der freien Hand das Tor auf und trug seine brüllende, wutstrampelnde Tochter zum Auto. Andrea und Alfred sahen den dreien nach und rannten ins Haus. Ruth setzte sich auf die Schaukel. Sie dachte zum zweiten Mal an diesem Tag an Halina und streichelte, weil es so war, kopfschüttelnd den Teddybären. Eva zerrte die Barbiepuppe an den Blondhaaren aus dem Rosenbett, trat den Bräutigam vom Pferd, warf beide weinend in die grüne Gießkanne und sich selbst auf den Rasen.

Herbert-Dietrich, am heißesten Tag des Jahres im dunklen Anzug und mit einer blauweiß gemusterten Krawatte, sah aus wie ein ganz gewöhnlicher Hochzeitsgast, der vor der Zeit erschienen ist. Er saß im weißen Ledersessel am Fenster und blätterte aufmerksam in der neuesten Ausgabe des Fachblattes für Kinderärzte und schaute auch nicht hoch, als ein verlegenes Hüsteln seiner Tochter ihm anzeigte, dass die Stunde der Abrechnung nahte. Konzentriert raschelte der Entflammte mit Papier, als Alfred mit ausgestreckter Hand auf ihn zukam und mit dem Mut der Sünder, die wissen, was sie getan haben, und die dennoch weder Sack noch Asche tragen, ihm einen guten Tag wünschte.

»Ich gratuliere dem glücklichen Paar«, sagte Herbert-Dietrich, jedes Wort bedeutungsschwer betonend. Er stand sehr langsam auf, reckte die Schultern, hob den Kopf, wirkte größer, als er war. Weil er seine Tochter kannte, wartete er schweigend auf die transparente List der Toren, die auf die Zeit gewinnende Gunst rhetorischer Fragen setzen.

»Zu was?«

»Lass das, Andrea. Kein Vater hat es verdient, dass man ihn für dämlich hält, nur weil man selbst ein Dummkopf ist.«

Herbert-Dietrich sah seinen Schwiegersohn überrascht und mit der kurzen, widerstrebenden Zustimmung an, die zwar den Grimm nicht mildert, jedoch dem Getroffenen seine Würde belässt. Es war dieser Bruchteil von männlichem Einverständnis, an das er noch Jahre später denken würde. Der Gekränkte musste sogar den Impuls bezähmen, die Stimme zu mäßigen, den Schmerz, der ihm zugefügt worden war, nicht zu unterdrücken. »Glaubst du, es macht Eltern Freude«, herrschte er Andrea an, »von einem fremden Balg am Telefon zu erfahren, dass ihre Tochter gerade Hochzeit feiert? Für wie blöd hältst du eigentlich deine Eltern?«

»Das fremde Balg war deine Enkeltochter.«

»Nein, es war ihre heiß geliebte Lea. Glaubst du, ich bin schon so vertrottelt, dass ich Stimmen nicht mehr unterscheiden kann? Ich bin nur so verkalkt, dass ich nicht verstehe, weshalb meine Tochter nach fünf Jahren Ehe wieder denselben Mann heiratet und ihrem Vater und ihrer Mutter kein Sterbenswörtchen davon erzählt.«

Es war Alfred, der mit dem Wütenden, dem Gedemütigten litt, denn er sah ein zweites Gesicht. In der Not, die nicht seine war, dachte Alfred an den eigenen Vater, den Sanften, Verständnisvollen, an den Bekümmerten, den er nie hatte belügen können, weil seine Augen erschöpft vom Schmerz seiner Erinnerungen waren. Es war ein Mann der Einsicht, der sich schämte, weil einem Vater das Urrecht der Väter verweigert worden war, sein Kind vor einem Weg zu warnen, den er nicht guthieß.

Während Andrea sich in der Flut ihrer Verzweiflung verkrampfte und mit eingezogenem Kopf und hängenden Armen im Zimmer stand, erbarmte sich ihrer der Mann, für den sie die Schuld auf sich geladen hatte, und doch verachtete er ihre Tränen. Er ging ins Nebenzimmer, holte einen Hocker, kam sofort wieder zurück, zögerte nur kurz. Dann drückte er Herbert-Dietrich sanft in den Sessel. Er stellte den Hocker dazu und setzte sich zu dem Wütenden, der für ihn in diesem Augenblick nur ein Vater war. Zunächst ein wenig stockend und langschweifig, dann jedoch mit der Selbstlosigkeit dessen, der das Geben früher als das Nehmen gelernt hat, erzählte Alfred, dass und weshalb Andrea zum Judentum übergetreten war.

»Und warum habt ihr nie ein Wort gesagt? Glaubst du, wir haben nicht geahnt, dass es so kommen wird? Schon am Tag der Hochzeit, bei der ich noch dabei sein durfte, habe ich es Ulrike prophezeit.«

»Andrea wollte euch nicht aufregen. Es ist ja nicht alles so gut zwischen dir und mir gelaufen, wie es hätte laufen müssen.«

»Nein«, bestätigte Herbert-Dietrich, »das ist es nicht. Aber haben wir trotzdem nicht ein kleines Stück Ehrlichkeit, ein Quäntchen Achtung verdient? Muss ich nur deshalb alle Lasten der Vergangenheit tragen, weil ich auf die Seite der Täter befohlen wurde?«

»Danke für das Wort Täter«, sagte Alfred. Sie tranken jeder zwei doppelte Whiskys, verloren die Fähigkeit der deutlichen Rede und berührten sich einmal mit den Händen. Ihre Wege trennten sich vor der Barriere, an der dem Menschen seine Wurzeln und Erfahrungen zum Schicksal werden. Die Schritte jedoch, da sie nebeneinander hergingen, sich ansahen und nichts mehr von Vorurteil und Hass wissen wollten, bohrten sich in ihr Gedächtnis und erwärmten ihr Herz.

»Mit allem habe ich gerechnet«, reflektierte Alfred, als er aus dem Zimmer seiner schlafenden Tochter kam, »aber nicht damit, dass ich am Tage meiner jüdischen Hochzeit die einzigen vernünftigen Worte mit deinem Vater reden würde. Leider hat der gemeine Hund es ausgenutzt, dass der freche Judenlümmel keinen Alkohol verträgt. Mir platzt der Schädel.«

»Ich hol dir einen Eisbeutel«, sagte Andrea, »und ich liebe dich. Es gab heute einen Moment, da ich das fast vergessen hätte. Das beschämt mich am meisten an diesem Tag der Scham.«

»Muss es nicht, meine Süße. Ich vergesse ja auch manchmal, dass ich mich liebe.«

12

Mensch, Andrea, was in aller Welt machst du denn hier? Das glaubt mir keiner. Da will ich nur einen Happen Luft schnappen, und wer sitzt da? Unsere Klassenmadonna mit den schönen langen Beinen. Nur dass sie keiner sehen durfte, weil du immer zu lange Röcke oder zu weite Hosen getragen hast. Die keusche Susanne haben wir bösen Buben dich hinter deinem entzückenden Rücken genannt. Von uns normalen Sterblichen konnte ja nie einer bei dir landen. Lass dich anschauen. Mein Gott, du bist ja noch schöner geworden, Andrea. Und keinen Tag älter. Es will mir nicht in den Kopf, dass du wieder in Frankfurt bist. Das Letzte, was ich von dir hörte, war, dass du nach Paris wolltest, um die Sorbonne aufzumischen und danach einen reichen Grafen mit einem Schloss an der Loire zu heiraten. Wetten, dass du das alles geschafft hast! Das sieht der Gourmet auf einen Blick. Jetzt sag doch endlich mal ein Wort. Früher hast du doch auch mit dem niederen Volk geredet.«

»Wie soll ich, wenn du mich so fest umarmst? Außerdem hast du nie probiert, bei mir zu landen, und zum niederen Volk hast du auch nicht gehört. Weiß Gott nicht.«

»Wunderbar, wie du das gesagt hast. Ich bin soeben zehn Jahre jünger geworden. Gönnst du mir den ersten Tanz? Nein? Darf ich wenigstens heute Nachmittag bei dir vorbeikommen? Ich krieg keine einzige Matheaufgabe raus.«

Er hieß Christian, und so schnell Andrea auch die Bilder zurückspulte, konnte sie sich nicht auf seinen Nachnamen besinnen. Hatte Fortunas Lieblingssohn je einen gehabt, oder war der menschenfreundliche Frauenschwarm bereits als »Jesus Casanova« auf die Welt gekommen? Ohne die Erinnerung, dass diese vergessene Stimme immer ein wenig heiser gewesen war und nach dem ersten Satz stets eine Lawine von irrwitzigen Komplimenten in Bewegung gesetzt hatte, wäre Andrea für alle nostalgische Ewigkeit im Nebel der Vermutungen herumgeirrt. Nur dank dem Gedächtnis ihrer Ohren hatte sie in dem großen, schlanken Mann im grauen Flanellanzug den blonden Don Juan des Goethe-Gymnasiums erkannt. Sie tat es mit der Spur einer Erregung, die sie noch mehr verblüffte als sein Erscheinen.

Christian mit dem trügerisch naiven Blick war als Erster in der Schule mit langen Haaren, zerlöcherten Jeans, Sandalen ohne Socken und so ordinären Sprüchen auf dem T-Shirt erschienen, dass uralte, abgebrühte Primanerinnen wie alberne Sextanerinnen losgekichert hatten, sobald er nur in ihre Richtung schaute. Bis zum Abitur, das dieses Idol nur mit Mühe und durch sein Talent geschafft hatte, sowohl die weiblichen als auch die männlichen Mitglieder des Lehrerkollegiums für sich einzunehmen, war er die Ikone aller Schülerinnen gewesen. Auch Andrea hatte die irregulären französischen Verben falsch dekliniert, wenn er sich nach ihr umdrehte, weil sie dann an seine Gitarre dachte und wie schmachtend er »Au clair de la lune« singen konnte. Christian der Trotzige hatte die Mode eingeführt, von den Eltern als »meine Alten« zu sprechen. Das hatte ihr, denn ihr war es nicht gelungen, am meisten imponiert.

»Du lachst immer noch so glockenhell wie damals«, sagte er und machte aus dem Kitsch den Andrea belebenden Hauch ewiger Männerkunst. »In deine Grübchen war ich verliebt bis über beide Ohren.«

Als er sich neben sie auf die Bank setzte und ihre Nase den feinen Sandelholzduft eines Rasierwassers einfing, von dem Alfred behauptete, es wäre weibisch und allenfalls gut für reiche Nichtstuer, fragte sich Andrea, wie diesem saloppen, selbst zu den hässlichsten Fettklößen und kümmerlichsten Bohnenstangen in der Klasse noch liebenswürdigen Lebenskünstler der Sprung in die Bürgerlichkeit geglückt sein mochte. Weshalb flanierte er an einem gewöhnlichen Dienstag um drei Uhr nachmittags unter herbstlich vergoldeten Bäumen und tauchte auf einem Kinderspielplatz auf? Der Heroe des Goethe-Gymnasiums war zu einer jüngeren Ausgabe von James Mason aus dem Film »Der Mann im grauen Anzug« herangereift. Jeder seiner Blicke und einnehmenden Gesten strahlte das Selbstbewusstsein der energiegeladenen Karrierenschmiede aus, für die allzeit gebratene Tauben auf goldenen Schüsseln parat lagen. Er entsprach perfekt den Vorstellungen, die sich die Glücklosen und Mittelmäßigen von einem neuzeitlichen Manager machten, der auf der Himmelsleiter immer zwei Sprossen auf einmal nahm.

Christian mit den feingliedrigen Händen und einem Knie, das unter der messerscharfen Bügelfalte genau den Abstand zwischen Flirt und Zudringlichkeit zu bemessen wusste, hielt Rückschau, ehe Andrea überhaupt dazu kam, ihn um die Lösung des unfassbaren Rätsels seiner Verwandlung zu bitten. Der Bezaubernde berichtete kurz, wunderbar ironisch und herrlich witzig. Andrea erinnerte sich mit einem anmutigen Lächeln, dass sie nie seinen phantasievollen Anekdoten hatte widerstehen können.

»Ich bin um die halbe Welt nur mit einem Rucksack und Gottvertrauen gereist«, erzählte Christian, »und hatte immer ein schönes Mädchen im Schlafsack. Ich war der freieste der freien Vögel. Dann habe ich jedoch mal zu Hause vorbeigeschaut, und mein Vater hat mich für alle Zeiten korrumpiert.«

»Er hat dir gesagt, er würde dir keinen Pfennig mehr geben, und hat dir befohlen, erwachsen zu werden.«

»Viel schlimmer. Er ist gestorben und hat mir ein bisschen Geld und seine verdammte Klitsche hinterlassen. Und ich Wahnsinniger habe es nicht mehr über mich gebracht, weiter in Frieden zu leben. Erst habe ich mir die Haare schneiden lassen, und dann sind mir die Flügel abhanden gekommen. Die alte Geschichte von Simson. Frag mich nicht, wie das passiert ist. Ich weiß es einfach nicht und schäme mich noch heute. Mir wurde ein winziges Übersetzungsbüro aufs Auge gedrückt, und ich habe ein Unternehmen daraus gemacht. Möchtest du vielleicht dein Doktordiplom ins Koreanische übersetzt haben?«

»Du warst doch eine komplette Niete in allen sprachlichen Fächern.«

»Bin ich immer noch. Ich kann noch nicht einmal Deutsch orthographisch richtig schreiben. Aber ich habe einen Instinkt entwickelt, die richtigen Leute für mich arbeiten zu lassen.«

»Den Instinkt hattest du immer«, sagte Andrea. »Was hab ich dich darum beneidet.«

Sie schaute sich nach Eva um, sah beruhigt den Pferdeschwanz mit der roten Schleife in die Höhe fliegen und hörte Gelächter, ertappte sich bei dem Wunsch, ihre Tochter möge noch eine Weile auf der Wippe bleiben, und fühlte sich angenehm verwegen. Andrea fiel auf, wie aufmerksam Christian sie ansah; ihr wurde bewusst, dass sie sich lange nicht mehr so entspannt und animiert unterhalten, so oft gelacht und nur an das unbelastete Kapitel ihrer Vergangenheit gedacht hatte.

Septembermild löste sich das welkende Blatt einer Eiche vom Ast. Weil Andrea spürte, dass der Wind selbst an einem so warmen Tag ihre Haut kühlte, wusste sie um die verräterische Röte in ihrem Gesicht. Ohne Mühe erforschte sie den Grund. Bei den Komplimenten, die sie von ihrem Mann zu hören bekam, kannte sie den Text zu gut. Plötzlich fröstelnd, knöpfte sie die Jacke zu; es tat ihr Leid, dass sie die blaue mit dem altmodischen Revers und nicht die schicke grüne angezogen hatte, die ihren Teint und die Figur betonte.

»Jetzt erzähl endlich mal von dir! Findest du es fair, einen einsamen Mann, der soeben der Göttin seiner Jugend begegnet ist, so lange auf die Folterbank zu spannen?«

»Da gibt's nicht viel zu erzählen. Mein Leben ist ganz normal verlaufen. Stinknormal. Nichts Sorbonne und nichts reicher Graf mit Schloss.«

»Bist du immer so wortkarg?«

Eva war doch nicht auf der Wippe geblieben. Sie stand, ohne dass Andrea sie hatte kommen sehen, mit glitzernden Tränen auf erhitzten Backen vor ihrer irritierten Mutter, hatte sich mit einem Jungen namens Oliver zerstritten, der entweder nach Amerika auswandern oder Fußball spielen wollte, hatte »ganz ganz schlimmen Durst« und wollte auf der Stelle einen eigenen Hund.

»So groß wie ein Pferd«, befahl sie. Andrea empfahl der nörgelnden Tochter, die ihr mit einem Mal sehr groß für ihr Alter erschien, nicht mehr so sanft wie vor einem Jahr und noch nicht mal so reizend wie vor einer Stunde, sich nach einem neuen Partner für die Wippe umzuschauen. Roh zerstörte sie alle Kinderhoffnungen auf einen Hund und holte seufzend aus einem von Spielzeug, Jacken und Keksrollen überquellenden Stoffbeutel eine kleine Flasche Limonade heraus. Es machte sie verlegen, dass der von Himbeereis verfleckte Beutel wie ein Futtersack für ein Pferd aussah. Eva trank zu hastig, verschluckte sich und zerstampfte keuchend einen Wurm.

»Ich wusste gar nicht, dass du noch eine so kleine Schwester hast«, sagte Christian.

»Das ist meine Tochter. Und das hast du genau gewusst.«

Mit der Beredsamkeit, die Andrea an den Hausaufsatz in der Obersekunda denken ließ, als sie im Grüneburgpark versucht hatte, am Tag vor dem Abgabetermin Christian Inhalt und Problematik von Fontanes »Effi Briest« nahe zu bringen, er ihr jedoch wortreich die blaue Blume der Romantik erklärt hatte, bestritt der Charmeur jede Absicht, er hätte Andrea das durchsichtigste aller Komplimente machen wollen. Er hob seine Rechte zum Himmel und berührte, weil er dabei das Gleichgewicht verlor, mit der Linken ihr Haar.

»Wie in aller Welt hätte ich auf die Idee kommen sollen, dass diese zauberhafte Puppenfee deine Tochter ist? Du siehst ja selbst noch aus wie ein unschuldiges kleines Mädchen. Und wer, bitte, ist der Schurke, der mir soeben klargemacht hat, dass ich wieder einmal im Leben zu spät gekommen bin?«

Andrea erzählte, als Eva endlich einen jungen Dackel gefunden hatte, der sich streicheln ließ, so kurz, wie ihr geboten schien, von Alfred, seiner Praxis, dass er Pfeife rauchte und sie so gern Tabak roch. Als sie von der Oberfläche der Banalitäten abzugleiten drohte, erwähnte sie versehentlich ihr Studium und – nicht mehr versehentlich – das Einserexamen. Sie berichtete, dass sie nicht berufstätig sei und welche Freude es ihr bereite, sich nicht von den emanzipatorischen Bestrebungen der Zeit vereinnahmen zu lassen. Obwohl sie beim letzten Satz die Ballung aller im Umlauf befindlichen Phrasen bemerkte, gelang ihr ein selbstsicherer Ausdruck.

Christian nickte bewundernd und sagte, Frauen mit eigener Meinung gefielen ihm. Er hatte, fiel Andrea gerührt ein, ja immer einen ausgeprägten Sinn für die Courage der Nonkonformisten gehabt.

»Wahrscheinlich stehst du jetzt auf und machst dich schleunigst aus dem Staub«, lachte sie und staunte sehr, dass sie wenigstens noch die simpelsten Regeln der Koketterie beherrschte. »Verheiratete Frauen sind ja für Männer wie dich Fossilien aus der Steinzeit«, zupfte sie weiter an den Fäden eines Netzes, das sie als ebenso phantasievoll wie souverän diagnostizierte.

»Im Gegenteil. Ich schwärme für verheiratete Frauen. Grüne Witwen finde ich besonders sexy. Sie laden alle ihre Probleme beim eigenen Mann ab, werden ordentlich von ihm eingekleidet, sind beim Liebhaber immer gut aufgelegt, und es gibt nicht gleich einen Weltuntergang, wenn sie mal die Pille vergessen.«

»Schreibst du Theaterstücke?«

»Ich lebe sie«, erwiderte Christian und zauberte den ersten Akt eines heiteren Mysterienspiels unter seine Lider. Sie schwiegen danach so lange, dass Andrea zu zweifeln begann, ob sie vielleicht doch nur den Prolog zum Flirt beherrschte und nicht mehr das Talent für die nachfolgenden Szenen und Dialoge hatte. Ehe ihr aber eine Bemerkung einfiel, die ihr witzig und keck, und in ihrer Zweideutigkeit nicht zu gewagt erschien, sagte Christian: »Wenn dir mal die Decke auf dein hübsches Köpfchen fällt, lass es mich wissen. Ich habe bisher vergebens nach einem Wundermädchen mit Einserexamen Ausschau gehalten. Mit welcher Sprache darf ich bei dir rechnen?«

»Mit Französisch und Italienisch«, erwiderte Andrea überrascht.

»Auch das noch! Französisch! Genau das, was wir suchen. Ich werde nie verstehen, weshalb sich die Leute so schwer tun mit der schönsten Sprache der Welt. Dabei sind unsere lukrativsten Kunden Franzosen. Da ist schnell mal ein Wochenende in Paris drin.«

»Wieso? Ich dachte, in Paris sprechen alle Leute Französisch.«

»Du bist noch gescheiter geworden«, sagte Christian leise.

Der sonnenbestrahlte Langhaardackel mit einer jubelnden Eva an der Leine und einem gutmütigen, kindernärrischen Rentner im Gefolge machte hechelnd Rast zwischen Christians Beinen. Staubaufwirbelnd grub der Pfotenstarke ein großes Loch und akzeptierte einen Keks, Eva ungnädig eine Banane und eine zerstreute Umarmung ihrer Mutter. Der Rentner ließ sich von Christian eine Zigarre schenken, die er ebenso sorgsam beschnüffelte wie der Hund das Plätzchen und die er beglückt in seine Jackentasche steckte. Eva bettelte ohne Charme, mit dem Dackel und ihrem neuen Freund spazieren gehen zu dürfen.

»Aber nur dort, wo ich dich sehen kann, Schätzchen«, mahnte Andrea, »du weißt, Papa will nicht, dass du mit Fremden mitgehst.« Sie fand die Zeit gekommen, wieder auf Alfred zu verweisen, und ihre Lösung erstaunlich diplomatisch.

»Ich kenne Waldi schon immer«, brüllte Eva und rannte mit ihm los. Auch der Rentner versuchte zu hüpfen, seufzte und hinkte angestrengt hinter den beiden Übermütigen her.

»Geht sie schon zur Schule?«

»Nein, erst in den Kindergarten. Doch der hat leider schon für die Feiertage geschlossen.«

»Sag nur, wir haben Weihnachten«, trompetete Christian, »und ich habe wieder mal nichts mitbekommen. Wie lange sitzen wir denn schon hier?«

»Ich sprach von den jüdischen Feiertagen«, erwiderte Andrea. Sie genierte sich des ungelenken Imperfekts, ihres widerstrebenden Tons und am meisten, dass sie Christians verblüfften Blick richtig deutete. »Eva geht in einen jüdischen Kindergarten«, fuhr sie fort, nachdem es ihr gelungen war, die störende Verkrampfung in den Schultern zu lockern und der Stimme jenes Gleichmaß zu geben, das sie für ihre Balance brauchte, »und der schließt an den jüdischen Feiertagen. Will der Herr noch etwas wissen?«

»Was das mit dir zu tun hat.«

»Ich bin jüdisch.«

Er pfiff ordinär und sagte ebenso vulgär: »Donnerwetter«, und auch noch: »Du lieber Gott, das ist vielleicht ein Hammer! So blond wie du habe ich mir eine schöne Jüdin immer vorgestellt, und dass sie jahrelang bei Pfarrer Wegehaupt in den Religionsunterricht geht. Das war doch so, oder lässt mich mein früh gealtertes Hirn total im Stich?«

»Tut es nicht. Ich habe einen Juden geheiratet.«

Andrea erwartete, er würde wieder pfeifen und abermals »Donnerwetter« ausrufen, doch Christian schaute sie mit der Treuherzigkeit an, die ihm bereits auf dem Goethe-Gymnasium den Ruf der Warmherzigkeit gesichert hatte. Sehr ernst und mit einer Spur von Heiserkeit verkündete er: »Für mich ist das irre wichtig, dass du keinen kleinen miesen deutschen Spießer geheiratet hast. Das passt irgendwie zu dir.«

»Mein Mann ist Deutscher.«

»Du hast doch gesagt, er ist Jude.«

»Alfred ist ein deutscher Jude. Deutschland ist sein Vaterland, jüdisch ist er per Glauben.« Sie skandierte jede Silbe.

»Toll, dass es so etwas gibt! Aber ich kapiere einfach nicht, was du mit dem ganzen Kram zu tun hast. Jetzt erzähl mir endlich die ganze Story. Die ist ja spannender als jeder Krimi.«

Andrea konnte nicht eruieren, weshalb sie den Eindruck von Sandkörnern zwischen den Zähnen hatte, ob sie nur verlegen oder schon gekränkt und gereizt war. Es irritierte sie, dass ihr in einem so komplizierten Gespräch zudem noch einfiel, wie wenig Verständnis ihr Mann für den Preis modischer Schuhe hatte und er außerdem seinen elektrischen Rasierapparat immer über dem Waschbecken reinigte und nie die Haare wegspülte. Sie begriff nur eins: Ihr erschien es unzumutbar, Christian von ihrem Übertritt zu erzählen – zu sehr fürchtete sie entweder die aufdringlichen Fragen sensationslüsterner Neugier oder die noch intimeren, für die sie in letzter Zeit selbst keine befriedigenden Antworten gefunden hatte.

Die Erkenntnis, dass die Heiterkeit, die prickelnde Leichtigkeit eines lang vermißten Flirts durch ein einziges, unabsichtlich geäußertes Wort zu einem abrupten und peinlichen Ende zu kommen vermochte und dass dies soeben geschehen war, machte Andrea melancholisch. Es bedrückte sie, dass ihr selbst in einer Situation ohne Größe und Bedeutung Alfreds Gelassenheit fehlte, den Kopf zu heben und das zu sagen, was der Stolz auf Glaubenstreue und Tradition gebot. Andrea dämmerte, dass der Mut der Selbstbewussten sie nie erlösen würde. Ihr fehlten der Stolz, der Glaube und die Tradition.

»Was sind denn das eigentlich für komische Feiertage?«

»Neujahr«, sagte sie und verachtete sich, weil sie gezögert und so vorgegeben hatte, sie müsste sich die Antwort erst überlegen. »Und Jom Kippur. Soll ich dir denn am hellichten Tag Begriffe erklären, die du noch nie gehört hast und nie wieder hören wirst?«

»Natürlich habe ich von Jom Kippur gehört«, widersprach Christian lachend. »Den Jom-Kippur-Krieg kennt doch heute jedes Kind. Da habe ich deine Leit mächtig bewundert.«

Endlich wusste die Verkrampfte, was sie am meisten störte. Es ging ihr nicht allein darum, dass Christian »deine Leit« gesagt und sich in dem anbiedernden jiddischen Singsang produziert hatte, den Alfred sie als Schmähung zu interpretieren gelehrt hatte. In diesem kurzen, banalen Gespräch erkannte Andrea zu deutlich, wie wenig sie sich als Teil jener Gemeinschaft verstand, zu der sie sich soeben hatte bekennen müssen. Sie spürte, dass sie es ohne den Zwang der Umstände nie getan hätte.

Ihre Haut brannte, jeder Nerv vibrierte. Brust und Rücken schmerzten. Das Herz, das zu heftig schlug, war nur noch ein körperliches Organ, nicht mehr der sichere Hort von Treue und Loyalität. Quälend klar wurde Andrea das Wissen, dass sie diesen Tag der Offenbarung nicht mehr würde vergessen können. Sie wünschte sich Evas Fähigkeit, die Rage des Kopfes aus dem Körper zu treten, und sie sehnte sich nach Alfreds zuverlässigen Armen, nach dem Duft seines braunen Tweedjacketts, seinem klingenscharfen Galgenhumor und vor allem nach der Stärke eines Mannes, der geübt war in der Last, Kränkungen hinzunehmen, ohne der eigenen Empfindlichkeit nachzugeben.

Vorbei waren die Tage des Zweifels. Andrea stellte sich dem Urteilsspruch. Sie würde nie lernen, rücksichtslos gegen die eigenen Emotionen vorzugehen. Rabbi Blau hatte ihr den Glauben gewährt, um den sie mit dem Trotz der Liebenden gekämpft hatte, Sara eine gnädige Zeitspanne lang die Hülle dieses Glaubens zu einem mystischen Traum verwoben, doch Andreas Seele war so geblieben, wie sie immer gewesen war. Es fehlten ihr die Stacheln, von denen Alfred behauptete, sie würden jüdischen Kindern im Moment ihrer Geburt wachsen.

Langsam knöpfte sie ihre Jacke zu, stopfte hastig die leere Limonadenflasche, Kekse und eine Kollektion von bunten Kuchenförmchen für den Sandkasten in den Einkaufsbeutel. Sie starrte wie in Trance auf ihre Hände, stand dann aber doch entschlossen auf, rief energisch nach Eva, die zu müde war, um Widerspruch anzumelden, und überreichte dem Rentner die Leine mit seinem winselnden Hund. Ihre Stimme zitterte nicht und auch nicht ihre Hände, denn nun, da sie Bescheid wusste, konnte sie sich wieder mit dem Lächeln der Ahnungslosen betrügen.

»Es war schön«, sagte sie.

»Und nicht das letzte Mal. Da bin ich sicher.«

»So oft geistere ich nun auch wieder nicht in den Frankfurter Parks herum.«

»Deshalb gebe ich dir ja auch meine Karte. Heb sie gut auf. Ich kenne die Frauen. Wenn das Kind erst älter ist, willst du vielleicht auch mal wieder etwas für dich tun. Weißt du, Arbeit macht frei.«

»Ich bin frei.«

»Ach, Andrea, auf die drei Worte hätte ich mein Leben lang geduldig gewartet, wenn ich nur ein Stückchen Hoffnung gehabt hätte. Es kommt der Tag, da du mir das glauben wirst.«

Andrea schaute länger als beim Rückwärtsfahren nötig in den Autospiegel; sie stellte fest, dass ihr Gesicht zu hager war, die

Haut grau, die Hände hausfrauenrot und die unlackierten Nägel zu kurz. Auch die Heimkehr entsprach weder der Norm noch ihren Erwartungen. Ruth, die sonst nie unangemeldet in der Wohnung erschien, hantierte mit einem Blick, den Andrea ohne Umschweife als vorwurfsvoll deutete, in der Küche ihrer Schwiegertochter. Sie hatte den nie benutzten Kupferkessel geputzt, das Gewürzbord neu geordnet und war dabei, die Kacheln über dem Herd blank zu reiben. Andrea brauchte einige Atemzüge, um ihre Stirn zu glätten und ihre Fassung wieder zu finden. Der Gedanke behagte ihr nicht, Eva würde für ihre kombinationsfreudige Großmutter den Nachmittag rekapitulieren und dann bestimmt einen fremden Mann erwähnen. Das tat die Redselige auch, doch sie meinte, als sie von einem »großen, großen Mann« plapperte, den rheumagebeugten Rentner mit seinem Hund. Danach war Ruths hartnäckiger Schatz zu beschäftigt, ihr einen Dackel abzubetteln, den sie an den Feiertagen ausführen wollte.

»Ich hab dich viel mehr lieb als Mami«, lockte die kundige Schmeichlerin.

»Das geht nicht, Herzchen«, erklärte ihr Ruth. »Rosch haschana ist ein ganz ernster Tag. Das weißt du doch. Da fängt das Jahr an, und da musst du besonders brav sein. Was wird der Allmächtige denken, wenn ein kleines Mädchen mit einem Hund in die Synagoge kommt?«

»Und Jom Kippur?«, handelte die Optimistische, »darf da mein neuer Hund mit?«

»Jom Kippur ist noch viel ernster. Das ist der Versöhnungstag. Jom Kippur ist der besondere Sabbat im Jahr. Da wird den ganzen Tag gebetet und gefastet. Aber die Kinder fasten nicht«, fügte Ruth ahnungsvoll hinzu.

»Ich faste ja«, entschied Eva und griff nach einem Apfel. »Die Äpfel sind für Rosch haschana«, kam sie mit tiefer Stimme der

Mahnung zuvor, »die darfst du heute noch nicht essen, Herzchen. Das hat dir doch dein Papa gesagt.«

»So ein kluges Kind«, lobte die Großmutter, »ich habe die Äpfel nur heute schon gekauft, weil sie deine Mama letztes Jahr vergessen hat.«

»Dieses Jahr hätte ich sie nicht vergessen«, sagte Andrea, »ich habe auch den Honig schon gekauft.«

»Du solltest mal zum Ohrenarzt gehen«, unterbrach Ruth das Schweigen, »du redest so laut. Das tun sonst nur Leute, die schlecht hören. Weiß meine Eva auch, weshalb ihre kluge Mama Honig gekauft hat?«

»Für meinen Dackel«, jubelte Eva, doch als sie Ruths Gesicht sah, siegte ihr Mitleid. »An Rosch haschana«, sagte sie gutmütig, »essen wir Honig, damit das Jahr ganz ganz süß wird. Meine Mami«, erzählte sie ihrer Großmutter, von der die Anregung stammte und die deshalb ihr Gesicht tief zur Kaffeetasse herabbeugte, »kommt mit in die Synagoge. Aber du nicht.«

»Nein. Ich bete zu Hause.«

»Warum?«

»Das erkläre ich dir, wenn du älter bist.«

»Ich bin schon älter«, ahmte Andrea ihre Tochter nach und zupfte sie am Pferdeschwanz, wie es Alfred früher bei ihr getan hatte.

Bis zum Jahr ihres Übertritts kannte Andrea die Westend-Synagoge nur von außen. Die war 1910 von bürgerstolzen, liberalen Juden im Vertrauen auf Achtung, Gleichberechtigung und Sicherheit für alle Zeiten errichtet worden. Zum ersten jüdischen Gottesdienst ihres Lebens musste Andrea den weiten Weg von der Heinestraße bis zur Freiherr-vom-Stein-Straße zu Fuß gehen. Ihre hochhackigen Schuhe dämpften sehr bald einen großen Teil ihrer freudigen Erwartung, und sie neidete Eva ihren Platz auf Alfreds Schultern. Schließlich fragte sie ihn, weshalb er, der lässige Liberale, sich zu den hohen Feiertagen strikt an das Verbot des Fahrens hielt.

»Weil ich ein Dreitage-Jude bin. Nur an Rosch haschana und Jom Kippur wissen wir genau, wohin wir gehören.«

»Das Rätsel muss ich noch lösen.«

»Leg's zu den übrigen, meine Süße. Gleich gibt's sie im Dutzend billiger.«

Andrea dachte zurück an einen Sommerabend im Morgenrot ihrer Liebe. Da hatte sie erregt und bewegt vor der Synagoge gestanden. Noch mehr beeindruckt als von den abwehrenden Mauern und der kleinen, wuchtigen Kuppel war die Eifernde von Alfreds Satz gewesen: »Sie wurde am 9. November 1938 nur zerstört, nicht niedergebrannt. Die Nazis hatten Angst, die Flammen könnten auf die umliegenden Häuser übergreifen und das ganze Westend auslöschen.« Seine emotionslosen Worte hatten für Andrea den Maßstab gesetzt, an dem sie künftig Leben messen wollte.

Die Luft war schwer vom Duft der Rosen gewesen, Alfreds Hände hatten auf ihren bloßen Schultern gelegen und sie sich ausgemalt, wie sie noch im Winter ihrer Ehe neben ihrem Mann in der Synagoge sitzen und mit ihm seine Gebete im melodischen Hebräisch sprechen würde. Alfred hatte sie jedoch nie aufgefordert, ihn zum Gottesdienst zu begleiten.

»Musst nicht weinen, Lämmchen«, hatte Sara noch im Jahr zuvor die Ratlose getröstet. »Vielleicht weiß dein Mann besser Bescheid, als du denkst. Es gehört nicht zu den Pflichten einer jüdischen Frau, in die Synagoge zu gehen.«

Zwölf Monate später fragte Ruth ihren Sohn: »Wie erklärst du deiner Frau, dass du die Tochter mitnimmst und nicht die Mutter?«

»Sie wird sich dort einsam vorkommen, Mama.«

»Dazu muss sie nicht erst in die Synagoge, wenn sie mit dir verheiratet ist, mein Sohn. Sag ihr, sie soll ihren Schmuck tragen und das Kind herausputzen. Sonst heißt es gleich, deine Praxis läuft schlecht.«

Obwohl Andrea bereits in ihrem glutvollen Mittsommernachtstraum erfahren hatte, dass Männer und Frauen in einer Synagoge nicht zusammensitzen, war sie dennoch überrascht, als Alfred ihr am Ziel eine Platzkarte in die Hand drückte. Er küsste sie ungeniert vor einer Gruppe diskutierender Jugendlicher, sagte: »Bete dir etwas Gutes aus«, und steuerte mit Eva auf eine Gruppe von Männern zu, die eifrig im Vorraum der Synagoge debattierten.

»Muss Eva denn nicht mit zu den Frauen?«

»Jüdische Kinder sind allergisch gegen Verbote. Ihre Eltern übrigens auch. Unten kann sie besser herumtoben.«

Verwirrt kletterte Andrea eine steinerne Treppe hoch. Verzagt drängte sie sich durch kreischende Kinder, an Frauen vorbei, die sich ebenso angeregt unterhielten wie die Männer im Parterre. Unschlüssig stand sie an der Brüstung der Frauenempore. Als sie hinabsah, entdeckte sie Alfred mit Hermann an einer Säule. Beide deuteten nach oben und lachten. Nur mit der Hilfe von zwei Frauen, deren Gespräch sie unterbrechen musste und die sie ungeniert anstarrten, fand die Verschüchterte ihren Platz und wusste nicht, ob sie zu sitzen oder zu stehen hatte. Zu ihrer Rechten stand eine fromme Alte im Kopftuch und betete, zur Linken redete eine mondäne Üppige in einem rosa Kostüm und mit blauem Schleierhut auf eine junge Mutter ein. Die fütterte ihr Baby mit Karottenbrei aus dem Glas und übergab es dann lachend ihrer Nachbarin. Bald wanderte das krähende Kind von einer Frau zur anderen, wurde von allen abgeküsst und kam wieder bei der Mutter an, als die gerade zu beten begonnen hatte.

Für Andrea war das jubelnde Baby die einzige Konstante in einem Vexierspiel, das nur sie nicht durchschaute. Sehr bald wurde ihr indes klar, dass eine Synagoge nicht nur ein Gotteshaus ist, sondern im ursprünglichen Sinn des griechischen Wortes Ort der Versammlung. Mit der Sensibilität der unfreiwilligen Statistin spürte sie, dass jeder außer ihr zu einer Gemeinschaft von Schicksalsgenossen gehörte und vereint war durch Erfahrungen, Glauben und Tradition. Die Außenseiterin konnte auch dem Gottesdienst nicht folgen – sie verstand weder die hebräischen Gesänge des Kantors, noch wusste sie, an welcher Stelle sie das Gebetbuch aufzuschlagen hatte.

Aus einem Schrein wurden zwei Thorarollen gehoben, durch den Raum getragen und ehrfürchtig von Männern in weißen Gebetsmänteln oder schmalen weißen Gebetsschals geküsst. Einmal meinte die Verlorene, Alfred zu sehen; sie grübelte, was aus Eva geworden war, entdeckte auf der ihr gegenüberliegenden Seite Rachel in einem Pulk junger Frauen, traute sich jedoch nicht, zu ihr zu gehen. Die Thorarollen wurden aufgewickelt, lange und monoton aus ihnen gelesen. Einige Männer standen auf und gingen hinaus, Frauen umarmten sich und begrüßten Neuankömmlinge, andere beugten sich über die Brüstung, winkten den Männern zu und küssten aufgeregt zappelnde Kinder, deren Fröhlichkeit so gewaltig war wie die Kraft ihrer Stimmen. Ein Greis schlug auf das Gebetspult und schrie um Ruhe.

Andrea fiel der Biologielehrer ein, der seinen lärmenden Schülern vorzuwerfen pflegte: »Hier geht's zu wie in der Judeschul.« Sie schämte sich ihres Gedächtnisses, starrte an die Decke, in eine blaue Kuppel mit silbernen Sternen, schaute wieder nach unten auf die Woge der bunten Käppchen der Männer und identifizierte den, der in sich gekehrt mit schwarzer Kopfbedeckung an einem Pult vor dem Thoraschrein saß, als Rabbi Blau. In aufwallender Panik wähnte Andrea, sie hätte laut gelacht. Verschreckt griff sie sich an ihren Hals und konnte nicht mehr schlucken.

Die eintönigen Gesänge, Kinder, die sich fordernd an ihr vorbeidrängelten, die eigene Teilnahmslosigkeit zerlöcherten Stück um Stück Andreas Selbstsicherheit. Ihr wurde übel von der Hitze und dem Duft schweren Parfüms. Erschöpft schloss sie die Augen und fuhr entsetzt hoch, als sie an eine weiche Brust gedrückt wurde. Sie hörte vertraute, kichernde Laute und konnte ihre Tränen nicht mehr halten. »Halina, Gott sei Dank. Was machst du hier?«

»Alfred hat mir gesagt, ich soll mich um dich kümmern. Warum weinst du denn?«

»Ich will mich nur noch in ein tiefes Loch verkriechen. Mir ist alles so fremd. Ich weiß noch nicht mal, wo Eva ist.«

»Armes Häschen! Du bist doch nicht in der Kirche. Hier wird nicht nur gebetet. Hier wird gelebt. Eva spielt am Brunnen. Beim Schofarblasen taucht sie von selbst auf.«

Andrea wusste, dass der Schofar aus dem ausgehöhlten Horn eines Widders besteht und zum Zeichen der Einkehr an Rosch haschana geblasen wird. Nie aber sollte sie erspüren, welch tiefe geistige Kraft dem Symbol innewohnt. Beim ersten klagenden und doch erfüllten Ton verstummte jeder unheilige Laut. Männer neigten den Kopf, Frauen wurden starr und stumm, schweigend drängten sich die Kinder um den, der im Namen des Schöpfers mahnte. Andrea sah Lea und Eva am Gebetspult stehen. Väter hielten ihre Söhne an der Hand. An Alfred schmiegte sich Marco.

Der letzte Ton des Schofars erklang. Nur eine hatte nicht um Gottes Gnade und Vergebung gefleht. Die hatte im Moment der großen Stille nur das Schlagen einer Tür vernommen. So heftig sich auch Andrea gegen den Würgegriff der Erkenntnis wehrte, machte ihr dieser zufällige Schlag bewusst, dass sich ihr soeben und auf immer die Pforte zu Alfreds Welt verschlossen hatte. Sie verhüllte nicht ihr Gesicht, als sie die Wahrheit niederschlug. An

Halinas beruhigenden Körper gelehnt, wartete sie ergeben auf das Sterben ihres Herzens.

»Du bist so blass«, sagte Alfred, als er Andrea vor der Synagoge wieder traf, »haben dich die Juden so angestrengt? Dir muss doch alles total fremd gewesen sein.«

»Überhaupt nicht«, widersprach die Betrogene, »ich fand es wahnsinnig interessant.«

»Gib deinem Mann einen Kuss, meine tapfere kleine Preußin. An Rosch haschana darf man nicht lügen. Da entscheidet Gott unser Schicksal.«

13

Halina wachte in noch besserer Laune auf als sonst und umarmte spontan das Leben. Sie zwitscherte mit dem Wellensittich im Duett und bot ihm als Trostpreis für die Niederlage im ungleichen Sängerwettstreit einen Platz auf ihrer bettwarmen Schulter an. Nach einer schnäbelnden Viertelstunde flog der Vogel auf die Schabracke der frühlingsgrünen Gardine und stimmte das Hohe Lied der Zufriedenheit an. Weil Halina ihm trotz ihrer beflügelnden Ekstase nicht folgen konnte, nahm sie Marcos Teddy mit ins Badezimmer.

Dem himmelblauen Liebesboten, der immer noch zu plötzlich ausbrechenden Krankheiten neigte und dann nicht nur mittwochs von einem Kinderarzt versorgt werden wollte, schmierte die Übermütige einen Klecks Zahnpasta auf die Schnauze. Der mit der Weltkarte bedruckte Wasserball, ein pädagogisch wertvolles Geschenk von Alfred an Marco, weil der sehr viel mehr Schwierigkeiten mit der realen Welt als mit der seiner Wünsche zu haben pflegte, wurde prustend aufgeblasen. Schon beim zweiten Wurf landete er in der randvoll gefüllten Badewanne. Afrika und der winzige Punkt, der Jerusalem anzeigte, tauchten aus einer Schaumwolke auf. Erfreut schmetterte Halina die Hatikwa. Sie nahm sich vor, die Nationalhymne ihrer Herzensheimat endlich der bedauernswerten Eva beizubringen, deren Mutter immer noch Moische Teitelbaums für den rituellen Gebrauch bestimmtes Hebräisch mit dem modernen israelischen Iwrith verwechselte.

Unter der azurblauen Badematte, die sie auf Befehl ihres

prinzlichen Sohns für das Jahrestreffen der Weltmonarchen mit goldenen Sternen und silbernen Halbmonden bestickt hatte, entdeckte Halina ihren rotweiß gestreiften Bikini. Für sein Auftauchen hatte sie am Tag zuvor bei Marco und einem Freund, der allerdings den Umgang mit reizvoller Damenwäsche nicht gewohnt und deshalb beim Durchwühlen von Schränken und Schubladen sehr abgelenkt gewesen war, ohne Erfolg ein Kopfgeld ausgesetzt.

Beglückt, jedoch nicht ohne Anstrengung probierte sie den Bikini an, ungebrochenen Mutes streckte sie ihrem Spiegelbild eine schokoladengefärbte Zunge entgegen. Trotzdem beschloss die Füllige, Marco als Mittagessen den Partnerbecher im Eissalon »Capri« anzubieten, für den er trotz wiederholten Scheiterns an der übergroßen Menge schwärmte. Sie selbst wollte es bei einem Eiskaffee belassen – ausnahmsweise mit der im Lokal üblichen Portion Schlagsahne und nicht mit der von einem verliebten Kellner eigens für »Signora Halina« kreierten Turm aus Sünde mit Krokant, Pistazien und Eierlikör. Trotz großzügigster Auslegung der in der Boutique nicht bemerkten Rundungen um Taille, Brust und Bauch erschien der Meisterin des Optimismus der erst vor drei Wochen gekaufte Bikini bemerkenswert knapp.

Nach einem überaus langen Telefongespräch mit ihrer stets unglücklichen Freundin Janine, der Halina riet, den Mann und den Chef zu verlassen und nach Peru zu reisen, was ihr einst selbst überaus wohlgetan hätte, legte sie animiert den Hörer zurück und eine Platte mit israelischen Liedern auf. Eine Weile räkelte sich die Fröhliche auf ihrem Bett herum und träumte von der Süße des Lebens. Mit halb geschlossenen Augen blickte sie auf das Meer von Tel Aviv, das sanft an den Strand schlug. Sie legte sich in eine Welle von Wärme und Freude und hörte trotz der lauten Musik die jungen, tief gebräunten Männer, die im weichen Sand Ball spielten, den schönen Frauen nachpfeifen.

Der frisch gepresste Orangensaft, der an vielen Straßenecken in Tel Aviv angeboten wird, fiel ihr ein. Noch während sie sich an der Farbenpracht der Früchte berauschte, forderte ihr Magen Oliven, frisch gebackenes Brot und Wein. Wenigstens Wein hatte sie noch im Kühlschrank. Er rann durch die Kehle und machte aus Vorsätzen ein Spinnengewebe von Verlockungen.

Als nach einem rhythmisch mitreißenden und sehr erinnerungsträchtigen Lied die ersten Töne einer Hora erklangen, sprang Halina vom Bett und erlöste den Teddy aus dem Bad. Mit dem Listigen wirbelte sie so schnell im Kreis herum, dass ihr schwindelte. Atemlos ließ sie sich auf das Bett fallen. Nicht nur die Möbel, Bilder und der lila Bademantel kreisten um sie. Ihr war übel. Für einen kurzen Augenblick kam Halina der vage Verdacht, sie könnte schwanger sein.

Sie war noch mehr belustigt als erstaunt; an eine so prompte Konsequenz ihrer Entscheidungsfreudigkeit mochte sie schon deshalb noch nicht glauben, weil sie zwar die beabsichtigte Veränderung des Lebens begrüßte, der Zeitpunkt zur Klärung der näheren Umstände ihr jedoch äußerst ungelegen kam. Es blieb ihr nur ein einziger Tag vor den Schulferien.

»Nicht wahr, du würdest doch auch nicht gleich in die Apotheke sausen?«, fragte sie den Teddy. Der stimmte schweigend zu. Schließlich war er ein deus ex machina mit langjähriger Erfahrung, der sein Talent zur Rettung von prekären Situationen nicht vor der Zeit verschliss.

Der Anflug von Übelkeit ließ rasch nach. Im Rückblick bewog er Halina keineswegs dazu, sich nur wegen einer momentanen Verblüffung statt mit der Gegenwart mit der Zukunft zu beschäftigen. Sie verwarf auch den Gedanken als ihrer unwürdig, in Anbetracht der neuen Umstände noch einmal nach ihrem seit längerer Zeit vermissten Taschenkalender zu suchen. Selten trug die Flüchtige Details ein, die für körperliche Befindlichkeiten aufschlussreich waren, sondern notierte eher Empfindungen, Wünsche und manchmal auch Erkenntnisse, die ihr als Bestätigung dienen sollten, sie würde ihr Leben überblicken. Als sie ihre Brust befühlte, war sie schon nicht mehr aufmerksam genug, um sich zu erinnern, dass diese Selbstdiagnose bereits bei der ersten Schwangerschaft unzuverlässig gewesen war. Beim Blick in den Spiegel stellte sie nicht die geringste Veränderung fest.

Die eingängige Melodie des letzten Lieds der Platte mitsummend, schüttelte Halina selbstbestätigend den Kopf. Alfreds Porträt, das Marco auf dem Siedepunkt einer hitzigen Diskussion zwischen seiner Mutter und dem Behüter seiner Kindheit in einem kühnen Lila gemalt hatte, teilte die immer noch vom Rotwein Angeheiterte mit: »Aufgeschoben ist nicht aufgehoben.«

Die Koffer waren für die Israelreise gepackt, Alfreds unerwartet großzügige Aufstockung des Reiseetats bereits in Dollar umgewechselt und Sara sehr leicht für die Versorgung der Blumen und mit viel Charme für die des Wellensittichs gewonnen worden. Halina, seit Wochen in Hochstimmung bei dem Gedanken an das Wiedersehen mit Freunden, Verwandten, frühen Anbetern und den spät Hoffenden ihres letzten Besuchs, wurde noch euphorischer bei der Aussicht, dass dieses Mal ihre Israelreise sehr anders sein würde als jede andere.

Mehr als nur durch eine Distanz, die sich nach Kilometern berechnen ließ, getrennt von dem Mann, der Ursache ihrer Schübe von Nachdenklichkeit geworden war, plante Halina, sich nur mit sich selbst zu beschäftigen. In der von den psychologischen Büchern empfohlenen Muße, von denen sie gerade in letzter Zeit etliche durchgearbeitet hatte, galt es zu prüfen, ob sie tatsächlich einen Kampf aufnehmen wollte, der ihren Prinzipien widersprach. Selbst ihr unbekümmertes Naturell schützte sie nämlich nicht vor der gelegentlichen Vermutung, sie könnte sich zu spontan gegen ihre Freiheit entschieden haben.

Auch um Marcos willen mochte Halina ihre Pläne nicht im letzten Moment ändern. Trotz seiner Flugerfahrung fieberte er der Reise mit jenem Verlangen entgegen, das bei neunjährigen Jungen unaufhörlich den Glauben nährt, sie seien auserkoren, die Welt neu zu entdecken. Marcos Mutter hatte, was seine Sohnesliebe auf einen neuen Zenit der Bewunderung trieb, zwei Monate lang auch eine ihn sehr erregende Verbindung zu einem Flugkapitän der El Al gehalten.

Bei Halina hatte der Reiz der Abwechslung zu ihrer Verblüffung noch nicht einmal an die selbstbestätigende Pforte eines intimen Verhältnisses geführt. Der Einsatzplan des Piloten hatte zu häufig mit den für Alfred reservierten Mittwochnachmittagen kollidiert, und auf die wollte sie Marcos wegen nicht verzichten und auch aus Gründen, die sie sich im Bewusstsein der weitreichenden Folgen noch nicht eingestehen mochte. Nur war Halina seit der Begegnung mit Andrea in der Synagoge aufgefallen, dass sie ausgerechnet immer am Mittwochabend jene romantischen Zukunftsbilder jüdischen Familienlebens entwarf, die sie in ihrer Jugend als überholten bürgerlichen Kitsch abgetan hatte.

An den wenigen Wochenenden, die der lebensfrohe Flugkapitän Dan in Frankfurt verbrachte, hatten ihn Halinas phantasievolle Abfuhren und ihre souveräne Hinhaltetechnik nicht so tangiert, wie negative Bescheide es sonst bei jungen, erfolgsgewohnten Männern tun – seine Frau in Eilath stand kurz vor der Geburt ihres zweiten Kindes. Halina war ihm zwar vor jedem Treffen begehrenswerter erschienen als jede andere Frau in den von ihm angeflogenen Flughäfen, doch in dem Augenblick, da er aus der erotischen Theorie ehebrecherische Wirklichkeit machen wollte, war Halina dem jungen Mann immer ein wenig zu aufregend und kompliziert gewesen. Als Abschiedsgeschenk versprach der abgewiesene Buhler seiner Angebeteten, er würde sein Möglichstes tun, um ihr auf ihrer nächsten Reise einen Platz in der Businessclass zu verschaffen. Marco konnte er bindend einen Besuch im Cockpit zusichern. Der beschäftigte sich seit diesem Tag nur noch mit seiner Zukunft und wollte Astronaut werden.

Für Halina war eine eventuelle Schwangerschaft also kein ausreichender Grund, ihren Sohn zu enttäuschen und eine Reise zu verschieben, die von der beabsichtigten Dauer her nur in den Schulferien möglich war. Gerade die eben vergangene letzte halbe Stunde hatte ihr wieder einmal klargemacht, dass sie die Zeit brauchte, um herauszufinden, weshalb sie sich nicht mehr in der vitalisierenden Unbesorgtheit ihrer Jugend auf ihr Freiheitsbedürfnis verlassen konnte.

Eine weitere Überlegung kam hinzu: Halina hatte beschlossen, sich nicht länger mit ihren lange Zeit bewährten Aushilfsjobs zu begnügen. Obwohl Alfreds Zuwendungen enorm waren, wollte sie einen Beruf mit festem Einkommen. Wenn dies gelingen sollte, konnte sie ihre Israelreise gar nicht verschieben. Ihr war nämlich die Stelle als Iwrithlehrerin an der Frankfurter jüdischen Schule nur unter der Voraussetzung zugesichert worden, dass sie zuvor ihre Ausbildung belegte.

Dies wiederum konnte ihr, wenn überhaupt, nur mit der Hilfe eines Onkels in Tel Aviv gelingen. An dessen Gastfreundschaft erinnerte sie sich deshalb so detailliert, weil er sie als Siebzehnjährige in der Zeitspanne hatte verführen wollen, die seine Frau für den Einkauf von einem Brot und zwei Pfund Zwiebeln benötigte. Diesen schnell entschlossenen Praktiker wollte Halina davon überzeugen, dass es für einen angesehenen Beamten der Einwanderungsbehörde eine unbedeutende Nebensächlichkeit sein müsse, seine guten Beziehungen für seine immer noch reizvolle Nichte zu nutzen. Immerhin hatte diese fleißige Mutter eines optimal geratenen Sohns, der eine erstklassige Ausbildung brauchen würde, einst zwei Semester in Jerusalem studiert. Ihrer

Meinung nach forderte die Hilfesuchende nun nichts anderes als ein wenig Familienbewusstsein von ihrem feinschmeckerischen Verwandten – er sollte ihr vor ihrer Rückreise nach Deutschland ein ernst zu nehmendes Dokument beschaffen, das ein abgeschlossenes Studium belegte. Die ihr für diese Herausforderung zur Verfügung stehende Zeit mochte Halina wahrlich nicht damit vertun, einem ungläubigen Geliebten zu erklären, weshalb sie ihn nicht rechtzeitig von ihrem schicksalhaften Entschluss in Kenntnis gesetzt hatte, ihn zum Vater zu machen.

»Das ist der schönste Tag in meinem Leben«, schrie Marco zu seiner Mutter hinüber und winkte seine imaginären Untertanen herbei.

»Das sagst du jeden Tag.«

»Es ist jeden Tag so.«

Der Sohn der Sonne hatte ein zitronengelbes T-Shirt an, das seinen dunklen Teint betonte und ihm einen Ausdruck engelhafter Unschuld verlieh. Er saß auf einem mit dem üppigen Handgepäck voll beladenen Wagen in der Abflughalle des Frankfurter Flughafens und flirtete im Drang nach männlicher Bewährung mit der eigenen Mutter, doch er vergaß sie umgehend, als er in einer Menschenmenge Alfreds Rücken entdeckte. Der steckte in einer neuen weißen Leinenjacke.

Hätte Odysseus einen neunjährigen Sohn gehabt, wäre der saumselige Weltenwanderer nicht staunender und mit mehr Herzensjubel begrüßt worden als von diesem zur Anhänglichkeit und Liebe talentierten Kind. Es sprang händeklatschend von seinem Thron und brüllte so gellend: »Mein Vater, mein Vater«, als würde er tatsächlich glauben, der Traum seiner großen Sehnsucht wäre endlich wahr geworden. Alfred schleppte eine riesige Tüte, aus der eine Polaroidkamera, drei dicke Comic-Hefte und der silber glänzende Flügel eines Modellflugzeugs hervorschauten. In der anderen Hand hatte er einen winzigen milchkaffeebraunen Stoffbären, der die blauweiße Fahne Israels mit dem Davidstern in der Pfote hielt. Es war mittags um zwei.

»Sieh zu, dass wenigstens dieser Teddy sechs Wochen am Stück gesund bleibt«, zwinkerte Alfred dem freudetaumelnden Marco zu. »Onkel Alfred hat Hausarrest und kann nichts für Bären tun, die sich in Tel Aviv die Grippe holen. Und sorgt dafür, dass er mir eine Postkarte schreibt.«

»In die Praxis«, zwinkerte Marco zurück.

»Mein Mann, mein Mann«, seufzte Halina theatralisch. »Der ist leider meschugge, doch wir haben ihm für die Ferien einen Platz in einem guten Heim beschafft.«

»Nebbich«, sagte Alfred.

Er umarmte Halina so lange und küsste sie so innig, als sei sie gerade von ihrer Reise zurückgekommen und sollte nicht erst losfliegen. Zum ersten Mal unterließ er es, sich in der Öffentlichkeit nach den bekannten Gesichtern umzusehen, die er fürchtete, weil es in der Jüdischen Gemeinde Frankfurt für besonders delikaten Klatsch besonders gut funktionierende Buschtrommeln gab.

»Euch beide kann man keinen Moment allein lassen«, schimpfte er, durchwühlte Marcos Locken und wusste, weshalb nur er den Seufzer hörte.

»Wir hätten längst fort sein müssen. Aber wir fliegen mit drei Stunden Verspätung ab.«

»Und warum glaubst du, dass ich hier bin? Ich habe bei der El Al angerufen und es erfahren. Ich wollte Marco noch eine Freude machen. Typisch, dass so eine Chaotin wie du einen ganzen Flugplan durcheinander bringt. Und dann schaust du noch aus, als gäbe es für dich nichts Schöneres im Leben, als die Zeit totzuschlagen. Meine vornehme, kluge Preußin hätte längst alles kurz und klein geschlagen.«

»Das glaubst du doch selbst nicht. Die ist viel zu gut erzogen, um Gefühle zu zeigen. Manchmal glaube ich, du liebst mich.«

»Manchmal glaube ich es leider auch. Wenn das meine einzige Sünde wäre, könnte ich besser schlafen.«

»Marco?«

»Halt den Mund, er weiß auch so schon zu viel. Komm, lass uns was trinken gehen. Für mich einen doppelten Becher vom Saft des Vergessens. Lethe nannten ihn die glücklichen Griechen. Aber die unschuldigen Kinder Israels hat Gott mit dem Versprechen auf Milch und Honig in die Wüste gelockt und sie für alle Zeiten zu einem guten Gedächtnis verdammt. Ist dir schon mal aufgefallen, dass wir uns Jahr für Jahr zu Pessach dieselbe Geschichte erzählen lassen und dann auch noch so tun müssen, als hätten wir sie eben erst erfahren? Das ist alles nur ein heimtückisches Training für Menschen, die von früh an lernen, in die Vergangenheit und nicht in die Zukunft zu schauen.«

»Für diesen Satz werde ich dich mein ganzes Leben lieben.«

»Das hast du schon mal gesagt.«

»Nu, hast du nicht eben gesagt, dass die Juden alles wiederholen müssen?«

Sie saßen zu dritt an einer Bartheke aus Spiegelglas, schnitten sich selbst Grimassen und erblickten ausgelassene Clowns, ließen ihre Köpfe von einem wirbelnden Ventilator in Form eines nostalgischen Propellers kühlen, der von einer mit luftigen Wolken ausgepolsterten Decke herabhing, und wurden im samtenen Schoß der geborgten Zeit eine Familie auf Abruf. Zwei von ihnen tranken Cola mit zu viel Rum, und einer vergaß wieder einmal, dass er sich in seiner Güte und in der Einfalt seiner Illusionen geschworen hatte, niemandem je ein Leid zuzufügen. Beide waren beschwipst und wollten es sein. Alfred wurde erst sentimental, dann wehmütig und doch zu jung für die Melancholie des Lebens. Sie sprachen von ihrer ersten gemeinsamen

Reise, sahen einander an und falteten aus weißrot gepunkteten Papierservietten Schiffchen mit bunten Cocktailspießen als Schornsteine. Alfred verschluckte sich an einer Zitronenscheibe, die die Wissende dem Ahnungsvollen in den Mund schob.

Aus dem Berg von Erinnerungen klaubten sie das größte Stück Lebenslust heraus. Danach konnten sie schon gar nicht mehr aufhören zu lachen, denn Alfred fiel ein, wie Halina barfuß und in einer durchsichtigen schwarzen Bluse, die er ihr genau beschrieb, vor einem Straßencafé in Tel Aviv getanzt hatte, weil sie Geld brauchten, um Ruth ein Telegramm mit dem Hinweis auf die Mittellosigkeit ihres Sohnes zu schicken.

»Als ob uns meine Mutter vor dem Armenhaus bewahrt hätte. Was waren wir doch einfältige Kinder«, seufzte Alfred, »und so unverschämt glücklich.«

»Ich auch«, gluckste Marco und blies mit einem Strohhalm eine rosa Schaumwoge in sein Glas, »ich war ganz unverschämt.« Er breitete seine Arme aus, und als er von seinem Flug zur Milchstraße zurückkehrte, schlang er sie um Alfreds heißen Körper.

»Du warst damals noch gar nicht geboren. Du warst ein süßer kleiner grüner Frosch im großen großen Teich.«

»Achtung, Marco! Deine süße Halinamama hält dich für ein kleines, kleines Baby. Das würde ich mir an deiner Stelle nicht gefallen lassen. Du bist ein Mann, mein Sohn.«

»Lass sie«, erkannte der Weise, der kichernd das Ausgleiten einer schweren Zunge bemerkt hatte. »Wenn sie noch ein Kind kriegt«, überlegte er, »macht sie das nicht mehr.«

»Betrüg mich nicht zu sehr«, lächelte Alfred, als um fünf Uhr der Flug aufgerufen wurde und er Marco so fest an sich drückte, dass ihm die Last seiner Sünde in den letzten drei Stunden um etliche Kilo schwerer geworden schien.

»Auch das habe ich schon mal gesagt. Du siehst, es hat sich nichts geändert seit damals.«

»Doch«, widersprach Halina, »es hat sich alles geändert. Der Teufel soll dich holen. Diesmal möchte ich nämlich auch nicht, dass du mich betrügst.«

»Keine Gefahr. Neuerdings sind wir furchtbar sensibel. Wir haben oft brechende Kopfschmerzen und können nur auf der Couch im Wohnzimmer Schlaf finden.«

»Das hast du nicht verdient.«

»Und ob ich es verdiene!«

Alfred erreichte die Heinestraße mit nur fünf Minuten Verspätung und an der letzten Ampel mit der Erkenntnis, dass sowohl seine Hetze als auch die polizeiliche Verwarnung wegen Übertretens der zulässigen Geschwindigkeit überflüssig gewesen waren. Ergrimmt zerknüllte er das Papier von den zehn Baccararosen, denen die Fahrt vom Flughafen ebenso wenig bekommen war wie ihm. Er hatte an einem ganz gewöhnlichen Mittwoch vergessen, welches Kind und welche Frau ihm bestimmt waren. Andrea und Eva würden frühstens in zwei Stunden aus Bad Homburg zurückkehren.

Ehe Alfred jedoch dazu kam, die Wohnungstür aufzuschließen, riss sie Andrea von innen auf und rief so erlöst: »Endlich!«, dass ihm die Vorstellung schwer fiel, das schuldzuweisende Wort wäre nur der Stoßseufzer einer überpünktlichen Ehefrau, die sich um ihren Mann geängstigt hatte. Hastig stopfte er das feuchte Papier mit dem verräterischen Aufdruck des Blumengeschäftes vom Flughafen in die Jackentasche und überlegte, weil ihn Andreas verwunderliche Aufmachung verunsicherte, ob er männlich staunend pfeifen sollte.

In einem Augenblick von so mangelnder Souveränität misstraute er indes seinen schauspielerischen Fähigkeiten und begnügte sich mit dem Blick eines Düpierten, dem eine unerwartete Freude zuteil geworden ist.

»Wo ist denn meine Lieblingstochter?«, fragte er, ein wenig

beruhigt, weil ihm ein Scherz eingefallen war, den Andrea noch nicht kannte, doch sie bemerkte ihn nicht.

»Ich habe sie nicht nach Hause bekommen. Gnädiges Fräulein wollte mit seinem Opa unbedingt noch das Baumhaus vom letzten Mal fertig bauen und hat wie ein Waschweib gezetert, als ich fort wollte. Doch mir war das gar nicht so unrecht. Wann haben wir schon mal einen Abend für uns?«

»Komisch, das habe ich heute auch gedacht«, parierte Alfred und überreichte seiner Frau erleichtert die Rosen.

Andrea hatte ein ärmelloses rotes Taftkleid an, das ihre schlanke Taille und die schmalen Hüften betonte. Bei der geringsten Bewegung wurde durch den langen Schlitz im Rockteil ihr linkes Bein sichtbar. Es steckte in einer feinen schwarzen Netzstrumpfhose. Das hauteng ansitzende Oberteil des Kleids wurde von zwei extrem schmalen Trägern gehalten. An einem steckte ein kleiner, strassbesetzter Clip in Schmetterlingsform, der den Verblüfften an die Haarklammern seiner Tochter erinnerte. Andreas feines Haar, sonst immer zu einem adretten Pferdeschwanz mit der zur jeweiligen Bluse farblich passenden Schleife gebunden, fiel als mondlichtheller Schleier auf ihre nackten Schultern. Obwohl der beginnende Abend immer noch belastend schwül und die Luft schwer von Feuchtigkeit waren, sagte der perlmuttrosa schimmernde Mund kein Wort von Kopfschmerzen, sondern lächelte so entzückend und willkommenverheißend, wie er es seit Wochen nicht mehr getan hatte.

»Sag nur, ich gehör schon zu den Ehekrüppeln, die den Hochzeitstag vergessen?«

»Du hast ihn in all den Jahren nicht vergessen, Bärchen. Da wirst du doch heute auch noch wissen, dass wir im Mai geheiratet haben und nicht im August.«

Noch während Andrea sprach und ihn erwartungsvoll

fixierte, als müsste er auf der Stelle ein Rätsel von eminenter Bedeutung für seine Zukunft lösen, kam Alfred der Gedanke, er hätte die gleiche Situation schon einmal erlebt. Nervös forschte er nach den näheren Umständen. Das letzte Wort führte ihn mit der Sicherheit eines erfahrenen Lotsen so unmittelbar auf die richtige Spur, dass ihm schwindelte. Stein um Stein sah er die Mauern seiner Festung einstürzen und durfte sich doch mit keiner einzigen abwehrenden Bewegung schützen. Als hätte ihn nach langen Jahren der Blindheit ein einziger Blitz sehend gemacht, fiel dem Klarsichtigen der Tag von Andreas Examen ein, als er von ihrer Schwangerschaft erfahren hatte.

Alfred sah seine Frau in der altmodischen weißen Bluse und dem karierten Wollplaid ihrer Großtante Charlotte vor sich stehen. Sie sah so absurd aus wie nun in dem roten Kleid. Er spürte das gleiche körperliche Unbehagen wie beim ersten Mal. Nur zweifelte der Widerstrebende bei der Wiederaufnahme des grotesken Stücks auch an seinem psychischen Zustand, denn er begriff, dass sein Zorn deshalb so ungerecht und irrational war, weil er ihm den Spiegel vorhielt, in den er schon den ganzen Nachmittag hatte blicken müssen. »Ach«, sagte Alfred, und nach einer Weile »so«. Es gelang ihm, nicht zu seufzen, doch er ballte die Faust in der Tasche. Das Blumenpapier hatte die Feuchtigkeit gestaut. Vergeblich versuchte er, seine Finger aneinander trockenzureiben, schaute vorwurfsvoll auf die ausgebeulte Tasche seines Jacketts und ärgerte sich, schon wieder zu heftig und im Bewusstsein, dass er zu keiner logischen Überlegung mehr fähig war, wie wenig Andrea es noch bemerkte, wenn er ein neues Kleidungsstück trug. Ihm fiel ein, dass sie einst darauf bestanden hatte, ihm seine Krawatten auszusuchen, und wie er die dunkelblaue mit den zu großen gelben Punkten um der Liebe willen eine ganze Woche lang getragen hatte.

»Du siehst aus wie mein Großonkel Jakob«, hörte er Ruth

sagen, »der hat sich aber wenigstens vor der Hochzeit taufen lassen.«

Verdrossen tauchte der Sohn aus dem Nebel der Vergangenheit auf. Resigniert begriff er, dass das Schicksal tatsächlich ironisch genug war, einem Sünder bei der Wiederholung seiner Lebenskapitel kein einziges Detail zu ersparen. Ihm fiel ein Stück von Max Frisch ein, das ihn sehr beeindruckt hatte. Er fühlte sich befreit, als er sich schließlich an den Titel erinnerte.

»Biografie: Ein Spiel«, murmelte Alfred und erschrak, weil er sich sprechen hörte und immer noch das falsche Wort sagte. Melancholisch machte er sich bereit, sich der Wirklichkeit zu stellen. Er war dabei, zum zweiten Mal Vater zu werden, ohne es zu wollen.

»Du siehst bezaubernd aus, Loreley«, lächelte er. Ergeben wartete er auf den Moment, da auch seine Frau, wie vor zwei Stunden seine Geliebte, bemerken würde, dass er zu Wiederholungen neigte, doch Andrea gab kein kopfnickendes Zeichen des Wiedererkennens. Zärtlich umarmte sie den verlegenen Routinier und holte seine Rechte aus der Tasche heraus. Als hätte sie Amors erster Pfeil auf immer gegen die Tücke von Wissen und Zeit gefeit, zog sie den Büßer in das Paradies, in dem einst der Traum von der Liebe zur Reife erblüht war. Der Sturm hatte die Bäume entwurzelt und die Wolken vom Himmel gerissen. Nur der verbotene Apfel war unversehrt. Adam trug Sack und Asche, Eva ein zu enges Kleid aus rotem Taft.

Der runde Tisch auf der frisch geputzten Terrasse war mit einer weißen Satindecke geschmückt, auf der goldfarbige Plastikblätter als Glasuntersetzer lagen. Alfred fand sie geschmacklos, doch er berührte mit einem Finger Andreas Bein und schnalzte mit der Zunge.

»Schrecklich schön«, sagte er trotzdem.

»Und praktisch«, lachte Andrea zurück.

Eine Pfirsichbowle war angerichtet; akkurat geschnittene Fruchtachtel und zwei ertrunkene Bienen schwammen in einem goldgelben Wein, von dem Alfred vermutete, dass der viel zu süß für eine Bowle war. Er ertappte sich dabei, dass er aus den Pfirsichscheiben gleichschenkelige Dreiecke konstruierte; sie lösten sich zu Kreisen auf, sobald er sie aufeinander zu türmen versuchte. Eine Flasche Sekt von der Marke, die er am wenigsten mochte, lag in einem Berg von Eiswürfeln. Die erinnerten ihn an die Bar auf dem Flughafen, und er entwarf, weil die Bilder nicht schwanden, den Text einer Postkarte an Marco und schenkte ihm die Sternschnuppen des August. »Die größte gibst du deinem neuen Teddy«, schrieb er, »damit er gesund bleibt, bis wir uns wiedersehen.«

Eine breite rote Kerze steckte in einem gläsernen Leuchter, um dessen Fuß sich winzige weiße Veilchen aus Seide rankten. Im Wohnzimmer wurde der Plattenspieler angestellt. Andrea kehrte auf die Terrasse zurück und hielt in jeder Hand eine Flasche. Ein Mann, nach dessen Namen der Ratlose verbissen sein Gedächtnis malträtierte, sang »Yesterday«. Alfred hatte das Lied nie gemocht; nun erschien ihm auch dieser Titel symbolisch für sein Leben.

»Stell die Musik ein bisschen lauter«, bat er, »man kann den Text ja gar nicht verstehen.«

»Ich dachte, du magst die Beatles nicht.«

»Man lernt dazu.«

»Das finde ich so großartig an dir, mein kluges Bärchen. Du bleibst nicht bei deinen Vorurteilen. Magst du als Aperitif einen Cuba libre?«

»Was um Himmels willen ist denn das, meine süße kleine Hexe?«

»Weißt du denn gar nichts von der großen weiten Welt. Cola mit Rum. Das ist der letzte Schrei und soll Wunder wirken.«

»Mir erscheint's ziemlich unbekömmlich.«

»Was, die Wunder?«

»Nein, der Rum«, sagte Alfred, »ich bin noch nie dahintergekommen, was die Leute an dem Zeugs finden. Ein jüdisches Kind ist doch kein Matrose.«

»Ich will ja auch nicht mit dir in See stechen. Ich muss dir nur etwas sagen.«

»Ahoi, mon général«, salutierte er.

»Gleich, ich will nur den Sekt aufgießen.«

Er war nun sicher, dass sie schwanger war, und noch viel sicherer, dass er dies nicht wollte. Ein Mann, der seine Frau betrog, hatte kein Recht nur deshalb Vater zu werden, weil er sich einen Sohn wünschte. Es war das erste Mal, dass Alfred den Gedanken so deutlich formulierte. Er mußte gegen den Drang ankämpfen, aufzustehen und sich aus der Hausapotheke zwei Tabletten Alka Seltzer zu holen. Sein rebellierender Magen und der schmerzende Kopf ließen sich nicht auf den Kompromiss seiner Ehe ein, doch er stand erst auf, als Andrea die Sektflasche nicht öffnen konnte. Seine Hand berührte ihre. Er beugte sich nach vorn, roch ihr Haar und fing den Duft von verwehtem Glück ein. Einen Herzschlag lang vergaß der Reuige, was er der Liebe von zwei Menschen angetan hatte, die sich nur eines Vergehens schuldig gemacht hatten – sie hatten an ihre Träume geglaubt.

»Setz dich endlich hin«, sagte er, »und schau mich an. Ich weiß Bescheid. Du taugst nicht für Geheimnisse.«

»Schäm dich, du hast gelauscht. Und ich habe mich fast auf meine Beichte gefreut.«

So sehr Alfred ihre Worte analysierte, sich überlegte, ob sie irgendeine Andeutung gemacht und er nicht zugehört hatte, und sich Fragen stellte, die ohne Antwort blieben, er fand nicht den Faden, der ihm den Weg aus dem Labyrinth gewiesen hätte. Er verlor selbst die kleinste Fährte im Irrgarten der Ängste, grübelte besessen, ob er Andrea hatte telefonieren hören, fragte sich, fast erleichtert, ob auch sie ihn betrogen und wer in aller Welt ihr geraten hätte, ihrem Mann dies unter einem Sternenhimmel und in der Aufmachung einer neckischen Circe beizubringen. Ihr letzter Satz fiel ihm ein.

»Juden haben keine Beichte«, sagte er.

»Leider. Sonst hätte ich ja Rabbi Blau erzählen können, was ich mir geleistet habe. Und der hätte mir geraten, wie ich meinem geliebten Pascha beibringe, dass ich mir aus purem Übermut einen Job habe einreden lassen. Bist du mir sehr böse?«

Alfred verstand nichts von dem, was die Atemlose ihm erzählte. Er begriff nur, dass er keine Vaterfreude zu heucheln brauchte. Lächelnd hörte er seine Frau von einem ehemaligen Klassenkameraden reden, für den sie französische Übersetzungen machen wollte. Zufrieden saß der Erlöste auf seinem Stuhl, mit Behagen genoss er jedes Wort. Er streichelte den Leib, der ihm kein Kind gebären würde, wiegte sein Gewissen in den Schlaf und betrank sich an der Güte des Schicksals.

»Ich ziehe postwendend zu meiner Mutter, wenn ich keine geregelten Mahlzeiten bekomme.«

»Da wirst du mich kennen lernen«, lachte die Beruhigerin. »Ich mache höchstens drei Termine in der Woche. Nur so zum Spaß.«

»Wie bist du eigentlich auf die Schnapsidee gekommen, meine kleine Tüchtige?«

»Nur so. Ich will mir einfach beweisen, dass ich noch was kann. Arbeit macht frei.«

»Das habe ich schon mal gehört.«

»Du merkst wieder mal alles. Der schlaue Satz stammt nicht von mir.«

»Nein. Er stand am Tor von Auschwitz.«

14

Alle Zähne sollen dir ausfallen«, sagte Hermann freundlich. »Nur einer soll dir bleiben. Damit du noch Zahnschmerzen haben kannst.«

Alfred gab vor, er müsste sich die Antwort gut überlegen, und wartete, bis sich der Zucker in der Tasse aufgelöst hatte. »Ich wünsche dir alles, was du mir wünschst«, entgegnete er schließlich.

»Ich wünsche dir das, was du bedauern wirst, mir nicht gewünscht zu haben. Los, trink ruhig den vierten Kaffee auf meine Kosten. Es kommt schon nicht mehr drauf an. Sollen doch meine unschuldigen Kinder hungern. Ihr Vater hat einen Riesenmassel, dass du keinen Champagner verträgst!«

»Möge sich deine Gastfreundschaft unter allen Geschöpfen Gottes herumsprechen. Die Läuse, Wanzen und Flöhe sollen dir persönlich danken. Nein danke, ich mag keinen Kaffee mehr. Mein Sodbrennen reicht jetzt schon aus, um dein protziges, unbezahltes Auto zu heizen.«

Unmittelbar nach dem altgeliebten Wettstreit im Rasthaus musste Hermann wegen eines Hasen scharf bremsen; eine Zeit lang diskutierten er und Alfred mit philosophischer Tiefgründigkeit und der Gründlichkeit von Mathematikern, ob ein deutscher Hase, der gerade dem Tode entronnen wäre, beim Mittagessen seiner Frau wenigstens erzählen würde, dass er sein Leben einem Juden verdankte.

»Bestimmt«, wusste Alfred, »Hasen waren nie Antisemiten. Sie verehren die Juden als Schutzengel. Die klugen Tiere haben keinen gespaltenen Huf und sind keine Wiederkäuer. Deswegen dürfen wir sie ja auch nicht essen.«

Sie waren gerade dabei, ein besonders schwieriges Detail der koscheren Küche zu erörtern, als Hermann das Gespräch mitten im Satz unterbrach. »Wenn ein fünfunddreißigjähriger Mann«, sagte er im exakt gleichen Tonfall wie zuvor, »der noch keinen Tag krank gewesen ist und der so gut verdient wie du und dem keine schwangere Frau die Ohren voll heult, wenn so ein Gesegneter über Sodbrennen jammert, kommt das nicht vom Kaffee, sondern vom Leben. Das müsstest du wissen. Du bist doch Arzt.«

»Bin ich mitgefahren, weil ich meine Diagnosen nicht mehr selbst stellen kann oder weil du mit einem Juden reden willst, der mal einen Hasenbraten essen möchte?«

»Beides«, befand Hermann.

Sie fuhren wie auf ihrer unvergessenen Tour zur Feier ihres Abiturs auf der alten Spessartstraße nach Nürnberg und verliebten sich, wie damals, gierig wie Wüstenbewohner in die sanfte Landschaft, die Hügel, Wälder und Dörfer. Ein Eichhörnchen mit dem ersten Vorrat für den Winter huschte über die Straße, eine Elster flog in einen Himmel von hellem Herbstblau. Sie machten sich vor, die Zeit hätte ihnen noch nichts angetan, denn sie erzählten einander jüdische Witze, die sie seit Jahren kannten, und waren so fasziniert von den Pointen, als dürften sie zum ersten Mal die würzende Mischung aus Selbstironie, Sarkasmus und Zweideutigkeit schmecken.

Mit der Unbefangenheit von Nostalgikern, die kein Empfinden haben für den Rost, den die Erinnerungen der Jugend ansetzen, spulten sie die Zeit zurück. Anfangs war ein jeder von ihnen sicher, er könnte vor dem Freund die Wehmut des Belehrten kaschieren, doch sie täuschten sich beide und wussten es bald, denn sie kannten einander zu lange und zu gut, um unbemerkt in den Fluss einzutauchen, der die Wiederholbarkeit des Glücks verspricht.

Hermann sollte die Verteidigung eines amerikanischen Soldaten übernehmen, der im Verdacht der Vergewaltigung stand. Unter dem glaubhaften Vorwand, dass er die alte Tradition wieder beleben wollte, die erste größere Fahrt in einem neuen Wagen mit Alfred zu machen, hatte er ihn gebeten, ihn zu begleiten. Die Pflicht, der er unterwegs nachzukommen gedachte, hatte Hermann allerdings nicht erwähnt – er hatte schon als Kind gewittert, dass es seinem besten Freund noch mehr als den meisten Menschen widerstrebte, sich mit einem Damoklesschwert zu beschäftigen, dessen Faden noch beruhigend reißfest schien.

Alfred hatte auf Hermanns Einladung mit einem Enthusiasmus reagiert, der ihn im Augenblick der Zusage verlegen machte, jedoch nicht im Geringsten erstaunte. Ihm war nämlich bereits in der zweiten Woche von Halinas Abwesenheit klargeworden, dass er gerade an seinen freien Mittwochnachmittagen zu Analysen seiner seelischen Befindlichkeit neigte, die weder seiner Laune noch seinem Bedürfnis nach ehelicher Harmonie zuträglich waren.

Es komplizierte sein Leben, dass Andrea die lange Zeit festen Säulen des Alltags umgestellt hatte. Im Hinblick auf Evas bevorstehende Einschulung und auch, weil Christian sehr kurzfristig die Dienste seiner neuen Mitarbeiterin zu beanspruchen pflegte, hatte die Strategin die sehr regelmäßigen Besuche bei ihren Eltern in Bad Homburg auf den Samstagnachmittag verlegt. Ihr Mann hatte nicht zu widersprechen gewagt, doch jede Gelegenheit wahrgenommen, gar nicht erst den Verdacht zu erwecken, er habe an seinem praxisfreien Nachmittag nichts Dringendes außer Haus zu erledigen. Er besann sich auf die alte Gewohnheit, im schnellen Schritt beide Mainufer abzulaufen und über die beiden Brücken zu rennen, nachts rechtete er mit seinem Gewissen.

Es kam kaum noch vor, dass die beiden Freunde ungestört miteinander reden konnten. Schon nach Hermanns Hochzeit hatten sie die gemeinsamen Samstagsausflüge aufgegeben und zu Beginn von Alfreds Ehe auch den entspannenden Sonntagnachmittag im Bridgeclub. Seit einem halben Jahr fühlte sich Hermann noch unfreier als Alfred. Es gelang ihm noch nicht einmal mehr, sich mit Alfred für eine Stunde im Café zu verabreden, ohne ehekriselnde Wolken heraufzubeschwören.

Rachel war in ihrer dritten Schwangerschaft äußerst unzufrieden mit ihrem Leben in Deutschland geworden. Die Heimwehkranke hatte eine so gewaltige Sehnsucht nach ihrer Familie in Israel entwickelt, dass ihr Mann seine gesamte arbeitsfreie Zeit brauchte, um ihre depressiven Stimmungen aufzuhellen und sie von dem Gedanken abzubringen, ein in Frankfurt niedergelassener Anwalt könnte jederzeit nach Tel Aviv übersiedeln und dort problemlos eine fünfköpfige Familie ernähren.

Nur weil der flexible Tröster den dunkelhäutigen amerikanischen Soldaten aus Texas, der in Nürnberg im Gefängnis einsaß, zu einem suizidgefährdeten und von einem antisemitischen Richter schikanierten Glaubensbruder aus Polen hatte mutieren lassen, war Rachel von der Notwendigkeit der Reise zu überzeugen gewesen. Hermann hatte sich auf die kurze Zeit ohne seine streitfreudigen Kinder, Rachels Klagen und ohne die Erörterungen über die beruflichen Fähigkeiten ihres Gynäkologen wie ein Junge gefreut, der fest an sein Talent glaubt, unbemerkt die Schule anzuzünden.

Auch Alfred lockte an der Reise nach Nürnberg weit mehr als nur der Reiz der Abwechslung. Die Fahrt war für ihn eine Wiederholung vom besten Stück seiner Jugend, eine stets belebende Erinnerung an die Zeit, als sie beide ohne Verpflichtungen, ohne Ziel und für kurze Zeit so unbekümmert und heiter wie ihre glückhaften Altersgenossen losgefahren waren, deren Eltern nicht jeden Tag ihre Vergangenheit heraufbeschworen und von ihren Kindern Dankbarkeit forderten, dass sie in körperlicher Unversehrtheit und finanzieller Sicherheit leben durften.

»Du weißt gar nicht, welches Opfer es deinen seligen Vater und mich gekostet hat, nach Hitler ein Kind in die Welt zu setzen«, hörte er seine Mutter sagen.

Die jungen Löwen hatten damals tatsächlich geglaubt, sie würden sich auf ihrer Tour von ihren dominanten Müttern befreien können. Beide hatten einander im erstarkenden Mannesmut mit feierlich erhobener Hand zugesichert, sie würden kein einziges Mal zu Hause anrufen, um Sohnesliebe zu bekunden und Auskunft zu geben, ob ihre Unterwäsche warm genug und ihre Mahlzeiten gesund seien. Hermann hatte erst am dritten Tag kapituliert, Alfred, der noch gründlicher gelernt hatte, seine Mutter nicht zu beunruhigen, hatte schon am ersten Abend der Pflicht zur Rücksichtnahme nachgegeben. Er sah sich, weil er Jahre später einen zu langen Moment überlegte, wann, von wo aus und ob überhaupt er Andrea anrufen sollte, mit gebeugtem Rücken vor einer Telefonzelle stehen. Seufzend griff er zur zweiten Magentablette. Ihn verlangte es, weil er die Fesseln, die er getragen hatte, mit denen verwechselte, die er nun trug, nach der Lebenskorrektur der aggressiven jüdischen Dialektik.

»Was soll das heißen, dass du mir nur noch einen Zahn lässt?«, fragte er in glaubhaft gespielter Entrüstung. »Ich dachte, unter guten Freunden sind menschenverachtende Verfluchungen tabu.«

»Im Gegenteil. Sie sind Pflicht. Genau wie die Verehrung der Zehn Gebote. Kennst du übrigens das elfte? Du sollst die Meschuggenen lieben wie dich selbst. Und die Wahnsinnigen sollst du beschützen wie dein Geld.«

»Redest du mit mir?«

»Nein. Mit der goischen Kuh auf der Wiese.«

»Es war ein beschnittener jüdischer Ochse. Du musst die Augen aufmachen.«

»Das tue ich schon seit Jahren. Nur den Mund habe ich gehalten. Du läufst nicht in dein Unglück, Alfred. Du rennst mit Siebenmeilenstiefeln darauf zu. Zieh sie aus, solange noch Zeit ist. Sie sind zu groß für dich. Du bist nicht Faust. Du bist ein guter jüdischer Junge, der mit zwei Seelen nicht leben kann.«

Alfred suchte nicht nach einer Umkehrmöglichkeit in der Sackgasse. Er begriff sofort, dass er sie selbst angesteuert und dann nicht rechtzeitig auf die Bremse getreten hatte. Hermann würde mit der Hartnäckigkeit des besorgten Freundes und der geschmeidigen Logik des argwöhnischen Juristen keine Ruhe geben, ehe der Verdächtige gestand. Der Eindringling hatte soeben die erste Latte aus dem hohen Zaun um die Festung gerissen, von der der blinde und taube Bauherr gewähnt hatte, sie sei ausreichend geschützt, wenn er nur überzeugend genug die Rolle des Stummen spielte. Seinen Text hatte der Inquisitor jedoch noch nicht geprobt. Hermanns Hände hielten das Steuerrad krampfhaft fest, er starrte zu konzentriert in die Fahrtrichtung, und offensichtlich suchte er, während er eine Melodie summte, was der Unmusikalische sonst nie tat, nach Worten, um seiner Mahnung den Stachel der Beschuldigung zu nehmen.

Die Gesten der Verlegenheit rührten Alfred. Zu gut wusste er, dass der diskrete Schweigsame jene Redseligen als Toren verachtete, die am Fundament einer Freundschaft rütteln, indem sie ungebeten Ratschläge erteilen. Hermann war nie einer gewesen, der sich zu früh zu Wort meldete. Er war zu sehr Individualist, um ausschließlich Moral und Ethik in die Waagschale seiner Überlegungen zu legen, zu intelligent und tolerant, um das Leben eines anderen an den eigenen Maßstäben zu messen. Als Einziger aus Alfreds ehemals großem jüdischen Freundeskreis hatte der Großherzige die Ehe mit Andrea nicht abgelehnt, noch nicht einmal kommentiert, später sie wohl auch auf seine ironische Art akzeptiert.

Alfred fiel die Zeit unmittelbar nach seiner Hochzeit ein, als er sich aus Furcht vor Kritik und um Andreas willen auch von Hermann zurückgezogen hatte. Er sah ihn mit der kleinen erkälteten Lea auf dem Arm in seiner Praxis stehen und hörte ihn sagen: »Im Gegensatz zu manchen Leuten bin ich zu deiner Hochzeit gekommen.« Als eine nie vernarbte Wunde zu schmerzen begann, strauchelte er auf dem Pfad seiner Erinnerungen und schaute auch noch, als könnte ihm der Anblick seines Gesichts die verlorene Sicherheit zurückgeben, in den Autospiegel. Dort begegnete ihm ein Gezeichneter, den er als den Narren erkannte, der sich der Liebe wegen den endgültigen Schnitt von seinen Wurzeln gewünscht hatte. Mit einem Mal drängte es ihn, Hermann zu gestehen, was aus seiner Ehe, aus ihm selbst und seinen Idealen von Treue geworden war, aber noch scheute er die Diskussion.

»Was in drei Teufels Namen willst du mir eigentlich sagen? Fahr nicht so schnell, verdammt noch mal. Zusammen haben wir dreieinhalb Kinder. Ich weiß überhaupt nicht, wovon du redest.«

Hermann beschleunigte den Wagen noch mehr. Lachend drückte er auf die Hupe, nahm beide Hände vom Steuerrad, klatschte ironisch Beifall. »Lassen wir das Vorspiel«, schlug er vor, sehr unpathetisch und dezidiert, »dann haben wir's schneller hinter uns. Ich habe zwei schlechte Nachrichten für dich. Welche willst du zuerst hören? Die ganz miese oder die Katastrophe?«

»Mach schon!«

»Halina ist dir treu. Und sie verträgt die Pille nicht mehr.«

Alfred war noch mehr verblüfft als erleichtert. Ihm fiel überhaupt nicht auf, dass Hermann ihm auf einen Schlag zwei

Desaster verkündet hatte. Er war so sicher, er hätte ihn missverstanden, dass er mit der wohlwollenden Freundlichkeit eines alten schwerhörigen Mannes nickte, von dem keine Äußerung erwartet wird als der körperliche Beweis, dass er während des Gesprächs nicht eingeschlafen ist. Amüsiert und von allen voreiligen Befürchtungen erlöst, nur auf seine Rolle in einem grotesken Schauspiel konzentriert, hielt er eine Hand ans Ohr, und für den Fall, dass Hermann einen Scherz gemacht haben sollte, tippte er sich an die Stirn. Obwohl er den Witz misslungen und atypisch für Hermann fand, suchte Alfred mit der gutmütigen Bereitwilligkeit eines wohlerzogenen Untergebenen, der seinen Chef nicht verärgern möchte, nach der Pointe. Er überlegte gar, ob er brüllend loslachen oder die Spannung noch eine Zeit lang halten sollte. Da sah er, wie ihn Hermann beobachtete, und wusste Bescheid.

»Du schweigst heute besonders mutig, Alfred. Das war kein Witz. Das war blutigster Ernst.«

»Dann verrat mir mal, wie du mitten in der Wildnis auf Halina kommst? Und wie willst du wissen, ob sie die Pille verträgt. Hast du auf Gynäkologie umgesattelt und vergessen, das deinem besten Freund zu erzählen?«

»Okay. Kürzen wir das Verfahren ab. Sara geht immer für sie in die Apotheke und hat seit drei Monaten die Pille nicht mehr geholt.«

Es war der Zorn des Täters, der nicht die Tat bereut, sondern deren Entdeckung, die Alfred den Kampf um den Schutz der Konvention mit leichten Sinnen aufgeben ließ. »Schau mal einer an«, bekannte sich der Sünder, »die fromme Frau Teitelbaum. Ich hätte nicht gedacht, dass sie überhaupt weiß, was die Pille ist. Also gut. Auch ich kürze das Verfahren ab. Ich habe seit Jahren ein Verhältnis mit Halina. Nur kein Neid.«

»Du wirst lachen, ich bin schon lange neidisch, dass so ein

guter Mensch wie du die schlimmen Dinge zu tun wagt, von denen ein so schlechter Mensch wie ich immer nur träumt. Ich hätte gern mal mit dir darüber gesprochen.«

»Ich bin gar nicht auf die Idee gekommen, dass es dich interessieren könnte. Sonst hätte ich dir Bescheid gegeben, als es geschehen ist.«

»Jeder in der Gemeinde weiß Bescheid, Alfred. Jeder außer deiner Frau.«

»Und jetzt mach mir nur noch weis, dass Halina in der ganzen Gemeinde herausposaunt, dass sie mir treu ist.«

»Nein, dieses Wunder hat sie nur Rachel verkündet. Und das größte Wunder seit dem Auszug der Kinder Israels aus Ägypten ist der Umstand, dass Rachel ihren Mund hält. Das tut sie allerdings nicht deinetwegen. Sie hat Andrea wirklich gern. Und eine Mordsangst, dass ihr das auch passiert.«

Sie versuchten, miteinander so zu reden wie einst, unbeschwert auf dem Zenit ihrer Freiheit und ohne den Schimmer einer Ahnung, wie schnell die Zeit die Flügel stutzen würde, die ihnen im Rausch der Jugend gewachsen waren. Den bescheiden gewordenen Lebensreisenden gelangen immer noch die Scherze der Vergangenheit, sie übertünchten die Gegenwart mit Galgenhumor und sprachen über die Wünsche, die sich nicht mehr erfüllen würden, mit dem Spott, der sie schon früh über die Klippen des Daseins geleitet hatte.

Wenn die vermeintlich Souveränen jedoch schwiegen, glaubten sie nie lange genug, es sei die Schönheit der herbstlichen Landschaft, die den Fluss ihrer heiteren Rede dämpfte. Da schmeckten sie den Hauch von Bitterkeit, aus dem in der Kehle der Stolperstein der Resignation wurde. Weil Alfred, als er das Würzburger Schloss aus grauem Nebel aufsteigen sah, mit der trotzigen Stimme vom frühen Sturm und Drang »carpe diem« ausrief, erinnerte sich Hermann, wie sehr ihn noch während des

Studiums Cicero fasziniert hatte und dass er nun seine freien Nachmittage vor dem Fernsehgerät mit einem unappetitlichen Krümelmonster aus einer ihn befremdenden Sesamstraße und mit Donald Ducks redseligen Neffen verbrachte. Er dachte eine Zeit lang an seine Einkommenssteuererklärung und noch länger an Rachels Krampfadern und ihr Heimweh nach Israel. In solchen Momenten trommelte er mit der ungeduldigen Linken auf das Armaturenbrett und suggerierte seiner Verdrossenheit, er sei nur nervös, weil ein Lastwagenfahrer ihn nicht schnell genug überholen ließ.

In einer solchen Gesprächspause beschloss Alfred, Andrea von Nürnberg aus anzurufen und nicht zu ausgiebig darüber zu grübeln, ob seine Mutter zum großen Kreis derer gehörte, die von Halina wussten. Der Gedanke missbehagte ihm, dass er das Ergebnis ohnehin kannte. Umso mehr verärgerte ihn die Überlegung, dass er dem Bedürfnis nie nachgegeben hatte, noch aufrichtiger mit Ruth über seine Ehe zu sprechen, als er es ohnehin schon tat. Er gab es auf, sich das Leben ohne Halina vorzustellen, ehe er überhaupt dazu kam, sich mit dem Wahrheitsgehalt und der Bedeutung ihres Treueschwurs und der Verträglichkeit der Pille zu beschäftigen, denn seine Sehnsucht beschwor eine erdrückende Flut von Bildern und Klängen. Er sah Marcos lauernde Augen und hörte auch seine Stimme so deutlich, dass sich jede Erinnerung in Blitze auflöste.

»Zu Hause«, sagte er trotzdem, »muss ich mir das Ganze wirklich gründlich überlegen. Irgendwas muss ich ja tun, nachdem du mir die Ruhe meiner alten Tage genommen hast.«

»Du hast keine Zeit mehr, Alfred. Deine Andrea kennt nur Schwarz und Weiß. Sie ist nicht die Frau, die Ehebruch verzeiht. Und du bist nicht der Mann, der auf sein Kind verzichten kann. Hör auf, aus dem Fenster zu glotzen. Ich werde dir genau erklären, warum ich mich eingemischt habe.«

Nur weil Hermann, der stets gut mit der Angewohnheit gefahren war, im Moment der Entscheidung Wahrheit ohne Rücksicht zu verabreichen, Alfred keine juristische Einzelheit von Scheidungsverfahren ersparte, begriff dieser schließlich doch, dass er sehr viel mehr als nur sein pflichtbewußtes Naturell bedroht hatte. Er war in all den Jahren, da ihn nur sein Gewissen belastet und er niemals erwogen hatte, auch Andrea könnte eines Tages das Gesetz des Handelns bestimmen, überhaupt nicht auf die Idee einer Scheidung gekommen.

Das Wort, so es ihm galt, war seinem Vokabular, seiner Moral und seinem Gefühl für Anstand fremd und allen Vorstellungen von jener Nachgiebigkeit zuwider, die den Sanftmütigen so früh auf seinem Weg zur Weichherzigkeit eingestimmt hatten. Allein der Gedanke an Scheidung erschien ihm seiner Redlichkeit und einer Liebe unwürdig, an die er immer noch und trotz seiner Verfehlungen schon deshalb glaubte, weil es nicht derselbe Mann war, der mit Halina die Heiterkeit und das Bett teilte und mit Andrea den überschaubaren Alltag einer Ehe, die von der Realität ausgehöhlten Träume und die Freude an seinem Kind.

Obwohl Hermann die Beredsamkeit des Schweigens richtig interpretierte, sagte er: »Ein Kind in Evas Alter wird selbstverständlich der Mutter zugesprochen.«

Erst da entzifferte Alfred die letzten Hieroglyphen der mahnenden Handschrift an der Wand, doch er verstummte nur im Moment der ersten Empörung. »Das geht doch gar nicht in meinem Fall«, triumphierte er, beeindruckt, wie schnell sein Gefühl für Gerechtigkeit die Logik des Juristen entkräftet hatte, »wie soll denn Andrea meine Tochter ohne mich und meine Mutter jüdisch erziehen?«

»Nebbich! Du glaubst, das interessiert einen goischen Richter? In welcher Welt lebst du eigentlich? Wir schreiben nicht das

Jahr 1945, als noch die ordentlichen Nazis in der Justiz waren. Die hatten das unstillbare Bedürfnis, an den Juden das Unrecht wieder gutzumachen, das ihnen unter Hitler widerfahren war, und stellten sie unter Artenschutz.«

Sie lachten herzhaft über das Wort, noch schallender über die komischen Ideen, die ihnen dabei einfielen, und dann auch, weil ihnen in ihrer absurden Phantasie überhaupt nicht aufgefallen war, dass es stark zu regnen begonnen hatte. Schon die ersten Blitze veränderten die Landschaft. Der Tag verlor mit einem so gewaltigen Donnerschlag Licht und Farbe, dass die graue Tristesse allgegenwärtig war. Die Äste an den tropfenden Bäumen wurden von einem zornig aufheulenden Wind ausgepeitscht. Dichter Nebel verschluckte in gierigen Zügen die bedrohlichen Gewitterwolken. Der Regen prasselte mit undurchdringlichem Trommeln auf die Windschutzscheibe. Weil Hermann einige Male glaubte, ein Radfahrer wäre plötzlich vor ihm aufgetaucht, bremste er so hart, dass der Wagen fast zum Stehen kam. Fluchend kurbelte er das Fenster herunter und steckte, wie Alfred danach auch, in immer kürzeren Abständen den Kopf in die Regenströme heraus. Sie fixierten angestrengt die Straße und wurden bald ein eingespieltes Duo, in dem ein jeder den anderen rechtzeitig vor der Gefahr warnte. Den auf die Straße herabgestürzten Ast mit dem glitschigen Blattwerk bemerkte keiner von beiden.

Alfred sah noch, dass der schwere Wagen erst im Zeitlupentempo, dann immer schneller die Richtung verlor, und schloss die Augen. Er spürte, wie das Auto ins Rutschen geriet, weil auch sein Körper schwankte, und stemmte sich mit beiden Händen gegen das Armaturenbrett. Er hörte Hermann schreien, wollte es auch tun, doch die Dunkelheit, die auf ihn niederprallte, nahm ihm Stimme und Atem. Diese Finsternis wurde zu einem Felsen von lähmender Angst, doch es gelang ihm, die Ellbogen an die Hüftknochen zu pressen und die Arme wieder an sich zu ziehen. Er drückte seine Hände auf Augen und Kinn. Ihm fiel ein, dass er mal gelesen hatte, ein Sterbender müsse sich zu einem Schrei zwingen, wollte er den Tod abwehren, doch wieder konnte er den Mund nicht öffnen. Er wollte nach dem Halteguri greifen und fand ihn nicht, spürte einen Druck auf der Brust, der ihn zerriss, und empfand keinen Schmerz. Dann hörte er Glas zerbersten und endlich auch seine Stimme. Sie kam aus einer Wolke und rief einen Namen, den er nicht kannte. Erst da wurde Alfred bewusst, dass sich der Wagen nicht mehr bewegte.

Er war so sicher, dass er das Ende seines Weges erreicht hätte und Hermann auch tot wäre, dass er nur das Bedürfnis hatte, sich nicht zu rühren und nichts mehr in Frage zu stellen. Um ihn war eine wohltuende Wärme; die kalte Luft, die durch die offenen Fenster hereinströmte, nahm er als angenehmen Hauch wahr. Nur wunderte er sich, dass ein Toter die Lautlosigkeit und die Erstarrung seines Körpers und die der Welt um ihn noch zu empfinden vermochte. Ihm kam der Gedanke, dass er sich von niemandem hatte verabschieden müssen und nun auch keinem mehr die Pflicht der Rücksicht schuldete. Die Gnade einer so unspektakulären Trennung vom Leben erschien Alfred der verdiente Lohn für einen Aufrechten, der sich selbst die Sünde nie leicht gemacht hatte und nun so rasch gestorben war, dass er auch kein Grab mehr brauchte. Niemand würde für ihn das Totengebet sprechen müssen.

Obwohl ihm sein Verstand an diesem Punkt seiner Ausführungen zu bedenken gab, ein Mensch, der zu so relativierenden Überlegungen fähig sei, würde ganz gewiss auch noch leben, ließ sich Alfred den Trost eines Todes ohne Aufbegehren gegen das Sterben nicht nehmen. Er konnte sich noch nicht einmal überwinden, seine Theorie zu überprüfen, denn er erinnerte sich, dass er schon im ersten Semester gelernt hatte, sich nicht auf vage Verdachtsmomente zu verlassen. Zufrieden nahm er sich vor, nie mehr die Augen zu öffnen und erst recht nicht den Mund.

Als der Frieden der Benommenheit jedoch Stück um Stück nachzulassen begann, wehrte sich Alfred nur kurz. Zu gut kannte er noch die Signale, die ein lebender Körper aussendet, um sie dem Bewusstsein zu verschweigen. Als Erstes empfand er eine leichte Übelkeit, dann Schwindel, und unmittelbar danach würgten heftige Stöße des Schocks aus seiner ausgetrockneten Kehle. Er wähnte, die Rippen hätten das Herz zerquetscht, hörte es jedoch schlagen; er nahm sich vor, sobald er sich zu bewegen traute, mit einer Hand den Puls der anderen zu erfühlen. Ab diesem Moment der ersten Entschlossenheit konnte sich Alfred nicht mehr gegen die Lawine des Begreifens schützen. Sie überrollte ihn in quälerischer Deutlichkeit.

Noch einmal hörte er den Regen gegen die Windschutzscheibe schlagen, sah die überschwemmte Straße, auf der der Unfall geschehen war, und erinnerte sich zeitgleich, dass er Arzt war. In Panik, weil er vergessen hatte, was er geschworen hatte, nie zu vergessen, tastete Alfred mit der rechten Hand, deren feuchte Wärme er sofort als Blut diagnostizierte, nach dem Körper seines toten Freundes.

Hermann umklammerte das Steuerrad, die Hände unversehrt, die Augen weit geöffnet, noch nicht sehend, aber ebenfalls auf der Rückreise von der letzten Station seiner langen Reise. »Wo ist das Gefängnis?«, murmelte er.

Obwohl er den Freund aufrecht sitzen sah, nicht blass, ruhig atmend und so, als sei seit der Pause im Rasthaus nichts geschehen, hatte Alfred nicht damit gerechnet, Hermann würde sich schon äußern, sich sogar an das Ziel der Fahrt erinnern können. Dem Arzt, der er wieder geworden war, fiel noch das Fachwort ein: »Voll ansprechbar«, nickte der Kundige zufrieden. Der

Heimkehrer aus dem unbekannten Land zwischen Tod und Leben, der noch einmal Davongekommene, der vom Wahn Erlöste begann so hysterisch zu lachen, dass die Euphorie wie eine scharfe Pfeilspitze seinen Körper durchdrang. Keuchend hielt er seinen Kopf zum Fenster hinaus.

»Kotz mir nicht mein neues Auto voll«, brummte Hermann, »hilf mir lieber beim Aussteigen, du Schlemihl. Ich kann mich nicht mehr bewegen.«

Sein rechtes Bein war gebrochen, jede weitere Sorge um seinen Wagen überflüssig. Der war schon unterwegs zum Schrotthändler. Das eine erfuhren die Reisenden der glückhaften Wiederkehr im Hospital in Fürth, wohin sie ein Krankenwagen gebracht hatte, von dem sie sich nicht vorstellen konnten, wer ihn gerufen hatte. Zwei Stunden später berichtete ein freundlicher Polizeibeamter vom Unfall. Er gab sich besondere Mühe mit seiner Diktion, weil er es mit einem Juristen zu tun hatte, saß an Hermanns Bett und teilte mit ihm seine Hustenbonbons. Der Uniformierte berichtete von einem für die Jahreszeit sehr ungewöhnlichen Sturm, beschrieb den schicksalauslösenden Ast ebenso genau wie den dickstämmigen Baum, an den der Wagen geprallt war, referierte über die Tücken von Aquaplaning und lobte mehrere Male Fahrer und Beifahrer.

»Sie verdanken ihr Leben dem Sicherheitsgurt«, sagte er.

»Nein, dem Allmächtigen«, widersprach Alfred und hoffte sehr, Hermann hätte sein stummes Gebet nicht bemerkt. Trotzdem staunte er, als ihm der Ernst und die Feierlichkeit in seiner Stimme auffielen und erst recht, weil er sonst nicht die Gewohnheit der Orthodoxen hatte, das Wort Gott nicht auszusprechen. Seinen körperlichen Zustand konnte er präziser bestimmen. Auch der Arzt stellte nur die Nachwirkungen eines Schocks und eine leichte Wunde an der rechten Hand fest, riet aber dennoch zu einer Nacht in der Klinik. Die Verlockung war immens, sich nicht im eigenen Bett mit der Bedrohung auseinander zu setzen, die zum Zeitpunkt des Unfalls sein Lebensgefüge erschüttert hatte. Um Rachels willen entschied sich Alfred jedoch zur Tat und Selbstlosigkeit. Er versprach Hermann, sich um dessen Frau zu kümmern, denn sie hatte am Telefon zunächst nicht glauben wollen, dass sie nicht Witwe geworden war und danach nicht eingesehen, weshalb ein Ehemann mit einem frischen Beinbruch nicht umgehend zu seiner schwangeren Frau gebracht werden könnte.

Alfred hoffte, Rachel hätte wenigstens verstanden, sie solle Andrea nicht mit einem Anruf ängstigen. Weil die ihn erst am nächsten Tag zurückerwartete, wollte er ihr und sich einen telefonischen Unfallbericht ersparen. Bekümmert bestellte er ein Taxi, stand nachmittags um fünf sehr erschöpft am Nürnberger Bahnhof und schlief unmittelbar nach Abfahrt des Zuges ein.

In seinen Regenmantel gehüllt, der Licht, Geräusche und jeden guten Vorsatz dämpfte, sich der Situation und ihren Forderungen zu stellen, träumte Alfred von einem Hasen. Er erkannte ihn als denjenigen, den Hermann am Morgen als Schutzpatron aller Geschöpfe ohne voll gespaltenen Huf vom Tode errettet hatte. Nur weil eine Frau über seine Beine stolperte, wachte er in Würzburg auf – beschämt und erschrocken, dass er die Zeit, die ihm noch blieb, um den Brand seiner Emotionen zu löschen, mit einem weißschnäuzigen braunen Nagetier vertan hatte. Im Speisewagen trank er hastig zwei Tassen Espresso, die seinem Magen ebenso schlecht bekamen wie seiner Psyche, und floh vor den sorglos essenden Menschen in den Schutz seines Abteils zurück.

Die Attacke von Selbstmitleid und verzweifelter Reue war so gewaltig, weil sich Alfred zum ersten Mal dem Wissen um die eigene Sterblichkeit aussetzte. In immer neuen Variationen malte er sich aus, er wäre bei dem Unfall umgekommen und hätte nicht mehr die Zeit gehabt, Gott um Vergebung zu bitten. Noch stärker sensibiliert für die Versäumnisse des Lebens als an den Tagen der Norm ergab er sich allen Düsternissen seiner Phantasie. Sie führte ihn in die Welt der Sünder, die dazu verurteilt sind, allzeit ihr Tun als Frevel zu erkennen.

Er nahm an seiner eigenen Beerdigung teil, sah den schlichten Friedhof, die Trauergemeinde, seine Mutter gebrochen, Andrea mit verweinten Augen. Trotzig hielt sie ein Bouquet roter Rosen in der Hand, obwohl sie doch gelernt hatte, dass es bei jüdischen Beisetzungen keinen Blumenschmuck gibt. Verärgert blickte Alfred in sein Grab, ausgehoben neben dem des Vaters mit dem Stein aus schwarzem Marmor. Als er dann den Kantor die herzsprengende Klagemelodie des Abschieds singen hörte und er in seinem Gedächtnis nach dem Text des Totengebets zu suchen begann, das er beim Tod des Vaters gelernt hatte, kehrte er in die Wirklichkeit zurück – als ein Geschlagener, an dessen Grab nie ein Sohn stehen würde, um das Kaddischgebet zu sprechen.

So beharrlich auch der Grübler seine Vernunft beschwor und sich sagte, er sei nicht fromm genug, um sich nur deshalb nach einem Sohn zu sehnen, damit er für ihn Kaddisch sagte, entkam Alfred der Bürde nicht mehr, er hätte vor der Zeit den Herzenswunsch aller jüdischen Eltern aufgegeben. Elegisch gedachte er einer Ehe, der die Hoffnung genommen worden war, an die Missverständnisse, an seine Untreue und Andreas erloschenen Eifer. Er erinnerte sich an das Milchkännchen, das sie ihm der jüdischen Speisegesetze wegen entrissen hatte; ihn verlangte es nach der Erlösung durch Tränen. Es weinte aber nur ein Kind, das sich versehentlich auf der Toilette eingeschlossen hatte. Dennoch fand sein Gewissen Frieden. Als nämlich der Zug in Frankfurt einlief, war in Alfred die Kraft Abrahams gewachsen, der, ohne an Gottes Befehl zu zweifeln, bereit gewesen war, seinen Sohn auf dem Altar des Glaubens zu opfern. Es war ein

Mann guten Glaubens, der dem Allmächtigen versprach, auf Marco und Halina zu verzichten.

Andrea trug kein Trauerkleid. Sie hielt keine Rosen in der Hand, nur ein zerknülltes Taschentuch. Ihre Augen waren verweint. Der Davidstern hing wieder um ihren Hals. Sie hatte ihn lange nicht mehr getragen.

»Wo kommst du her?«, schrie die Angstvolle, »ich bin fast verrückt geworden.«

»Um Himmels willen, was ist passiert?«

»Mein Papi ist tot«, strahlte Eva, »und Leas Papi auch.«

»Warum hast du nicht angerufen?«, schluchzte Andrea, »ich telefoniere seit Stunden alle Krankenhäuser zwischen Frankfurt und Nürnberg ab. Rachel sagt, Hermann ist so schwer verletzt, dass er nicht transportfähig ist. Und von dir wusste sie nichts.«

Er umarmte sie, weil er sie liebte und der Stern auf ihrer Haut ihn blendete. »Es ist alles wieder gut, meine Süße«, flüsterte er.

»Mami hat aber gesagt, ich darf in deinem Bett schlafen«, schniefte Eva.

15

Die Party zur Einweihung der neuen Geschäftsräume der Agentur »Lingua« fand an einem Freitagabend in Christian Schröders extravagant eingerichtetem Büro statt. Das war so geräumig wie die Schalterhalle einer Bank in einer mittelgroßen Kreisstadt. Am auffallendsten war die durchgehende Fensterfront aus getöntem Glas mit einem zarten Blauschimmer; die Lichtflut sollte an sonnenlosen Tagen jene lebensbejahende Vitalität verkünden, die dem jungen Herrn Schröder so spontan die Sympathie seiner Kunden und Angestellten sicherte. Ebenso wie diese optimistisch stimmende Transparenz wurde die indirekte Beleuchtung als kühn und avantgardistisch empfunden.

Aufmachung und Einrichtung des Raums entsprachen weder der Größe noch der Bedeutung der Firma und erst recht nicht dem Stand von Christians Konto, doch auf sehr raffinierte Weise den Vorstellungen, die sich zu Vergleichen mit jenen älteren Hollywoodfilmen anboten, die im gehobenen Milieu des »Big Business« spielten. Genau dies war Christians Absicht.

»Damals«, hatte er Andrea bei einer eigens für sie angesetzten Vorbesichtigung erklärt, »wussten die Regisseure eben noch, wie ein Mensch durch die Atmosphäre präsent wird, in der er arbeitet. Ich wette, Madonna, dass dir die heutigen unappetitlichen Actionfilme ebenso auf den Geist gehen wie mir.«

Die cineastisch überforderte Madonna, die selbst als junges Mädchen ihren Bedarf an Romantik und Aufklärung nicht im Kino gedeckt hatte und seit drei Jahren in keines mehr gekommen war, hatte trotzdem liebreizend Einverständlichkeit signalisiert. Nicht ganz zufällig fand dieses Gespräch am Tag von Alfreds Nürnberger Reise statt. Andrea hatte auf wohltuend urweibliche Art, wie Christian selbstbewusst registrierte, mit ihm auch in dem Punkt übereingestimmt, dass es sich bei geschmackssicheren Managern, die in eleganten Büros neue Perspektiven entwickelten, um äußerst kultivierte Männer handelte, denen man auf Anhieb anmerkte, wie viel wichtiger ihnen ein guter Geschmack war als ein ständig steigender Jahresumsatz.

Christian lag sehr an einem solchen Eindruck, doch in essenziellen Fragen war der Narziss durchaus fähig, sich nicht allein auf sein Spiegelbild zu konzentrieren.

Bis ins letzte Detail durchdacht war sein Entschluss gewesen, seine Firma von dem elterlichen Anwesen in der nicht mehr als standesgemäß geltenden Gutleutstraße ein paar hundert Meter weiter in ein soeben fertig gestelltes Büropalais in der Wilhelm-Leuschner-Straße zu verlegen. Ihr wurde das Flair von Moderne, traditioneller Frankfurter Solidität und wachem Zeitbewusstsein attestiert – schon die Visitenkarten mit dieser Adresse sicherten einem Geschäftsmann den Ruf von exzeptioneller Befähigung und Weitsicht. Auch der großartige Panoramablick über die in den letzten Jahren sehr attraktiv gewordene Frankfurter Stadtsilhouette, den er künftig seinen Kunden würde bieten können, hatte Christian den Entschluss erleichtert, keine kleinlichen Rücksichten auf seine finanziellen Verhältnisse zu nehmen.

Noch vor Beginn der letzten Planungsphase hatte er seinen Charme und das Einfühlungsvermögen für Menschen, die diesem erlagen, höchst gewinnbringend eingesetzt. Es war im Verlauf von nur wenigen Wochen zu einer innigen Beziehung mit einer überaus talentierten, im Privaten allerdings störend fordernden Innenarchitektin gekommen. Zu Christians großer Erleichterung war in ihr unmittelbar nach der Einrichtung seines

Büros ein heftiges Verlangen nach weiterer Kreativität in New York erwacht.

Das »kleine Fest« zur Einweihung der neuen Geschäftsräume, wie es der Hausherr im Bewusstsein um die steigende Wertschätzung von Untertreibungen bezeichnete, konnte er also nach eigenem Geschmack ausrichten. Seinem Stolz tat das Wissen gut, dass er seiner kurzzeitigen Geliebten keine rücksichtsvollen Reverenzen mehr zu erweisen hatte und sich bei der Entgegennahme der zu erwartenden Komplimente nicht dem Verdacht würde aussetzen müssen, er sei ein Mann, der einen Hang zum Schmuck aus fremden Federn hätte.

Außer der aus übergroßen weißen Lederelementen bestehenden Sitzgruppe und einer abstrakten Skulptur ließ der Chef nur seinen Schreibtisch stehen, ein Prachtstück englischer Schiffsbaukunst, und einen Louis-Quinze-Sessel seiner Großmutter. Für das ungezwungene Ambiente bei der Party sollten die vielen schlichten, sehr kleinen Lederhocker und die gläsernen Tischchen sorgen, die Christian sich von einem benachbarten Einrichtungshaus mit bestem Leumund ausgeliehen hatte.

Christian ging es vornehmlich darum, nicht von der exquisiten Schönheit des kobaltblauen Teppichs abzulenken. Der war eigens für ihn von einem bescheidenen Knüpfer in einem winzigen Dorf in der Nähe von Bombay angefertigt worden, zu dem er seit seinen jugendlichen Lehr- und Wanderjahren Kontakt hielt.

»Ein besessener Künstler von unglaublicher Potenz«, hatte er Andrea vorgeschwärmt, »ich gäbe mein halbes Vermögen her, wenn ich diesen herrlichen Menschen nur ein einziges Mal mit dir besuchen dürfte.«

Zwei Wochen nach diesem Gespräch, an das sich Andrea so genau erinnerte, weil Christian den letzten Teil seiner Ausführungen in einem bedeutungsvollen Flüsterton angebracht hatte, fiel ihr mit einem Zynismus ein, der sie enorm verunsicherte, dass es am Ende gar einfacher sein könnte, die Bekanntschaft des eindrucksvollen indischen Teppichschöpfers zu machen, als Alfred davon zu überzeugen, dass es neuerdings zu ihren beruflichen Verpflichtungen gehörte, auf Einweihungsfesten für Büroräume zu erscheinen. »Das musst du doch verstehen, dass ich bei einem solchen Anlass nicht als Einzige ohne männliche Begleitung auftauchen will«, hatte die Schmollende gegen das einst geliebte Phlegma ihres Mannes aufbegehrt, »und außerdem finde ich es gut, wenn du endlich den Mann kennen lernst, der mir eine neue Chance gegeben hat.«

So es nicht die eigenen waren, hatte Alfred eine feindselige Einstellung gegen berufliche Verpflichtungen. Schon aus der Zeit des frühen Begreifens stammte die Animosität gegen Anlässe, die ihn privat mit Menschen konfrontierten, deren Biographie er nicht kannte und folglich auch nicht deren Einstellung zu Juden. Ihm kam der Gedanke, als Andrea ihn so energisch zum Mitkommen zu überreden versuchte, dass er früher durchaus mit ihr über solche Vorbehalte gesprochen und sie seine Einwände bestimmt akzeptiert hätte.

»Wozu soll das an einem Freitagabend gut sein?«, entgegnete er, gereizt durch den Rückblick und dessen unbefriedigende Bestandsaufnahme. »Soll ich mir vielleicht auch mein Käppchen mitnehmen, falls einer mit mir dort Shabbat feiern will? Ich dachte, wir sind uns einig, dass wir das Evas wegen zu Hause tun. Und jede Woche.«

»Nimm mich doch einmal im Leben ernst. Ich verstehe die ganze Diskussion nicht. Du bist doch sonst kein Prinzipienreiter, Bärchen.«

»Ist Bärchen doch. Es kommt ihm auf die Prinzipien an. Bei manchen steigt er aufs Pferd, und bei anderen bleibt er auf dem Teppich und bohrt zufrieden in der Nase.«

»Ich bin überhaupt nicht auf die Idee gekommen, dass es dir so viel ausmachen könnte, mir ein einziges Mal einen Gefallen zu tun.«

»Leider«, monierte der Sprachbewusste, »bist du auch nicht auf die Idee gekommen, dass Vorhaltungen mit der ehefeindlichen Verallgemeinerung einmal im Leben deinen Mann nicht dazu animieren, sich einer Horde von besoffenen Fremden auszusetzen. Du hast dich dieser verräterischen Formulierung gleich zweimal bedient.«

Alfred merkte sofort und noch während er seinen Mantel an die Garderobe hing, dass er sich zumindest in Bezug auf den Alkoholkonsum nicht verschätzt hatte. Die lauten Stimmen aus dem neuen Chefbüro deuteten bereits um acht Uhr abends auf einen Höchststand umnebelter Heiterkeit. Ein weißhaariger dicker Mann im schwarzen Rollkragenpullover presste sich auf dem Weg zur Toilette würgend eine feuchte Papierserviette vor den Mund. Ein bleicher blonder Teenager hatte verweinte Augen und laut Alfreds Diagnose Schwierigkeiten mit dem Kreislauf. Auf zwei leeren Bierkästen lagen überquellende Aschenbecher und nicht ausgepackte Blumensträuße. Es gelang Alfred nicht mehr, Andrea aus dem Mantel zu helfen. Im Moment seines Bemühens drückte ihm ein energischer junger Mann in einer rosaweiß gestreiften Weste einen gefüllten Sektkelch in die eine Hand und in die andere einen leeren Teller. Verdrossen stellte Alfred das Glas auf den Boden und schob das Tellerchen unter einen aufgespannten Regenschirm. »Gut Schabbes«, raunzte er.

»Bitte!«, flüsterte Andrea. Mit beunruhigten Augen erflehte sie von ihrem Mann jene Bereitwilligkeit, einen fremden Horizont anzuvisieren, um dessentwillen sie sich in ihn verliebt hatte. Sie fanden nach einiger Zeit, in der Alfred so erschöpfend über die Belästigungen und Gefahren von verbrauchter Luft referierte, als trage er Lungenfachärzten neue Forschungsergebnisse vor, und Andrea ihn verlegen in eine Ecke des Raums zu dirigieren versuchte, weil er auch mit Kopfschmerzen und einem steifen Hals drohte, zwei unbesetzte Hocker und setzten sich aufatmend hin. Von einer weiß beschürzten Kellnerin wurden ihnen zwei randvoll gefüllte Gläser hingehalten.

»Wasser?«, fragte Alfred so schüchtern, dass er Gefallen an seinem Spiel fand und das Glas ungelenk in beiden Händen hielt.

»Prost«, lächelte Andrea mutig. »Trink das Zeugs mit Andacht, du Muffel. Christian platzt vor Stolz, dass es bei ihm nur Champagner gibt. Er ist seit neuestem für einige Fabrikanten in Frankreich tätig.«

»Chaim«, grinste Alfred. Er lachte noch eine Spur provokativer, als ihm auffiel, dass es ihm schon beim ersten Versuch gelungen war, den hebräischen Trinkspruch laut genug auszusprechen, um die spontane Aufmerksamkeit einer Gruppe von drei Männern mittleren Alters zu erregen. Das plötzlich verstummte Trio sah Alfred neugierig an. Als hätten alle drei indes ihre rasche Reaktion für eine solche Situation abgesprochen, wandten sie ihre Blicke im selben Moment ab und lobten die Kanapees.

»Kanapskis«, korrigierte Alfred mit der gleichen deutlichen Stimme wie zuvor, »ostjüdische Leckerli. Sind nur nebbich nicht koscher. Wegen dem Aal. Pardon, wegen des Aals.« Befriedigt registrierte er, wie sehr Andrea errötet war, doch er zermalmte den unerwarteten Missmut an seiner Schadenfreude zwischen den Zähnen und danach ebenso grimmig einen Kartoffelchip.

»Tut mir Leid, dass du dich so schrecklich langweilst«, entschuldigte sich Andrea, »ich hab mir so einen Mordsrummel auch nicht vorgestellt.«

»Bin ich gekommen, um mich gut zu unterhalten? Ich bin gekommen, um meiner Frau einmal im Leben einen Gefallen zu tun.«

»Du bist schon einer«, seufzte Andrea in aufwendig gespielter Theatralik, doch es gelang ihr, der Stimme ihr schmeichelndes Timbre zu belassen und zärtlich nach Alfreds Hand zu greifen. »Hast du denn wirklich nie Lust, mal neue Menschen kennen zu lernen?«

»Mir sind die, die ich kenne, neu genug. Du bist das beste Beispiel, dass man nie auslernt. Wo ist eigentlich der Supermann, dem ich diesen vermasselten Abend verdanke?«

Der stand, umgeben von einer Gruppe sehr attraktiver junger Frauen in einer Jacke aus cremefarbenem irischen Leinen, die zwar nicht dem Anlass, dafür seinem Bemühen um das neuerdings geschätzte saloppe *understatement* entsprach, an seinem mit einem grünem Filztuch abgedeckten Schreibtisch. Schon seit einiger Zeit hatte Christian seine aufmerksamen Zuhörerinnen über die Renaissance englischer Möbel im Marinestil belehrt, doch ihm waren gerade jene gefällig würzenden Lebensepisoden ausgegangen, die ihn als einen passionierten Sammler erlesener Dinge profilierten.

Seinen übellaunigen Gast hatte er bereits identifiziert. In den immer länger werdenden Pausen seiner Ausführungen über Kunst und Schönheit am Arbeitsplatz schaute er – zwar mit der Diskretion eines guten Gastgebers, aber doch mit der prononcierten Neugierde, zu der Rivalen neigen – in Andreas Richtung. Es war der Instinkt des Jägers für die Bedeutsamkeit von Unwesentlichkeiten, der Christian spüren ließ, dass Andrea ihren Mann noch nicht auf ihren Gönner hingewiesen hatte. Belustigt genoss er den Vorteil des Beobachters, der sich durch seine Anonymität sicher weiß.

Es war keineswegs so, dass Christian zu Beginn ihrer Beziehungen andere Absichten gehabt hätte als einen selbstbestätigenden Flirt und die Nutzbarmachung von Andreas französischen Sprachkenntnissen. Auf die Dauer widersprach es jedoch seinem Charakter zu sehr, nicht wenigstens eine Attacke auf die

Treue einer verheirateten Frau zu wagen, die nicht nur perfekt in die Schablone einer grünen Witwe passte, sondern auch die Sucht hatte, ihren Ehemann in jedem Gespräch zu erwähnen. Der von Andrea Beschriebene faszinierte Christian ungewöhnlich intensiv. Schon bei der Begegnung im Park hatte es ihn immens gereizt, einen Mann kennen zu lernen, dem es gelungen war, eine Frau wie Andrea dazu zu bewegen, zum Judentum überzutreten.

»Das siehst du doch ein«, hatte er Andrea erklärt, »dass ich endlich mal wieder mit jemandem Kontakt bekommen möchte, von dem ich was lernen kann, was ich nicht weiß. Ich will immerzu neue Erfahrungen machen.«

»Ich finde es schön, dass du so denkst«, hatte Andrea gestaunt.

Als Christian vor ihm stand, plötzlich aufgetaucht wie der mythische Phönix aus der eigenen Asche, einen Kopf größer als er selbst, und ihm die Hand entgegenstreckte, hatte Alfred gerade eines jener selbstquälerischen Rätsel gelöst, zu denen er seit seinem frommen Nürnberger Treuegelöbnis verstärkt tendierte. Ihm war soeben klar geworden, weshalb ihm Andreas Aufmachung, eine tief dekolletierte weiße Bluse und ein weiter Rock aus raschelndem violetten Taft, nicht gefiel. Obwohl die Robe seiner Frau ausgezeichnet stand, erinnerte sie Alfred auf unangenehme Weise an die Dirndl der betagten Zwillingsschwestern aus der schwiegerväterlichen Familie, die er bei seiner Hochzeit im Verdacht gehabt hatte, sie würden über seine Mutter tuscheln.

»Das also ist der Mann, von dem ich so viel gehört habe«, rief Christian aus. Er holte vor der Pointe Atem.

»Und nur das Beste«, unterbrach ihn Alfred.

»Das Allerbeste«, lachte Christian. »Ich werde jedes Mal gelb vor Neid, wenn unsere Andrea über Sie redet. Von mir hat nur meine Mutter Gutes zu berichten gewusst, und die ist seit fünf Jahren tot.«

»Gott hab' sie selig!«, sagte Alfred. »Unsere Andrea«, fuhr er fort, als er sich ausgiebig genug an Christians Verblüffung delektiert hatte, »liebt alle Menschen. Sogar ihren eigenen Mann. Da sind Übertreibungen eine lässliche Sünde.«

Sie unterhielten sich trotzdem auf die erprobte Art selbstbewusster Weltmänner, die Freude an einem geschliffenen Humor haben und an der Kunst, jedes angeschnittene Thema an der gefälligen Oberfläche zu belassen. Andrea, die zunächst in schweigender Verlegenheit zwischen ihnen gestanden und mit dem besorgten Blick einer Mutter von einem zum anderen geschaut hatte, die fürchtet, ihre Kinder würden sie bei einem wichtigen gesellschaftlichen Anlass durch schlechte Manieren blamieren, war erlöst und lächelte einige Male in anziehender Unbefangenheit. Couragiert verdrängte sie die Szene mit dem hebräischen Trinkspruch und ging gar so weit, ihrem Unbehagen zu suggerieren, sie hätte, wie üblich, Alfreds Missstimmung bestimmt überschätzt und wahrscheinlich keinen Grund zur Befürchtung, er würde außer ihr noch jemanden provozieren wollen.

Christian sprach eloquent über die Sorgen des Mittelstands, einen beklagenswerten Mangel an eleganten Herrenboutiquen in Frankfurt und die rapide Veränderung des Stadtbildes, Alfred ebenso beeindruckend und sehr philosophisch von der der Menschen und Moral. Erstaunlich rasch wurden sich die gewandten Plauderer einig, dass eine in Ruhe gewachsene und natürliche gesellschaftliche Neuorientierung ihrem Sinn für Proportionen sehr viel mehr zusagte als die Rebellion der Achtundsechziger, die ihre Generation geprägt hätte. »Ruppig« nannte sie Christian.

»Ich habe jedenfalls mit einem entscheidenden Zipfelchen meinen Teil gegen den Muff der Talare beigetragen«, erinnerte er sich und wurde exakt beim richtigen Wort ironisch. »Erinnerst du dich noch, Andreachen? Ich ließ mir einen tollen Zopf wachsen.«

»Ich erwog den Kauf zerlöcherter Jeans«, zwinkerte Alfred zurück. »Das müssen Sie mir glauben. Auch wenn es Andreachen nicht bezeugen kann, weil wir uns damals noch nicht kannten.«

Danach erkundigte sich Christian so interessiert und mit einem für eine ungebundene Frohnatur erstaunlichen Einfühlungsvermögen in die Psyche eines Kindes nach dem »bezaubernden Prinzesschen Eva«, dass Alfreds Stimmung sich tatsächlich besserte. Bald ertappte er sich dabei, dass er erst zu ausführlich Antwort gegeben und zudem noch begonnen hatte, ebenso weitschweifig, aber immerhin wunderbar sarkastisch, wie er befand, von den leidvollen Erfahrungen mit den überbesorgten Müttern seiner kleinen Patienten zu erzählen. Christians gewinnendes Talent, sich perfekt auf einen ihm unbekannten Gesprächspartner einzustellen, animierte den Humor des Narrators zu weiteren Spitzenleistungen. Übermütig gab er gar die amüsante Anekdote von der Mutter zum Besten, die vor einigen Jahren von einem Kinderarzt allen Ernstes die Behandlung des einäugigen Teddybären ihres Sohns verlangt hatte.

»Ich habe zwar meine besten Manschettenknöpfe opfern müssen, doch die Operation war ein Meisterwerk. Das verhätschelte Balg hält mich seitdem für den lieben Gott, und der schöne blaue Teddy konsultiert mich noch heute, sobald er sich unpässlich fühlt.«

Andrea lachte am meisten und fragte ihren Mann mit vorwurfsvoller Koketterie, weshalb er ihr denn nie so schöne Geschichten aus seiner Praxis erzähle. »Zu Hause«, verriet sie im saloppen Ton jener Ehefrauen, die tatsächlich glauben, sie würden ihre Frustration nur als einen gelungenen Beitrag zur Konversation einsetzen, »ist mein Mann nämlich der große Schweiger.«

»Wie Bismarck«, nickte Christian kennerisch.

»Moltke«, verbesserte Alfred sanft.

Sie tranken das dritte Glas Champagner und unterhielten sich entsprechend angeregt über französische Weine und die gesundheitsfördernden Aspekte der kultivierten mediterranen Lebensart, als eine schrille Frauenstimme die sofortige Anwesenheit des Gastgebers anforderte. Christian machte eine unwillige Handbewegung und sich selbst mit dem Ausdruck größten Bedauerns zum Gehen bereit. Nach nur wenigen Schritten kehrte er jedoch um. Mit der angewiderten Miene eines Mannes, der wegen einer Lappalie aus einer zukunftsentscheidenden Konferenz herausgerufen worden und nicht bereit ist, sich einer solchen Zumutung zu beugen, setzte er sich zurück auf den Hocker. Kumpelhaft schlug er auf Alfreds Schulter.

»Ich muss Sie doch unbedingt noch zu einem Punkt interviewen«, erklärte er. »Die Frage beschäftigt mich schon seit einer halben Ewigkeit. Wie fühlen Sie sich denn als Jude in unserem Land und unter uns Deutschen?«

Nur in dem erschrockenen Moment, da er den veränderten Rhythmus seines Herzens wahrnahm, überlegte Alfred, ob sein Stolz und sein Empfinden für Würde es zulassen würden, seiner Scheu vor Konfrontation nachzugeben und das besitzanzeigende Pronomen nicht zur Kenntnis zu nehmen. Während er noch ohne Zorn und Leidenschaft zu analysieren versuchte, ob Christians Frage eine beabsichtigte Ausgrenzung war oder nur eine injurierende Gedankenlosigkeit, blieb er noch ruhig. Er stellte das Glas ab, schaute zur Decke und steckte seine rechte Hand in die Hosentasche, doch er fühlte, dass sie bereits feucht war. Alfred bemerkte auch die Schweißperlen auf der Stirn, und er ahnte die Farbe seiner Wangen.

Da sah er die flammende Röte in Andreas Gesicht und ihre zusammengepressten Lippen; er sah auch, wie sie Christian am

Ärmel zupfte und, als hätte ihr Mann weder Augen, Ohren noch Selbstwertgefühl und das Verlangen nach der Loyalität seiner Frau, warnend das fatale Wort »nicht!« wisperte. Das gab den Ausschlag. Andreas Reaktion war es, die Alfred traf, nicht die Beleidigung, die er aus Christians Frage heraushörte.

»Nu«, sagte der Gedemütigte, der Verletzte. In einer Feuersbrunst von lustvoller Streitbarkeit gab er dem Wort den anbiedernd verfälschenden Klang, den die Gedankenlosen und die Gehässigen, deren Erfahrungen und Intoleranz aus dem Kino und den bewusst bösartigen Inszenierungen des »Kaufmanns von Venedig« stammen, von Juden erwarten. »Nu«, wiederholte der Verwundete, starrte Christian an und dehnte abermals die Silbe zur einer aufreizenden Länge. »Ich muss Sie auch unbedingt zu einem Punkt interviewen. Wem hätten Sie eigentlich die Frage, die Sie seit einer halben Ewigkeit beschäftigt, gestellt, wenn Sie mich nicht getroffen hätten? Hätten Sie dem Vorsitzenden des Zentralrats der Juden in Deutschland geschrieben, oder hätten Sie sich mit dem Schicksal abgefunden, dass Ihnen keiner Auskunft geben kann?«

Wie Alfred, war Christian aufgestanden. Auch er drückte nun seine Hände in die Taschen, krümmte den Rücken, fuhr sich mit dem Zeigefinger über die Stirn. Einige Male wechselte er das Standbein, als ermüde ihn das Stehen. Mit der abrupten, schuldbewussten Bewegung eines Menschen, der zwar wittert, dass er ein nicht reparables Missverständnis zu verantworten hat, dessen Zustandekommen er jedoch nie wird begreifen können, senkte er den Kopf. »Aber«, stammelte er und wurde, was ihm seit Jahren nicht widerfahren war, tatsächlich rot, »es war doch nur eine ganz harmlose Frage. Ich habe sie doch nicht böse gemeint. Ich bin überhaupt nicht auf die Idee gekommen, ich könnte Sie irgendwie verletzen. Das müssen Sie mir glauben.«

»Sie glauben gar nicht, wie ich Ihnen das glaube! Ich kann

absolut nachvollziehen, dass Sie Ihr ganzes Leben nach einem Juden Ausschau gehalten haben, dem Sie Ihre Frage stellen können. Und dann haben Sie das Glück, endlich auf mich zu stoßen. Das muss ja für Sie wie ein Sechser im Lotto gewesen sein, als Sie hörten, dass ich heute komme.«

»Alfred«, bettelte Andrea, »beruhige dich erst einmal. Bitte! Du hast Christian nur falsch verstanden. Mach doch hier keine Szene.«

»Wo sonst? Hör um Himmels willen auf, mich am Ärmel zu reißen. Scheint neuerdings deine Spezialität zu sein. Ich muss mich jetzt ganz auf Herrn Schröder konzentrieren. Er hat mir soeben klargemacht, wie naiv und dämlich ich bin. Ein Phantast wie mein Großvater, der in der Synagoge für das Wohl des Kaisers betete und ihm in Verdun die Funktionsfähigkeit seiner Lunge geopfert hat. Was heißt das schon, dass ich in Frankfurt geboren bin, einen deutschen Pass habe und Deutsch meine Muttersprache ist? Ein deutsches Vaterland braucht ein ordentlicher Mensch. Und so einer wie ich, dessen Familie man in Auschwitz durch den Schornstein gejagt hat, hat das Recht darauf verwirkt.«

»Nichts von dem wollte ich sagen«, wehrte sich Christian, »ich wusste überhaupt nichts von ihrer Familie. Ich kenne mich in solchen Dingen nicht aus.«

»Sie haben ganz Recht, mein Lieber«, erwiderte Alfred, und wer ihn sah und hörte, fand keinen Grund, an der Sanftheit des Blicks und der Freundlichkeit der Stimme zu zweifeln, »ich bin genau der Mann, den Sie sich seit einer halben Ewigkeit vorgestellt haben. Ich laufe durch Ihr Land und warte darauf, dass mich einer endlich mal fragt, wie ich mich als Jude unter den Deutschen fühle.«

»Es reicht, Alfred. Du hast es geschafft. Lass uns nach Hause gehen.«

»Nein, Andreachen. Wenn ich schon dabei bin, Tabula rasa zu machen, muss mich meine strenge Preußin schon ausreden lassen. Wissen Sie, Herr Schröder, ich bin gar kein Kinderarzt. Das habe ich meiner unschuldigen deutschen Frau nur weisgemacht. In Wirklichkeit verleihe ich in meiner Praxis Geld zu Wucherzinsen, vertreibe arme alte Leute aus schönen alten Häusern, die ich abreißen lasse, um Banken und Bürohäuser zu bauen. Nur am Freitagabend bin ich ein rundum anständiger Mensch. Da spreche ich das Shabbatgebet mit dem bezaubernden Prinzesschen Eva. Dazu setze ich dieses Käppchen auf. Wenn Sie mal einen Mann mit dieser Kopfbedeckung sehen, vergessen Sie nicht, ihm Ihre Frage zu stellen.«

Mit einer resoluten Bewegung versuchte Andrea, ihrem Mann das schwarze Samtkäppchen vom Kopf zu ziehen, doch ihr Fingernagel verfing sich in einem silbernen Faden der Stickerei. Sie verlor das Gleichgewicht; Alfred musste sie auffangen. Mit einem Ausdruck der Verwunderung hielt er sie fest – eine Umarmung zweier Erschrockener, die nichts mehr voneinander wussten. Als sich ihre Körper trennten, war Christian verschwunden, eingetaucht in den Schutz von Verstummten, deren Augen nach der Sensation des öffentlichen Eklats gierten und die wie Marionetten wirkten, die der Puppenspieler noch nicht aus der Erstarrung erlöst hat. Nur ein Beherzter erkannte das Gebot der Tat. Er drehte die Musik auf volle Lautstärke. Einige Sekunden lang war selbst das Klirren der Gläser nicht mehr zu hören, danach umso lauter das Gelächter der Trunkenen und die Stimmen derer, die sich in der Obhut der Mehrheit geborgen wussten.

»Das ist dir prächtig gelungen«, schrie Andrea im Auto. Sie trommelte mit beiden Fäusten auf das Armaturenbrett und, als sie nur noch zu schluchzen vermochte, auf Alfreds Schultern.

»Lass den Quatsch. Willst du uns umbringen? Ich habe ja

geahnt, dass es kein angenehmer Abend werden wird. Vielleicht bin ich kein Partytyp. Manchmal kommt es mir sogar vor, als würden sich die Leute sofort aufregen, wenn sie mich nur sehen. Ob das an meiner Nase liegt?«

»Nimm endlich diesen albernen Schabbesdeckel von deinem klugen jüdischen Kopf, du anmaßender Trottel. Ich weiß genau, weshalb du ihn mitgenommen hast. Und wenn du wieder nüchtern bist, machst du dir vielleicht klar, dass du es für mich mit dem einzigen Menschen verdorben hast, der mir noch einmal im Leben eine Chance gegeben hat.«

»Ich bin nicht nur nüchtern. Ich bin ernüchtert.«

»Wortklauberisch. Das warst du schon immer.«

»Rabulistisch. Sprich das Wort ruhig aus. Rabulistik hat man seit jeher den Juden nachgesagt. Ist eine besonders kultivierte Form des Antisemitismus. Übrigens haben wir soeben den Punkt unserer Ehe erreicht, an dem du mich als einen miesen Juden beschimpfen darfst.«

Sie sprachen nicht mehr und gaben sich doch Antwort, hängten die Mäntel an die Garderobe, falteten akkurat die Schals, bohrten die Spitzen der Regenschirme in den Ständer. Alfred warf die Zeitung vom Vortag in den Papierkorb, Andrea drei durchgeweinte Taschentücher in die Toilette. An Evas Bett stand der Vater auf der linken, die Mutter auf der rechten Seite. Sie sahen die blonden Haare ihrer schlafenden Tochter auf einem hellblauen Kissen, das aufgeschlagene Buch mit der Fee in einem Rock aus wilden rosa Rosen auf dem Nachttisch und auf einem Glasteller ein Stück vom Mohnzopf, den ihre Großmutter zum Shabbat gebacken hatte.

Ihre Augen nahmen jeden Pinselstrich des verzaubernden Aquarells wahr, doch ihre Herzen nicht mehr die Botschaft. Das Schweigen war die Entscheidung. Sie wussten, es würde ihnen nie mehr gelingen, gegen die Wortlosigkeit mit der Illusion von der Heilkraft der Liebe anzugehen, die die Mutigen zum Schritt abseits vom genormten Pfad bestärkt. Ausgedient hatte auch, weil Realität geworden, der Spott über die Schlager, die in immer neuen Variationen Herz und Schmerz zum Lebensreim fügen.

Es war das erste Mal, dass sich vor Andrea und Alfred der Fluss ohne Brücke im selben Augenblick auftat. Ein jeder stand am vorbestimmten Ufer und trauerte um das Paradies, das sie hatten verlassen müssen, weil sie sich am Tor zur Seligkeit nur über die Zukunft geeinigt und gewähnt hatten, die Vergangenheit wäre allein eine elterliche Erblast und die Jugend immun gegen deren Krallen. Alfreds Tränen erstarrten in der Kehle, wie Lots Weib, zu Salz. Andreas klare blaue Augen hatten ihre Farbe verloren. Alfred seufzte, weil seine Verzweiflung ihn zu dem Frühlingstag zurückführte, an dem er über die Hürde gesprungen war.

Im Badezimmer hing aus den Zeiten der letzten Hoffnung und noch nicht verloschener Glut das durchsichtige schwarze, mit roter Spitze besetzte Gewand der Königin der Nacht. Wie eine Schlafwandlerin nahm es Andrea vom Bügel, streifte es über, ohne zu wissen, was sie tat, tropfte, auch dies eine Reflexbewegung, Parfüm mit dem Duft von Zitronen auf Hals und Brust und bürstete sorgsam ihr Haar. Sie schlüpfte gar in die silberfarbigen, hochhackigen Pantoletten, die ihr Alfred am Tag nach seiner Nürnberger Reise geschenkt hatte.

»Dein Timing stimmt nicht mehr«, sagte Alfred. »Außerdem gehe ich noch mal fort.«

»Zu deiner Mutter?«, brüllte Andrea.

»Zu wem sonst?«

»Sie hat mich nie akzeptiert.«

»Dein Gedächtnis stimmt auch nicht mehr.«

Obwohl Mitternacht schon vorüber war, als Alfred die Wohnungstür aufschloss, brannte im Wohnzimmer die Stehlampe. Im Radio warnte eine muntere Stimme vor einem entlaufenen Pferd in der Rhön. Alfred lächelte, als er an der Küche vorbeiging, und wärmte seine Sinne mit Wehmut, denn seine Nase fing den kindheitsberuhigenden, männertröstenden Duft von kochender Hühnerbrühe ein. Der aus einem Stahlhelm geschlagene Topf, den seine Mutter von dem ersten Geld gekauft hatte, das ihr nach der Befreiung aus dem Konzentrationslager zugeteilt worden war, stand auf dem Herd. Er wartete auf den Satz »Ein Topf war mir wichtiger als eine warme Jacke«, doch Ruth sagte: »Früher bist du am Shabbat gekommen, ehe das ganze Fleisch verkocht war.«

»Woher hast du gewusst, dass ich überhaupt noch komme?«

»Hab ich's gewusst? Was weiß eine Mutter von ihrem Sohn? Aber mit diesem Besuch rechne ich seit Wochen.«

»Seit wann hast du denn das Gras wachsen gehört, Mama?«

»Seit deiner Hochzeit.«

»Welcher? Der ersten oder der jüdischen?«

»Du hast schon als Kind Fragen gestellt, die zu nichts gut waren. Geh lieber ins Bad und wasch dir das Gesicht. Besser den ganzen Kopf. Kaltes Wasser ist gut für heißen Ärger, hat dein seliger Vater gesagt. Ich hole die Suppe.«

Er sagte, ihm sei der Appetit vergangen, doch er aß zwei Teller Suppe, den Rest vom Mohnzopf, danach zwei Portionen vom süßen Fisch. Als ihm bewusst wurde, dass es nicht mehr die Erbitterung war, die in seiner Kehle brannte, sondern der Meerrettich mit der roten Bete, lehnte er sich zu Ruth hinüber und streichelte ihre Wange. Sie stand jedoch auf, faltete die Hände über Alfreds Kopf und sprach den Segen der Mutter für den Sohn.

»Den Kren hat sie nie richtig hingekriegt.«

»Stiehlst du mir den Schlaf, um mit der goischen Küche abzurechnen? Oder bist du gekommen, um deiner alten Mutter, die sich für dich halb umgebracht hat, zu erzählen, dass du dich scheiden lassen willst?«

»Beides. Zu gegebener Zeit.«

»Besser, du wartest nicht, bis dir einer Zeit gibt, du Schlemihl. Halina ist schwanger.«

16

An Rosch haschana, ein Jahr nach ihrem einzigen Besuch in der Synagoge, begleitete Andrea einen Kunsthändler aus Lyon zur Kölner Möbelmesse und am nächsten Tag Christian zu einem für ihn überaus wichtigen Klienten nach Kehl. »Tut mir Leid, aber es geht nun mal nicht anders«, rief sie von der Küche ins Schlafzimmer, als die Dreiklanghupe von Christians Alfa Romeo zahlreiche Bewohner der Heinestraße an ihre Fenster trieb.

Alfred war wütend. Er war gerade dabei gewesen, in seiner Nachttischschublade die blaue Samttasche mit dem Käppchen und Gebetsschal zu suchen. Erst in diesem Moment machte er sich klar, dass seine Frau ihre Absicht, an Rosch haschana zu arbeiten, in die neue Wirklichkeit ihrer Ehe umgesetzt hatte. Der Düpierte hatte die Auseinandersetzung, in der Andrea ihm dies angekündigt hatte, als belanglos, ihren Hinweis auf die zwei unaufschiebbaren Termine an den geheiligten Tagen des jüdischen Jahres als eine jener nicht ernst gemeinten Drohungen empfunden, zu denen sie seit der Party bei Christian neigte. Nun, da sie die Provokation gewagt hatte, erschien ihm die Pointe zu sarkastisch. Nicht er, sondern seine konfliktscheue Frau hatte es unternommen, auf die Breite des Grabens hinzuweisen, der dabei war, sie endgültig zu trennen.

Die Erkenntnis, dass dieser Schritt die Aufforderung war, sich auf den Epilog einzustellen, traf Alfred so unerwartet, dass er weder Aufbegehren noch Vorwurf wagte. Wie ein Mann, der sich in einem plötzlich aufwallenden Bergnebel verirrt hat, aber noch nicht um die Sicherheit seines Tritts bangt, ging er in den

Flur und ergriff Andreas zögernd ausgestreckte Hand, als würde sie sich an einem ganz normalen Tag verabschieden, um in der Stadt Besorgungen zu machen. Fast erwartete er die Frage, ob sie ihm Rasierwasser oder neue Batterien für sein Radio mitbringen sollte, doch sie nestelte an ihrem Schal herum und riss sehr abrupt die Wohnungstür auf.

Der Verblüffte, Sprachunfähige, in seinem religiösen Empfinden Gedemütigte stellte sich an das geöffnete Fenster, um Andrea in Christians Wagen einsteigen zu sehen. Ihm fiel auf, dass sie eine Bluse trug, die er nicht kannte, und ausgerechnet den Schal, den seine Mutter ihr zu Chanukka geschenkt hatte. Mechanisch zog er die Quersumme von Christians Autonummer. Sie ergab eine Dreizehn, und er lachte höhnisch.

Ergrimmt ging Alfred ins Schlafzimmer zurück, wühlte weiter im Nachttisch und fand endlich den Gebetsschal; er nahm sich vor, Andrea bei ihrer Heimkehr ruhig, leidenschaftslos, auf alle Fälle ohne Bitterkeit und Vorwurf zu fragen, ob sie sich wirklich klargemacht hätte, wie sehr sie ihn durch ihre Missachtung der jüdischen Feiertage treffen, die Bedürfnisse ihrer Tochter missachten, seine Mutter verletzen würde. Das Wort »wirklich« sprach er laut aus und betonte es mit einer Dramatik, die ihn entsetzte.

Auch dieses Gespräch kam, wie die übrigen, die seit dem Ausbruch der offenen Feindseligkeiten fällig gewesen wären, nicht mehr zustande. Der heftigen Magenkrämpfe wegen, die just im Moment ihrer Rückkehr einsetzten, konnte Andrea an keinem der beiden Abende des jüdischen Neujahrsfestes mit Mann und Tochter an dem festlichen Essen bei ihrer Schwiegermutter teilnehmen.

»Beim Schofarblasen an Jom Kippur kommt Mami bestimmt mit in die Synagoge«, tröstete sie ihre empörte Tochter, zu sehr in die Enge getrieben von Evas unvermutet aggressiver Reaktion, um zu bedenken, was sie ihr versprach. »Jom Kippur wird kein Schofar geblasen«, schrie Eva zwischen zwei Schluchzern, »das haben wir schon in der Vorschule gelernt. Lea weiß das auch.«

»Vorneschule«, lächelte Andrea beschwichtigend, »erinnerst du dich noch, wie du immer Vorneschule gesagt hast, Schätzchen? Das war so süß. Du konntest das Wort nicht aussprechen. Ich musste dir immer helfen.«

Eva trocknete ihre Augen mit dem Zipfel ihres Pferdeschwanzes, wie einst ihre Mutter, als sie sich die Erleichterung von Tränen noch nicht ausschließlich unter der Bettdecke gestattet hatte. Mit jener ruhigen, monotonen Stimme, die auffällig der ihres Vaters auf dem Höhepunkt des Zorns glich, sagte sie: »Heute hat mir meine Omi geholfen. Sie hat alle Knöpfe an meinem Kleid zugemacht und auch meine neue Kette. Die hab ich von meinem Papi. Meine Omi hat gesagt, ich muss schön sein, wenn ich in die Synagoge gehe.«

»Aber du bist doch schon groß. Du machst dir doch immer selbst deine Knöpfe zu.«

»Kann es sein, dass sie gar nicht von Knöpfen redet?«, fragte Alfred.

Jom Kippur sah der Vater des gewitterfühligen Kindes mit noch größerem Unbehagen entgegen als dessen Mutter. Andrea glaubte zumindest das Recht auf ihrer Seite. Sie hatte sich nach Rücksprache mit ihrem Arzt entschlossen, wegen ihrer anhaltenden Magenbeschwerden nicht zu fasten. Gerade wenn ihr der Kreuzweg bewusst wurde, an dem sie stand, setzte sie noch auf den Buchstaben des jüdischen Gesetzes. »Kranke, Kinder und Schwangere fasten nicht«, hatte Sara sie einst gelehrt. Weil sie Alfred allerdings den Besuch bei Dr. Koch verschwiegen hatte, war sie sich noch nicht schlüssig, wie sie ihm einen so schwer wiegenden Schritt erklären sollte. Häufig probte Andrea den Satz: »Kranke dürfen doch an Jom Kippur nicht fasten«, doch kaum stellte sie sich die Szene vor, hörte sie ihren Mann erwidern, es obliege dem Kranken selbst, das Maß seines Leidens zu bestimmen. Seine Stimme machte sie frösteln.

Alfreds Probleme waren ebenso unlösbar. Von einem Tag zum anderen nahm die Furcht zu, Andrea würde ihn nach Evas Tränenstrom an Rosch haschana tatsächlich zu Jom Kippur in die Synagoge begleiten wollen. Schon der Gedanke erfüllte ihn mit Unbehagen, das Debakel vom letzten Mal könnte sich wiederholen, und er würde sich abermals genötigt sehen, sich bei Andrea für Vorwürfe zu rechtfertigen, die sie nicht zu formulieren wagte. Noch sehr viel mehr belastete ihn die am höchsten Feiertag gebotene Pflicht zur Einkehr und Versöhnung. Sie war Alfred stets mehr als nur Tradition gewesen und nun im Wissen um seine scheiternde Ehe ein so starkes Bedürfnis, dass er nächtelang wach lag und zweifelte, ob sein Verhältnis zu seinem Glauben je so unbekümmert und liberal gewesen war, wie er sich so lange der Liebe wegen weisgemacht hatte.

Während der zehn Bußtage zwischen dem Anfang des neuen jüdischen Jahres und Jom Kippur änderten sich nicht nur Ton und Gewohnheiten einer Ehe im Aufruhr, sondern auch die Wetterlage. Die sonnenwarmen Oktobertage gingen übergangslos in einen stürmischen und nasskalten Herbst über. Entsprechend verfrüht setzte die erste Erkältungswelle des Jahres ein. Sie war ungewöhnlich heftig, Alfred in seinem Bedürfnis nach Bedenkzeit und seiner Neigung zur Flucht vor dem Unausweichlichen jedoch so willkommen, dass er sein ärztliches Gewissen in Frage stellte.

Zufrieden ging er morgens aus dem umschatteten Haus des Zwists, ließ sich tagsüber von der Befriedigung an seiner Arbeit wärmen und kam erst nach Hause, wenn seine Frau und Tochter zu Abend gegessen hatten. Er brauchte, ehe er sich hinter die

Zeitung zurückzog, nur noch mit Eva das Abendgebet zu sprechen. Wenn sie mit ihrer kindersingenden Stimme »Omen« sagte, dachte er an das Gespräch mit Hermann auf der Reise nach Nürnberg und flehte den Gott an, dessen Segen seine Tochter soeben erbeten hatte, auch ihn nicht zu verlassen.

Noch an den Spätnachmittagen saßen so viele hustende, fiebernde Kinder und übernervöse Mütter in der Praxis wie am frühen Morgen. An einem einzigen Tag erkrankten drei Säuglinge an schwerer Mittelohrentzündung und ein kleines Mädchen an Scharlach. Alfred machte bei allen vieren täglich zwei Hausbesuche. Bei der dreijährigen Patientin mit Scharlach, deren Mutter eine gute Freundin von Halina und für einen Mann im würgenden Griff der Melancholie zerstreuend heiter war, erschien der Pflichtbewusste auch dann noch täglich zur Visite, als ihre Genesung außer Frage stand. Das sanftäugige Rehkitz war so gesund geworden, dass es kreischend herbeieilte, sobald es seinen behandelnden Arzt erblickte, um ihn mit einem Lasso an einen Küchenstuhl zu fesseln. Dort wurde er von der aparten Mutter der vitalen Skalpjägerin mit einem Glas Carmelwein und dem neuesten Klatsch in der Jüdischen Gemeinde bewirtet. Er erfuhr, dass Halina noch schöner geworden war.

»Das wird bestimmt ein Junge«, prophezeite ihre Freundin.

»Hast du ein Massel«, diagnostizierte Ruth, als sie ihren Sohn eines Morgens erst nach dem dritten Versuch in der Praxis erreichte. »Du brauchst überhaupt nicht mehr an etwas anderes zu denken als an Wohltaten. Musst dir nur einbilden, du bist Sauerbruch und bekommst dafür auch noch Geld.«

»Der Allmächtige wird sich schon was dabei gedacht haben, wenn er gewollt hat, dass ich Medizin studiere, Mama.«

»Ich hab gewollt. Und für das lange Studium hat dein seliger Vater geschuftet. Er hat immer gesagt, wenn ein Mann schlafen geht, soll er ein volles Bankkonto und einen leeren Kopf haben.

Deiner ist schon so voll, dass er vergessen hat, was Zukunft ist. Wozu soll dann das Geld gut sein, dass du am Schnupfen von den Kindern fremder Leute verdienst?«

Das gewaltige Arbeitspensum machte es Alfred zwar leicht, seinem Argwohn vor voreiligen Entschlüssen nachzugeben, doch seine Mutter täuschte sich mit der Annahme, er wollte der Realität auf erprobt phlegmatische Art entfliehen. Er war sich allzeit bewusst, dass die Hoffnung auf einen Neuanfang mit Andrea der Selbstbetrug eines Narren gewesen wäre und dass er sich zum Handeln entschließen musste, wollte er nicht für immer das Vertrauen in seine Würde und sein Selbstbewusstsein preisgeben. Auf den ausgedehnten Touren zu den Patienten grübelte er ebenso besessen wie analytisch über die Seelenkrise eines Mannes, dessen Gewissen und das Empfinden für die Verantwortung, die er seinem Kind schuldete, so sehr viel präzisere Forderungen stellten als sein Herz.

Alfred hatte immer zur Melancholie geneigt, nun entmutigten ihn jedoch depressive Stimmungen, wie er sie zuvor nie gekannt hatte. Es verlangte ihn selbst in der Praxis, wenn er sich auf seine Arbeit zu konzentrieren glaubte, nach Halina, nach ihrer verführerischen Lebenslust, dem frivolen Humor, nach ihrer Wärme und unerschrockenen Direktheit; es drängte ihn danach, Marco an sich zu drücken und ihm mit der Hand durch seine Locken zu fahren. Nachts, wenn Alfred aus dem Schlaf fuhr und sich wünschte, er würde nie mehr aufwachen, verdammte er seine übermächtige Sehnsucht als kindlich und illoyal gegenüber seiner von ihren Eltern bedrohten Tochter, doch er konnte seine Begehrlichkeit nicht zügeln.

Immer wieder schob er den Besuch bei denen, die er liebte, jedoch hinaus und verachtete sich als einen, der sich von seiner Feigheit hatte paralysieren lassen. Noch wehrte sich Alfred gegen die Gewissheit, die Scheidung von Andrea bedeute die Trennung von Eva. In Momenten der größten Furcht machte er sich weis, er müsste nur seine Frau zu einem klärenden Gespräch bewegen, und sie würde einsehen, dass allein er und seine Mutter Eva jüdisch erziehen könnten. In einem Brief an Andrea, den er nicht abschickte, schrieb er: »Das Kind hat ein Recht auf seine Wurzeln.«

Nach dem Eklat auf der Party hatte Alfred nicht mehr mit Andrea gestritten, jedoch auch nichts Grundsätzliches mehr erörtert und ihr schon gar nicht erklären können, weshalb ihn Christians Frage so erregt, verletzt und in die Rolle des Provokateurs gedrängt hatte. Er spürte, dass allein schon die Dauer des Schweigens das Urteil über seine Ehe fällte. Auch die äußeren Umstände bestätigten ihm dies. Andreas berufliche Verpflichtungen hatten sich innerhalb einer Woche so stark vermehrt, dass er nicht an einen Zufall glauben mochte. Ebenso auffällig war ihre neue Gewohnheit, nach der morgendlichen Versorgung von Eva in der Küche zu bleiben, bis Alfred das Haus verließ. Sie übernachtete auch wieder auf dem Sofa im Wohnzimmer. Eines Abends folgte er ihr ins Badezimmer.

»Du sagst es mir doch, wenn es so weit ist?«

Andrea legte die Haarbürste aus der Hand, straffte die Schultern und hob den Kopf. Sie öffnete auch den Mund, sagte aber nichts. Der Klang einer Kindertrompete, im Übermut geblasen, hatte sie stumm gemacht. Ihr war der sonnige Morgen eines Apriltags eingefallen. Es war zwei Tage vor Pessach; soeben hatte sie Alfred von ihrem Übertritt zum Judentum erzählt. Im roten Nachthemd ging sie auf ihn zu. Er hatte Rasierschaum im Gesicht und das Staunen eines Mannes in den Augen, der nicht an die Größe seines Glücks glauben mochte; sie nannte ihn Bärchen und hörte die Schläge seines Herzens. Nun seufzte die um ihr Opfer Betrogene, denn sie wusste, sie würde, was immer kommen möge, diese Stunde nicht mehr ihrem Gedächtnis und die Liebe, die gewesen, nicht mehr ihrem Sehnen entreißen können.

»Ist dir was?«, fragte Alfred.

»Es ist nichts«, sagte sie, »ich bin nur schrecklich müde.«

Es war Andreas Flucht vor dieser letzten Chance zur Aufrichtigkeit, die Alfred schließlich doch den Mut gab, nicht länger der ohnmächtige Knecht seines Gewissens zu sein. Drei Tage vor Jom Kippur fuhr er in die Maximilianstraße. Es war, was er wohl bedacht hatte, ein Mittwochnachmittag, und in einem Anflug von Aberglauben, der ihn erschreckte und doch endlich wieder fühlen ließ, dass er noch lebte, war ihm der Einfall gekommen, Halina nicht anzurufen, um das Treffen zu verabreden.

Das alte Lotteriespiel um die Gunst des Schicksals – ohne Logik, eine Beleidigung von Verstand und Intellekt, Frevel und Sünde für den, der an Gott glaubte – war noch immer so phantasiebeflügelnd wie in den Tagen der Jugend. Traf er Halina an, wollte Alfred dies als den Hinweis Fortunas auf den Anbruch guter Zeiten werten. War sie nicht zu Hause, würde er klaglos die Entscheidung der fremden Götter akzeptieren und auf jene beiden Menschen verzichten, die aus Vernunft Irrsinn machten und die Angst des Besonnenen der Lächerlichkeit preisgaben.

Das Füllhorn öffnete sich in dem einzigen Sonnenstrahl eines regenschweren Tages. Schon als Alfred in die Maximilianstraße einbog, sah er Marco vor dem Haus auf einer niedrigen Mauer sitzen. Amors listiger Jünger in einem meerblauen Anorak und mit einer Krone aus schwarzem Haar, stützte die Ellbogen auf die Knie, hielt den Kopf gesenkt und verbarg das Gesicht in seinen Händen. Alfred kurbelte das Fenster herunter. Er wollte dem Sinnierenden zurufen, dass er kein Recht hätte, im Schlaf dem Tag seine schönste Stunde zu stehlen, doch stattdessen lachte er so laut wie seit Wochen nicht mehr. Sofort danach jubelte er zum zweiten Mal, erheitert, befreit, auf eine unendlich beruhigende Art erstaunt, denn er hatte gewähnt, dieser berauschende Wohlklang berstender Freude wäre ihm für immer genommen worden.

Marco sah aus wie eine Miniaturausgabe von Rodins berühmtem »Denker«, in sich gekehrt und in sich ruhend, abgetaucht in eine Welt, zu der die Oberflächlichkeit des Lebens keinen Zugang hatte, noch nicht einmal Einlass zu begehren wagte. Alfred hatte die Plastik immer bewundert, sich von ihr jedoch nie angezogen gefühlt. Sie war ihm kalt, dem Menschen zu fern erschienen. In der lebensvollen Verkleinerung durch Marco erblickte er nun eine anmutige Verkörperung von Schönheit und Harmonie.

Er blieb im Auto sitzen und streckte seine erhitzte Stirn in einen kühlenden Wind. In ihm war kein anderes Bedürfnis mehr, als sich der Wahrheit zu stellen. Sie ließ ihn wissen, dass es seinem Anstand und seiner Moral vielleicht gelingen würde, den Duft von Halinas Haut zu vergessen und seinen Ohren die Erinnerung an ihr Gelächter zu nehmen, doch sein Herz würde nie die Liebe für den fremden Sohn freigeben.

»Ein Souvenir aus Tunesien«, hörte er Halina sagen. Sie sprach nicht, sie sang und lockte. Er band sich, wie Odysseus, an den Mast, denn seine Frau war schwanger, und er liebte sie, und doch folgte er der Sirene in das breite Bett mit den lila Laken. Die feuerrote Schlange stand wieder in seiner Praxis und drückte den vierjährigen König Marco an die Brust. Alfred senkte den Kopf, weil er sich so spontan in den Sohn verliebt hatte wie einst in die Mutter. Schon da hatte er gewusst, was er tat, und auch, dass sich jedes einzelne Kapitel seiner Biographie wiederholen würde.

Der Sünder, die Sinne vom Blitz der Vergangenheit geblendet, sah Marco nicht aufstehen. Er hörte weder den überraschten

Freudenschrei noch das Klappern einer leeren Bierdose, die die schweren Stiefel eines beseligten Kindes im Übermut gegen die Radkappe stießen. Alfred merkte noch nicht einmal, dass die Wagentür aufgerissen wurde. Er kehrte erst von seiner Schicksalsreise zurück, als er die Hitze von Marcos Händen fühlte. Sie rissen ihm den Schal vom Hals, die kalte Pfeife aus dem Mund und die Skrupel aus seinem Gewissen.

»Onkel Alfred«, sagte Marco. Er betonte das Wort Onkel wie ein folgsam plapperndes Kind, denn er hatte bereits den Witz zum selbstironischen Rückblick, und er seufzte, weil er überwältigt von seinem Glück war und noch keine Ausdrücke für die Überfülle des Herzens kannte. »Wo bist du die ganze Zeit gewesen?«

»Weit weg, Marco. Sehr weit. Dein Onkel Alfred ist ein Narr.«

»Das weiß ich doch«, erwiderte der Kluge.

»Halina hat gesagt, ich darf dir nicht böse sein, wenn du uns nicht besuchen kommst. Du bist ein Schimmel.«

»Ein Schlemihl, mein Freund. Und was für einer!«

Sie gingen Hand in Hand zum Haus und schoben sich lachend die zerbeulte Bierdose zu. Einmal blieben sie stehen, um nicht zu schnell ins Ziel zu laufen. Es war, als wollten sie jede herzklopfende Minute in die Unendlichkeit dehnen. Marcos Augen waren teerdunkel, hell leuchteten in ihnen die Sterne der Freude. Er schob seine Zunge im Mund herum und lächelte verlegen, als wäre er noch Kind. Doch als er die Haustür mit dem Schlüssel aufschloss, der an einem roten Lederband um seinen Hals hing, pfiff er wie ein Mann.

»Halina ist schwanger«, flüsterte er vor der Wohnungstür und drückte dreimal auf die Klingel.

»Du sollst mir keine fremden Kerle anschleppen, Marco«, schimpfte Halina, »die versauen die ganze Wohnung.«

»Onkel Alfred tut das nicht«, erwiderte Marco im gleichen Ton, »er hat mir versprochen, nichts anzufassen.«

Sie war stark gebräunt von der Sonne Israels, hatte ihre kupferfarbige Haarfülle zu einem schweren Zopf geflochten, in dem bei jeder Bewegung breite blaue und kleine weiße Schleifen wippten, und sie trug Alfreds bestes Hemd. Der erfahrene Weitsichtige hatte es für jene Gelegenheiten in ihrem Wäscheschrank deponiert, die einen plötzlichen Besuch im Restaurant und einen entsprechend hastigen Aufbruch erforderten, weil die Hohepriesterin der Erotik nur Oliven als Vorspeise, Wein statt Brot und ihren Körper zum Dessert kredenzen wollte. Nun war das gestärkte weiße Hemd zu einem flatternden Gewand für besondere Umstände mutiert.

Halinas Bauch hatte sich schon zu runden begonnen. Auf der Stirn waren drei neue Sommersprossen hinzugekommen, vier auf der Nase. Die grasgrünen Strumpfhosen, die vor Jahren Alfreds Mutter dazu gebracht hatten, die modischen Kapriolen eines jungen Mädchens mit seinem Charakter zu verwechseln, betonten die Üppigkeit ihrer Hüften und ihre strammen Waden, der violett schimmernde Lidschatten ihre fesselnden Augen. Eine Kaskade von silbernen Ketten rieselte auf die wogende Brust, an jedem Ohr hing ein Papagei aus grünem Malachit mit gelbem Schwanz und Augen aus rubinrotem Glas.

»Willst du nicht wenigstens die Musik abstellen? Bei dem Krach versteht man ja sein eigenes Wort nicht.«

»Will ich nicht«, sagte Halina und hauchte einen Kuss in Alfreds Richtung, »und außerdem hast du bisher kein einziges gesagt. Ich habe Marco seit Wochen versprochen, wir tanzen Hora, wenn der Meschuggene kommt.«

»Der ist gar nicht so meschugge, wie du denkst. Er musste in seiner Höhle bleiben, um seine Wunden zu lecken. Wie konntest du dem Jungen versprechen, dass ich überhaupt komme?«

»Ich konnte. Du hast auf dem Flughafen ein Wort zu viel gesagt.«

»Du leider auch.«

Sie legte eine Platte mit israelischer Musik auf und ihre Arme um Alfred. Er musste sich bücken, damit ihre Fingerspitzen seinen Kopf erreichten; sie stolperte und umklammerte seinen Hals so fest, wie sie seit jeher seine Einsicht umklammert hatte, dass die Verantwortung eines Vaters den Verzicht des Liebenden gebot. Als sich ihre Körper voneinander lösten, fassten sie nach Marcos Händen. Zu dritt wirbelten sie im Kreis herum, singend und immer näher an den Himmel der Seligen herankommend. Sie berührten die rosa Wolken, und ihre Füße gehorchten ihnen nicht mehr.

Kreischend und keuchend fielen sie erst übereinander und dann auf das Sofa. Sie lachten, bis ihnen die Tränen kamen, Alfred betäubt von der Schwere eines Parfüms, das ihm schon immer den Willen genommen hatte, und der Leichtigkeit seines Gewissens und Halina vom Staunen, dass sie nach so vielen Umwegen und Fahrten im Kreis ihr Schiff in demselben Hafen geankert hatte, von dem es vor Jahren in See gestochen war. Weil Marco noch nicht wusste, dass Glück und Taumel Körper und Kopf beuteln, glaubte er, ihm sei vom Tanzen schwindlig. Seine Mutter trocknete seine Stirn mit einem Zipfel von Alfreds seidener Krawatte. Dann kletterte sie auf den Glastisch, bot ein wändegefährdendes Potpourri aus der »Czardasfürstin« und ließ sich von ihrem entfesselten Publikum überreden, noch einmal »Machen wir's den Schwalben nach« zu singen. Besenschwingend befahl die stimmgewaltige Zauberkünstlerin ihrem Lehrling, noch vor Ladenschluss vom verhexten Karussell abzuspringen, um Brötchen, Käse, so viele Kerzen, wie er nur tragen konnte, und eine Flasche Wein zu holen. »Ist egal, woher er kommt«, prustete die grünbeinige Diva, »oder was er kostet. Hauptsache, er ist rosa und süß.«

»Verlange Nektar und Ambrosia«, rief ihm Alfred nach.

»Was ist denn das?«

»Götterspeise.«

Halina lag wieder auf dem Sofa, eine laszive, zufriedene Venus, die einen tugendsamen Ritter dazu gebracht hatte, seine Ehre für den Augenblick zu verpfänden, da nichts mehr zählte als der Sieg des Lichts über den Schatten. Sie hielten einander fest und ließen es Zukunft werden. Von Zeit zu Zeit kratzte Halina mit tiefen kichernden Lauten an der Stille. Ihre Schultern vibrierten zum Takt der Musik, die nicht mehr spielte.

Alfred versuchte auszurechnen, in welchem Monat sie wohl sein könnte, doch es gelang ihm nicht, gleichzeitig die seiner Ehe gestohlenen Stunden in Zahlen aufzulösen und in eine Zukunft aufzubrechen, in der es keinen Lotsen mehr geben würde außer seinem Verlangen nach einem Sohn und der Leidenschaft für dessen Mutter. Die Zeit galoppierte auf einem Flügelross davon, der Reiter hielt sich an seiner Mähne fest. Er sah sich in der Synagoge stehen, Marco war dreizehn Jahre alt und hatte Barmitzwa. Ob der Junge, der soeben in die Gemeinschaft der jüdischen Männer aufgenommen worden war, am Grab des fremden Vaters das Kaddischgebet sprechen durfte? Benommen glättete der Träumer seine brennende Stirn. Halinas Augen versprachen ihm, er brauche nie mehr in die Tiefe eines Grabens zu blicken.

Die Verführerin besiegelte den Pakt mit einem Kuss, setzte sich auf einen Hocker, die Beine gekreuzt, die Arme vor der Brust verschränkt, und sagte drohend: »Jetzt reden wir Tacheles. Bringen wir's hinter uns, während Marco fort ist. Ich möchte nicht, dass du ihm mit deinen blöden Fragen den heutigen Tag vermasselst. Er liebt dich, und ich reiße dich in Stücke, wenn du das je vergisst.«

»Was um Himmels willen kommt jetzt?«

»Das weißt du ganz genau, du mieser, scheinheiliger Spießer. Frag mich doch endlich, von wem das Kind ist.«

»Wenigstens mein Gedächtnis«, sagte Alfred, während er eine Schleife aus Halinas Zopf zupfte und mit zarter Hand die Pointe des Spiels vor der Zeit verdarb, »ist noch intakt. Der Allmächtige hat dich mit einem Souvenir aus Israel gesegnet.«

»Sehe ich so aus, als ob ich im zweiten Monat bin?«

»Wahrhaftig nicht. Okay. Ich weiß, dass ich der Vater bin. Selbst meine Mutter zweifelt nicht daran. Hermann hat mir gesteckt, dass auf dich kein Verlass mehr ist und du mich nicht betrügst. Als hätte ich nicht schon Schlamassel genug!«

»Ich hab's versucht, das schwör ich dir. Aber es hat nicht mehr geklappt.«

»Soll das eine Liebeserklärung sein?«

»Es wird ein Sohn, Alfred.«

»Wie willst du das wissen?«

»In meiner Familie werden keine Töchter geboren.«

»Eine leider doch. Und ausgerechnet der musste ich in die Arme laufen.«

»Die Arme haben am wenigstens damit zu tun gehabt.«

Es war abends um neun, als Alfred seinen Wagen in der Heinestraße abstellte. Eine Weile blieb er im Auto sitzen, die Erschöpfung, Verdrossenheit und Beklemmung erwartend, die ihn so lange gelähmt hatten, doch er war ruhig und noch immer so heiter, als sei die Zukunft schon eine Vergangenheit, an die er sich nur gelegentlich würde erinnern müssen. Ihm fiel auf, als er die paar Schritte auf das Haus zuging und auch noch auf der Treppe, dass er zum ersten Mal seit Christians Party seinen Schritt bei der Heimkehr nicht verlangsamte, nicht zeitgewinnend nach seinen Wohnungsschlüsseln suchte, nicht seufzte.

Er fühlte sich erlöst von Schuld und Sühnepflicht, war bewegt, berauscht, bereit zum Aufbruch und Neubeginn. Da sah er, wie er es immer tat, zur Mesusa hin, doch, was ihm seit Jahren nicht mehr widerfahren war, gedachte er des Tages, als Andrea die kleine silberne Kapsel mit der biblischen Schrift in ihrem Eifer mit weißen Usambaraveilchen umrahmt hatte. Es war nur ein einziger Moment der Rührung, der ihm das Messer entriss, um das Band seiner Ehe zu zerschneiden, doch dieser eine Blick in das verschüttete Paradies währte zu lange. Entsetzt begriff Alfred, dass es ihm nie gelingen würde, sich scheiden zu lassen. Gott hatte seine Gebete um ein vor Sünde geschütztes Gewissen erhört.

Im Wohnzimmer brannte das fahle Licht der Stehlampe mit dem gelben Schirm. In der Obstschüssel lagen noch die Äpfel von Rosch haschana. Der Honig, das Symbol für ein süßes Jahr, stand ungeöffnet daneben. Andrea saß im Ohrensessel am Fenster, Eva, übermüdet und verweint, auf ihrem Schoß. Alfred streichelte seine Tochter, ungelenk den Nacken seiner Frau.

»Ich hab mich entschieden«, murmelte er, grub seine Nägel in das Polster, damit seine Hand nicht zitterte wie seine Stimme.

»Ich auch, Alfred.«

»Meine Mami«, schluchzte Eva und ballte ihre Hände zu wütenden Fäusten, »hat gesagt, ich darf Jom Kippur nicht in die Synagoge. Sie ist ja so gemein. Sie ist nicht mehr meine Mami.«

»Ruhe, Rumpelstilzchen, Mami wollte dich nur ein bisschen ärgern. Sie hat einen Scherz gemacht.«

»Nein, Alfred, ich gehe. Ich kann nicht mehr. Ich hab's ihr gesagt. Wenigstens das wollte ich dir ersparen.«

»Später, Andrea, später.«

Zusammen brachten sie Eva zu Bett, trockneten ihre Tränen mit der Zärtlichkeit, die sie einst füreinander empfunden, zogen dreimal die Barbiepuppe um, holten der Befehlenden einen Spiegel, Limonade in ihrem Lieblingsglas und Alfreds Pfeifenreiniger, die sie noch nie hatte anfassen dürfen. Sie versprachen ihr einen Hund und einen Füllfederhalter, wie ihn Lea hatte. Eva hatte keine halbe Stunde gebraucht, um den brutalen Instinkt von Kindern zu entwickeln, die die Gewissensbürde geschiedener Eltern in eine Geschenkflut umzusetzen wissen. Zu laut und deutlich las ihre Mutter die Geschichte von der Sommerfee im Blumenkleid, stockend sprach der Vater das Nachtgebet. Beim ersten Wort schloss Andrea die Tür.

Sie stand auf, als Alfred ins Wohnzimmer zurückkehrte, streckte ihm, weil ihr Sehnen noch nicht dem Willen unterlag, ihre Hände entgegen, ließ sie verlegen wieder sinken und räusperte sich geniert. Ihr Gesicht war weiß, die Lippen bläulich wie bei Menschen, die die Schmerzen des Herzens auch als Bedrohung der Seele empfinden.

»Ich wollte die Tür nicht zuschlagen«, entschuldigte sie sich. »Sie ist mir aus der Hand gefallen.«

»Christian?«, fragte Alfred. »Hast du mich mit ihm betrogen?«

»Nein. Ich hab's versucht. Es hat nicht geklappt.«

»Wundere dich nicht, wenn ich gleich lache. Das habe ich heute schon mal gehört.«

»Wir haben nie über die gleichen Dinge gelacht«, erkannte Andrea.

Sie gab es auf, ihre Tränen zurückzuhalten, und er, noch nicht gewöhnt, ihr Weinen zu übersehen, umarmte sie, staunend über die Macht des Rituals. Weil sie sich beide ihrer Liebe schämten, wähnten sie, die Zeit würde ihnen gnädig sein und sie das Vergessen lehren.

»Seit wann«, fragte Alfred, obwohl er die Antwort kannte, »hast du gewusst, dass es vorbei ist?«

»Seit Rosch haschana vor einem Jahr. Als ich in der Synagoge stand und mich so schrecklich verlassen und ausgestoßen fühlte, habe ich begriffen, dass alles umsonst war. Dein Gott wird nie meiner sein. Er gibt keine Antwort und trocknet keine Tränen.«

»Welcher Gott tut das schon? Nur, wir sind an Tränen gewöhnt und verlangen vom Himmel keine Taschentücher.«

»Du sagst schon wir und meinst nicht mehr mich.«

»Nicht weinen, meine Süße.«

Er merkte zu spät, dass er das Wort des Anfangs gebraucht hatte, und er presste die Lippen aufeinander, als hätte es ihn am Ende einer Schuld überführt. Sie waren zu jung, um sich zu fügen, zu alt, um an Wunder zu glauben; sie sprachen vom Respekt, den sie füreinander empfanden, und sie meinten die Liebe. Er redete von der Würde der Trennung, sie von Verständnis, doch sie sahen dieselben Bilder – Tage von Hoffnungsgrün, Nächte der Glut, zwei Kinder, die sich an der Hand hielten und allen Warnungen zum Trotz jubelnd über das Feuer sprangen.

»Wann ist es so weit?«, fragte Alfred.

»Jom Kippur bin ich nicht mehr hier. Ich kann nicht mehr fasten. Mir fehlt der Glaube. Und die Kraft. Eva hole ich erst nächste Woche. Sie hat mich falsch verstanden. Natürlich wird sie in die Synagoge gehen. Wann immer du willst. Ich verspreche dir, ich werde für ihre jüdische Erziehung sorgen.«

Er wollte sie fragen, ob sie wirklich glaube, was sie sagte, und ob ihr eine Illusion nicht genug für ein ganzes Leben sei, aber er wollte die Antwort nicht mehr hören. Er fand es, während er seine Pfeife stopfte, nur logisch, dass auch das letzte Kapitel seiner Ehe nicht ohne falsche Rücksicht auskam.

»Holst du mir meine Pfeifenreiniger aus Evas Zimmer, Loreley«, bat er, »du hast dich immer besser im Dunkeln zurechtgefunden als ich.«

17

Um fünf Minuten vor vier brühte Ulrike Buchert den Kaffee auf, hängte die Schürze mit dem von ihr aufgenähten praktischen Frotteetuch an den Haken, blickte in die Scheibe der Küchenvitrine und glättete flüchtig ihr Haar. Es war im Verlauf der Krise stark ergraut, aber noch immer füllig und schön. Die Kaffeezeremonie hatte sie in den vierzig Jahren ihrer Ehe eingehalten, ob ihr Mann zu Hause war oder nicht, in guten Zeiten von ihrer Fürsorglichkeit als Hüterin des Heims bestätigt und an schlechten Tagen gestählt von der Disziplin einer Generation, die besser dulden gelernt hatte als laut zu klagen. Es war der zweite Nachmittag, nachdem sie der lange erwartete Anruf ihrer Tochter erreicht hatte. Der Gedanke stimmte Ulrike trotz der momentanen Schwierigkeiten zuversichtlich. Sie hatte, feierlicher als an Werktagen Brauch, ausnahmsweise im Wintergarten gedeckt, weil der mehr Intimität gestattete als das große Esszimmer.

»Du musst endlich was essen, Kind«, sagte sie in dem forciert lockenden Ton von Müttern, die ein Leben lang und stets vergebens Besorgnis als Munterkeit tarnen. Lächelnd stellte sie die lange nicht mehr benutzte Kristallschale mit Schlagsahne auf den Tisch. »Probier wenigstens ein kleines Stück von deinem geliebten Zwetschenkuchen. Der rutscht doch von allein. Das habe ich dir als Kind immer gesagt, wenn du nicht essen wolltest. Ich hab ihn extra für dich gebacken, als du angerufen hast.«

»Lass mich nur gehen«, wehrte sich Andrea unwirsch. »So schnell verhungert der Mensch nicht.«

»Du trinkst ja noch nicht einmal. Ich hab genau gesehen, wie du heute Morgen deinen Kaffee in den Spülstein geschüttet hast. Und mittags hast du keinen Bissen zu dir genommen.«

»Heute Abend, Mutti«, tröstete Andrea, »lacht die Glucke wieder. Dann kannst du dich davon überzeugen, dass deine kleine dumme Tochter immer noch das alte Stehaufmännchen ist. Wenn dieser verdammte Tag erst einmal vorbei ist, fresse ich dir die Haare vom Kopf. Ehrenwort! Ich wollte, ich könnte es dir erklären, aber ich kann es nicht. Tut mir Leid, dass ich heute so meschugge bin.«

»Du musst nicht mehr wie sie reden, Kind. Du bist doch wieder daheim. Es hat was mit diesem blöden Jom Kippur zu tun, nicht wahr? Wahrscheinlich habe ich das Wort total falsch ausgesprochen.«

»Hast du, doch du bist auf der richtigen Fährte. Wie immer.«

»Das ist vorbei, Andrea. Das hast du alles hinter dir. Jetzt musst du erst mal zur Ruhe kommen und dich von deiner Mutter verwöhnen lassen. Ich bin eigentlich ganz froh, dass Vati verreist ist. Da kann ich mich ganz um dich kümmern. Er will immer gleich alles auf der Stelle klären.«

»Nichts ist vorbei«, erkannte Andrea, »gar nichts, aber hör um Himmels willen auf, dir Sorgen zu machen und mich wie eine Schwachsinnige zu behandeln. Das wird schon werden. Ich bin nicht die erste Frau, die vor dem Scherbenhaufen ihrer Ehe steht. Die tapfere kleine Preußin lässt sich nicht unterkriegen. Ich gehe mich jetzt ein bisschen hinlegen und kann dann wieder in die Schlacht ziehen.«

»Und was hat das mit den Preußen zu tun?«

»Vergiss es. Das war wieder einmal der falsche Scherz am total falschen Ort und zur falschen Zeit. Alfred hat immer gesagt, ich habe kein Gefühl für Timing. Komisch, dass mich das so schrecklich gekränkt hat.«

In dem kleinen Zimmer mit den schrägen Wänden aus hell leuchtendem Kiefernholz, dem breiten Balken in der Mitte und dem von einer nostalgisch gerüschten Spitzengardine umrahmten Fensterchen, in dem Andrea ihre Kindheit und Studentenzeit verbracht hatte, war seit ihrem Auszug von zu Hause kaum etwas verändert worden. Auf dem Schreibtisch mit der Glasplatte, auf der kein Staubkorn zu sehen war, stand noch ein halb volles Tintenfass. Obwohl sie nicht mehr dalagen, sah Andrea ihre Schulhefte, alle sorgsam in blaues Papier eingeschlagen. Darauf hatte ihre Mutter jedes Jahr bei Schulanfang bestanden.

Die Vorstellung, ihre Eltern hätten schon bei der Hochzeit diesen Tag ihres Scheiterns vorausgesehen, war Andrea nicht angenehm und erschien ihr nun umso mehr die einkalkulierte Niederlage einer mutig unkonventionellen Tochter, rührte sie aber doch als Beweis, dass im Leben nur Verlass auf die opferbereite, stets verzeihende Liebe der Eltern ist. Nachdenklich, weil ihr dieser Gedanke noch nie zuvor gekommen war, setzte sie sich auf einen Sessel, drückte das von ihrer Großtante Emilie mit roten Rosen bestickte Kissen gegen ihren rebellierenden Magen und schaute sich um. Im kurzen Augenblick des Vergessens wärmte sie die Geborgenheit des einst Vertrauten.

An der einen Wand hingen dunkel gerahmte Fotos ihres Großvaters mit üppigem Backenbart und im schwarzen Anzug und der ebenso Respekt gebietenden Großmutter, zu ihrer Linken der großflächige Familienstammbaum, den die ehrgeizige Untersekundanerin im Kunstunterricht mit Hilfe ihres eifrigen Vaters und nach ausführlicher Korrespondenz mit zweien seiner Vettern im Fränkischen angefertigt hatte. An der gegenüberliegenden Wand hing ein Poster von den Beatles. Das Papier war vergilbt, drei der vier Reißzwecken verrostet, sichtbar aber immer noch der rosa Kussmund, den ein schwärmerischer Teenager einem gut gelaunten John Lennon auf die Wange gedrückt hatte.

Neben dem pilzköpfigen Quartett klebte ein signiertes Foto der damals noch sehr jungen Operndiva Maria Callas. Andrea hatte sich das Autogramm durch ihre italienische Brieffreundin besorgen lassen und war von der ganzen Klasse für ihre Initiative bewundert worden. Sie hörte, obwohl sie gerade dies nicht wollte, Christian pfeifen. Und ohne dass es ihr rechtzeitig gelang, der Flut der Bilder Einhalt zu gebieten, verlagerten sich die Erinnerungen vom überschaubaren Klassenzimmer auf eine schattige Bank in einem sonnigen Park. Eva lief freudekreischend mit einem jungen Dackel über eine Wiese mit Herbstzeitlosen, Christian trug einen grauen Flanellanzug, und Andrea hatte ihm soeben erzählt, dass sie zum Judentum übergetreten war. Sie merkte, dass sie zu weinen anfing, und trocknete, genau wie früher, ihre Tränen an der Gardine.

Auf dem Schrank lagen ein Tennisschläger, ein bald nach seiner Inbetriebnahme ausrangiertes Briefmarkenalbum, die seit der Weihnachtsaufführung in der Quarta verstaubende Blockflöte und eine zweibändige Ausgabe von Winckelmanns »Die Geschichte der Kunst des Altertums«. Es war das Konfirmationsgeschenk einer mütterlichen Cousine. Rabbi Blau fiel ihr ein und wie er moniert hätte, dass die Seiten beider dickleibigen Bücher noch ohne Fettflecke und Eselsohren waren. Sie zürnte, als sie ihn in der Stille hörte, ihrem Seufzer, weil er voller Sehnsucht war und vom Bewusstsein ihres Verlusts kündete.

Lange beschäftigte Andrea die Überlegung, dass Alfred es als einen jener für ihre Ehe typischen Hinweise auf die Häme des Lebens empfunden hätte, dass sie, kaum wieder bei ihren Eltern, an ein weihnachtliches Singspiel und an ihre Konfirmation dachte. Sie wurde erst verlegen und dann auf eine zornige Art traurig, als ihr bewusst wurde, dass sie sich, während sie mit ihrem Gedächtnis rechtete, unaufhörlich mit dem Finger über die Stirn fuhr. Alfred pflegte dies besonders auffällig in den Momenten zu tun, da eine zufällige, absolut unbedeutende Äußerung sie beide auseinander gerissen hatte. Es verwunderte Andrea, wie schnell es ihr gelungen war, wenigstens sprachlich an Alfred in der Vergangenheitsform zu denken; noch am Abend zuvor hatte sie erwartet, die Umstellung würde ihr die gleichen Schwierigkeiten bereiten wie einer Witwe, die den plötzlichen Tod ihres Mannes nicht zu begreifen vermag.

Die Konfirmation gehörte zu den Erinnerungen, die Andrea in ihrer Ehe am gründlichsten verdrängt hatte. Sie hatte sie nie erwähnt, noch nicht einmal dann an den sie lange Zeit prägenden Unterricht davor gedacht, an den eindrucksvollen Gottesdienst und die Feier im großen Verwandtenkreis, wenn Alfred von seiner Barmitzwa sprach und was dieser Tag der Einsegnung einem jüdischen Mann bedeutete. Nun, da es zur Konfrontation mit einem Kapitel der Vergangenheit gekommen war, das sie aus ihrer Biographie gestrichen hatte wie ein unpassendes Wort in einem Schulaufsatz, konnte sie es auf einmal nicht mehr fassen, dass sie so leichten Sinnes ihre Wurzeln vom Stamm geschnitten hatte. Sie fühlte sich bloßgestellt und unendlich beschämt vom Eifer der Jugend, Herkunft und Glauben zu verleugnen. Als hinge ein Foto der treulosen Konfirmandin in Großaufnahme an der Wand, begegnete Andrea der schüchternen Vierzehnjährigen wieder, der die zu erwartende öffentliche Aufmerksamkeit noch mehr Schwierigkeiten bereitete als die hohen Absätze der neuen Lackschuhe. Das schwarze Kleid mit dem zu kleinen weißen Kragen war zu lang. In der Kirche überragte der Kopf des Vaters den der anderen. Die Mutter trug das grune Seidene und weinte. Die Tochter nahm sich vor, sich allzeit der Liebe ihrer Eltern dankbar zu erweisen, und sie schwor Gott, seine Burg nie zu verlassen und ihre Kinder in dem Glauben zu erziehen, zu dem sie erzogen worden war.

Obwohl die Dachkammer überheizt und die Tür geschlossen

war, zitterte Andrea. Voller Trauer wickelte sie Bauch und Beine in jenes karierte Plaid ihrer Großtante Charlotte ein, das sie am Abend ihres Staatsexamens als Kaminrock getragen hatte, um Alfred auf ihre Schwangerschaft einzustimmen. Die geliebte Erinnerung, in den Jahren danach zum Höhepunkt ehelicher Verbundenheit verklärt, verzerrte sich zu einer Fratze, in der die Missverständnisse und Verletzungen dominierten. Andrea streckte ihre Arme aus, als wollte sie noch einmal nach den Tagen der Erwartung greifen. Sie merkte, dass ihre Hände bebten, und senkte den Kopf, verloren, verzweifelt, einsam und ohne Hoffnung. In ihrer Verlassenheit quälte es sie, dass sie Eva nicht in die Arme schließen und sich an ihrer Unschuld wärmen konnte; sie wollte die blonde Blauäugige plappern hören, ihr die Geschichten vorlesen, die sie beide auswendig kannten, mit ihr lachen, sie durch das Zimmer tragen, sie auf das Bett plumpsen lassen und lauschen, wer als Erster Alfreds Wagentür zuschlagen hörte.

»Ich habe gewonnen«, hörte sie sich rufen.

»Du gewinnst nie«, sagte sie laut.

Auf der kleinen weißen Uhr wurden aus den Strichen für die Stunden Ekel erregende schwarze Würmer. Nur noch das Kreisen des Sekundenzeigers war auszumachen. Andrea versuchte sich auszurechnen, ob ihre Tochter wohl noch in der Synagoge wäre. Als sie in die blaue Kuppel mit den silbernen Sternen blickte, sah sie sich an der Brüstung der Frauenempore stehen. Sie gab es auf, ihre Tränen zurückzuhalten. Wie immer wieder nach dem Finale des Grauens, da Alfred ihr die Koffer auf die Straße getragen hatte und sie ins Taxi gestiegen war, marterte die Unglückliche die Überlegung, ob es nicht richtiger und für alle erträglicher gewesen wäre, Eva sofort mit nach Bad Homburg zu nehmen, statt dem Kind zu sagen, erst müsste die Mutter und danach der Vater verreisen.

»Dann werden wir bei Opi wohnen«, hatte Andrea gesagt. Sie konnte sich nicht mehr darauf besinnen, was und ob Eva geantwortet hatte. Alfreds Gesicht sah sie sehr genau. Es war weiß und das eines Fremden.

Mit einem Zorn, den sie anflehte, ihre Liebe zu versengen, malte sich Andrea aus, wie es Alfred auf seine erprobte Art Ruth überlassen würde, dem Kind zu erklären, was es wissen musste. Abermals wehrten sich ihre Gedanken, in der Gegenwart auszuharren. Die Schwiegermutter saß im Krankenhaus am Bett der glückseligen Wöchnerin und sagte ihr, ein wenig ironisch, zu mitleidig, zu distanziert, sie dürfe ihre Tochter nicht Sara nennen. Obwohl Andrea gemutmaßt hatte, dass Ruth sie mit einem erleichterten Herzen würde ziehen lassen, war sie zu ihr gegangen, um sich zu verabschieden. Sie hatte trotz allem mit einem verständnisvollen Wort gerechnet, auf eine anteilnehmende Geste gehofft, doch die souverän Beherrschte hatte der Scheidenden – wie in jedem Jahr am Abend von Jom Kippur – »Gutes Fasten« gewünscht. Nur diesmal hatte sie Andrea weder angeschaut noch ihr die Hand entgegengestreckt.

Eine Weile gelang es Andrea, sich ausschließlich auf Ruth zu konzentrieren, wobei es sie nach einer Weile irritierte, dass sie die bewegenden Anfänge ihres gemeinsamen Weges sehr viel deutlicher zu rekapitulieren vermochte als das letzte Jahr, in dem sie sich immer mehr von der Frau entfremdet hatte, die ihr ursprünglich eine mütterliche Freundin und wohltuend unaufdringliche Mentorin gewesen war. Einmal ertappte sich die Aufgewühlte dabei, dass es sie nach Ruths Beherztheit und ihrer Schlagfertigkeit verlangte. So gelang es ihr eine beruhigend lange Zeitspanne, keine Antwort auf die drei Fragen finden zu müssen, die ihr bei jeder Wiederholung unverständlicher und masochistischer erschienen. Warum schämte sie sich jetzt mehr als am Tag der Entscheidung, dass sie Alfred und Eva an Rosch haschana allein gelassen hatte? Weshalb fastete sie an Jom Kippur, ohne dass es Alfred noch sah, ohne dass sie es wollte und ohne dass der Tag, der die Versöhnung gebot, ihr noch etwas bedeutete? War dies schon der Hinweis auf die Ketten, die sie nie würde sprengen können? Sie musste sich zwingen, als ihr die Vision von der Versklavung der Seele kam, nicht laut zu schreien.

Die Vorstellung, sich nie mehr selbst zu finden und auf immer einem Glauben und einer Tradition ausgeliefert zu sein, die nicht die ihrigen geworden waren, erschien Andrea wie ein Todesurteil. Sie sah sich für immer am Kreuzweg stehen, eine Frau im Witwenkleid, die das Glück ihres Lebens und die Zukunft ihres Kindes selbst verwirkt hatte. Der Körper wehrte sich mit Schüttelfrost und Übelkeit. Im Moment der größten Panik verlangte es die Taumelnde nach Sara, nach dieser mythischen Einvernehmlichkeit, die sie in jeder Not geborgen hatte. Da begriff Andrea, was ihr widerfahren war. Sie war nicht heimgekehrt in das Haus der Eltern. Der Schritt zurück in die eigene Welt würde ihr ebenso wenig gelingen wie einst der Sprung über die Hürde. Und dennoch blieb sie ruhig.

Ein wenig benommen zwar, aber bereit, die Last zu tragen, die sie nun als eine ihr vom Schicksal auferlegte Bürde empfand, stand sie auf. Sorgfältig faltete sie Tante Charlottes Plaid zusammen, glättete das Kissen, öffnete das Fenster und eilte, weil die frische Luft ihre Übelkeit verstärkte, ins Badezimmer. Trotzdem nahm sie sich Zeit, band ein Handtuch vor ihre Bluse, um sie vor den Flecken der körperlichen Ohnmacht zu schützen, verknotete das Haar zum Zopf, kniete sich neben die Toilettenschüssel und umschlang sie mit beiden Armen. Dann erst gönnte sie sich Erlösung. Sie würgte ihre Verzweiflung und Angst so lange aus dem Körper, bis auch ihr Kopf leer war.

»Kann ich dir nicht helfen, Kind«, rief Ulrike aus der Küche. Ein Löffel fiel zu Boden.

»Nein«, schrie Andrea, »es ist schon vorbei. So geht das immer. Mach dir keine Sorgen.«

Sie aß nach Anbruch der Nacht mit dem Heißhunger, der für sie so lange zu Jom Kippur gehört hatte. Nur fehlte Andrea die jedes Glied erwärmende Lebenslust, die sonst das Fasten gebrochen hatte, aber sie machte ihrer erfreuten Mutter ein Kompliment für die Königinpastete und lobte den Obstsalat.

»Die Juden«, erzählte sie, »trinken nach dem Fasten immer zuerst einen Wodka. Das habe ich nie vertragen.« Sie war entsetzt und verwirrt, als sie sich »die Juden« sagen hörte, denn dies war noch nicht einmal vor der Zeit mit Alfred geschehen, und ließ beschämt den größten Teil vom Obstsalat stehen.

»Ein Wunder, dass sie nicht alle Magengeschwüre haben«, befand Ulrike, »das hält doch kein normaler Mensch aus.«

Nachdem ihre Mutter, ein wenig vorwurfsvoll und sehr plötzlich, weil sie die töchterliche Ungeduld spürte und richtig deutete, zu Bett gegangen war, setzte sich Andrea ans Fenster. Elegisch starrte sie in schwarze Wolken, dachte an den Winter, einmal kurz an Weihnachten und trank eine Tasse lauwarmen Kamillentee – wie sie, ihr Mann und ihre Schwiegermutter es immer getan hatten, um den Magen nach den Strapazen des längsten Tages im jüdischen Jahr zu beruhigen. Es war spät, als sie Alfred anrief, doch er hatte offenbar neben dem Telefon gesessen, denn er meldete sich bereits nach dem zweiten Klingelton. Erstaunt dankte er für Andreas Frage nach seinem Befinden und berichtete, er hätte schlecht gefastet.

»Ich auch, wie immer«, sagte Andrea; sie lachten beide, zu höflich und sehr verlegen, weil er annahm, sie hätte gescherzt, und sie fürchtete, er würde absolut nicht mehr höflich oder verlegen lachen, wenn er die Wahrheit erfuhr.

»Ich muss«, sagte Andrea und sprach ungewohnt schnell, »erst noch das Kinderzimmer richten. Bist du so lieb und fragst deine Mutter, ob Eva noch ein paar Tage bei ihr bleiben darf? Da habe ich ein bisschen mehr Luft.«

»Ich bin so lieb, und ich brauche sie nicht zu fragen«, erwiderte Alfred, »meine Mutter hat immer genug Luft.«

Zum Abschied sage er »Ciao«, wie es seine Frau am Anfang der Ehe getan hatte, wenn sie besonders guter Laune gewesen war. Er grübelte schuldbewusst, doch vergebens, weshalb ihn das damals so sehr gestört hatte. »Ciao, Ciao«, parierte Andrea überrascht. Zwei Tage später, als sie sich sicher war, dass sie es wollte, weil das Sehnen nach der Wärme der vereisten Augen nicht nachließ, die in einem wundersamen Moment aufgetaut waren, fuhr sie zu Sara. Es war, wie bei ihrem ersten Besuch im Haus der Demut, um die Mittagszeit. Andrea parkte den Wagen fast an der gleichen Stelle; auch das Wetter war wie damals, sonnig, windig und kalt. Nur war es nicht Vorfrühling und Andrea nicht schwanger, es war Spätherbst und sie ohne Zukunftsahnen. Die Erschöpfte registrierte die sterbende Jahreszeit mit der Schwere, die nur noch Bilder der Vergangenheit beschwört. Um sie nicht in den trügerischen Pastellfarben zerborstener Illusionen zu sehen, schloss sie die Augen, als sie auf die Klingel drückte – drei Mal kurz und mit langen Pausen dazwischen. Es war das mit Sara vereinbarte Zeichen, damit die Argwöhnische ihre Ohren verschließen konnte, wenn Fremde Einlass begehrten, und die Gastliche Zeit hatte, um Freude willkommen zu heißen.

Im schmerzlichsten Jahr von Andreas Ehe waren die drei Klingeltöne nur selten beschworen worden. Es war ihr frivol und heuchlerisch erschienen, zu den Tagen des Lernens und Lehrens zurückzukehren, nachdem sie nicht mehr lernen wollte und nur noch die Pflicht empfand, die Lehrende vor der Erkenntnis zu verschonen, dass ihr Hirte dabei war, ein Schaf aus seiner Herde zu verlieren.

»Nu«, rief Sara in den Hausflur hinunter und ließ in der Art, wie sie die vertraute Silbe dehnte, wissen, dass Andrea ihr nichts würde erklären müssen, »soll eine alte Frau den ganzen Tag auf ihren kalten Füßen stehen und die Tür für ihr meschuggenes Lämmchen offen halten? Hast du schon vergessen, dass es Sukkot ist?«

»Nichts habe ich vergessen, Sara. Sieben Tage sollt ihr in der Sukka wohnen.«

»Damit eure Nachkommen wissen, dass ich sie in Hütten wohnen ließ, als ich sie aus Ägypten herausführte«, lächelte die Befriedigte. »Du weißt noch gut, was ich in dein Herz gepflanzt habe. Wie konnte der Allmächtige jedoch wissen, dass der Engel des Todes, der Sara Teitelbaums Leben verschont hat, sie nach Frankfurt führen würde, wo es zu Sukkot immer regnet? Ich werde die Suppe wieder warm machen. Dein Gesicht ist ganz grün. Setz dich hin und warte auf mich. Nicht in die Küche, du Schaf. Die Sukka steht auf dem Balkon. Hast du gedacht, du kannst deine Seele an meinem Herd auftauen?«

»Darf ich denn noch in die Sukka?«

»Was heißt noch? Das ist kein gutes Wort für Freunde. Die Sukka ist schön geworden in diesem Jahr. Moische hat sich mit ihr viel Mühe gegeben. Auch er hat gewusst, dass du kommst.«

Andrea hatte, weil Alfred es nicht mochte, Sara nie während des Laubhüttenfestes besucht. Sie hatte immer nur erlebt, wie eingehend Moische und seine Frau über die Vorbereitungen sprachen und von Jahr zu Jahr nicht wussten, woher sie in der Großstadt die Zweige, das Heu und das Stroh nehmen sollten, die zum Bau einer Sukka nötig sind. Dieses seit Jahrtausenden alljährlich wiederkehrende Symbol für Gottes Schutz während der Wüstenwanderung und für die Vergänglichkeit war für Andrea nur eine nebulöse Vorstellung gewesen. Nie hatte sie nachempfinden können, wie viel den Gesetzestreuen eine Sukka bedeutet.

Nun erschien es ihr typisch für einen Weg, dem kein Ziel vergönnt gewesen war, dass sie ausgerechnet im Moment des Aufbruchs mit der Lebendigkeit einer Tradition konfrontiert wurde, die sie im Eifer des Anfangs zu der eigenen hatte machen wollen. Andrea duckte sich, als sie durch die geöffnete Balkontür unter das niedrige Dach aus Zweigen, Ästen und Herbstlaub in die abgegrenzte Enge der Frömmigkeit trat. Das Licht war fahl, die Luft kalt und feucht. Sie hörte den Regen tropfen und wusste wieder, als hätte Sara sie dies soeben erst gelehrt, dass das Dach einer Sukka nicht dicht sein darf. Sie sah ein Stück vom Himmel, fröstelte und ging zu einem kleinen elektrischen Heizkörper, auf dem ein Kessel stand. Kaum hatte sie die klammen Hände erwärmt, war sie der Gewalt ihrer Erinnerungen ausgeliefert.

Schmerzend deutlich fiel ihr ein, wie gerührt und ehrfürchtig sie bei ihrem ersten Besuch in der Heinestraße das sorgsam gezeichnete Bild einer Laubhütte in Alfreds Zimmer bestaunt und ihn nach deren Bedeutung gefragt hatte. Andrea hatte nur noch selten und dann nie intensiv an die Begebenheit gedacht, nun ersparte ihr die Wehmut jedoch kein Wort, keine Geste, weder die Zärtlichkeit einer Stunde, die sie berauscht hatte, noch die vernichtende Verzweiflung, was aus dieser Zärtlichkeit geworden war.

»Eine Sukka ist eine Gartenhütte für meschuggene Juden«, feixte Alfred. Er zupfte grinsend an den Fransen von Andreas Pony. Sie lachte, weil sie ihn zum ersten Mal »Bärchen« nannte. Sie küssten sich und waren sich einig, dass sie Auserwählte eines Glücks waren, von dem andere noch nicht einmal träumten.

Benommen setzte sich Andrea auf den Küchenstuhl am Eingang der Sukka und schloss die Augen. Sie befahl ihrem Gedächtnis, nicht dem Echo von Alfreds Stimme nachzulauschen, nicht an die einst geliebte Ironie zu denken, an seine Lässigkeit und seinen Witz, doch es gelang ihr nicht, der Berührung seiner Hände, dem Kuss der Liebe zu entkommen.

»Mach deine Augen auf«, befahl die Ahnungsvolle aus der Küche, »es ist noch nicht Nacht. Moisches Arbeit will, dass du sie lobst.«

Auch als Andrea schon um die Bedeutung der Laubhütte als göttliches Wahrzeichen wusste, hatte sie sich nicht vorstellen können, dass die orthodoxen Juden eine Woche lang in einer Sukka leben. Es war für sie nicht nachvollziehbar gewesen, dass es im zwanzigsten Jahrhundert Menschen gibt, die die Behaglichkeit ihres Heims für eine Hütte aufgeben, dort im Mantel ihre Mahlzeiten einnehmen und Gebete sprechen, Gäste bewirten, die heiligen Schriften lesen, für die Früchte der Erde danken und sich an die Stürme ihrer Geschichte und an die Leiden von Jahrtausenden erinnern.

»Dein Mann hat keine Frau verdient, die lernen wollte«, erkannte Sara, als Andrea ihr von Alfreds Witz berichtete. »Warum wirst du rot, wenn du mir das erzählst? Schämen muss sich ein anderer. So einem wie dem schlauen Herrn Doktor würde es gut tun, seine Wohnung zu verlassen und sieben Tage wie wir Meschuggenen in der Sukka zu leben.«

»Macht dir das Freude?«

»Soll ich meinen Kopf nach Freude fragen? Oder meine Knochen, die nach Wärme schreien? Das Gebot ist wichtig. Moische liest hier das Wort des Allmächtigen und dankt ihm für seine Güte, denn er hat uns armen Leuten einen Balkon gegeben, der groß genug ist, um eine Sukka darauf zu bauen. Ich danke für meinen Mantel aus ordentlichem Tuch, den meine selige Mutter nie gehabt hat, und die Handschuhe aus Wolle. Wickel meinen Schal um deine Hände. Sie sind jetzt schon blau. Beide sehen wir die Sterne, wenn der Gütige für uns den Himmel öffnet. Weine nicht, Sukkot ist das Fest der Freude.«

»Für mich nicht mehr, Sara.«

»Iss deine Suppe, das hilft. Und sei froh, dass du nie erfahren hast, was Hunger ist. Den Löffel wirst du schon noch halten können. Trauer macht stark. Das weiß ich besser als du. Willst du dem Allmächtigen vorschreiben, wann er dir die Freude ins Herz pflanzen darf?«

Zunächst zögernd und mit der Verlegenheit eines ungeladenen Gastes, dann mit einer Gier, sich jedes Detail für die Tage der Verlorenheit und Einsamkeit einzuprägen, sah sich Andrea um. Saras Arme hielten sie fest. Es war nicht die Wärme eines gebenden Körpers, die die Schwache tröstete und ihr Kraft gab, es waren die Liebe und die Zuversicht einer Frau, die im Inferno nicht an Gottes Gerechtigkeit gezweifelt und ihm jeden Tag für ihr elendes Leben gedankt hatte.

An den verkümmerten Ästen, die aus dem feuchten Dach herabragten, hingen an dünnen Fäden Äpfel, getrocknete Pflaumen und kleine Sträuße bunter Strohblumen. Auf einer gläsernen Schale lag ein mit einem Davidstern besticktes Samtdeckchen, darauf blaue Trauben, die im flackernden Kerzenlicht leuchteten, daneben der traditionelle Etrog, eine Frucht, die für das Fest aus Israel beschafft werden musste und wie eine Zitrone aussah, Birnen und Nüsse. Auf einem Hocker stand ein Topf mit einer winzigen, lebensmutigen Palme, in einer Vase waren Zweige arrangiert, von denen Andrea nicht ausmachen konnte, ob sie der süße Duft traurig stimmte oder ihre Sinne belebte. Sie atmete tief ein, doch der Seufzer, auf den sie wartete, blieb in ihr.

Zwischen der Vase und einem silbernen Kerzenständer lag ein aufgeschlagenes Buch. Andrea fixierte die winzigen hebräischen Buchstaben und dachte an Moisches kurzsichtige Augen, an seine beschlagene Brille und wie er sie umständlich mit einem ausgefransten Taschentuch putzte. Auf dem vergilbten Papier sah sie einen dicken Wachsflecken. Sie trieb sich zu dem Tag ihres Übertritts, als sie Rabbi Blau von ihrem Besuch in Budapest erzählt hatte, und sie wehrte sich nicht mehr gegen den Blick zurück und wunderte sich nur, was die Zeit aus ihren Erinnerungen gemacht hatte.

Rabbi Blaus Stimme war freundlich; er lächelte, als er sagte, dass Andrea gut zu erzählen wisse. Einen Moment drängte es sie nach der Erlösung durch Wahrheit. Die klarsichtig Gewordene machte sich bereit, Sara zu erklären, weshalb deren Mühe vergebens gewesen war, einer, die im Taumel der Liebe ihre Wurzeln herausgerissen hatte, neue Saat in die Hand zu drücken. Erschrocken wie ein Kind, das geschworen hat, sein Geheimnis nie zu verraten, presste Andrea ihre Hand auf die Lippen, denn sie wusste, sie würde für keinen je in Worte fassen können, was seitdem passiert war.

Die beiden kleinen Wohnzimmersessel waren zu einem Sofa zusammengeschoben worden. Der braune Wollschal, in den Sara einst den vor Angst und Abwehr bebenden Körper der Schwangeren gewickelt hatte, lag zwischen zwei Kissen und roch noch immer nach Lavendel. Sie drückten ihre Körper aneinander wie in der ersten Stunde ihrer Begegnung, als sie nicht geahnt hatten, wohin das Schicksal zwei Frauen führen würde, deren Lebensläufe sie zur Fremdheit bestimmt und die eine Laune des Zufalls zusammengeführt hatte. Die Herzensgastliche zog ihre Handschuhe aus, um die kleine Schüssel wieder mit Suppe aufzufüllen. Andrea sah, dass Sara den Ring mit dem Granatstein trug, den ihr Moische zur Erinnerung an ihr erstes Leben gekauft hatte.

»Als ich zu dir gekommen bin«, schluckte sie, »wusste ich nichts von dir und du nichts von mir. Heute denken wir beide an den blonden Soldaten, der dir im Zug auf dem Weg nach Ravensbrück deinen Ring entrissen hat.«

»Er war sehr jung. Er hätte mein Sohn sein können. Es ist gut, dass zwei Menschen keine Worte mehr brauchen, wenn sie Bilder sehen.«

»Aber es macht so traurig beim Abschied, Sara. Ich wusste nicht, dass er mir so schwer werden wird.«

»Hast du gedacht, du bist gekommen, um mir die Hand zu zerdrücken und das Licht unserer Freundschaft auszuschalten? Das machen sie nur im Kino.«

»Ich weiß selbst nicht, warum ich gekommen bin. Ich weiß nur, ich musste.«

»Deine Augen sagen mir, warum du gekommen bist. Sie haben nicht gelernt zu lügen. Du willst deine Tränen nicht in die Suppe deiner Mutter fallen lassen, denn sie wird dich erinnern, dass sie dich gewarnt hat und du nicht hast auf sie hören wollen, und sie wird sagen, du musst jetzt ein neues Leben anfangen. Lach noch einmal. Das braucht die alte Sara, die mit einer Tochter gesegnet wurde, als ihr Leib schon unfruchtbar war. Ich sehe so gern deine Grübchen. Bald werden sie wieder einem Mann das bisschen Verstand stehlen, das der Allmächtige den Männern gegeben hat. Gehst du mit deinem Herz zurück, Lämmchen, oder nur mit dem Kopf?«

»Wohin?«

»Spreche ich nicht mehr so, dass du mich verstehst? Von der Welt, die du verlassen hast, rede ich. Es war nicht gut, dass du deinen Träumen geglaubt hast. Rabbi Blau wusste das, doch die dumme Sara hat für ihr spätes Kind an Wunder glauben wollen. Ich habe ihn immer wieder gebeten, dich aufzunehmen. Du darfst nicht zornig sein, weil einer, der noch weiser ist als der Rebbe, für dich entschieden hat.«

Sie fragte sich, während sie den Kuchen teilte und jeden Schnitt wie einen empfand, der sie selbst spaltete, wie lange Andrea schon von der Untreue ihres Mannes wusste, und weshalb sie sich nicht mit ihrer Schönheit und Klugheit gegen eine gewehrt hatte, die nun für ihre Sünde mit einem Kind der Liebe belohnt wurde. Immer wieder hatte Sara sich vorgenommen, nicht länger zu schweigen und ihr Lämmchen aus der umzäunten Koppel ins Leben zu treiben. Sara hatte jedoch nur noch die Kraft, ihre eigenen Wunden zu ertragen, nicht die Entschlossenheit, sie bei denen aufzureißen, die sie liebte. Als Andrea nun vom letzten Jahr ihrer Ehe erzählte und dabei nur von ihren Zweifeln und dem Unvermögen sprach, das Leben ihres Mannes zu teilen, erkannte die Kluge, dass die Betrogene erst unter der Obhut der heilenden Zeit sehend werden würde. Sie legte den Kuchen auf den Teller und dankte im stummen Gebet Gott für seine Güte, weil er die Frauen verschonte, die nicht imstande waren, den endgültigen Schlag zu ertragen.

»Iss den Kuchen. Ein voller Magen trocknet die Augen. Das hat meine selige Mutter immer gesagt.«

»Du hast ihn nie gemocht, nicht wahr, Sara?«

»Von wem redest du?«

»Von meinem Mann. Spreche ich nicht mehr so, dass du mich verstehst?«

»Er ist ein Schlemihl.«

»Er hat mich geliebt, aber immer nur mit seiner Mutter geredet.«

»Das ist die Krankheit aller jüdischen Söhne.«

Sie lachten beide. Andrea staunte, dass sie es konnte, und Sara genoss den Klang der Freude, die das Sukkotfest gebot, als eine besondere Gnade dessen, dem sie diente. Sie entzündete die vierte Kerze. Schweigend warteten beide auf den Abend. Sara wusste schon Bescheid. Andrea ahnte noch nicht, dass sie die Flamme, die in ihr loderte, nie würde löschen können. Ihr war es im Moment des Aufbruchs wie Orpheus ergangen. Sie hatte, genau wie der unglückliche Sänger, dem die Geliebte entrissen worden war, in die Welt zurückgeschaut, die sie verlassen wollte.

»Ich habe dich das schon mal gefragt. Darf ich noch zu dir kommen, Sara?«

»Ich weiß es noch«, lächelte Sara, »und ich kenne noch meine Antwort. Du darfst nicht, Lämmchen, du musst. Oder willst du dem Allmächtigen zumuten, das er mir noch einmal ein Kind entreißt?«

Stefanie Zweig
Die Spur des Löwen
Roman

Band 15231

»Arm ist nur, wer keine Träume hat.«
Stefanie Zweig

Die Afrikareise, die der dreizehnjährige Mark mit seinen Eltern machen muss, ist anfangs gar nicht so schrecklich, wie er befürchtet hatte. Zu Ende ist sie aber für ihn noch lange nicht. Denn Mark wird entführt und lebt viele Monate beim Stamm der Nandi in der kenianischen Steppe. Allmählich lernt er deren Sprache und freundet sich schließlich mit dem Häuptlingssohn Morani an. Durch ihn öffnet sich Mark die fremde Welt immer mehr, sodass es ihm schwer fällt, eines Tages die Entscheidung darüber zu treffen, zu welcher Welt er gehört ...

Fischer Taschenbuch Verlag

fi 15231 / 1

Stefanie Zweig

Die Spur des Löwen
Roman
Band 15231

Karibu heißt willkommen
Roman aus Afrika
Band 15245

Vivian und Ein Mund voll Erde
Roman
Band 15640

Wiedersehen mit Afrika
Roman
Band 15908
(ab Juli 2004 erhältlich)

Der Traum vom Paradies
Roman
Band 14873

Fischer Taschenbuch Verlag

fi 555 057 / 2

Barbara Wood

Rote Sonne, schwarzes Land

Roman

Aus dem Amerikanischen
von Manfred Ohl und Hans Sartorius

Band 16574

1917: Dr. Grace Treverton erreicht Kenia, das schwarze Land, entschlossen, den Eingeborenen die Segnungen der modernen Medizin zu bringen. Ihr Bruder, Lord Valentine, träumt seinen eigenen Traum von der Zukunft dieses britischen Protektorats: ein landwirtschaftliches Imperium, größer als jedes in der alten Heimat. 1944: Die Träume der weißen Siedler zerplatzen unter der roten Sonne an jener afrikanischen Großfamilie, die das Land seit Generationen bewohnt. Wachera, die angesehene und gefürchtete Medizinfrau, ist zum Kampf um die Erhaltung eingeborener Traditionen bereit. Ihr alter Fluch scheint in Erfüllung zu gehen und bringt alles in Gefahr, was die weißen Siedler sich erträumten. Der Widerstand gegen die Trevertons wird revolutionär. 1963: Deborah, die letzte Treverton, flieht aus einem brennenden Land. Jahre später wird sie nach Kenia zurückgerufen um sich ihrer Identität zu stellen. Erneut trifft sie auf die Gegenspieler aller Treverton-Generationen. Und sie muss eine Antwort finden auf die Frage: »Ist Afrika meine Heimat?«

Fischer Taschenbuch Verlag

fi 16574 / 1

Barbara Wood

Himmelsfeuer

Roman

Aus dem Amerikanischen von

Veronika Cordes und Susanne Dickerhof-Kranz

Band 16571

In einer Höhle entdeckt die junge Archäologin Erica uralte indianische Wandmalereien und die Mumie einer Frau. Sie will und muss das Geheimnis ihres Volkes entschlüsseln. Aber sie muss um diese Ausgrabung kämpfen: gegen ihren alten Widersacher Jared Black, der die Rechte der Indianer Südkaliforniens vertritt und verlangt, dass die Schätze der Höhle ihren Nachkommen übergeben werden. Doch dann wird ein Anschlag auf Erica verübt, bei dem ausgerechnet Jared sie rettet. Kann sie ihm vertrauen, um die Rätsel der Vergangenheit und der Gegenwart gemeinsam mit ihm zu lösen? Mitreißend verbindet Bestsellerautorin Barbara Wood das Schicksal einer jungen Frau mit der abenteuerlichen Geschichte von Los Angeles – von der Goldgräberzeit bis heute.

»Eine Story voll Liebe, Betrug, Familiendrama und der ewigen Suche nach dem Glück.«
Journal für die Frau

Fischer Taschenbuch Verlag

fi 16571 / 1

Penelope Williamson

Im Herzen des Hochlandes

Roman

Aus dem Amerikanischen von Helga Weigelt

Band 13119

Alexia Carleton, die Tochter eines englischen Warden, nimmt mit vierzehn Jahren als Junge verkleidet an einer der Grenzland-Versammlungen teil; bei einer Rauferei mit schottischen Jungen taucht Jamie, der Sohn des schottischen Warden und Clanführers, auf. Er rettet sie aus einer brenzligen Situation und küsst sie. Hier, an der englisch-schottischen Grenze, sind alle Clans miteinander verfeindet. Jahre später fällt Jamies Bruder Malcolm den Engländern als Geisel in die Hände. Bei einem Überfall zur Befreiung seines Bruders nimmt Jamie die zufällig anwesende Alexia als Geisel mit. Sie hat den ersten Kuss nie vergessen, und auch Jamie ist von der widerspenstigen Engländerin fasziniert. Um die schrecklichen politischen Folgen von James Untat zu verhindern, beschließen Königin Elizabeth und der schottische König James, dass die beiden heiraten müssen. In der feindlich gesinnten schottischen Umgebung ist Alexias Leben aber ständig in Gefahr.

Fischer Taschenbuch Verlag

fi 13119 / 2

Penelope Williamson

Flammen im Wind

Aus dem Amerikanischen
von Gabriele Haefs

Band 15936

»Er stand nackt auf der eingesunkenen Veranda der alten Sklavenhütte, und im Mondschein glänzte seine Haut im Elfenbeinton eines marmornen Grabsteins. Er hätte auf seine Geliebte warten können. Die Nacht roch nach Tod, drückend und stickig. Es war Sommer in New Orleans.«

Daman hat Remy einst geliebt – doch ihr dunkles Geheimnis reicht viel weiter zurück. Eine Geschichte von schwarzem und weißem Blut, von Sünde und Sehnsucht.

»... ein Buch, das man auch tief in der Nacht
nur schlecht aus der Hand legen kann.«
Buchjournal

Fischer Taschenbuch Verlag

fi 15936 / 1

Marianne Fredriksson
Hannas Töchter
Roman
Aus dem Schwedischen von Senta Kapoun
Band 14486

Als Anna ihre fast 90jährige Mutter Johanna im Pflegeheim besucht, ist diese nicht mehr ansprechbar. Anna ist zugleich traurig und wütend. So viele Fragen möchte sie noch stellen, so vieles möchte sie noch wissen über das Leben ihrer Mutter Johanna und ihrer Großmutter Hanna. Wie ist es gewesen vor fast hundert Jahren auf dem Land, als Hanna mit ihrem unehelichen Sohn Ragnar den Müller Broman heiratete? Wieso konnte sie sich später nie an das Leben in der Großstadt Göteborg gewöhnen? Wie hat sich ihre Mutter gefühlt, als der Vater starb, und warum hat sie niemals rebelliert gegen ihr tristes Hausfrauendasein?

Jetzt ist es zu spät, all diese Fragen zu stellen. Anna – Tochter und Enkelin – begibt sich allein auf die Reise durch das Leben ihrer Mutter und Großmutter und findet mit Hilfe ihrer Aufzeichnungen Zugang zum Leben ihrer Vorfahren und vor allem zu sich selbst. Marianne Fredriksson hat ein spannendes Buch über die Liebe geschrieben, in dem sie die drei einprägsamen Lebenslinien von Anna, Hanna und Johanna durch hundert Jahre schwedische Geschichte nachzeichnet.

Fischer Taschenbuch Verlag

fi 14486 / 1